山东省教育厅社会科学规划研究重点项目
山东师范大学文学院中国现当代文学国家重点学科资助

网络诗歌散点透视

吕周聚　曹金合　胡　峰　马春光　徐红妍　著

中国社会科学出版社

图书在版编目(CIP)数据

网络诗歌散点透视/吕周聚等著. —北京：中国社会科学出版社，2015.12

ISBN 978-7-5161-7017-5

Ⅰ.①网⋯　Ⅱ.①吕⋯　Ⅲ.①诗歌评论—中国—当代　Ⅳ.①I207.22

中国版本图书馆 CIP 数据核字(2015)第 262469 号

出 版 人	赵剑英
责任编辑	郭晓鸿
特约编辑	席建海
责任校对	郝阳洋
责任印制	戴　宽

出　　版	中国社会科学出版社
社　　址	北京鼓楼西大街甲 158 号
邮　　编	100720
网　　址	http://www.csspw.cn
发 行 部	010-84083685
门 市 部	010-84029450
经　　销	新华书店及其他书店

印　　刷	北京君升印刷有限公司
装　　订	廊坊市广阳区广增装订厂
版　　次	2015 年 12 月第 1 版
印　　次	2015 年 12 月第 1 次印刷

开　　本	710×1000　1/16
印　　张	24
插　　页	2
字　　数	402 千字
定　　价	88.00 元

凡购买中国社会科学出版社图书，如有质量问题请与本社营销中心联系调换
电话：010-84083683

版权所有　侵权必究

有梦无根的漂泊 ………………………………………(146)

网络诗歌的语言形式 ……………………………………(157)
　　口语:网络诗歌的便捷语言形式 ………………………(157)
　　技术:体现网络诗歌审美形态的语言 …………………(172)
　　语言狂欢化:网络诗歌语言的隐忧 ……………………(194)

网络诗歌的表现形式 ……………………………………(222)
　　反讽:网络诗人的主体性反思 …………………………(222)
　　戏仿:文化消费与诗歌主体的创造性的融合 …………(237)
　　技术手段:网络诗歌"新意味"的营造者 ………………(255)

网络诗歌的文本形式 ……………………………………(270)
　　原创诗:网络与纸质载体的相互转化 …………………(271)
　　互动诗:"主体间性"的通力协作与演绎 ………………(289)
　　多媒体、超文本诗歌:跨艺术门类的集大成者 ………(307)

网络诗歌的狂欢化审美形态 ……………………………(325)
　　虚拟的广场狂欢:生命的欲望化 ………………………(326)
　　仪式的脱冕加冕:审丑化形态 …………………………(337)
　　民间的诙谐文化:雅努斯神的狂欢表征 ………………(353)

…………………………………………………………………(375)
…………………………………………………………………(379)

目录

第一章　网络诗歌的观念变革 ……………
　第一节　超综合艺术 ……………
　第二节　从"诗无邪"到欲望呈现 ……
　第三节　从"文以载道"到游戏宣泄 ……

第二章　网络诗歌的存在形态 ……………
　第一节　从"纸"到"网"：存在形态的转变
　第二节　网站上的诗歌诸形态 ……
　第三节　"自媒体"诗歌的诸形态 ……

第三章　网络诗歌的写作与阅读 …………
　第一节　网络媒质中的诗歌写作 ……
　第二节　网络语境中的诗歌阅读 ……

第四章　网络诗歌的创作主体 ……………
　第一节　网络自由精神与诗人创作主体的强
　第二节　网络的匿名性与诗人创作主体的消
　第三节　网络对创作主体的心理影响 ……

第五章　网络诗歌的主题模式 ……………
　第一节　生存体验
　第二节　无处不在的孤独 …………

　第三节

第六章
　第一节
　第二节
　第三节

第七章
　第一节
　第二节
　第三节

第八章
　第一节
　第二节
　第三节

第九章
　第一节
　第二节
　第三节

参考文献
后记 …

第一章　网络诗歌的观念变革

诗歌是一个开放的系统，它与社会文化之间存在着密切的关系。换言之，诗歌的发展变化与社会文化的发展变化互为因果，在某些情况下，诗歌的发展带动了社会文化的历史转型；在某些情况下，社会文化的发展又推动了诗歌的历史转型。

20世纪电脑网络的出现极大地改变了人类的生存状态，影响到了人类生活的方方面面。作为人类精神产品的诗歌，自然也不例外。用电脑来创作诗歌，通过互联网来传播诗歌，成为诗歌发展的一种新趋势。如同20世纪初中国新文学孕育于国外留学生一样，中国早期的网络诗歌也是由海外留学生创作出来的。1993年3月，诗人吴阳（诗阳）首次使用电脑创作诗歌并通过电子邮件传播发表，这标志着中文网络诗歌的诞生，他也因此成为中国第一位网络诗人。1995年，诗阳、鲁鸣、亦布、秋之客等创办了第一个中文网络诗刊《橄榄树》，围绕这一网络刊物渐渐形成了一个庞大的网络诗人群体。相对于美国等发达国家而言，中国的电脑网络发展起步较晚，但在20世纪末得到了快速的发展。1993年年底，通过高速光缆和路由器将三所院校的网络[1]互相连接起来，这标志着中国的NCFC主干网络工程完工，也标志着中国电脑网络的诞生。电脑网络的诞生为网络诗歌的产生与发展奠定了物质技术基础。到20世纪90年代末，国内的诗歌网站渐渐多了起来，网络诗人们开始逐渐由海外诗歌网站转向国内诗歌网站发展。1999年由李元胜主编的网络刊物《界限》诞生，2000年南人创办了

---

[1] 即中科院院网（CASNET，连接中关村地区三十多个研究所及三里河中科院院部）、清华大学校园网（TUNET）和北京大学校园网（PUNET）。

网络诗歌散点透视

《诗江湖》网站，莱耳、桑克创办了《诗生活》网站；2001年于怀玉创办了《诗歌报》网站，这些诗歌网站如同初春的迎春花，预示着网络诗歌春天的来临。从此以后，诗歌网站如同雨后春笋般出现在互联网上，网络诗歌进入了繁荣发展的新时期。据不完全统计，到目前为止网络上已有1000余家中文诗歌网站、论坛、专栏，每个诗歌网站上聚集着数十、上百甚至更多的诗人，每日所发表的诗歌数量难以计数，中国仿佛在一夜之间又成了一个繁荣的诗歌王国。

诗歌与网络的联姻给诗歌带来了翻天覆地的变化，网络不仅改变了诗歌的生存状态与命运，而且改变了诗歌的观念。诗歌观念涉及诗歌是什么、写什么、如何写、为何写等复杂问题，在如潮水般的网络诗歌面前，我们陷入了新的困惑，原先已经明确的"诗歌是什么"这一问题又变得模糊朦胧起来。网络诗歌是一种诗歌现象还是一种文化现象？网络诗歌是否是一种独立的诗歌形式？网络诗歌的观念与传统诗歌观念之间是一种什么样的关系？网络诗歌的本质是什么？它与传统诗歌相比，是否发生了本质性的变化？面对这些问题，人们给出的答案是不同的。有的人认为网络诗歌与传统诗歌并没有本质上的区别，有的人则认为网络诗歌是一种全新的诗歌形式。对这些复杂问题，我们有必要进行深入系统的研究探讨。

从逻辑上来说，网络诗歌与传统诗歌所包含的基本内涵与外延是一样的，都涉及"写什么""如何写""为何写"等基本的理论范畴。从这一角度来看，电脑网络的出现的确给诗歌创作带来了新的变化，新的创作方式、传播媒介给诗歌创作带来了变化，在"写什么"问题上空间更加自由，范围更加宽泛，基本上没有了限制；在"如何写"的问题上出现了重要的变化，除了传统纸质诗歌创作常用的表现方式外，电脑网络给诗歌写作提供了大量的新的表现手段，电脑无所不能的超强能力赋予网络诗歌新的文本形式——接龙诗、图画诗、多媒体诗、超链接诗、动画诗等，与传统纸质诗歌相比已发生本质性的变化，并且这种新的网络文本是无法移植到纸质媒介上来的，只能生存于电脑网络上；在"为何写"这一问题上，网络诗歌已摆脱了传统的载道观念和现代的为政治服务的观念，更多地强调诗歌的娱乐宣泄功能，网络诗歌成了一种众声喧哗与大众狂欢，娱乐、游戏、消费成为网络诗歌观念的核心。由此可见，从纸质媒介到网络媒介，的确带来了诗歌观念的变化，诗人们对诗歌

第一章　网络诗歌的观念变革

"写什么""如何写""为何写"等诗学问题有了新的理解，从而导致网络诗歌观念发生转型。

第一节　超综合艺术

网络诗歌是一种全新的诗歌形式，它是如何创作出来的？它与传统的纸质诗歌有何差异？这是引发大家广泛讨论的问题。

一　网络诗歌的构成要素

在中国，"网络诗歌"这一概念的出现落后于网络诗歌创作的实践，且由于网络本身的复杂性与丰富性导致人们对"网络诗歌"产生不同的理解与阐释。杨晓民在1997年发表了《网络时代的诗歌》一文，提出了"网络诗歌必然崛起"的口号，虽提到了"网络诗歌"的概念，但并没有对"网络诗歌"这一概念加以深入辨析。此后，网络诗歌渐渐引起了人们的关注，对"网络诗歌"这一概念出现了不同的理解与界定。

当下我们所讨论的网络诗歌是从纸质媒体向网络媒体转化过程中的产物，因此它必然地带有传统纸质媒体和现代网络媒体的双重特征，这也正是网络诗歌具有广义和狭义之分的内在原因。所谓广义的网络诗歌，是指在网络媒体上创作或进行传播的诗歌。换言之，只要在网络上存在的诗歌都属于网络诗歌。所谓狭义的网络诗歌，是指运用网络语言技术创作并通过网络传播阅读的诗歌，此类诗歌无法通过纸质媒体来传播，脱离了电脑网络就无法存在。吴思敬对网络诗歌的这一特征进行了具体分析，他认为，"在电子布告栏系统上发表的诗歌一般称网络诗歌。网络诗歌的内涵有广义、狭义之分。广义的网络诗歌是从传播媒介角度来说的，一切通过网络传播的诗作都叫作网络诗歌，它既包括文本诗歌的网络化，即把已写好的诗作张贴在电子布告栏上，也包括直接临屏进行的诗歌书写。狭义的网络诗歌则着眼于制作方式，指的是利用电脑的多媒体技术所创作的数字式文本。这种文本使用了网络语言，可以整合文字、图像、声音，兼具声、光、色之美，也被称为超文本诗歌"[①]。吴思敬从传播方式与创作方式

---

① 吴思敬：《新媒体与当代诗歌写作》，《河南社会科学》2004年第1期。

的角度来区分广义的网络诗歌与狭义的网络诗歌,抓住了网络诗歌与传统纸质诗歌的本质区别,概括出了网络诗歌的基本特征。

"网络"是网络诗歌得以存在的基本前提,因此从网络的角度来理解、界定网络诗歌也就成了研究网络诗歌的一个主要切入口。王本朝对网络诗歌有着自己的理解,在他看来,"网络诗歌,准确地说是以网络为载体写作、发表和传播的诗歌。网络既是诗歌的载体形式,也是诗人的生存方式、诗歌的传播方式和读者的阅读方式"①。王本朝从网络的角度来强调网络诗歌的本质特征,指出了其载体形式、生存方式、传播方式、阅读方式统一于网络平台的特征,从而将网络诗歌与传统诗歌区别开来。张立群认为,"网络诗歌的概念目前大致可以归纳为:在网络上创作并通过网络发表的、可以获得广泛迅速阅读与交流的网络原创性诗歌作品"②。他强调网络诗歌的原创性,从而将其与在纸质媒介上完成写作后移植到网络上的诗歌区别开来。这些网络诗歌观念侧重点有所不同,但基本上都准确地把握住了诗歌和网络的密切联系,将网络作为"网络诗歌"区别于传统纸质诗歌的本质特点。应该说,这些观点都碰到了网络诗歌的本质,但由于中国文理分科的教育模式,大部分的诗人、评论家都偏于文科而不通理工科,他们虽然也运用电脑网络来进行创作,但大多并不通晓计算机语言,因此大部分诗人只是将电脑网络作为一种传播工具加以运用,难以创作出真正的网络诗歌作品;大部分评论家也只是将网络诗歌作为一种新的文化、诗歌现象来进行研究,很难深入网络诗歌的内部对其进行研究,这是阻碍中国网络诗歌创作和网络诗歌研究发展的一大瓶颈。

二 BBS 与诗歌的相遇

对网络诗歌而言,电脑网络是非常重要的。电脑网络是一种信息传播、接收、共享的虚拟平台,这个虚拟平台是人类历史上一项非常重要的技术发明,它不仅改变了人类的生活方式,而且改变了中国诗歌的写作方式,改变了中国诗歌的生存命运,甚至在很大程度上改变了诗歌的性质。

从历史的角度来看,人类每项重大的技术发明都深刻地影响到诗歌

---

① 王本朝:《网络诗歌的文学史意义》,《江汉论坛》2004 年第 5 期。
② 张立群:《网络诗歌的大众文化特征》,《河南社会科学》2004 年第 1 期。

第一章 网络诗歌的观念变革

的写作方式。人类文字的发明改变了口语诗歌的传播方式与写作方式，从此以后，文字不仅是诗歌的传播形式，而且是诗歌的存在方式，不同的文字赋予诗歌不同的存在形式。20世纪，电脑网络技术的发明又一次改变了诗歌的传播方式与写作方式。电脑网络技术是一种集语像、图像、声音于一体的超级综合技术，这使得网络诗歌成为一种新兴的超级综合艺术。19世纪末，卢米埃尔兄弟发明了电影，后来发展成为集诗歌、音乐、舞蹈、绘画、雕塑、建筑于一体的综合艺术，被人誉为第七艺术。20世纪，人类发明的电脑网络具有更加强大的综合能力和更加便捷的运用方式，它是人类创新发明的伟大产物，同时又给人们提供了更加强大的创造空间和创造技术，由此而创作出来的网络诗歌具有超越以往任何艺术的综合特征，成为一种地地道道的超级综合艺术，被人称为"第九艺术"。

在某些人看来，网络诗歌依然是运用文字语言进行创作的，因此它与传统的纸质诗歌没有本质的区别。这种观点表面上看不无一定的道理，但仔细考察便会发现它所存在的局限性，因为它只看到了网络诗歌的表面，而没有看到其深层的变化。电脑网络技术诞生的前提是计算机语言（computer laguage，又称编程语言）的出现，它由数字、字符和语法规划组成，它们按照一定的逻辑进行排列组合，组成计算机的各种指令，由此完成人与计算机之间的对话，并设计出各种可以供人们运用的程序设计语言，如Java，C++，等等，这些程序语言由计算机专家设计出来并被广泛应用于计算机编程之中。那些熟悉计算机语言的人可以运用各种程序设计语言进行网络诗歌创作，他们所创作出来的诗歌就是狭义的、真正的网络诗歌。而大部分人并不熟悉计算机语言，因此这些人只能运用编程专家已设计好的最简单的编码方式（如五笔、拼音等）将文字输入进行诗歌创作，这样创作出来的诗歌就是广义的网络诗歌。由此可见，网络诗歌创作涉及复杂的电脑网络技术。但无论是运用哪种编程语言来进行创作，都不同程度地改变了网络诗歌的创作、传播、存在形态，给网络诗歌带来了新的特征。

电脑网络是用比特（bit，指经过信源编码的含有信息的数据）、符号（symbol，指经过信道编码和交织后的数据）来进行编码传输的，比特具有无限储存、软载体传播和压缩转换三个基本特点，由此而形成一种共时场域，这个共时场域具有交互与分延的功能，人们可以在这个场域中进行交往互动（communication）。与这一共时场域相对应的是赛博空间（cyber space，又被译为"异次元空间""多维信息空间""电脑空间""网络空间"等），它是控制论（cybernetics）和空间（space）两个词的组合，是指电脑和网络中的虚拟现实。它是综合运用计算机技术、现代通信网络技术和虚拟现实技术而形成的以知识和信息为内容的新型空间，是人类用知识与智慧创造出来的用于知识交流的人工虚拟现实世界。这个虚拟空间与文学创作之间存在着高度契合，因为二者在本质上都是虚拟的、想象的，都是用知识（文字）、智慧创造出来的虚拟现实。赛博空间给诗人们提供了任意驰骋的艺术空间，诗人可以尽情地、自由地在虚拟的空间里为所欲为，20世纪初中国新诗人所追求的自由诗境界终于成为现实。

网络诗歌用数字化符号来进行创作传播，这种数字化符号是一种动态、多维、直接呈现的具象符号，表现为屏幕中可触可感的视觉、图像、声音；而传统的纸质诗歌是通过文字符号来进行创作传播的，文字符号是一种静态的、平面的（一维）、间接呈现的抽象符号（象形、会意字的图像功能减弱），读者需要通过文字符号的想象理解在自己的大脑中将作品文本加以转换从而创造出一个新的虚拟世界。网络诗歌的这一特性使它具有了传统纸质诗歌所不具备的一些基本特征，给网络诗歌创作提供了新的工具，网络诗歌"如何写"成为大家普遍关注的问题。

从世界互联网发展史的角度来看，20世纪80年代中叶是因特网（Internet）发展的初期，这一时期出现了基于调制解调器（modem）和电话线通信拨号的BBS（Bulletin Board System，电子公告牌系统）及其相互连接而形成的BBS网络。电子公告牌系统通过在计算机上运行相关服务软件，允许用户使用终端程序，通过modem拨号或者Internet进行连接，具有下载或上传数据、阅读新闻、与其他用户交换消息等多重功能。BBS是纯文字性质的，功能相对单一。BBS的出现为中国网络诗歌的发展提供了千载难逢的良机，中国早期的网络诗歌大都在BBS上写作发表，从这一角度来说，BBS是中国网络诗歌诞生的摇篮。在互联网刚在中国出现时，电脑网络还是新贵，并不像今天这样亲民普及，只有一些重要的科研机构、高等院校才有电脑网络。当时国内拥有电脑网络的大学网站上开设了BBS门户网站的讨论社区、新闻栏目，如清华大学的"水木清华"、北京

第一章　网络诗歌的观念变革

大学的"未名"等,成为网络诗歌最早的舞台。这些网站渐渐代替了曾经一度非常流行的校园纸质刊物(大多为民间刊物),诗人们拥有了更加自由的写作发表的空间,每个人都可以在网站上发帖(发表诗歌)、回帖(唱和、评论),传统意义上的诗歌文本发生变化,诗歌的创作、传播、阅读模式正在悄然发生转型。由于 BBS 是纯文字的,因此在 BBS 上所创作发表的诗歌与传统的纸质诗歌好像并无本质上的差异,只是将纸上的文字搬到了网络上而已,变化的只是其传播方式,其写作方式并没有发生本质变化。但由于 BBS 具有信息量大、信息更新快、交互性强等特点,能够满足一般诗人的写作需求,因此在当时得到了快速的发展,即使到了电脑网络高度发展的今天仍有一定市场,是许多诗歌网站、论坛的主要存在形式。BBS 给诗人们提供了一个自由、共享和参与的虚拟空间,诗人们在BBS 上创作发表的诗歌成为一种开放的文本,由传统的只读文本变为现代的可写文本,诗歌创作处于一种未完成状态,或者说处于一种现在进行时。传统的纸质文本一旦写完就处于一种完成状态,只可阅读,不可随意更改。如果作者对纸质文本进行修改,那它就成了另一个独立的文本。BBS 上的诗歌写作呈现出一种未终结性,作者可以随时随地根据需要来进行修改,不同的读者可以从不同角度、不同的空间、不同的时间来进行阅读理解,不断地提出各种问题,并进行批评、修正,作者与读者处于一种互动状态,读者成为作者的一部分,或在一定程度上影响着作者的创作,或在一定程度上参与写作,诗歌文本不再是封闭、同质、统一的,而是开放异质的,充满了众声喧哗,人的思维的开放性与赛博空间的开放性形成异质同构。这样,诗歌的审美特性(含蓄、朦胧、歧义)与网络的技术化审美特性(未完成性)融为一体,形成网络诗歌的审美特征。

三　超级链接与超文本诗歌

20 世纪末,随着因特网的快速发展,电脑网络渐渐得到普及,进入了平民百姓家。与此同时,基于 HTTP 协议发展而来的多媒体网页开始盛行,纯文字式的拨号 BBS 和 BBS 网络已经逐渐被 Web 网页所取代。相对于 BBS 而言,Web 网页具有更加强大的功能,这就为网络诗歌的进一步发展提供了良机,为狭义的网络诗歌的产生提供了必需的条件。狭义的网络诗歌是指网络诗人运用网络符号语言和电脑网络技术创作出来的融图、

— 7 —

文、声、像于一体的"超文本"链接。超文本即"网络中的每一作品都将从符号载体上体现文本与文本之间的关系，或者某一文本通过存储、记忆、复制、修订、续写等方式，向其他文本产生扩散性影响"[①]。通过这种"超文本"链接产生的超文本诗歌不但不同于传统的纸质文本，而且不同于在BBS上创作发表的网络诗歌。诗人们掌握了网络符号语言和电脑网络技术之后所创作出来的网络诗歌丰富多彩，产生了一批具有代表性的"超文本"诗歌：代橘的《危险》是回环式超文本链接，用动画安排文字表现意识流动的过程；须文蔚的《凌迟——退还的情书》中的文字是动态排列的，在动画中加上AVA程式强化动画的效果；苏绍连的《风雨夜行》运用FLASH技术来表现已故外公出现的梦境，将文字与图案融为一体，读者可通过移动鼠标来产生狂风暴雨的效果，成为一种诗歌TV；毛翰的《天籁如斯》运用多媒体技术将文字、音乐、图片整合为一体，将神秘的通感（如音色交感）转化为可视可感的艺术现实，成为一种典型的多媒体诗歌。创作于1996年的《若玫文集》（www.netwonder.com/ruomei）是一部融诗、画、音乐于一体的多媒体艺术作品，其内容是古香古色的图片与诗文，以婉转轻柔的"迷笛"（MIDI，乐器数字接口标准。一种乐谱格式，是可以在电脑上演奏的电子音乐）作为背景音乐，将文字、图片与音乐融为一体，是多媒体诗歌的代表。此外，文坛上还出现了摄影诗、多向诗、新具体诗（视觉诗）、超级链接（hyper link）等新的网络诗歌形式，声音、图像、动画成为一种新的互文，形成一种倚重技术编程语言的新兴网络诗歌。此类网络诗歌都是创意与技术的结合，创意要求网络诗歌有新意，而非传统诗歌的老调重弹；同时，诗人必须运用复杂的网络技术将诗人的创意——独特的思想、富有新意的想法直观地呈现出来，创意与技术产生一种新的艺术张力。从这一角度来说，每一首超文本诗歌都有一个独特的艺术形式，其后期加工难度大，费时多，很难一蹴而就，而这也正是狭义的网络诗歌数量少的深层原因。

　　超文本诗歌由各种不同的文本构成，这些文本形成一种互文关系，其中的某一文本通过不同的方式向其他文本产生扩散渗透，与其他的文本发生关联，产生一种文本张力，这样，每一个文本都是其他文本的镜

[①] 欧阳友权：《网络文学本体论》，中国文联出版社2004年版，第71页。

第一章　网络诗歌的观念变革

子，每一个文本都是对其他文本的吸收、转化和增殖，它们互为参照，彼此联系，形成一个复杂的互相生成的开放文本空间，成为一个庞杂的新的文本。

"拼贴"是构成网络超文本的一种重要的技术方法。"拼贴"作为一种表现手段早已存在，它源于法文 coller（胶黏），在英文中它既是名词又是动词，最早运用于绘画之中，即将纸张、布片、图片或其他材料粘贴在一个二维的平面上，创作出一件拼贴作品，如毕加索在1912年创作的《有藤椅的静物》即是一幅拼贴的作品，这种手法在目前流行的综合绘画中得到了广泛的运用。电脑所具有的强大的复制、粘贴功能为拼贴的应用提供了巨大的便利条件和艺术空间，在网络诗歌创作中，网络诗人可借助电脑网络的复制、粘贴功能将各种不同的文本（文字、音乐、图片、动画等）拼贴在一起，创作出各种复杂的超级文本。

电脑网络是一种功能强大的现代技术，为人类的生活和工作提供了无比便利的条件，但也给人类的生活和工作带来了新的问题；同样，电脑网络在给诗人的创作大开方便之门的同时，也给网络诗歌创作带来了新的困惑。在电脑网络状态下，诗人的写作速度提高了，作品数量增多了，当代诗歌创作出现了一派繁荣气象。电脑键盘的回车键给以分行为基本特征的诗歌写作提供了方便，仿佛只要会敲击回车键就可以写作诗歌，于是文坛上出现了"梨花体"诗歌，作者随意地敲击回车键即可写出具有分行特征的诗歌作品，诗歌写作处于一种半自动状态；甚至有人已经发明了诗歌写作软件（诗歌写作机器），好像网络诗歌可以脱离人的主体参与，完全由电脑机器操作完成，网络诗歌写作处于一种全自动状态。无论是半自动状态还是全自动状态，无疑都大大降低了诗歌写作的难度，由此也就给网络诗歌写作带来了新的问题。众所周知，诗歌创作是一种需要主体参与的艺术创造，半自动、全自动写作意味着网络诗歌主体性的消失，而缺少了主体性、创新性的诗歌徒有其表，肯定不会是优秀的诗歌作品。这就告诉我们一个基本的道理：电脑网络是人发明的，是为人服务的，它不应也不会成为人的主人，人不应成为电脑的奴隶。因此，在网络诗歌创作中，诗人应该成为电脑网络的主人，而不应该被电脑网络所异化；诗人应该掌握电脑网络技术，而不应该为电脑网络技术所束缚。

当然，我们也应看到，当下大部分的所谓网络诗人只是掌握了在网络上用汉字书写的简单技术,而并没有掌握复杂的超链接、多媒体等电脑网络技术,因此他们难以创作出真正的网络诗歌。桑克认为网络诗歌创作可以一种集体合作的方式来进行,"合作可能是比较好的一种方式,诗人提供文本(他必须对网络技术有一定认识),工艺美术师提供设计,网络工程师提供技术制作等。这样产生的诗歌将给接受者提供更多的视听享受,如诗歌MTV、活动图像、诗人朗诵的声音,等等"[①]。这是在目前形势下网络诗歌发展的一种可能性与可行性。也许,随着电脑网络技术的普及,未来的诗人们可以掌握并灵活运用电脑网络技术来创作网络诗歌,到那时,网络诗歌就会成为一种常态的诗歌形式。

第二节　从"诗无邪"到欲望呈现

诗歌写什么?这是一个众说纷纭的话题。诗歌所面对的世界大致可分为三种:一是客观的物质世界;二是主观的精神世界;三是客观世界进入主观世界经过主观的消化之后所形成的第三世界,或者说是作者将自己的主观思想情绪移入客观事物之中,以新奇的感觉想象创造出来的由智力构成的"新现实"。网络世界是一个虚拟世界,应该属于一种"新现实"。电脑网络技术是由人发明出来的,因此它必然在一定程度上带有人文的色彩。网络技术作为一种新的艺术表现形式,必然呈现出新的思想内容。易言之,网络诗歌的"如何写"与"写什么"之间具有密切的关系,网络诗歌全新的艺术表现手段必然呈现出新的思想内容。

与传统的诗歌相比,网络诗歌的本体是否发生了变化?对这一问题,人们持不同的观点。传统诗歌观念认为,诗歌的本体是"抒情""言志",通过语言文字而呈现出来的"情""志"要有韵味、诗味,由此来看,网络上所发表的大部分广义上的网络诗歌的本体并没有发生变化。然而,与传统诗歌相比,网络诗歌尤其是狭义的网络诗歌又的确在很多方面发生了变化,它以"游戏"来代替传统的"抒情""言志",多媒体技术、超文本技术、超链接技术使这种新的"游戏"成为现实。"游戏"的乐趣代替了诗味、韵味,或者说,在狭义的网络诗歌中,诗味、韵味已不像在传统诗

[①] 桑克:《互联网时代的中文诗歌》,《诗探索》2001年第1—2辑。

第一章 网络诗歌的观念变革

歌中那样占主导的地位，其所占的比重已经大幅下降。

在传统的诗歌写作中，"抒情""言志"受到现实的和道德的多重束缚。儒家将诗学与道德伦理融为一体，赋予诗歌道德伦理内涵，"子曰：《诗》三百，一言以蔽之，曰：'思无邪。'"[①]，基于文言表意不严密的基本特征，人们对"思无邪"历来有着多种理解，有的将"思"视为虚词，有的将其视为"思想"；有的将"无邪"理解为纯正，有的将之理解为纯真，有的将其理解为真情。但从儒家道德伦理思想的角度来看，将其理解为"思想纯正"更符合儒家思想的特征，也与"温柔敦厚""兴观群怨""乐而不淫，哀而不伤"等中国传统诗学理论相一致。应该说，儒家的诗学观念对中国诗歌创作产生了深远的影响，在这种诗学观念的影响下，中国诗歌担负着"文以载道"的重任，中国诗人扮演着卫道者的形象，中国诗歌中所呈现出来的基本上都是中规中矩的正能量，偶尔有涉及负能量的作品不是被扼杀在摇篮之中，便是受到严厉的批判。到了电脑网络时代，这种情况发生了变化。电脑网络是一个虚拟的世界，诗人们如同戴着面具（以笔名的形式）出现在电脑网络上，加之他们的作品无须经过现实的编辑之手编辑即可发布在网络上，这给他们的创作提供了极大的自由空间。他们中的许多人都是青年人，正处于青春叛逆期，对传统的诗教持反叛的态度。他们突破了"思无邪"的界限，甚至专门以表现"邪"作为自己的诗歌追求，于是，被压抑、禁锢了多年的欲望如同被从魔瓶里放出来的魔鬼，逐渐膨胀，成为网络诗歌的主角。

一 日常生活的呈现

"文以载道"是中国传统的诗教观念，这种观念在现代文学中得到了进一步的发展，诗歌（文学）为政治服务成为一种主流的诗学观念。这种观念要求诗人写与政治密切相关的题材与内容，而这样的题材大都是现实生活中的重大题材，因此在中国文坛上曾一度流行"重大题材决定论"，只要作品所写的是重大题材，就是优秀作品，题材的重大与否决定着作品质量的高低。在这种观念的影响下，诗人们纷纷将自己的眼光投向重大题材，而对自己所熟悉的日常生活视而不见。这种现象在 20 世纪 80 年代中

[①] 《论语·为政》，臧知非注说，河南大学出版社 2008 年版，第 112 页。

期发生了变化。这一时期出现在文坛的第三代诗人反叛宏大叙事与政治抒情，他们反对崇高、神圣、伟大，向日常生活回归，日常生活成为他们抒写的对象。20世纪90年代出现的网络诗歌继承发展了第三代诗歌的这一传统，日常生活成为网络诗歌的主要表现对象，日常生活成为一种新的诗学观念。

日常生活是世俗化的生活，是每个人基本的生存方式，其最基本的表现形式便是所谓的吃喝拉撒睡，锅碗瓢盆、油盐酱醋成为日常生活的基本构成部分。换言之，日常生活是与人的生存欲望密切相关的。在日常生活状态下，人们表现出来的主要是一种世俗化乃至庸俗化的本真欲望，这种世俗化的本真欲望是与崇高、神圣、伟大相反的。网络诗人从本真欲望出发对虚假诗歌进行反叛，以自我性情的自然流露为旨归，反对假大空和矫揉造作的抒情。从这一角度来看，网络诗人在网络诗歌里所要表达的思想观念表现为两个方面，一方面是对传统道德观念的反叛，另一方面则是对亚文化传统的回归。

网络诗人的生存写作处境决定了他们的诗歌与日常生活之间的紧密联系，决定了其诗歌创作的基本走向。当下的网络诗人大都是草根一族，他们有自己的职业，诗歌写作只是其业余爱好，他们与原来的专业诗人有着本质的区别。专业诗人大多是体制内的作家，他们头上戴着神圣的光环，国家给他们发工资，此外还可以领稿酬、拿版税。他们虽然写诗，但并非靠写诗为生，他们是一群享有某些特权的特殊人物，他们关心国家大事，常常通过官方安排去参观访问某些特殊的人物、事件，以此获得重大题材。这些人对其身边的日常生活视而不见，不愿意在鸡毛蒜皮的小事上花费自己的时间和精力，因此他们笔下就很少有关于日常生活的抒写。而网络诗人则不同，他们是一群忙忙碌碌的平民百姓，整天忙于自己的工作、家庭之中，他们没有机会去参观访问那些重要的人物、重大的事件，他们所熟悉的就是自己的日常生活，因此，日常生活不仅成为他们诗歌的抒写对象，而且成为他们的诗学观念。

网络诗人写作处于一种虚拟的状态之中，他们拥有更多的自由空间，可以自由地抒写自己感兴趣的东西。他们将自己的日常生活不加筛选随意地写到诗歌里面去，有些人甚至不是为了呈现日常生活的美，而是为了写日常生活而写日常生活，他们率真任性，甚至有点恣意妄为，他们以

第一章　网络诗歌的观念变革

"真"作为自己的抒写标准,力求将日常生活的原生态呈现出来,将自己在日常生活中的本来面目呈现在读者面前,并将之上升到美学的高度来予以体认,这与后现代主义的理论是相一致的,"在这个审美化的商品世界里,百货商场、商业广场、有轨电车、火车、街道、林立的建筑及所有陈列的商品,还有那些穿梭于这些空间的熙攘人群,都唤起了人们如今半数已被遗忘的梦想,有如来往人群的好奇与记忆,经常受到与背景分离、变化的景象所刺激,并通过解读那些物品外表所散发的气息,产生出了某些神秘的联想。就这样,城市中的日常生活有了审美的意义"①。这样,日常生活就成为审美对象,自然也就成为网络诗歌的表现对象。于是,日常生活中的鸡毛蒜皮、油盐酱醋、吃喝拉撒、刮风下雨、上班下班等司空见惯的事情纷纷出现在网络诗歌中。网络诗人力图通过诗歌的形式将其日常生活记录下来,甚至将自己的私生活诉诸诗歌,"人们可以从当时市民生活中看到一种力图弥补私生活在城市中没有地盘之不足的努力,这种努力主要发生在他们居室的四壁之内,并体现在对个人生活的看重上。在这一方面,他们尽管不能令其世俗生命本身永垂千古,却极力将该生命使用物品时留下的踪迹保存下来。他们孜孜不倦地将一系列日常用品登记下来,将一些诸如拖鞋、怀表、温度计、蛋杯、刀叉、雨伞之类都罩起来。他们尤其喜欢那些能把所有接触的痕迹都保存下来的天鹅绒和长毛罩子"②。这种带有"恋物癖"特征的行为在网络诗人那儿也得到了淋漓尽致的表现,他们事无巨细地将日常生活细节呈现在诗歌之中,希望借此使其平凡的生命在诗歌中得到保存与延续。

日常生活是诗歌灵感的来源,从日常生活中发现诗歌,发现美,并将之呈现出来,这自然是诗歌创作应有的常态,是对原来的重大题材决定论观念的超越,但问题也随之而来。由于诗人已习惯了日常生活,他们的思维已经定势,结果此类诗歌大多是对日常生活中的事件、人物的叙述或描写,满足于对日常生活表象的呈现或再现,没有能力穿透现象把握其本质,导致生活的本质被生活的表象所淹没,所谓的诗歌也就成了如同流水

---

① [英]迈克·费瑟斯通:《消费文化与后现代主义》,李精明译,译林出版社2000年版,第33页。
② [德]瓦尔特·本雅明:《发达资本主义时代的抒情诗人》,王才勇译,江苏人民出版社2006年版,第43—44页。

账一样乏味的文字记录，日常生活美学理论与日常生活诗歌实践之间存在着较大距离，这是当下网络诗歌发展的一大趋势，也是网络诗歌中一个亟待解决的重要问题。

诗歌的日常生活化抒写是对宏大叙事和政治抒情的解构，从这一点来说，日常生活化诗歌观念及实践是有其意义的。然而，将日常生活化与宏大叙事、政治抒情对立起来，以前者代替后者，这又是一种二元对立的思维模式，这种思维模式放逐了宏大叙事与政治抒情，从一个极端走向了另一个极端，诗人不再关注宏大叙事、政治抒情，甚至以宏大叙事与政治抒情为耻，这实际上是画地为牢，主动放弃了自己应有的创作权力，其结果是导致形而下写作盛行，崇拜平庸、认同世俗、呻吟颓废成为日常生活化诗歌的主题。

生活是艺术创作的源泉，这是艺术创作的规律，但我们要搞清楚生活与艺术之间的界限，不能简单地将生活等同于艺术，那种认为只要把日常生活用文字记录下来就是诗歌的观念是错误的。日常生活是各种日常事物的综合体，它无所不包、无所不在，内容极为丰富芜杂，且处于不断的发展变化之中，为诗人们提供了取之不尽、用之不竭的写作题材。应该说，日常生活中蕴含着诗意，存在着美，这如同沙子中存在着金子一样，从日常生活中发现美、发现诗意就如同从沙子中发现金子一样，需要我们具有发现诗意、发现美的眼睛，并且具有将日常生活中的诗意呈现出来的艺术能力（美的语言形式和适当的艺术表现手段）。换言之，网络诗歌中的词与物必须是富有诗意的词语和事物。现在许多作者不仅缺乏从日常生活中感受美、发现美的能力，而且缺乏将日常生活以一种美的形式呈现出来的艺术表现力，结果是误将沙子当作金子来崇拜。日常生活对许多人而言只是日复一日的不断重复，它容易使人产生错觉，使人感觉麻木，捕捉不到新的感受，从而产生审美疲劳。日常生活的重复与电脑网络的复制之间产生共振现象，致使人类的审美经验发生重大变化，许多人如同温水中的青蛙，沉溺于日常的重复之中而乐此不疲。

二 下半身写作

人是一种欲望的动物，且人的欲望无穷无尽。正是从这一角度出发，叔本华认为人活着就是痛苦，因为人沦为欲望的奴隶，人被欲望所异化，

第一章　网络诗歌的观念变革

这在生活在当下的所谓现代人身上表现得尤为突出。在现代社会中，随着商品经济社会的繁荣发展，人的欲望成为推动经济社会发展的助推器，为当下GDP的发展做出了巨大贡献，欲望不仅合理化了，而且合法化了，其结果是导致欲望的泛滥。自然，欲望有各种各样的存在形态和表现形式，权力、物质、金钱、肉体是其主要的表现形式，对于日益边缘化的诗歌来讲，权力、物质、金钱已与诗歌没有了多少关系，诗人唯一能够把握的便是自己的肉体。于是，肉体写作、身体写作、躯体写作便成为诗人追求的目标。部分诗人嫌肉体、身体、躯体过于模糊，于是便采取更加激进的态度，大胆地提倡"下半身写作"，要"从肉体开始，到肉体结束"，他们追求诗歌写作的贴肉状态，追求原始生命力的再现，"性"这一神秘的生命现象堂而皇之地出现在网络诗歌之中。

下半身也好，性也好，原本皆是客观存在的日常生活因素，是习以为常的生命存在，但传统的禁欲思想却将它们视为洪水猛兽，它们长期受到禁欲思想的压抑禁锢，隐居在人们日常生活的幕后，成为个人生活的隐私，不被他人所了解，更不被允许进入诗歌的写作范畴，即便偶尔有人逾越雷池禁区，其作品也被列为禁书，不允许出版传播。到了网络时代，网络的自由写作与传播给此类题材的作品提供了生存空间，荷尔蒙旺盛的诗人们便开始赤裸上阵，大张旗鼓地提倡下半身写作，其中最有影响者，便是沈浩波。沈浩波和其朋友在2000年7月发起创办了《下半身》同人诗刊，发表了《下半身写作及反对上半身》一文，在文坛引起了很大反响，成为下半身诗歌写作的理论宣言。沈浩波是先锋诗歌网站"诗江湖"的版主，这就为下半身诗歌在网络上的传播提供了方便之门，下半身诗歌也因此而广为传播，在文坛上产生了很大影响，他也因此而成为文坛上颇具争议性的诗人。沈浩波的诗集《心藏大恶》出版时有这样的内容简介："本书收录了沈浩波2000年到2004年创作的诗歌118首。沈浩波是诗歌界'下半身'运动的灵魂人物，是21世纪以来中国诗坛的传奇人物和争议最大的诗人。既被评论界称为'新一代诗人的领袖'和'心藏大恶的诗人'，也被读者称为'流氓诗人'和'牲口诗人'，甚至有评论家因为他和他所倡导的'下半身'写作而发出'诗歌之死'的哀鸣。本书既收录了他那些饱受争议、流传甚广的诗歌如《一把好乳》《强奸犯》《乞婆》《挂牌女郎》《淋病将至》等，也收录了他影响巨大的长诗《坠落》《致马雅可夫斯基》

等。读者可以从中全面地看到这几年中国诗歌界曾经经历过的'沈浩波式旋风'。"①从此书的内容简介中可以看出,沈浩波是以"流氓诗人"为自豪的,他有"我是流氓我怕谁"的匪气,在他的诗中,表现出一个成年男性在面对女性诱惑时力必多的翻滚涌动,这些欲望原来被压抑在内心深处成为一种潜意识,而他用诗的形式将其呈现出来。从这一角度来说,其作品与郁达夫的《沉沦》、丁玲的《莎菲女士的日记》等表现人物(作者)性心理的作品具有异曲同工之妙。其作品将情色、幽默、机智、自嘲融为一体,形成一种独特的风格,"别看我老吹牛逼/其实是胆小如鼠/直到19岁那年/我才敢一个人/晚上跑出去上厕所//别看我衣冠楚楚/其实是肮脏不堪/一条皱巴巴的黄内裤/已经穿了整整5天/上面混合着/精液和尿液的骚臭//别看我人模狗样/其实是全无教养/一个在大街上抠鼻屎/在公共汽车上/挖脚丫的人/难道你还没看出他的底细//别看我一脸诚恳/骨子里猥琐得很/在拥挤的地铁里/老是偷摸女人的屁股/说是偷摸/其实也只敢轻轻一蹭//别看我装得像条汉子/其实在床上根本不行/不是硬不起来/就是半途而废,草草了事/它都软成这样了/何况我这个鸟人"(沈浩波:《鸟人自白》)。诗人通过自嘲的方式呈现出青春期的"我"的复杂的双重性格,而这种性格的矛盾与青春期的性意识是密切相关的。除了沈浩波之外,朵渔、伊沙等也是下半身写作的大力倡导者和实践者,他们的作品以性为调味剂,混合着荷尔蒙的气息,朵渔的《爱与做爱》、伊沙的《阳痿患者的回忆》堪称这方面的代表作。

与男性诗人相比,女性诗人在下半身写作方面态度更为大胆积极,简直令男性诗人有点自惭形秽。20世纪80年代,翟永明的《女人》、唐亚平的《黑色沙漠》等作品就张扬女性意识,表现女性性意识的觉醒与涌动,只不过这些作品用语比较含蓄,带有一丝朦胧的意味。90年代,更年轻的一代出现在文坛上,她们更加大胆、更加直接明了地表现她们的性意识,巫昂的《青年寡妇之歌》、尹丽川的《为什么不再舒服一些》堪称这方面的代表作。前者将青年寡妇被压抑多年的性意识自然地呈现在读者的面前,后者则以一种诙谐幽默的笔调来调侃,令人产生无尽的联想,"哎 再往上一点再往下一点再往左一点再往右一点/这不是做爱 这是钉钉子/噢

---

① 沈浩波:《心藏大恶》,大连出版社2004年版。

第一章 网络诗歌的观念变革

再快一点再慢一点再松一点再紧一点/这不是做爱 这是扫黄或系鞋带/喔再深一点再浅一点再轻一点再重一点/这不是做爱 这是按摩、写诗、洗头或洗脚/为什么不再舒服一些呢 嗯 再舒服一些嘛/再温柔一点再泼辣一点再知识分子一点再民间一点/为什么不再舒服一些"（尹丽川：《为什么不再舒服一些》），暧昧的性意识成为日常生活的一种调味品，日常生活中到处弥漫着荷尔蒙的气息，"做爱"一词的反复出现直接呈现出诗人的性欲望，但它又不是仅仅表现性欲望，而是通过性欲望来表达对"舒服"的追求。

以沈浩波、巫昂为代表的男女诗人都属于20世纪70年代后出生的一代，他们有着共同的文化背景和兴趣爱好，在巫昂的《给沈浩波，和下半身》中，复旦的淑女和北师大的流氓相遇了，他们同流合污，共同用身体、用性书写着自己的诗歌。他们的诗歌不是以描写色情为目的，他们只是将性、情色作为调味品来营构自己的作品。在他们的作品中有一种智性因素，这使得他们的下半身写作具有了思想的闪光，具有了用身体思想的特点，"在镜子前，经前/它们微妙地膨胀/从一对柔软的器官变成两个思想家/两人在对话在对话，越靠越近/互称总统和总书记/他们甚至谈到伊拉克和巴以冲突/以寻求相应的解决方案"（巫昂：《乳房》）。一双乳房变成了两个思想家，他们一起谈论国家大事，在滑稽好笑中赋予乳房思想的色彩。

下半身写作的出现具有复杂的原因：首先是西方身体哲学的影响，罗兰·巴尔特、米歇尔·福柯等人关于身体哲学的思考对当代的网络诗人产生了重要的影响；其次是青年人力必多的冲动与发泄，这些诗人写作此类诗歌时大多处于青春期，身体内丰富的荷尔蒙驱动着他们自发地宣泄内心的欲望；再次是他们对传统诗学观念的反叛与颠覆，他们将下半身写作作为一种策略来达到其诗歌目的，"下半身并不指向裆部，而是下部；下半身是一种行动的诗，一种解放的诗，因此也是一种自由的诗。我们这个国家，很久以来已经没有身体了，或身体被层层包裹，变成了无性的、体制化的、统一的、僵尸化的了。要解放个人，必须先解放身体。而身体的解放同时带来的也是精神的解放。为什么'下半身'不能登'大雅之堂'？什么是'大雅之堂'？你认为在我们这个国度真的还存在什么'大雅之堂'吗？我们提倡自由的、狂欢的、性感的、湿漉漉的、冒犯的写作，就是对那个虚伪的'大雅之堂'尽情嘲弄。十年来，我个人的写作其实一直是沿着'行动的、解放的、自由的'这一逻辑慢慢展开的。'下半身'对我就是一个基础，也是一个开端"①。朵渔的这种夫子自道告诉我们其将下半身写作作为策略的基本出发点，下半身只是手段，并非最终目的，"它一开始就带有解放的、对抗的、冒犯的含义。'下半身'现在影响比较大，有人觉得很下作无聊，但你会发现它既有一种破坏性，同时也具有建构力。它在破坏、冒犯、顶撞、反抗的同时，也建构了一个自由、活泼、欢快、湿润的个人空间。它破坏的是小家碧玉般的小脚诗，冒犯的是虚伪的、中产的、平庸的道德，它顶撞权威，反抗束缚，探索'人性的、更人性的'自由边界"②。这样，他们的诗歌就具有浓郁的道德意识形态色彩。自由的网络世界给他们提供了在公共空间表达个人隐私诉求、排遣孤独、缓解压力、寻求交往和对话的机会，他们的诗歌在文坛乃至社会上产生广泛反响也就成了一件正常的事情。随着荷尔蒙的减少，随着策略目的基本完成，这一波"70后"诗人的下半身写作基本上告一段落，他们的诗歌已开始转型，下半身写作已不是他们的主要任务了。当然，对于后起的更年轻的诗人来说，下半身仍是一种具有诱惑力的写作方式。

三 历史的废弃物

现代社会工业化进程的一大衍生物便是各种垃圾的大量出现，生活垃圾、工业垃圾层出不穷，环境污染成为影响人类生存的一个重大问题。随着信息化社会的发展，又出现了新的垃圾品种——网络垃圾、信息垃圾。在垃圾遍地的现代社会中，出现了一群特殊职业者——拾垃圾者，拾垃圾者与诗人之间存在着潜在的关系，"拾垃圾者或者诗人——二者都与垃圾有关，都是在城市居民酣睡时孤寂地操着自己的行当，就连他们的姿势都是一样的"③。这样，"垃圾"与诗人、诗歌之间发生了密切关联，出现"垃圾派"诗歌也就成了水到渠成的事情。

---

① 朵渔：《我们是天下人，平等的观念与生俱来——第十五届柔刚诗歌奖得主朵渔答诗人安琪问》，《星星》（下半月）2010年第10期。
② 朵渔：《个人情感与千秋风云结合》，《南方都市报》2010年4月9日。
③ ［德］瓦尔特·本雅明：《发达资本主义时代的抒情诗人》，王才勇译，江苏人民出版社2006年版，第80页。

第一章　网络诗歌的观念变革

以徐乡愁为代表的"垃圾派"诗人以"垃圾"自我标榜，创办了民间刊物《垃圾派》和网络刊物《垃圾派》，后来又单独出版了《垃圾派诗歌专号》和《垃圾派理论专号》，曾先后在《知了》《伯乐》《新大陆》《诗家园》《现代诗报》等刊物上推出过《垃圾派专集》。在"垃圾派"的旗号下聚集了一大批诗人，"'垃圾派'像一条诗歌的航母，航行在中国诗坛这个波涛汹涌又暗礁林立的海洋上，来来去去的水手先后有将近100人，他们有'50后''60后''70后''80后'，年龄跨度较大，他们来自东南西北中全国各个地方。既然航母是母的，它必然要派生出很多小分队、小分支。事实上垃圾派发展的历史上曾经发生过三次大的裂变。关于诗之内和诗之外的事情一直争议不断，争吵不断。也就是说这个庞大的诗人群虽然创作走向基本一致，但实际上他们的诗歌风格各异，甚至相差很大。比如有'魔幻现实主义'（皮旦等人），'管体诗'（管党生、力比多等人），'后政治写作'（杨春光、典裘沽酒、管上、徐乡愁和后来的未满等人），'屎尿写作'（徐乡愁、皮旦、虚云子等人），'民间说唱'（管上等人），'灌水诗'（蓝蝴蝶紫丁香、余毒、小月亮等人），'语录体'（蓝蝴蝶紫丁香、赵思运、陈衍强等人），'低诗歌'（龙俊、花枪、丁有星、张嘉谚等人），'垃圾运动'（凡斯、典裘沽酒、底里、丁目、黄土、西安野狼等人），'女性诗歌'（小蝶、大腿、丁小琪等人），'负诗歌'（曾德旷、小招、不识北、江海雕龙、雷暗等人），'零度主义'（蓝煤、刀刃、古河、下里巴人等人），'冷废话和冷现场'（法清、杨瑾等人），'屁诗歌'（江海雕龙等人），'贱诗歌'（古河等人），'脑残体'（典裘沽酒、粥样、青山雪儿等人），等等。不管他们有什么不同，但有一点是共同的，那就是他们都上了'垃圾派'这条贼船。看样子'垃圾派'这艘巨无霸还没有要停下来的架势，'垃圾派'还不断有新的成员加入，从而'（前）垃圾派'将进入'后垃圾派时代'"[①]。通过他们给自己选取的琳琅满目的名字，我们可以发现"垃圾派"的确是一个堪称"垃圾"的诗歌流派，里面充斥着各种各样的"垃圾"，弥漫着各种各样的气味。他们以"垃圾"为自豪，以恶搞为手段来解构传统文化的崇高、伟大、优美，追求一种审丑崇低的价值观念，反饰、反崇高、反优美、反神圣成为他们的追求，"垃圾"堂而皇之

---

① 徐乡愁：《关于垃圾派的分支》，徐乡愁的博客，http://blog.sina.com.cn/xxchou。

地进入诗歌，不仅成为诗歌的表现对象，而且成为一种诗学观念和诗学追求。

垃圾派标榜"崇低向下"，以此来表达他们特立独行的思想品质。他们违背传统的道德习俗和审美习惯，做出一些不合乎道德规范要求甚至触犯法律规章的行为，诸如损坏公物、大喷脏话等，以此发泄自己内心的不满。他们胸无大志，不求上进，眼睛往下看，"我的理想就是考不上大学/即使考上了也拿不到毕业证/即使拿到了也找不到好工作/即使找到了也会得罪领导/我的理想就是被单位开除/我的理想就是到街上去流浪/且不洗脸不刷牙不理发/精神猥琐目光呆滞/招工的来了不去应聘/招兵的来了不去应征/我一无所有家徒四壁/过了而立还讨不上老婆/我的理想就是不给祖国繁衍后代/我的理想就是把自己的腿整瘸/一颠一拐地走过时代广场/我的理想就是天生一副对眼/看问题总向鼻梁的中央集中/我的理想就是能患上羊癫疯/你们把我送去救护/我却向你们口吐泡沫"（徐乡愁：《我的垃圾人生》），这首诗可视为"垃圾派"的诗歌宣言，在黑色幽默中表明了他们异于常人的人生态度和诗歌追求。

在垃圾派看来，思想、文化、道德、伦理、知识、传统等都是虚伪的，只有垃圾才是真实的，为了将世界还原成其本来的面目，他们用一种逆向的思维来观察思考世界，这样他们所看到的就是一个倒立的世界，"当我倒立的时候/我就用头走路/用脚思想/用下半身吹口哨/用肚脐眼呼吸/我看见人们都往低处走/水都往高处流/天空被我们踩在脚下了……看见局长给司机开车/当官儿的给老百姓送礼/且对前来视察工作的群众/夹道欢迎/从此以后人民可以当家做主/并打着国家的旗号/骑在公仆的头上作威作福"（徐乡愁：《我倒立》）。在诗人看来，这个本末倒置的世界才是真实的世界，这种荒诞之中隐含着诗人对社会现实的不满与批判，寄寓着作者对未来的美好想象。

从人类的进化史的角度来看，早期的人只是地球上万千动物中的一种，与其他动物处于平等的地位，后来，人类发明了语言，制定出道德伦理，一步步艰难地从动物中超脱出来，成为"宇宙之精华，万物之灵"。而现在，"垃圾派"诗人对人进行解构，他们用一种逆向发展的逻辑把自己变成动物，变成猪，变成垃圾，变成屎，"院墙的里面是单位/单位的里面是房子/房子的里面是房间/房间的里面是人/每一个人都穿着衣服/衣服

第一章 网络诗歌的观念变革

的里面是肚皮/肚皮的里面是肠子/肠子的里面是屎"（徐乡愁：《在院墙的里面》）。徐乡愁对屎情有独钟，在诗中不厌其烦地写拉屎这一生理现象。在他的笔下，人成了造粪的机器（《人是造粪的机器》），拉屎是一种享受（《拉屎是一种享受》），拉屎成了自己对社会的贡献（《屎的奉献》），以此表达对神圣、崇高、伟大的亵渎，表达自己的叛逆思想。

"垃圾派"的崇低思想在"低诗歌"中得到了具体的实践。作为"垃圾派"的重要构成部分，"低诗歌"论坛创办于2004年3月29日，2005年3月出版《低诗歌运动》，2005年11月14日运行"低诗歌"网站，2007年3月开通"低诗歌"博客，龙俊、张嘉谚、花枪等是"低诗歌"的发起者和实践者。这些诗人臭味相投，"'低诗歌'的构成形态是开放无序的——集群登场或是散兵游勇的单打独斗，都无不可。它是赞同或参与'崇低'、'向下'的诗人们不分年龄自由松散的组合，不再是以出生年代论资排辈写作群体的失效划分了。但'低诗歌'的运动形态却又可能是统一有序的，'统一'，是指低诗歌运动与文学革命、新文化运动在'话语革命'方向上的一致；所谓'有序'，是指低诗歌写作有'崇低'、'审丑'、'反饰'、'后政治'或'诗性政治'、'争取话语权力'等共通的'解构'性诗写特征"[①]。他们虽然没有严密的组织，但他们有统一的姿态，有共同的话语追求，"低诗歌写作手段可归结为一个总法则：'解构'。对于诗性话语来说，解构的同时便是建构"[②]。这些表面看来"无厘头"的宣言却恰到好处地表明了他们的解构主义心态，先解构后建构成了他们的诗学价值观念。

"低诗歌"推崇"引体向下"，这意味着诗歌精神的"崇低"，而这种诗歌精神又呈现出复杂性，"它内含着低诗歌的三种走向：一是向大自然的土地皈依；二是回归草根底层的平民社会；三是关注与张扬人的下体部位。实际上，人体、社会与大自然是三位一体的。低诗歌'引体向下'，自觉回到下方与底层的低位，拥抱大地的毁灭与新生，体验民众的幸福与苦难，感受下体的痛苦与欢乐，从而获得对大自然的原始，对现世生活的真相，对人的生命之本真的全幅认同"[③]。经历了一个从"崇低"思想到关

---

① 张嘉谚：《中国低诗潮》，《低诗歌月刊》2005年第1—2期合刊。
② 同上。
③ 同上。

注底层生活的过程,"低"将二者联系到了一起。如果说"崇低"是一种典型的解构行为,那么关注底层生活则是一种现实主义精神的回归。"崇低"诗人将自己的眼光转向了现实社会的底层,看到了下层平民百姓的真实生活,并将之用诗歌的形式呈现出来,这样,它就与当下文坛上的打工文学、底层写作有了交叉重叠。当下的"低诗歌"与打工文学、底层写作一样,呈现出一种复杂性:一方面,它是对当下社会现实的真实表现;另一方面,它又传达出下层百姓对现实的不满与批判。"微人民服务/违人民服务/伪人民服务/未人民服务//微,违,伪,未/不是微小的微/违反的违/伪装的伪/未曾的未/它们都是全心全意地/为人民服务的为"(徐乡愁:《练习为人民服务》),"微""违""伪""未""为"五个字语音相同,但其内涵却相差甚远,作者以一种貌似文字游戏的笔触对中国社会中所普遍存在的官僚主义现象进行了嘲讽与批判,表达了"人民"的不满和要求。"解手"一词在汉语中具有特殊内涵,是与下半身密切相关的词汇,诗人通过演绎赋予它丰富的含义,"就是把揣在衣兜里的手/解脱出来。把忙于数钱的手/解脱出来。把写抒情诗的手/解脱出来。把给上级递烟的手/解脱出来。把高举旗帜的手/解脱出来。把热烈鼓掌的手/解脱出来/把举手表决的手解脱出来/把举手选举的手解脱出来/把举手宣誓的手解脱出来/把举手投降的手解脱出来"(徐乡愁:《解手》)。"手"(人的主体性的象征)在现实生活中受到太多的约束与限制,要将这诸多的约束与限制去掉,使"手"得到解放,还每个人以独立的思想与独立的个性,这是诗人的美好愿望,也是作者对现实生活中一些不良社会现象的讽刺批判。"崇低"写作在关注呈现下层百姓生活方面有其价值与意义,但诗人不应用以前的"阶级"意识来指导写作,而是应以人文主义精神为指导,为改变这些落后的不合理的社会问题而写作。

"垃圾派"诗歌如同现实中的垃圾一样,其成分非常复杂,其中不乏真正的垃圾,也有可以变废为宝的潜在财富。诗人们将潜意识中那些被压抑的情绪"垃圾"宣泄出来,而这些情绪大多是负面的能量,从心理学的角度来说对诗人个人未必是坏事,但其在社会上所产生的却是一种负面的影响。诗人将现实生活中的各种"垃圾"呈现出来,揭示出社会上所存在的各种落后的不合理的社会现象,从这一角度来说,诗人"崇低"到了地面,接了地气,具有现实主义的人文情怀,这是"垃圾派"诗歌内含的合理因素，也是他们诗歌转型的方向与目标。诗歌如何处理社会垃圾、精神垃圾，如何将垃圾转化为精神财富，这是需要"垃圾派"诗人们思考的问题。

第三节 从"文以载道"到游戏宣泄

诗歌何为？这是一个古老而又新颖的诗学问题。对于这一问题，在不同的时代不同的人的回答是不一样的。中国传统诗学观念强调诗歌的功利性，孔子认为，"诗，可以兴，可以观，可以群，可以怨。迩之事父，远之事君；多识于鸟兽草木之名"①。这为中国的诗教传统奠定了基础，成为中国诗教的一脉传统。此后，诗歌的教化功能不断得到强化，三国时的曹丕认为"盖文章经国之大业，不朽之盛事"②。"文章"成了治国的工具，成了不朽的盛事；到了宋代，周敦颐进一步提出了"文以载道"的诗学观念，"文"成为载道的工具；到了现代，毛泽东提出了文学为政治服务的主张。虽然在古代"诗"与"文"并非一回事，但"诗"在文坛上处于统领的特殊地位，自然也具有这一特殊功能。到了现代，诗成为文学的一种文体类别，自然获得了载道的资格。无论是古代还是现代、当代，许多诗人在强调诗歌宏大的政治、道德教化功能的同时，也将诗歌视为捞取个人功名利禄的工具与手段。在中国社会进入市场化经济时代之后，诗歌渐渐被边缘化，诗歌的载道功能与换取功名利禄的功能都受到严重影响。一方面，诗人很难对重大的政治事件、社会事件发声，即使发声所产生的影响也非常有限；另一方面，在市场经济下诗歌很难换成功名利禄，虽然近几年文坛上偶尔也有诗人获得各种不同的文学奖项（尤其是官方的奖项，如鲁迅文学奖）并随之获得功名利禄，但随之传出的相关负面信息常常让读者大失所望。在这种社会文化语境中，"诗歌何为"这个原本已经清晰的问题又渐渐模糊起来。部分网络诗人对这个问题有了新的理解，对他们而言，诗歌是一种非功利性的游戏，既不用来获得功名，也不用来获得利禄，它只是一种情绪的宣泄，是一种唯美主义的技术游戏。高度发达的电脑网络给游戏提供了新的空间，电脑网络游戏成为一种流行的时尚，这只

---

① 《论语·阳货》，臧知非注说，河南大学出版社2008年版，第237页。
② 魏文帝：《典论》，孙冯翼辑，王云五主编：《典论及其他三种》，商务印书馆1936年版，第1页。

要看一下网络上流行的各种游戏，只要看一下那些网络上的瘾症患者，就可以窥一斑而知全豹了。

一 自由狂欢

关于诗歌的功能，西方诗学界有一种不同于中国的"文以载道"的观念，认为游戏是诗学的功能。德国哲学家康德最早从理论上系统地阐述了游戏说，认为艺术是"自由的游戏"，其本质特征就是无目的的合目的性或自由的合目的性，"艺术还有别于手工艺，艺术是自由的，手工艺也可以叫挣钱的艺术。人们把艺术仿佛看作一种游戏，它是本身就令人愉快的活动，达到了这点，就符合目的；手工艺却是一种劳动，它本身是令人不愉快（劳累辛苦）的事，只有它的效果（如报酬）有吸引力，因此它是强迫承担"[1]。在康德看来，艺术是唯美的、非功利的，而手工艺则是一种赚钱的方式，是功利的，只有非功利才能赋予作家创作自由。因此，艺术自由的基本前提是非功利，自由游戏是一种非功利的活动，是纯艺术的基本特征。这种游戏观念、唯美主义思想在西方形成了一种传统，并对中国当下的网络诗歌产生了深刻影响。

多年来，中国能够发表诗歌的纸质刊物数量非常有限，随着中国进入市场经济社会，诗歌愈来愈被边缘化，本来数量有限的诗歌刊物又有许多因不同的原因被迫关闭或转型，国内可以发表诗歌作品的刊物已屈指可数，这与国内庞大的诗人群体和巨大的诗歌发表需求根本不成比例。在这种情况下，许多诗人只能自己创办民间刊物来发表自己的作品，这是中国20世纪八九十年代一道独特的文学景观。到了20世纪末，电脑网络在中国得到了迅速发展，网络的出现给日渐边缘化的诗歌提供了一个千载难逢的好机会。相对而言，网站的审批比纸质刊物的审批要容易一些，合法公民只要拿着身份证和申请报告到公安部门或信息管理部门申请，经过审核符合条件就可以办理。目前，网络上出现了众多的诗歌网站，各个大型社区和网站都有自己的诗歌栏目，许多文学网站也都有诗歌的栏目，诗人们的作品终于有了可以自由发表的空间。

目前国内正式出版的诗歌刊物，或者能够发表诗歌作品的相关报刊，

---

[1] ［德］康德：《判断力批判》，邓晓芒译，人民出版社2002年版，第54页。

第一章　网络诗歌的观念变革

基本上都是官方刊物，这些刊物强调诗歌的教化功能，要求诗歌作品必须与当前的主旋律合拍，这是编辑们在抉择稿件时的一个重要标准依据。而网络诗歌不需要经过编辑、主编的层层审查，不需要经过出版社（商）的市场考察，他们自己可以决定自己作品的命运。诗人们多年来备受压抑的写作激情以近乎变态的方式爆发出来，许多原本已远离诗歌的诗人又重新回到了诗坛，蓝蝴蝶紫丁香是其中的代表。她声称："到了网络以后，我又对诗歌重新产生了浓厚的兴趣，我频频出现在诗歌网站论坛，我在无休止地进行肆无忌惮的灌水。所谓的灌水，不是指发口水帖一类的东西，而是不断地发帖回帖，以文字为水，以话语为水，以情感为水，以诗为水，不断地灌水。思维会越来越活跃，灵感会不断地喷发出来。奇思妙想，在灌水的时候层出不穷。不断地灌水，不断地给诗歌注入新的东西，不断地实验，不断地创造，也不断地分享灌水的快乐。"[1] 以前由于种种的束缚限制，她几乎放弃了诗歌创作，有了网络之后，她重新焕发了写诗的激情，通过不断"灌水"获得的是快乐而不是功名利禄，这是网络诗歌创作的非目的的合目的性。诗人获得快乐的基本前提是创作自由，没有了种种条条框框的限制，没有了编辑的审查，诗人愿意写什么就写什么，愿意怎么写就怎么写，愿意在哪儿发布就在哪儿发布，诗人们进入了一种相对自由的境界，可以根据自己的主观意愿来进行创作，许多诗人在没有任何酬劳的情况下乐此不疲，通过敲击键盘在虚拟的网络上发布自己的诗歌作品，他们发表的作品数量非常可观。可以说，高科技的网络成就了中国网络诗歌的空前繁荣，这是在世界范围内中国网络诗歌异常繁荣的一个重要原因。正因如此，中国网络诗歌的网站之多、参与人数之众、创作数量之丰，不仅在中国诗歌史上是空前的，而且在世界诗歌史上也是空前的。从这一角度来看，中国网络诗歌表现出一种大众化、娱乐化的倾向，他们反对诗歌的功利化、政治化，游戏、宣泄、娱乐成为其主要特征，"网络自身的特点，决定了它与大众有密切的关系。网络造成了创作主体的大众化与普泛化，特别是为名不见经传的年轻诗人找到了一个全新的舞台。在传统的印刷媒体占统治地位的时候，诗人发表诗歌要受编辑的制约，一般编辑部对

---

[1] 蓝蝴蝶紫丁香：《为网络诗歌鼓与呼——在首届"福建青年诗人交流会"上的发言》，《诗歌报论坛》，诗歌理论与诗歌批评版。

来稿实行三审制，有一审不能过关，稿件就发不出来。网络诗歌则取消了通常由编辑控制的发表的门槛，只要写出来，想发表，贴到网上就是了。它是诗歌的卡拉 OK，可以满足非职业作者在传统印刷媒体中无法轻易实现的自我表现欲。作为诗坛的无名小辈，他不再为找不到发表园地而焦虑苦闷，只要他愿意，随时可以把自己的诗作送上网络，或者就在网上即兴写作。在网络上，人人都有平等参与信息发布与传播的机会，人人都可以在信息的发布与传播中表现自己的个性"[1]。诗人的创作目的发生了变化，诗歌的题材内容与艺术形式随之出现了新的变化。

在网络世界里，自由与平等是密切相关的，诗人之间、诗人与网管之间是一种平等的关系，纸质刊物世界中等级森严的关系消失了，没有了编辑、主编，没有了特权，"自由、平等、兼容和共享，就是互联网世界的基本精神和准则"[2]。在传统观念里，诗歌是一种小众化的高雅艺术，只有少数人才享有诗歌创作与阅读的权利，大多数的民众被拒斥在诗歌的大门之外。现在，网络媒体打破了传统精英权利的垄断，广大网民获得了进入诗歌大门的权利。大众化、波普（pop）化的网络带来了一种新的文学观念——玩文学，文学不再是载道的工具，不再是宣传的利器，而是成了一种游戏玩耍的存在形式。网络诗歌的价值取向由艺术真实转向了虚拟现实，诗人们实现了技术化的"在线民主"——人人平等，每个人都是诗人，每个人都是诗评家。蓝蝴蝶紫丁香认为，诗歌应该更多地体现出一种游戏精神，"没有谁，可以告诉我们网络诗歌要怎么写；没有谁，可以告诉我们网络诗歌应该怎么写。我们写诗，我们可以用最自由自在的形式；我们游戏，我们可以用最自由自在的语言。我们生活在 e 时代，我们幸运。我也没有必要回避我自己。我好玩，我也思想；我思想，我好玩。我游戏，我写诗；我写诗，我快乐。自从我来到了网上，重新找到了偶的生命，我选择了一个叫蓝蝴蝶紫丁香的网名，就注定了我要在网络上快乐地疯狂，我喜欢在诗歌里找寻一种自由游戏的冲动"[3]。蓝蝴蝶紫丁香的这段话非常具有代表性，诉说出了 e 时代网络诗人的共同心声。他们将诗歌创作当作一种网络游戏，在游戏中获得自己的自由与快乐。在和平时期，他

---

[1] 吴思敬：《新媒体与当代诗歌》，《河南社会科学》2004 年第 1 期。
[2] 巫汉祥：《寻找另类空间——网络与生存》，厦门大学出版社 2000 年版，第 16 页。
[3] 蓝蝴蝶紫丁香：《论中国网络诗歌的游戏精神》，《诗歌报》2013 年 1 月 14 日。

第一章 网络诗歌的观念变革

们不再承担忧国忧民的大任；在小康化的时代，他们不再担心温饱问题，他们通过诗歌寻找自己的快乐，或者将自己的快乐蕴藏在自己的作品之中，甚至将诗歌作为一种行为艺术，在创作的过程中获得自己的快乐。

艺术创作自由的极致便是进入一种狂欢（carnival）的状态，其典型特征便是无等级性、宣泄性、颠覆性、大众性，形成一种"去中心化"（decentralization）的广场文化，这种狂欢在网络诗歌中成为现实。于是我们看到，爱情、搞笑、调侃、滑稽、幽默成了网络诗歌多元化的主题风格形式，自恋、宣泄、游戏成了网络诗人创作的目的追求。于是，口水诗、梨花体、羊羔体、乌青体出现了，有的诗人甚至迷恋于自动化写作，发明出了诗歌自动写作软件，诗歌成了一种纯粹的文字游戏，网络诗歌创作成了一种纯粹的网络游戏。

二 非功利

中国传统的诗学观念特别强调诗歌的功利性，无论是"兴""观""群""怨"还是"文以载道"，无不突出诗歌的教化功能，诗歌因此具有了独特的地位，诗人因此获得了为社会代言的独特权利。到了现代商品化时代，诗歌成了商品，成了可以赚钱的工具，诗人可以通过诗歌实现名利双收。到了网络时代，随着诗歌的渐渐边缘化，诗歌的这两种功能都受到了挑战。诗歌不再具有一呼百应的社会影响力，其教化功能渐渐萎缩；大多数诗歌不再具有转化成商品的能力，要通过诗歌来赚钱成了一种美好的理想。在这种情况，诗歌何为？面对新的生存困境，许多诗人选择了无为而为的策略，将诗歌视为一种非功利性的艺术追求。

从诗歌发生学的角度来看，初期的诗歌是一种非功利性的纯艺术活动，诗人在现实生活中有所感触，"情动于中而行于言，言之不足故嗟叹之，嗟叹之不足故永歌之，永歌之不足，不知手之舞之，足之蹈之也"[1]。在西方也有一种艺术非功利的传统，席勒认为"过剩精力"是文艺与游戏产生的共同生理基础。中西方对于诗歌非功利的理解具有异曲同工之妙。诗人和常人的区别在于其感性易于冲动，生命力过剩，需要寻找合适的宣

---

[1] 毛苌：《毛诗序》，《中国古代文论名篇讲读》，朱志荣主编，北京大学出版社2006年版，第1页。

泄方式，以此获得内心的快乐。网络诗人大多精力旺盛，感情充沛，富有反叛精神，他们写诗不是为了捞取功名，也不是为了发财致富，而是抱着一种非功利的心态，在诗歌中寻求心灵的安慰。在网络世界里，他们不需要戴着面具来隐藏自己，不需要压抑自己的欲望，他们可以自由地抒发自我的情感，发表自己的意见，甚至发泄潜意识中的欲望，"网络为诗歌创作提供了自由空间。在网络诗歌创作中，以'网名'出场的诗人可以抛弃'社会面具'和'审美承担'的焦虑，以抒情写意或游戏娱乐为目的，在虚拟的网络世界里尽情抒写自我，真正实现'我手写我口'的诗歌自由之梦。这样，可以把诗歌创作的功利性降到最低限度，使诗歌的载道和代言功能趋向淡化，自我宣泄功能、自我表现功能和游戏娱乐功能得到空前强化，从而彻底打破传统诗歌创作的职业化和功利化倾向"[①]。在网络诗人中，年轻人占大多数，他们处于青春叛逆期，对家庭、学校、社会上的各种规定持反叛态度，他们的许多反叛欲望难以成为现实，于是他们假借诗歌的方式来发泄自己的不满，表达自己内心的欲望，"网络诗歌写作给了诗人充分的自由。年轻诗人有可能利用网络'去中心'的作用力，消解官方文学刊物的话语霸权。与公开出版的诗歌刊物相比，网络诗歌有明显的非功利色彩，意识形态色彩较为淡薄，作者写作主要是出于表现的欲望，甚至是一种纯粹的宣泄与自娱。这里充盈着一种自由的精神，从而给诗歌带来了更为独立的品格。网络为任何一个想要写诗并具备一定文学素养的人打开了一扇通向诗坛的门户。……他们的写作更多的是基于一种生命力的驱使，一种自我实现的渴望，一种无法控制的率性而为。在网上写诗、谈诗，倾诉与倾听，用鼠标和键盘寻找自己的知音和同道，寻找自己心灵栖息的场所，这已成为网络诗人生命的一部分"[②]。在一个过于功利化的社会文化语境中，非功利的网络诗歌创作已经成了诗人们放松精神、舒缓心理、释放压力的一种艺术方式，成了诗人们功利化人生的一种艺术补充形式。

　　后现代主义文化语境中的狂欢是以去除压抑与禁忌为前提的，在消费社会文化语境中，无论是写作还是阅读都以欲望为基本出发点，禁忌的消

[①] 谢向红：《网络诗歌的优势与面临的挑战》，《河南社会科学》2004年第1期。
[②] 吴思敬：《新媒体与当代诗歌创作》，《河南社会科学》2014年第1期。

失与欲望的狂欢成了一对孪生兄弟。弗洛伊德将人格结构分为"本我"（快乐原则）、"自我"（现实原则）和"超我"（至善原则），网络诗人消解了"自我"（现实）和"超我"（至善），只留下了"本我"，他们遵从"本我"的要求，以快乐为至上原则，诗歌也因此而成了"本我"的狂欢与宣泄。诗人没有了"至善原则"和"现实原则"的限制与束缚，没有了外在审美、道德观念的限制，自我处于自由状态，被压抑已久的"本我"可以光明正大地出入诗歌的殿堂，甚至可以无底线地写作。在消解了意义、教化之后，崇低、嗜秽、犯贱、恶搞、丢丑、作孽、自轻自贱、渎神、解构、犯禁等原来被排斥在诗歌大门之外的"邪"，纷纷登上了网络诗歌的舞台，成为网络诗歌的主角并尽情表演。

我们必须看到，网络诗歌本身是异常复杂的，且处于不断的发展变化之中。尽管部分网络诗人以非功利性相标榜，并且也的确创作出了一批非功利性的作品，但网络世界本身就是一个巨大的商业性存在，诗歌网站的运行需要金钱的维护，有的网站要靠点击率来赚钱生存。因此，网络世界并非与世隔绝的世外桃源，而是一个充满了各种功利诱惑的场所，要想在这个世界里洁身自好实属不易。从这一角度来说，网络诗歌的非功利性是一种复杂的诗歌现象。网络诗歌的非功利倾向大致可分为三种情况：一是主动的非功利的游戏态度，诗人们勇于对诗歌的功利化说"不"；二是被动的非功利游戏态度，既然诗歌很难转化成功利，那么诗人也只好被迫采取游戏的态度，但并非诗人们不想而是不能，如果有机会，他们断然不会拒绝到手的功利；三是非功利向功利的转化，网络作品点击率高即可出名，出了名即可转化为功名利禄，这方面最典型的例子就是余秀华，她因网络而成名，于是，名有了（当选湖北省钟祥市作家协会副主席），利也有了（湖南文艺出版社出版其诗集《摇摇晃晃的人间》，广西师大出版社出版其诗集《月光落在左手上》，出版社在大赚了一笔后，也分给她一杯羹）。余秀华热只持续了一百天的时间，这也恰恰体现出了网络时代奇特的诗歌繁荣现象，如同空中绚烂的烟火，转瞬即逝。

三　网络技术美学

网络诗歌是通过电脑书写、网络传播的方式来存在的，它与纸质媒体诗歌是有所不同的，其技术性更强，对技术的依赖性更大，甚至可以说没有现代电脑网络技术就不会有网络诗歌的存在。从这一角度来说，网络诗歌是一种现代技术性的诗歌文本形式，网络诗歌美学也就成了一种网络技术美学。

从广义的角度来说，网络就是一个无边无际的游戏场，给网友们提供游戏玩乐的空间与机会。网络游戏自然可以分为许多形式，网络上流行的各种游戏大多依靠暴力、色情、刺激来吸引玩家，其画面、音响、色彩等美学形式与网络技术融为一体，形成一种真正的网络技术美学。作为一种网络游戏，网络诗歌自然也离不开网络技术的支持。如前所述，网络诗歌有广义与狭义之分，广义的网络诗歌虽然也需要网络技术支持，但其所需要的网络技术比较简单；而狭义的网络诗歌对网络技术的要求非常高，复杂的网络诗歌与网络游戏在本质上是一样的，它将诗歌文本与网络技术融为一体，丰富的想象力、崭新的创意、复杂的网络技术、深刻的意蕴和多样化的审美融合创造出一种自由的诗歌形式，网络诗歌一跃而成为一种审美的游戏。

依靠现代化的网络技术，网络诗人们创造出了许多富有新意、只能在网络上存在并传播的网络诗歌作品。网络技术不仅给诗人提供了实现自己创意的可能性，而且给读者提供了参与创作的机会。曾一度流行的接龙诗是一种将诗歌与游戏结合在一起的新的诗歌文本形式，诗人与读者之间可以进行互动，读者可以将自己的想法接续到原来已有的诗歌文本之上，完成自己从读者到作者的身份转换。接龙诗可以在不同的作者（读者）手中接力完成，如同一场接力赛跑，一棒传一棒，接龙诗因此而获得了异常的生命力，它可以不断地生长。从这一角度来说，接龙诗是一种开放的诗歌游戏，它处于一种未完成状态，可以随时发生变化，参与者既可从中获得游戏的快乐，也可以获得诗歌创作的成就感。

网络诗歌中的超文本依靠超链接技术创造出复杂的诗歌文本形式，这种超文本只能用电脑技术创作，在网络上生存、传播，是一种纯粹的技术性诗歌，这种诗歌呈现出的是现代网络技术的创意而非传统的诗歌意境。多媒体诗歌是将文字、音乐、绘画融为一体的诗歌形式，其优美的文字、动听的音乐和精美的画面互为依存，产生"$1+1>2$"的格式塔审美效应，可以将其视为传统诗歌的通感技巧在网络世界里的变种形式。

日新月异的电脑网络技术给网络诗歌提供了用之不竭的创作资源，网

第一章　网络诗歌的观念变革

络诗歌因此而呈现出与传统诗歌不同的特质，"在目前，以网络为代表的新媒体将从多个方面改变汉诗，网络诗将导致现代汉诗全方位的改变，甚至由此产生新的美学革命和文体革命。即网络诗会改变诗的形态、功能、美学特征、写作方式、传播方式、接受方式及创作的思维方式，特别是会打破传统诗歌的作者和文本中心论，有利于诗的繁荣"[①]。网络诗歌成为一种新的诗歌形态，其写作方式、传播方式、审美方式、思维方式、价值观念都发生了很大的变化，我们不能再以传统的诗歌观念、标准来衡量评判它。网络技术在很大程度上改变了诗歌的写作、传播、审美及生存方式，"网络改变了中国诗歌的生态和版图/网络扩张了中国诗人的活动空间与视野/网络激发了中国诗人生存的勇气和创造的活力/网络改变了诗歌的疲弱状态/甚至可以说，网络拯救了中国诗歌"[②]，应该说，这个广告是符合中国网络诗歌发展存在的现实的。

虽然现代网络技术改变了诗歌的写作方式、传播方式、审美观念和生存方式，带来了网络诗歌的繁荣发展，但我们也必须看到，网络技术对于诗歌创作而言不是万能的，是有一定局限性的。现代网络技术对人的存在产生了异化，导致社会出现了许多问题，且不说社会上并不鲜见的网络上瘾症患者，就连网络诗歌创作中所出现的自动化、半自动化试验也受到人们的诟病。网络诗歌自动写作软件会导致诗人的主体性渐渐消失，使网络诗歌变成一种无能指的网络游戏，丧失了诗歌应有的价值与意义，受到人们的质疑批判自有其道理在。网络诗歌半自动写作即通过敲击回车键来完成诗歌分行，以分行为特征的诗歌写作变得异常简单，仿佛只要会敲击回车键就可以成为诗人，以此出名的"梨花体"受到人们的质疑与批判也可以理解。在网络技术时代，网络诗人们只有坚持现代网络技术与人文精神、诗歌艺术的融合才能摆脱网络技术对人的异化，才能赋予网络技术人文的灵魂，才能创作出具有艺术生命力的网络诗歌，这也是我们需要坚守的网络诗歌标准。

---

① 王珂：《网络诗将导致现代汉诗的全方位改变——内地网络诗的散点透视》，《河南社会科学》2004年第1期。

② 马铃薯兄弟：《中国网络诗典》，江苏文艺出版社2002年版。

第二章　网络诗歌的存在形态

在漫长的人类历史中，几乎每一次科技革命都会引起人类社会的飞跃式进步，科技以一种迅速蔓延的态势渗入日常生活，进而改变人类日常生活的方方面面。萌生于20世纪中叶而在20世纪末迅速普及的因特网，就是促进社会历史进步的巨大动力。它的出现，对整个人类社会形成了巨大而猛烈的冲击，人类生活的日常结构因此而发生了翻天覆地的变化。"网络是新兴的便捷的通信传播工具，它的普及和应用深刻地影响和改变了人类的生活方式、思维方式、语言逻辑、社会结构、文化心理。"[1] 网络技术强大而迅猛的侵入，使得社会的许多领域产生新的局面。互联网作为当代科技和社会生活的迅捷翻新的产物，正成为我们时代最重要的关键词，并因此而开辟出一个全新的时代。这一最现代的科技形式极大地影响了文学的写作方式、存在形态、传播途径以及阅读心理。作为文学形态一种的诗歌，也因为与网络的结合而发生了与以往任何历史时期都不同的变化，呈现出网络时代所独有的新质。"网络诗歌"便是这一特殊时代背景下的产物，作为一种最外在的表征，"网络诗歌"的存在形态发生了转变。在一种历史视野的观照中，对当下网络诗歌的诸种存在形态进行多向度考察，并试图对这种转变背后的文化内涵进行阐释，正是本章要解决的问题。

---

[1] 龚奎林：《媒介生态视野下的新世纪诗歌论》，《长沙理工大学学报》（社会科学版）2012年第3期。

第二章 网络诗歌的存在形态

第一节 从"纸"到"网":存在形态的转变

传播媒介的变化,在造成文学存在形态变化的同时,也在一定程度上改变了文学的传播、阅读、接受模式。网络和诗歌的联姻,不仅促成了"网络诗歌"这一"话语场"的产生,而且使得诗歌的存在形态从"纸媒"向"网媒"转变。诗歌存在形态的转变,既昭示着诗歌传播、阅读的新的可能性,同时也彰显了诗歌美学形态的新变化。本节首先对"网络诗歌"这一概念进行大致梳理,在此基础上考察作为一个"话语场"的"网络诗歌"的简要发展历程,进而在"纸媒"与"网媒"的交错对比中,凸显网络语境下诗歌存在形态的新变。

一 "网络诗歌":概念及发展历程

在详细探讨网络诗歌的种种新质之前,我们有必要首先厘清"网络诗歌"这一概念的内涵和外延,以便对研究对象有一个清晰的认识。"网络诗歌"这一称谓最早出现在中国学界,是1998年年初杨晓民在一篇文章[①]中提出"网络诗歌必然崛起"的口号,并没有对"网络诗歌"这一概念加以辨析,但它的影响却是深远的。吴思敬的说法代表了学界对网络诗歌的一般认知,"在电子布告栏系统上发表的诗歌一般称网络诗歌。网络诗歌的内涵有广义、狭义之分。广义的网络诗歌是从传播媒介角度来说的,一切通过网络传播的诗作都叫作网络诗歌,它既包括文本诗歌的网络化,即把已写好的诗作张贴在电子布告栏上,也包括直接临屏进行的诗歌书写。狭义的网络诗歌则着眼于制作方式,指的是利用电脑的多媒体技术所创作的数字式文本"[②]。

对此,王本朝的定义是,"网络诗歌,准确地说是以网络为载体写作、发表和传播的诗歌。网络既是诗歌的载体形式,也是诗人的生存方式、诗歌的传播方式和读者的阅读方式"[③]。张立群给出的定义是,"网络诗歌的概念目前大致可以归纳为在网络上创作并通过网络发表的、可以获

[①] 杨晓民:《世纪之交的缪斯宿命:网络环境下的诗歌写作》,《当代作家》1998年第1期。
[②] 吴思敬:《新媒体与当代诗歌创作》,《河南社会科学》2004年第1期。
[③] 王本朝:《网络诗歌的文学史意义》,《江汉论坛》2004年第5期。

网络诗歌散点透视

得广泛迅速阅读与交流的网络原创性诗歌作品"[①]。这些概念侧重点有所不同,但基本上都指涉了诗歌和网络的密切联系,并肯定了"网络诗歌"这一概念。

而在众多学者对其进行指认的同时[②],也有一部分学者对网络诗歌这一概念提出了的质疑,例如王璞所言,"网络诗歌并不是一种特殊的诗歌形态,并不具有某种文学本体意义上的特性"[③]。诗人桑克甚至否认"网络诗歌"这一概念,"如果把它命名为网络体诗歌似乎准确了一些,它至少点出了所谓的网络诗歌只是一种形态的变化,或者说形态上的巨大变化。现在许多网络诗歌运用的还是传统媒质上刊布的那种诗歌形态,这就说明这种变化还是传播方式和刊载媒质的变化,还不是本质性的"[④]。应该看到,网络诗歌本身是个充满争议的、驳杂的概念,在当今的诗歌界并没有形成共识。其实"网络诗歌"最初的命名可能仅仅是一个权宜之计,它只是为了区别网络语境下的诗歌相对于纸质语境的不同,而它可能还是一个过渡性的称谓,因为随着网络技术的日益发展和普及,网络会成为诗歌的天然载体,这一概念也就取消了它自身的合法性。但目前看来,"网络诗歌"首先指涉的是网络媒体兴起之后,诗歌与之迅速融合呈现的一些新现象。它强调与网络的密切联系,首先体现在存在形态上,进而从诗歌写作、阅读、语言、文体等方面和网络文化发生千丝万缕的渗透、融合,逐渐充实与发展,呈现出一些与以往纸质诗歌迥然相异的特质。

我们可以按照时间的顺序简要梳理一下网络诗歌在中国的发生发展,以便更清晰、更深刻地认识诗歌触网之后存在形态的巨大变化。

1993年3月,诗阳通过电邮网络发表诗歌作品,第一首网络诗歌诞生。此后诗阳在中文新闻组和中文诗歌网上刊登了数百篇诗歌,成为中国

[①] 张立群:《网络诗歌的大众文化特征分析》,《河南社会科学》2004年第1期。
[②] 对网络诗歌这一概念作出阐释的还有尹小松,他指出,在当下时代语境里,网络诗歌更多指的是带有网络气息的诗歌,联系到目前中国诗歌界的实际情形,因为网络在当前充当着最先进、现代的文化工具(当然不只是工具,还有由这个工具所带来的文化生活理念),所以网络诗实际上在当下有时成了先锋诗的代名词。参见尹小松《"网络"诗歌的前世今生》,《文艺理论与批评》2003年第3期。
[③] 王璞:《对"网络诗歌"的初步考察和研究》(上),http://www.poemlife.com/libshow-1002.htm。
[④] 桑克:《互联网时代的中文诗歌》,《诗探索》2001年第1—2辑。

第二章 网络诗歌的存在形态

历史上第一位网络诗人。

1994年，诗阳、鲁鸣、亦布、梦冉、泓、秋之客、天天等网络诗人在互联网中文新闻组和中文诗歌网上发表大量的诗歌，更多的网络诗人不断地出现，网络诗歌迅速崛起。

1995年，在网络诗人诗阳、天天、亦布、西岭、吴斌、非杨、建云、泓、秋之客、岳涵、瓶儿、梦冉、鲁鸣、祥子、马兰等的努力下，世界上首份中文网络诗刊《橄榄树》成立，历任主编为诗阳、祥子、马兰等。《橄榄树》通过电子邮件向全世界发行。

1996年，《橄榄树》建立了最早的诗歌网站，以HZ、GB、BIG5、PS（打印版）、GIF（图像版）等格式出版中文诗歌月刊。

1997年，我国最大的文学网站"榕树下"在上海开通，网易等公司提供的免费空间为个人文学网站提供了网络基础。

1998年，"黄金书屋""书路"等大型文学网站正式创办。

1999年出现网络诗刊《界限》（李元胜），2000年诗生活（莱耳、桑克）、诗江湖（南人）等诗歌网站成立，2001年于怀玉（小鱼儿）创建诗歌报网站。

之后，更多的诗歌网站如不解诗歌论坛、三明诗歌论坛、丑石诗歌网、第三极神性写作、若缺诗歌论坛、安徽大象诗社、蓝星诗社、绿风诗歌论坛、中国诗歌论坛、扬子鳄诗歌论坛、原点诗歌论坛、中国云诗歌论坛、北京评论、女子诗报、流放地、极光、北回归线、第三条道路、诗先锋、《诗选刊》论坛、中国诗人、中国网络诗歌论坛以及其他诗歌网站纷纷建立，从此中国的网络诗歌进入多元化时代。作为一个新的诗歌写作、传播、阅读平台，网络诗歌作为"另一个空间"对传统的纸质传播空间构成了强大的挑战。根据法国社会学家布迪厄的理论，一个独立的"诗歌场"正在形成，它作为传统诗歌之外的新型"文学场"，以其特有的审美习性和书写方式，构筑了网络诗歌新的存在形态。

二 纸媒的衰落与网媒的勃兴

根据相关史料，最早的中文网络诗歌大约出现在1993年，被称为中国首位网络诗人的诗阳，在这一年开始用电子邮件在网络上发表诗歌。到目前为止，网络诗歌已经走过了20年的历程。在诗歌出现在网上或者网络成

网络诗歌散点透视

为诗歌的重要载体之前,诗歌基本上是以纸质的形式存在的,网络时代的诗歌在存在形态上发生了根本性的变化。回顾中国网络诗歌诞生以前的诗歌存在形态,它基本上是一种"纸质"的存在,即主要是通过"纸质媒体"发表、流通、阅读的。我们只要对"网络诗歌"和"纸质诗歌"做一下存在形态上的对比分析,这种变化就会昭然若揭。纸质时代的诗歌主要以以下几种形式存在。

首先是文学报刊。它主要包括报纸的文艺副刊和文学期刊,纸质报刊是现代诗歌发表、流通的最主要方式。近代以来,报刊一直是中国文学最主要的承载方式,文学正是借助现代报刊这一重要的载体而出现、繁荣的。现代报刊传播方式极大地增强了文学传播的时效性,使得文学的流通更为顺畅,文学与纸张,在人们的心目中构成了天然的联系。曾几何时,纸质报刊在公众的心中地位空前高涨,不管是现代时期的《新青年》《现代》以及著名的"四大副刊",还是当代中国的《今天》《深圳青年报》,它们都以文学、诗歌的形式建构了那个时代的文学神话,特别是1986年的诗歌大展,报纸这一载体缔造了当代诗歌的传奇。但20世纪90年代以来,在商业文化和大众文化大潮的冲击下,文学报刊面临严重的冲击,而"非商业性因素"较为浓烈的诗歌在边缘化的同时,诗歌刊物更是受到重创,不管是组稿、发行,还是销售、阅读,都遇到了不同程度的困难。文坛上活跃的诗歌刊物仅限于《诗刊》《星星》《扬子江诗刊》《诗选刊》等,而即便是这些所谓"活跃的""主流的"刊物,在市场运作和大众阅读上,也存在着明显的不景气。另外,由于文学刊物编辑形成的强大惯性,它们的作者群比较固定,诗歌刊物的编辑运行策略明显和读者的需求存在一定的错位,诗歌刊物日趋保守,这在某种程度上严重限制了诗歌的生命力。诗歌刊物的这种衰退现象,使得诗歌的写作和阅读范围都变得日益狭小,只有圈子里的很少一部分人去关注它。即便是在大学的图书馆阅览室,这些诗歌刊物也很少受到大学生们的关注,诗歌在这里日益沦为一种虚设的无人问津的"贵族"。而《人民文学》《上海文学》《十月》《钟山》《山花》等大型综合刊物,虽然也定期发表诗作,但并不能阻碍诗歌在人们视野中日渐消失的悲剧。出于对公开出版物的反叛,"民刊"曾在20世纪八九十年代大量出现并流通。但是"民刊"流通范围的受限以及它们的"习惯性流产",只是使得诗歌在小圈子里近乎"敝帚自珍"地流通,并未获得应有

第二章 网络诗歌的存在形态

的大范围、高时效的流通传播。"技术的不断进步从根本上改变了精神产品的生产消费行为。从诗歌报刊的发行量看,80年代末,诗歌报刊最多的还可以发行15万份,90年代以来,诗歌报刊最多只能发行3万份。"① 总体来说,20世纪90年代以来,诗歌在"报刊"上的日子,是一种逐渐被挤压、被流放的过程,它一步步被边缘化,甚至被遗忘。

其次是各种诗歌选本。"诗选"是自古就有的一种诗歌存在形态,其中暗含了编选者"经典化"的某种历史冲动与努力。近年来的诗歌选本,相对于小说、散文来说,它的数量是相当小的。各种以艺术流派为标准的诗歌选本,大多遮蔽了某些"现场"的东西,而不能准确反映当时文坛的真实面貌。相对来说,诗歌年选是一种比较有效的方式。一些诗歌评论家如张清华、王光明等,都有自己所依托的出版社和诗歌刊物,他们往往在每年的年终选出本年度的最佳诗歌,用以彰显本年度诗歌创作成绩的同时,更是试图把诗歌从缠身的泥淖中拉出来。应该说,选本有其自身的优点,这些诗歌选本,或以相近的诗歌趣味为标准,或以网络论坛为选稿来源,或以诗人的代际分层为考察角度,显示了较为明确的立场与标准,它可以较好地实现"艺术性"与"时效性"的统一。选家对本年度发表的诗歌进行艺术上的筛选和过滤,使诗歌选本具有了一定的可读性,并且"年选"这种"与时俱进"的方式还能保证诗歌与现实的紧密联系,这一点在2008年的"地震诗歌"中有鲜明的体现。但是,年选受制于选家的视野、趣味,很多时候选家在选诗时的口味偏好会在某种程度上遮蔽一些东西,它的存在并不能很好地彰显诗歌的"原生态",因此也并未俘获读者的注意力。根据陆建华对南京市新华书店2007—2009年三年诗歌选本销售数量的统计,我们可以看出诗歌选本在当下日益惨淡的境况,"长江文艺出版社出版的《××××年中国诗歌精选》,2007年度至2009年度三年的诗选集的销售数,分别是42册、24册、20册;漓江出版社出版的《××××年中国年度诗歌》,2007年度至2009年度三年的诗选集的销售数,分别是20册、4册、3册"②。由此可以看到,诗歌年选所进行的经典化努力,并没有得到应有的认可,它的传播范围并没有编选者预想

---

① 杨晓民:《世纪之交的缪斯宿命:网络环境下的诗歌创作》,《当代作家》1998年第1期。
② 陆建华:《新诗要借重网络争取民众》,《扬子江诗刊》2011年第6期。

的那样广泛。

　　最后是诗人诗集的出版。由于各种原因，近些年来，诗人诗集的出版变得异常艰难，诗集的数量也是惊人的低。可以公开出版诗集的，大多是那些已功成名就的诗人，而一般的诗人则极少有出版诗集的可能。即便是个别诗人克服种种困难出版了自己的诗集，它的流通和阅读情况仍然显得冷清。这首先是经济的原因，在商业文化和大众文化的冲击下，诗集的销售量较小，出版社出于经济原因，很少会选择出版销路困难、不赚钱甚至赔钱的诗集。其次，则是整个社会文化氛围的原因。当今时代是一个"大众传媒话语占支配地位"的时代，人们在很大程度上失去了那种可以静下心来捧读一本诗集的耐心和闲情。诗歌类书籍销量的锐减直接影响到诗人诗集的出版，即便诗集出版出来，它的销售量也很小，阅读范围较小。近年来，虽然有些出版社会策划出版一些当下诗人的诗集，但这种文本相对于那些畅销书和小说类文本来说，确实显得分外冷清。诗是这个时代的孤儿，诗意被大众文化消解，诗集无处安放它的书香。相对于纸质的诗集，人们更愿意在网上快速浏览那些通俗易懂、简短精辟甚至类似"段子"的快餐式文字。

　　综上所述，报刊、诗选、诗集是纸质诗歌存在的三种主要形态，但随着大众文化的侵袭和网络时代的到来，它们在时代的大潮中逐渐失去了承载诗歌的力量，这不仅表现在空间上传播的阻滞性，还鲜明地体现在"时间"上的延缓性。传统的报刊、年选甚至诗集，都是需要"时间沉淀"的，一首诗从作者写出到报刊发表再到读者阅读，需要很长的时间周期。而现代社会的快节奏和即时文化消费观念，在很大程度上使得这种出版发行程序变成了"古董"，即时性的刊发和流通越来越得到人们的青睐。"一首诗歌从创作者传到读者那里，如果通过传统纸媒，要经过诗作者创作与投稿、编辑筛选与修改、印刷厂排版与印刷、搬运工搬运、书店出售、读者购买、阅读等一系列复杂的环节，不但周期长、费用高，而且如果发行范围不包括读者所在地方，或者某一环节出了差池被卡住，读者就无法阅读到它；而通过网络，只要诗作者将它贴在网上，而读者有心去搜索，一般是能找到的。"[①] 可以看出，纸质传媒在这个时代正日益暴露出它的弊端。

---

① 卢云芳：《诗歌的网络化生存》，《文学界》（理论版）2011年第11期。

第二章 网络诗歌的存在形态

以书籍形式存在的纸质媒介构筑了现代文明的大厦，书籍也成为人们生活中不可或缺的交流生存媒介。在人类的传播交流过程中，纸质媒介是技术革新的产物，它出现于科技革新的新时代，也必将被技术革新淘汰。历史地看，纸质媒介只不过是漫长的人类历史的"中间物"，它的出现完成了人类传播的革命，但是随着文明的日趋发达、技术的不断进步，它的弊端也会日益呈现，终难逃脱被历史遗弃的命运。在现行的历史条件下，它的弊端主要表现在，"书籍传播过程的繁复性导致其传播障碍丛生——它对文字水平的严格要求，它的符号表意有限性对历史文明的'耗损'和削足适履，它缓慢而冗长的生产周期和延宕传播，它对于人的知识水平和理性能力的高度依赖，还有它对于人类文明秩序的规约，以及它对于把关程序的严格强调与主观掌控，等等，都导致书籍在社会范围内成为某种等级秩序的代表者，并以理性的名义把情感等非理性内容驱除到文化的边缘，却没有看到情感乃至本能的文化热爱对于文化创造和文明发展具有多么重要的意义。在某种程度上说，线性的书页以文字的表意权实现着文化的霸权，造成了对理性的他律和对人类文明的宰制"[①]。特别是当历史的脚步走进了"大众传媒话语占支配地位的时代"，书籍似乎渐渐地跟不上时代的节奏，正从公众的视野中悄然消失，纸质媒介在公众生活中的地位一落千丈。

第二节 网站上的诗歌诸形态

诗歌在网络中的出现，首先是在网站上存在并传播的。一些大型的门户网站开设的诗歌版块、BBS论坛等，是诗歌在网站上的早期栖居地；随着网络技术的不断发展，一些专业的诗歌网站建立，诗歌在网上的存在和传播更加集中。本节从"综合门户网站"和"专业诗歌网站"两个层面对网站上的诗歌存在形态进行分析和阐释。

一 综合门户网站的诗歌版块

网络的渗入，给诗歌带来的最为显著的影响，便是存在形态的变化。

[①] 欧阳友权：《网络文学：从书页到网页的博弈》，《福建论坛》（人文社会科学版）2011年第10期。

网络诗歌散点透视

诗歌从"纸上"飞到了"网上"。诗歌的载体从纸质形态变成了电子媒介，网络成为它崭新的载体。随着网络电子媒介的进一步发展成熟，网络载体的不断更新与丰富，进一步拓展了网络诗歌的生存空间。它在"网上"的姿态也日益多样化，从最初的诗歌论坛到日益繁多、不断壮大的诗歌网站、诗歌博客，数量惊人且姿态各异。这就难怪作为当前诗歌"在场者"的于坚有如下的断语："最近十年，当代诗歌主要在场已经从纸媒转移到网络上。最近十年，当代中国最有活力的诗人无不现身网络。"[①] 一个毋庸置疑的事实是，网络技术彻底颠覆了以往诗歌流通的整套程序，甚至某种程度上颠覆了传统的文学模式。"网络首先是一场颠覆。它基本上颠覆了传统的发表制度，解放了所有存放私人手稿的黑箱，为各种言论的自由发表、交流奠定了一个史无前例的技术基础。"[②] 用欧阳友权的话说，"网络写作从语言文字向数字化符号转变，让文学文本由'硬载体'走向'软载体'的存在方式"[③]。诗歌到了网上，"电子文本"在某种程度上取代了传统的"纸质文本"。在一篇论述网络诗歌的文章中，蒋登科曾做出这样惊人的叹语："整个网络已经发展成为一个和现实社会对应的虚拟社区，其中又有很多不同主题、不同类型的小型社区或者专题社区。在诗歌方面，我们曾经经常见到的是以群体形式存在的诗歌论坛、诗歌网站，在最近这些年，个人博客、个人空间、微博等又成为网上诗歌创作、发表的重要园地，其数量之多令人瞠目，更是传统的平面媒体所无法比拟的。"[④] 的确，网络似乎给人一种无穷无尽的空间之感，甚至有一种混乱之感。这就要求我们厘清它的源头，条分缕析地去阐释网络诗歌的存在形态。

诗歌和网络的联姻，最早是在一个叫作论坛的平台上进行的。论坛又名网络论坛 BBS，全称为 Bulletin Board System（电子公告板）或者 Bulletin Board Service（公告板服务），是 Internet 上的一种电子信息服务系统。它提供一块公共电子白板，每个用户都可以在上面书写，可发布信息或提出看法。在当今的网络用语中，我们对论坛的定义更加倾向于它是就

[①] 于坚：《"后现代"可以休矣——谈最近十年网络对汉语诗歌的影响》，《诗探索》2011 年第 1 期。
[②] 同上。
[③] 欧阳友权：《当传统批评家遭遇网络》，《南方文坛》2010 年第 4 期。
[④] 蒋登科：《网络时代：诗的机遇与挑战》，《文艺研究》2011 年第 12 期。

第二章　网络诗歌的存在形态

某一主题而进行交流的网络技术平台。论坛以其鲜明的交流优越性和自由性，成为人们在网上青睐的对象。随着网络技术的发展，它也如雨后春笋般迅速发展壮大。论坛几乎涵盖了我们生活的各个方面，几乎每一个人都可以找到自己感兴趣的或者要了解的专题性论坛，而各类网站——综合性门户网站或者功能性专题网站也都青睐于开设自己的论坛，以促进网友之间的交流，增加互动性和丰富网站的内容。就其专业性而论，论坛可以分为两类：综合性论坛和专业性论坛，诗歌论坛显然是一种专业性论坛。诗歌论坛一般由专门的版主负责，只要注册申请账号就可以成为会员，可以就某一主题写诗，或者凭自己的兴趣发表诗歌。早期的网络诗歌主要是在论坛上发表、传播、阅读的，一首诗围绕某一个主题形成帖子，下面有无数的留言板。作品贴在论坛上就得到了发表，网友可以即时看到诗作，并随时在留言板上跟帖进行评价。论坛的最大特色在于它的交互性，一篇作品写成发表，下面会有无数的跟帖，这些即时性的评论有时候作者也会参与进去，形成十分热闹的场面。有时候一首诗在论坛上发表之后，后面的跟帖可能是对这首诗的模仿、续写，这样诗歌论坛就形成一个驳杂、庞大的诗歌场，成为早期网络诗歌的阵地。

中国最早的诗歌论坛多附着于一些大学的早期论坛网站。20 世纪 90 年代末，中国的一些大学拥有了自己的早期 BBS，如清华大学的"水木清华"站，北京大学的"未名"站和"一塌糊涂"，等等，一些大学生和其他人员在上面讨论诗歌，并设置了和诗歌有关的讨论区。其中"水木清华"的诗歌讨论区最为知名，也最为"火爆"，尤其在大学生中有着较高号召力。在这些诗歌讨论区，基本的状况是既热闹又混乱。最初登录的人不多，但是上线的人的流动性很大，后来就慢慢地形成了据点，人员也渐趋稳定，在一个讨论区上灌水、发表和讨论诗歌成了这些人生活中的一部分。但是，这些讨论区的写作水平基本上比较低，主要是写作者缺乏诗歌意识上的自觉，有些作品只是一些语言碎片，但网络上的发表机会又使得他们陶醉其中，略显浮躁和营养不良。需要注意的是，网络的即时性带来传播方便的同时，也在以极大的速度更新、淘汰相关的诗歌，因而这些诗歌讨论区的资料并没有太多的保存。最初的诗歌论坛受限于当时的网络技术，一般存储量较小，整体的设计也略显粗糙。另外值得注意的是，随着网络技术的不断更新，一些网站在应对市场的过程中纷纷改版，以致一些在诞生之初比较活跃的诗歌论坛相继消失,论坛也由以前的众声喧哗变得相对平静。

"从某种程度上说,互联网的出现,启动了诗歌写作在言论自由上的话语解禁和想象力解禁,同时也给民间诗歌写作带来了空前的活力与张力,不计其数的诗作以疯狂的速度在网络上生产。"[①] 这种近乎爆发的场面,最先是在诗歌论坛上得以实现的。论坛给诗歌写作带来的影响是巨大的,甚至是颠覆性的。论坛就像一个广场,诗歌在其提供的广阔空间上,得到了节日庆典般的狂欢化、自由化的表演。论坛的诗歌创作之繁荣,一方面体现在诗歌论坛内部的书写、跟帖,极尽热闹之能事;另一方面则是大量论坛的出现,各大网站发现这一点击率颇高的运营模式之后,纷纷开启诗歌论坛。

综合网站的这种"诗歌论坛"基本上都依附于大的"文化"版块,并且通过各种网络传媒技术的改造与装饰,它的表现力和内涵得以极大丰富。"文学论坛的格局构造是很有特色的。它是一种集多种艺术形态于一体的丰富所在,往往会将文学、音乐、图像、卡通等交融在一起,从不同方面来刺激浏览者的多种感官,给他们带来立体化的、全方位的艺术享受。"[②] 大型综合网站是一个丰富的所在,诗歌只是它的一个角落。但是因为综合网站的高知名度和海纳百川的信息量,它一直是网民首选的冲浪地点。这里的诗歌论坛更多的是一种大众文化的公民参与,它上面的一些诗歌往往和一些凸显的时代问题相互映现,更倾向于大众个人忧思、时代关照、民间情怀的一种表达,它对诗歌"表达性"的要求要多于诗歌"艺术性"的要求。尽管各大门户网站会招揽一些优秀的写手来支撑诗歌论坛,但是一般来说,综合网站的诗歌作者多是一些诗歌的爱好者,一些业余写手。以新浪的"新千家诗"论坛为例,在 2012 年中日钓鱼岛事件中,这个论坛上便充斥了大量的以钓鱼岛为题材的诗歌,人们以诗歌的方式有效地参与了公众生活。2012 年 9 月 17 日,有一个网名为"楚云飞 123"的初级会员发表了一首题为"钓鱼岛上的明月"的诗歌:

---

① 刘贤吉:《试论〈扬子鳄〉网络诗歌论坛的生成》,《江苏技术师范学院学报》2012 年第 1 期。
② 张德明:《审美日常化:新世纪网络诗歌侧论》,《东岳论丛》2011 年第 12 期。

第二章 网络诗歌的存在形态

  钓鱼岛上的明月/特别圆,谁都知道/这是一个虚假的命题/而我现在要说的是/没有钓鱼岛的明月/肯定不圆//喝了一壶酒的秋天/有些跟跟跄跄/没喝一壶的小矮人/在水做的森林里,上蹿下跳/介于喝和没喝之间的我/弹指虚指:东瀛小国//一把刀藏在泥土中的秘密/我们不说/它在开满菊花的夜里/偷饮污秽的血/南山之马重立于霜月之下,迎风疾呼/你要战,我便战

  由这首诗不难发现网络诗歌是如何用自己的方式及时有效地介入了现实,并进而观察大众以怎样的方式揭示了事相。这即体现了"文学公共性",它具体的意义是,"文学活动的成果进入公共领域形成的公共话题。这种话题具有介入性、干预性、批判性和明显的政治诉求,并能引发公众的广泛共鸣和参与意识"①。实际上,每个诗歌论坛都存在着大量诸如此类的诗歌,诗友们或借景抒情,或直抒胸臆,用诗歌的方式抒发着对国家安危、民众疾苦的关怀之情。但在公民热情参与的同时,网络诗歌论坛的秩序问题也浮出了水面,一些不雅的、低俗的、恶意的诗歌也会出现在诗歌论坛上,不仅破坏了良好的诗歌运行秩序,也不利于诗歌艺术水准的提高和诗友间诗歌技术的切磋。

  根据诗歌论坛所呈现的状态以及它们各自的特色倾向,综合网站的诗歌论坛又可以粗略地从下列三种类型来进行描述。

  第一,大型门户网站的诗歌论坛,以四大门户网站"新浪""搜狐""网易""腾讯"最为典型。主要有新浪新千家诗、雅虎诗词歌赋、搜狐现代诗歌、网易现代诗歌、TOM海天诗韵等。其实,各个商业门户网站在迅速做大的过程中,都为文学、读书或诗歌开设了独立的版面,以吸引爱好者的加入。新浪网的前身本来就是论坛,所以它在成为网站时已经有一定的凝聚力和较为固定的参与者。而且,新浪网很注意提高参与者的水平,他们还邀请了一些文化界的名人来加盟,因而在新浪上有不少高手。整体的文化水平也较高,所以它的栏目质量还是比较好的,而且影响力比较大,但是新浪网中与诗歌有关的内容还是较少。搜狐网为诗歌内容设有

---

① 赵勇:《文学活动的转型与文学公共性的消失——中国当代文学公共领域的反思》,《文艺研究》2009年第1期。

网络诗歌散点透视

专区，但管理者显然对诗歌的了解不甚深入，"诗歌韵文"这种在综合网站时常出现的单元名称本来就显得比较暧昧可笑。在这个专区中，管理者缺乏引导，因此气氛整体上不佳，参与者大都是由于搜狐的知名度而前来加盟，以普通诗歌爱好者为多。他们之间缺乏讨论和交流，只是各自贴出自己的作品，把这里当作发表场所，自然也就没有出现高水平的诗歌。一般的门户网站的论坛，不同于拥有纸质刊物兼具选稿功能的网站，也不同于高举流派大旗的可以出版年鉴的诗歌网站，门户网站的长处在于它的品牌效应带来的浏览量。以诗歌写作者来看，这类诗歌论坛主要集聚了传统诗歌圈以外的大众诗歌爱好者，他们有着浓郁的诗歌情结，但他们的作品又很难在专业的纸质诗歌刊物上发表，因此这种诗歌论坛给了他们写作发表的巨大空间。他们或抒发个人情思，或寄托公众关怀，不刻意追求诗歌的艺术性，只是凭借爱好把写诗、谈诗作为生活的一部分。从整体上看，门户网站的诗歌论坛发表的诗歌文本数量非常大，但艺术含量较低。"诗歌论坛"发表的大量原创作品主题繁杂、形式多样，诗歌后面往往有大量的跟帖，极大地彰显了诗歌场域的繁荣。如"新千家诗"在发表原创诗歌作品的同时，还致力于诸多经典诗歌作品的收藏，它的名字显然是对中国古代经典诗歌选本《千家诗》的一种变相继承和赓续。"新千家诗"诗歌论坛还定期举办一些诗歌活动，邀请一些诗歌名家，这种精心的策划，使得诗歌论坛保持着足够的活力。

第二，文学网站的诗歌栏目，以橄榄树、榕树下、红袖添香、晋江原创网等大型文学网站为代表。在最初和诗歌有关的中文网站中，橄榄树是公认较为专业和水平较高的一个，它甚至被桑克称为"中文诗歌网站的先行者"，"它创办于1994年——这个时间概念在互联网上相当于现实生活中的古代，可以说它的历史是很古老的，创办者是祥子，内容包括小说、散文、诗歌等，其中有几个编辑京不特、雷默、马兰和沈方都是专业水平很高的诗人"[①]。因而他们编辑的稿件质量较高，而诗人的参与也是这一网站与其他网站、论坛的不同之处。不过，橄榄树是一个位于北美的网站，编辑也多旅居异国，这影响了它的传播范围，也对它的视野和参与人群构成了限制。它的过早流产，注定了它并没有成为网络诗歌流通发表的

---

① 桑克：《互联网时代的中文诗歌》，《诗探索》2001年第1—2辑。

第二章 网络诗歌的存在形态

主要承担者，而是作为"先驱"为网络文学开辟了一个方向。另一个大家熟知的文学网站是榕树下，主持人是作家陈村，也有一定的诗歌内容，但不成规模。在那种整体氛围下也没能引起更多的关注，因为这里的诗歌写作者得到交流、鼓励和承认的机会也较少，其中不少人后来转到了后起的诗歌类网络空间中。以上文学网站侧重对小说的编辑和经营，在发展壮大的过程中巧妙地和市场、资本结盟，诗歌在这里严重边缘化，从这一角度正可以管窥出诗歌作为一种文学样式的独特性。类似这样的文学网站很多，但在这些网站上，网络小说是绝对的主力，特别是以"盛大文学"为典型的超级网站，它们更青睐于小说，然后迅速在影视市场占取份额，实现文学的盈利。网络小说和文学网站的繁荣相依相偎，展示了数字资本时代文学的新变化，而网络诗歌并没有在这一过程中获得应有的发展。

第三，大型网络社区的诗歌论坛，以著名的天涯社区、西祠胡同社区和猫扑社区为代表。在网上，虚拟社区是一种具有综合交流和互动功能的虚拟空间，它往往能聚集一批有着共同生活特征、爱好、志趣和需要的人，倡导同人性、平等性和网络新生活。在虚拟社区中，交流往往是高质量的，在一个社区的不同栏目下，大家可以平等地、自由地展开各种活动。虚拟社区确实很好地体现了网络所带来的新的交流模式和生活方式，在这里的诗歌版块上，气氛一般比较好，大家地位平等，态度也较为认真，但诗歌的整体水平有时难以保证。网络社区的共同特征在于它自身的草根性和娱乐性质，模仿、恶搞是它们惯用的方式，代表了网络诗歌反叛正统的后现代性的一面。值得注意的是，这些虚拟的诗歌社区还是"诗歌事件"的多发地带，2006年中国诗坛的"梨花体"诗歌事件，就是最早在这几个诗歌论坛上发起的，这几个论坛率先贴出了赵丽华早期书写的一些率意之作，而后在网上疯传，并迅速成为中国诗坛的一个大事件。正是此种原因，导致这类诗歌论坛在民众中获得了超高的人气，因此显得异常活跃，呈现出惊人的点击量和超高的发帖数。以著名的天涯社区为例，其实"天涯"本身就是一个大型的论坛型社区，它冠以"社区"的名义，其实在本质上就是一个"众声喧哗"的公共语义场，而天涯的开放性和自主性更是增加了它的人气。打开"天涯诗会"的主页，就会被它的热闹喧哗所感染。天涯社区在网友中保持着较高的人气，天涯诗会的发帖量和点击量

网络诗歌散点透视

也一直居高不下,它真正变成了人们用诗的方式抒发情感、记载时事的自由舞台。"天涯诗会"是为数不多的开展得比较红火的诗歌论坛,多年来保持着较高的发帖量。一方面,得益于它在长期运作中对民间、草根的关注与开放,它成为网民比较信任、比较喜欢的诗歌论坛;另一方面,这个诗歌论坛虽然是商业网站的一部分,但它在诗歌界也积攒了足够的人气,并且经常和其他文学网站展开互动,因此在诗歌界获得了某种象征资本。天涯诗会曾举办多届中国诗歌擂台赛,这种形式极大地促进了网络诗歌的创作。正是像天涯诗会这样的社区类诗歌论坛,打通了诗歌和生活之间长久存在的隔阂和壁垒,诗歌成为诗歌爱好者网络生活中不可或缺的一部分。

通过对这些诗歌论坛的跟踪式、多维度调查与分析,我们首先可以看出网络诗歌创作在数量上的惊人,这也是网络诗歌存在形态的革命,它与传统纸质诗歌进行对比,已经发生翻天覆地的变化。然而在进行了"现象学"式的描述之后,我们还需要做更深层的探索,进而揭示出网络诗歌的这种存在形态的利弊以及它对诗歌史、诗学建设的多维度意义。"我后来越来越感觉论坛有一种跳梁表演的性质,对个人写作的意义不大,这倒还不是因为论坛的言论自由具有暴力性,匿名者的白色恐怖、造谣、诽谤等。而是论坛的方式与诗歌精神不符,论坛以为个人黑暗中的诗歌秘方是可以讨论交流的,通过争论是能够写出好诗来的。论坛是论理的地方,但理没有论出来,非理性却遮蔽着作品。自由论争是民主的形式之一。但诗歌不是在争论中发展的,它不是一场运动。争论试图将写作中的黑暗秘方光明化,将消极的东西变成积极的东西。而其实它只是一个获取注意力的工具。论坛的虚拟性,往往令作者产生幻觉,以为全世界都在关注。论坛的语言暴力往往令人生畏,最后成为一个个小圈子而不自知。论坛使作者产生依赖性,像体育竞赛的现场,写作产生一种狭隘的论坛风格,为赢得小圈子的廉价喝彩而写。事实证明,所有诗歌争论都是在非诗的领域生效,而诗歌创作的所谓规律性的东西从未被总结出来。"[①] 从以上的描述中,我们似乎可以清晰地辨别出"论坛"对"诗歌"的灼伤,网络在以论

---

① 于坚:《后现代可以休矣:谈最近十年网络对汉语诗歌的影响》,《诗探索》(理论卷) 2011年第1辑。

坛为平台给予诗歌生产力无限解放的同时，却并没有为诗歌本身带来什么。论坛更加接近于"运动式"的"非理性"展览，这或许正是它的必然性所在。中国新诗诞生至今的百余年中，确实出现过不少轰轰烈烈的诗歌运动，但是诗歌艺术往往是与轰轰烈烈的诗歌运动相悖的。诗歌是个人的艺术，从这个角度讲，早期的诗歌网站难以产生好诗也就在情理之中了。难怪著名诗人欧阳江河曾这样说，面对这样一个诗歌江湖，很难指望从中产生出良好的诗歌趣味。诗歌论坛自诞生之日起，已经经历了十几年的历程。今天的诗歌论坛已经相对平静，经历了时间的淘洗，论坛也更加趋向于日常化、审美化，论坛的运行机制日益趋于成熟，人们对待论坛的态度也日益平淡，在网络技术日益成为一种日常工具而失却了它的新奇性之后，引领人们兴趣的仍然是永恒的缪斯。所以，我们大可不必对网络诗歌有过分悲观的看法，它在通向永恒缪斯的路上。

诗歌论坛作为网络诗歌发生发展的早期阵地，伴随着网络技术的日趋成熟和网民心态的日趋平静，它已经失却了往日的热闹喧哗。这似乎也是网络诗歌走向"正常化"的一种标志，网络诗歌不再需要"外力"来推动，它获得了充分的自足性和内驱力。从这个层面上说，网络诗歌是从"网络"重新返回了生活、生命本身，这是诗歌完成"存在形态革命"之后的新路向，它昭示了诗歌和技术联姻之后的新的美学取向。

二 专业的诗歌网站

中国的专业诗歌网站是在诗歌论坛的基础上建立的，它是网络技术更加成熟、网络与诗歌的联系更加紧密之后的产物，它不仅是诗歌发表的空间，还是经典诗歌的存储地、诗学观点的散扬地、诗坛动态的传播地。相对于一般的诗歌论坛，它们更具有专业精神，更独立于短暂的功利性，不斤斤计较于网友的回帖意识，所以具有最为有效的批评。从目前的形势看，专业诗歌网站代表了网络诗歌发展的方向。从网络诗歌诞生以来，比较有代表性的专业诗歌网站主要有"诗生活""诗江湖""界限""灵石岛""诗歌报网站""扬子鳄诗歌论坛""中国诗歌网"等，它们在多年的探索中，已经将诗歌网站打造得非常丰富，也早已摆脱了单纯的诗歌发表和研讨的简单模式，而是在试图把诗歌网站打造成综合性的诗歌场。

网络诗歌散点透视

"界限"是网络诗歌场域中比较活跃的大型诗歌网站,它由诗人李元胜等创办于1999年。在该网站的主页上有这样的简介:"创办于1999年的界限倡导平等、坦诚的交流,鼓励诗人独立地判断和创新,以宽容、安静的氛围,为爱好自由的诗人提供研讨诗艺,共同进步的栖息地。"该网站的思想宗旨,则是在主页上以动态呈现的"我们活过,我们感受过,我们判断过"。该网站设有界限论坛、界限新闻、重庆诗友沙龙、诗与论、译诗库、藏诗楼等专栏。该网站除了诗歌论坛一如既往地活跃外,它还是一个以"运动"取胜的网站。它在新浪网创办有连续的"界限诗歌作品展",另外就是从2003年开始创办的《界限》大型诗歌双月刊"界限诗刊",2009年该网站出版了纸质的《界限:中国网络诗歌运动十年精选》,精选十年网络诗歌运动的80多名实力诗人的代表作品,比较客观地展现了中国网络诗歌的写作状况。界限大有一种"舍我其谁"的网络诗坛霸主的自我担当意识。从诗人队伍上看,"界限"集中了一批优秀诗人,他们以李元胜、苏浅、苏若兮、西叶、叶丽隽等为代表。用桑克的话说,"界限的开通,对中文互联网诗歌的发展起了很大的推动作用,尤其它主办的汇银诗歌奖和柔刚诗歌奖,使一向缺少扶助的诗人得到了鼓舞,它的设置本身在网上也是一个吸引眼球的亮点"[①]。但最近几年,界限诗人的队伍发生某种程度的分裂,界限诗歌网站的更新也显得有些滞后。总而言之,界限及它的诗人队伍属于偏爱"运动"性质的诗歌团队,而它后来的冷淡也正好说明了诗歌对日常的无限依赖,运动毕竟不是诗歌的常态,即便是在网上。界限是重庆诗人的聚集地,是重庆诗歌的重要展示平台。2013年,界限诗歌网站推出纸质版的《界限诗刊》创刊号,其中有李元胜书写的卷首语《有一种生活叫界限》:

> 界限,曾经是一片茫茫的虚拟生活。十多年前,一群人把自己的热情和想象力,星星点点,从全国各地上传到同一个网站,创造了一个属于诗人的社区。大家在经历着日常生活的同时,也在经历着这个悬浮在中国大陆上空的生活,嬉笑怒骂,有时是飞沫,有时是诗。
>
> 界限,也同时是一个个真实的场景,在界限诗人相对集中的重

---

① 桑克:《互联网时代的中文诗歌》,《诗探索》2001年第1—2辑。

第二章 网络诗歌的存在形态

庆,界限的社区生活被下载到不同的茶楼、咖啡馆和酒吧,被发酵,散发出诗意。

在永不休止的上传与下载中,时光翻卷,理想破旧,走马灯似的人物来去,而永远在积累在扩展的是——界限诗歌。一批界限诗人成为中国诗坛的中坚力量,新一代诗人又开始加入。界限,成为中国新锐文化的容器和温床,它已经不仅仅是诗歌了,它同时创造出散文家、画家、摄影家、乐队、艺术策划人、出版人。

界限在分散,从一个论坛,分散成成千上万个博客、微博;界限也在集中,在流浪了十多年之后,它驻足于重庆南岸区。界限诗人和他们的朋友,拥有了自己的咖啡馆——少数花园。

经历了这么多,我们还有热爱;经历了这么多,我们还有狂想。这本薄薄的纸刊,就是我们新的热爱和狂想的开始。

兄弟们,时光还在,我们还得继续出发。[①]

我们从中可以管窥出诗歌网站在网络诗歌发展过程中所经历的嬗变,以及历经时间淘洗之后,网络诗歌处在一个什么样的状态。"界限"是中国网络诗歌发展历程中的重要参与者,它为网络诗歌的发展做出了突出贡献。

"扬子鳄诗歌论坛"是一个比较侧重于艺术坚守、持续时间较长的专业诗歌网站,它于 2000 年由广西诗人刘春创办,是国内最早创办的网络诗歌论坛之一。根据论坛的版块设置,该论坛的作者大概由四部分人组成,版主、副版主、驻站诗人以及注册用户。这个论坛给读者的突出感觉是它的相对平静,总体的写作水平较高,写作数量保持在低水平,但井然有序,诗歌艺术水准较高。这似乎也暗示了诗歌论坛经过早期的喧嚣沸腾之后,已经进入了一个理性平稳的运行期。"扬子鳄"是一个小圈子,这里更多一些"纯文学"的意向,它的诗歌作者也大多具有某种高层次的艺术追求,从而摒弃了一般诗歌论坛的喧嚣与"非艺术"性、"非诗歌因素"。在坚持"诗人办站"的同时,保持了一些"新诗"传统本身的东西,诸如隐喻、反讽甚至晦涩等。我们可以随意举其一首诗为例,这首诗的题目为

[①] http://www.limitpoem.com/bbs/dispbbs.asp?boardID=2&ID=20466&page=1.

网络诗歌散点透视

"三十岁,如影随形的诗",作者是唐绪东,发表于扬子鳄诗歌论坛的时间是 2013 年 1 月 8 日 9 点 52 分:

> 把闲散的生活忘掉吧,因为面容/已如唐朝的铜镜,疗养的/病态时光。漫漶的文字/记录着苍白,草率的呻吟/继续周而复始干工作/继续在闭塞薄尔的县城/当一个平民贵族/一个普通女人的丈夫,一个和自己/较劲的、有着幸福家庭的马拉美/很难说所谓崇高和伟大/我只是在别人不屑的边缘/在时间深处写着:生活。梦/内心的一片惨淡星光
>
> ……
>
> 三十岁了,十五年河东的守望/我仍然是伫立在意志里渺小的暗影/黑夜里也不消失的暗影。而白天/而白天更加凝重/而诗更加光明、纯粹/一尘不染。染的只有自己/我知道,三十年才刚刚开始/太空仍然是一把利剑/它高悬着,负疚感仿佛才刚刚开始

这首诗将日常的诗人和古今中外的人物进行杂糅,并且诗意趋于烦琐,它摒弃了一般网络诗歌的"不及物"的无意义指涉以及"一次性"的"快餐化"阅读,更倾向于让读者进行一种"把玩"式的阅读,诗人的思绪并没有直接写出,而是深藏在文字的背后,它几乎拥有传统新诗的一切特征。在"网上"的诗歌如果能吸收传统诗歌的一些优秀质素,并且加以创造性的继承,是否会成为网络诗歌提升自己的一条有效途径?在论坛之外,扬子鳄还创办了"扬子鳄文学网",其中的"现代诗歌"版块,是很重要的诗歌集聚地。以它为平台举行的广西青年诗人大展,就是一项非常有意义的活动,规模之大很容易让人联想到 1986 年的中国现代主义诗歌大展,只不过大展从"纸上"飞到了"网上"。值得注意的是扬子鳄诗歌论坛所设置的"斑竹"和"驻站诗人",驻站诗人中大多是一些同人诗友,是一些充分依赖网络成长起来的年轻诗人,他们有着相近的艺术趣味,对待诗歌有一种异常虔诚的心态,不在意诗歌所引起的外部效应和现实功能,而是侧重于对诗歌技艺的深层发掘,因此这个论坛的诗歌整体艺术水准较高;而"斑竹"则类似于纸质诗歌的编辑,他们的存在使得诗歌论坛的发表、争论维持在一定的限度之内。总而言之,扬子鳄作为一

第二章 网络诗歌的存在形态

个在喧嚣中坚守了十几年的诗歌网站，综合了纸媒和网媒的优点，有力地融合了诗歌和网络的特性，因此为网络诗歌的不断壮大和深入人心厥功甚伟。

在众多的诗歌网站中，"诗生活"可能是最为成功同时也最具有代表性的一个。与扬子鳄相比，诗生活更加彰显它的综合性和时效性。诗生活拥有自己独立的服务器，是国内第一家诗歌综合网站，于2000年2月由著名诗人桑克创办，它已经成为当今重要的网络诗歌平台。它得以成功的最大原因在于，在日益喧嚣的网络诗歌的整体背景下，能够保持那样一份沉静的诗歌心态。这使得他们在从事与现代诗歌有关的各项工作中，能够从"艺术性"上作出很好的裁决，避免了那种浮躁的、表层的、实无内容的喧嚣。他们的网站还鲜明地体现在一种综合性上，它试图全面地涉及当前诗歌的方方面面。诗生活的页面设计简单而有条理，给人一种很舒适的感觉。它主要分为以下版块：诗通社（传达最新的诗歌信息，较具有生活气息）、社区、论坛、友情论坛、诗人专栏、评论专栏、翻译专栏、诗歌专题、诗观点文库、网刊等。既有最新创作的诗歌作品，又有经过提炼筛选的网刊。专栏的设置起始就是为一些诗人、评论家、翻译家提供了一个栖息的平台，并且很多当今活跃的诗人、评论家都会聚于此。这也彰显了它的分量。诗生活的"诗通社"专门报道关于当今诗坛的重要消息，它使正在生成的网络诗歌场和现实诗坛紧密勾连起来，诗坛上的重大事件和活动因此也迅捷地现身于网络现场，诗坛不仅在和网络互动，而且也要参与到网络中，利用网络的这种功能，诗生活变成了一个巨大的以诗歌为中心的"场"。它的专业性、综合性、时效性、稳定性，使得这个诗歌网站成为名副其实的最为重要的网络诗歌发表、传播的平台。自2000年建立以来，几经改版，目前已形成其固定的网站风格，拥有了固定的阅读群体，培养了固定的网站队伍。可以说，诗生活是中国网络诗歌发展历程的"活化石"。用王璞的话说，"对于网络诗歌场而言，诗生活在很多方面都像是一个规则制定者。从经营模式，到内容设置，再到论坛管理，以及其他网站制度和游戏规则，诗生活都具有示范作用，而且，诗通社消息、网刊编辑、驻站诗人、每月点评、为民刊提供论坛、诗人自助专栏、诗人肖像等内容、形式和方法，都是他们的首创，或广为效仿。由于它所处的位置和自身规模所带来的优势，诗生活网站在网络诗歌场乃至整个诗歌界积累了一定的特殊象征资本,许多写作者希望通过在这里亮相而受到重视,而其他网站和论坛也希望出现在其友情链接中以便提高点击率"[①]。诗生活可能是目前最活跃、最具综合性的诗歌网站,它真正做到了让诗歌成为一种生活,在诗歌发表、讨论和批评的同时,还保持了足够宽广的文学视野和文化眼光,以及对整个网络诗歌场的包容和认同。

诗歌报网站是网络诗人小鱼儿于2001年创办的一个大型华语网络诗歌门户网站,其前身为《中华诗歌报》,诗歌报网站是一个集网站、论坛、网刊、纸刊为一体的大型诗歌门户网站。这个网站自开通之后先后策划了很多诗歌活动,举办华语网络诗歌大展,评选华语网络诗歌发展十大功臣、华语网络诗歌论坛风云榜等,自2004年始连续出版《中国网络诗歌年鉴》。这个网站的存在显示了一部分网络诗人的激情,也彰显了网络诗歌不竭的活力。

诗江湖是一个颇具个性的诗歌网站,它由诗人南人创建于2000年,这里聚集着以沈浩波、朵渔等为代表的北师大青年诗人,它还是著名的"下半身"诗歌写作的大本营。正像它的名称所指涉的,这个诗歌网站的江湖气息较重,网站的内容不多,后来"下半身"解体,诗江湖的诗人各奔东西,诗江湖这一网站也不复存在。

与以上诗歌网站不同,"灵石岛"是一个集中收集诗歌作品的专业诗歌网站。它的涵盖范围非常广,存储的诗歌文本相当丰富,尤其是一些经典的、稀缺的外国诗歌译本。设置的"新诗资料库""译诗资料库""古诗资料库""民歌资料库""诗论资料库""汉诗译文库""专栏诗人""站点精选"等栏目,极大地方便了读者的搜索。在读者不易获得诗歌资料,诗坛又处于半封闭状态,尤其是外国诗歌资料相对稀缺的情况下,这个"岛"的存在更让人感到宝贵,为普通诗歌爱好者和诗人们所欣赏。相对于纸质诗歌文本的储存,灵石岛的存储量大,搜索方便,并且作为一种虚拟空间,它节省了大量的实体空间,因而具有纸质存储难以媲美的优越性。但是,灵石岛在经历了最初的一段努力和鼎盛之后,不知什么原因,现在这个网站已经不存在了。不过它毕竟展示了诗歌的力量,展示了网络

---

① 王璞:《对"网络诗歌"的初步考察和研究》(上),http://www.poemlife.com/libshow-1002.htm。

第二章　网络诗歌的存在形态

对于诗歌的强大推动力和网络相对于纸质空间的优越性，它展示了网络空间喧嚣、先锋之外的另一面。事实上，以灵石岛为代表的诗歌储存网站，是一项古已有之的储存文献的浩大历史工程，它必将延续下去。以灵石岛为代表的这样一种努力，显示了网络诗人对中外诗歌传统的敬畏和尊重，从某个角度显示了网络诗人心态的成熟。

　　诗歌网站是继诗歌论坛之后网络诗歌的重要载体，它伴随着网络技术的发展和诗人对网络的适应而迅速出现并发展壮大、成熟，标志着中国网络诗歌有了自己的阵地，有了较为成熟的网络运行机制。"从界限、灵石岛、诗江湖、诗生活开始，2000 年成了中国诗歌网站发展最快的一年，有很多新网站创办，上网的诗人也越来越多了，影响也越来越大，套用俗语，真可谓是雨后春笋。"[①] 其中比较有影响的网站还有文学大讲堂、锋刃、终点、蒲公英现代诗歌、死亡诗社等。其中由中国网络诗歌学会建立的中国网络诗歌网是一个专业的网络诗歌网站，中国网络诗歌学会是热爱诗歌、热衷诗歌创作与研究的华语诗人自愿结合的文学团体，发起人为著名的诗人墨写的忧伤。它的显著特点在于它的"组织性"，即它是"团体"的产物，并且团体制作有严格的章程，标举"高远、纯粹、关注、发展"等纯文学精神。还有一些小型的但是较具特色且艺术性较高的诗歌网站。例如，"个"诗歌论坛，它的前身是"守望者"，2002 年建立了"个"社区，"个"是注重诗歌建设以及提倡"个人写作"最早的中国诗歌网站，也是现代诗在网络的重要现场之一。论坛叫"个"就是鼓励作家孤绝地创作，远离时代风潮的影响。认识到自觉为个的存在，"个"对于全体（如部族、党派、阶级、国家等）不是部分的关系。这个网站还有自己的诗歌网刊，"个"诗歌网刊创始于 2008 年，标榜个人化的诗歌写作，它以"个"论坛为依托，以博客为阵地，网刊只不过是纸质刊物的电子版，并没有掺入电子媒介的东西。该网刊一共在网上出现了五期，截至 2009 年第 5 期，便再没有了消息。其他保持活力且独具个性的诗歌网站还有由吉狄马加等诗人领衔的中国诗歌网，安徽马鞍山诗人群创建的中国当代诗歌网，以及九派诗歌网、诗先锋网站、诗歌报网站、新诗大观等。

　　诗歌网站有一定的模式，它们的出现往往代表了某种诗歌力量在网络

[①] 桑克：《互联网时代的中文诗歌》，《诗探索》2001 年第 1—2 辑。

上的集结和崛起。这些网站一般拥有一些稳定的编辑人员和技术人员，随着这些网站的发展壮大，它们也形成了一定的基本模式：一般都包括自己的论坛，设有写作实践、作品发布、文学新闻、批评、文学资料、论争、诗人专栏、图片、论坛精选、友情链接、网上书、网络电子刊物、最近更新、作品搜索等，编译工作一般由网站编辑完成。这些诗歌网站的自发涌现证明了网络诗歌的能量之大，也形成了网络诗歌的主流空间。更加重要的是，诗歌网站、论坛除了正常的发帖、传播诗歌之外，还通过多种诗歌活动刺激网络诗歌的发展。常见的活动有"诗赛""诗会""诗歌接力"，举办诗歌奖以及制作电子网刊、出版纸质诗选，等等。以绿风诗歌论坛为例，它曾举办多次"同题诗赛"，在诗赛期间，论坛的发帖量暴增。诗歌网站和诗歌论坛建立之后，大多都会依据自己的论坛来编制自己的网络电子诗刊，并且会设立基于本网站和论坛的诗歌奖项，有些诗歌网站的诗歌奖在经过多年的发展之后，获得了广泛的公众认可，从而在诗歌界获得了很大的影响，进而推向更大的范围，柔刚诗歌奖就是其中的典型。各个网站和论坛还会定期出版纸质的诗歌文本，以便更好地彰显本网站的创作实绩。以诗生活网站为例，它会定期出版《诗生活年选》，诗歌报网站则从2004年开始每年出版《中国网络诗歌年鉴》。诗歌网站、论坛的这种多向度运作，有力地激活了诗歌现场的活力，有利于诗歌的繁荣，但也存在诸如粗糙化、小圈子化等弊病。

　　诗歌在专业性诗歌网站上的存在，还体现为网站定期编辑的诗歌网刊。诗歌网刊是网站管理人员对论坛内优秀诗歌的选拔，它在某种程度上代表了网络诗歌的艺术高度，它是区别于论坛的诗歌集中展示，同时也是网络诗歌经典化的有效尝试。网络电子刊物，是指网络上流传和发行的刊物，往往采取邮件的群体发送形式，以网站和论坛为依托，编辑人员往往是网站编辑或论坛版主，或者由活跃的网友轮流担任。网络电子刊物是诗歌网站和论坛兴起之后的产物，它和纸质的诗歌选本有着相同的对于诗歌的经典化追求，不同的是它要在网上进行"电子制作"，并且也只有在电脑上进行"电子阅读"。网刊以传统纸质刊物为蓝本，融入现代电子技术，用虚拟的空间代替纸质媒介，读者只需要用鼠标轻轻点击就可以完成阅读，它比纸质刊物的容量更大，并且可以包含音乐、动画等"多媒体"成分。它往往通过电子邮件的形式进行传递，因而传播速度和流通范围更

第二章　网络诗歌的存在形态

大。经过网络编辑细心编选的诗歌网刊，具备了可读性，艺术性也明显提高。网刊和纸质刊物有很多相似性，只不过它要求读者进行"屏幕阅读"，这一方面使得一些诗歌爱好者可以按照阅读纸质诗刊的习惯来顺着目录翻页阅读；另一方面又使得网络诗歌在一定程度上得到艺术性的梳理和集中阅读。几乎每一个诗歌论坛和网站都创办有自己的诗歌网刊，其中比较有特色的有《诗生活月刊》《文学大讲堂月刊》《界限诗刊》《他们月刊》《终点》等。以《诗生活月刊》为例，它自 2000 年 4 月开始创办，每月一期，至今已有十几年的历程，在内容的编辑上和传统的纸质刊物没有什么区别，稿源主要是本网站的诗歌稿件，并且它们也寻求与现实的合拍，例如办一些专刊，诗生活网站先后创办有《女诗人特刊》《512 地震特刊》《2008 大风雪特刊》等。"界限"也有自己的电子网刊，它是一份双月刊，创始于 2000 年。读者只要登录这些网站，打开它们的电子网刊就可以翻页阅读，其相较于纸质的刊物在出版、流通方面有了极大的方便性和快捷性。每个网刊都力图办出自己的特点，往往设置许多栏目，每一期一般有一个专题，有一些很有网络特色，如论争纪实、点评等；在设计上，则大多突出了网络的图文特性，使得文本和图像等紧密结合。随着这些网刊的发行，它们也形成了各自的作者群。比起纸质刊物，网刊的内容更加鲜活，编辑上也更加便利，版式更加多变，同时会有较少的限制，内容和形式都更个性化，也更加贴近读者。当然在传播上也快捷了许多，在一部分受众中比那些传统刊物更受欢迎。网络诗刊的出现确实使诗歌传播局面发生了改变，那些早就不满传统刊物的读者在这里感受到了切实的活力。相对于纸质刊物的日益衰落，网刊方兴未艾。一个诗歌论坛上的网刊作品，毕竟经过了编者的筛选，虽然所选篇目受到编者的水平、偏好等因素的制约，但大体上，各个诗歌网站或论坛，作品经过版主的阅读，用各自的标准加精的，是很少的一部分。网刊的作品，又是在这个基础上选的，质量会高一些。

比较著名的诗歌网刊还有《诗歌报网刊》，它是大型诗歌网站"诗歌报"剪辑选出的诗歌网刊，它和纸质的诗歌报月刊同时编辑发行出版，影响力较大。另外，《橄榄树》《中国诗歌》《印象诗刊》《九派诗歌网刊》《诗先锋网刊》《北回归线诗歌网刊》都有一定的特色。诗歌网刊显示出网络诗歌"经典化"的某种努力，只不过这种在网上进行的"经典化"受制于很多因素，相信随着网络技术的进一步发展，诗歌网刊还会取得更加长足的发展。它对网络诗歌的"经典化"努力还需要时间的考验，但作为网络诗歌存在的一种典型形态，它已经展示了区别于论坛和网页的新特点，它自身所探索的"网"与"刊"的结合、诗歌原创性与经典化相结合的道路，已经得到很好的实践。诗歌网刊是纸质诗刊在网上的延伸，它的文本来源于网络，运用网络技术进行制作，通过电子邮件、网络传送等方式传播，并在网络屏幕上进行阅读。这种方式代表了网络时代阅读的一个纵深方向，它以电子书的形式预示了未来阅读的新方向。诗歌网刊在未来的发展，一方面取决于其文本质量的优劣，另一方面则取决于编辑制作人员网络技术的熟练程度。网络电子刊物将在未来几年成为文学阅读的最主要途径。

第三节 "自媒体"诗歌的诸形态

网络技术发展到一定程度，以博客为代表的个人网页出现，诗歌和博客的结合，使得大量的"诗歌博客"出现，博客展示了网络诗歌存在与传播的崭新形态；移动媒体（平板电脑、智能手机）的出现，伴随着微博、微信在日常生活中的广泛运用，诗歌在微博、微信上呈现出新的形态，并在传播方式上发生深刻变化。本节旨在通过对以博客、微博、微信为代表的"自媒体"诗歌形态的描述与阐释，揭示新的媒体传播途径中诗歌存在形态的最新变化，以及它们所潜含的大众诗歌接受心理的转变。

一 博客上的诗歌

根据中国互联网信息中心提供的资料，2005年，以博客为代表的 Web 2.0 概念推动了中国互联网的发展。它的出现标志着互联网新媒体发展进入了新阶段，中国全面进入"自媒体时代"。根据维基百科的定义，所谓自媒体是指在 Web 2.0 的环境下，由于博客、微博、共享协作平台、社交网络的兴起，使每个人都具有媒体、传媒的功能。以博客为代表的个人网页，是网络技术进一步发展和人们对网络的运用更加熟练之后的产物。相对于论坛，个人网页这种形式最具个性化，完全依个人的喜好来设定每一个细节，因此它可以更具特色，也与诗歌所强调的个性和自由正好合拍。博客

第二章　网络诗歌的存在形态

这一新的网络平台迅速被应用到文学中，并且成为推动网络文学发展的重要力量。根据网络上的释义，博客就是以网络作为载体，简易便捷地发布自己的心得，及时有效地与他人进行交流、集丰富多彩的个性化展示于一体的综合性平台。它是英语 blog 的音译，是一种通常由个人管理、不定期张贴新文章的网站。博客上的文章通常根据张贴时间，以倒序方式由新到旧排列。许多博客专注在特定的课题上提供评论或新闻，其他则被作为比较个人化的日记。一个典型的博客结合了文字、图像、其他博客或网站的链接及其他与主题相关的媒体，能够让读者以互动的方式留下意见。大部分的博客内容以文字为主，根据博客功能的不同，又可以分为一般博客和微型博客。微博往往有一定的字数限制。

博客写作的是日志或日志性质的网络文学，是博主对自己生活、情绪、思想的记录，很自我、很生活、很随意，也很琐碎，是一种基于网络技术的大众文学、平民文学和通俗文学。但它真实地反映了博主的心理感受，抒发了真情实感，表达的生命感悟清新鲜活、自然质朴，其文学的含量和审美的价值是毋庸置疑的。诗歌博客是诗人发表自己作品的平台，在这上面发表的作品往往又分为两种，一是粘贴以往曾经发表过的诗歌作品，在这个意义上，博客只不过是一种承载、储存的平台，传统文学作品的博客化，在一定程度上提升了博客文学的艺术水准，满足了读者更高的审美需求，但也在一定程度上消解了博客文学对传统文学的革命意义；二是发表新创作的、在其他地方未曾发表过的作品，这种形式是一种崭新的方式，是网络时代的特殊产物。

博客是网络发展到一定阶段的产物，它在本质上是个人主页，它在延续了诗歌论坛的交互性的同时，又保证了诗歌创作与发表的自由性。"博客写作出现之后，更是把网络媒介的长处与短处加以放大和延伸，博客的自由与开放，隐名与互动，使得个人博客在 2006 年成几何数字地迅猛发展。"[1] "这是一个博客的时代，博客既是一种生活方式，也是一种生活态度。对于文学而言，博客则代表着一种全新的生产机制和消费模式。"[2] 博客为我们创造的互动空间，虚拟地实现了人与人的互动与交流，博主不仅

---

[1] 白烨：《遭遇"媒体时代"——三谈"新世纪文学"》，《文艺争鸣》2007 年第 2 期。
[2] 甫玉龙、陈定家：《"博客"潮流及其文化影响论纲》，《社会科学战线》2010 年第 8 期。

可以在这个空间中自由地创作，同时也可以跟所有到访博客的网友实现互动。这种以跟帖、点评、续写为表现形态的文本是博客写作的间性文本，构成了博客文学的一部分。这种零距离"随写随评、随评随改"的互动式频繁交流，会影响博主的创作方式，从而影响到文本和文体的形态，使得博客文学的创作呈现出智慧共享、集思广益的"间性"模式，作者原本的思维模式可能会在互动协作的过程中被改变。但博客又有着论坛所无法比拟的优点，"博客是以个人为单位的，博主拥有完全属于自己的天地，可以发表文学作品、思想见解等，用各种方式和手段充分地表达自己。在发表作品方面，博客和论坛有所不同，博客以个人专栏的形式对文章按照发布的日期进行排列，而论坛是以帖子的形式，是以单篇文章为单位的。以往的网络文学都是以单篇作品为流传单位，以致很多论坛原创文章竟然不知道作者是谁。而在博客世界里，作品只是个人的一种表现形式"[1]。

个人诗歌博客的出现意味着诗人诗作的发表更加自由，诗人对论坛的依赖度降低，个人的发表不再受版主约束。就诗歌而言，这意味着最后的准入门槛被突破。诗人们开通属于自己的博客，在上面发表作品，和其他人进行交流，一时间成为新的时尚。目前存在的诗歌博客按照其运作方式的不同，大致可以分为三种类型：第一种的博主多为一些年龄稍长、在纸质媒介环境孕育中的诗人，他们并不习惯于在线写作，但也不抗拒网络，所以会把早期发表或新近发表的诗歌粘贴在自己的博客上，可以称为"二次发表"。翟永明、王家新、朵渔等诗人都有自己的诗歌博客，他们基本上属于这一类型，因为其名气，所以有着不错的点击率。第二种即所谓的原创诗歌博客，它们的博主更为年轻，是网络环境孕育出的一代，他们区别于前一类网络移民诗人而被称为"网络土著诗人"。在线写作、发表，网络是他们作品的主要流通载体，大多数的"80后"诗人都直接在自己的博客上发表新作，他们和网络有着天然的趋近，应用起来也更加自如。第三种是所谓的群体博客，某一个诗歌群体为了开展自己的诗歌活动，可以充分利用诗歌博客这一平台。新浪、搜狐、网易、天涯等大型网站都提供开通博客的业务。

在诗歌博客上，诗人除了发表自己的诗歌和诗学观点外，还可以"链

---

[1] 马季：《网络文学透视与备忘》，中国社会科学出版社2010年版，第57页。

第二章 网络诗歌的存在形态

接"其他的诗人博客、诗歌网站和文学站点,它为诗人的多层面、多向度交流提供了丰富的资源,因此它又是一个巨大的"超文本",一张繁复的诗歌之网。读者打开某一诗歌博客,除了阅读它上面的诗歌日志,还可以通过它链接到其他人的博客,链式结构由此形成。正是从这个意义上说,诗歌博客较好地融合了个人性和公共性的特点,它不仅为诗歌作者提供了无比自由的写作发表平台,也为读者提供了优于诗歌论坛的崭新的阅读平台。

博客文学是网络孕育出来的大众文学与平民文学,因为它的最大特点是写作者可以在虚拟空间中随时随地自由发表个人的独立见解,使写作真正成为一项大众皆可参与的精神交流。"它的生活化特征,写实性品格、非教义性倾向、自我记录、图文音乐的参与与个人媒体的载体形式等对传统文学概念构成了巨大的冲击。在对生活经验复杂化的今天,它为文学理念多元化、文学表达形式多样化开辟了新的空间。"[①] 博客究竟在多大程度上释放了诗歌的创造力。又在多大程度上修复了"诗歌"与"网络"的关系?这显然是一个复杂的问题。对于"博客"这一新兴的领域,有些人似乎找到了区别于论坛那种喧嚣之地,可以安静地进行艺术的操练。其实,我们除看到博客"个人化"的一面之外,更应该承认它的"大众化"。它毕竟是网络科技的产物,是大众传媒催生的结果,它不可避免地带有大众文化的种种特征。近年来发生在博客上的文学和诗歌事件,就证明了博客也绝非一片宁静之地。怪不得作为参与者与见证者的白烨会有这样的结论:"我认为,博客并不适合于严肃的文学写作以及学术交流,它更适合于偶像明星和他们的粉丝群体之间的互动,那是他们的极乐世界。"[②] 通过网络搜索,我们会发现绝大多数的诗人都建立有自己的博客,诗人博客按照其书写方式、对博客运用方式的不同,可以大致分为以下类型:首先是诗歌团体博客,一些诗歌团体、诗歌刊物开通博客,通过博客的方式进行宣传,甚至以博客的方式发布自己的诗歌网刊。一些诗人主要以纸质刊物为发表阵地,但他们也会把诗歌作品粘贴在个人博客上,以利用网络这个平台更好地传播自己的作品。著名诗人翟永明、于坚等都有自己的博客,

---

[①] 马季:《网络文学透视与备忘》,中国社会科学出版社2010年版,第225页。
[②] 白烨:《遭遇"媒体时代"——三谈"新世纪文学"》,《文艺争鸣》2007年第2期。

但他们很少在上面发表原创诗歌。还有一类诗人，则以个人博客为主要阵地，他们的原创诗歌绝大多数在博客上初次发表。这又以"80后"诗人和女诗人最为典型，"80后"诗人中的佼佼者李成恩、丁成、王东东、肖水、唐不遇等，都是充分依赖诗歌博客走进诗坛的。2010年，诗人李少君和诗评家张德明提出"新红颜写作"，指出大量以前不曾闻名的女诗人通过诗歌博客发表了大量优秀作品，以"80后"女诗人李成恩为例，"李成恩创建新浪博客的时间是2006年10月，从这个数字符号来看，诗人触网写诗的时间可谓短矣，不过，博客创建后，李成恩的诗歌创作无论是数量还是质量都明显提升，最终借助'汴河'组章的撰写而实现了从网络走向诗坛的嬗变"①。博客这种极具个人化的文学空间，更加适合女性自我的展示，它为一大批网络女诗人的浮出水面提供了足够的空间，金铃子、扶桑、郑小琼、横行胭脂、郑皖豫、李成恩、胡雁然、秀水、徐颖等女诗人迅速走向诗坛，她们也因此博得"博客诗人"的声誉。

二 微博、微信中的诗歌

据中国互联网信息中心介绍，从2009年下半年起，新浪网、搜狐网、网易网、人民网等门户网站纷纷开启或测试微博功能。微博客吸引了社会名人、娱乐明星、企业机构和众多网民加入，成为2009年热点互联网应用之一。微博客的兴起，使得诗歌的存在形态有了更新的变化，微博诗歌也应运而生。据张清华先生介绍，"在2010年10月底有材料表明，仅新浪微博的用户就已经达到5000余万。在数以亿计的网民和数以千万计的博客、微博空间里，有许多人是以诗歌或'分行文字'作为常用的文体或写作方式的，也就是说，诗歌或'分行文字'的发表已完全不存在任何实质意义上的障碍"②。微博诗歌是微博客发展的衍生物，属于微型诗歌，限定140字，是诗歌一般意义上的"即时断行表达"，是灵感的闪存，诗歌智慧的日常训练，随性而来又不失严肃性，是继个人或群体诗歌网站、诗歌论坛、个人或群体诗歌博客之后的又一新兴的网络文字现场。相对于强调版面布置的博客来说，微博的内容只是由简单的只言片语组成，从这个角度

---

① 李少君、张德明：《海边对话：关于"新红颜写作"》，《文艺争鸣》2010年第11期。
② 张清华：《多种声音的奇怪混合》，《文艺报》2011年7月6日。

第二章　网络诗歌的存在形态

来说，对用户的技术要求门槛很低，而且在语言的编排组织上，没有博客那么高。另外，微博开通的多种 API 使得大量的用户可以通过手机、网络等方式来即时更新个人信息。在微博客上，140 字的限制将平民和莎士比亚拉到了同一水平线上。的确，微博客的出现，让每一个小我都有了展示自己的舞台，引领了大量用户原创内容的爆发式增长，它的草根性强，并且广泛分布在多个平台上。值得注意的是，2011 年端午节由 "70 后" 诗人高世现在腾讯微博上发起的 "首届微博中国诗歌节"，短短的三天时间就有过万条关于诗歌的广播，其进行的 "微诗接力" 活动为中国诗界贡献出了一个新概念——"微体诗"，进而开启了一个全民微写作的时代。微博这一轻盈的诗歌传播方式吸引了不少诗人，他们充分利用微博积极传播诗歌。它让诗人们在博客和论坛相对受时空束缚的流转中更进一步，从而实现了与读者更加及时、更加快捷的交流。2012 年，国内首部个人微博诗集《白天或黑夜——微博诗歌 100 首出版》，微博诗获得了充分的认同空间。诗人荆和平的《微诗自白》体现了作者对微博诗歌的思考：

> 微诗/不微/不只两三行//微诗/不微/不只小胸怀//短小/就像你的快节奏/不会影响你赶路的时间//朴实/只是说我自己/好像与你与世界无关//直白/不绕弯/你我其实一看就明了//微诗/可能冗长/显得多余//微诗/可能宏大/照见光亮//微诗/在现实的世界里/它只不过是以微显身

微博除了可以发表微体诗，还为一些重要的诗歌活动提供了充分的便利。其中，伊沙在微博上的一系列诗歌行为，颇具有代表性。2011 年伊沙应网易之邀，主持《新世纪诗典》诗歌点评微专栏，借助这种新的交流平台，伊沙对 2000 年以来当代诗人创作的优秀诗歌作品展开了每日一首的选评和推介。2011 年 4 月 5 日，伊沙在网易微博开始了他的工作，他第一次推荐的诗人诗作是沈浩波的《玛丽的爱情》：

> 朋友公司的女总监，英文名字叫玛丽
> 有一张精致迷人的脸庞，淡淡的香水
> 散发得体的幽香。名校毕业，气质高雅

四英寸的高跟鞋,将她的职场人生
挺拔得卓尔不群。干活拼命,酒桌上
千杯不醉,或者醉了,到厕所抠出
面不改色,接着喝。直到对手
露出破绽。一笔笔生意,就此达成
我承认,我有些倾慕她
有一次酒后,借着醉意,我对她的老板
我的朋友说:你真有福气,这么好的员工
一个大美女,帮你赚钱
朋友哈哈大笑:"岂止是我的员工
还背着她老公,当了我的秘密情人
任何时候,我想睡她,就可以睡
你想一想,一个大美女,驴一样给我干活
母狗一样让我睡,还不用多加工资
这事是不是牛逼大了?"
我听得目瞪口呆,问他怎么做到的
朋友莞尔一笑:"很简单,我一遍遍告诉她
我爱她,然后她信了!"

  伊沙在开栏的推荐语中这样说,多日来,本主持殚精竭虑:谁来"打头炮"?最终决定采用这条思路:选一员生长并成熟于21世纪,具有较大业内外影响力的优秀诗人,沈浩波无疑是最为恰当的人选。该诗秉承其一贯风格:尖锐犀利,一语中的;又展现出成熟魅力:冷静陈述,不动声色。《玛丽的爱情》残酷荒诞,五味杂陈,时代之典型性"爱情"。2012年10月,《新世纪诗典·第一季》结集出版。它包括了该栏目从2011年4月5日到2012年4月4日一年时间内推荐的三百多首优秀现代汉语诗歌,其中既包括很多已经成名的诗人的新作,也包括不少崭露头角的"80后""90后"年轻诗人的作品。伊沙的编选不含门户之见,具有一种无所不包的大气象,他对每首诗所做的精彩点评加在一起也可看作对中国当下诗坛所做的一次整体性观察和评价。利用微博的形式编选诗典,既是传统文学载体与最新网络传媒的碰撞,也是运用新兴媒

第二章 网络诗歌的存在形态

体刺激诗歌生态的有效途径,它极大地激发了网络诗歌创作与阅读的积极性。

微博作为一种新的"微"传播工具,相对于以往的论坛、博客等网络诗歌载体,时效性更强,时空的限制也更小。从诗歌博客到微博诗歌,网络硬载体也实现了由电脑向手机的转移。如果说以往的论坛、网站、博客基本上是在电脑上运行的,那么微博则主要在手机上运行,微博代表了新媒体纵深发展的新趋势。科技创新的步伐并没有停下来,2011年1月21日,腾讯公司推出了微信客户端,这之后微信用户数量一直保持快速增长,根据腾讯发布的数据,截至2012年12月微信注册用户达2.7亿。2013年,微信迅速成为当代诗人传播诗歌的新渠道。区别于微博、博客与网络论坛,微信既可以朋友圈的形式内部交流,又可创建公共平台,通过订阅的方式进行群体或品牌的推广。微信的另一优势在于其发布信息的多样性,文字、声音和视频可以汇集在一个文件里。再者,微信借助的是手机这种便携的移动应用平台,更具传播优势。微信公众平台是一个一对多的平台,它由后台操作员选送优良的信息,可以推送到每个人的手机终端,概括起来有以下两个特点:首先是精确推送:由平台操作员选择优秀的作品,然后群发,做到精确推送,只有关注平台的用户才可收到;其次是质量保证:平台规定,每天只能群发一帖,用户之间不能相互关注,也不能见对方,他们对帖子的回复或意见只有平台操作员可见。微博相互关注导致的信息量繁杂的弊端也就随之消失了。

微信公众号和微信群、朋友圈中的诗歌活动,形式非常灵活,并且图文并茂,有的直接以手机视频的形式出现。诗歌的篇幅相对短小,因而在很大程度上满足了拥有碎片时间的都市读者的需求。微信平台对网络诗歌的突出贡献在于它推送形式的灵活和有声传播,在微信的诗歌传播平台上,插图和背景音乐辅助诗歌的阐释,而有声传播正成为当代诗的重要接收形式,悄然影响着诗歌在当代文化中的位置,同时也反过来激发了诗人写作和诗歌观念的更新。以诗歌朗诵会、网络视频、电影等为代表,诗歌的有声传播日益广泛,成为多媒体时代诗歌的重要传播方式。

在微信平台中,已经有多个微信公众平台展开诗歌活动。两个最受欢迎、传播最广的读诗微信公众号为"为你读诗"和"读首诗再睡觉"。"为

网络诗歌散点透视

你读诗"是由 Be My Guest（尚客私享家）倾心推出的公益诗歌艺术活动，旨在以诗歌和音乐的方式，摒弃浮躁、麻木，真挚倡导富于"情怀"的"去功利"的生活方式。"为你读诗"每晚 10 点推出一期节目，邀请的读诗者多为"高大上"的成功人士，推荐的作品多为中外古今名篇或近人名作，截至本文写作的日期，"为你读诗"已经推出 275 期。"读首诗再睡觉"也是每晚 10 点读诗，其团队则多为写诗与爱诗的年轻人，因为喜欢诗歌而成立编辑和声优团队。"读首诗再睡觉"推荐的作品大部分是当代著名和非著名写作者的作品。除此之外，诗歌报、诗人文摘、中国诗歌等都有自己的微信号，它们在手机上传播，取得了不俗的传播效果。相对于微博，微信平台有自己的独特优点，这样的平台让人可以安静读诗，没有干扰，就相当于一份民刊，一份口袋电子刊，一份每天都能收到一首至两首佳作的每日期刊，既免去了编辑者付出大量的人力、物力去做一份刊物的烦琐，也免去了读者需要上网才能浏览诗歌的郁闷。只要直接打开手机就能阅读，既没有微博的琐碎信息干扰，也没有 QQ 群的嘈杂，安静读诗，让灵魂得以升华。微信平台设有重点推介的每期主打的诗歌评论，还有《诗专辑》《诗译读》等栏目。它预示了手机成为一种崭新的媒体，正在和诗歌取得越来越紧密的联系。微信的操作也比较方便，只要你的手机是智能手机，安装有微信，那么打开微信，点"朋友们"，然后"添加朋友"，搜号码或查找微信公众账号，然后"关注"，就可以定时收到相关的诗歌文本及诗歌信息。

一个毋庸置疑的事实是，科技在推动人类社会进步的同时，也一直在促进着文学的发展。网络诗歌的兴起正如纸质诗歌对口头说唱诗歌的解构一样，对纸质文学也是一种历史性解构，它体现着新诗发展的新趋势。中国互联网络信息中心（CNNIC）第 31 次《中国互联网络发展状况统计报告》显示，截至 2012 年 12 月底，中国网民规模 5.64 亿，互联网普及率达到 42.1%。手机网民规模为 4.2 亿，使用手机上网的网民规模超过了台式电脑。可以预见，一个手机阅读的时代正在到来。

网络诗歌在开辟了自己新的存在空间之后，实现了与传统纸质媒介的分离与对抗。但是，它在"独立"的同时，也日益引起纸质媒介对它的关注。网络媒介与纸质媒介的关系渐渐改变了那种二元对立的对峙局面，而且变得相互融合，它们的关系正在变得复杂化。那些靠网络博得名声的诗

第二章　网络诗歌的存在形态

人，企图在纸质媒介里得到认可，于是就有了向纸质媒介的靠近；另外，面对网络媒介的崛起，传统纸质媒介也会主动迎合网络媒介。纸质媒介与网络媒介的这种拒迎关系，越来越展示当今诗坛的良好态势。"网络诗坛的爆红已经引起了传统纸质诗刊的注意，例如，《星星》下半月刊创刊，《诗选刊》网络论坛开张，《诗歌月刊》网站的出现，等等，中国官方的诗歌刊物对民间网络诗坛大有'招安'姿态，它们的强势介入，直接为网络诗歌推波助澜，为低迷的诗坛打了一剂有效的强心针。"[1] 不难看出，网络诗歌和传统诗歌的界限已经渐渐模糊并日趋消除，关键是怎样形成良性的互动，共同为中国诗歌的发展做出应有的贡献。

由于网络诗歌已经构成了诗歌场中的一极和独立势力，因此那些早就渴望改变沉闷的诗歌局面的传统诗歌媒介都积极开始和网络诗歌互动。文学刊物和网络诗歌的互动极为频繁，一方面以此扩大稿源，丰富其内容，制作专题，涉及这一新兴领域，以吸引关注；另一方面透过网络扩大自己的影响，开展营销活动，甚至直接参与到网络之中。"纸媒迅速在网络上安家立命，如《诗歌月刊》是第一个在网上正式安家落户，《星星》《诗潮》《诗选刊》《扬子江》《绿风》等刊物也紧随其后，建立电子刊物和刊物博客。官方诗歌刊物对网络诗歌的指导性参与及肯定性认同，推动了网络诗歌的发展，网络诗歌已成为纸刊的选稿基地。更重要的是，网络媒介的发展使得诗歌、诗歌刊物纷纷走上网络诗歌媒介的发展路径，而诗人也纷纷建立起了个人博客。"[2] 目前各大纸质诗歌刊物如《诗刊》《星星》《诗选刊》等，每期都有很大部分诗歌来自网上。而诗歌网站、诗歌论坛也会定期精选出优秀的诗歌出版纸质版本，在各种诗歌年选中，网络诗歌也成为重要的一部分。

网络诗歌在十几年的发展过程中，貌似已形成了自己独特的发展模式，并不特别注重纸质民刊的出版，也不在乎能否得到其他纸质媒介和文学体制的认同，而是一心一意致力于网络诗歌创生可能性的开掘。通过制作和发布网页、网刊、增刊、个人电子文集、论战风云录、批评人物排行

---

[1] 刘贤吉：《试论〈扬子鳄〉网络诗歌论坛的生成》，《江苏技术师范学院学报》2012年第1期。

[2] 龚奎林：《媒介生态视野下的新世纪诗歌论》，《长沙理工大学学报》（社会科学版）2012年第3期。

榜和中国诗歌垃圾榜等多种形式来建构自己的实绩和信心。实际上，网络诗歌的几种存在形态是相互依赖和相互交融的，存在形态的变化虽然促成了诗歌发表的自由和诗歌的繁荣，但是也带来了一些问题，如诗歌论坛的杂乱、诗歌作品的艺术水准降低、诗歌数量剧增造成的"经典"缺失，等等。"艺术"与"技术"的相遇与碰撞，会产生一系列的诗学问题。"尽管网络传播文学作品更快更宽广，但由于纸质媒体审稿程序的规范与权威性，网络传播的作品最后依旧是通过报纸文艺副刊、文学期刊的纸质媒介发表来获得大众文化精英的认同，最后通过诗歌书籍的出版、发行来完成文学作品的传播。这其实就显现出一种悖论"[①]，悖论在于"纸媒"和"网媒"的交互性上，在于网络诗人和传统诗人的身份认同和发表认同。对于那些传统诗人来说，他们习惯于纸质发表，认同纸质发表的有效性和权威性，但又对纸质传播的广泛性存在质疑，所以往往他们的作品首先在纸质媒介上发表，然后再通过各种方式（期刊上网、个人上传）在网上传播。而在网络诗人这里，则是首先在网上进行写作、发表，然后得到纸质媒介的青睐，完成从网媒到纸媒的转变。部分"70后"诗人和几乎绝大部分"80后""90后"诗人，都是在网络上成长起来的，网络也成为他们最主要的诗歌空间。最近几年，网络和纸媒的这种双向交流的广度和深度都大大加强，网络诗人和传统诗人存在不同程度的融合，很多网络诗人从网上走出，成为重要的诗人，另外一些传统诗人也较好地融入了网络空间，随着网络技术的更广泛普及，这种交融会更加深入。

综而论之，诗歌触网之后其存在形态发生了重要的转变，从早期的论坛、网刊，到诗歌专栏、诗歌博客，再到微博、微信，网络诗歌的存在越来越趋向于自由化、微型化，在这一过程中，人们的诗歌观念、诗歌阅读习惯都发生了巨大变化。互联网技术已经深刻而广泛地改变了我们的生活，影响了我们的文学，并且还在改变着，诗歌也必将随之发生存在形态的变化。这里存在着诗歌在网络时代的普及和经典化问题，在大众的潜意识之中，纸质的书籍仍然是经典化的某种象征，而网络更加类似于一个巨大的交流场地。一个明显的例子就是诗人伊沙以微博的方

[①] 龚奎林：《媒介生态视野下的新世纪诗歌论》，《长沙理工大学学报》（社会科学版）2012年第3期。

第二章 网络诗歌的存在形态

式进行的新世纪诗典的编选工作,诗人的一系列工作都是在网上进行的,而最终的成果则是纸媒完成的。正是从这个意义上,我们看到了网络作为一种媒介的优异之处,以及它正在进行中的各种利弊。我们对未来的网络诗歌保持着足够的关注、期待和警惕,同时也期待更加深刻的学术探求。

第三章　网络诗歌的写作与阅读

在最近的十几年里，互联网以摧枯拉朽的气势，迅速并且深刻地改变着我们的生活。互联网普及之时，正是中国诗歌在商业大潮中边缘化生存的艰难时期。"到了 90 年代末，诗歌恰如其分地遇上了网络，互联网的便利使网络诗歌得到了蓬勃发展，并从技术层面对传统诗歌写作造成了巨大冲击。"①诗歌和网络的联姻，仿佛一下子重燃了缪斯之火，诗坛焕发新的生机。"最近十年，当代诗歌主要在场已经从纸媒转移到网络上。"②技术的更新使得诗歌的写作方式发生了根本性的变化，这一变化，在很多学者那里都已经得到很精彩的描述。例如，"互联网从根本上改变了传统诗歌写作方式，鼠标、键盘得以取代传统的手写方式，网络的检索功能进一步将网络写作的门槛降到最低。可以说，写评读编一条龙的网络诗歌彻底颠覆了传统诗歌的传播途径，构筑了一个庞大的互动平台"③。还有更加"学理化"的描述，"人类的文学世界已经变得越来越视觉化和多媒体化，诗歌从诞生之初的口头传播到后来的书面传播，由手工抄写到印刷术，再到当下的网络诗歌，诗歌从写作、传播再到欣赏其传播媒介和传播方式都发生了巨大的变化。诗歌已经由传统的纸质书写进入了'比特叙事'时代"④。但是这些语句都是在描述这一表层的现象，而缺少了更加学理化的精确阐释，网络诗歌的写作方式发生转变，到底经历了怎样的变革，是不

---

① 张立群、王晓燕：《论网络诗歌的知识逻辑》，《宁波广播电视大学学报》2011 年第 3 期。
② 于坚：《"后现代"可以休矣：谈最近十年网络对汉语诗歌的影响》，《诗探索》（理论卷）2011 年第 1 期。
③ 郭军：《网络诗歌：在超越网络化写作中探求未来》，《中国社会科学报》2012 年 4 月 20 日。
④ 同上。

第三章 网络诗歌的写作与阅读

是能够从表层到内里对其进行细致化的阐释？或者能不能从这一表层现象挖掘出它背后的深层变革？显然我们需要的是理论的阐释。"网络是一个虚拟化的世界。网络为诗开辟了新的空间，在诗歌领域，近年来特别令人瞩目的是网络诗。日益发展的网络诗对诗歌创作、诗歌研究、诗歌传播都提出了此前从来没有的理论问题。信息媒介的变化能够导致人的思维方式和审美方式的变化。作为公开、公平、公正的大众传媒，网络给诗歌带来了革命性的变化。网络诗以它向社会大众的进军，向时间和空间的进军，证明了自己的实力和发展前景。"[1]

尽管网络只是一种载体，但它使诗歌完成了从"纸上"到"网上"的存在形态的巨大变化，正是这一存在形态的改变，极大地转变了诗歌读与写的方式，并进而影响了诗歌的形态。网络对日常生活的渗入，潜在地影响了诗歌书写的方式，并进而影响了人们对诗歌的阅读，纸质时代诗歌读与写的固有模式被打破，网络赋予它们崭新的意义。"以 APP 客户端、二维码等为代表的新型数字传媒入口发展迅猛，使门户、搜索引擎的作用在弱化。数字阅读方式进一步移动化和傻瓜化。微博、微信异军突起，两者推动下的碎片化阅读、社交化阅读获得进一步大发展。微阅读进一步流行和泛滥。传统大众媒体进一步退位。阅读渠道和阅读内容被改写。"[2] 网络对诗歌的渗入，还表现在它的高效、快速、透明的传播所焕发的公众参与意识，其中突出的表现是各类诗歌节、诗歌活动在 21 世纪的骤然增多。通过对网络诗歌读与写之间博弈关系的考察，可以看出网络时代诗歌的生态机制，同时也为网络和诗歌更好地融合，并使诗歌在网络时代重现辉煌提供了一个可资进入的视点。

第一节 网络媒质中的诗歌写作

网络时代诗歌的写作特点是在和"前网络时代"的对比中得以凸显的。"在前网络时代，诗人创作诗歌之后，主要是在报刊上发表，或者在出版社出版。那是千军万马过独木桥的时代，能够发表或者出版作品的人

---

[1] 吕进：《三大重建：新诗，二次革命与再次复兴》，《西南师范大学学报》（社会科学版）2005 年第 1 期。

[2] 徐升国：《阅读的未来——数字化时代阅读大趋势》，《出版广角》2013 年第 14 期。

毕竟是少数，一个人要想最终成为诗人，是要经历许多困难的。因此，在那个时代，写诗的人必须遵循一些大家认可的诗的文体规律，抒写多数人能够感受的感情体验，采用人们能够接受的抒情方式，甚至要揣摩报刊编辑的好恶。"[1] 网络创作是对传统文字书写的彻底颠覆，这种颠覆从本质上说，是"比特"取代"原子"。"原子"所指涉的是纸质的物质世界，传统的纸、笔书写，都是在实存的物质世界中发生的，他们都是真实可感的，是"原子"的不断增多；而"比特"指涉的是网络的虚拟世界，它是信息技术的产物，它是非物质的，没有重量、质量，不真实可感的。"比特"相对于"原子"，一个很重要的颠覆方式就是"复制"对"原创"的取代，这一取代所引发的一系列变革，值得我们关注："原子以原子式的独特个体创造了物质世界的多样性以及这个多样性之间的不可重复性……而比特在不复如此的同时也就把世界的多样性话语改造成通过复制的海量性来达成世界的多样性存在，这是一种通过大量复制同一世界造成世界多层重叠的多样性存在。传统文学依据原子世界的真理，一向注重自身的独一无二性，原创不仅是对文学生产力的保护、对于文学创造力的尊重，同时也是对于文学自身存在原则的坚守。当比特把赝品和真品模拟得一模一样的时候，比特取消了'原创作品'的神秘性和唯一性。于是，比特通过广泛复制和传播'原创'来维持并表征自己的存在，同时也用复制和传播'原创'来创生自己的文学形态。"[2] 从这段精彩的论述中不难看出，基于网络媒介的诗歌写作已经展现出新的特征，本节首先阐释"电子书写"的特征和内涵，进而在此基础上对"电子书写"的两种特殊方式"多媒体"和"超文本"诗歌进行更加细致的分析。

一　临屏的电子写作

互联网的迅速普及是在中国当代诗歌日益凋敝、边缘化的时代背景下进行的。因此，一旦网络与诗歌联姻，网络的自由性和低门槛释放了长久以来被压抑的诗歌热情，给予沉寂的诗坛崭新的活力，诗歌便会展现惊人的力量。"网络的出现与广泛应用使诗歌界发生了一场大变革。诗歌借助

---

[1] 蒋登科：《网络时代：诗的机遇与挑战》，《文艺研究》2011年第12期。
[2] 欧阳友权：《网络文学的比特赋型》，《湖南社会科学》2011年第3期。

第三章　网络诗歌的写作与阅读

于网络走出了低迷期,并引发了新一轮的创作热潮,一度沉寂的诗坛重新活跃起来。"[①] 泱泱大国有着悠久的诗歌历史,更加重要的是,在这种历史无意识的长期濡染下,中国人的内心形成了一种很强烈的"诗人"情结,只不过这种情结因为文化制度、出版方式等各种原因而被压抑,所以这种情结一旦遭遇网络这个空前开放、自由的平台,便得以迅速爆发。是"网络"这个充满自由、方便快捷的舞台,使得人们潜意识中的诗歌热情得到释放,网络把"诗歌"和"普通人"之间的深厚隔膜凿开,释放了一个可以肆意表达的缺口。在网络上,人们仿佛又回到了那个诗歌的巅峰时代。"在中国这个诗的国度,诗歌作者很多,能够在报刊上发表作品或者出版诗集的人毕竟只有少数。过去,更多的诗作者只能默默创作,而他们的作品无法与读者见面。在这一层面上,网络为广大的诗歌作者提供了发表作品的平台,也为读者提供了更丰富的阅读对象。网络不仅是传播媒介,而且为发现和培养诗坛的新生力量提供了重要园地。"[②] 网络的直接传播发表和在线互动交流创造了全新的数码化人文环境,越来越多的人放弃了纸和笔,直接以电脑网络为创作和交流平台。在诗人韩玉光看来,"诗歌网络运动在一种自觉的、自发的氛围中爆发出中国新诗史上仅次于大跃进民歌的波及力。阅读、写作、发表的自主能动性得到了前所未有的解放。可以说,没有任何一种传媒的革命让诗歌如此富于召唤力和诱惑力,也从未有这样的载体让作者从被遮蔽到透明变得自由而简单。诗歌的写作成为生活的一个内容,发表成了交流的一个话题,诗人与诗歌从圣殿回到了日常。"[③] 网络诗歌的崛起意味着传统的那种纸笔文化的消退,取而代之的是面临电子屏幕的电子书写,或者称为比特式的数字化书写,它的显著特征在于键盘敲击取代笔墨滑动、比特字符取代笔画模拟、随写随发的快捷性以及写作与评论的"一条龙"流程,这些特征不仅外在地改变了诗歌的面貌,而且内在地影响了诗人的诗思运作方式,从而改变了诗歌的特质。这种写作充分依赖于网络,正如王本朝所言,"网络既是诗歌的载体形式,也是诗人的生存方式、诗歌的传播方式和读者的阅读方式"[④]。

[①]　张立群、王晓燕:《论网络诗歌的知识逻辑》,《宁波广播电视大学学报》2011年第3期。
[②]　蒋登科:《传播方式、网络诗歌及其他》,《现代传播》2009年第5期。
[③]　韩玉光:《浅析网络诗歌的大众化复制与平面化书写》,《诗探索》(作品卷)2011年第4辑。
[④]　王本朝:《网络诗歌的文学史意义》,《江汉论坛》2004年第5期。

网络诗歌散点透视

"以传统语言为载体,以临屏写作为主要创作状态,以互联网为媒介来首发和传播诗歌仍然是网络诗坛的主力军。"① 电脑键盘成为主要的写作工具,它真正地取代了传统的纸、笔写作,传统的文房四宝——笔、墨、纸、砚,被键盘、鼠标等现代科技手段所取代。诗歌写作完成了从"实体书写"到"虚拟书写"的转变。纸笔书写的预谋性、慢速度使得写作要经历一个"历时性"的"思"与"写"的先后过程,传统文学理论所指涉的"构思""腹稿",甚至古典诗词锤炼语句所形成的"推敲"佳话等,都是这一历时性的表达。在临屏的键盘敲击过程中,"思"与"写"更多情况下是一个"共时性"的产物,在键盘上飞舞的手指很容易让人产生一种惯性,词语的无限蔓延也变成了一种状态。值得注意的是,传统的纸质书写所面对的是白纸,是纯然的"创造";而临屏写作可以一边面临诸多的电子资源,一边进行书写,它更接近于"生产"。电脑技术所提供的剪切、复制、粘贴等一系列便捷化的操作方式,使得电子书写更加轻盈。这种"轻盈"和"快捷"的写作方式,很大程度上使得诗歌写作失去了"创作"的内核,进而使得诗歌文本失去了"含蓄蕴藉"的诗学特质。诗歌书写的难度降低,诗歌应对现实人生的速度更加迅捷,但同时诗歌本身的浓度有可能降低,诗歌有可能在这种变化的过程中损失掉一些传统的东西,而黏合一些新的特质。其实从纸笔写作到键盘书写,不仅仅是书写方式的变革,它带来的深刻变革还鲜明地体现在作家创作过程中思维方式的改变上。"网络在诗歌写作中的运用,已并不单单是书写工具和传播媒体的变革,更是带来了创作观念和文化形态的转变"②。鉴于此,对于"电子书写"这一写作方式,有的作者曾异常惊喜地描述道:"从此,我在写作时不再低头,而是抬起了头,十个指头在键盘上飞舞,就像钢琴家潇洒地弹着钢琴。"③ 著名网络作家李寻欢在他的《我的网络文学观》中,有这样的描述:"在过去的文化体制里,文学是属于专业作家、编辑、评论家们的事情,他们创作、发表、评论,津津有味,却不知不觉间离普通人越来越远。……现在我们有了这个网络,于是不必重复深更半夜爬格子,寄编辑,等回音,修改等等复杂的工艺了。想到什么,打开电脑,输入,发

---

① 杨雨:《诗意的"抒情"与"拒绝抒情"》,《贵州社会科学》2011年第3期。
② 欧阳友权:《网络文学的比特赋型》,《湖南社会科学》2011年第3期。
③ 叶永烈、凌启渝:《电脑趣话》,文汇出版社1995年版,第121页。

第三章 网络诗歌的写作与阅读

送,就 OK 了。你甚至可以在几分钟之后看到读者给你的回应。"在这种颇具写意化的描述背后,恰恰隐含了网络创作的深层变化,"网络创作用界面操作解构书写语言的诗性,使文学作品的'文学性'问题成为技术'祛魅'的对象,导致传统审美方式及其价值基点开始淡出文学的思维视界"[①]。

传播层面上的"共时性"取代"历时性",纸质时代的诗歌写作与发表存在时间差,要经过邮寄、编审等时间过程。并且这种发表是有难度的,是一种被动的"他者"行为,只有得到他人(编辑、政治要求、道德要求)的认可才能发表。纸媒在诗歌传播上的限制,不仅压抑了很大一部分诗歌写作者,使他们没有发表的机会,他们的文字很难变成铅字,并且严重阻滞了作品与读者见面的机会。传统的报刊、年选甚至诗集,都是需要"时间沉淀"的,一首诗从作者写出到报刊发表再到读者阅读,需要很长的时间周期。这不仅表现为空间上传播的阻滞性,还鲜明地体现为"时间"上的延缓性。而现代社会的快节奏和即时文化消费观念,在很大程度上使得这种出版发行程序变成了"古董",即时性的快速刊行发表正越来越受到人们的青睐。网络为诗歌的传播提供了以往任何媒体难以想象的便捷。网络时代的发表则弥合了这种时间差,并且重新赋予写作者发表的主动性,它获得的自由是空前的。它突破了传统出版发行的一系列编辑、刊行制度,打破了那种写作、投稿、审核的时序性机制,写作和发表实现了时间上的一致性,随写随发,发表没有任何限制,它使得写作和发表具有了某种"共时性",这是对传统的纸质发表范式的革命性改造。尽管当今时代,报刊的传播已经非常迅速,但仍然难以和网络诗歌传播的迅捷性相媲美。而以博客、微博、微信等为代表的自媒体出现之后,诗歌的书写与发表变得越来越轻盈,它摆脱了传统纸质媒介写作发表的时空限制,是一种随时随地可以写作、发表的状态。随着网络终端的微型化,笔记本电脑、平板电脑、智能手机的普及,以及无线网络技术、手机网络技术的发展,随时随地地发表得以实现,并且发表之后可以通过网络在瞬间抵达多人的网络终端。一首诗在键盘上敲打出来,随时发表在论坛、博客甚至微博上,世界各地的读者几乎可以同时看到。原有的时空机制被打破,诗歌在享受这种"快"的同时,它自身必将在写作者和阅读者那里呈现出与以

---

① 欧阳友权:《当传统批评家遭遇网络》,《南方文坛》2010 年第 4 期。

网络诗歌散点透视

往不同的特质。

在写作方式和传播方式的异变过程中，写作者的心态也发生很大变化。传统写作发表的"时间效应"和"他者机制"使得写作者对文本高度重视，精雕细琢，甚至得不到发表机会后，还会主动调整写作方向，写作的"学徒期"由此形成；写作者在历时性的投稿、发表等过程中，对自己的写作行为不断修正，必然会不断提高写作的技艺，经典化的趋势明显。而网络写作的顺畅和便捷很容易消弭这种对难度的寻找，自由感会在悄无声息中窒息了艺术感，诗歌之外的东西（发表的快感、点击量的多寡）牵引了写作者的兴趣，写作者无暇顾及文学的经典化，诗歌有可能被放逐。在网络诗歌的写作过程中，消费时代的欲望宣泄很大程度上消解了传统诗歌的人文观念，而网络技术又异化了以往的创作流程，唯一得以彰显的是作为虚拟创作主体的个性反叛。在这种写作方式的背后，是那种区别于纸质时代被剥夺自由发表权利之后的自由舒畅感，写作就是为了发表，这种低难度和快捷性，为写作带来了内驱力，同时也潜在地改变了诗歌的写作方式。网络是一个鱼龙混杂的存在，在喧嚣的低难度写作之外，仍然有一部分有独特艺术追求的诗人坚守了诗歌的艺术阵地，他们可能被纸质诗歌排斥在外，在获得了网络自由写作之后，并没有挥霍这种自由，而是坚持自己的诗歌理想，不改初衷地进行诗歌写作。这种严肃的、坚守诗歌纯正艺术趣味的诗歌写作，在诗歌博客这块土地上尽情绽放。博客是自媒体的典型代表，它最大的特征就在于它完全可以按照博主自己的趣味、意愿来进行书写，这里没有了论坛的喧嚣，作者可以在这里尽情地书写自己的作品、宣扬自己的诗歌立场，正是这样一种安静而又自由的空间，比较容易滋生纯正的诗歌态度。

网络时代诗歌写作的这些特征不仅外在地改变了诗歌的面貌，而且内在地影响了诗人的诗思运作方式，从而改变了诗歌的特质。一个毋庸置疑的事实是，电子书写是新媒体对传统书写的异化，是消费主义文化逻辑和后工业社会技术理性对文学审美的破损与戕害。但随着网络日益普及，电子书写成为司空见惯的书写方式，我们要考察的将是这种书写方式遗弃了什么，继承了什么，它呈现了哪些新的诗歌美学，它如何有效地促发了诗歌的繁荣，焊接了诗歌读与写的缝隙。一个明显的例子，多媒体诗歌以及超文本诗歌的出现，就充分展示了网络和诗歌的焊接，不管是诗歌写作，

第三章 网络诗歌的写作与阅读

还是诗歌阅读，网络都是必不可少的，它无法被转移到其他地方。它呈现的美学形态和新的阅读方式，为未来诗歌展示了新的可能性。

电子写作的革命性还表现在，它突破了传统出版发行的一系列编辑、刊行制度，打破了那种写作、投稿、审核的时序性机制，写作和发表实现了时间上的一致性，随写随发，发表没有任何限制，它使得写作和发表具某种"共时性"，这是对传统的纸质发表范式的革命性改造。"网络作为一种交流渠道和互动平台，它的先天优势在于参与者的平等对话和互为主体。这使得它的写作与传统方式的写作决然不同，在自由写作的同时，并且具有自发表性和自传播性。"① 但是，这也存在着很大的弊端。"作者不需考虑发表问题，也不一定经过了艺术上的认真打磨，就可以在最短的时间里把作品贴到网上。为此，在网络中，我们随处可以见到质量低劣、格调低下、语言粗糙的所谓'诗'，它们不能代表当下诗歌的艺术水平，自然也无法推动诗歌艺术的健康发展，还可能败了读者的胃口，使真正的好诗背上恶名。"②

网络写作与以往纸质写作的一个重要区别还在于它的匿名性或者"无名性"写作。传统的纸质书刊发行方式，虽然有所谓笔名等，但是书写的主体是真实可感的，读者可以顺着线索找到生活中那个真实的作者，但是电子写作却为这一真实蒙上了一层神秘的面纱。诗歌作者可以用任意一个虚拟的网名去发表作品，那个网名背后的真实身份，在这个纷乱的网络时代变得"羚羊挂角，无迹可寻"。"网络作者根本不以真实姓名发表作品，而是另起一个网名。他们不需要名利，只是希望表达自己的声音，发表自己的作品。但也可能导致另一个后果，就是作者对自己的作品可以不负责任，在创作时根本不考虑作品的艺术性。"③ "网络的匿名化，使汉语的阴阳二极被全面释放，这是最恶毒下流的时期，也是最高尚纯洁的时期，是最浅薄无聊的时期，也是最深刻有效的时期。其意义有待将来慢慢认识，现在下什么结论都为时过早，因为网络对整个世界来说都是一场史无前例的人类言论发表方式的革命。就像印刷术的出现。"④

---

① 白烨：《遭遇"媒体时代"——三谈"新世纪文学"》，《文艺争鸣》2007 年第 2 期。
② 蒋登科：《传播方式、网络诗歌及其他》，《现代传播》2009 年第 5 期。
③ 同上。
④ 于坚：《"后现代"可以休矣：谈最近十年网络对汉语诗歌的影响》，《诗探索》（理论卷）2011 年第 1 辑。

网络诗歌散点透视

网络在线书写是一种被时间绑架的书写,在纸质时代,某个作品发表出来,除非严格标明写作日期,否则读者并不知道作品的准确写作时间;而网络媒介则有着天然的时间性,不管你是在论坛上发表诗歌,还是在博客上、微博上发表诗歌,网络都会自动标示出精确的写作时间,诗歌在网络上有着天然的时间胎记,这自然为读者带来了阅读上的便利,但也很大地损害了诗歌的某种内在品质。伴随着这种精确时间性出现的,是书写者书写心态的随意化、瞬时化。从某种意义上讲,在线书写使得诗歌的"创作"演变为"写作",诗歌书写者可能不再精心构思诗歌的结构,不再精雕细琢诗歌的语言,也不关心彼岸的读者怎样看自己的诗歌,它们只不过是心中有所感,要用诗歌这种形式表达出来。也正是这种时间的透明性,网络诗歌的解读失去了传统纸质诗歌的那种神秘性和温文蕴藉的含蓄性,诗歌可能离现实更紧,更加贴近实际的生活,但同时也容易丧失诗歌内在的东西。网络发表所内嵌的时间性,是科技对艺术更大的保障,同时也是一种戕害。

临屏写作这种书写方式的改变,带来的是作者创作心态的改变。网络作者的创作动机与心理都和传统作家大相径庭。"电脑写手的创作动机总体来说,大多数还是出于满足自己渴望表现的欲望,出于对残酷现实的宣泄和对游戏人生的向往。电脑写作崇尚的是一些简单思想火花凝聚起来显示的喜剧审美效果,追求的是峰回路转、柳暗花明的无限欣喜心绪,它有时也许能让你从中悟出一些深刻的人生哲理,但更多的只是为了给在线读者增添一点生活的乐趣和美的情趣,让人看过之后开怀一笑,从而把生活中的不如意都一股脑儿抛到九霄云外。"[①] 这种写作方式背后所隐藏的,是对传统文学创作"严肃性"的祛除和游戏娱乐功能的增加。较早触网写作的诗人胡续冬的诗歌《谶》,正是对网络电子书写的经典表达:

1
当他敲下"杀手"二字的时候,
杀手就从屏幕上走了出来。
风衣,墨镜,手枪,黑乎乎地
站在他脊梁上的风声里。

[①] 潘玉梅:《信息时代电脑写作的审美特质探析》,《信息与电脑》(理论版)2011年第4期。

第三章　网络诗歌的写作与阅读

2
"//faint，刚才转帖的那个杀手
到我这儿来了耶！5555555"
跟帖一：这回你死翘翘了。
跟帖二：赶紧现场报道啊！
3
枪口冰凉，抵着他太阳穴上的
火山。他双腿微颤，但
手不离键盘。杀手的耐心
在渗透汗腺、目光、输入法……
4
——"你为什么要杀我？"
——"因为你不是人，是BBS人。"
——"你为什么要杀我？"
——"因为你的无聊蹉跎了死亡。"
5
杀手擦了擦手枪。很烫。
他的尸体在电脑椅上转了几下，
像一个GIF贴图。杀手转身
钻回屏幕，系统开始孤独地重启。

这首诗不仅再现了网络书写的过程，而且直接以网络书写为内容，准确而细腻地表现了网络生活的新感受。自由性在这里得到了极大的释放，这也是和传统诗歌创作的区别，是网络诗歌得以极大繁荣的最重要原因。"如果我们承认文学是一种自由，是人性的、游戏的、非功利的，那么网络文学正是在这点上将文学的大众性、游戏性、自由性还给了大众。它不需要纸面文学的那种精致、典雅、技巧、难度、成熟，而不成熟正是它对抗纸面文学之'过熟'的优点，如果网络文学也和纸面文学一样老气横秋，那它就不叫网络文学了。"[①] 正是这种自由，使得网络诗歌的生态从某

---

① 葛红兵：《网络文学：新世纪文学新生的可能性》，《社会科学》2001年第8期。

网络诗歌散点透视

种程度上来说更加接近于原生态,保持了文学与文字的那份鲜活。网络诗歌作者的这种创作心态,可以在具体的创作中得以体现。在网易的"现代诗歌"论坛上,一个网名"奇娜"的作者于2012年11月28日发表的诗歌《网络文学赞》就是一个很好的表征:

> 网络,网络,/产生网络文学。//你一诗,/我一词,/一言,/一笑,/一情,/一意,/都投入了网络文学。//让时代筛选,/让读者筛选,/让子孙后代筛选——/不至于全部丢入垃圾篓,/总会留下片语只言。//可贵的这片语只言,/可怜的这片语只言,/有谁得过稿费半分钱?/而作者与斑竹,/付出过多少个"不眠"?//这批聪明大傻瓜,/不去市场争,/不去官场粘,/不去春馆眠,/天天待在荧屏前,/把天下诗读遍,/与四海友见面,/愁情网上吐,/心语网上言。//真情实感的网络文学,/在信息时代产生,/在四海五洲漫延。/你喜欢也传,/你不喜欢也传,/其势不可阻挡,/力量大无边!

这首由普通诗歌网民创作的《网络文学赞》所透露的写作自由化、对网络文学前途的极大信心,昭然若揭。在这种自信与坚守的背后,我们看到的是网络的强大内吸力。在张德明看来,"网络日益成为当代中国新诗最重要的创作平台、发表领地与传播空间。据不完全统计,每天在国内400多家大小诗歌论坛与网站上发表出来的新诗,总数达到4000首以上(不包括在多家诗歌网站与论坛重复张贴的诗歌作品)"[1]。网络诗歌作者会渐渐地与电脑结下不解之缘,就像从前的作家和纸笔结下缘分那样,科技的力量在潜移默化中引领诗人的写作习惯,并且最终内化为一种理所当然、顺其自然的创作模式。从这个角度上讲,"电脑所带给人类的首先是一种新的存在方式,是一种新型的文化。网络写手在新的传播媒体所营构的文化生态中,以新的书写工具和新的写作方式从事着网络写作,一种速度型的、粘贴式的、粗鄙式的网上写作,成为网络空间中大多数写手的一种写作方式"[2]。当然,以上言语有以偏概全之嫌,当电脑由表及里地进入

---

[1] 张德明:《审美日常化:新世纪网络诗歌侧论》,《东岳论丛》2011年第12期。
[2] 周海波:《新媒体与新的文学革命》,《济南大学学报》(社会科学版) 2011年第5期。

第三章 网络诗歌的写作与阅读

人的深层观念和身体习惯时，网络写作会反过来好好地审视诗歌本身，有理由相信这种"喧嚣"的状态只是网络诗歌发展必不可少的一个过渡期，"临屏书写"终将反顾"诗歌"本身。当一种全新的写作方式出现之时，我们也听到了另一种不同的声音，著名诗人西川这样说，"我自己不在网上直接发表作品，这可能是我落后的一面，不是任何人写的东西都适合网络。有些诗人实际是在一个谱系中写作，而这个谱系存在了几千年，网络只存在了几十年。作为一个诗人写作时要掂量一下，是坚持在自己的谱系中写作，还是要适应网络传播方式。这是摆在每个人面前的问题"[①]。西川的这番话代表了纸质时代曾活跃在诗坛的部分重要诗人的态度，从中可以看出他们对网络诗歌所刻意保持的距离，这不仅是怎么写、怎样传播的问题，在更深的层面上它指涉了诗人面对时代变迁的各种姿态，以及技术冲击下的诗人心态裂变。在他们看来，网络上大量传播流行的诗歌并非真正意义上的诗歌，他们大多坚守传统的、可能稍稍保守的诗歌艺术立场，坚守着诗歌的精英主义立场。当然应该看到，网络诗歌确实赢得了它的地位并且在一步步发展壮大，但是需要警惕的是，过分的自由会扼杀文学与诗歌，从而使得诗歌在真正占有了"网络"之后，却放逐了"诗歌"。

二 "多媒体"及"超文本"书写

随着网络技术革新的日趋深入，有两种新兴的诗歌样式反映了网络技术深入发展之后，网络与诗歌的真正融合。"最能代表网络文学本性的是网络超文本链接和多媒体作品，这类作品具有网络的依赖性、延伸性和网民互动性等特征，不能下载做媒介转换，一旦离开了网络就不能生存，这样的作品与传统印刷文学完全区分开来，因而是真正意义上的网络文学。"[②] 相对于诗歌网刊，这种诗歌书写类型有着更强的网络依赖性，它是全新的网络的产物，它充分依赖于网络，它的书写、传播、阅读都必须借助于网络才得以实现，从这个角度说，它实现了与纸质文学的彻底决裂。根据目前学界对"网络诗歌"的定义[③]，最具网络诗歌特质的，恰恰是那

[①] 舒晋瑜：《网络恶化了中国诗歌江湖的生态？》，《中华读书报》2013年10月30日。
[②] 欧阳友权：《网络文学前沿问题的学术清理》，《湖南师范大学社会科学学报》2005年第3期。
[③] 吴思敬：《新媒体与当代诗歌创作》，《河南社会科学》2004年第1期。

网络诗歌散点透视

些充分依赖网络而在纸质媒介上无法得以实现的多媒体诗歌或者是超文本诗歌,超文本诗歌和多媒体诗歌在纯文本诗歌的基础上融入了独特的网络特性和数字技术,它们将是网络诗歌发展的主要方向。"我相信在这方面(多媒体诗歌写作、超级链接体诗歌写作等),互联网将给诗歌带来重大的革命性的变化。"[①] 概而言之,"多媒体"和"超文本"诗歌书写在更本质的层面上彰显了网络诗歌的文本特色和审美内涵,也因此成为网络诗歌的重要表征。

网络诗歌的书写鲜明地体现为它摆脱了以往单纯文字书写的方式,而变成了集文字、声音、图画于一体的多媒体书写,另外,超链接文本诗歌对网络诗歌的书写提出了更高的要求,不仅用文字书写,还可以采用声音、图片、图像、动画、视频等与文字的多媒体组合。根据毛翰的定义,多媒体诗歌是指"借助多种媒体(图形、图画、动画、影像、音乐、拟音等)的参与,以增强艺术表现力和感染力的诗歌。它以诗歌的文字或朗诵表达为主,以视觉媒体(图形、图画、动画、影像等)和听觉媒体(音乐、拟声等)的参与为辅"[②]。网络诗歌写作在本质上是一种"多媒体"书写,它和传统书写的最大不同在于,以往的诗歌书写是依赖"纸与笔"并且完全诉诸文字的一种"单媒体"书写方式;而网络书写在书写文字的同时,还可以调动音乐、图像的功能,真正实现多种媒体的共同书写。这是诗歌书写的重大革命,它将导致诗歌表现方式的变革,进而引来一连串的诗学变革。"传统的诗歌主要是通过读者的视觉来鉴赏,但多媒体诗歌则不同,它根据作品的情调、内容插入了相关的声音、图像等元素,使我们在阅读文字的同时,也感受与之相关的音乐与图像,调动其更多的身体感官。"[③] 迅速普及的电脑(以及数码相机、手机等)和全球连线无远弗届的网络,使制作多媒体诗歌所需要的音频、视频资料的获取、制作和剪辑,变得大为便捷;多媒体作品的发表和散布,变得非常高效。今天,制作这种多媒体诗歌的可行方式,主要有"PPT""Flash"和各种格式的电子书。

在多媒体诗歌的探索中,福建诗人毛翰做出了突出的贡献。自 2007 年

---

① 桑克:《互联网时代的中文诗歌》,《诗探索》2001 年第 1—2 辑。
② 毛翰:《多媒体诗歌论纲》,《长沙理工大学学报》(社会科学版) 2012 年第 3 期。
③ 蒋登科:《传播方式、网络诗歌及其他》,《现代传播》2009 年第 5 期。

第三章 网络诗歌的写作与阅读

以来,毛翰先生一如既往地执着于多媒体音画诗的创作,他的一系列 PPS 诗歌的出现,向我们展示了多媒体诗歌的巨大能量。毫不夸张地说,毛翰的多媒体诗歌为网络诗歌正名,为其扫清了那些质疑的目光,他用切实的诗歌文本向世人证明,多媒体诗歌可以并且完全能够在继承以往诗歌优点的同时,发挥它自己"多种媒体同时书写"的长处,在诗歌表达方式以及写作模式的探索中,开辟出一条崭新的路。《天籁如斯》是毛翰多媒体诗歌的代表作,被人们誉为"中国诗歌在网络时代发展出来的一种新形式,其诗学意义重大"[①]。以创作于 2009 年的多媒体诗歌《二十四座奈何桥》为例,"二十四座奈何桥"其实暗指 24 种自杀方式,它有 24 节,其中每节都配有一个 PPT 页面,是对文字的背景阐释、含义传达等,而贯穿其中的还有略有悲惨意味的古典音乐。点击这首诗的文件之后,映入眼帘的就是文字、图画、音乐等多媒体的意境,它自动翻页,带来的是多重的艺术感受。

毛翰的多媒体诗歌使得阅读变成了一种集听觉与视觉于一体的综合性体验过程。在诗歌的阅读过程中,轻音乐的伴奏加上动态的图面为读者设置了场景,阅读的过程变成了一种多重感觉综合的过程,这是纸质诗歌所不敢奢望的。这种综合摒弃了单纯文字的诗意想象空间,它使得诗歌的诗意以一种"多点透视"的方式进入读者的感知空间。科技进步使得诗歌的表达方式更趋多样化、丰富化,多媒体诗歌这种"综合"艺术的出现,是中国现代诗歌史的一次书写革命。如果说在 20 世纪 40 年代,以袁可嘉为代表的中国新诗派提出的"现实、象征、玄学"的综合,在诗歌的抒写内容与表达策略上带来了一次全新的革命,中国新诗的表现能力大大增强;那么,以毛翰为代表的多媒体诗歌探索,音、图、字的综合,为中国新诗在表现方式上的探索开辟了新境,它既是对中国传统诗歌艺术集乐、舞于一身的遥相呼应,又是一种崭新的艺术探索。多媒体诗歌不仅为处在困境中的中国新诗拓宽了表达方式,而且在诗歌表情达意的深度上标举了新的内涵。正如王珂所言,"在目前,以网络为代表的新媒体将从多个方面改变汉诗,网络将导致现代汉诗全方位的改变,甚至由此产生新的美学革命和文体革命。即网络诗会改变诗的形态、功能、美学特征、写作方式、传

[①] 陆正兰:《超文本诗歌联合解码中的张力》,《诗探索》2007 年第 2 辑。

网络诗歌散点透视

播方式、接受方式及创作的思维方式,特别是会打破传统诗歌的作者和文本中心论,有利于诗的繁荣"[1]。尽管这种多媒体书写已经是昭然若揭的事实,但仍有一些审慎的批评家看到了这种多媒体书写的传统内涵。张立群就认识到,"尽管目前的网络诗歌在总体上表现出活跃乃至繁荣的态势,但网络诗歌写作者们的创作思维仍然是传统的纸面式思维,这就使得网络诗歌与传统意义上的'纸面诗歌'并未在诗学形态上构成实质上的独立与差异,它只是在诗歌写作方式和发表载体上进行了一次技术意义的转换"[2]。但我们又要充分估计到多媒体诗歌的限度,并且对它做出审慎的评价。"作为语言艺术,诗歌既有君子善假于物借助电子音画媒介插翅飞翔的意愿,也有着美人孤高自矜坚持纯文本守望仓颉故里的不变情怀。即使有一天,纸张印刷的报刊书籍全部退出人类生活,电信网、广播电视网与电脑互联网三网合一,成为人间唯一的传媒,多媒体诗歌也不可能成为诗歌唯一的存在形式,甚至不可能成为诗歌主要的存在形式。"[3] 应该看到,多媒体诗歌是网络技术日益成熟之后,诗人借助网络不断创新的产物,它尚未形成自己稳定的审美体系和独立的创作思维,但是相信随着网络技术的更深发展和更广普及,多媒体诗歌在创作、传播、接受等方面都会增添新的美学质素,并日渐形成一种独特的网络诗歌样式。

超文本诗歌是运用超文本技术创作的诗歌。"'超文本'是网络最为流行的电子文档之一,文档中的文字包含可以自由跳跃到其他字段或者文档的链接,读者可以从当前阅读位置直接切换到超链接所指向的任何其他位置。这些'链接'点通常使用'超文本'标记语言书写。作为一个计算机常用术语,'超文本'其实就是一些不受页面限制的'超级'文件,在'超文本'文件中的某些单词、符号或短语起着'热链接'的作用,这些通往其他网页的热链接,构成了超越既定文本的超级文本网络。"[4] 而"超链接"是一种现代电脑技术,"所谓的超链接是指从一个网页指向一个目标的连接关系,这个目标可以是另一个网页,也可以是相同网页上的不同

---

[1] 王珂:《网络诗将导致现代汉诗的全方位改变——内地网络诗的散点透视》,《河南社会科学》2004年第1期。
[2] 张立群:《网络诗歌的大众文化特征分析》,《河南社会科学》2004年第1期。
[3] 毛翰:《多媒体诗歌论纲》,《长沙理工大学学报》(社会科学版)2012年第3期。
[4] 陈定家:《"超文本"的兴起与网络时代的文学》,《中国社会科学》2007年第3期。

第三章　网络诗歌的写作与阅读

位置，还可以是一张图片，一封电子邮件，一个文件，甚至是一个应用程序。而在一个网页中用来超链接的对象，可以是一段文本或者是一张图片。当浏览者单击已经链接的文字或图片后，链接目标将显示在浏览器上，并且根据目标的类型来打开或运行。"① 超文本所带来的是立体的、跳跃的诗歌文本。

在网络技术术语的提醒下，我们可以这样来理解"超文本"：它是指一个文本中含有链接到其他文本或媒体的链接点，即超文本中的某些特殊字词、符号等用不同的颜色或其他特殊符号标记出来，在用鼠标点击它们时，就可以打开一个新文件，界面就会转到另一个文件或者是另一种媒体。

王一川有这样的描述："超级文本（hypertext）原指在计算机视窗体制基础上发展起来的相互链接的数据系统。而应用到文学中，所谓超级文本文学则指如下一种特殊情形：一个文学文本的创作总是来源于对其他文本资源的阅读。网络正是一个巨大的多重或超级文本系统，它向作者和读者源源不断地供给文学资源。这个超级文本的一个基本特点，正是链式结构。你在键盘上敲击一个词语，这个超级文本链条可能会向你显示几个或几十个相近或类似词语供你选择，使你的联想与想象能力大大拓展。你在写作或编辑一个文本时，它可能会共时地向你显示呈链状或树状分布的一大群不同文本，导致各种文本在一个文本中的聚集。

于是，你写作的哪怕只有一个文本，它本身也可能具有或包含着更大的超级文本，从而具有一种超级文本特点，丰富读者的阅读。这表明，超级文本文学可以突破通常文学文本的线性结构而呈现链性特征，体现出网络时代的文学特有的文本资源丰富性、文本多义性和阅读开放性。这一点也恰好可以同当今文论界时髦的 intertextuality（互文本性）之类术语相应和，这绝不是简单的巧合。"②

这种技术运用到诗歌创作中，就产生了一种新型的诗歌文体形式——超文本诗歌。"超文本诗歌是诗人创意与技术的融合，运用现代电脑技术将诗人的思想感情与独特创意直观地呈现出来。超文本涉及文字、音响、图形、色彩、动画等众多的形式因素，这就给诗人的创作提供了巨大的立

---

① 引自百度词条"超链接"，见 http://baike.baidu.com/view/743.htm。
② 王一川：《网络文学时代：什么是不能少的》，《大家》2000 年第 3 期。

体空间,诗人的表现不再局限于纸质的平面,而是可以综合运用各种不同的形式来进行调和。"① 以代橘的超文本诗歌《超情书》为例,这首诗用书信体写成,一共四节,每节的文字呈现出紫、红、黑三种颜色,其中紫色的词语标有下划线,用鼠标单击之后就可以打开以这个词语为标题的另一个崭新的诗歌文本。我们可以用"母文本"和"子文本"来进行定义,它们形成了一个立体的、完备的文字系统。我们可以说,这种超文本诗歌是现代社会的产物。超级链接造成了诗歌文本的极大丰富,并且往往造成一种繁复的、碎片化的诗意,这正是它与传统诗歌最根本的区别所在。

超文本诗歌是个新兴的产物,目前中国大陆诗坛还很少有人进行大规模的书写,而真正有价值的超文本诗歌作品更是少之又少。我们应该看到,多媒体及超文本诗歌是网络时代的独特产物,但在现时段,它们并没有得到更加广泛的流行。在普通公众的意识里,诗歌仍然是文字的艺术,是语言的艺术。这种诗歌形式的写作也不仅仅是文字与图像、声音的简单相加,它需要多种媒体之间更加深层的融合,这显然给多媒体诗歌的写作提出了更高的技术层面的要求,以及多种艺术因素相互渗透的艺术质感。从阅读的角度来说,多媒体及超文本诗歌释放了更多的审美元素,单纯意义上的读者几近消失,阅读诗歌变成了一种综合性的审美体验。而多种媒体的交相杂糅,在拓展审美空间的同时,也在改写着传统艺术审美的内涵。以往的诗歌阅读要求读者在获取文字后,敞开想象的空间,文字是阅读的主体,文字的内涵是诗歌阅读的关键所在。人们通过对文字的把玩、对语言的琢磨进入属于自己的诗意想象空间,这是一个千差万别的诗意世界;而多种媒体的出现有可能在某种程度上限制了读者的审美想象,它弃绝了阅读过程中的创造成分,而使得阅读诗歌变成了单纯的接受。

从目前的诗坛现状来看,多媒体及超文本诗歌是网络诗歌的前卫形式,是带有极强烈的网络时代特色的先锋形式实验。这种诗歌形式在台湾地区得到了更大规模的实验,以苏绍连为代表的一些"趋新"的诗人,进行了大量的超文本诗歌创作实验。应该说,超文本诗歌有它自身的优势,但也有它自己的弊端。怎样在渗入新技术的同时保证诗歌艺术的高水准,

---

① 吕周聚:《超文本诗歌创作的现状与展望》,《北方论丛》2010年第1期。

第三章 网络诗歌的写作与阅读

应该是超文本诗歌创作亟待解决的问题。其实，整个互联网原本就是一个硕大无朋的超文本，"它最大的特点就是，能无与伦比地凸显出文本潜藏的互文性，使文本之间相互依存、彼此对释、意义共生的潜能得到最充分的呈现或迸发"[1]。如果我们放眼20世纪的世界诗坛，其实以马拉美、兰波等为代表的西方现代主义诗人就曾进行过这种非常规的诗歌艺术实验，只不过他们仅仅局限在纸质范围内。每一种新的艺术形式的探索都会面临重重阻力，超文本诗歌也不例外。曾进行过超文本诗歌写作实验的诗人桑克有这样的感悟，"诗人除了文本制作能力之外，还需要具有高超的网络技术和美术设计能力。这对于诗人个人的综合能力来说是个严峻的考验"[2]。从这个意义来说，这种崭新的创作形式还处于起始阶段，它在未来会经历怎样的突破和深入，有赖于人们对网络的普遍适应和网络技术的整体提高，我们还需要等待时间的检验。

第二节　网络语境中的诗歌阅读

反观诗歌在当代中国的繁衍生息，从"文革"时代的"手抄本"，到20世纪八九十年代的"民刊"，再到20世纪90年代末至21世纪初的"网媒"，媒体在诗歌的写作和传播中发挥了巨大作用。媒体的变化，使诗歌写作呈现了新的形式。网络时代诗歌的写作特点是在和"前网络时代"的对比中得以凸显的。报刊和诗集是纸质时代诗歌存在的主要形态，但随着大众文化的侵袭和生活节奏的加快，它们在时代的大潮中逐渐失去了承载诗歌的力量，诗歌的"读"与"写"出现严重脱节，诗歌的边缘化日益凸显。诗歌的边缘化，表现为诗歌发表的艰难、诗歌刊物的低迷、诗歌读者的减少。尽管90年代以来诗歌民刊曾经盛行，但诗歌民刊普遍的早夭、传播的小圈子化，并没有给诗歌写作和发表带来根本性的变化。"界限"的主将李元胜对此有很精准的表达，"在网络诗歌运动兴起之前，诗人的价值或者说诗歌作品的价值，只能由两个圈子来认定，一是各级文学刊物，

---

[1] 陈定家：《"超文本"的兴起与网络时代的文学》，《中国社会科学》2007年第3期。
[2] 桑克：《互联网时代的中文诗歌》，《诗探索》2001年第1—2辑。

网络诗歌散点透视

二是民间诗歌社团或群落。没有经过这两个圈子判断并给予承认的诗人，多数时候，他的作品连和读者见面的机会都没有"①。网络的出现，真正降低了诗歌书写的难度，提供了完全自由的发表空间。诗歌的载体从纸质媒介变成了电子媒介，网络成为它崭新的载体。网络电子媒介极大地拓展了诗歌的生存空间，它在"网上"的姿态也日益多样化，从诗歌论坛到诗歌网站、诗歌博客，数量惊人且姿态各异。随着网络信息技术的持续更新，这种空间不断得以扩大和流行，这主要表现在，一方面是硬件上智能手机、平板电脑等新技术设备的应用和推广，另一方面是在软件上催生了以"微博""微信"为代表的"微媒体"的流行。多种媒质的交融与普及，为网络诗歌的阅读提供了更多的可能性，同时也对传统的诗歌阅读形成某种挑战。在繁杂的网络语境中剥离出网络诗歌阅读的某种内在的悖论，并对其表征的"网络文化"与"诗歌内质"的冲突进行辨析，一方面可以在更深的层面上认识网络诗歌的阅读问题；另一方面则为网络诗歌在网络语境中的良性传播寻找可资借鉴的方案。

一　网络诗歌的阅读悖论

诗歌在网上，极大地改变了人们的阅读方式，传统意义上的诗歌生态环境机制被解构。网络时代的诗歌阅读总体来说是一种"屏幕"阅读，即对诗歌的阅读主要是在电脑屏幕、手机屏幕上进行的。区别于以往纸质诗歌的阅读，屏幕阅读首先是一种多媒体阅读，即读屏并不仅仅是在阅读文字，它同时会呈现出声音和图像。网络的普及给阅读带来的最大变化就是从纸质阅读到屏幕阅读的转变，我们正在进入一个"读屏时代"。"读屏时代，在改变人们的生活方式的同时，也直接改变了人们与阅读相关的所有方面，包括阅读的内容、读物的产品形式、人们的阅读行为模式、人们阅读的结果等。阅读正在发生颠覆性变化。"② 网络阅读相对于传统的纸质阅读，有着更多的非诗歌因素，传统阅读所讲求的沉醉、入神，网络阅读基本上难以实现。对于一些习惯了纸质阅读的人来说，屏幕阅读可能会面临这样或那样的阻碍，甚至会引起身体上的某种不适感，从而表现出某种排

---

① 李元胜：《界限——中国网络诗歌运动十年精选·序》，《青年作家》2010年第3期。
② 徐升国：《阅读的未来——数字化时代阅读大趋势》，《出版广角》2013年第14期。

第三章 网络诗歌的写作与阅读

斥感。而对于习惯了网络阅读的人来说，网络诗歌这种东西可能会被在某种程度上"媒体化"，网络环境下成长起来的一代读者，已经和纸质文学培养的读者有着比较大的差别，他们的阅读很少有纯粹的文学鉴赏成分。把玩的心态远去，猎奇的心态渐浓。而网络时代的兴起，是以图像为主导的，读屏时代的到来很大程度上可以概括为读图时代。在图像的挤压下，读者对文字渐失兴趣。即便是对文字保持着足够的关注，在以微博、微信为代表的微媒体到来之后，人们似乎更加适应短小的文字，对140字以内的文字还能保持耐性，而对长篇的文字则根本没有耐性。其实已经有很多的学者在不同的场合表达过微媒体对公众阅读耐性的戕害。网络环境滋养的公民阅读趣味，又反过来影响了网络写作，即那些长诗、大诗，在网络上是很少见的，尤其在微博时代，诗歌在很多时候成为"短、平、快"的标志。从历史的角度看，读屏是时代发展的必然，在电脑屏幕上，如何保持高质量的诗歌阅读，是当下的网络诗歌研究亟待解决的问题。正是从这个意义上说，对于诗歌，网络是把双刃剑，网络自身的多媒体性、信息化、娱乐性为阅读提供了崭新的可能性，同时也给诗歌的阅读带来了很多悖论。

这种悖论的表现之一是"信息"与"文学"的冲突。现代传媒的广泛普及和"微型化"，真正实现了所谓的"信息大爆炸"。特别是伴随着移动互联网的普及和手机网络的泛滥，人们的生活节奏加快，阅读再不是传统的那样端坐在某处，捧读书籍精心阅读，甚至也没有了端坐电脑前的阅读，移动阅读成为一种常态。在这一过程中，文学逐渐的"泛信息化"，人们的阅读习惯发生重要转变。"移动互联网以及手机、Pad等移动终端的发展与普及，满足了人们在移动中对内容的需求，随时随地生产与消费内容，也正在成为读者的一种阅读习惯。"[1] 诗歌是一种文学样式，它呼唤的是深层阅读，是对文字的反复品咂之后所获得的审美愉悦，而信息所召唤的是瞬间的获得，它是对文字的一次性获得，它甚至是反阅读的。根据阅读生理学的知识，"阅读最核心的秘密就在于可以让读者的大脑获得自由思考的时间，大脑中的延迟神经梳理了我们的线性思考，使得我们有能力进行阅读，而这种延迟更多地来自纸张而不是屏幕"[2]。传统文学作品的阅

---

[1] 徐升国：《阅读的未来——数字化时代阅读大趋势》，《出版广角》2013年第14期。
[2] [德]施尔玛赫：《网络至死》，邱袁炜译，龙门书局2011年版，第25页。

读有一个较长的时间展示过程，而信息的长处在于瞬间性，这直接造成了网络阅读普遍的浮躁心理。"网络包含着海量信息或云量信息，了解信息是网络阅读的主要目的，浅阅读是网络阅读的基本特点。"① 网络环境滋生并孕育了"浅阅读"和"娱乐化阅读"，它们是对传统文学"深阅读"和"经典阅读"的颠覆。这种颠覆在很大程度上扭转了文学的传播格局，它"由传统纸质媒体所塑造出的作品——读者的文学关系链被网络世界中的信息——用户这一新的关系链所取代"②。诗歌这种最需要"慢"的文学艺术形式，在时代大潮的裹挟下走上了"信息高速公路"，并逐渐迷失了自己的方向。这势必造成一种"碎片化"的文学图景，读与写失去了原来的那种酝酿、构思、鉴赏、把玩的心理机制。"我们的问题在于，现在同时接收过多过量的信息，就像电流超载容易烧断保险丝一样，我们也会陷入头脑短路的境地。一个合格的阅读者需要更多的时间去思考文字背后的东西，而不仅仅是接收更多的文字信息。"③ 以诗歌论坛为例，每天充斥在论坛上的大量诗歌，并没有得到有效的阅读，而论坛的建设者似乎也并不关心所谓真正的阅读，他们在乎的是人气、点击量以及回帖数，这在某种程度上催生了非文学性的浅阅读。"就这样，阅读受到了伤害，进而又伤害了写作本身。今天的读与写，形成了一种恶性循环。"④

这种悖论的表现之二是"娱乐化"和"严肃化"的对立。正如本雅明所言，"大众寻求着消遣，而艺术却要求接受者凝神专注"。诗歌要求的是一种"凝神专注"的阅读状态，而网络时代的诗歌阅读更多地在娱乐化"消遣"的引领下进行。"消遣和凝神专注作为两种对立的态度可表述如下：面对艺术作品而凝神专注的人沉入了该作品中，他进入这幅作品中，就像传说中一位中国画家在注视自己的杰作时一样；与此相反，进行消遣的大众则超然于艺术品而沉浸在自我中。"⑤ 沉浸在自我中而不是沉入作品，撕裂了传统文学阅读与鉴赏的固有模式，扭转了传统诗歌阅读"沉

---

① 蒋登科：《网络时代：诗的机遇与挑战》，《文艺研究》2011年第12期。
② 于洋、汤爱丽、李俊：《文学网景：网络文学的自由境界》，中央编译出版社2004年版，第139页。
③ ［德］施尔玛赫：《网络至死》，邱袁炜译，龙门书局2011年版，第25页。
④ 张炜：《何为文学阅读》，《走向世界》2011年第10期。
⑤ ［德］瓦尔特·本雅明：《机械复制时代的艺术作品》，王才勇译，中国城市出版社2002年版，第125页。

第三章 网络诗歌的写作与阅读

潜"的鉴赏姿态。这是写作与阅读的"深度模式"的消失,"诗歌挣脱少数精英分子的话语权力成为纯粹消费性的文化代码,诗歌已不再是精神引导式的心智陶冶"①。网络信息技术催生了一种众声喧哗的"网络生态",众声喧哗的网络世界俨然就是一个娱乐消遣的广场,"一切公众话语都日渐以娱乐的方式出现,并成为一种文化精神"②。它对传统的阅读与写作起到了颠覆性的作用。

网络阅读悖论的表现之三,在于文字与其他媒介的交错、博弈。网络所展示的是文字、图像、声音的综合交融,而诗歌所召唤的是对"文字"的集中关注。诗是用来读的,它的审美特质在于由文字所激发的想象空间的拓展,这样一种审美空间是由阅读创造的。网络阅读极大地冲击着人们阅读的心理、习惯以及思维模式,"在纸张上阅读和在电脑上阅读是两种很不同的阅读方式。如果说前者所面对的纸质文本是单一具体的物质形态,那么后者面对的电脑文本是一个非物质性的复杂文本世界,在这里,电脑文本不仅与声音、影像一起共舞,它还与信息、游戏一起狂欢"③。这是由网络自身的技术特性所决定的,基于信息技术的互联网媒介改变了传统的读写模式。

网络阅读的悖论还表现在,阅读心态上"仰视"与"平视"的交互。读者姿态的"平民化"取代"仰视"的姿态,读者由"接受者"变成"参与者",不管是在时间上,还是在空间上,交互都得到了空前的自由。网络时代的诗歌交互化,表现在多个方面,其中既有纸媒与网媒的交互,又有读与写在空间、时间上的交互。斯科特·麦克尼利说过,"网络之美在于它对所有的人都是开放的,每个人都可以站在别人的肩膀上"。相对于纸质媒介,网络给文学(诗歌)带来的最大影响之一便是它的交互化,网络实现了纸质媒介所不可企及的写作与阅读的交互化,写作、阅读、评论可以在同一时间交错进行。网络诗歌因此成为本雅明所谓的"具有可修正性的艺术品"。在这种情况下,传统文学观念里"已经完成的作品"呈现出某种"未完成性",任何人都可以对其"再创造性"地进行数字化书写。

---

① 杨晓民:《世纪之交的缪斯宿命:网络环境下的诗歌创作》,《当代作家》1998年第1期。
② [美]尼尔·波兹曼:《娱乐至死》,章艳译,广西师范大学出版社2011年版,第4页。
③ 于洋、汤艳丽、李俊:《文学网景:网络文学的自由境界》,中央编译出版社2004年版,第138页。

在这里,所有的读者都变成了作者,读者、作者和批评者频繁互换,没有专家和权威,在"众声喧哗"中到处是虚拟情境,意义不稳定的碎片,即时交流充斥其中,新的风格和新的经验随时出现。纸质时代读与写的时间顺序在这里变得模糊,呈现出一种混杂状态,诗歌呈现出前所未有的开放性。可以说,网络诗歌相对于传统纸质诗歌,完成了从"作品"到"超文本"的转变,"如果说'作品'意味着一个向往中心的向心力,'超文本'则意味着一种离心的倾向。我们可以说'作品'的时代是一个作者中心、精英统治的时代,'超文本'的时代则是一个读者中心、草根狂欢的时代"[1]。这种自由频繁的交互扭转了传统的诗歌读写关系,进而改变了网络诗歌的生态。

应该看到,网络给诗歌阅读带来的影响是多层面的。它实现了阅读的真正解放,并赋予阅读更大的主动性。其实,网络技术所带来的"读"与"写"的快捷互动,是有目共睹的。网络技术为我们创造了一个崭新的"交互式的审美文化空间",在这里,读者与作者的身份已经完全模糊,一首原创网络诗歌可以由原创者和网民共同参与完成,也可以由不同的网民参与创作同一首诗歌,诗歌写手可以在网上把自己对于作品的感想、构思等说出来,网民同创作者一起进行补充、修改或者续写、升华等。这样诗歌文本仿佛永远处在未完成的状态,保持了充分的互动性和开放性,这是阅读传统诗歌作品所无法达成的。中国现代新诗史上有朱自清、李健吾等人对卞之琳诗歌《元宝盒》等的创造性解读、争论,但像网络诗坛这样的大规模互动还是没有的。

二 "读"与"写"的博弈

当网络成为一种日常,我们看到,诗歌并没有被网络扼杀,也没有随网络时代的到来而达到前所未有的高度,诗歌场有它自己运行、发展的独特规律。网络并没有对诗歌造成致命的打击,相反,网络会给诗歌带来一些新的可能性。当然,也会有很多陷阱。如何趋利避害,绕开这样或那样的陷阱,重建新时代的诗歌精神,是我们要思考的问题。而最关键的,则是如何辨析、调整网络时代诗歌读与写的几种博弈关系。

---

[1] 邵燕君:《网络文学的网络性》,《作品》2013年第11期。

第三章　网络诗歌的写作与阅读

首先是纸媒和网媒的博弈。好的阅读可以反过来对写作形成积极的反作用,而浮躁的快餐式阅读会加剧网络诗歌作者的浮躁心理。由于网络诗歌已经构成了诗歌场中的一极和独立势力,因此那些早就渴望改变沉闷的诗歌局面的传统诗歌媒介都积极开始和网络诗歌互动。文学刊物和网络诗歌的互动极为频繁,一方面以此扩大稿源,丰富内容,制作专门的网络诗歌专题,以吸引关注;另一方面透过网络扩大自己的影响,开展营销活动,甚至直接参与网络之中。而网络诗歌也主动地展开了与纸质媒介的互动,一方面是面对纸质刊物、诗选的招安心理,潜在地引导了网络诗歌只有经过"二次发表"才有效的心理;另一方面是大型诗歌网站往往以纸质的形式对自己的创作成绩进行总结,诗生活、中国诗歌网、界限等大型的诗歌网站都有不同形式的纸质选本。这又以界限最为典型,他们出版的《界限·中国网络诗歌运动十年精选》就是纸媒对网媒最有力的"总结"。从这个角度说,纸媒和网媒的博弈是多角度、多层次的。网媒提供了鲜活的诗歌场域,而纸媒则是诗歌经典化的重要媒介,当二者的互动博弈处于一种良性状态时,诗歌的辉煌是值得期待的。

其次是传统读者与网络诗歌的博弈。据2010年9月第八次全国国民阅读调查的结果显示,我国的很多网民还是倾向于传统的阅读方式,倾向于纸质图书阅读的占到了63.8%,倾向于网络在线阅读、手机阅读等电子阅读的只占34.4%。网络诗歌在十几年的发展历程中,俘获了大批有较高诗歌素养的读者的同时,也一直在遭受着很多传统文学批评家、诗歌评论者的非议。"面对数量极其庞大并且每一刻都在激增的各种媒体介质上的诗歌,任何一个阅读者和批评者的视野与阅读量都显得微乎其微;现在阅读的发生已经很大程度上转移到了电子阅读,论坛、博客、微博成为阅读最为集中的空间;阅读传统纸质刊物的读者越来越小圈子化、知识化、专业化,甚至这种阅读人数也是非常微小的。"[①] 一些习惯了纸质阅读的诗歌批评家和阅读者,很容易在网络诗歌面前展示一种"精神贵族"的姿态。面对网络诗歌这个"庞然大物",往往单向度地肯定,或者直接予以否定,而不能理性地、科学地去对待。"在新媒体时代,如果我们继续使用传统

---

① 霍俊明:《"关键词"里的诗歌现实与精神图景》,《星星》(诗歌理论)2013年第8期。

的文学审美标准去评价新文学,就会失去文学的方向,产生文学理论和实践上的混乱,不能准确认识新媒体时代的文学,也无法理解新媒体作家的写作方式。"① 实际上,我们应该正视媒介给诗歌带来的影响,历史性地看待,并给予充分的宽容。传统诗歌培育出来的一些艺术鉴赏水平、理论水平较高的批评家,如果能够调整自己的态度,无任何偏见地对待网络诗歌,对其进行积极的认知和评价,从理论上对网络诗歌进行更加精深的研究,在学理层面上给予更多建设性的批评意见,这对于网络时代诗歌的发展必将是极大的推进。

最后是慢与快的博弈。快捷化和便捷性使得写作的门槛降低,阅读也随之浮泛化,"时间差"的消失,使得写作和阅读仿佛都成为即时性的行为。后果很可能是,写作放逐了阅读,阅读也放逐了写作。以微博为例,微博上的诗歌书写多半是即兴的涂鸦式书写,人们在阅读时也倾向于快餐式的、一次性阅读,这被网民称为"刷微博",这就造成了诗歌审美品质的流失。"微博的出现让诗歌的传播变得快捷,一首诗通过微博发布出去,可能瞬间就会有很多人读到,但这样的结果,也可能会导致快速传播演变为一种快餐阅读。而诗歌经典化的敌人,很可能就是读者与评论家对诗歌的快餐消费:诗歌在微博上被源源不断地发表出来,虽然能极大地调动诗人和读者的参与意识,但这种及时写作和即兴阅读,更多时候可能就是浮光掠影般的走马观花,无法被认真领悟和细致解读,欣赏的美感会像云烟般转瞬即逝,无可回味。"② 在读与写的交互化过程中,自由性得到了极大的释放,这也是和传统诗歌创作的区别,网络诗歌得以极大繁荣的最重要原因。这种绝对的自由,其实未必真正意味着文学的自由,正像有论者指出的,"网络诗歌的自由狂欢其实缺乏对自由的真正思考,它的自由通常只是一种自私的自由"③。网络诗歌的读者群在很多时候并不是从"艺术"的角度去阅读诗歌的,他们的阅读是"文学意义"之外的阅读。在这里,我们呼唤真正的"文学阅读",这可以用张炜的话来进行表述,"读文学作品,一般而言关注的重点不是它的情节,而是细节;不是中心思想之类,

---

① 周海波:《新媒体与新的文学革命》,《济南大学学报》(社会科学版)2011年第5期。
② 刘波:《微博时代的诗歌之路》,《星星》(诗歌理论)2013年第8期。
③ 于坚:《"后现代"可以休矣:谈最近十年网络对汉语诗歌的影响》,《诗探索》(理论卷)2011年第1期。

第三章 网络诗歌的写作与阅读

而是它的意境;不是快速掠过句子,而是咀嚼语言之妙;不是抓住和记住信息,而是长久地享用它的趣味"[1]。不管是电子屏幕,还是纸质的书页,它们都是一种工具,写作和阅读的"内核"在演变的过程中有它不变的东西,这个东西正是当前的网络阅读所缺乏的。极度自由的"众声喧哗"之后,我们应该把诗歌还给诗歌。这种"慢"下来的艺术,会渐渐使网络诗歌获得它的自足性。

事实上,任何决绝的概括都可能遮蔽事物的多样性和复杂性。网络诗歌在"变"的同时,也有它相对于纸质诗歌"不变"的东西。张立群就认识到,"尽管目前的网络诗歌在总体上表现出活跃乃至繁荣的态势,但网络诗歌写作者们的创作思维仍然是传统的纸面式思维,这就使得网络诗歌与传统意义上的纸面诗歌并未在诗学形态上构成实质上的独立与差异,它只是在诗歌写作方式和发表载体上进行了一次技术意义的转换"[2]。我们在考察网络诗歌写作的时候,除了辨识技术层面的变革之外,还应该从更深的层面和更广的角度来思考技术变革所引起的诗歌深层的变化,这变化既有写作方式、发表方式,还有诗歌的形态结构、语言方式,甚至它所引发的阅读的改变,以及诗歌在文学社会学意义上的审美裂变。

中国的网络诗歌已经走过了近 20 年的时间,在经历了最初的喧嚣之后,我们不妨要问,在诗歌的阅读与写作中,最核心的东西是什么?当网络成为一种日常,如何缝补诗歌与网络的关系,使它们可以在一种更加和谐的状态下相互依托,重建诗歌与时代、媒体的良好生态?我们的聚焦点应该重新返回"诗歌",找回遗失的"诗意"。恰如于坚所言,"诗意是中国精神的核心。诗歌如果放弃了为天地立心,必须被文明抛弃。新诗要尊重它的成熟,不要总是一场场青春期的胡闹。汉语写作在呼唤我们时代的高僧大德"[3]。如何在网络技术成熟之后,寻觅真正的诗意,显然是网络诗歌所要解决的。

对此,《诗歌报》网站的转型可以看作网络诗歌成熟的某种标志。《诗歌月刊》以及其相依附的《诗歌报》论坛是中国网络诗歌发展历程中的

---

[1] 张炜:《何为文学阅读》,《走向世界》2011 年第 10 期。
[2] 张立群:《网络诗歌的大众文化特征分析》,《河南社会科学》2004 年第 1 期。
[3] 于坚:《"后现代"可以休矣:谈最近十年网络对汉语诗歌的影响》,《诗探索》(理论卷) 2011 年第 1 期。

网络诗歌散点透视

一个重要网站,以小鱼儿为代表的网站工作人员对网络诗歌保持了持续的热情,这个网站也确实为中国网络诗歌的发展壮大做出了突出的贡献。但是,这个网站也存在着网络自身的缺点。2014 年 2 月 23 日,诗歌报网站开通微信公众号,并在当日的推送平台上推出了题为"诗歌报,处于转型期的一些说明"的一篇文章:

  《诗歌报》网站创立于 2001 年,十三年来,我们见证了中国网络诗歌的前行和发展,也创立和引导了无数的网络诗歌风尚,开展长期的网络诗歌理论研究,论坛注册会员数和发帖量曾长期遥遥领先于诗歌类论坛,作为公益网站,我们做的的确很多,但我们也有些疲惫。

  《诗歌报》网站历史上曾经追求过发帖量,通过 SEO 优化让更多的初学者搜索到诗歌报,充实论坛的人气,也经常举办各种活动搞气氛,招募 VIP 会员的本意也是增强凝聚力,我们甚至刻意出去到别的论坛吵架来搞事件营销,那些年,《诗歌报》网站的管理成本很高,也占用了我们管理人员太多的时间精力,更招致了管理部门的高度关注,世博会前夕,大量的诗歌网站被整顿关停,诗歌报还是挺过来了,坚持到现在。

  在最近几年,我们刻意地缩小规模,采取人工审核注册,清理灌水大户,维护论坛纯净,刻意地降低人气,只接纳真正爱诗者的良性交流。

  我们在做减法,就那么简单。

  搞人气的那些做法我们很专业,但现在不需要了,网络诗歌已经进入 Web 2.0 和社会化媒体与自媒体时代,顺应潮流,转变功能是最好的。

  敬请各位兄弟姐妹,用好这个平台,不要将其他平台的纷争带到诗歌报论坛来,谢谢!

  我们今后将继续做好一年一度的金秋诗会、中国网络诗歌年鉴、《诗歌报》年度诗人奖、中国网络诗歌研讨会等传统项目,维持论坛的安静的深度的交流,通过新媒体推送诗歌信息,完善《诗歌报》网站的电子图书馆功能。

第三章 网络诗歌的写作与阅读

风向可以改变，为诗人服务的公益心不变。①

从这篇类似于宣言的文章中，我们看到了创办于 2001 年的《诗歌报》网站相对成熟和内敛的一面。这种"减法"其实正是中国网络诗歌在经过了十几年发展之后的一种正常状态，还有很多诗歌网站，逐渐弃绝了网络负面的东西而全力促进诗歌的正常运行。这又鲜明地体现在以下两个层面：第一，诗歌论坛和网刊精致化。一些老牌的诗歌网站如诗生活、诗歌报、扬子鳄等都对论坛进行了瘦身，并加强了关系，使得论坛成为一个真正供诗歌爱好者平心静气交流的平台，诗歌的艺术性大大增强。第二，顺应时代发展的自媒体转型。一些网站纷纷开通微博、创建微信平台，使诗歌通过更加先进的渠道传送到读者面前。传统的纸质诗歌刊物也积极寻求改变，寻求网络语境中的新发展。以老牌的诗歌刊物《诗刊》为例，一方面建立自己的官方博客，通过博客实现和一些读者的互动；另一方面建立了自己的官方微信平台，通过定时推送《诗刊》的重点文本、作者信息、编辑情况等，最大限度地冲击着人们的阅读视野，特别是对一些经典诗歌的传播和推送，渐渐使诗歌成为人们网络生活中的一部分。

十几年来，网络诗歌一直在求变中追求着，网络在当今时代日益向纵深处发展，并且日益普及。可以想见，在不久的将来，网络将成为诗歌运作的主要媒体，而纸质文本则会退居次要位置。急遽发展的网络正在迅速哺育自己的婴儿，当网络环境滋养的一代人占据社会、文学的核心时，网络诗歌将会获得更大程度的普及和更广泛的诗学内涵，正是从这个意义上，我赞成张德明具有预见性的一段论述：

> 互联网环境中的新世纪诗歌在创作、阅读与诗学意义上，都对 20 世纪中国新诗的美学规范进行了较大冲击、改写甚至颠覆，因此，要想更准确地认识新世纪诗歌的庐山真面目，我们必须建构一种新型的诗学范式，即网络诗学。新建的网络诗学，要求我们对互联网语境下诗歌的艺术本质、表现形态、文本特征、传播方式、鉴赏策略以及诗

---

① 诗歌报的公众微信号为：poetic-china。

与世界的意义关系加以系统的研究和阐发,作出一些新的定位。在我看来,构建网络诗学可能是新世纪诗歌研究中一个极为重要、意义非凡的理论课题。[①]

网络诗歌读与写的秩序重建,需要作者、读者严肃地面对我们这个时代的"诗意",并用一种责任感和历史使命意识来谱写我们这个时代的诗歌。

[①] 张德明:《网络语境中的新世纪诗歌》,《2006 中国网络诗歌年鉴》,环球出版社 2007 年版,第 285 页。

第四章　网络诗歌的创作主体

互联网作为继报纸、广播、电视之后的"第四媒体",亦称"E 媒体"(Electric Media),构成了网络诗歌的技术媒介和载体,也对网络诗歌在多个方面产生了重大影响。相对于传统诗歌,网络诗歌在写作观念、存在形态、阅读方式、传播媒介等方面都发生了革命性的变化,"以机换笔""比特"叙事、电脑作诗等技术方式成为诗歌习以为常的表达形式。当然,网络诗歌不是独立于原有的文本诗歌而存在的,无论是"网上"还是"网下",诗歌最为内在的本质并没有改变,但它是在互联网传媒影响下产生的新的诗歌样式。即网络诗歌是运用网络这个新的媒介和载体,来创作、传播、存储和阅读的新的诗歌样式,它不仅指运用网络的多媒体技术和超文本链接手段创作的诗歌,而且包括文本诗歌的网络化形态,也就是网上传播的文本诗歌。

对诗歌创作主体而言,网络也对其产生了深刻的影响。在网络诗歌中,创作主体不再用纸笔等书写工具进行诗歌创作,而是面对电脑屏幕在一个虚拟的空间里处理着数字符号,诗歌创作成为一种"临界书写"[①],这种诗歌写作方式以及诗歌存在方式和传播方式的革命性变化,对创作主体的思维方式、心理状态、写作观念等都产生了深刻的影响。具体而言,这种影响对创作主体是双重的:一方面,网络的出现及其本身所具有的开放性、自由性和便利性等特点,为诗歌写作者提供了前所未有的自由空间。这包括诗歌写作的自由、发表作品的自由、在线阅读的自由和即时交流的

[①] [美]马克·波斯特:《信息方式:后结构主义与社会语境》,范静哗译,商务印书馆 2000 年版,第 151 页。

自由。网络话语的空前自由改变了以前专业作家控制诗坛的局面，突破了精英书写的陈规旧制，淡化了诗歌的功利色彩，强化和突出了诗歌创作的主体性和民间本位的写作立场，并涌现出了大量被称为"草根"的诗歌写作者。这些诗歌写作者出现于各大文学网站和博客，更多地以宣泄和自娱自乐的态度表达着一种自由精神。可以说，网络诗歌在很大程度上表现了最具生命本色的自我，实现了诗歌创作精神的自由，极大地发挥了创作者的主体性。另一方面，网络诗歌是以计算机和互联网为媒介载体而存在和传播的诗歌形式，"比特"① 符码的"去个人性"和电子文本的"非个人化"又在一定程度上消解了诗歌创作主体的中心作用。网络诗歌作者使用的叙事工具虽然还是语言，但已不是传统诗歌以纸笔为工具的在场书写，而是一种"比特"数码语言的机械书写与自动转换。比特是一种数码信息，它"没有颜色、尺寸和质量，能以光速传播。它好比人体内的 DNA 一样，是信息的最小单位"②。网络诗歌便是由比特的编码和解码在计算机上生成的文本，它可以是单媒介的文字，也可以是多媒介的图像或声音，或者文字、图像和声音的结合，它们都将以间性生成方式被处理为万维链接的超文本作品。总之，网络诗歌是人与机器的结合而实现的技术与艺术的统一，这样的诗歌写作方式消解了创作主体的中心地位。

可以说，网络对于诗歌创作主体的影响似乎是个悖论，它为每一个人提供了自由发挥的空间，焕发了个体强大的创造力，但同时这种电子化的书写方式又造成了个体被同化和"主体去中心"的结果。

第一节 网络自由精神与诗人创作主体的强化

网络媒介的自由性和开放性强化了诗人的创作主体性。首先，诗人在网络媒介下有着自由言说的权利和广阔的创作空间；其次，网络媒介带有更多的民间性，诗人由原来的知识精英变为最普通的平民大众，这使诗歌的创作主体和写作立场都有很强的民间性和自由性；最后，随着网络媒介

---

① 比特是英文 bit 单词的英译，是指计算机二进制数的位，由一连串的 0 和 1 组成。计算机网络就是将所需信息转换成"比特"来进行电子化处理和传播的，因此，比特被称作计算机网络所使用的数码语言。

② [美]尼葛洛庞蒂：《数字化生存》，胡泳、范海燕译，海南出版社 1997 年版，第 24 页。

第四章 网络诗歌的创作主体

的出现,产生了一种新的诗歌形式——超文本诗歌,这种原创性诗歌展现了诗人丰富的想象力和创造力,是诗人创作主体性在网络媒介时代强化的一种体现。因此,网络的出现在一定程度上强化了诗人的创作主体性。

一 网络诗歌创作——创作主体的自由言说

网络媒介是以比特为符号的信息方式叙事,它有着无限的容量和广阔的空间,同时又有虚拟化特点,可以使写作者戴着面具真情抒发自我感受。网络的共享和参与性特点又能让读者和诗人即时互动,激发诗人的创作热情,从而强化了诗人的创作主体性。

第一,网络媒介的无限容量与创作主体的广阔空间。人类诗歌在几千年的发展历程中经历了口头传唱和文字记录两个阶段,随着互联网时代的到来和电子传媒的日益发展,诗歌面临着一次深刻的变革。网络在改变诗歌传播方式的同时,也给创作主体提供了自由言说的有利环境,并直接或间接地改变着文学观念和当代诗歌的形态。

作为"第四媒体"的网络,与传统的书写印刷媒体相比,具有强大的媒体容载和共享的信息资源两大优势。

首先,网络媒体的巨大整合性与包容性消除了书写印刷媒介的表征阈限和传播壁垒,正如美国的保罗·莱文森所说:"它要把过去一切的媒介'解放'出来,当作自己的手段来使用,要把一切媒介变成内容,要把这一切变成自己的内容……因特网证明且暗示,这是一个宏大的包含一切媒介的媒介。"[1]

其次,网络媒体实现了信息资源的全体共享,打破了权力话语对文学话语权的垄断,以更为自由和开放的姿态解放了原有的文学话语体制和话语模式,为诗人的自由言说和个性表达提供了极为有利的技术环境,也为任何一个想要写诗并具备一定文学素养的人开了一扇窗。"在这个独立的电脑网络空间中任何人在任何地点都可以自由地表达其观点,无论这种观点多么的奇异,都不必受到压制而被迫保持沉默或一致。"[2] 此外,与传统

---

[1] [美]保罗·莱文森:《数字麦克卢汉——信息化新纪元指南》,何道宽译,社会科学文献出版社 2001 年版,第 7 页。

[2] 刘吉、金吾伦:《千年警醒:信息化与知识经济》,社会科学文献出版社 2002 年版,第 123 页。

网络诗歌散点透视

诗歌创作相比，网络诗歌创作取消了发表的门槛，模糊了诗歌习作者与诗人之间的界限，打破了以前专业诗人控制诗坛的局面，消解了官方文学刊物的文学霸权，创作者不必再受传统诗歌刊物编辑的制约和限制。因为在纸质媒体中，能够发表诗歌的刊物资源十分有限（目前影响较大的诗歌刊物有《星星》《诗刊》《绿风》《诗潮》《诗林》《扬子江》《诗歌月刊》《中国诗人》等），而且受到页面篇幅、出版周期等诸多因素的限制，在多种因素的影响下，那些无名诗人或普通诗歌爱好者就很难有机会在权威诗歌刊物上发表作品。除此之外，诗歌的发表有着严格的审稿制度，即"三审制"，只要有一审通不过，诗歌就发表不出来。因此，在纸质媒体占统治地位的情况下，创作者必须遵守一些被认可的诗歌的文体规律，抒写多数人能够感受的情感体验，采用能够接受的抒情方式，甚至还要揣摩报刊编辑的审美好恶。在各种严格的限制下，也确实使诗人创作出了不少的诗歌精品。但不可否认的是，正是这种严格的门槛制，使得有些优秀诗人可能被拒绝被埋没，有些优秀诗歌作品被遮蔽。随着网络的出现和发展，这些界限在很大程度上被打破，使诗人获得了一种自由的创作环境，这可以极大地发挥作家的主观能动性，激发创作者的潜能。不妨说，网络是一个大众共享的资源平台和传播媒介，而且有着无限广阔的容量，可以使诗人免于物质和技术（如文字和纸张）的限制和主流话语的束缚，甚至避免了强势话语暴力，从而使创作主体的自由意志和欲望可以通过网络这个广阔的空间畅通无阻地表达出来。

最后，网络的自由、平等、随意和互动性大大降低了诗歌发表的门槛，打破了专业诗人控制诗坛的局面，消解了官方文学刊物的意识形态色彩和文学霸权，为不同诗歌作者群体提供了一个没有界域限制的空间和自由通道，使诗歌创作者能充分领略到创作的自由和快感。在网络上，人人都有平等参与信息发布与传播的机会，人人都可以在信息的发布与传播中表现自己的个性，也即拥有了话语权。

拥有话语权的网络写作使诗人呈现为一种自由自在的身心状态，他们可以随意地在网络上写诗、谈诗，在屏幕前用鼠标和电脑寻找自己的知音和心灵栖息的场所，用不同的形式自由畅快地展示着自己的个性和个人对诗歌的理解、感受，从而轻而易举地实现在传统纸质媒体中无法实现的自我表现欲和个性意识，强化诗人的创作主体性。可以说，网络诗歌写作对

第四章 网络诗歌的创作主体

于创作主体来说更多的是基于一种对自由和个性的内在追求，以及自我实现的渴望和率性行为。网络的存在，让更多的人实现了在过去不可企及的文学梦。网络的自由和诗歌发表的"零门槛"制，打破了过去一直存在的意识形态的限制、权威崇拜的阻碍等。这也有利于打破诗之为诗的许多规则和规范，使创作主体的自由精神和性情得到更大程度的发挥，个人情感得到更加真实的表达，从而也可能使诗歌的创作有更大的突破和成就。当然，网络诗歌写作的无限制和难度的降低对诗歌发展未必都是好事。近几年诗坛上出现的"梨花体""羊羔体""下半身""废话诗"等口语化、粗鄙化诗歌，用口语将日常生活中的图景搬入诗歌之中，这样虽然将诗歌从圣坛上拉了下来，消除了诗歌的贵族性，但也使诗歌失去了应有的雅致和精美，以致诗意的丧失，并被网友称为"口水诗"或文字垃圾。但网络诗歌中充盈着的自由精神、个性意识和试图挣脱"话语霸权"的努力都在一定程度上强化了诗人的创作主体性，这也是不可否认的事实。

第二，网络的虚拟性和面具化强化了创作主体的表达欲望。和现实物质世界的可感知、可触摸不一样，网络世界是一个数字化的虚拟空间，这个空间就是所谓的"赛博空间"（Cyberspace）。"这是一种虚拟空间、精神生活空间和文化空间。"[1] 诗人在这个虚拟空间里出入自由，没有现实生活中烦琐的身份认定，名字也是随意取用的网名，而且，诗人的身份也被遮挡在电脑屏幕后面，关于作者的社会阶层、身世资历、教育背景甚至性别等信息也统统抛开。于是，作者可以在虚拟的网络中尽情享受着写作的狂欢。在这种文化氛围中，作者还可以从现实的功利中脱离出来，沉浸在无功利的审美状态之中。在网络提供的便利环境中，诗歌写作成为诗人的一种生活方式或生活的一部分，他们率性而为，我手写我心，尽情抒写出心灵的直觉与体验，网络诗歌写作的自由使创作主体更接近个体心灵。正是网络写作的这种匿名制和虚拟性使创作者摆脱了社会中人的面具，保证了创作心态的自由性和创作动机的超功利性，保证了每一个个体进行个性表达的平等权利。同时，这种匿名制和虚拟性也让诗人卸掉了外在的压力和内在的焦虑，不必再考虑诗歌写作的各种成规，也不必去刻意承担对社会、对人生、对生命价值等问题的形而上的思考，更没有了能否出版的焦

---

[1] 曾国屏：《赛博空间的哲学探索》，清华大学出版社 2002 年版，第 3 页。

虑。诗歌写作完全成为诗人的自由言说和袒露自我的行为方式，这使得诗人极大地张扬了创作主体的创作热情和才华，创作主体的生命本能得以充分展示和显现。

网络诗歌采用临屏写作的方式，在写作形式上，只是键盘敲击代替了传统的执笔书写，而实际上，这种写作方式还会改变创作主体的思维模式。传统的执笔书写，因速度较慢使创作主体的思维出现中断或受阻的现象时有发生。但当面对电脑时，诗人可以随意自如地敲击键盘，可以做到"手心相应"，思维与语言保持一致，这能够使创作主体保持思维的连续性和持续的创作冲动，增强写作的效率与快感。另外，网络是诗人获取信息的重要来源，当诗人面对电脑创作时，不可避免地会受到网络的影响。因为，网络是一个巨大的超文本系统，其海量的信息以及信息传递与获取的快捷便利，都不可避免地会对创作主体产生影响。此外，网络的超级链接、查找功能、联想功能都会极大地拓展诗人的想象空间。可以说，诗人面对电脑敲击键盘的写作方式和网络信息的丰富性都可能改变传统诗歌写作所形成的线性思维模式和思维习惯，促进跳跃性思维和发散性思维的发展，使思维更活跃，更具创造性，从而有利于激发创作主体的灵感，这一点对于诗歌创作来说尤为重要。

网络的虚拟化和面具化，以及诗歌的临屏写作，都使网络诗人比传统的诗人更勇于袒露一个真实的"自我"，使诗歌更显一种真实的本色，诗歌的创作主体在网络诗歌中也有了突出表现，而且，这种创作主体的超常表达使诗歌具备了一种超常的审美意识。

第三，诗人与读者的即时互动。在传统的诗歌写作中，一首诗从创作到发表、出版并走向读者，需要经过酝酿、写作、修改、审稿、编辑、印刷、发行等很多的程序，花费的时间比较多，周期也比较长。而在网络写作中，作者可以立即将作品上传到网上，甚至直接在网络平台上进行写作，作品创作、发表、走向读者差不多是同时完成的，几乎没有时间间隔。传播速度的快捷和读者接受的即时性，使创作者有了极大的主体能动性，并可能激发诗人的创作热情和写作的动力，从而使诗人的创作主体性得到充分展示和发挥。

传统的纸质媒体基本是单向运作，以发表作家的作品为主，当然也有读者的反馈，但时间周期比较长。而网络的出现却改变了这一状况，只要

第四章　网络诗歌的创作主体

作品传到网上，读者和评论者都可以即时发表意见，作者也可以第一时间看到读者留言并与他们进行交流，诗歌不再是静态凝固的，而是在活泼的动态过程中作者与读者思想情感交流的结晶。因此，与传统的诗歌传播过程相比，网络诗歌的传播与接收过程变成了一个有生命的个性化过程。在互动的过程中，读者不再是诗歌作品的被动接收者，而有了自己的话语权和主体意识；创作主体不再是单向地破译和了解认识的对象，而是可以通过在网络上的直接参与和反馈强化创作的主体性。

网络诗歌写作的信息传输由传统单向性转变为双向互动性，由写好后等待发表的"历时性写作"变为即写即发表的"共时性"写作，这些变化有利于激发诗人的灵感，写出好诗；也有利于有共同兴趣和爱好的诗人通过网络聚在一起交流沟通，共同探讨诗歌的创作，从而有可能形成"诗歌流派"，促进现代汉诗的多元化写作。

二　人人都可以是诗人——创作主体的大众化和平民化

就目前的平面媒体、电视媒体和网络媒体来说，平面媒体和电视媒体更富有意识形态的权威性，网络媒体则更多地带有民间性特点。诗人利用网络这一民间性和大众化的媒介，秉持着民间立场和自由精神，发出了民间普通大众的声音。

第一，创作主体的大众化和平民化。网络诗歌中一个非常引人注目的现象便是创作主体的大众化和平民化。网络技术为平民大众提供了自由创作和自由言说的权利，网络空间成为大众自由创作、自由表达的空间，从而也使创作主体呈现出了大众化和平民化的特征，这改变了传统诗歌创作中创作主体以精英知识分子为主的局面。

欧阳友权在《网络文学本体论》一书中谈到人类文学的发展大致经历了口头文学、书面印刷文学和技术条件下的网络文学三个阶段。[1] 在这三个阶段中，口头文学大多是由大众集体创作的，创作者以声音为媒介自由地表达率真质朴的情感，宣泄感性的欲望，正所谓"劳者歌其事，饥者歌其食"。可以说，口头文学是大众集体智慧的文化成果。到书面印刷文学阶段，文学的传播媒介从声音转变为文字符号。与声音相比，文字传播媒

---

[1] 欧阳友权：《网络文学本体论》，中国文联出版社2004年版，第33页。

介有自己的优势。如文字能够克服声音传播转瞬即逝的弊端，使人类文化积累的成果不再局限于口耳相传，而是可以记录下来并长久留存；另外，文字代表"能指"与"所指"约定俗成的概念，能使一切不在场的事物得到观念的表征，这为文本的阐释保留了悠远的美学空间。但是，由于书面文学是以一套符号系统为表征的，因此，只有熟悉掌握了这套符号系统的人才能进行文学创作，也就是说，只有具有一定的文化修养和经济基础的人才能书写，甚至在特定的社会时期还必须具有一定的身份和权力才能书写，文学创作成为精英或特定阶层的专利，普通大众是难以涉足诗歌领域的。正如梅罗维茨所说："在印刷社会里，一个人如果想完全接触社会的知识和传播网络，就必须有良好的阅读和写作能力。……阅读和写作所需要的技能以两种方式影响了人们对印刷品的接触：通过书写和书籍进行的传播'自然而然地'就局限在了掌握所需接触编码的人群中，哪怕是仅掌握基本代码的人；信息可以通过编码讯息复杂程度的不同面向不同的群体。"[①] 因此，印刷媒介编码的复杂性和学会阅读所需的努力不可能使每一个人都轻易进入诗歌领域，任何想要进入这个场域的诗歌文本必须符合知识精英们的审美趣味、美学范式和标准。这样，大量大众文化诗歌文本以及民间文化诗歌文本因难以满足印刷权力主体的审美标准而经常被拒之门外，这同时也在很大程度上限制了大众对文化和文学的参与。

而网络却是一个反中心、非集权性的自由空间，它鄙视权威，也没有盛气凌人的气势。因此，网络媒介的出现打破了精英文化和大众文化的隔离，为普通大众参与诗歌创作提供了公共空间和文化平台。而网络诗歌创作主体的大众化有利于打通"专业"作者和"业余"作者的通道，能够打破传统媒体的话语垄断权和制度化的樊篱，对文化精英们创建的文化霸权造成一种冲击，同时诗歌的神圣色彩也被解构和祛魅。如目前名气和影响比较大的诗生活、界限、诗江湖、扬子鳄、灵石岛、终点、守望者、蒲公英、锋刃论坛、中国网络诗歌等纯诗歌网站，这些网站的作者既有学院派的诗人，但更多的是普通的诗歌爱好者。他们来自各行各业，有底层的打工者、农民，也有政府的机关工作人员等。这些草根性群体加入诗歌创作

[①] [美]约书亚·梅罗维茨：《消失的地域：电子媒介对社会行为的影响》，肖志军译，清华大学出版社2002年版，第69页。

第四章　网络诗歌的创作主体

中来，诗歌的创作主体由知识精英下移到了普通大众，使每一个普通大众都可以实现写诗的愿望。因此，网络媒介与诗歌的结合，其意义在于以网络为契机，将诗歌的话语权平等分配给了普通的诗歌写作者，诗歌创作主体体现出了一种真实和纯粹的民间性。创作主体的民间性和大众化也使诗歌的面貌有了改变，因为这些平民化的作者较少受到正统的诗歌教育和写诗规范，在没有传统束缚的情况下，反而有利于打破诗歌创作领域许多僵化的成规和禁区。同时也能改变游戏规则，开辟主流文化之外的另一个生气勃勃、众声喧哗的言说空间，从而使各种体式、各种风格的诗歌得以借助网络崭露头角，让每一个诗歌文本都有了生存的权利。同时，每一个创作主体也都拥有了自己的话语声音，能够更加奔放无拘、真实自然地表现自我。可以说，网络媒介带来的创作主体的大众化和平民化，不仅使诗歌写作有了更大的自由和多元化的面貌，也让创作主体有了更多发挥的空间。

第二，创作主体的民间立场。数字化的"赛博空间"向民间大众特别是文学圈外人群重新开启话语权，确立了网络文学作者民间本位的文化立场。因为诗歌创作主体的大众化和平民化，消解了诗歌高高在上的贵族姿态，改变了精英书写的处境，使诗歌写作呈现出一种"民间"精神和自由意识。而创作主体身份的变化，必然会带来其在创作立场和创作心理的变化。

互联网是一个包容性的文化空间，也是一个平等、兼容、共享的自由空间，"人人都可以是诗人"的理念构筑了诗歌创作主体写作心态的民间立场。从众多的网络诗歌中，可以看到诗人对民间价值的认同，敢于做下里巴人之文。创作主体的民间立场主要表现为对神圣的讥嘲和对凡俗的认同，正是通过这两种方式，诗人可以无所顾忌地消解主流话语和"宏大叙事"，释放出创作主体的艺术能量，强化诗人的创作主体性。

因为创作主体的平民化，使诗人在价值取向上认同民间立场和民间精神，对于神圣、崇高、传统、经典等事物倾向于采取戏弄和讥嘲的态度，带有鲜明的反本质主义倾向。在网络诗歌中主要表现为将神圣崇高变为平凡和普通，将形而上转移为形而下，以求打破文学的壁垒和特权，把自由、平等的观念贯穿到诗歌写作中去。把神圣与崇高的内涵用游戏或娱乐的方式予以消解，这种对神圣与崇高的消解戏弄，使诗歌写作成为一个狂欢化的自由广场，诗人的个性和叛逆意识也得到了充分的表达，诗人所秉持的民间立场也使诗歌退去神圣的光环，而有了一种自由的亲和力。

网络诗人的民间立场还表现为对凡俗的认同。因为网络诗歌的创作主体由原来的专业诗人或精英知识分子下移为普通的诗歌爱好者或网络写手，使诗歌摆脱了贵族书写，真正回归了大众和民间。民间是一个尊重个性和张扬自由的世界，是一个坚守民间立场和文学兼容对话的世界。在这里，芸芸众生的生存状态和本真欲望得以出场和宣泄，底层民众的境遇和生命体验得到了张扬。比如网络诗歌中的打工诗歌便是打工族作为底层的弱势群体，通过网络以诗歌的形式述说着打工生活的艰辛和无奈，以切身的生命体验表达了对底层民众凡俗生活的深切关注和悲悯。像郑小琼、刘大程、谢湘南、柳冬妩、张守刚、张绍民、蓝紫等作为一些边缘状态的普通打工者，他们没有受过正规的高等教育，很多人很早便辍学外出打工，但对诗歌有着狂热的爱好，坚持在艰苦的打工环境中创作诗歌。如果不是网络提供的自由创作环境，他们很有可能被拒之于文学创作大门之外，我们也无法读到那些富有才华和表现力的优秀诗歌，更无法理解和把握这些平民化的诗人长期被压抑的生命和情感。

创作主体的大众化和平民化改变了传统诗歌创作大多局限于精英知识分子的局面，使很多钟情于诗歌而又走不进文学殿堂的普通大众通过网络实现了自己的文学梦想。大众的参与让各种不同的声音通过网络传递出来，也使诗歌的民间精神有了更多发挥的余地，而创作主体获得了前所未有的自由。

三　诗人的创新思维

网络作为新媒体不仅改变了诗歌的写作方式、存在形态与传播渠道，还给诗人带来了新的感受方式、思维模式与价值观念。改变了诗人的审美趣味，使诗人的心理结构发生了微妙的变化，为诗人的艺术想象打开了一个新的天地。

与传统纸质诗歌比起来，网络诗歌更加重视诗的视觉形式，会采用语言手段和非语言手段追求更好的视觉效果，这会改变诗人的思维习惯。网络诗歌创作者会利用这种新媒介自由地创造出最能传达自己思想的诗歌形式。心理学家鲁道夫·阿恩海姆在其著作《视觉思维》一书中论证说，最

第四章 网络诗歌的创作主体

重要的思维运算直接来自我们对世界的知觉,其中视觉是最主要的感觉系统,他说:"艺术品也能够使一种富有意味的表象'纯化',使它以一种抽象的和具有一般普遍性的式样呈现自身,但又没有把它约简成一种图表,因为多样性的直觉经验在这种高度复杂的抽象形式中完全被反映了出来。因此,艺术品实则产生于视觉与思维的相互作用中。"① 在网络诗歌创作中,阿恩海姆所说的"视觉思维"将起更大的作用,"语义思维"将减弱,"非语义写作"将成为可能。如在超文本诗歌写作中,则要求诗人如画家那样,更多地依赖"视觉思维",特别是要摆脱语义思维的束缚,采用更多的"意象思维"。也就是说,网络诗人写作会改变诗人的思维方式及智能结构,要求将人的语言思维与意象思维,人的语言智能与音乐智能等融合起来,突出创作者在创作时的创新思维。

第二节 网络的匿名性与诗人创作主体的淡化

网络给诗歌写作带来的影响是深刻的,一方面,网络的自由性与开放性给诗人带来了自由畅快的创作言说空间和言说权利,激发了个人表达的欲望,从而强化了诗人的创作主体性。另一方面,计算机网络又是"去中心化"的利刃,网络诗人的临屏书写将打破主客体之间的关系,最终导致淡化甚至消解主体的中心作用。在网络诗歌写作中,创作主体的淡化主要表现在两个方面:一是网络的自由空间所造成的主体性的消退;二是创作主体在网络诗歌写作中的淡化。

一 主体性的消退

网络这一媒介的便利性给予了诗人前所未有的自由,网络诗歌则实现了诗体的真正解放,创作主体也享受着从没有过的自由。网络能够使创作主体以一种虚拟的身份进行创作,没有人直接知道或者根本就不会知道创作者是谁,这无疑给予了创作主体随心所欲抒写的自由,从这个意义上说,网络诗歌写作无疑是让创作主体感到最尽兴的写作。但是,网络给创

---

① [美]鲁道夫·阿恩海姆:《视觉思维——审美直觉心理学》,滕守尧译,光明日报出版社1987年版,第396页。

网络诗歌散点透视

作主体带来自由的同时也给他们带来了限制，淡化了诗人的创作主体性和中心地位。也就是说，网络空间对创作主体的影响是双重的。

主体性的消退表现为创作主体的游戏化。网络的自由使人们从压抑封闭的空间里进入一个有更多机会言说和宣泄的舞台。在现实生活中，人与人的交往并不是完全敞开心扉的，甚至有时候不得不戴着面具相互交往。但网络写作中可以用匿名或网名隐藏自己的真实身份，这样诗人可以抛弃社会面具的负担，甚至可以以一种随意的游戏化的态度，在虚拟的网络世界里尽情地宣泄自我，从而实现了"我手写我口"的创作自由，这种游戏化的写作方式也使诗歌卸掉了"载道"功能，降低了诗歌创作的功利目的，反而强化了诗歌的自我宣泄和自我表现功能，在一定程度上也有利于打破诗歌创作精英化、职业化和功利化的壁垒，为诗歌创作的自由精神提供了一个有利的途径。但是，创作主体在无限制使用网络带给他们的自由时，也容易借助诗歌来放纵自己，把诗歌当作宣泄个人情绪的一种工具，从而把诗歌写作当成了一种游戏。

在网络的自由空间里，游戏式的创作似乎成为一种时尚，也成为创作主体的一种心态。"我的想法简单到如果我写出来的东西，可以让朋友们看了以后，能开心一点快乐一点，我就心满意足了。游戏是人类的欲望之一。文学创作本身就是一种游戏。不要只看到嘻嘻哈哈的外表，在嘻嘻哈哈的后面又隐藏着什么呢？游戏也算是一种指向，对于很多人而言也是一种奢望。"[①] "我们写诗，我们可以用最自由自在的形式；我们游戏，我们可以用最自由自在的语言……我要在网络上快乐地疯狂，我喜欢在诗歌里找寻一种自由游戏的冲动。"[②] 这些诗人对诗歌的态度充分表达了网络诗歌创作中游戏写作的普遍心理。

如果说文学在终极意义上是一种游戏，那么网络诗歌创作主体则在心理以及写作诗歌的过程中凸显了这种游戏精神。诗歌创作中的游戏精神具体表现为对传统诗歌的解构，把作诗当成游戏，当成了自娱自乐的事情，放弃了对诗歌的审美和艺术的追求。虽然网络诗歌创作热火朝天，如火如荼，仅从数量上来说，无论是诗人还是诗歌，没有哪一个时期的诗歌创作

[①] 老茂：《在场供词——蓝蝴蝶紫丁香诗歌访谈录》，《顶点诗歌》2003年第1期。
[②] 蓝蝴蝶紫丁香：《论中国诗歌的游戏精神》，《顶点诗歌》2003年第1期。

第四章 网络诗歌的创作主体

能够与网络诗歌相比。但在这么多速成的诗歌中，很多作者用诗歌表达了一种恣意的狂欢，凸显的是创作主体的游戏精神。比如从以下几首诗歌中我们可以读出作者对诗歌的游戏精神。"傍晚，父亲说，兄弟们/来一个，于是/我父亲把我抛出去/我二叔把我接住/我二叔把我抛出去/我三叔把我接住/我三叔把我抛出去/我小叔把我接住/我小叔把我抛出去/我父亲把我接住/这是他们的一项常规活动/既锻炼了身体/又增进了感情/直到有一天/我发现抛不动你了/父亲说"（乌青《父亲和他的兄弟们》）。这首诗歌把日常生活中的一件平常事情写得饶有兴味，同时也把诗歌创作完全当成了娱乐和游戏。再如赵丽华的《馒头》："一个刚蒸出来的馒头/热腾腾的/白净/温软/有香味/这时候她要恰好遇到一个吃她的人/对于馒头来说/在恰当的时候被吃掉/是最好的归宿/如果她被搁置/她会变凉/变硬/内心也会霉变/由一个纯洁少女/变成一个刻毒女巫/她诅咒要让那个吃她的人/硌掉牙齿/坏掉肠胃/变成猪狗。"被称为"梨花教主"的赵丽华把馒头希望被人吃的心情写得有声有色，几乎是把写诗当成了一件自娱自乐、随意玩玩的事情。再如她的《看天气预报有感》："干旱的地方总在干旱/下雨的地方总在下雨/饥饿的人皮包骨/吃饱的人在减肥/世界本来就是这个样子/我想不出什么解决的办法。"赵丽华的诗歌总是在絮絮叨叨地说着一些生活琐事，在她的诗歌中看不出什么诗意。很多诗歌单是题目便起得像是在玩文字游戏，如《大雨倾盆而下》《我爱听火车的鸣笛声》《切洋葱之歌》《大叶黄杨》等。对于这种诗歌创作，赵丽华曾经说："当时是想变个方式玩玩，当然，我也可以把它称作尝试。"[1] 诗人把诗歌写作看作一件随意玩玩的事情，因此，这些诗歌都是随意选取生活中的场景和事件，用随意的语言和游戏的态度来追求诗歌的创新形式。虽然以游戏的态度创作，使作者没有了宏大野心，没有了文以载道的压力，可以无拘无束地自由呈现，而在这种"无目的"的状态下，创作主体的创造力、想象力和天性获得最充分的敞开。但是，如果把诗歌完全看作一种游戏，并把这种游戏精神与轻佻、不严肃、非伦理联系起来，就可能导致诗歌的所指丧失，缺乏意义的深度并流于虚无主义，使诗歌很难做到更高层次的超越，而且还有可能将诗人的主体身份从诗歌中抽离出来，这在一定程度上颠覆了诗人的主体

---

[1] 仲余：《著名诗人赵丽华遭"恶搞"始末》，《中学语文》2006年第20期。

身份。

　　创作主体超越意识的消失。网络上对身份的隐匿可以使创作主体以戏谑、恶搞的心理对既有的文化秩序和语义价值进行颠覆和解构，以口语与日常生活入诗，颠覆经典，消解崇高与严肃，使诗歌的反文化、世俗化、碎片化等倾向非常明显。

　　既然网络诗歌创作把反文化和世俗化看作诗歌创作的方向，把诗歌的艺术和审美置之不顾，以游戏的心态宣泄着个人的欲望，这便使诗歌放松了艺术上的高难追求，呈现出了一种泛诗化的倾向。如轩辕轼轲的《榨汁机》："午餐后，我又顺手/拿起了一个苹果，突然想到/我至少吃掉过一个果园/突然感到身体成了一具榨汁机/一个接一个苹果从枝头掉进心脏/旋转着被榨成殷红的汁液/幸亏有一个能罩得住的脑壳。"诗人将吃苹果联想到自己成为榨汁机，读者看完之后可能会为作者的奇特想象力会心一笑，却体会不到作为诗歌的艺术之美。再如杨邪的《溃烂》："一只梨和一只苹果，肩并着肩/——在书桌一角的托盘上/它俩，差不多等我一个多星期了/一只梨和一只苹果，肩并着肩/我天天对着它俩——看光线在不同质地的/表皮上反复抚摸，看阴影在周围/时刻发生着，小小的变幻/——而直到有一天我察觉到苹果上/长出了一颗青春痘般大小的，可疑花斑/我找来水果刀，移过托盘——/这才赫然发现问题不是苹果，反倒是/这只梨的那一面，早就已经烂了个指甲盖大的疤……/——把烂梨送往厨房，丢进垃圾桶/然后削掉小花斑以及全部的苹果皮/接着一分为二，我切开了洁白无瑕的苹果/这是多么触目惊心——我目睹了两爿洁白/严严实实包裹着两个，让人恶心反胃/让人毛骨悚然的，偷偷溃烂的世界……"作者把日常生活中的场景几乎照搬到诗歌中，既没有提炼，也无构思，将诗歌与生活合二为一，把诗歌变成了生活场景的文字版。这种随心所欲的诗歌写作降低了诗歌的写作难度，也带来了诗歌的泛诗化倾向，消解了诗歌的诗性和形而上的理性，对诗歌是一种伤害，对创作者来说也是创作上的后退。

　　网络诗歌大量书写琐碎的生活场景和事件，表现生活中的一些人尽皆知的常识与观念。这样的诗歌创作，似乎表现了最具个性的自我，写出了最真实的生活，但这恰恰是创作主体性消失的重要表现。创作主体性的最高层次，是创作者的自我实现。所谓自我实现，就是作家精神世界的充分

第四章 网络诗歌的创作主体

展示。但是，自我实现的需求不仅是回归个体的自我，而且还要把自我的感情推向社会，推向人类这样更广的范围，在对他人以及整个人类的人文关怀中实现个人的主体价值。这样，作家的创作中既有自我，又能够超越自我，而重要的是对他人的爱和关怀。"作家的超越是无限的，主体性很强的创造者总是把爱不断地朝着更深广的境界推移，而且最后总是达到一种高度的超我境界，这就是'无我'境界。"① 而网络诗歌中无论是对自我欲望的直白宣泄，还是对琐碎无聊生活场景的摹写，都应该更好地显示一个优秀创作者应在创作实践中所具有的主体超越意识，不能因为网络诗歌写作的难度降低而放弃主体的超越意识。而且，随着作者的虚拟和主体性的缺失，诗歌写作的责任和良知、诗人的使命感和作品的意义也就无所凭依，作者不再能够通过诗歌创作来满足自我实现的心理需求，也不愿通过创作来实现对创作主体的超越。

二 创作主体在网络诗歌写作中的淡化

网络诗歌写作具有非物质性的特点，与用纸笔写作比起来，电脑所写的字不具备物质性，不会像用纸笔写字那样留下个人痕迹，这就是所谓的"文本非个人化"。马克·波斯特在《信息方式——后结构主义与社会语境》一书中写道："电脑化文字处理和作者身份之间的相互关系也改变了主体的其他方面。作者是一个个体，一个在书写中确认其独特性的独特存在，他/她通过其作者身份确立自己的个性，从这个程度上讲，电脑可能会扰乱他/她的整体化主体性的感觉。电脑监视器与手写的痕迹不一样，它使文本非个人化（depersonalizes），清除了书写中的一切个人痕迹，使图形记号失去个人性（de-individualizes）。"② 网络诗歌写作的"文本非个人化"必然会削弱诗歌写作的主体性。

网络诗歌写作的"文本非个人化"会淡化作家的创作个性。在手稿的写作中，作者创作诗歌的过程可以通过手稿被清晰地呈现出来，无论是擦掉的部分，还是修改、替换、删掉的痕迹，或者是旁注或增补中，都能比较清晰地看到一首诗歌的具体创作过程以及作者的思想变化。但是网络诗

---

① 刘再复：《论文学的主体性》，《文学评论》1985年第6期。
② ［美］马克·波斯特：《信息方式：后结构主义与社会语境》，范静晔译，商务印书馆2000年版，第153页。

网络诗歌散点透视

歌的电脑写作会轻易抹掉这些个人化的记号和痕迹，使人无法透过文本看到诗歌创作者在具体创作过程中的思维与心理的变化。

网络诗歌的匿名创作使诗人可以放弃创作主体角色的承担，也会导致主体性的淡化。与传统刊物中作者身份必须真实明确的要求不同，网络诗歌写作者往往是匿名的，而且网络写作可以通过虚拟的身份造成创作主体的消失。在网络世界中，任何一个诗歌写作者都可以随意地取多个网名，并毫无限制地发表作品。网络的虚拟匿名机制使得每一个写作者都拥有自己"身份"的绝对权力，他们通过这种行为在网络上尽情地表现自我，以保持文学的独立品格。但创作主体有时会利用网络的虚拟性使自己的真正主体性变得虚拟。如有的网络诗人不断地玩弄身份，取多个网名，这样就使主体的身份分离出来，并分散在各种诗歌论坛和网站上。这种多重身份的网络诗人将自己呈现为一个他者，使创作主体的身份分散到各处，动摇了创作主体的稳定性，导致了创作主体的淡化甚至缺席。网络诗歌的这种写作方式对主体的确凿影响在于"它们消解了主体，使它从时间和空间上脱离了原位"[①]。

在浩瀚如烟的网络世界里和数以万计的诗歌作品中，创作者都会深深感到自己的渺小与无奈，这也会导致创作主体的淡化。虽然网络让诗人的创作变得自由了，但每个人都在充分利用这种自由的时候，创作主体的个性和声音反而很难以一种与众不同的面貌呈现在读者面前。他们的作品可以随时发表，但是，很可能又转瞬即逝，一经发表可能会即刻被淹没在浩瀚无垠的网络之中而变得悄无声息。新作品源源不断地涌现在网络上，即使刚刚贴上去的诗歌也很可能在短时间内显得陈旧。在这样的感觉中，创作主体不得不努力表现得与众不同，渴望在虚拟的世界里求得更多人的认同。从创作心理上来看，这种填充空缺的欲望成为创作主体的内驱力，但这是创作动机中较为低层次的，其创作的持久性和深入性都不够。从目前可以统计的诗歌网站和诗歌作品来看，其数量可以说大得惊人，但是能被人提及的诗人却屈指可数、寥若晨星。没有作者，创作主体性的实现便无从谈起。

---

① 〔美〕马克·波斯特：《信息方式：后结构主义与社会语境》，范静哗译，商务印书馆 2000 年版，第 157 页。

第四章　网络诗歌的创作主体

因此，网络给创作主体带来的影响是双重的，不仅因为网络的自由、开放和虚拟等特性给创作主体带来了前所未有的自由，但同时又因为比特叙事和电子文本的"主体虚位"消解了主体的中心作用，致使诗人在创作中的中心作用逐渐削弱。南帆曾这样说过电子媒介的意义："必须在双重视域之中考察电子传播媒介的意义：电子传播媒介的诞生既带来了一种解放，又制造了一种控制；既预示了一种潜在的民主，又剥夺了某些自由；既展开了一个新的地平线，又限定了新的活动区域。……电子传播媒介的解放和控制几乎是同时发生的，解放和控制均与电子传播媒介的技术特征联系在一起。"① 作为电子媒介的网络对诗歌创作主体的双重影响也印证了南帆的这番话。

第三节　网络对创作主体的心理影响

文学作品是客观世界在作者头脑中的主观反映，也是作者心灵的观照与折射。在一个开放、自由、平等、包容的网络空间中缔造的网络诗歌，也真实而清晰地凸显了信息时代诗歌创作主体的心理和精神现状，以及网络对创作主体的心理影响。网络打破了传统媒体被权威和精英人士垄断的局面，给了草根诗人一个表现自我伸张个性的机会，也给了很多诗人"一夜成名"的机遇。这让很多诗人把写诗当作成名的手段，试图在网络上一鸣惊人。因此在网络诗坛上不断地出现与诗歌有关或无关的"诗歌事件"，如诗人杨钊假死、苏非舒的裸颂等都是恶意炒作制造轰动效应，以期引起别人的关注。这些类似娱乐的诗歌事件都折射出网络时代创作主体浮躁不安的内心隐秘和"一举成名天下知"的心理渴望。网络的自由开放激发了创作主体的想象力和创造力，使诗歌成为个体的心灵历险和人格体现，是创作主体的本我面向大众的自我展示与宣泄，有时甚至滑向了放纵的深渊。

一　"一夜成名"的心理期待

网络本身是一个自由的世界，网络诗歌的创作也最大限度地表现了诗

---

① 南帆：《双重视域——当代电子文化分析》，江苏人民出版社 2001 年版，第 4—5 页。

网络诗歌散点透视

人的写作自由。在传统媒介当中,这些诗人被压抑了很久,始终发不出自己的声音,当网络媒介到来之后,他们终于可以自由地放声吟唱了。于是很多诗人用尽浑身的解数,使自己在众多的诗人中脱颖而出,成为引人注目的目标。而且,对于很多在传统媒介没有机会成名的诗人来说,网络是成名最快捷、最便利的捷径。对于亟待成名的"诗人"而言,这一捷径的优势主要体现在:网络没有了准入的藩篱,取消了身份歧视,又以最简单、快捷的速度让每一位渴望步入诗坛的人,轻松地进入昔日壁垒森严的文学殿堂。

但是,也正是因为网络的绝对"自由",网络诗歌发表的无门槛与平等交流的另一极端,是网络诗歌作品与作者的极度泛滥,目前在网络上存在的诗歌多达几百万首,而网络作者或网络写手同样不计其数。在所有人都可以上网写作和让写作上网的同时,在"大狗小狗"都可以汪汪叫的同时,作者如何让自己的声音在"众声喧哗的自由平台"上比别人更响,比别人传播得更远,却成了令很多诗人颇为费神的事。网络上的众多诗人为了能够在网络上崭露头角,不惜以各种出奇制胜的手段来吸引读者的注意。因为在洪流般的网络信息中,如果不能以响亮的、足够吸引人的话语和姿态出场,便很快就会被淹没。因此,"网络主体最擅长的就是震惊性的出场、戏剧性的表达、语不惊人死不休的气概"[①]。"在一个个网络诗歌论坛上,这些新面孔是以'天'为单位快速出现的,网络催生了很多的写作者,很多作者都曾坦言自己'半年前开始写诗'云云,巫昂有个说法,论坛成了'新兵培训站',很多诗歌写作者在经过网络诗歌论坛几个月的'摸爬滚打'与'称兄道弟'之后,迅速便找到了'诗坛'或者组建起自己的小组织,或打通了通往成名的'地下通道',就像通过'新兵连'生活之后,便自然而然地转变了身份,成为'合格的一兵'分配到各连队,重新等待成为'将军'的机会。'不想成为将军的士兵不是好士兵',在某种程度上我认同这句话,但一个不可忽视的基础是:你首先是一名合格的士兵,然后再梦想成为将军。但现在很多人已经顾不上这些了,'成为将军的梦想'已经冲晕了头脑,他们没有学会打枪就上了战场,没见到敌人就准备欢庆胜利,没班师回朝就要求封官加爵。没写几首诗就已经'代表

---

① 蓝爱国、何学威:《网络文学的民间视野》,中国文联出版社2004年版,第45页。

第四章 网络诗歌的创作主体

作'一大堆,奖项一大堆!这个世界的天才并不多,但恰巧所有的天才都上网了,都写诗了,我们现在也只能这么来理解。"[①] 朵渔的这段话说出了网络诗人创作心理的两种表现,一是不甘寂寞,急于成名成家,期待着在网络世界里"一举成名天下知";二是创作者为了达到快速成名的目的,在创作上"语不惊人死不休"。因此,网络诗人在写作上也有了前所未有的胆识,他们什么都敢说,什么都敢写,上了网便口无遮拦无所畏惧,整个世界都在他们脚下。这些网络诗人认为当代并不缺乏才华横溢的大诗人,只是这些诗人被淹没在网络之间没有机会,他们要想办法在众多诗人中脱颖而出,必须做到"不鸣则已,一鸣惊人"。纵观这些年网络诗歌发展,有点像网络时代的"百家争鸣",众多诗歌流派的开坛立派,或者诗人的开场亮相,无不是以一种"一鸣惊人"、一哄而上的形态奔上网络舞台的,真可谓你方唱罢我登场。如"下半身"诗歌就是以极为叛逆的姿态和大胆的宣言而出场的。《下半身》的创刊宣言在其叛逆性方面远远超过了私人化写作和身体写作。"下半身写作,首先是要取消被知识、律令、传统等异化了的上半身的管制,回到一种原始的、动物性的冲动状态;下半身写作,是一种肉身写作,而非文化写作,是一种摒弃了诗意、学识、传统的无遮拦的本质表达,'从肉体开始,到肉体结束'。""传统是个什么东西?……我们有我们自己的身体,有我们自己从身体出发到身体为止的感受。这就够了。我们已经不需要别人再给我们口粮,那会使我们噎死的。我们尤其厌恶那个叫作唐诗宋词的传统,它教会了我们什么?修养吗?我们不需要这种修养,那些唯美的、优雅的、所谓诗意的东西差一点使我们从孩提时代就丧失了对自己身体的信任与信心。""源自西方现代艺术的传统就是什么好东西吗?只怕也未必,我们已经目睹了一代中国诗人是怎么匍匐下去后就再也没有直起身子来的……看看吧,叶芝、艾略特、瓦雷里、帕斯捷尔纳克、里尔克……这些名字都已经腐烂成什么样子了。"下半身诗人在反对中国传统和西方现代艺术传统的同时,也对诗歌的技巧和诗意宣战:"什么叫作诗意,这个词足以让人从牙根酸起,一直酸到舌根……我们要让诗意死得很难看。"他们既不需要思想,也不需要抒情:

[①] 朵渔:《需要在黑暗中呆多久——网络读帖随感》,《诗江湖·2001 网络诗歌年选》,青海人民出版社 2002 年版,第 249 页。

网络诗歌散点透视

"只有找不着快感的人才去找思想。在诗歌中找思想,你有病啊。只有找不着身体的人才去抒情,弱者的哭泣只能令人生厌。抒情诗人?这是个多么孱弱、阴暗、暧昧的名词。所谓思考,所谓抒情,其实满足的都是你们的低级趣味,都是在抚摸你们灵魂上的那一堆令人恶心的软肉。"而且,下半身还要埋葬经典与大师:"哪里还有什么大师,哪里还有什么经典?这两个词都土成什么样子了。不光是我们自己不要幻想成为什么狗屁大师,不要幻想我们的作品成为什么经典,甚至我们根本就别去搭理那些已经变成僵尸的所谓大师、经典。"[①] "下半身"诗歌写作认定属于上半身的词汇与艺术无关,而把艺术当成了"下半身"的同义词。原来是完全否定下半身而现在则完全否定上半身,而且认为诗歌的本质就是而且只是等于下半身。这就导致了下半身专制之义,明确地赋予下半身特权。另外,由于把下半身看成与文化和历史相对的,所以他们预设了一种非文化,非历史的"身体"(下半身),这种身体本质主义似乎认为存在一个处于文化与历史之外的本质的"下半身",它甚至是超语言的。这是一种二元对立的思维模式,诗歌要么是"上半身"要么是"下半身"。

无论是"下半身"的诗歌理论还是创作实践,其实质都是诗歌界内部争夺话语权的一种策略与工具。"下半身"被赋予了相当重要的文化与政治使命,即通过"下半身"写作来反对中国传统文化和革命意识形态,把身体当作争夺话语权的工具。从"下半身"的宣言中可以看到创作者内心渴望通过"非常"的方式争取自己写作的合法性和争夺诗坛话语权的目的,他们也期待着通过震惊性的宣言和大胆的叛逆方式能够成为众人瞩目的诗人。

除了"下半身"之外,还有"垃圾派""低诗歌""废话主义"等诗歌创作,无一不是通过惊世骇俗的方式宣告了诗歌的另一种写作方式。"垃圾派"诗歌宣言三原则分别是:第一原则:崇低、向下,非灵、非肉;第二原则:离合、反常、无体、无用;第三原则:粗糙、放浪、方死、方生。他们认为一切思想的、主义的、官方的、体制的、传统的、道德的、伦理的,等等,都或多或少有伪装的成分,只有垃圾才是世界的真实,他们的诗歌创作就是要还原世界的本来面目。"垃圾派"诗歌以解构经典、

---

① 沈浩波:《我所理解的下半身和我》,《下半身》2000年第1期。

第四章　网络诗歌的创作主体

嘲讽传统的方式解构了诗歌的意义。垃圾派诗歌中充斥着各种粗鄙的话语和嘲讽崇高、解构经典的话语。徐乡愁的《崇高真累》就像这个诗派的宣言："东方黑、太阳坏/中国出了个垃圾派/你黑我比你还要黑/你坏我比你还要坏/生为垃圾人/死为垃圾鬼/我是垃圾派/垃圾派是我/在这个装逼的世界/堕落真好，崇高真累/黑也派坏也派/垃圾，派更派/我是彻底的垃圾派/垃圾派就是彻底的我/要想我退出垃圾派/除非我退出我"。以徐乡愁为代表的垃圾派实践着自己的诗歌宣言，自称比下半身还要向下"一米"，完全落到地上钻入垃圾中。再如徐乡愁的《屎的奉献》："屎是米的尸体/尿是水的尸体/屁是屎和尿的气体/我们每年都要制造出/屎 90 公斤/尿 2500 泡/屁半个立方/另有眼屎鼻屎耳屎若干/庄稼一枝花/全靠粪当家/别人都用鲜花献给祖国/我用屎。"垃圾派的诗歌粗率放浪，对所谓的经典、传统、意识形态思想等极尽嘲讽之能事，以彻底的势不两立的姿态与传统和经典决裂。徐乡愁的《人是造粪的机器》《你们把我干掉算了》《解手》《练习为人民服务》等诗歌都是垃圾派影响较大的作品。

废话诗也就是我们说的"口水诗"，是杨黎、何小竹、乌青、贾冬阳等人主张的诗歌写作。他们认为我们的生活中充满了官话、套话、假话，而诗歌写作却又注重修辞，以思想的形而上为主。废话派诗歌就是要对其进行反拨，他们认为废话才是诗歌的标准，诗歌写作的意义建立在对语言的超越之上，超越了语言，就超越了大限。废话是老老实实的、平易直白的。废话诗歌是口语诗歌的延续，当网友看到网上的废话诗之后惊呼"赵丽华有接班人了"。废话诗最先引起注意的是乌青。他贴出了《假如你真的给我钱》《对白云的赞美》《怎么办》几首诗歌之后，立刻在网络上引起了不小的轰动，很多人立刻对乌青的诗歌进行戏仿。如乌青的《此诗献给一闪》："饭是甜的/不同的米煮/当然味道不同/用不同的水/也会有细微差别/然而用柴火烧的饭/才是最美好的饭/为了这顿饭/我们一起上山砍柴/在山上/你说，好奇怪啊"。再有他的《三十岁》："我居然已经活了三十年/想想真是烦恼/一个房间/三十年/会积下多少灰尘/每天刷牙洗澡吃饭睡觉/换了多少牙刷毛巾/吃了多少饭菜/每一觉都有所顾虑/不管是早起还是晚起/三十年/一万多天/我还将活多少年/眼前的问题/还要不要去解决"。还有他的《牛仔裤上的破洞》："发现裤腿上有个洞/是被烟烫的/应该是某次喝多了所烫/日期无法考证/但必然是在一年之内/因为裤子就是一年前买的/这至少说明/过去的一年我曾有酒喝"。乌青的诗歌像是用白话唠家常，又像是自言自语，在他的诗歌中不讲任何韵律，看到什么就写什么，想到什么就写什么。这种"口水歌"的横空出世吸引了眼球，引起了人们的热议，从而也就使诗人火了。另外还有贾冬阳的《草席》："夏天结束了/我们把草席/从床上收起来/放进柜子里/夏天开始时/我们曾把它/从柜子拿出来/铺在床上"。以及他的《昨夜的闪电》："在昨夜的闪电中/反复出现的事物/也反复消失/它包括：一条狭窄的街道/一辆停在路边的汽车/一栋三层水泥楼房/大量植物/但整夜都有雨声/和好的空气"。这些所谓的废话诗歌几乎放弃了诗歌的底线。无论诗歌怎么创新，如何先锋，作为诗歌总是有一定的底线和价值标准。而废话诗这种完全口语化的创作在网上迅速被转载上万次之后并引起轰动，不少网友甚至称废话诗歌"举世皆惊"。其实这种行为是有一种"先出名，后取利"的心理期待。被称为"废话诗教主"的杨黎，以"自囚"一年的"极限写作"试图获取20万元的赞助费。也就是说他要在一间斗室中自我囚禁一年，在这一年中他将不读书不看报、不与人接触、不打电话、不上网……且一举一动将通过视频全天候直播。至于这样做的目的，杨黎自己曾坦言是"要炒作"。

　　网络上频频出现的各类诗歌创作，使得网络诗坛风起云涌。诗人们用各种各样的手段出位以博得诗名，努力使自己成为"诗人"或"名诗人"。有的甚至使用娱乐圈的炒作手段以求"闻名于世"。这些网络诗人的"异端"行为不过是用极端的方式来标榜自我，颠覆经典。垃圾派的很多诗歌是对经典传统的结构和颠覆，如徐乡愁的《菜园小记》《春播马上就要开始了》《人是造粪的机器》，以及轩辕轼轲的《其乐无穷》等诗歌都是对主流意识形态、革命话语的解构与颠覆。这些网络诗人行走在网络的边缘，以独特的语言方式甚至行为方式对抗主流诗歌与传统诗歌，同时，也试图以这种形而下的表演完成从"草根"到"英雄"的转变，实现"一举成名天下知"的心理愿望。

二　创作主体本我的解放

　　受"文以载道"思想的长期影响，中国传统纸质文学一直承载着诸多道德、伦理、责任、使命等非文学因素负重而行。长期在这种言志与载道的思想影响下，人们不敢真心表达自己的内心情感，不得不以《诗》《书》

第四章 网络诗歌的创作主体

等经典为典范。由此，传统审美文化形成了一种讲求有距离的静观的文化形态，而很少有深入生命本体的创作。因此，原本是表现自我真性情的文学成了"载道"与"言志"的工具，长此以往，创作主体中的本真自我便会遭到不同程度的压抑。

精神分析学家弗洛伊德把人格结构分为本我、自我和超我三部分，用以解释意识与潜意识的形成与相互关系。本我（id）处于潜意识中，"在它的外表就是从其中心，从知觉系统发展而来的自我。……自我并未同本我截然分开，它的较低部分合并到本我中去了。但是被压抑的东西也合并到本我中去了，并且简直就是它的一部分。被压抑的东西只是由于抵抗作用而和自我截然分开；它可以通过本我而和自我交往"[①]。也就是说，本我代表着最原始的自己，它按照快乐原则行事，自我和本我有时会产生交集。而"自我代表我们所谓的理性和常识的东西，它和含有情欲的本我形成对照。……自我就像一个骑在马背上的人，它得有控制马的较大力量"[②]。"超我"又被弗洛伊德称为"自我理想"，即"我们每个人心理生活中最深层的东西，通过理想的形成，才根据我们的价值观标准变成了人类心灵中最高级的东西。……自我理想在一切方面都符合我们所期望的人类的更高级性质"[③]。超我对现实起到约束作用，一个不符合人类所期望的价值标准的行为，会由超我的抑制和约束而停止。

在现实生活中的每一个人都会受到各种道德、习俗、禁忌的规范和制约，其行为自觉不自觉地会符合社会规范的要求。但内心深处的本我欲望在这种情况下总是受到压抑甚至扭曲，无法表达和呈现真实的自我。因此，弗洛伊德认为现代文明造成了对人的本能的压抑，人类的生命冲动经常处于压抑状态和不自由的状态。当这种被压抑的能量积累到一定程度之后，它必定要寻找一个突破口释放出来。而网络空间的隐蔽性特点，使社会道德规范的约束力在某种程度上大大降低了，个体被压抑的本我就像到了临界点的岩浆，不可遏制地迸发出来。

网络诗歌刚好迎合了这个契机，有意或无意间激发了网络写手的本能力量，打碎了传统文学的各种禁锢与权威，释放了这种长期被压抑的压

---

① [奥]弗洛伊德：《自我与本我》，杨韶刚译，长春出版社2004年版，第125—126页。
② 同上书，第126页。
③ 同上书，第135页。

力，使创作主体的本能欲望得以宣泄和满足。邢育森在一次访谈中说："在没有上网之前，我生命中很多东西都被压抑在社会角色和日常生活之中。是网络，让我感受了自己本身一些很纯粹的东西，解脱释放了出来成为我生命的主体。……而网络——这个能自由创作和发表的天地，激励了我本已熄灭的热情，重新找到了旧日那个本来的自我。"① 这种本能欲望的宣泄与满足，无论是对于作者，还是对于读者，其感受都是快乐的、自由的。这种感觉的产生完全依赖于人的本能的释放，是个体对"本我"的实现。

由于传统诗歌中载道意识和宏大叙事意识的消解，网络上的诗歌写作愈来愈带有了大众性与无功利性，诗歌写作变得单纯起来，成为创作主体最直接的感情流露和最本我的心理需求。诗歌写作不再被视为文人独有的生活方式，而成为大众的一种游戏方式和狂欢宣泄的途径。网络诗歌借用数字化的网络媒介打破了传统的文学壁垒，用"比特"叙事淡化了神圣的文学光晕，并撩开了文学艺术的神秘面纱，使文学走下神坛，走向民间，从而形成了一种独特而自由的亲和力。此时，更多文学爱好者的欲望可以公开表达，他们以怪诞、调侃、恶搞和嘲弄的方式颠覆了诗歌的尊贵与典雅，以及传统文学经典范式和文学价值理念。在网络的虚拟空间里，创作主体最大限度地彰显了本我的欲望。如很多诗歌中直露的性爱描绘，粗俗的人体生理器官和生理现象的描述，庸俗琐碎的日常生活叙写，呈现出的均是一种本我"力比多"的宣泄与个人感官享乐主义的张扬。

比较典型的本我欲望的宣泄有"下半身""垃圾派""低诗歌"等诗歌写作。"下半身"诗人明确地宣称他们的诗歌写作追求的是一种"贴肉状态"和一种"肉体的在场感"。"而回到肉体，追求肉体的在场感，意味着让我们的体验返回到本质的、原初的、动物性的肉体实验中去。我们是一具具在场的肉体，肉体在进行，所以诗歌在进行，肉体在场，所以诗歌在场。仅此而已。"② "下半身"的诗歌写作确实如他们宣称的那样回到了人的感性的"原初状态"，有一种"肉体的在场感"。如沈浩波的《光洁如玉》：

---

① 吴过：《青春的欲望和苦闷——访邢育森》，《互联网周刊》1999年11月8日。
② 陶东风：《当代中国文艺思潮与文化热点》，北京大学出版社2008年版，第374页。

第四章 网络诗歌的创作主体

"在这之后的很多年/你才知道,这个时候的身体/是用来腐烂的身体/而光洁如玉,也只是为了/等待一个更为腐烂的结局/一夜之间,当你呕吐掉你的青春/你变得美丽、性感、妖娆、和冷酷/而现在/你10岁/在另一个女人的镜头里/你一丝不挂,已经是一个女人/但你并不知道/一如你此时/叉开空空荡荡的双腿/但你并没有闻到/那股天生淫贱的味道。"垃圾派诗人皮旦的《想快活就拿针往肉里扎》:"肉是干什么的?肉是用来扎针的/针是干什么的?针是用来扎肉的/人是干什么呢?人是用来长肉的/长了肉却不知道用肉来干什么,真是白活了/不仅长了肉并且知道肉就是用来扎针的/不枉为人也,才是好样的/好样的就是快活的,知道拿针往自己肉上扎/知道一针扎下去又一针扎下去/快活就能不由自主但兹啦兹啦往外冒。""我站在一面镜里/看自己的乳房/一天到晚、麻酥酥的/还在发育的乳房/即使隔着/厚厚的玻璃/摸起来也很舒服"(巫女琴丝《我是一个好色的女人》)。有的诗歌的名字就已经充满了肉欲的感觉,如何小竹的《搞一搞》、沈浩波的《一把好乳》、徐乡愁的《你们把我干掉算了》等。"下半身""垃圾派""低诗歌"等网络诗歌总是离不开性、欲望、身体等元素,诗歌弥漫着享乐主义的欲望和对肉体的享乐快感。这些诗歌强化了对身体的感性抒写,表达了创作主体在网络背后恣意的狂欢,以及心底潜藏的快感、欲望、力比多和无意识等本我内容的尽情释放。

网络诗歌对身体、欲望的书写释放了人们长期被压抑的性情、趣味,同时也是对诗歌审美本体的认同与复归。因为艺术本来就是表现人的感性生活的,但日益发展的现代社会和越来越智能精密的机器,不断地对人的身体造成积压、遮蔽。都市化的进程把人的原始自然状态逼到了由钢筋水泥构筑的高楼大厦之中,最终使人的身体异化。网络诗歌对身体、性、欲望等世俗粗糙的直觉感官描绘,解放了长期被压制的本我。而且在主体解放的过程中,以及在长期被压制的理性主义话语中,听到了创作主体自由、想象和感性的声音。因此,从这个意义上说,网络诗歌将身体作为叙事的强大动力,不仅宣泄和张扬了创作主体的本我,也是对身体异化的一种积极抗争。

三 精神性需求的追求与失落

人本主义和超个人心理学家马斯洛在《动机与人格》一书中谈到,人的需要可以从低到高分为几个层次：生理需求、安全需求、爱和归属感、自我实现等，在自我实现需求获得满足之后，还有自我超越的需求，自我超越的需求包括求知需要和审美需要，这属于高级需要。① 运用马斯洛的层次需求理论去透视网络诗歌的创作，便会发现创作主体在归属与爱的心理需要方面有所追求并得到满足，而在精神境界的审美、自我超越等方面则严重失落。

第一，归属与爱的需要满足。在现代工业社会里，生活节奏越来越快，社会竞争和生存压力也越来越大，人与人之间的关系变得越来越疏远，越来越冷漠，迫使很多人不得不戴着面具生存，或者封闭自己，备受孤独寂寞的折磨。但人类又有爱群居和与他人建立亲密关系的本能需要，人在满足了低层的需求之后，更渴望归属与爱的高级需要，"越是高级的需要，就越为人类所特有"②，网络恰恰为此提供了一个绝好的环境。网络技术交互性的特点，带给作者与读者以迅速快捷的信息反馈及思想情感的互动，这一点也是网络文学与传统文学相比最大的优势和特点之一。因为在传统诗歌创作中，创作者无论是在创作过程中还是在作品发表之后，都很少或很难即时地接收到读者对其创作的反馈意见，即使有评论文章发表，创作者也难以与评论者直接对话，就诗歌进行面对面的探讨。因此，在传统诗歌创作中，创作更多地表现为一种单向的个人行为。而网络诗歌中即时的、多向多次的心灵沟通，可以使读者和创作者之间缩短心理距离，并敞开心扉坦诚交流对作品的看法，从而可以成为互为信任的朋友，真可谓"海内存知己，网上有知音"。这让创作主体寻找到了在现实社会中难以找到的与他有共同爱好和共同语言的交际圈，从而使其获得一种认同感、群体感，从而满足心理上的归属需要。创作主体在获得了这种认同感和归属感之后，会不断地发挥创作的潜能，继续努力写更好的诗，从而使诗歌写作成为一个不断自我实现的过程。

网络诗歌创作作为一种高度个人化的精神活动，在传统诗歌中的某些"潜在写作"或"抽屉文学"，以及某些边缘作家，在网络时代却可以发出自己的声音，使创作达到一种相对自由的状态。因此，很多在诗歌价值观

---

① ［美］马斯洛：《动机与人格》，许金生等译，华夏出版社1987年版，第84页。
② 同上书，第114页。

第四章 网络诗歌的创作主体

念上趋同的诗人很容易在网络上结成团体。在网络时代诗人大量结成团体的现象与他们追求归属感和认同感以及群体感的心理需求是分不开的。因为，在个体面对屏幕进行写作时会产生一种无处诉说的孤独感，但同时创作主体又会受到电脑另一端的读者的关注，这种既孤独而又备受关注的体验会使作者特别渴望能与趣味相同的诗人结成团体，从而发出更大的声音。这从创作主体的心理角度来看，是他们为满足归属的需要而做的选择。正是网络的自由、平等和共享的虚拟空间满足了他们在现实生活中难以找到的认同感和归属感等安全需要。

第二，精神性的失落。网络诗歌的创作主体在创作中满足了归属需要的同时，却在精神上倍感失落。网络的现实虚拟化和自由化，使创作主体临近了"本我"的状态，也使网络成为游戏的狂欢场。然而，这种游戏和狂欢的背后，是创作主体心理上更为浓重的失落和孤独。与网络上的这种热闹、默契与归属感相反的，是他们情感的空虚和精神的失落。

网络诗歌创作虽然在网络的虚拟自由空间里找到了归属感，但诗歌对传统的价值观念进行无情的解构与颠覆却在一定程度上反映了诗人精神性失落的一面。诗歌的传统价值和诗性体验被拆解，随心所欲的描写、游戏化与情绪化的宣泄、粗俗的恶搞等进入网络诗歌写作中，从而制造了一大批文字垃圾。在大量的网络诗歌创作中平庸作品占多数，真正的诗歌精品少。网络诗歌的质量平庸不仅影响了诗歌作为艺术的审美价值，也被批评者看作粗俗肤浅的无聊之作和一次性消费的"快餐文化"，无论是内容还是艺术方面很多都无法与传统的诗歌相比，更遑论超越。所以有评论者指出："没有任何约束和价值承载，散漫无际发自内心情感的抒发，伴随着滚滚不息的比特流的奔涌的一次性的挥发，是网络文学天经地义的法则，它不追求也不希冀传统文本的经典特质。在这个意义上，网络成了无限延绵、无限膨胀、无限堆垒的废墟，剩下的只是模糊一片的痕迹。"[①] 这些评论虽然带有一定的偏激性，未必能够揭示出网络诗歌的内在本质，但对网络诗歌的精神价值失落而言，却也是切合实际的。

网络诗歌的精神性失落表现之一是对传统价值的颠覆。网络诗人在网络上能够回避主流意识形态的控制，只要遵守网络虚拟社区的游戏规则便

---

① 王宏图：《网络——美丽的新世界？》，《中国比较文学》2002年第1期。

网络诗歌散点透视

无须承担其他责任。网络诗人在网络上规避正统观念，鄙视主流文化，嘲讽或颠覆传统的价值观念和道德准则，而采用非正统的、前卫的、后现代的价值观看待世界、社会、生命和生活。在网络诗歌写作中，经常出现"恶搞"和娱乐化与狂欢化的手段。网络写手用"恶搞"的手段对经典作品或传统精神价值进行颠覆和解构时，却没有建构起新的价值取向，而是使诗歌朝着价值虚无主义的方向发展，放弃终极追求，沉浸于荒诞滑稽而不可自拔。在这些"恶搞"和娱乐化的诗歌文本中，缺少了严肃文学那种深沉的思想与精致的审美意蕴，代之以"无厘头"式的粗鄙调侃，既缺少精神向度又匮乏审美意蕴。网络诗歌中的"恶搞"或者游戏精神虽然是一种解构精神，但其中没有主体的价值建构，最终容易沦为一种无聊的空洞能指，使诗歌失去其作为文学艺术的意义。对于网络诗人来说，他们颠覆的不仅是传统价值观念、人文传统、道德范式和主流的意识形态，还有自身的文化身份与历史记忆。如果网络诗歌把这些东西都消解颠覆掉，也就意味着把诗歌推向了危险的边缘。网络诗歌创作肆意颠覆传统的价值观，将"恶搞"的娱乐化精神充塞进诗歌之中，充其量只能算是一种自娱自乐、自说自话的表演。

网络诗歌精神失落的另一种表现是对诗性体验的拆解。在一个文学尤其是诗歌日益"去中心化"的时代，网络诗坛的部分创作尽力打破诗歌的抒情传统和诗性体验，将诗歌还原成吃喝拉撒的日常生活、毫无诗意的喃喃自语。如魔头贝贝的《十几年前》："十几年前/我上初中/同桌是张晓燕/亚麻色头发，单眼皮，大眼睛/手又白又小，很好看/每次我挠她腰时/她都躲闪着/笑喊着，救命。"再如于小伟的《苹果》："一只刚刚削好的/苹果/滑落到桌上/一直滚到桌边/你的儿子回来了/拿起了那只苹果/猫/也回来了。"以及何小竹的《榨柁果》："这是一天上午干的事情/我没像以往那样吃掉/一只柁果/而是把一只柁果/放进了搅拌机/让金黄的柁果变成了金黄的果汁/于是我喝下这杯果汁/味道还是不错的（并没有因此变成橘子的味道）/只是那种吃柁果的感觉/已经没有了/已经榨掉了。"网络上的这种诗歌比比皆是，他们的诗歌之所以被称为"口水诗"，很大的原因是诗歌的诗性体验降低，没有了诗性体验的诗歌对读者是毫无诱惑力和美感的，因此他们的诗歌被称为"口水诗"也不足为怪。

被称为继赵丽华的"梨花体"之后又一"口水诗"的是车延高的"羊

第四章 网络诗歌的创作主体

羔体",诗歌里充斥的是鸡零狗碎的日常生活和自言自语的聒噪唠叨。如他的《徐帆》:"徐帆拎一条花手帕站在那里,眼光直直的/我迎过去,近了/她忽然像电影上那么一跪,跪得惊心动魄/毫无准备的我,心兀地睁开两只眼睛/泪像找到了河床,无所顾忌地淌/又是棉花糖的声音/自己的眼睛,自己的泪/省着点/你已经遇到一个情感丰富的社会/需要泪水打点的事挺多,别透支要学会细水长流/说完就转身,我在自己的胳臂上一拧。好疼/这才知道:梦,有时和真的一样。"整首诗歌像一个无聊的人在自言自语,毫无诗意可言,更没有所谓的人文精神或艺术价值。他的另一首《刘亦菲》也和《徐帆》一样,通篇都是毫无意义的自说自话:"我和刘亦菲见面很早,那时她还小/读小学三年级/一次她和我女儿一同登台/我手里的摄像机就拍到一个印度小姑娘/天生丽质,合掌,用荷花姿势摇摇摆摆出来/风跟着她,提走了满场掌声/当时我对校长说:鄱阳街小学会骄傲的/这孩子大了/一准是国际影星/瞽准了,她十六岁就大红/有人说她改过年龄,有人说她两性人/我才知道妒忌也有一张大嘴,可以捏造是非/其实我了解她,她给生活的是真/现在我常和妻子去看她主演的电影……"在很多网络诗人或者说网络写手眼里,毫无门槛和毫无难度的诗歌写作使诗歌成了毫无特性和个性可言的自说自话、自娱自乐的活动。类似这样的网络诗歌更多地显示了大众文化与消费文化的倾向,其中狭窄的境界与格局以及匮乏的想象力,必然注定这种诗歌的生命力不会长久。而网络诗人的炒作、相互谩骂攻击等行为也是为博取眼球的表演,如果诗歌一味地流于哗众取宠,最终必然会导致诗性的流失和诗歌独立自由精神的日益委顿以及诗歌情感体验的冷漠,这也就不奇怪为什么那么多人感慨"诗歌死了"和"诗人死了"。

网络诗歌创作主体在满足归属与爱的需要的同时,却因为创作中人文价值的欠缺,使诗歌思想的深度和情感的真实性缩减,没有体现出传统文艺中的个人精神的升华。网络诗歌对传统文化精神的消解,对社会伦理道德的漠视,对生命体验的冷漠,以及对民族长期积淀的精英文化的集体潜意识的泯灭,带来的是创作主体的人文精神的失落。因此,网络给诗歌提供了新的写作方式和生存方式的同时,更应该提高诗歌的精神价值和艺术价值。因为"创作关乎人的精神而不是人的'下半身',千百万民众参与文学的目的是打造千百万健康的灵魂,而不是借网络来炫耀自己敢于将灵魂卖给魔鬼"①。

　　网络诗歌，就形式而言，为诗歌带来了前所未有的技术，为人们带来了一个袒露心灵、倾泻情感、张扬生命、满足多层心理需求的广阔载体。这一载体与传统诗歌相比，既强化了诗人的创作主体性，却也因电子文本的"去中心化"而弱化了创作主体性；对创作主体的心理而言，既使创作主体满足了本我宣泄的需要，同时又获得了一种认同感与归属感，然而又让创作主体因为过分地宣泄而导致人文精神的失落。因此，网络对于诗歌创作主体的作用是双重的，这可能正是网络创作的不足，也是它的魅力所在。

---

① 欧阳友权：《网络文学本体论》，中国文联出版社 2004 年版，第 222 页。

第五章 网络诗歌的主题模式

网络诗歌是在网络兴起之后发展起来的，与新生代诗歌相比，网络诗歌是以一种更为激进和革命的姿态出现的。无论是在诗歌形式上还是在内容上，他们与传统诗歌都表现出势不两立的态度。所谓的"梨花体""羊羔体""下半身""垃圾派""低诗歌""废话主义"等网络诗歌都对传统诗歌的人文精神、诗意等进行了颠覆和解构。但从创作倾向来看，网络诗歌试图以解构的方式来对抗诗歌的宏大叙事和解除多年以来强加在诗歌身上的枷锁，以追求一种自由的独立的诗歌创作。而且网络诗歌的创作主体是生活在社会底层或边缘的普通大众，在娱乐化和狂欢化的深层，他们的诗歌还展现了另一个精神空间。在这个精神空间里，他们或者表达着对自由的渴望，或者展现了生命本真状态等生命体验；有的则以娱乐化的面目道出了心灵的孤独空虚；有的诗歌则传达了生活在社会夹缝的边缘人的漂泊无依感。总之，生存困顿、漂泊不定、空虚寂寞、憧憬与幻灭、痛苦与抚慰、反叛与挣扎等成为网络诗歌的内在精神。因此，在纷繁复杂、眼花缭乱的网络诗歌创作中，最突出的三种主题模式是生存体验、孤独空虚和漂泊无依。

第一节 生存体验

体验是人的生命活动的有机组成部分，相对于那些呈现于外部的行为方式，它属于生命活动的内在方面。而审美作为精神性需求，是人的内在的生命体验。网络诗歌中的生存体验是诗人对现代社会生存压力和日常生活体验的表达。

一 生存之艰难的体验

诗歌向来都是心灵的艺术，它是生活逼入诗人心灵产生震动之后形成的情绪凝聚。生命体验是诗歌最为宝贵的资源，网络诗歌的创作主体大多生活在社会的底层或边缘，他们以别人无法替代的独特生存经验感知人生，用自己的眼睛打量社会，用自己的生存体验创作诗歌。张未民在《关于"在生存中写作"》中谈到目前网络诗歌对生存体验的书写时是这样评价的："这种写作最鲜明的特征是'写作'与'生存'的共生状态，或者'第一生存'体验对于'写作'呈现出了最直接的意义，这与目前主流文坛的写作方式有很大不同，他们是'在生存中写作'，而目前文坛存在的职业作家文学则在很大意义上是'在写作中生存'。"[1]的确，网络诗歌创作主体的草根性使他们比任何人都体验到生存的艰难和残酷，作为底层的弱势群体，底层的艰苦生活对他们的身体和精神都造成了极大的戕害和摧残。如沈浩波的《文楼村纪事》写到了河南农村由于贫困而卖血，几乎导致整个村的村民都变成艾滋病人的令人震惊的场景："他们是艾滋的/他们是可怜的/他们是文楼大队后韩村的/他们是温顺的/几百年来一直这样/连他们自己都说——'我们是顺民啊！'"这些底层的农民为了微薄的收入去卖血，结果却感染艾滋病毒，使生活与生命陷入了更悲惨的深渊。沈浩波以纪事的质朴手法表达了底层人最为悲惨的命运，而这些艾滋病人的悲惨际遇不仅仅是河南文楼村的，更是众多中国底层人命运的一个缩影。诗人蓝蓝也经常为底层的弱势群体写作，用她自己的生存体验记录下那些微不足道的人生。因为蓝蓝自己有着底层生活的亲身体验，她从小在农村长大，高考失利后在酒厂里刷过酒瓶，开过吊车，人生的各种艰辛都早早地尝遍了。诗人在融合自己的生存体验之后创作出的诗歌便有了一种打动人心的力量。蓝蓝的《鞋匠之死》《艾滋病村》等诗歌在展示普通人命运的同时，也展示了整个时代的痛楚和不幸。《酒厂女工》写出了从事底层工作的工人的艰辛："下夜班的酿酒工像酒糟排出厂房/这些行走的火焰，被一亩地的高粱催燃/在他们下面，悲哀与恐惧埋在/她稿纸的背面，连同被发酵的/怜悯的粮食，铁锹下的粮食：——直到今天。"再如她的《矿工》：

---

[1] 张未民：《关于"在生存中写作"——编读札记》，《文艺争鸣》2005年第3期。

第五章　网络诗歌的主题模式

"一切过于耀眼的，都源于黑暗。/井口边你羞涩的笑洁净、克制/你礼貌，手躲开我从都市带来的寒冷。/藏满煤屑的指甲，额头上的灰尘/你的黑减弱了黑的幽暗；/作为剩余，你却发出真正的光芒/在命运升降不停的罐笼和潮湿的掌子面/钢索嗡嗡地绷紧了。我猜测/你匍匐的身体像地下水正流过黑暗的河床……/此时，是我悲哀于从没有进入你的视线/在词语的废墟和熄灭矿灯的纸页间，是我/既没有触碰到麦穗的绿色火焰/也无法把一座矸石山安置在沉沉笔尖。"这首诗歌透过额头满是灰尘与煤屑的矿工的匍匐的身体、混浊的眼睛揭示出他们在黑暗中的高贵灵魂。

　　诗歌关注底层人的生存状态，没有停留在对底层生活场景的展览上，而是把生活中原生态的东西加以提炼，予以意象化或象征化处理，从而使平凡的场景和意象散发出诗的光芒。如丁可的《卸妆之后》："县剧团乡下演出归来/演员们从大篷车上跳下/唱黑脸的唱红脸的唱白脸的/装娘娘的，扮丫鬟的/各自恢复了素面/明天放假一天，各干各的营生/秦香莲搂住包公的腰/摩托车上扬长而去/穆桂英的丈夫经营麻辣鸭/她要赶回家撮动兰花指摘鸭毛/陈世美要去街头夜市摆书摊/管服装的王菊要去烤羊肉串/敲梆子的老罗开起'小羚羊'车/做业余的哥/打锣的老邱要连夜施工/偷砌一间小屋，盘算着拆迁时/能多赔上几平方米/崔莺莺直接上了一家唢呐班的机动三轮/'皇帝'张明光的妻子半身不遂/他提着半塑料袋上午吃剩的菜/不再讲究舞台步，匆匆往家走/鼻洼里还有一小块没洗净的油彩"。诗人丁克有着很长时间的务农经历，由此养成了他细致观察底层生活的独特视角。他的诗歌大多取材底层，并对底层人艰难的生存体验有着深切的感受。《卸妆之后》这首诗歌取材于县剧团演员的生存现状，在社会的急剧分化过程中，这些人由原来的国家正式演员沦落为走街串巷的艺人，在卸妆之后每个人都有着自己的第二谋生职业。诗人将演员舞台上扮演的角色与他们卸妆之后要做的事情并置在一起，使诗歌产生了一种张力，同时也传达了对底层人无奈的生存困境的悲悯。卢卫平的《玻璃清洁工》将在城市中的玻璃清洁工卑微又危险的生存状态形象化地展现："比一只蜘蛛小/比一只蚊子大/我只能把他们看成是苍蝇/吸附在摩天大楼上/玻璃的光亮/映衬着他们的黑暗/更准确的说法是/他们的黑暗使玻璃明亮/我不会担心他们会掉下来/绑着他们的绳索/不会轻易让他们逃脱/在上下班的路上/我看见他们/只反反复复有一个疑问/最底层的生活/怎么要到那么高的地方/

才能挣回"。这些玻璃清洁工像苍蝇一样吸附在玻璃上，为了换取卑微的生存资本，诗歌用苍蝇这一意象表达了对像玻璃清洁工这样的底层人命运的关注。

在中国城市社会底层生活着大量从农村到城市来讨生活的打工者。他们怀着对未来的梦想来到城市，希望通过自己的努力改善生存处境，改变命运。但是，当他们来到城市后，发现自己并不能改变什么，除了超负荷的体力劳动和微薄的收入，城市并没有带给他们更多。在他们的诗歌中，总能或多或少地感受到作者浓重的苦难意识，字里行间也总会溢出一种挥之不去的苍凉，这都和他们沉重的生存体验有关。因为他们经受过或正在经受着生活的严酷洗礼，这种"平民意识"和触目惊心的生存体验，造就了"在生存中写作"的打工诗人。这些诗人把自身的经历和内心的隐秘情感内化在诗歌中，让读者窥见了这个广泛被忽视的群体的真实生存状态和心理体验。网络诗人郑小琼用自己在东莞打工的生存体验写的《黄麻岭》一诗引起了很多人的共鸣。黄麻岭是诗人自己在广东打工的一个小镇，诗歌在网上发表之后有无数网友跟帖，诗歌传达出的强烈的生存体验震撼了很多读过这首诗的人："我把自己的肉体与灵魂安顿在这个小镇上/它的荔枝林，它的街道，它的流水线，一个小小的卡座/它的雨水淋湿的思念的头，一趟趟，一次次/我在它的上面安置我的理想，爱情，美梦，青春/我的情人，声音，气味，生命/在异乡，在它的黯淡的街灯下/我奔波，我淋着雨水和汗水，喘着气/我把生活摆在塑料产品，螺丝，钉子/在一张小小的工卡上……我的生活全部/啊！我把自己交给它，一个小小的村庄/风吹走我的一切/我剩下的苍老，回家。"作为一个在"生存中写作"的打工妹，郑小琼的这首诗歌以自己的亲历体验述说了底层打工者的生存图景和艰苦生活。在黄麻岭这样一个小镇上，承载了一个女孩所有的青春和梦想，但最后她将收获苍老回到故乡，这有些近乎残忍的生存体验是无数个郑小琼所亲身经历的，正因如此，郑小琼的诗歌才会引起很多人的共鸣。再如她的《蚓》："骆驼从针孔间弯曲而过/历史从管制中逶迤而行/寓言在窗户闪烁/从泥土里刨出蚯蚓/蠕动的肢体有如我们/喉结/卡在嗓间的沉默/人民像蚯蚓伸长或收缩/他们在黑暗中的忍耐/腐叶或者历史的土层之下/它们像蚓样用柔软的身体/支撑着大地上的楼群/与匆匆过客/有时它们/被尖锐的暴力切断/鲜血流出/断裂的躯体/会各自成长/繁殖/成为不同

第五章　网络诗歌的主题模式

的蚓在泥中生活/伤痛也融入蠕动的肢体/它们一伸一缩像沉默/在人民的喉结间蠕动着"。诗人将底层人形象地比喻为蚯蚓,它的忍耐、沉默以及所承受的痛苦都象征着底层人的命运。底层人的打工生涯充满凄风苦雨,在生活中颠沛流离,以坚韧的毅力挣扎在社会的最底层,在底层的生存中他们遭到了肉体和精神的双重创伤。诗人郑小琼对打工生涯有着痛彻心扉的感受:"我在五金厂打工五年时光,每个月我都会碰到机器轧掉半截手指或指甲盖的事情,我的内心充满了疼痛,当我从报纸上看到珠三角每年都有超过四万根的断指之痛时,我一直在计算着,这些断指如果摆成一条线,它们将会有多长,而这条直线还在不断地、快速地加长。此刻,我想得更多的是这些瘦弱的文字有什么用,它们不能接起任何一根断指。"① 正是郑小琼目睹断指的疼痛感,直接激发了她写诗的冲动:"我知道,我体内原来有着的某种力量因为指甲的受伤的疼痛在渐渐地苏醒过来。它们像一辆在我身体里停靠了很久的火车,在疼痛与思考筑成的轨道开始奔跑了,它拖着它的钢铁身体,不断地移动着。"② 郑小琼作为工业流水线上的打工者,她以自己的切身体验揭示了底层人在资本的重压下沦为机器的附属品的残酷现实。

不只是打工者的生存无比艰难,在中国的土地上,任何一个底层人的生存都是一种悲剧。"那个躲在玻璃后面数钱的人/她是我乡下的穷亲戚。她在工地/苦干了一年/月经提前中断/返乡的日子一推再推/为了领取不多的薪水,她哭过多少次/哭着哭着,下垂的乳房/就变成了秋风中的玉米棒子/哭着哭着,就把城市泡在了泪水里/哭着哭着,就想死在包工头的怀中/哭着哭着啊,干起活计来/就更加卖力,忘了自己也有生命/你看,她现在的模样多么幸福/手有些战栗,心有些战栗/还以为这是恩赐,还以为别人/看不见她在数钱,她在战栗/嘘,好心人啊,请别惊动她/让她好好战栗,最好能让/安静的世界,只剩下她,在战栗"(雷平阳《战栗》)。诗歌中这个妇女的形象是中国底层人的一个缩影,他们有着生存的重负,也有着为生存而异乎寻常的坚忍,对于到手的那点微薄的辛苦钱却激动得不知所以,妇女战栗的表现,形象地传达了底层人可悲的生存场景。雷平阳

---

① 郑小琼:《记录流水线上的屈辱与呻吟》,《南方人物周刊》2007年第6期。
② 同上。

的另一首《背着母亲上高山》也是写一个可怜的农妇卑微的一生:"背着母亲上高山,让她看看/她困顿了一生的地盘。真的,那只是/一块弹丸之地,在几株白杨树之间/河是小河,路是小路,屋是小屋/命是小命,我是她的小儿子,小如虚空/像一张蚂蚁的脸,承受不了最小的闪电/我们站在高山之巅,顺着天空往下看/母亲没找到她刚栽下的那些青菜/我的焦虑则布满了白杨之外的空间/没有边际的小,扩散着,像古老的时光/一次次排练的恩怨,恒久而简单。"一个小小的地盘承载了一个人的一生,如蚂蚁般卑微地活在这个世界上,这是众多底层人的共同命运。

网络诗歌的创作者在底层和边缘的亲历体验,使他们的诗歌中对生存体验有着直接感性的表达,有着丰富的现场感。对于网络诗歌作者来说,底层生活既不是和谐,也不是歌舞升平,而更多的是苦难。因此,有着这种亲历性,网络诗歌中所传达出来的生存体验便有了更为朴实和真实的一面。

二 日常化的题材深化内心体验

由于长期受主流文学话语权力的影响,日常生活体验受到压抑,经常被排除在诗歌写作范围之外。然而,作为一股创作力量,日常主义诗歌①在20世纪90年代兴盛起来,到了网络诗歌时代,对日常经验的书写更是琐屑细碎。就人自身的现实存在而言,现实的日常生活更能体现人生中最真实的一面,因此,日常主义诗歌的写作,使日常生活获得自身意义的同时,也加深了个体对日常世俗生活的体验。

第一,20世纪90年代以来的日常主义诗歌。进入20世纪90年代以来,兴起了一股日常主义的诗歌写作之风。这些诗歌于琐碎的日常生活与事物中,发现普通人的日常生存体验,从随处可见的"形而下"的物象里,挖掘出被长久遮蔽的诗意。在这些日常主义诗歌中,没有现象与本质之分,现象就是本质,本质也是现象。日常主义诗歌对琐细日常细节的描摹让诗歌摆脱了观念束缚,使现实世界呈现出一种自然的本真。从诗歌风格来看,20世纪90年代的日常主义诗歌,一般都是从日常生活场景挖掘

---

① 日常主义诗歌兴起于20世纪90年代初,主要描写普通人的日常生活和生存体验,并以日常口语入诗,以消解崇高和反讽的方式打破诗歌的深度模式,使诗歌呈现出一种日常主义诗学。

第五章　网络诗歌的主题模式

出瞬间感受；或者将众多客观事物景象一一罗列，从中筛选出诗的意蕴。在诗歌取材上，90年代的日常主义诗歌，都取材于各种偶然、不确定的日常琐事。诗人将这些日常琐事当成写作的契机，并冷静地将日常生活的细节呈现在读者面前，而拒绝用所谓的抒情、隐喻等表现方式。

日常主义诗歌弃置由来已久并对诗坛影响甚深的"宏大叙事"，而着眼于大量的细小琐事，因为诗人认识到生活与存在正是由大量的"细节"构成，并非每一件大事才有意义，也并非每一件生活琐事都无意义，日常琐事以其生动的细节和在场性同样可以彰显价值。日常主义诗歌取材于日常生活的琐事，并发掘出其中关于个人的价值，而不是集体的记忆，这是20世纪90年代日常主义诗歌对长久以来诗歌"宏大叙事"的一种反拨。正如于坚所言："20世纪的记忆是集体的、时代的、革命的。这是一个中国人集体在焦虑中寻找生活之意义的世纪。革命使得所有的记忆都成为历史储存库，失去的时间根据它的意义的深浅，仅仅留下那些'前进'、'升华'的时刻。即便是那些号称个人写作的东西，我看到它们仍然是基于一种集体记忆的。……我的记忆就建立在这对大量的日常琐事的视而不见之上。因此，我回忆某个日子的时候，它如果不是正当我生活的不寻常时刻，我的记忆就是一片空白。没有私人细节的记忆实际上只是遗忘。对于历史毫无意义的东西，也许恰恰是对于个人最有意义的东西。我也怀疑那些被津津乐道的重要的历史时刻，对于那些没有私人记忆的个人，与被他们忘掉的'毫无意义的日子'有什么不同。"[①]

对日常生活和个人经验的肯定是日常主义诗歌与"宏大叙事"诗歌的最大不同。于坚、韩东、王小妮、臧棣、李亚伟等均是20世纪90年代日常主义诗歌诗人中的优秀代表。在这些诗人笔下，日常生活中的事无巨细，都可以变成诗。一杯咖啡，一双高跟鞋，一个酒瓶盖，一只蝴蝶，一盘菜等都可以入诗。单是看看诗歌的题目便知道诗歌的取材是怎样日常的：《一只蝴蝶在雨季死去》《那时我正骑车回家》《一瓶雀巢咖啡，使我浪迹黑夜》《晴朗漫长的下午怎么过》《听力全是因为胆练出来的》《碾子沟里蹲着一个石匠》《有人攀上阳台，蓄意篡改我》，等等。日常生活的每一件生活琐事和每一个细微之处都在诗人笔下散发着诗意。日常主义诗歌

---

① 李劼、于坚：《回到常识走向事物本身》，《南方文坛》1998年第5期。

网络诗歌散点透视

几乎网罗日常生活中的一切，任何事物都可以进入诗歌视野，诗人像摄像机一样"记录"下这些日常场景，而在其中发现独特的诗性，使诗歌呈现出一种独到的特色。诚然，相对于现实生活中带有整体性影响的重大事件，日常生活显得琐细，意义也不那么重大，不外是日复一日地重复着相同的内容。但在日常主义诗人那里，出门理发、进厨房做饭等都可以入诗。"或许它是一种仪式，是人和天地之间的一项契约，为此人人都必须加入，人人都必须遵守，并且在这个过程中，个人不得多加过问，多加追究。"[①] 20世纪80年代新诗潮是鼓励自我与宏大话语对抗，并在诗歌中表达对社会的关注，到90年代则变成平民意识下的喃喃自语。诗歌与现实的关系变成了对日常生活具体琐事的摹写，而不再是对重大事件的关注。如果说以前诗歌的取材是优雅的事物和意义重大的事件，那么日常主义诗歌则对准的是那些最乏味、最琐碎的事物。而能够将乏味的事物和日常琐细的生活转化成诗学意义的诗意，既是日常主义诗歌的不同凡响之处，又是它对于诗歌的一次小小革命。

把日常世俗的琐碎生活写成诗歌，并挖掘出具有诗学意义的诗意，最重要的是在日常生活中有着真实的生命体验。无论是在韩东还是在于坚的诗歌中，都能发现他们用口语描摹细节形象，或者抒发内心情感，与其同构的还有生命体验。韩东的《我们的朋友》："我的好妻子/只要我们在一起/我们的好朋友就会回来/他们很多人还是单身汉/他们不愿去另一个单身汉的小窝/他们到我们家来/只因为我们是非常亲爱的夫妻/因为我们有一个漂亮的儿子/他们要用胡子扎我们儿子的小脸/他们拥到厨房里/瞧年轻的主妇给他们烧鱼/他们和我没碰上三杯就醉了/在鸡汤面前痛哭流涕……"这首诗歌用朴素的语言和真切感人的生活细节，表达着至诚的友谊及日常生活中诗性的存在和人性的温暖，把单身汉对婚姻生活的向往和对孤独处境的失落等生命体验不动声色地描摹下来。而他的《爸爸在天上看我》同样是一首非常感人的诗歌："九五年夏至那天爸爸在天上看我/老方说他在为我担心/爸爸/我无法看见你的目光/但能回想起你的预言/现在已经是九七年了，爸爸/……这会儿我仿佛看见了你的目光，像冻结的雨/爸爸/你在哀悼我吗？"这首诗歌绕开日常场景，也回避了矫饰的

[①] 崔卫平：《诗歌与日常生活——对先锋诗的沉思》，《文艺争鸣》1995年第4期。

第五章 网络诗歌的主题模式

抒情，直接用明朗的口语，将一个中年男人的深深怀念隐藏其中，把一种难以表述的父爱交给读者去体会。

因此，日常主义诗歌对日常生活的取材深化了个体的内心体验，正如陈仲义对日常主义诗歌的评价："日常主义诗歌源自生命根底，是个体生命能量在琐碎事物上的展开，是生命意识和文本意识又一觉醒、延伸。它把日常生活资料置于具体的文化语境，让凡庸事物隐露无限契机，不但大大扩容诗的书写空间，还在一定程度颠覆现代诗某些属性。它放弃宏大的社会承诺，取'观察''解剖''考古'等与此不同的工作方式，推出诸如'细屑''缠绕''析释''杂芜'等增长点，以其综合叙事策略与混沌面貌张扬90年代一路诗风。"[①]

第二，网络诗歌里的日常世俗世界与体验。网络诗歌是20世纪90年代中后期诗坛上出现的新现象，这一时期正是中国大众文化、消费主义兴起时期，大众文化和消费主义的兴起造成了精英文学的"祛魅"和边缘化，这势必会影响到网络诗歌的创作，使网络诗歌带上一定的大众文化色彩。之所以说网络诗歌具有大众文化的特点主要有以下几点原因：首先，网络诗歌的出现使许多写作者获得了一种自我满足感。诗歌等纯文学在目前处于一种不景气的边缘化状态，而那些无名诗人靠传统方式在权威刊物发表诗歌并非易事，网络的出现给他们带来了希望，不仅空间无限广大，速度也无比迅捷。网络不像纸媒那样有版面限制，也不会过分地追求作品的质量，诗人的作品均可以通过网络发表出去，这使没有机会在正规刊物上发表作品的诗人获得了一种心理上的自我满足感。其次，网络诗歌的出现与蓬勃发展在很大程度上还基于一种大众性的消遣心理。网络诗歌的作者大多对于诗歌有一种无功利的心态，许多写作者的目的是在交流的过程中得到消遣。大量与日常生活相关的网络诗歌作品证明了网络写作者更多的是通过使用新科技找到了一种前所未有的新鲜感，并进而在此过程中发现了自己的意义。最后，网络诗歌的作者"隐秘"现象也符合大众文化心理。从大众文化的审美角度上讲，网络是继影视传媒后最具大众性的文化传媒，它消弭了文化空间与私人空间的明显界限，让大众文化充分共享当下的时空平台。

---

① 陈仲义：《日常主义诗歌——论90年代先锋诗歌走势》，《诗探索》1999年第2期。

网络诗歌散点透视

　　网络诗歌的大众文化性质使得很多作品总体上不成熟，且以"俗者"居多，诗歌走向了世俗化的倾向。如"下半身""废话诗派""垃圾诗派""梨花诗""羊羔体"等诗歌作品，是一些以世俗生活为题材，用口语写成的诗歌深度意义不足的作品，这引起了读者的广泛不满和许多精英批评家的批评以及传统诗人的不屑一顾，进而引出了当代诗歌的走向问题和如何判断什么是诗歌的讨论以及"诗歌之死"的论断。单看"下半身"的诗歌题目就足以看出诗歌对于性话语的无拘无束和口无遮拦，《压死在床上》《奸情败露》《把爱做干》《干和搞》等赤裸裸的肉欲呼之欲出。虽然"下半身"的诗歌宣言中就宣称他们的诗歌是直指形而下的日常生活，但因此放弃了诗歌的写作伦理是很多人质疑这种诗歌的原因。

　　如赵丽华被称为"梨花体"的几首诗歌，虽然没有像"下半身"那样充满着肉感，却也日常化到令人咋舌的地步。如诗歌《廊坊不可能独自春暖花开》："石家庄在下雪/是鹅毛大雪/像是宰了一群鹅/拔了好多鹅毛/也不装进袋子里/像是羽绒服破了/也缝不上/北京也在下雪/不是鹅毛大雪/是白沙粒/有些像白砂糖/有些像碘盐/廊坊夹在石家庄和北京之间/廊坊什么雪也不下/看不到鹅毛/也看不到白砂糖和碘盐/廊坊只管阴着天/像一个女人吊着脸/说话尖酸、刻薄、还冷飕飕的。"《大叶黄杨》："园丁手艺不高/他只能把大叶黄杨/剪成/水平状/波浪状/和圆状/如果不剪的话/园丁对我解释说/黄杨就乱了。"另外还有《雨》："开始是暴雨/非常暴/后来是大雨/非常大/再后来是中雨/非常中/再后来是小雨/非常小/再后来雨停了/非常安静/再后来雨又来了/还带来了风/呼啦呼啦/披沥啪啦/非常喧嚣/打着墙、窗户及水泥屋顶/这些不会说话的东西/非常无聊"。她这些过度口语化和直白化的诗歌被读者戏称为"梨花体"并很快遭到了网友的恶搞，后来又有苏非舒的脱衣裸体朗诵以声援赵丽华而被保安制止，从而使赵丽华诗歌成为一个大众文化的娱乐事件。当然，除了赵丽华之外还有很多其他人的创作也充满了口语化和直白化的色彩。网络诗坛的创作呈现出的这种现象，背后是整个文化现状在诗歌领域的折射。因此，很多评论家批评网络诗歌更关注日常生活的琐事，在精神向度上，更多地对于琐细的日常生活给予认同或包容，诗歌中缺少理想主义的思想高度和精神提升，只有自我生活的知足感和满足感。

　　不可否认，网络诗歌受20世纪90年代以来大众文化的影响，确实有

第五章　网络诗歌的主题模式

更加世俗化和日常生活化的倾向，但是并不是所有的诗歌都像"梨花体"或"羊羔体"那样。网络上很多日常化的诗歌，与 20 世纪 90 年代的日常主义诗歌相比，还是继承或接纳了它们的一些特点，如以个人视野或平民视野叙述着自我的当下体验或生活经验，尽量在日常极其琐碎和平淡无奇的事物里挖掘其中的诗意。同时，网络诗歌更加注重和肯定个人的世俗欲望，从而对于诗人的内心体验是一种深化。因此，尽管网络诗歌的世俗化和娱乐化是一个不争的事实，但并不是所有的网络诗歌都走向了世俗化和娱乐化，毕竟网络媒体的民间性和个人化特点使很多优秀的诗人发出了属于自己的个人化的声音。

网络诗歌始终张扬日常性，力求把以典雅为特征的诗歌艺术拉回到经验、常识与生存的现场，将当下日常生活中的各种现场作为诗歌创作的资源库。这些诗歌书写着日常生活的特性，并从中呈现出世俗生活的景观和现实生存的伦理，不断深化个人在日常生活中的内心体验。如盛兴的《伟大》："一个母亲她真是太弱小与单薄了/她存在着/提着篮子穿过人流去买菜/后又默默回到家里掩上门/她甚至都没有自己的名字/却有着两个庞然大物的儿子/一个大个子篮球运动员/在场上使万人呼叫/一个大胖子公司老板/掌管着一座大厦与一群员工/我们的想象到一个小小子宫/孕育两个生命为止/其他的事情我们就不知道了/其他的事情我们难以想象/一个那么单薄弱小的女人/如何产生出这样两个庞然大物/这就是母亲的伟大之处"。这首诗歌写一个柔弱母亲的伟大，却用一个日常化的场景：母亲买菜以及她的两个高大结实的儿子的现状。作者用这两个日常化的场景衬托了作为一个连名字都没有的默默付出的母亲的伟大，在司空见惯的日常化场景中不动声色地塑造出了一个普通却又伟大的母亲形象。李红旗的一首名为《爸爸妈妈》的诗歌这样写道："年迈的父母/坐在午饭后的凳子上/静悄悄地出了神/看样子/在晚饭到来之前/他们不准备/再有什么行动了/他们在想些什么呢/爸爸坐在那儿/真像是一个谜/妈妈坐在那儿/也像是一个谜/爸爸妈妈肩并肩坐着/就成了一个大谜团。"作者在这首诗歌中把父母的苍老年迈用白描的手法展现出来，父母吃完饭坐在凳子上不动的情景，让读者体会到了更多的老态龙钟的父母的凄凉，这是让多少人心酸的场景。看上去这首诗不过是对日常生活场景的白描，其中却有着作者的内心体验和诗意思索，有一种浓郁的个人化情感氤氲其中。徐乡愁的《我倒立》:"当我倒立的时候/我就用头走路/用脚思想/用下半身吹口哨/用肚脐眼呼吸/我看见人们都往低处走/水都往高处流/天空被我们踩在脚下了/飞机起飞或发射人造卫星/就像扔石头一样容易/我发现人们总是先结婚后恋爱/先罚款后随地吐痰/先受到表扬再去救落水儿童/先壮烈牺牲再被追认为党员/或者获荣五一劳动奖章/先写好回忆录/然后再去参加革命工作/先对干部进行严肃的批评教育/再去大搞贪污腐化/就像先射精后插入一样/先实现共产主义再建设社会主义/我还看见主人给保姆倒茶/富人向穷人乞讨/上级给下级递烟/雷锋同志向我们学习/看见局长给司机开车/当官儿的给老百姓送礼/且对前来视察工作的群众/夹道欢迎/从此以后人民可以当家做主/并打着国家的旗号/骑在公仆的头上作威作福。"诗人透过日常生活中的普遍现象传达了极权体制下的种种怪相。现实生活中形形色色的看似正常的现象,其实都是违背常理的怪相。"我倒立"即用一种反观的眼光,非常规的视角,而看到的却是活生生的真相。日常生活中随处可见的歌功颂德和服从奴化只要用反观的眼光便清楚地显现出来。再如白连春的《到处是金子,孤独的,贫穷的》:"到处是金子,孤独的,贫穷的/这个在街边卖烤红薯的女人/满脸笑容,比烤红薯还香/这个鞋匠,一条腿空空荡荡/风雨无阻,天天准时出现在街口/这个捡破烂的老人,手很黑/脸很黑,头发却很白/这些从早市买了菜回来的人/大包小包拎着,挎着,背着/这些刚从火车或长途汽车上下来的人/疲惫,迷茫,看着大街/这些骑车的挤公交车的走路的人/这些修车的修锁的绿化的送水的人快递的人/这些厨师服务员保安/这些扫大街的和扫厕所的人/这些装修工人售楼先生美容小姐/所有的人,他们孤独贫穷/普通善良,都默默地/闪着光,都是金子,值得人间珍藏。"这首诗歌截取了流散在城市街头从事各种辛苦职业的下层人的生活断面,但诗歌并没有对他们的贫苦过度渲染,而重在对这些贫穷孤独的人内心善良的一面进行开掘,从日常景象中发现诗意的美。

在网络诗歌的日常经验写作中,把世俗化的日常生活中掩藏着的诗意挖掘出来,让平庸的生活获得了一种氤氲的诗意,从而也在个体的内心里深化了日常生活的体验。网络诗歌不再尊崇理性和高尚的同时,却在某种程度上,恢复了个体本真的生命体验,让诗歌在对日常生活的白描中获得一种朴素的诗意。

总之,网络诗歌在娱乐化盛行和消费主义大行其道的文化语境中,仍然有一些严肃的诗人能够抵抗住这种流行时尚，把目光投注到普通平凡的日常人生中，从中体味到人生的喜怒哀乐和悲欢离合，从而也使网络诗歌在十几年的发展中保持了独立的精神空间，为21世纪的诗坛带来了希望。

第二节　无处不在的孤独

孤独是现代人的一种生存体验和心理体验，同时也是自我意识深化的心理反应和情绪体验，更是一种深刻和强烈的智慧内省。龙泉明在《在历史与现实的交合点上：中国现代作家文化心理分析》一书中分析孤独意识产生的原因时指出："如果从社会学的角度来看，那就是在人与自我、人与人、人与社会、人与自然的错综复杂的矛盾、纠葛、冲突中所产生的寂寞、苦闷、抑郁、忧虑等情愫，以及难以描述的微妙而又波动的心理状态。从哲学角度上看，那就是由艰难痛苦的人生经历而萌生的对自我、人生、社会、自然的根本意义的苦苦搜寻、思索，以及囿于人的个人认识能力而又不能穷尽这些'斯芬克斯之谜'所产生的沉痛、悲哀、彷徨的情感体验。"[①] 可以说，任何主体的孤独意识及相关情感、情绪都是个体生命的感性体验，都是作为特定的生命个体对于彼时彼地的生存境况所作出的一种反应。而在古今中外的文化与艺术中似乎从未停止过对孤独的表达。网络诗歌写作是一个个孤独的个体面对着没有生命的电脑屏幕完成的，这种写作方式和诗人的生活方式更容易加深诗人心理的孤独感受。因此，对于网络诗人来说，孤独更具有形而下的意味，更多的是一种切肤的心理真实，同时也是一种存在方式。网络诗歌中对孤独的体验主要有人际隔绝的孤独和情感缺失的孤独等。

一　人际隔绝的孤独

中国自20世纪90年代实行市场经济以来，中国人在物质生活方面得到了很大的提高，拥有了相对富足的物质生活。但是，随着市场经济而兴起的消费主义和大众文化，又在很大程度上消解了人们在精神上的追求。

[①] 龙泉明：《在历史与现实的交合点上：中国现代作家文化心理分析》，陕西人民出版社1992年版，第365页。

网络诗歌散点透视

很多人把追求更加舒适的物质生活当作人生的主要目标,物质至上,只追求物质享受和所谓消费"自由"而不问其他。"娱乐至死"、及时行乐等生活态度和心理体验不但没有丰富现代人的精神世界,反而使人陷入孤独的精神"围城"。因此,表面上我们已经拥有了相对富裕的物质生活,却很快又陷入了一个精神文化困境。人与人之间彼此隔绝、相互漠视,缺少人间的温情,犹如生活在一个精神荒漠的世界里,由此带来的独孤寂寞是现代人最为真切的体验。

第一,人与人之间的心理距离。孤独不单单是指人的外在存在状态,而且是指一种内在的生存体验。具体地说,这不只是个体与群体物理空间的距离,还是心理空间上的疏远,是心灵与心灵之间难以达成沟通与理解的刻骨铭心的感受。因此,人和人之间以及人与外在世界的彼此封闭、隔绝而造成的孤独寂寞成为网络诗歌中一个突出的主题。如界限诗歌网站中网名为大车的作者的《窗帘》:"风掀动我那厚实的窗帘/无意中揭开了体内的一层纱布/我感觉到了那种轻轻撕裂的疼痛/那是纱布和已经形成的血痂分离的过程/气温很高/窗帘的背后阴冷潮湿不宜久居/摊开的那页书/是我整个冰山的一个小尖/每日奔波劳作都挤在那个小小的尖角/它们和我挤在一起/那是阳光和我的眼睛/可以监视的地方。"这首诗歌写窗帘背后的一个阴冷潮湿、局促狭小的生活空间,这个空间不止让人深深体味到生存的困境,更让作者内心感到疼痛的是由此带来的孤独、寂寞和封闭的生存体验。网络诗人王九城的《沉默是会被传染的》:"他的沉默与年龄有关/长一岁,沉默一分/他的沉默,与地理有关/从山东到陕西,他越来越吝啬/自己的乡音。/他的沉默/与这个远去的夏季有关/他卸下一生的负重,开始等待/一场大雪的降临/你认识他。他就在你的面前/两个默默无语的男人/被沉默传染,似乎要伸出手/轻轻相握,传递/最后一丝温暖/但是/抬起的手迟疑了片刻/最终收回。他们相视一笑/各自转身离去,融入各自/沉默的世界之中。"沉默是因为人和人之间难以沟通和了解,有时甚至不愿和这个世界、和别人去进行心与心的交流,孤独与寂寞就不可避免。再如向北的《看》:"我们两个人坐在镜子里/不说话/声音被困住/所有的热量和体温都散发开去/玻璃上附着水汽/什么时候/我们迎来了黄昏/你在里面/看着外面的我/光影迷乱了触碰的目光/表情朦胧面目模糊。"两人相对无言的孤独,在日常生活的每个角落里蔓延着,有着热量和体温,却没有

第五章 网络诗歌的主题模式

交流，这就是现代社会人与人之间被隔绝开来的孤独和寂寞。

在众多的网络诗歌中，孤独和寂寞是出现很频繁的词。这些诗歌是以一种个体的眼光来打量世界、审视人生，以原子式的个体生命，感受到了现代人因隔绝而无处不在的孤独寂寞。"孤独是一根剔不掉的筋/给我们的幸福生活/埋下祸根/现在你出走/要把自个逼上梁山/800匹骏马/奔驰草原/谁又能止住山巅的雪崩/看啊/我头顶上/飞舞的落叶/即将在泥土中腐烂"（大头鸭鸭《谁又能阻止》）。再如巫昂有一首《到处都是寂寞的生活》："到处都是寂寞的生活/没有一个地方曾经温暖过我/张开的双臂/漩涡一样黑暗和冰冷/这是北方/十年前的木头/至今仍未发芽/对雨水/抱着深深的敌意/到处都是糜烂的生活/清晨醒来/床上的珍珠变成坚硬的贝壳/孤独的羊角/永远是无用的装饰/日复一日地站在山崖上的/不过是块石头/到处都是贫穷的生活……到处都是生活/到处都是生活的残余。"巫昂感受到的是自我孤独的境遇、迷茫，这种孤独来自生存环境，源自人与人之间缺少交流和理解。朵渔同样在自己生活的城市里感受到了最深切的孤独，他的《咖啡馆送走友人后独自走进黄昏的光里》："出门，独自走进/黄昏的光里。光阴刺眼/一格一格的人群/皆与我无关。安静/也只是丛书般的安静/我在自己的城市流亡已久。"人来人往的人群看似繁华热闹，却抵挡不住自己走在街头的内心孤寂。因此，与充满形而上意味的孤独比起来，这些网络诗歌中的孤独更平易、更实体化。

第二，物质文明造就的隔绝与孤独。人类社会发展到21世纪的今天，物质文明已高度发达，各种各样高度发达的物质文明已使现代人在生活上无忧无虑，人们也尽情享受着现代化的物质文明带来的生活便利，如高速列车、智能手机的发明与使用让我们体会到一个全新高速时代的高效与便捷。但是，当我们在赞叹人类用自己的智慧创造的文明成果时，却发现这些所谓的文明成果给人的心灵世界带来了一把孤独、寂寞、隔绝的枷锁。并不是物质文明越发达，人类的心灵越自由，有时候恰恰相反，物质文明的丰富会使人感到精神的贫瘠和心灵的孤独。"那些日子，风和月/和今天一个模样/你，是给孤独园里的微笑/穿上衣服，你赤脚走出园门/在舍卫城中，送出你的微笑/乞食/然后，你/洗足、坐了下来/你说是这样的，恒河里的沙很多/如这个世界一样/虚空/这个世界很大/你的语言很少"（也瘦《你，或这个世界》）。正如诗歌中所说"世界很大，你的语言很少"，在越来越便利的交流方式和广阔的世界中,我们却失去了与人交流的欲望。如吴维的《雾嶂》:"一个人穿行在迷雾中。被/无限的白,包围。缠绕。雾化/这样的清晨或黄昏,应该是静谧的,优美的/偶尔,三两声不知方位的鸟鸣/拉近遥远的你/我怕且厌恶,鸣着汽笛呼啸而过的车/远远而来的光冷漠霸道,茫茫往事支离破碎/或许,我过于迷恋,朦胧的抒情/有意无意回避,雾帐下/血淋漓的撞击。"呼啸而至的汽车是现代物质文明的象征,我们厌恶这种喧哗热闹的物质文明,是因为人类被其所淹没、所异化而倍感孤独寂寞。"躺在塔克拉玛干的沙丘上/天很蓝/蓝得像一只蝴蝶/像是寂静的水面上点起一支蜡烛/独木船摇过漫长的岁月/有时我看见月亮/渐渐褪去光芒/挂在一片干净的银灰色的天空上/好像只要轻轻一敲/就结束了/有时夜很沉/我躺在一座微凉的沙丘上/等待着/越来越近的沙漠"(扎西《每个人都有一次孤独的远行》)。诗歌用具象的塔克拉玛干沙漠来比喻人类处境的荒芜,沙漠意味着身陷囹圄的荒凉、孤独和寂寞。因此,人类在创造高度物质文明的同时又被自己所创造的物质文明所淹没,在充分享受现代化物质文明的同时又被戴上了心灵的枷锁,内心感到荒凉、寂寞、贫瘠,精神处于沙漠和荒原之中,这似乎成了困扰现代人的一种心理疾病。

在物质文明相对发达的现代社会里,个人在很大程度上已从血缘、地缘中解放出来,成为独立自由的个体。在这种表面自由的背后,很多人普遍感到这个世界充满了偶然与变幻莫测的不确定性。在竞争日趋激烈、贫富差距日益严重的生存环境中,个人的生存空间越来越小,对人生更加感到无能为力,孤独感的大量滋生也就成为一种必然。另外,网络诗歌的写作方式也很容易使诗人产生孤独感。网络诗歌作者创作时面对电脑,虽然面对屏幕有着"观古今于须臾,抚四海于一瞬"的畅快,只需点击鼠标便可让屏幕呈现出大千世界的神奇,但是诗人长期独居斗室,在一个相对狭小封闭的空间里枯坐经日,离群索居,这势必会增加诗人心理的孤独寂寞之感。因此,网络诗歌中人际隔绝的孤独感与网络诗歌的写作方式也有着密切的关系。

二 情感缺失的孤独

在人类社会中,孤独是永远无法摆脱的困境,而情感既是维系人与人

第五章 网络诗歌的主题模式

之间关系的润滑剂，又是缓解孤独的一服良药。但是现代社会却是一个情感严重缺失的世界，爱与恨都被消解，剩下的是冷漠与麻木。情感的匮乏渗透在亲人之间、爱人之间、朋友之间。又由于网络诗歌的作者以年轻人为主，爱情自然成为他们诗歌的主题。在诗歌中，他们渴望追求完美的爱情以消除孤独，却总因觅而不得或得而复失陷入感情上的无依无靠，从而使人生更加充满了孤独感。

第一，爱情的追求与肉体欲望的书写。在年轻的网络诗人心中，有着对异性的渴望和对爱情的需求，他们试图通过爱情来摆脱躯壳和灵魂的孤独。或者说，他们正是因为孤独才更要寻求爱，越孤独的人越渴望得到爱。"将暮色看作路，城市是水/空洞的风变成我的眼睛/我悬坐空中，对面/是想象的你，像一盏灯/趁着夜色/触摸无音的弦/没有人歌唱/星空、虫鸣停止摇曳/口哨穿上枝叶/我在云端/散下橙绿的青草的长发/暗黑的穹顶是我们的睡眠/我们沉默不语/不需要别的声音/在凝顿成雨的瞬间，只需/相拥成一天飞沫，我们一起/越坠越深——"（西叶《在云里生活》）。西叶的这首诗歌犹如一幅无声的画，其中的琴弦、虫鸣、雨声都因为"我"的沉默而无声。"我"是孤独的，因为与我一起"沉默不语"的只有"想象的你"。诗人渴望和相爱的人在沉默的夜里相拥而眠，但这不过是梦境，孤独依然在诗人身边流浪。"我就盘膝坐在当中/喃喃自语/并颤抖着念诗，体悟疯狂的情书/我撩拨壁炉中的火焰来记忆/流逝的琴音不断地说/亲爱的，我在这个冬季想你"（海燕《走进冬季》）。诗歌中既有主体温情脉脉的思念，也有顾影自怜的感伤，但更多的是栖居在灵魂深处的孤独。

网络诗歌对爱情的渴求往往通过身体欲望来摹写。在网络诗歌里，"身体"的频频出场使"欲言又止"的爱情不再是一个"神秘领域"。在网络诗歌这里，"身体"的狂欢折射的是本能欲望的长期压抑和诗人孤独空虚的心灵。"身体在现代社会当中，空前地遭遇到时间和空间的分裂，遭遇到欲望的冲击和现实社会权力的压抑，感受到边缘化情绪性体验。"[①] 在一定意义上说，"身体"的发现在很大程度上是对人类精神异化的本能反叛，而对身体的不断摹写也是诗人排遣孤独空虚的一种表达方式。网络的虚拟性，让很多诗人把它当成了展示私人空间与私人秘密的工具，在私语

---

① 王岳川：《二十世纪西方哲性诗学》，北京大学出版社1999年版，第556页。

化的空间里，以对身体欲望的描写释放了欲望，驱逐着内心的孤独。"肉体取代灵魂，灵魂在肉体中沉睡，已然成为今日艺术所关注的救赎与解放的问题。"① 巫女琴丝的《秘密》一诗便是露骨的欲望描写："你用了三个小时／搞整我的头发／比我的男朋友／细心多了／你用电吹风／把你要说的话／暖暖的吹进我的身体／最后你准确的／敲打我头部的穴／仿佛啊／敲打在／我潮湿的阴蒂头上／我躲在宽松的白床单下／不停地战斗／不停地反抗／阴部也流出泪水／她们对我说／一定要守口如瓶／一旦漏了嘴／我就会变成最坏的女人。"欲望在"身体"的感觉里狂欢，强化了女性的性欲体验，也传达了一个女人的孤独。主张诗歌写作就是"个人表达"的梅依然，她的诗歌《舞》表达的也是一个女人心灵的空虚寂寞："我扭动脖子／小鸟一样细嫩的脖子／我挥动手／像风吹落叶子／我摇摆臀部／一只霉变发热的子宫／我抬高腿／亮出藤条一样发绿的两根石柱子／我微笑，打开两扇锈蚀的窗户／放出两只扑棱棱的鸟儿／哈，亲爱的人／我脱落的黑头发缠绕在林妖红色的烟囱上／飘啊，荡啊／这样的舞蹈很适合我跳／跳着，跳着／夏天就来到。"网络诗歌中肉体狂欢展示的是"身体"在情感缺席后的空虚，身体在放荡欲望的同时，灵魂深处却有着刻骨铭心的孤独空虚。

  相对于传统写作，网络诗歌更加注重与身体直接相关的欲望化叙事，这种感性欲望表达的艺术本质，一方面是对艺术原初动力的回归，表现了人类的全部感性生活。因为在人类文明的长期发展中，不断地对身体的感性欲望进行理性控制，网络提供了一个恰当的时间和合适的形式，使长期受理论钳制的身体欲望洪流终于一泄而发了。因此，网络诗歌的身体描写和欲望表达，是通过有血有肉的直接感官，反叛被现代文明机器化和模式化的身体感性，找到表达个性化感觉的途径。另一方面，网络诗歌对肉体欲望的赤裸表达是源于他们内心的孤独空虚，是他们期望通过公共空间来表达私密诉求。这些隐蔽在网络上的诗歌写手大多是一些年轻的草根群体，他们有着太多的孤独和压力，而对爱情的追求是为了在寂寞而孤独的心灵中寻找一片诗意的栖居之地，但这些孤独的弱势人群却很难找到他们期望的完美爱情。当他们把身体和欲望毫无羞态地袒露在众目睽睽之下时，就变成了一种孤独者的欲望狂欢。这些"未曾进入电子传播媒介的现

---

① 王岳川：《二十世纪西方哲性诗学》，北京大学出版社1999年版，第556页。

第五章 网络诗歌的主题模式

实就会被判定为不存在——这些现实将是匿名的、没有确定身份的、无声的,它们没有希望在世界性的对话之中得到一席之地"[①]。

第二,人与人之间爱的缺失。在现实的情境中,随着消费主义和市场经济的兴起,商业化、世俗化、物质化等多声部话语共时聒噪成为时代最突出的声音,这种社会环境在导致人文精神失落的同时,人与人之间的信任、尊重在流失,朋友与亲人之间的友情、亲情似乎也在变淡漠。在众声喧哗的繁华世界中,人与人之间少了信任,多了猜疑;少了亲情,多了冷漠,从而使原本单纯的人际关系变得复杂,人与人的交往变得困难,在心灵与心灵之间隔了越来越厚的墙壁。心灵犹如孤岛,情感如同荒漠,彼此互不信任,由此导致的孤独寂寞是网络诗歌所极力揭示的现代人的精神现状。

巫昂有一首《儿童牙刷》,这首诗歌通过牙刷这样一个日常生活中司空见惯的事物,表达了在现代社会中,人与人之间的情感已经非常淡漠和匮乏。"她递给我两只儿童牙刷/我不敢相信这是送给我的礼物/这个镇子里,还没谁送给我过礼物/也许有,我忘记了/我忘记了这三年来/每一次物物相授或口口相传/我以为镇上的人/普遍缺乏感情/我最亲爱的/我希望有人给我写封信/开头是:我最亲爱的/哪怕后边是一片空白/那也是我最亲爱的"。在每个人生活的周围都很少得到温情,反而被冷漠的人际关系逼到了尴尬的孤独状态。"我们说深一点,皱纹/就深了;我们说硬一点/心肠就硬了/我们说再见/这座城市就/只剩下我一个人了/骨头缺钙,水分流失/身体里的沙子哗哗地响/缺少了葱茏的背景/一个春天也走不回去的记忆/一场大雨也解不了的干渴/一个人的城市/我已焚毁的热情,坚持"(王九城《城市沙漠》)。正是人与人之间保持着戒备心理,也缺少真挚的友情,即使是繁华的都市也会成为人内心的沙漠,使人倍感冷漠和孤独。再如晶达的《孤岛》:"我醒来在一座孤岛/四周汹涌的/只有神灵深蓝色的悲伤/没有我的来路/我生长在这座孤岛/与我对话的/只有海风的呐喊/和一只海鸟的孤独/树叶告知我四季的更迭/阳光时而和沐/雨水过后/落雪就是我的礼物/我的内心有一座孤岛/海的另一头没有彼岸/也不需要修筑救赎的船/或者一条出路/在我死去的时候/我将把心播种/等待第二年生长出

[①] 南帆:《双重视域——当代电子文化分析》,江苏人民出版社2001年版,第19页。

很多个我/去陪伴下一个人在某处停驻。"晶达的这首诗传达了个人的孤独存在状态，用孤岛的意象喻示了人与人之间的隔绝、冷漠，每个人都把自己封闭起来，最终使自己陷入孤立无援的境地，孤独感也就无可逃脱了。另外还有巫女琴丝的《孤独》："下了两天两夜的大雨/还在下/还没有停的意思/透过窗户/我们仿佛/生活在水帘洞中/让我想起百年孤独里/那场下了几年的大雨/潮湿的房间/身上长出了青苔/一群群鱼游上了屋顶/在这样的雨天/我们打着雨伞/走在街上/踩着积水/我们不知道要去哪里。"诗歌以下雨天的具象传达出人与人之间的隔绝与孤立，每个人仿佛生活在互不往来的水帘洞中，更似乎象征着整个人类的普遍孤独状态。熊焱的《这人间到处是病人》则写了人与人之间情感的冷漠，从而产生了孤独："多年的邻居跟我素不来往/多年的朋友因为利益跟我反目为敌/多年来我面对他人的落难而幸灾乐祸/面对这人间的不平我只是作壁上观/我每天都路遇乞丐、拾荒者、流浪汉/路遇困境中走投无路的求援者……/这些路边的蚂蚁，烟火中漂浮的微尘/我人模人样，连正眼也不瞧他们/偶尔还流露出浅薄的讨厌和鄙夷/这喧嚣如沸的人群里，我盼着瞧热闹/看好戏。盼着城门失火/却又不要殃及我的池鱼/有时我也会手握暗器/对那些落井的人投掷石块/对那些高高在上的人给以致命一击/哎，这人间走来走去的人呀/都是这样无耻的我，这样虚伪的我/这样自私的我，这样冷漠无情的我/这样行尸走肉地苟且人生和光阴蹉跎。"社会中普遍存在的信任缺失、情感冷漠像病毒一样蔓延到每一个人身上，使现代社会的人变得自私、冷漠、狭隘，从而产生一种彻骨的孤独。

　　情感是维系人与人之间关系的润滑剂，亲人之间、爱人之间、朋友之间，只要有爱，就会有安全感和归属感，就能抵御人生的孤独。当我们的生活中缺少这种爱的时候，也就无法与人进行正常的思想交流和情感沟通，这就注定了要与孤独为伴。网络诗歌为我们展现的是一个情感严重缺失的世界，这种情感的严重匮乏道出了人的存在状态——孤独，也预示着在现代社会个体的生存危机。

第三节　有梦无根的漂泊

　　网络诗人大多是普通平民和大众，即被人称为"草根"诗人，这些诗

第五章　网络诗歌的主题模式

人大部分生活在社会的底层，从事着比较低微的工作，他们徘徊于社会的边缘，是沉默的大多数。但网络技术的到来和普及，让这些人终于用诗歌发出了微弱的声音，其中最为突出的就是他们"无根"和"漂泊"的心酸感受。

漂泊是文学表现的重要主题之一，在很多文学作品中都能找到关于漂泊的影子。漂泊既是身体的漂泊，即身体在故乡之外的四处流浪，同时也是精神上的没有归宿与皈依。因此，漂泊具有身体与心灵两层意义上的内涵。20世纪90年代以来，在中国的商品化经济大潮中，有大批的底层人为了梦想而远离自己的故土，他们或者从农村或者从落后偏远的小城来到繁华热闹的大都市，形成了中国历史上最大的人口迁徙潮流。大量的人口自由地游走在中国各个城市的各个角落，他们面对灯红酒绿的城市生活和车水马龙的宽阔街道，发现自己始终是个局外人。他们不仅无法融入异乡的生活，也难以被异乡所接纳。他们在成年累月的流浪中深刻体会到漂泊的辛酸，而最为痛苦的还是梦想无法实现却又无处安身的精神上的漂泊感。诗人用文字抒发了自己在底层社会中身体与精神的双重漂泊，诉说着自己的生存状况和无家可归的彷徨。

一　无处安放的身体

自20世纪90年代开始，我国加快了城市化进程，大批生活在底层的农民怀着希望和梦想，离开生养他们的土地，来到城市谋求新的生存空间。这种人口的自由流动结束了新中国成立之后人口不能自由迁徙的状态，开始了我国"从身份到契约"的转变过程。"身份，是指生而有之的东西可以成为获得财富和地位的依据；契约，是指依据利益关系和理性原则所订立的必须遵守的协议。用契约取代身份的实质是人的解放，是用法治取代人治，用自由流动取代身份约束，用后天的奋斗取代对先赋资格的崇拜。"[①] 这种从"身份到契约"的转变无疑是社会的巨大进步，许多阶级社会的身份性因素受到不同程度的削弱，而人口的流动也增加了社会的活力。但是当这些被解放了的人走进城市寻找梦想之后，却发现在急剧的社

---

① 朱光磊：《大分化新组合——当代中国社会各阶层分析》，天津人民出版社1994年版，第42页。

会分化中他们离梦想越来越远,迎接他们的是更多的困境和不幸,以及离开家乡之后更加漂泊无依的凄凉。在被城市排斥的同时,也在遭受着别人的歧视和冷漠,让他们真真切切地体会到了在异乡的艰难。

第一,漂泊天涯、居无定所的凄楚。网络上活跃的诗人的职业五花八门,有很多来自社会底层,在不同的城市中从事不同的职业以求生存。来到城市谋生的底层人面临的首要问题是如何在城市中找到自己的立足之地。中国特有的户籍制度在很大程度上限制了个体的迁徙自由,给很多人带来了诸多不便。要想在城市里取得合法地位和被认可的身份,需要有各种证件,如暂住证、身份证等,否则会被驱逐出去。但留在城市,他们要遭受身在异乡异地居无定所的凄惨处境,还要忍受当地人对他们的偏见和歧视,有时甚至是侮辱。

很多底层人来到城市后首先产生的是漂泊不定的流浪感和失业的惶恐,车站、地下室甚至街头是他们来到都市后最为经常的居住场所。"这个城市,我已多次深入/在汉口火车站,它站前的马路上/我的心,一直拧得很紧/我明白这不是夜的缘故,也不是陌生的缘故/在一辆的士旁,我看见后视镜中的/另一个我,它使我失措,恐惧于现状/仿佛一个人的逼近,拽紧了我单薄的衣袖/我伸出右手,想让它停下来/但这怎么可能——我似乎窥视到了/某个事物的隐秘。/这正是我的不幸,它顺着心的抖动,慢慢来临/如同那些站在霓虹灯下的浴足城的小姐们/在这个夜晚/越陷越深。"(张尹《在汉口火车站》)外出寻梦的人首先亲历的是火车站,而在火车站的迷茫、落魄、恐惧等都是他们宿命般的经历。张绍民的《最大的床》:"火车站巨大的广场/春运高潮时挤满了万以上的民工/到了晚上/上万民工睡水泥广场/把广场作为共同的床/床上睡着东西南北几十个省。"居无定所的底层人把火车站当成了床,他们的心酸与艰辛难以言喻。有些底层民工临时睡在车站的广场,而有的人干脆就睡在大街上,过着与流浪者并无二致的生活:"这时候给他的怜悯/能有什么用呢/这样的夜晚/稀少的过路行人/都抱紧了自己 拒绝冷/他睡了 深埋着头 在路边/身旁的蛇皮袋子里/也许是他一个下午到深夜的收获/他能放心地睡一会儿了/在梦里 他会有更多的惊喜/我无奈地经过他身旁/能做到的只能是/将手里的矿泉水瓶/轻轻放进他的蛇皮袋里"(张守刚《深夜里睡在路边的人》)。除了睡在火车站和大街上,还有的人睡在暗无天日的地下室。虽然有一个栖身之所,但潮

第五章 网络诗歌的主题模式

湿肮脏的居住环境显示了这些漂泊在外的人的困顿："先宝在省城打工/他住在一座高楼深深的/地下室里，白天黑夜黑着/一只昏黄的灯泡/只有他回来时才拉亮。"（红杏《在地下室里》）这是一个黑暗的地下世界，这个没有阳光的空间正是当下底层生活空间的暗喻。底层人是不被人们看见的"地下室人"，是没有身份的隐身人，是无家可归的流浪者。在社会底层摸爬滚打和颠沛流离的生活中，在漫长与不倦的寻觅中，他们别无选择地学会了对命运的承担。

诗歌向来是心灵的艺术，也是诗人切身的生存体验的表达。优秀的诗歌是个人的沉思与生存体验的结晶，因此，网络诗歌以诗人独特的生存体验创作出了直逼人内心的诗作。在他们的诗歌中，人们能深刻地感受到这就是他们最原生态的生活。这些诉说自己在城市中无处安身之痛的诗句，既不虚饰造作，也不抽象，而以一种拙重质朴的语言直击读者的心扉，其感人的力量来自现场和精神的双重真实。

第二，漂泊意味着物质上的穷困潦倒。网络诗歌中对漂泊的描写伴随着饥寒交迫和穷困潦倒等生存体验。在众多表达漂泊主题的诗歌中，有的是游子羁旅他乡而产生的漂泊感。网络诗歌写作中，除了有羁旅他乡的漂泊之外，也有着确确实实的穷困潦倒，是一种具体的刻骨铭心的身体感受。

漂泊在外的物质贫困是网络诗人最直接最强烈的体验。这些诗歌如同显微镜一样显现出生活的真实与身体的本真。那些被主流话语遮蔽的细微与渺小的场景却被诗人敏锐地捕捉住，对生存现场做了真实表述。张守刚的《一只矿泉水瓶》捕捉到了一个捡垃圾者的困苦："他心里一阵激动/走街串巷一大半天了/终于看见路边/躺着一只矿泉水瓶/太阳射在上面/有些刺眼/里面竟然还有半瓶水/他打开瓶盖/一股脑喝下去/对扔瓶的人/充满了感激/日头已过中午了/他摇了摇那只空矿泉水瓶/喉结连续动了几下/城市太干净了/连一个捡垃圾的人/也不愿容下。"为了捡垃圾到处走街串巷，别人废弃的半瓶矿泉水及矿泉水瓶让这个拾荒者激动不已，他的贫困由此可见一斑。再有他的《底层的白菜》一诗，通过进城卖菜的妇女遭城管轰赶的场景，把底层人群卑微可怜的生存境遇深刻地表现出来："这条热闹的马路/每天都有那么多菜篮子/摆在路边/眼睛里藏着羞怯的/是刚从乡下来的白菜/她的头巾有些松了/却又顾不上去缠一下/秤杆上爬着/别人的讨价还价/'反正是自己种的，少点就少点'/一棵棵白菜/就水汪汪地走进别人的生活/这几天大检查/那些被追赶得/来不及躲闪的白菜/散落在水泥地上/摔得流出了眼泪/她们想重新回到土里去/这个拥挤的城市/一点缝隙也不给。"在日常生活中，经常会有小贩被城管轰赶追打的事，这样的事情也会时常见诸报端。张守刚的《底层的白菜》便抓住生活中的一个场景，用摔落得流出眼泪的白菜的意象，刻画了这些城市外来者的生存现状和生存真相。

漂泊的生活让这些底层人饱尝了饥寒交迫的悲凉之外，还让他们经受着穷困潦倒的生活磨难。打工者千里迢迢来到都市，渴望通过自己的辛苦劳动获取一点生存的资本，或稍稍改善一下生存处境，却经常遭遇到"勤劳不能致富"的凄惨境况。他们像蚂蚁一样卑微地活在生活的每个角落里，不仅没有多少人关心他们的生存状况和命运遭际，还可能因为寒酸的衣着、卑微的身份和阶层的差别而遭到歧视。大量的底层人漂泊在城市，为生存透支着自己的体力，但他们的生存真相和尊严却遭到城市的屏蔽。

在底层诗歌写作中，漂泊是很多人的亲身经历与切肤之痛，也是恶劣的生存环境。漂泊着的个体生命在沉重的工作压力下焦虑、困苦、挣扎和煎熬，长久地别离故土和亲人导致的落寞与孤寂是他们的心理症候。他们的境遇，是中国在城市化进程中出现的现代文明病症，也折射着底层生产者受歧视、受倾轧的不公平现实。

二 无处安放的心灵

对于那些漂泊在外的游子，身体的漂泊已经让他们倍感煎熬，但如果这些艰辛尚且能够忍受，精神上的漂泊则让他们陷入了更深的迷茫。作为身在异乡的外来人，精神上的漂泊主要源于对故乡的怀念和对亲情的渴望，以及在城市缺少的安全感和归属感。

第一，斩不断的乡情。中国在剧烈的社会变革中，产生了大量的流动人员，这些人游走在城市与自己的故乡之间，对故乡有着刻骨铭心的怀念。但是魂牵梦绕的故乡生活已经被切断，而新的生活又没有起点，对于这些常年在外的人来说，他们也成了精神上的流浪者，对于故乡的怀念只能通过诗歌来不断倾诉。

第五章 网络诗歌的主题模式

熊焱的《一张白纸就是我的故乡》倾诉了诗人对于故乡田园生活与恬静时光的怀念，但这种怀念只能在纸上写下来："想老家的时候，就把一缕炊烟搬到纸上/要有低矮的瓦屋，藤蔓缠绕的篱笆/要有布谷催耕，玉米的芽孢在谷雨中破土/还要有蛙鸣浮动，在月光下叫碎我的孤独/哦，一张白纸就是我的故乡/我在纸上写下的每一颗文字/就是田间的小麦和水稻、地头的野花和杂草/它们开清淡的香，结饱满的果/生长着一卷卷恬静的时光/如果卷一卷纸角，抖一抖纸张/我会看到狗在吠，鸡在叫/牛犊在撒欢，马匹在飞跑/河水淌啊淌，流远了多少人一曲曲的柔肠/在这张白纸上，分散的亲人们团聚了/死去的先人们回来了/连远来的客人，也都成为我的乡亲了/我走在他们的中间，道一声祝福/哼一曲民谣。粒粒汉字都是我温暖的呼吸和心跳。"在远离故乡的心境下，故乡的一草一木、一山一水都变得那么可爱，这是诗人在远离故土之后产生的浓郁的乡情。张守刚的《怀乡病》则在怀念故乡之余多了一份歉疚，对于故乡疏远的歉疚："我的怀乡病/从这场夜雨开始/密集的雨点噼噼啪啪/敲着窗棂的声音/像是从几十公里外的故乡传来/猛翻一下身/感觉屋又漏雨了/那些破旧的瓦屋/多年无人料理/不用为我遮风挡雨/他的委屈，越发重了。"因为长久离乡，担心老屋年久失修，诗人在城市的雨夜患上了"怀乡病"。卢卫平的《写乡土诗的田禾》用日常化的口语写了进城多年的田禾创作了多部乡土诗集，却固执地用自己的方言与人交流："田禾进程二十年了/田禾一直写着乡土诗/写像他的名字一样的乡土诗/田禾写的那块乡土/我去过/只有巴掌大/从他出版第一本乡土诗集/我就担心/他会山穷水尽/直到二十年后/在福建晋江/爱乐假日酒店四一○房/我再次见到田禾/读到他的第五本乡土诗集/我才发现我的担心是多余的/田禾依然只会讲大冶方言/他的鼾声里/只有老牛和青蛙在叫。"田禾用写诗和方言这两样武器捍卫着自己对故乡的认可，同时也成为自己与故乡的纽带。郑小琼的《火焰》则在对故乡的思念中多了些痛苦："柔软的火焰压低了钢铁的枝条/又一次伸出记忆的芽在楼群与水泥地生长/火焰照亮它紧张的敏感（红色与灰色的灵魂/褐色的乡愁遍布针孔样的思念）巨大的寂静/与你相似的器具与火焰　它独特的枝条拂过/轻轻唤醒的欢乐　痛苦　思念……都呈现/透过脆弱的锈质/与一颗颗宁静的心灵相逢/那些突然明亮的记忆　像低垂的枝条/在我的胸口拂晓过　它们低低的叙诉着/过去的土地　村庄　与曾经有过的往事/我

爱着的原野　犁具　天空　庄稼/以及高贵而宁静的夜晚/它们都被抛在远远的地方/剩下乡间的铁与我一同进城/生锈或者衰老　火焰在瞬间/照亮被时光吞噬的部分。"诗歌将故乡与生活的异乡做对比，故乡的色调是暖的，而异乡的色调则是冰冷的，钢铁、楼群、水泥等意象成为异乡的象征，在冷暖色调的对比中更加凸显了在异乡的孤独和对故乡的怀念。故乡既是心灵的依托，也是感情的归宿，但由于常年漂泊在外，故乡只能在诗歌中成为美好的回忆，而精神上他们却成为流浪者。

　　精神上的漂泊有的源自自主的选择，如为了追求更好的生活而离开故乡或者为了梦想而远走，都是自主或自愿的选择。而有的精神漂泊却是被动的，不自主的。如沈天鸿的《水库移民者的故乡》："风从你那儿吹来/穿过我/风有时停息　仿佛不忍/这　我理解/这阵风不是上一阵风/这世界难道还是那世界？/当你消失　我感到/风　还是从你那里吹来/带着波浪、雾霭/带着　沉入水中的月亮。"三峡水库的建设造成了百万平民大迁徙，这些人从祖祖辈辈生活的地方迁移到完全陌生的环境，而且是一去不复返，无论是身体还是精神，都意味着永远的漂泊。从此以后，故乡便永远在心里了。沈天鸿的《水库移民的故乡》没有直接写库区移民对故乡的刻骨铭心的怀念，而是用淡雅的笔调轻轻带出了迁移者的精神世界，从而使诗歌有一种隽永的味道。在主流话语中，三峡库区移民的表现是乐观积极以及对新生活充满了向往和信心，但他们背井离乡的痛苦、与亲人被迫分离的无奈几乎被遮蔽。网络诗歌利用新媒介突破传统纸媒的限制，在夹缝中发出了更为真实的声音，让我们从中窥视到主流话语试图遮蔽的一丝真相。

　　无论是游走在城市的漂泊者还是被迫背井离乡的迁移者，故乡留给他们的是无尽的思念与伤痛，在故乡与漂泊之地的游走之间，他们慢慢变成了精神的流浪者，唯有不断地用诗歌倾诉着对故乡的眷恋以抚慰寂寞孤独的灵魂。

　　第二，亲情——不可触及的爱。中国文化中有很强的"根意识"和"家园情结"，对于长期漂泊在外的底层诗人来说，他们远离故乡，甚至割断了与家乡、亲人、故土的联系，在失去了多年以来生存根基的同时，亲情的缺失也是他们漂泊异乡的辛酸体验。

　　因长年漂泊在异地他乡，传统的"男耕女织"式的温馨家园生活已不复存在，代之以和爱人的分居、亲人的分离等状态。由于他们和父母、孩

第五章 网络诗歌的主题模式

子、爱人长期分离，缺少了正常的家庭生活，这使他们对于亲情和幸福的渴望与怀念异常强烈。同时，长期亲情的缺失也在一定程度上压抑着他们的人性和本能。因此，这些远离快乐和幸福的"漂一族"和为生存奔波的底层人，在饱尝孤独的同时，也承受着情欲压抑的焦灼和无奈。

郑小琼的《霜迹》比较含蓄地传达了深藏在体内被长久压抑的欲望："身体像罂粟花盛开弯垂的星/抱缩成一团银河 起航的锚链/夹着血管里淤泥 日子像火花/瞬间明亮又骤然熄灭 在肉体上/留下清凉的吻 燃烧的字迹间/古老的真理与思想像烟呛着我们/执拗而清澈的道德投下阴影/不朽的爱与情欲 存放在身体里/它们像霜迹 染白了长夜/雏鸟正啄破坚硬的壳 欲望的眼神/有罂粟般的迷乱而芬芳……"诗歌用罂粟花、银河、火花、吻、霜迹等含蓄的意象象征着蓬勃的欲念，从而揭开了离家漂泊在外的人内心隐秘的伤口。郑小琼长期生活在底层，用敏感的内心感受着他们长久和家人分离状态下的辛酸与无奈，诗歌用含蓄的表达方式传达了深沉的悲悯情怀。许强的《1992年深圳沙井镇万丰村：小两口》写到了分居三年的夫妻终于在打工的出租屋内有了短暂的团聚："和我一样住在万丰村的出租屋，这张黑白照片上的/小两口，那些亲昵的小动作像阳春的/桃花/一朵朵温暖地在空气中，荡漾着/'感同身受……'/这巨大的共鸣在嗡嗡作响全身发麻/漂泊的蛇皮口袋，漂泊的鞋/两平方的蚊帐中装满全世界的爱/婚后分居三年，好不容易在出租屋拥有一席之地/一个简陋的床位把两团火焰紧紧地焊接在了一起。"长久在外打工的有灵有肉的底层人，在劳累艰辛的生活中长久压抑着炽热的欲望，诗人用"焊接"一词形象地传达了长期分离的夫妻在难得的团圆时刻的炽热情欲。

因漂泊的生活使人的正常情感欲求受到压抑，原本普通平常的幸福和情感因漂泊在外都变成了奢望。传统社会中延续了几千年的"男耕女织"的家园生活在急剧的社会转型中遭到了瓦解，乡村那些固定的生活方式、固定的价值观念也都烟消云散了。他们为了寻求更好的生活，在中国现代化进程和商品经济的大潮中走上了漫漫寻梦路。作为漂泊在外的底层人，他们辛酸无奈的生存被人忽视，被压抑和潜隐的欲望及精神状态也鲜有人问津。网络诗歌通过网络这一便利快捷的媒体，展现了他们在漂泊生活中的异质化生存状态，也不同程度地折射出了中国社会中贫富差距大、社会保障缺失等问题。

底层打工人群在漂泊的路途中除了正常的生理欲求被压抑、被遮蔽之外，他们的人伦亲情缺失和对父母妻儿的缱绻也是一种难以言说的内心伤痛。天伦之乐是大多数中国人所希望享受的最普通的人间亲情，但因为常年在外漂泊讨生活，和亲人厮守在一起成了可望而不可即的梦想。于是，留守在家乡的父母妻儿、熟悉的屋舍庭院，都是他们漂泊在外最坚实最稳固的情感慰藉所和心灵归宿，但因为他们在外有梦无根的漂泊，也给家庭亲情留下无法愈合的伤口。

谢湘南的《我擦着睡眼……》一诗写自己在外漂泊，却错失了和母亲见面的最后机会："我擦着睡眼，去接电话/是父亲打来的/他说母亲的身体/快垮完了，已经是/说走就走的人。/'你赶紧寄张与女朋友的合影来/也算了却/她的心愿'/伴着父亲钉钉子一样话语/一声清晰的鸡啼/也从电话那头/传进我耳里/电话挂上/我注视窗外/乳灰的城市/薄雾在散去。"诗歌用一种冷静的语调陈述了一个游子在外不能和母亲见最后一面的悲剧，而父亲对儿子没有任何要求和责备，只让他邮寄一张和女朋友的照片给母亲看一眼，诗歌在冷静的陈述中凝聚着一种难以言喻的痛苦。"雪的飘落从母亲的睫毛开始/这个冬天/雪已覆盖母亲的双鬓/覆盖了她早已生锈的耳朵/以至于母亲不能发觉/最寒冷的深夜我翻越篱笆/从后门走进朴实而温暖的家/今年的雪最易伤人/比如母亲头顶的那一场雪/一些如丝往事从此被遗忘/某种生命的纯白开始繁衍/在这最后的季节里/除却回想与围炉谈天/功名利禄是多么空洞的追求/母亲的雪/最终融进思想的骨髓/化成一种流动的精神/从飘满烟云的眸空降落/那是一场绿色的春雨"（唐新勇《母亲的雪》）。母亲在孩子远离身边期间孤独地老去，而不能像过去那样尽享天伦之乐，诗人用雪的意象来喻示母亲的苍老，读后令人动容心酸。作为一个打工者，张绍民的诗歌大多以底层人的眼光打量着这个世界。他的《亲人之间的远》便叙说了打工在外的底层人对父母和孩子的歉疚以及无奈："世界上最遥远的距离居然成为/今天亲人之间的距离/打工父母一脚踢开村庄/踢得距离好痛/留守孩子留下父母的心留下泪水长大/打工游子带着城市奔跑在饭碗漩涡里/年迈父母放在故乡一放几年/儿女与父母不见面的距离用千里计算/也用远方来称呼/父母居然在活着时成为儿女的远方/儿女居然成为父母的遥远/一家人之间的距离可能等于火车/也可能等于两座城市/还可能等于日月/过年能缩短亲人之间的远/但岁月的力气太

第五章 网络诗歌的主题模式

小/拉不近亲人之间的近/钞票把人孤立/穷人的家常常一盘散沙/每一粒沙子都硬了泪"。张绍民的《亲人在一起的时间如此少》同样反映了现代社会中亲情交流的缺失："童年塞进幼儿园/周末见一见/老人空巢/青春早出晚归/让孤独和电视陪伴夕阳红/电视里人山人海/电视里宇宙万象/热情陪伴晚年/就算过年/打工在异乡/打工把团圆饭带到了远方。"

在这些诗歌中，诗人的背井离乡让他们深切体验到了和父母妻儿等亲人的分离而带来的刻骨的创痛。作为流浪在异乡的游子，内心深处总有对亲情和爱的渴求，但当他们看到自己的漂泊不仅使亲情变得支离破碎，还给家里，尤其是幼小的孩子在心灵上留下难以磨灭的创伤，这才是他们内心最难以言说的隐痛。因为长期和父母分离，得不到正常的家庭温暖和父母亲情，很多所谓的"留守儿童"在心理上留下了阴影和创伤，他们孤独、恐惧、敏感、脆弱。亲情的缺失给这些留守儿童造成了难以弥合的心灵创伤，也给整个社会带来了隐患。"村庄把所有年轻父母/都扔到千里之外/变成工厂/变成流汗的机器/留下孩子/长成孤独模样/不少童年/自己陪自己聊天/自己陪自己睡觉，做梦/一个孩子要把自己变成两个人/成长才有伙伴才有亲情/一个人哭一个人笑/要把一句话变成一千里长/才能在电话里摸到父母耳朵"（张绍民《自己陪自己成长》）。"父母打工扔下孩子/成长只好投靠电脑/孩子溜进网络怀里/网络里的怪兽，机器人，仙女侠客/都成了他们的密友/与童年打成一片/怪兽比父母靠孩子的心灵靠得更近/怪兽在成长心里随时横冲直撞/机器人力大无比/给予孩子的力量/远比父母给孩子的力量多且大/仙女侠客在孩子身上满脑子飞翔/父母的爱像最美的花/绽开在远方/可惜孩子闻不到香气"（张绍民《远和近》）。"他还只有一岁/不会流利说话/勉强能叫妈妈/但妈妈却以告别的方式/隔断了他的语言/妈妈去打工/孩子才断奶/呼喊妈妈/孩子的妈妈/成了呼喊的空/空空的妈妈/陪着他的一岁继续成长"（张绍民《还不会说话的留守孩子》）。留守儿童孤独地留在乡村，少有依靠，父母的缺席在他们的心理上造成了亲情和家庭教育的双重缺失，给他们的成长和心灵带来了永远无法弥补的伤痛。对于他们漂泊在外的父母来说，体会到的不仅是打工的沧桑，还有失去亲情的痛楚和对家人永远的愧疚。

这些厌身异乡的漂泊者，原本是希望靠自己的努力为家人带来更好的生活，但残酷的现实不但粉碎了他们的梦想，还让他们在颠沛流离的生活中丢失了"家"这一情感慰藉的最后港湾。他们是游走在城乡之间的漂泊者，他们的人生轨迹似乎只能是将青春、梦想甚至生命廉价地挥霍在异乡，然后带着无处安身的痛苦和情感缺失的迷乱再也无法回到故乡，漂泊成了这些底层的弱势群体无法摆脱的宿命。

"漂泊"似乎是诗歌传达的永恒主题，它既包含着人类对终极意义的无限追寻，又指向世俗精神的生存关注。由于网络诗歌创作主体的身份是一些亲历社会的边缘人，因此，他们诗歌中的"漂泊"更多地指向后者。他们奋力抗争试图改变生活，结束身体与心灵的漂泊；他们努力在流动的社会结构中建构自己的身份，以改变自己的边缘化处境。虽然这些努力并没有最终改变他们的命运，却留下了他们漂泊的生命体验和精神轨迹。

第六章 网络诗歌的语言形式

无论是传统的纸质诗歌还是网络诗歌，语言都是其最直观的构成要素和表现形式，因此语言的构成及形态对诗歌的影响最为直接和重要。探讨网络诗歌，自然也就无法回避对其语言的关注和考量。总而言之，网络诗歌的语言特点主要表现在这些方面：在文字语言层面，网络诗歌以日常口语为主要表达方式，实现日常生活及物写作；而在技术语言层面，网络符号、数字化语言赋予网络诗歌语言以动态、多维、直接呈现的具象特点；在内在精神上，网络诗歌语言体现出极为突出的狂欢化特征。

第一节 口语：网络诗歌的便捷语言形式

与传统的纸媒诗歌相比，网络诗歌最大的特点是其生产、阅读及传播形式上的新变。单就诗歌的语言层面而言，这种新变既能够影响并反映在诗歌的表层，使网络诗歌具有独特的语言形态和表现风格，同时又由于网络诗歌毕竟仍属于"诗歌"这一文类，因而它又与纸媒诗歌有着内在的关联。因此，在探究网络诗歌的语言形式时，有必要将其放置在中国诗歌语言，尤其是口语渗透诗歌的历史过程中进行对比观照，以期形成对网络诗歌语言特征的整体把握和宏观观照。

一

在文字产生之前，诗歌是以口耳相传的方式存在的，也是以这种方式作为主要传播样态的。以这种形态存在的诗歌，自然是选择口说之语作为语言工具的，因而亲切、朴素、鲜活乃至粗糙、易变是其原生态的基本特征。但是，正是由于其存在形态和传播方式的原始和易变，造成了这类诗歌在流传和保存上的难度。文字的出现不仅改变了人们的交流方式，而且改变了诗歌的存在形态。在语言层面，书面语逐渐地从口语中被提炼出来；而在交流层面，口耳相传则被视觉阅读所取代。就前者而言，书面语在改变了原初诗歌语言粗糙、易变的不足而变得更为凝练雅化与稳定固化的同时，也逐渐地使其远离亲切、朴素和鲜活的优点；而就传播层面言之，诗歌成为少数文人斧斫刀削后凝固在固体媒介上的可视之物，一方面赋予其长期乃至永久的时间性，另一方面则扩大了其流传的广度与深度。可见，文字的出现，对于诗歌语言的改变是一把双刃剑。

在书面的诗歌语言取代原初口头之语的诗歌语言之后，诗歌的锤炼与含蓄成为更易于操作和追求的目标。二言诗、三言诗、六言诗特别是成为中国诗歌形象代言者的五言、七言诗，都以简约深蕴的美学特征呈现在读者面前。诗人在锻造简约深蕴的诗美品格的同时，也出现了过分追求奇崛的倾向。这显然是对明白晓畅、通俗易懂的口语诗自然风格的日渐疏远。为了弥补文人诗的这一缺憾，有人开始致力于口语在诗歌中的渗透和应用。如元朝诗人房灏论诗道："后学为诗务斗奇，诗家奇病最难医。欲知子美高人处，只把寻常话作诗。"（《读杜诗》）明代邱浚在《答友人论诗》中也主张："吐语操词不用奇，风行水上茧抽丝。眼前景物口头语，便是诗家绝妙辞。"到了晚清，以书面语为主的文人诗越来越显示出疲态，正如梁启超在《清代学术概论》中所言："以言夫诗，真可谓衰落已极；吴伟业之靡曼，王士禛之脆薄，号为开国宗匠。乾隆全盛时，所谓袁（枚）、蒋（士铨）、赵（翼）三大家者，臭腐殆不可向迩；诸经师及诸古文家，集中亦多有诗，则极拙劣之砌韵文耳；嘉道间，龚自珍、王昙、舒位，号称新体，则粗犷浅薄；咸同后，竞宗宋诗，只益生硬，更无余味……"[①] 黄遵宪也在《杂感》中对极端追求书面语的现象表示了不满："造字鬼夜哭，所以示悲悯。众生殉文字，蚩蚩一何蠢。"与此同时，他明确提出"我手写我口，古岂能拘牵！即今流俗语，我若登简编"的主张，倡导书面表达应该与口语相一致。随后黄遵宪在《日本国志》中更是把口语与书面语（即"言"与"文"）相分离的现象作为问题正式提出来："泰

[①] 梁启超：《清代学术概论》，《梁启超全集》第十卷，北京出版社1999年版，第3106页。

第六章　网络诗歌的语言形式

西论者，谓五部洲中以中国文字为最古，学中国文字为最难，亦谓语言文字之不相合也。"① 而且，口语与书面文字的分离状况已经成为农工商贾、妇女幼儿接受新知的重要障碍，他认为解决这一问题的"简易之法"就是以"直用方言笔之于书"的策略实现"语言文字相复合"的目标。正是基于此，黄遵宪、梁启超等人不仅积极投身于晚清之际的语言文字变革运动之中，而且在诗界革命中倡导"我手写我口"的口语化写作，身体力行地创作了融入口语的大量诗作，使诗界革命成为现代新诗的语言变革的重要参照和实践先声。②

以胡适、陈独秀为旗手的新文学运动，继承黄遵宪、梁启超以及晚清语言变革运动的资源，同样倡导口语化的诗歌创作。甚至在胡适的意识中，白话文学中的"白话"，主要就是指"口语"。例如，他对"白话"的解释是："一是戏台上说白的'白'，就是说得出，听得懂的话；二是清白的'白'，就是不加粉饰的话；三是明白的'白'，就是明白晓畅的话。"③这三层界定中的前两个方面，都与"口说"直接相关。而这种依靠"口说"与"耳听"的方式产生并存在的语言形式就是"口语"。胡适一再强调"有什么话，说什么话；话怎么说，就怎么说"，而且还以此作为现代新诗在体式上解放和追求的目标："我们做白话诗的大宗旨，在于提倡'诗体的解放'。有什么材料，做什么诗；有什么话，说什么话；把从前一切束缚诗神的自由的枷锁镣铐，笼统推翻：这便是'诗体的解放'。"④ 可以看出，"口语"是胡适建构白话新诗所不可或缺的支柱性语言形态，同时也是其白话文学史观的根底所在。

胡适所开创的白话诗歌传统，在 20 世纪新诗史上得到了不少人的积极响应和实践。胡适之后，陆志韦（《航海归来》）、朱湘（《采莲曲》）、徐志摩（《雪花的快乐》）、戴望舒（《我的记忆》）、艾青（《大堰河——我的保姆》）等众多诗人采纳口语创作了众多优秀的诗篇。应当指出的是，在胡适的早期白话诗歌创作及诗歌观念中，强调了对口语的采用而相对忽视了

---

① 黄遵宪：《日本国志·学术志二》，《黄遵宪全集》（下），中华书局 2005 年版，第 1420 页。
② 胡峰：《诗界革命的语言变革策略》，《首都师范大学学报》（社会科学版）2012 年第 6 期。
③ 胡适：《白话文学史》，《胡适文集》（4），人民文学出版社 1998 年版，第 17 页。
④ 胡适：《答朱经农》，原载《新青年》1918 年第五卷第二号，《胡适文集》（3），人民文学出版社 1998 年版，第 78 页。

对口语的提炼。或者说,胡适并没有意识到诗歌中的口语和生活口语之间并不完全对等的事实。倒是在他之后的一些诗人,开始意识到这一问题的存在并开始纠正这一偏差。如朱湘指出:"新诗的白话绝不是新文的白话,更不是……平常日用的白话。这是因为新诗的多方面的含义绝不是用了日用的白话可以愉快地表现出来的。……我们必得采取日常的白话的长处作主体,并且兼着吸收旧文字的优点,融化进去,然后我们才有发达的希望。"① 正是这种"融化",使得口语从与文言决然对立的关系模式中解脱出来,而获得更为公正、平等的对待,也使得现代新诗的发展特别是在语言层面的发展更为积极和健康。

除此之外,现代新诗对口语的追求过程也经历了一些曲折。首先,胡适过于倚重口语对建构白话新诗的作用和意义,特别是其"作诗如作文"的主张和追求,导致了早期白话新诗明白清澈有余而含蓄蕴藉不足的弊端。诚如梁实秋所批评的那样:"自白话入诗以来,人大半走错了路,只顾白话之为白话,遂忘了诗之为诗,收入了白话,放走了诗魂。"② 当然,后来胡适也对自己最初的诗歌语言观念进行过调整和修正,但这种调整和修正并没有真正引起胡适本人以及受其影响的诗人和读者的重视,而是很快又回归到最初倚赖口语的原点上。其次,20世纪诗歌史上对于口语的过分倚重而陷入误区的还有"文革"这一特殊历史时期的诗作。在外来文化(苏联除外)遭到摒弃和传统文化备受践踏的背景下,诗歌的语言择取自然也难以幸免。于是,口语、口水乃至粗鄙不堪的詈语大行其道,充斥着诗歌这一神圣的文学殿堂。③ 缪斯被驱逐,诗美惨遭践踏。现代新诗与中国社会一起陷入史无前例的黑暗之中。第三次口语对诗歌的冲击发生在20世纪八九十年代,在朦胧诗人正进行着对"文革"诗歌"拨乱反正"的时候,"第三代诗人"的兴起使得被朦胧诗人刚刚收回"魔瓶"的口语又被重新释放出来。当然,这一次口语被再次重用,有着不同于以往的原因和意义。"第三代诗人"大张旗鼓地征用口语的目的在于反对浪漫主义的"古典加民歌"的语言模式和现代主义的朦胧晦涩的语言模式,反对佶屈

---

① 朱湘:《中书集》,上海书店1986年重印本,第334页。
② 梁实秋:《读〈诗底进化的还原论〉》,《时报副刊》1922年5月29日。
③ 胡峰、张玉芹:《六七十年代诗歌语言的口语化特点探析——兼及现代诗歌的口语入诗问题》,《东岳论丛》2010年第4期。

第六章　网络诗歌的语言形式

聱牙、充满脂粉气的贵族语言而代之以朴实、通俗、纯净的日常用语,从而完成他们使诗歌走向民间的构想。①20世纪90年代后,一批更为年轻的新锐诗人如伊沙、阿坚、朵渔、侯马等高张起"后口语"写作的旗帜,更为激进地把口语视为"每个诗人的自身本质,天然的语言状态和感觉"。在他们看来,"真正的口语诗人从来就不是独立的,不可复制的,因为他们是感受着的,他们是在用口语,用完全属于自己的嘴唇说出完全属于自己的感受,他们的诗几乎就是他们的性情和生命状态在纸页上的再现"②。诗人们一方面试图纠正被称为"前口语写作"的韩东、于坚、李亚伟等人诗作中粗糙、平面的弊端;另一方面强化突出了口语写作的独创性、技巧性与深度叙述,把口语化写作推崇到极致。但由于社会转型特别是文学边缘化的尴尬处境,在当代诗歌阅读群体日渐缩减的背景下,再加上"许多的诗歌写作者把诗歌的口语化运动,理解成了毫无意义的大白话。于是,大量平庸、乏味、口水式的诗作折磨着我们。拒绝是必然的"③。诗歌迎来了它的"孤寂"时期。

二

正是在传统的纸媒诗歌逐渐走向边缘的过程中,网络诗歌开始出现并日渐兴盛起来。有意思的是,口语化的追求在一定程度上是使纸媒诗歌逐渐远离读者的原因之一,而这恰恰是网络诗歌获得广泛传播和接受的重要特征。那么,为什么同样是倚重于口语,网络诗歌与纸媒诗歌会有着冰火两重天的遭遇呢?其中原因很多,既有口语自身的特点与诗歌发展历史时期之间的相互契合的关系问题,同时还与诗歌产生、依存、传播以及接受方式等诸多因素所造成的"场域"差异有关。

首先,纸媒诗歌与网络诗歌二者的书写方式不同。文字产生之前的远古时期的诗歌创作是以口耳相传的方式进行的,因为无法真实还原当时的创作情形,在此我们姑且不论。而在文字产生之后,诗歌创作开始有了具体记录的痕迹和证据。鲁迅早就意识到书写工具与文风之间的关系问题,指出:"文字既作,固无愆误之虞矣,而简策繁重,书削为劳,故复当俭

---

① 杜国清:《网路诗学:21世纪汉诗展望》,《东南学术》1998年第3期。
② 沈洪波:《后口语写作在当下的可能性》,《诗探索》1994年第4期。
③ 谢有顺:《1999年中国新诗年鉴·序》,广州出版社2000年版,第93页。

约其文，以省物力，或因旧习，仍作韵言。"[①] 除了其中因袭的成分，还包括诗歌在内的文学语言在很大程度上是受其载体影响的。具体来说，中国最初的文字是甲骨文，后来逐渐演变为金文，这两种文字的载体要么是龟甲兽骨，要么是钟鼎器皿等金属器具，其制作过程绝非一蹴而就，而且材料也极为难得。后来竹简、布帛等书写媒介的出现，在很大程度上改变了这种状况，使书写的贵族化现象有所缓解。但是，书写材料的贵重和修改的难度仍然难以使诗人从诗歌定稿之前的小心与谨慎之中解放出来，而这一特点表现在语言上则是言简而意闳。东汉蔡伦发明造纸术以及北宋毕昇发明了活字印刷术之后，才真正从书写媒介上提升了诗人创作的自由度，至少是大大降低了诗歌创作的成本，对诗歌语言的影响表现为不必过分追求文字的精简和含义的深蕴，因此与简约凝练的文言相对应的口语获得了更多的出场机会。晚清之后，西方传教士把现代化的印刷机器搬运到中国大陆，此后这种新奇高效的印刷设备逐渐为越来越多的中国人所接受并使用，这为诗歌语言的转变提供了物质上的准备和基础。现代诗歌就是在这种新的印刷技术及设备的推动下应运而生的。

但是，诗人的书写工具至少是在诗歌变成铅字之前的书写工具，仍然是毛笔或者以钢笔为主的硬笔，前者与近代之前文人的书写工具区别不大，而后者的便捷性则大大提升。这也与现代诗歌以口语为主、散文化诗体的追求相契合的。电子计算机的出现则给这种情形带来了极大的改变，这种以数字技术为支撑的科技发明，使得书写与修改的便捷性、及时性提升到前所未有的高度，当然这是指在掌握了一定的汉字输入技术之后。而此时的诗人可以随心所欲地书写心中所想，不再考虑书写及修改耗材的成本。口语这种与现实生活最为接近，而且也最便于表现诗人即时情思的语言形式也便得到了广泛采用。与此同时，由于电子计算机采用的是数字化思维模式，即通过键盘上的有限字母和数字的分解组合，或者通过语音输入，在屏幕上直接呈现为汉字，省却了汉字书写时对其形、义的直接感触，因而在通过敲击键盘建构网络诗歌的过程中，中国汉字本身所具有的外形之美与意蕴之深也随之消失殆尽。诚如有学者所指出的那样："网络

---

① 鲁迅：《汉文学史纲要》，《鲁迅全集》第 9 卷，人民文学出版社 2005 年版，第 355 页。

第六章　网络诗歌的语言形式

作品对文字书写的淡化和图像感觉的强化，抽空了艺术审美体验的心智基础。"[1] 这与网络诗歌对口语的倚重不无关系。

其次，纸媒诗歌与网络诗歌的创作过程不同。传统诗歌的创作在很大程度上是经过诗人长久的深思熟虑、推敲锤炼后才落笔于纸上的。当然，这并不是要把瞬间灵感爆发后一蹴而就的创作情况一概抹杀，但灵感突然而至并驱使诗人出口成章以及落笔成诗的即兴情形，也并不是随意为之的。一方面，这种即兴的发生需要以下几个条件：一是需要足够的材料储备和情感积累；二是需要气氛和契机；三是需要诗人在创作本领、技巧方面的积淀。因此，它虽然在外部形态上表现为突发性和率性而为，而实质上却离不开诗人的长期酝酿和积累。这表明，诗人在即兴创作之前的刻苦锤炼，至少也包括对语言的选择和推敲。另一方面，诗人创作的成果（包括即兴创作在内）在"行之于手"即落笔于纸上之际，并不是诗人创作过程的结束，在很多情况下还有一次甚至多次反复修改的阶段和过程。这就使得诗人再次获得对语言进一步锤炼精化的机会。

当然，这一情形也并非一直延续到网络诗歌的产生。其实，在晚清之际，随着西方传教士把先进的印刷技术和设备引介到中国，报纸杂志等新的传媒方式的出现，在很大程度上改变了诗歌的创作方式。梁启超曾经在《饮冰室文集序》中论述了报刊对新文体的影响："吾辈之为文，岂其欲藏之名山，俟诸百世之后也！应于时势，发其胸中所欲言，然时势逝而不留者也，转瞬之间，悉为刍狗。况今日天下大局日接日急，如转巨石于危崖，变异之速，匪翼可喻。今日一年之变，率视前此一世纪犹或过之。故今之为文，只能以被之报章，供一岁数月之遒铎而已；过其时，则以之覆瓿焉可也。"这同样可以用来理解晚清诗歌例如诗界革命中报刊对诗歌语言层面的影响。因为诗界革命的创作中就有不少应时势而发的"急就章"，如黄遵宪的《八月十五夜太平洋舟中望月作歌》《归过日本志感》《到香港》《到广州》等即兴诗作即是如此，而且这种现象在其他诗人的笔下同样普遍存在。为记录稍瞬即逝的感触与心境，并借助报刊的方式发表刊布出来，诗人自然没有更多的闲暇去字斟句酌地锤炼。再加上报刊所面向的读者并不局限于那些受过良好教育的识文解字者，还包括文化程度不高

---

[1] 欧阳友权：《网络文学论纲》，人民文学出版社2003年版，第78页。

网络诗歌散点透视

的普通市民,诗歌创作也要考量他们的阅读与欣赏水平。因此,这也决定了以明白晓畅、通俗易懂见长的口语被诗人推向诗歌语言变革的前沿的必然性。

自晚清之后一直延续了几乎整个 20 世纪的中国诗歌,在创作方式上与此前的诗歌有了很大的不同,这就是它是与现代报刊或现代出版业结合在一起的。这自然为口语的介入提供了良好的契机和平台。但是,即便如此,现代诗歌在对口语的倚重程度上仍与网络诗歌差别很大。因为网络诗歌是作者在登录电子计算机的情况下边思索边操作键盘鼠标而创作出来的。与之前的媒介相比,电子计算机是一种新的媒介,而电子计算机与网络的并联,更使这种全新的传播媒介获得前所未有的新质。早在 1997 年 7 月福建武夷山举行的"现代汉诗研讨会"上,美国加州大学的学者杜国清在其提交的论文《网路诗学:21 世纪汉诗展望》中就提出了颇具远见的论断:"由于开始席卷全球的国际网路(Internet)势将改变人类未来的生活方式和思考方式,因而可能产生出一种新的国际网路诗学(Internet Poetics)"。近年来,网络及网路诗歌的发展已经证明了杜国清的看法。电子计算机和网络技术的飞速发展给诗歌带来的巨大变化已经被人们所关注。至少在发表过程上,网络诗歌大大缩短了创作与接收的周期,如杜国清所说:"在国际网络上,诗一旦完成,马上透过网络传达给世界上千千万万的读者。这是创作和出版同时完成的超时空的写作方式。"[1] 这种创作与发表的几乎同步性是此前的是人所无法想象的。他接着指出:"如果诗真的能够大众化,透过国际网路将是一个崭新的方式。"[2] 而杜国清所言的诗歌的大众化体现在语言层面,则可以理解为:从创作到发表周期的即时性使得诗人至少在遣词造句的环节上,无暇苦思冥想乃至搜肠刮肚地推敲与斟酌,而是随着键盘的敲击声即时成形。口语也自然会成为诗人在语言层面上的便利选择。

最后,在电子计算机特别是网络空间进行创作,还能够给人以虚拟的、自由的空间感受。就诗歌创作而言,这一空间对出入其中的人除了在技术操作层面稍有要求外,几乎毫无资格和艺术素养上的限制。即是说,

---

[1] 杜国清:《网路诗学:21 世纪汉诗展望》,《东南学术》1998 年第 3 期。
[2] 同上。

第六章　网络诗歌的语言形式

网络诗歌的创作空间是对任何一个喜爱诗歌、乐于诗歌写作的网民的最佳驰骋天地。

　　文字产生之前的诗歌创作是以口语的方式进行的，是劳动者在生产活动的过程中即兴创作出来的。正如鲁迅先生所分析的那样："我们的祖先的原始人，原是连话也不会说的，为了共同劳作，必须发表意见，才渐渐地练出复杂的声音来，假如那时大家抬木头，都觉得吃力了，却想不到发表，其中有一个叫道'杭育杭育'，那么这就是创作；大家也要佩服、应用的，这就等于出版；倘若用什么记号留存了下来，这就是文学；他当然就是作家，也是文学家，是'杭育杭育派'。"[①] 文字产生之后的诗歌中，也保留了一些优秀的民间作品，如《诗经》里面的《国风》，南北朝民歌，汉乐府，东晋到齐陈的《子夜歌》和《读曲歌》之类，唐朝的《竹枝词》和《柳枝词》等，原都是民间的大众创作，后经文人的筛选和加工之后，得以留传至今。"到现在，到处还有民谣、山歌、渔歌等，这就是不识字的诗人的作品；也传述着童话和故事，这就是不识字的小说家的作品；他们，就都是不识字的作家。"[②] 即是如此，我们仍不能忽视这样一个事实：自古以来留存至今的诗作中，真正属于普通民众创作的作品数量非常有限；是在这些有限的作品中，能够保持最初语言原生态的作品更是少中又少。这主要是因为：首先，中国的文字尽管产生于民间，即从"上古结绳自治"到象形文字的产生这一过程与普通百姓的劳动息息相关；但后来文字逐渐发展为"旧时寻常百姓燕，飞入王谢厅堂间"，而且在很长一段时期内不复返。文字被垄断起来，成了"特权者的东西，所以它就有了尊严性，并且有了神秘性。……文字既然含着尊严性，那么，知道文字，这人也就连带地尊严起来了。新的尊严者日出不穷，对于旧的尊严者就不利，而且知道文字的人一多，也会损伤神秘性的。……所以，对于文字，他们一定要把持"[③]。除此之外，还有汉字自身的特点："我们中国的文字，对于大众，除了身份，经济这些限制之外，却还要加上一条高门槛：难。单是这条门槛，倘不费他十来年工夫，就不容易跨过。跨过了的，就是士大

[①] 鲁迅：《且介亭杂文·门外文谈》，《鲁迅全集》第6卷，人民文学出版社1981年版，第94页。
[②] 同上。
[③] 同上书，第92页。

夫，而这些士大夫，又竭力地要使文字更加难起来，因为这可以使他特别的尊严，超出别的一切平常的士大夫之上。"① 文字如此，而作为高雅艺术的诗歌更是如此。诗歌和散文作为传统文人掌控的文类，很少能走进寻常百姓家。近代文学转型之后，这一现象只不过是把从前的所谓"俗文学"小说和戏剧引领进文学高尚的楼台里面，也没有把诗歌真正普及化，成为普通大众皆能创作的文类。当然，在20世纪50年代中后期兴起的"新民歌"运动曾经改变了这一局面，但这绝非真正意义上的"诗歌狂欢节"，而是在政治力量驱使下出现的、严重背离文学创作规律的"大跃进"。由此产生的优秀诗作不仅在数量上极为稀少，而且在"文革"时期出现了与诗美品格严重冲突的作品：一面是标语式的神化赞歌，一面是詈词充斥的贬抑"判词"。朦胧诗尽管因意象的陌生化和表意的朦胧性而遭人诟病，但其毕竟又将诗歌拉回到其应属的文学轨道。

如果说20世纪90年代及此前的大学属于精英教育，有限的招生数量严重限制了高等教育的普及，那么从1999年开始的大学扩招则使越来越多的人能够走进大学校园，中国的高等教育越来越趋向于大众化，而这一背景为越来越多的文学爱好者得以亲近诗歌乃至创作诗歌提供了契机。与此相关的是，市场经济的深化使文学从神坛走向边缘，而诗歌的边缘化也正是从曾经的主流地位向民间本位的回归。而这次回归与还原，固然也掀起了再一次"全民"参与诗歌创作的热潮，但由于缺少了政治等外在力量的逼迫，而更多的是创作者自己主动地有意为之，因而其中毕竟有着不少值得品味的诗作。网络这一数字化虚拟空间的开拓，更为诗歌的民间化提供了难得的场域。

网络诗歌不仅突破了传统纸介诗歌发表必须经历的"一稿三审"、出版周期乃至版面费或出版费等多重难关，而且可以通过五花八门的笔名，几乎是即时性地实现创作者"发表"作品的理想。与此同时，随着计算机硬件配置、软件系统及网络技术的不断更新，使计算机及网上操作越来越简便，越来越普及，这种发表的自由性与便利性使许许多多对诗歌有兴趣的人都可操刀完成。而在庞大的网络诗歌创作队伍中，尽管不乏能够熟练

---

① 鲁迅：《且介亭杂文·门外文谈》，《鲁迅全集》第6卷，人民文学出版社1981年版，第92—93页。

第六章　网络诗歌的语言形式

驾驭包括文言在内的书面文字的创作者，而占更大比重的则是熟练掌握日常口语、随时随地书写即时情感的普通诗歌"票友"。美国电脑科学家、作家杰伦·拉尼尔曾说："我喜欢虚拟现实的地方在于它提供人类一个新的，与他人分享内心世界的方式。我并没有兴趣以虚拟世界代替物理世界，或创造一个物理世界的替代品。但是我非常兴奋，我们能够穿越真实与虚拟世界的屏障。人类有无限的想象力，一旦退回到自己的脑子、自己的梦想、自己的白日梦中，就成为完全的自由人，世界上的人就此消失于无形。但是每当我们想将梦幻世界中的事情与他人分享时，就发现自己如何受困于现实与幻想之间，如何不自由。我期待虚拟现实提供一个让我们走出这困境的工具，提供一个和真实世界一样的客观环境，但是又有梦幻世界般的流动感。"[1] 这种从网络的虚幻世界中寻求精神自由的动机，是绝大多数网络诗歌写手的共同特点。相对于大多数当代人而言，最能够自由地表达自己梦幻般的精神世界的语言形态，则莫过于口语。

三

与书面语相比，口语与现实生活的联系更为密切，具有鲜活易变、晓畅易懂、信息保真等优势。它在很大程度上改变了以书面语为主的诗歌的外在面貌、内部结构和传情达意的功能。[2] 而这种诗歌与网络这种大众化、便捷性的传播载体相结合，使得网络诗歌语言出现了前所未有的形态及功能。

首先，网络诗歌的口语化使创作者的抒情达意更为及物，即网络诗歌不再像传统纸质诗歌那样侧重于追求精神的高蹈和理想化的务虚，而是更加贴近当下，关注现实，乃至关注日常生活中普普通通的人和事，从而也改变了诗歌"为社会代言"的"高尚"功能。这也是网络诗歌回归民间的表现之一。如一首题为《中国人的智慧》的网络诗歌：

有一种/叫牛肉膏的添加剂/可以让猪肉/变牛肉//一瓶/一斤装的/牛肉膏/可以让50斤猪肉/全变成/牛肉//这种膏/不仅有牛肉味的/

---

[1] 金振邦：《网络新观念》，《软件世界》1999年第6期。
[2] 胡峰：《诗界革命的语言变革策略》，《首都师范大学学报》（社会科学版）2012年第6期。

网络诗歌散点透视

还有/鸭肉味的/鸡肉味的/羊肉味的//含有/各种氨基酸/I+G/味精/水解蛋白等/营养丰富

这首诗是从 2011 年 4 月网络上持续关注的有关牛肉添加剂的新闻报道中截取部分关键性词语,重新加以排列组合而成的。从这个角度而言,这首诗的立意和表达并没有特别之处,但是,它诞生于即时的新闻事件,至少体现出一种创作者的现实敏感性和情感的当下性。诗作除了最后一节引用了原新闻事件中的部分专业性词语外,其余部分全用口语写就。这自然拉近了诗歌表达的内容、读者和创作者之间的距离,使读者在阅读的过程中容易获取事实真相,对现实生活中的食品添加剂产生警惕情绪。当然,我们可以批评该诗视野不够开阔、表达不够含蓄以及意境不够深远,但绝不能忽视其对于与每一位读者息息相关的现实生活的关注意识和所指的确定性。这就是网络诗歌中口语写作的及物性。它摒弃了诗歌惯用的心灵秘语式的主题,也不再使用朦胧多义、含混蕴藉的诗歌技艺,而是直接截取活生生的现实口语,直指生活中的特定现象。有人认为:"在历史终结和全球化时代翩然到来的时日里,中国文学关于民族国家现代化的审美想象,完全耗尽了它最后的理想精神与浪漫情怀,在现代化实践越来越多地以商品物质形式进入寻常人家后,日常经验和物质诉求就直接成为文学关于现代性想象的唯一表达方式和剩余兴趣。"[①] 这种转变很难用优劣好坏的价值标准进行简单评判,但至少可以视为对传统意义上的诗歌语言、表达技巧、表现功能等要素的有力补充。类似的还有韩东的《喷嚏生活》:

嘴张开/吸一口大气/等待着那股动力/但是没有//嘴张开/再吸一口大气/等待着那股动力/说着就来了//啊嚏//有时候是//啊嚏/啊嚏/啊嚏//或者//啊嚏啊嚏啊嚏//但不是/三股动力/而是一股

其次,网络诗歌对口语的追求和倚重,除了实现诗歌的及物功能之外,还更便于凸显诗歌创作者的主体意识和地位。不少网络诗人就是把口

---

① 段新权:《网络诗歌论》,《乐山师范学院学报》2005 年第 2 期。

第六章　网络诗歌的语言形式

语作为反抗所谓霸权话语和意识形态的工具,并进而标示自己主体存在的重要途径和形式的。如著名网络诗人沈浩波曾说:"语言(当然是口语),作为一个民族区别于另一个民族的主要标志,在这样一个一切都将被全球化,被控制,被垄断,被复制的时代,只有在日常行为和文学写作中才能得以保持它的生命力和尊严。用口语写作,意味着我们使用的是与我们的生活契合,与我们的身体姿态相符的语言。只有口语,才能使诗歌保持与我们的生命形态相一致的触觉、嗅觉、声音、味道;只有口语,才能使诗歌与身体保持和谐的共生的关系;只有口语,才能使源自身体的个人气质与性情也同样成为诗歌的气质与性情,你才敢说,你写的是具备个人品质的独立的诗歌;你才敢说,你是一个诗人,你是这个世界的核心。而与此相反,所谓的书面语则一直是用作统治、改造和阶级斗争工具的语言,在当下的诗歌写作中,更是成为强势的西方文化的新殖民工具,那些学院和书斋里的'诗人'们,正是在用这种毫无人性和世俗情感的语言精心营造着毫无个人气质可言的所谓'典范诗歌'。"[①] 且不管口语能否承受如此之重,把口语与诗人的身体、生命形态乃至气质与性情、独立品质勾连在一起,可见口语在网络诗人的意识中的地位之重要。如北回归线网站中狼孩的《生命(外三首)》中的一首:

发太装饰了/皮太轻薄了/肉太柔软了/血太随意了/骨太脆弱了/命太易碎了/只好装在钢筋水泥里/密封在钢铁的笼子里/用见不到日月的恒温保鲜/想拉到哪里就拉到哪儿/想放在火星就放在火星/你的命运不在你手里/也不在上帝的手里/每个同样的托运箱都贴着/易碎产品/小心轻放[②]

诗人用明白的口语,把生命的脆弱和命运的不可把握的真实情况明确点出,而且比喻成托运箱里的"易碎产品",的确是从日常生活的场景中所引发的一种具有个人性,同时也具有一定哲理意味的生命体验和总结。

[①] 沈浩波:《从嘲笑开始,到无聊结束——网络诗歌存在状况的9个局部》,http://bbs.jlu.edu.cn/cgi-bin/bbsanc? path=/groups/GROUP_7/Poem/DBAADD75B/D449C6335/M.1026969210.A。

[②] 狼孩:《生命(外三首)》,http://www.bhgx.net/bbs/viewthread.php? tid=13004。

网络诗歌散点透视

最后，网络诗人除了看重口语对文言所勾连的意识形态的对抗性之外，还借助口语来展示自己真实的感触与情思。如前所述，网络为诗歌创作者提供了一个人人都能参与其中，而且与客观的现实世界不同的虚拟世界。在这个带有"梦幻"色彩的空间内，创作者可以自由地驰骋自己的情思，不必过多考虑诸如审稿制度、流通环节、诗歌技巧、道德戒律乃至读者接受等内外因素的影响和制约，只需面对自我、面向内心世界。著名网络诗人蓝蝴蝶紫丁香曾经指出：中国诗歌在网络获得了空前的自由，任何人在网络都可以如鱼得水地进行诗歌交流，自由和非个人化、多元化真正成为一种事实。中国网络诗歌无限扩展的选择空间，已经足以导致诗歌的诗学价值的重新定位。我们不要再过多地纠缠于传统传媒和电子传媒的作用谁更大，重要的是关注现代诗歌心灵的指向和人们追求平等自由的思想。诗人们再也不必担心有人强迫自己这样写作或者那样写作，除非你自身存在很强的奴性意识。居住在全世界各个国家的华语诗人，都可以集聚在网络的天地里，为诗歌为人类的自由精神呐喊！在这里，没有了高低贵贱之分；在这里，没有了年龄大小、资历深浅；在这里，没有了主宰诗坛权力的中心；在这里，不同职业、不同背景的人走在了一起，大家凭着实力可以平等地进行交流、碰撞；在这里，过往的莫名其妙的压抑，仿佛在一瞬间扫荡一空。中国的诗歌，从网络里找到了出口。[①]

如果说中国诗歌对自由的追求可以通过网络这种虚拟的空间来实现，那么就诗歌语言而言，能够帮助其实现表达自由度最大化的形态则是口语。这一是因为能够熟练操作电子计算机并掌握网络写作技巧的写手中间，年轻人占据了绝大多数。他们与善于操持书面语写作的诗人有着明显的代际性区别。前者所接受的诗歌观念，不再是精英意识和社会责任的承担载体，反而更多地受20世纪90年代以来诗歌回归现实生活，书写平凡乃至琐碎细节的观念影响，语言上更多地追求口语化风格；而且，口语和网络常用术语之间有着更为亲密的关系，在网络常用术语的语境中，更易于使人转向对口语的撷取和采纳。二是从主体意识上看，作为年青一代的网络诗人，有着更为突出的个人意识和独立思考，而不愿意再为某种主义

---

① 蓝蝴蝶紫丁香：《论中国网络诗歌的自由指向》，http://www.tianya.cn/publicforum/Content/poem/1/91883.shtml。

第六章 网络诗歌的语言形式

或主张摇旗呐喊,只是想真正回归自己的内心世界,发出真正属于自己的声音。在能够实现这种个性化的追求的语言工具中,口语因其自然鲜活、形式丰富而远胜于较为正统与严肃的书面语。三是口语对现实的摹写更为及时、真切。如蓝蝴蝶紫丁香的《故事之外》:

> 奇奇晚上睡觉/要听/妈妈讲故事//奇奇妈妈/想了想/就给她接着讲/昨天的/那只小羊/因为离开了羊群/终于/被狼吃掉了//奇奇/眨眨眼睛说/我知道了/如果这只小羊/老实/不离开羊群/它就不会/被老狼吃掉啦//奇奇妈妈/表扬/奇奇真乖/懂得这么多//奇奇却说/那妈妈/这只小羊也一样/没命的/以后就会/被你们/大人吃掉呢

这首诗以妈妈给孩子讲故事的情形作为场景,描摹了一幅生动有趣的生活图像。从妈妈与孩子的对话中可以看到孩子的纯真与智慧。整首诗真实感人、童趣盎然,具有生活原生态的鲜活感和生动性,同时也反衬出成人世界的冷酷与残忍。妈妈与孩子的对话通过生活口语来呈现,使读者所熟悉的生活场景如在眼前。这种艺术效果,远非严肃规整的书面语所能企及的。

如上所述,网络诗歌的口语化追求既有着时代背景下社会、文化因素的驱使,同时也跟计算机以及网络这种新兴传播媒介的出现有着密切的关系。与此同时,也是与诗歌创作者在诗歌观念以及诗歌语言上的自觉追求相勾连的。而口语之于网络诗歌的影响也不容低估,它既可以契合诗人迅捷、真切地摹写现实生活和创作者瞬间的体验与情思,给读者带来描写生活场景的现场感和抒情达意的及物性,同时也是诗人对抗由书面语所构筑的诗歌追求精神高蹈和理想所带来的压力乃至桎梏的工具。但是,网络诗歌对口语的过分倚重也存在着不容回避的缺憾,主要表现在:其一,极力鼓吹以口语的肆虐来冲击所谓庞大的书面语传统,是不是新文学运动初期胡适等白话新诗的倡导者,乃至20世纪80年代的"第三代诗人"的"二元对立"思维模式的延续?换言之,诗歌创作者青睐何种诗歌理念、选择何种语言、采用何种技巧乃至表达怎样的情感与主题似乎都无可厚非,但如果将自己所喜欢或者驾驭熟练的一种作为正统,而将与之相对或者不同于自己的一方设为假想敌加以反对和抗争,则对于诗歌的发展是极为不利的。包括网络诗歌在内的所有文学样式都应该摈弃人们头脑中长期存在的

"非此即彼"的思维方式,汲取各种语言及文体样式的优长,互补共存,互利共赢,丰富诗歌与文学的审美品格及表达功能。其二,即使口语对于网络诗歌有着诸多的合理性与表达上的优势,也绝不应该忽视这样一个事实:写入诗歌的口语并不能够完全等同于日常口语。即是说,不论是纸介诗歌还是网络诗歌,诗歌中的口语毕竟是经过转化了的"诗家语",它已经过滤掉了不易入诗也不宜入诗的成分,经过了加工和提炼。而这一点,在此前乃至今天的网络诗歌中仍被忽略。为众多诗批家所诟病的"口水诗"即是明证。其三,与前两者相关联的就是网络诗歌在表达创作者即时感触与生活顿悟,以及在表达自己身体、气质的独特性之际,可以把"身体美学""生活美学"纳入诗歌表现领域,这不仅是诗人身体当然更是思想觉醒的表征,同时也是诗歌表达功能得以丰富的体现。但是,以未经提炼和净化的口语来助推形而下的"下半身诗歌""垃圾诗"的泛滥,给人以过多的感官上的刺激,则对于口语是不公平的,对于诗歌的繁荣与发展是有害的,而对于读者也是一种视觉上的骚扰。

第二节 技术:体现网络诗歌审美形态的语言

网络诗歌是诗歌与计算机及网络技术相结合所产生的新的文学形式。而后者给诗歌带来的变化,不仅仅体现在对口语的择取和重用等方面,而且有着媒介本身的技术特点对诗歌的渗透和改造。具体来说,一些本属于技术层面的符号、数字化语言、图像、音乐等多媒体手段介入诗歌中,改变了纸介诗歌语言单一的文字形态,丰富了诗歌的语言形态,从而在改变了诗歌的美学品格和表现功能的同时,也改变了读者对诗歌文本的接受方式和审美体验形态。

一

与其他文学类型相比,诗歌与语言的关系最为密切。在诗歌诞生之初的口语如此,而在文字产生之后,诗歌对语言的依赖程度更是有过之而无不及。甚至在一定程度上可以说,语言是诗歌的内在根基和外在表现形式。海德格尔指出:"语言本身就是根本意义上的诗。……语言是诗,不是因为语言是原始诗歌(Urpoesie);不如说,诗歌在语言中发生,因为语

第六章　网络诗歌的语言形式

言保存着诗的原始本质。"① 尤其是在中国，汉语与中国诗歌的审美内蕴与诗体形态有着密切的关联。

首先，汉字是汉语的组成单位，它与拼音文字在造字方式上有着明显的不同。而汉字的造字法与汉语诗歌的审美特点有着内在的勾连。汉字是一种"组合型的表形文字，只有表形的符号系统才能记录汉语，而表音的符号系统只能记录汉语语音：数千年汉语书面语的发展史已经证明了这一点"②。更进一步讲，"单字虽然不是习惯上的诗概念，可是它具有诗性质。它可以统领一首诗歌的全貌"③。有论者对汉字的构造方式进行了具体分析，指出：根据许慎的六书之说，六书的基础是象形，即通过摹写事物的外部形象来造字。这种造字方式是由中国人的思维特点——以形象思维见长所决定的，而且在表情达意时不注重直接抒发而通过形象化的事物来实现。但这只是汉字营构的第一层级。而在此基础上，生发出指事、会意、形声。形声、指事、会意皆为象形字向思考或发声方向的引申、发展，是汉字营构方式的第二层级。转注、假借则是汉字营构的第三层级。汉字这种以象形为本根的三级拓展营构方式，大异于西方的拼音文字。拼音文字的能指与所指之间的关系是武断的，没有原因，也没有可能任意更改。汉字的能指与所指之间的关系是有理的。先求之于象，多有字象与物象的明显对立，即石虎先生所谓"汉字的两象思维特质"④。根据日本汉学家加藤常贤氏的统计，汉字有90％左右的会意字。⑤ 可见，汉字虽然以形象摹写作为最基本的营构方式和表现形态，但它并没有仅仅停留在这一简单层面上，而是在此基础上向思维的深处发展，从而引发出以形象化思维为基础的深层次内蕴，读者需要仔细"品"和"悟"，才能够真正体悟到其中的"意"和"境"。而这种特点与中国诗歌尤其是古典诗歌对字简而义深、深含蕴藉效果追求的思路是相一致的。诗歌创作者和接受者借助书写或阅读文字接触诗歌时，首先就能够获得一种最直接的感官印象，紧接着跟随文

---

① ［德］马丁·海德格尔：《艺术作品的本源》，《海德格尔选集》（上），上海三联书店1996年版，第295页。
② 程观林：《汉语书面语及其特点》，《汉字文化》1990年第2期。
③ 石虎：《论字思维》，《诗探索》1996年第5期。
④ 洪迪：《汉字与诗》，《诗探索》1996年第11期。
⑤ 安子介：《为汉字叫屈》，《镜报》1984年2月，转引自程观林《汉语书面语及其特点》，《汉字文化》1990年第2期。

字先行进入诗歌所营造的意境和氛围中去,并进而品味由文字和诗歌所传达的情思和韵致。

其次,汉语词汇以单音节为主,简单来说,一个汉字一般就是一个词。这种以单音节词为主的词汇构成方式,成为汉语诗歌尤其是古典诗歌逐渐演变为以简约凝练、含蓄深蕴的五言、七言诗为主的诗歌体式的根本。在词语的排列组合上,一个字就是一个词,再加上古代汉语不具有现代汉语一样的语法规范和附加成分,这就为诗歌的遣词造句,特别是追求陌生化的新颖效果提供了极大的便利。这首先表现在对诗歌语言的凝练化追求上,汉语词汇以最少的音节和字数承担了复杂乃至多重的意义内涵,因而诗歌尤其是古典诗歌就成为高度集中、凝练的文学典范。即使它从二言诗、三言诗、四言诗发展到五言诗乃至七言诗,单从表面上看好像是字数在不断地增加,表达好像随之趋于烦琐,但实际上不同体式的诗歌所寄寓和传达的内涵也在急剧扩大。进一步讲,五言、七言诗最终成为中国古典诗歌的标准范式,乃至成为中国诗歌在世界诗坛辉煌地位的典型,本身也是因为其语言的有限性与意义的无限大之间的完美结合。这是拼音文字所难以企及的。除此之外,汉语词汇的单音节性,还为诗歌在表达和意蕴上的翻新提供了极大的便利。中国汉字数量繁多,但实际上在古典诗歌中的使用频率却颇为集中。即是说,古典诗歌在词汇的择取和运用上,存在着反复使用为诗人和读者所熟悉的词语的现象。即使诗人在追求与众不同的"脱俗""奇崛"效果而不断推敲炼字的时候也是如此。但是,有限的词语并没有导致诗歌的千篇一律或简单重复,而是在不同的时代,不同的诗人,乃至同一时代同一诗人的诗作中,都有着不尽相同的表达和情感。以唐代诗人李白为例,在他作品中涉及"月亮"这一读者所熟识的意象的诗歌就有几十首,但几乎每一次描写都有独特的氛围和内涵,因而带给读者的阅读感受也不尽一致。"床前明月光,疑是地上霜。举头望明月,低头思故乡。"(《静夜思》)写的是由洒满床头的月光引发的思乡之情。"峨眉山月半轮秋,影入平羌江水流。夜发清溪向三峡,思君不见下渝州。"(《峨眉山月歌》)描绘的则是秋夜诗人顺流而下,从清溪到三峡的行舟途中,看到月入水影的清寂空灵之景,由月亮而想念离别的友人,进而抒发依依不舍的友情。"长安一片月,万户捣衣声。秋风吹不尽,总是玉关情。何日平胡虏,良人罢远征。"(《子夜吴歌》)同样是写秋月,这首诗写的不

第六章　网络诗歌的语言形式

再是孤寂的异乡月光,也不再是空旷的江面月影,而是在繁华的长安城里,而且还有喧嚣的捣衣声相伴。但即使如此,这一片月,仍能引发征妇的思夫之情。相比而言,该诗的思念之情更为缠绵细密、悠长辽远。仅从上述几个例子就可以见出,李白笔下的"月亮"相似而情思不同,正可谓是"言有尽而意无穷"。而这种由相同意象寄寓不同情感的表达效果,在很大程度上只能靠对意象本身所出现的具体语境的仔细品味和辨别才能够捕捉到。换言之,透过构成诗歌的词汇的字面而深入其所存在的语境,静心品赏,是阅读和理解古典诗歌的有效方式之一。

最后,与汉语词汇的单音节性相关,古典诗歌在声音的追求方面具有先天的优势。诗人可以根据自己想要的结果,或者是约定俗成的韵律节奏、平仄押韵等要求,调配不同的词语来实现,最终锤炼成声效极佳的律诗。早在《诗经》中,就有着对诗歌音乐性的自觉追求,如《周南·关雎》《召南·鹊巢》等诗篇。六朝时期也曾出现过李登的《声类》、吕静的《韵集》、夏侯该的《韵略》等几部韵书,但这些著作并未成为诗人普遍接受的规约,因而诗人在韵语的使用方面仍处于自发状态。随着沈约、谢朓、王融等人对"四声"的发现和推崇,进而促进了诗歌韵律规范的出台,再加上唐代以后科举考试内容上对诗歌声律的推波助澜,使得不遵循这一严格规范的诗作成为"四声八病"式的另类。当然,这种声韵规范好似一把双刃剑:一方面,它能够给诗歌带来规整的节奏感和抑扬顿挫的音乐美,如沈约所说的:"夫五色相宣,八音协畅,由乎玄黄律吕,各适物宜。欲使宫羽相变,低昂互节,若前有浮声,则后须切响。一简之内,音韵尽殊;两句之中,轻重殊异。"(《宋书·谢灵运传论》)而这也正是由汉字的单音节性所决定的,从而成为汉语诗歌美学的一个重要组成部分。而另一方面,它在一定程度上也给诗人的即兴发挥带来约束,至少是限制了诗歌创作者的普泛性,只有那些接受过声律启蒙教育的读书人才能熟练遵循这一律典而不逾规。自近代诗界革命以来,不少诗人开始追求声韵节奏的自由化,现代诗人更是接其赓续并借助现代汉语将声韵解放的传统发扬光大,但韵脚这一传统仍被人们保留下来。有学者曾对现代诗歌做过粗略统计,认为中国现代诗歌中押韵的作品将近一半。[1] 即使是曾经倡导诗体

---

[1] 李怡:《中国现代新诗与古典诗歌传统》(增订版),北京大学出版社2008年版,第141页。

大解放而主张押韵可有可无的胡适、郭沫若等自由体诗的实践者，也并未完全拒绝韵脚在诗作中的出现。当然，相比较而言，现代诗人押韵的方式更为灵活多变。

钱钟书说："诗者，艺之取资于文字者也。文字有声，诗得之为调为律；文字有义，诗得之以傅色揣称者，为象为藻，以写心宣志者，为意为情。及夫调有弦外之遗音，语有言表之余味，则神韵盎然出焉。"① 这不仅体现在古典诗歌中，甚至在一定程度上也能够在现代诗歌中得到表现。文字，尤其是被书写后的文字——包括书面语和口语——几乎成为建构和体现诗歌魅力的最根本材料。而读者所获得的美感，在很大程度上也是通过对文字的阅读和品味才得以体验的。因此可以说，在一定意义上，文字是包括古典和现代在内的纸介诗歌的唯一建构者和诗美的呈现者。

二

不可否认，在中国诗歌发展过程中也出现过语言上的变化。具体来说，就是一些并不符合汉语表意特点及组合规范词汇的语言开始进入诗歌领域，在改变诗歌内部结构与外部形式的同时，也牵动了诗歌表现功能和范围的变化。在诸多引起诗歌语言变化的动因中，外来语汇的介入是其中一支不容忽视的重要力量。

早在东晋时期，佛教文化传入中国之际，外来语汇的出现就已表现出对诗歌语言的巨大改变作用。西晋时玄学之风乍起，加上稍后佛经哲理的推波助澜，到东晋之际玄言风气蔚为大观。钟嵘《诗品》云："永嘉时贵黄老，稍尚虚谈，于时篇什，理过其辞，淡乎寡味。爰及江表，微波尚传。孙绰、许询、桓（温）、庾（亮）诸公诗，皆平典似《道德论》。"稍后，佛教的兴盛成为当时的重要文化现象。汤用彤在《汉魏两晋南北朝佛教史》中说："东晋之世，佛法遂深入中华文化，人民对之，益为热烈"，"夫《般若》理趣，同符《老》《庄》；而名僧风格，酷肖清流，宜佛教玄风，大振于华夏也。"②

表现在诗歌层面，则显现为玄言诗的繁荣。玄言诗并没有呈现出与此

---

① 钱钟书：《谈艺录》（补订本），中华书局1984年版，第42页。
② 汤用彤：《汉魏两晋南北朝佛教史》，上海书店出版社1991年版，第374、153页。

第六章 网络诗歌的语言形式

前的中国诗歌传统中由《诗经》《楚辞》两大源头发展延续下来的流脉相近的面貌,而是旁逸斜出,显露出新的语言及表意形态。有论者指出:"从本质上看,玄言诗是属于谈论至道本体的哲学诗,'直接论道而不借助于象征手段'。它们将理旨的推演置于首要地位,黜落寻常、直观的形象绘写,因其语意晦涩,令人不堪卒读。"[①] 这种以论道说理为主的玄言诗,初步表明诗歌开始从借助汉字本身的形象性进行表情达意的方式中脱离出来。诗歌之所以会出现这种新的面貌,是与佛教文化的传播特别是佛经翻译的日渐渗透与推波助澜密切相关的。在当时,佛经的翻译及接受,使佛教词汇在"侵入"诗歌的同时影响着汉语与诗意表达之间的关系。如支遁的《四月八日赞佛诗》:

> 三春迭云谢,首夏含朱明。祥祥令日泰,朗朗玄夕清。菩萨彩灵和,眇然因化生。四王应期来,矫掌承玉形。飞天鼓弱罗,腾擢散芝英。绿澜颓龙首,缥蕊翳流泠。芙蕖育神葩,倾柯献朝荣。芬津霈四境,甘露凝玉瓶。珍祥盈四八,玄黄曜紫庭。感降非情想,恬怕无所营。玄根泯灵府,神条秀形名。圆光朗东旦,金姿艳春精。含和总八音,吐纳流芳馨。迹随因溜浪,心与太虚冥。六度启穷俗,八解濯世缨。慧泽融无外,空同忘化情。

诗中出现了大量的佛教用语,如"四王""六度""八解""四境""菩萨""化生"等。这些词语的介入,不仅烘托出浓郁的佛教氛围、法会气氛,而且更重要的是把诗歌的表意功能推向了玄思冥想的一端,并且使诗歌的形象化特征以及对意象等形象化的凭借物的依赖性进一步减弱,进而使诗歌的论理哲思功能得以强化。不仅支遁如此,在孙绰、许询等人的诗歌中也呈现出鲜明的佛教文化的影响,特别是对玄学哲思的追求。正如黄侃所云:"若孙、许之诗,但陈要眇,情既离乎比兴,体有近于偈语,徒以风会所趋,仿效日众。"(黄侃:《诗品讲疏》)在佛教文化的影响下,玄言诗成为当时诗坛上的一种独特景观。

佛教文化特别是佛教词汇的介入对中国诗歌的影响,不仅仅体现在诗

---

① 陈允吉:《东晋玄言诗与佛偈》,《复旦学报》(社会科学版)1998年第1期。

歌表达内容及表现功能的拓展上，而且使诗歌体式也发生了很大的变化，即黄侃所说的"体有近于偈语"。具体来说，这种变化至少体现在这几个方面：一是对诗歌声律层面的发现和重视。在佛经翻译的影响下，人们发现了汉字声韵中包含的"四声"，即汉字平、上、去、入四种不同的声调。它的发现，标志着诗歌声律理论的产生，并直接影响了中国诗歌的创作走向。一些诗人开始着意于此，追求诗歌的声韵和谐，讲究诗歌的格律美。紧接着衍生出来的是对诗歌形式美的重视，格律诗的孕育与诞生便由此而引发。二是佛教禅宗"不立文字，见性成佛"的表达方式，也使得中国诗歌更加追求空灵飘逸与言外之意。

可以说，东晋时期佛教词汇的翻译和普及对中国诗歌的影响体现为诗歌体式的定型化发展，而晚清时期外来词汇的介入则主要是促进了诗歌由格律体向自由体的转型。梁启超、夏曾佑、谭嗣同等人在北京试验的"新学诗"尽管因难以索解等原因导致无法为继，但稍后黄遵宪、梁启超等人发起的"诗界革命"并没有全盘否定这最初的尝试，而是将追求的重心转移到了"新意境"层面。为了实现这一目标，"虽间杂一二新名词，亦不为病"[①]。这种新名词的介入在诗歌语言的变革层面表现为两个维度：一是向着口语化的方向发展，二是欧化语言的留存与转化，黄遵宪提出通过"造新字、假借、附会、诔语、还音、两合"等方式接受新名词。而无论哪一种维度，最终产生的后果都是诗歌严密规整的格律规范的松动解体，显露出朝着自由诗体过渡的发展趋势。这两种发展维度，也被早期的白话新诗人继承下来。在胡适的白话文学的理论中，占主要地位的就是他对口语的推崇，但是他却把自己翻译的美国诗人蒂斯代尔的《关不住了》（*Over the Roofs*）视为新诗成立的纪元。如果说胡适在追求诗歌口语化的同时尽量避免外来词汇所导致的欧化现象，那么，在郭沫若的诗歌创作中则对外来词汇的使用毫无顾忌，出现在他诗歌中的不仅有未经翻译的人名、地名，甚至还有许多专有名词之外的外文词汇，如"Energy"（《天狗》）、"Pantheism"（《三个泛神论者》）、"Pioneer" "Mésamé"（《晨安》）等被原封不动地"复制""粘贴"过来，从而形成一

[①] 梁启超：《饮冰室诗话·六十三》，《梁启超全集》第十八卷，北京出版社 1999 年版，第 5327 页。

第六章　网络诗歌的语言形式

种"食洋不化"、非中非西的另类语言风格。这种较为"另类"的诗歌语言尽管受到闻一多的批评，但它对中国现代诗歌的发展所产生的影响却不容低估。一方面，新名词的介入是诗人眼界开阔、思路更新乃至情感与思想与异域文化相契合的表现[①]；另一方面，外文词汇被引入诗歌，也改变了汉语诗歌的音律、节奏规范，并进而导致诗歌体式的进一步散文化。

如果说在郭沫若及后来的其他现代诗人那里，在诗歌中征引外文词汇还是具有实际意义的词语，即汉语语法上的所谓实词，那么20世纪90年代以后，随着计算机及网络技术的日渐成熟与普及，文字之外的许多其他符号开始"侵入"诗歌神圣的殿堂，并成为诗歌的组成部分。这主要表现在以下方面。

首先是非文字符号，主要包括技术符号、网络术语和数字等介入诗歌。例如网友创作的一首诗《等待》：

　　痛苦是等待/等待难以等待的线路/无数1，0在NET的时空穿梭/但我和我中意的WEB/失之交臂/夜色正逐渐褪去/阳光的微笑泛起在东方的笑脸上/我/依然/在等待/苦苦等待/那迟到的WEB/谁给我帮助/让我安然地/为今夜画上一个圆满的句号

在这首诗中，出现了两类非汉语词汇的文字，一是阿拉伯数字"1，0"；二是外文单词NET和WEB。前者并非表示数量，而是计算机的对数值、指令、字符等信息的存放、处理和传输等方式采用的二进制形式。这是计算机设计原理中的专用技术术语；后者分别是网络和网页的英文单词。这些符号的介入，对于诗歌的影响至少表现在这几个方面：首先，"1，0"及NET、WEB的出现，改变了读者在阅读诗歌时注意力和情感的自然流程，他的目光会在此稍作停留，思路暂时在阅读语言的惯性中来一个急刹车，转而思考"1，0"背后的含义，即不含感情色彩的，甚至对少数读者还有些理解难度的技术含义；其次，无论是数字还是英文单词，足以改变诗歌的声音及情感节奏，从而产生与阅读汉语文字完全不一样的断

---

① 胡峰：《牵动思维与表述功能的现代诗歌欧化语言》，《山东师范大学学报》（人文社会科学版）2009年第5期。

句与停顿；最后，从总体上看，"等待"一般所关涉的对象要么是亲人或友人，要么是期盼已久的事件，但这首诗由于非汉语符号的介入，使等待的对象转移到了计算机网络上，这是一种发生在网友身上的独特体验。从这个意义上说，它扩大了诗歌的表现内容与领域，也在一定程度上更新了读者的阅读过程和情感体验。当然，因技术符号的出现而导致读者接受过程和情感体验被迫中断，也会使人产生一种生涩而滞顿的不快之感，进而影响到读者对整首诗的评判态度。这也是夹杂了技术符号的网络诗歌所存在的"硬伤"。

除此之外，还有网友根据中国台湾歌星辛晓琪演唱的歌曲《领悟》改写了一首诗，诗的名字也叫《领悟》：

我以为能上线/但是我没有/我只是怔怔望着楼下的 hub（集线器）/给它我最后的祝福/这何尝不是一种领悟/让我把自己看清楚/上网是奢侈的幸福/所以我始终很在乎

我以为我会读书/可是我没有/当我看到我还在 ping 的窗口/突然像孩子一般无助/这何尝不是一种领悟/让我把自己看清楚/等待是唯一的赌注/可惜依然惨不忍睹

新的一天如此结束/一颗心眼看就要荒芜/我的等待已是错误/今天我又是白白受苦/如此真心真意付出/我怎能满足/啊……多么痛的领悟/这岂是我的生活/只是我回首来时的每一步都走得好痛苦/啊……多么痛的领悟/这岂是我的全部/只愿我挣脱网关枷锁/当机束缚/上个满足/别再为网受苦……

与《等待》相似，这首根据歌词改编而成的诗歌中也出现了几个技术性的词语，如上线、上网、窗口、网关等，而最为醒目的则是 hub 和 ping 这两个英文单词。这两个是专业性非常强的术语。根据百度百科解释，hub 可以翻译为集线器，属于数据通信系统中的基础设备，它和双绞线等传输介质一样，是一种不需任何软件支持或只需很少管理软件管理的硬件设备。它是对网络进行集中管理的重要工具，像树的主干一样，它是各分枝的汇集点。hub 是一个共享设备，其实质是一个中继器，而中继器的主要功能是对接收到的信号进行再生放大，以扩大网络的传输距离。在网络

第六章　网络诗歌的语言形式

中，集线器主要用于共享网络的建设，是解决从服务器直接到桌面的最佳、最经济的方案。① 如果说 hub 是一种专用网络设备的名称，可以简单地理解为信号放大器，那么 ping（Packet Internet Groper，因特网包探索器）则是一种 DOS 命令，一般用于检测网络通与不通，也叫时延，其值越大，速度越慢。ping 发送一个 ICMP（Internet Control Messages Protocol）即因特网信报控制协议；回声请求消息给目的地并报告是否收到所希望的 ICMP echo（ICMP 回声应答）②。相信不少读者在百度百科上查到这两个词的上述解释时，对其含义也未必能够完全了然。因此，hub 和 ping 的出现，在一定程度上导致了读者阅读过程的改变：在初读这首诗时，读者要么暂时搁置对这两个词的理解，而跳过去继续阅读；要么停顿下来取查询其含义，弄明白之后再去从头阅读。而无论出现哪种情况，都会影响到读者的阅读情绪和接收效果。与《等待》相似，诗歌《领悟》同样是描写网友苦苦期盼网络能够顺利链接、网页能够被打开的急切心情，这是此前诗歌所没有涉及的内容，可以视为网络诗歌的创新之处。但问题也在于此，特别是当读者把等待的过程及心情和等待的对象结合在一起，或者是把网友改编后的《领悟》与原来辛晓琪演唱的歌曲《领悟》的内容进行对比时，读者的态度是赞赏，是不屑，还是失望？而这种种不同的态度，在很大程度上是与几个计算机及网络术语的介入密不可分的。这也说明，这类词语介入诗歌之后，如何能够顺利、圆融地转化为审美化的诗语，仍是网络诗人应该认真思考并切实解决的客观问题。

三

与上述网络诗歌中插入几个陌生而生硬的技术名词不同的是，网络诗歌出现了更为新鲜的变化。它不再局限于把对一般读者来说较为生涩难懂的词语直接呈现在读者面前，而是充分利用网络技术的拓展功能，诗歌本文的背后设置了与之相关的补充说明的文本，并通过技术手段和专用特殊符号使二者链接在一起。这样打断读者阅读流程连贯性的不再是几个陌生词汇所造成的阅读障碍，而变成了遍布诗歌文本的多种符号生长点，进而

---

① http://baike.baidu.com/view/38112.html.
② http://baike.baidu.com/view/709.html.

使诗歌在直接呈示的文字背后获得了巨大的延伸和扩展空间。这种诗歌被称为"超文本"诗歌,也有人将之称为"多向诗"。据考,早在20世纪30年代,美国著名科学家范尼瓦·布什就提出了超文本的概念。当时他提出了一种设想叫作 Memex(memory-extender,存储扩充器),预言了一种非线性结构的超文本形态。1965年美国学者尼尔森使用了 hypertext 一词,来指称非连续性著述,即分叉的、允许读者作出选择的、最好在交互屏幕上阅读的文本。这种超文本的诗歌较早地出现在中国台湾诗人的创作中。有人指出多向诗就是"通过超文本的跳接连接,制造非连续性读写系统,读者改变从前单线或循序渐进方式,随意读取,这样一首就可以变成多首诗,并将这种多向文本视为文学叙事的最大革命"[1]。也有人认为,这是现代计算机技术与后现代主义文本理论联姻的产儿,这才是真正的网络文学,代表了网络文学今后发展的方向。[2]

米罗·卡索(即台湾诗人苏绍连)的《泊秦淮》,在点开题目之后,在深蓝色的背景下出现了三个按钮,分别是"水月版""水烟版""地雷版"。点击"水月版"按钮,在背景的正中央出现的是标题"月"及其在水中的倒影,而且倒影还在水面微微浮动,标题之下的文字则是一首分两栏排列的现代诗:

> 月亮挂在酒馆的旗帜里/睁着,闭着,朦胧的月色/我已无力,让舟停泊/在秦淮河的肩膀上/从酒馆里,女子的绮丽的歌声/轻浮的,飘在烟雾中/然后,不醒的夜是不醒的梦/隔着江水是隔着台湾海峡

点击该画面右下角的"回上页"按钮,则又返回到有着三个按钮的主页。这次再点击"水烟版"按钮,标题"月"及其倒影已经消失,下面是与上面完全相同的文字,但画面上出现的不再是静如水面的状态,而是许许多多的文字像水泡一样从水底浮起,然后飘散,从而呈现出一种袅袅水烟升起的景象。返回主页后再点击"地雷版"按键时,则出现了令人惊奇的一幕:画面上方标有《泊秦淮》"原作杜牧"的字样,中间则是有28

---

[1] 陈仲义:《"声、像、动"全方位组合:台湾新兴的超文本网络诗歌》,《江汉大学学报》(人文科学版)2008年第4期。

[2] 《态度:超文本文学叫板传统文学》,http://www.xici.net/d5649548.html。

第六章　网络诗歌的语言形式

个小方块排成的大方块，点击其中的任一方块，则可能出现两种结果：一是炸弹模样的图案，这时其他方块没有出现文字，而且只有点击页面下方的"重来"后才能重新开始；二是有一个或几个文字出现，这些文字是杜牧原作《泊秦淮》中的，而且排列顺序也没有被打乱。这时可以继续点击其他尚未打开的方块，这时会出现其他的文字，直到"炸弹"再次出现。很显然，这借用了电脑游戏"扫雷"的模式，从而把诗歌带进了游戏的世界。读者从中获得的不再是诗歌的阅读感受，而是远离阅读的游戏体验。

如果说上述例子中的前两个版本只是在文字的背景上出现了变化，而第三个版本是将文字游戏化；那么在他的《心在变》一诗中则出现了通过文字排列组合的改变而创造几首不同诗歌的现象。这首诗的标题下面，有这样一段说明：

　　亲爱的读者，目前您看到的是一首诗的整体形式，但是它隐含了六段诗，你若要循序渐进地读到这六段诗，请在诗中找到一个旋转的"心"字，按下鼠标左键，即可读到本首诗的第一段，若要读第二段至第六段，亦依此方式，类推下去。

紧接着的是一段完整的诗：

　　今天我没有心，我上班去不用带着一颗心
　　而我是不能的，很有秩序地在我的身体外围前进
　　我不会笑不会哭，我就活成这个样子
　　因为，我给自己的心放假了，身体变得好轻
　　因为今天我没有心，就是不能经过心
　　今天我活成这个样子，下班的人潮中，我走在街头
　　不用工作的心，站不稳，走不稳
　　眼睛就不会有感情了，不能从心中出来
　　是为自己，就把我看成黑夜。衬衫上的一粒纽扣掉了
　　不用放在身体里面，我会从哪里出来
　　眉毛就不会有感情了，语言，就没有了感情

是为别人，就把我看成白天，风在胸膛上流转
　　就放在窗口，从卷宗和卷宗的缝隙中吗
　　我会和头发一样地理智起来，文字，就没有了表情
　　日夜错乱，风失去了方向，我用手拉拢衬衫
　　让它去，上午看风景，门是倾斜的，墙和墙重叠
　　梳成一个方向，像日光灯坏了无所谓，时钟坏了无所谓
　　把黑夜的黑吹进白天里，才发现凹陷的胸膛，冷冷
　　下午假寐，经理说：出来，从心中出来
　　把风带往同一方向，办公的人还是一样忙碌
　　把白天的白吹进黑夜里，真的，需要填放一颗
　　没有进过我的心
　　没有从心中出来

在这段文字的旁边，有一个旋转着的金色的"心"字，当用鼠标单击它的时候，则会发现：在上面这首诗中，其中的一部分文字变成了加黑的并左右移动着的形态，而其他的文字则变得有些退隐了。正是这些凸显出来的文字，重新组合成了一首新诗。例如，其中一首是这样的：

　　今天我没有心，
　　因为，我给自己的心放假了，
　　不用工作的，
　　不用放在身体里面，
　　就放在窗口，
　　让它去，上午看风景，
　　下午假寐

很显然，这首由原诗中抽出来的少数文字所组成的新诗，不仅在篇幅上大为精简，更重要的是它在内容与情感上也出现了很大的变化。可以说变成了一首与原诗作不同的、具有独立意义的新诗。同时，这首诗中仍然留存着那一个金色的旋转着的"心"字，当鼠标移到上面并单击的时候，第二首新诗又出现了。而且，按照这种方法一直单击下去，会出现一首

第六章　网络诗歌的语言形式

与前面并不相同的新诗。直到单击第 7 次的时候，又出现了第一首完整的诗。换言之，通过单击鼠标，这首完整的诗歌可以被拆解成六首不尽相同的新诗。

与之相似的还有苏绍连的《一棵会走路的树》。在读者进入阅读页面之后，会发现在题目的下方设置了一个按钮，单击后进入新的画面，在画面中出现的除了一棵绿色的树之外，还有一些诗行。更为重要的是，作者在诗行的旁边设置了两个按钮，并标明不同的方向，也就是这棵绿色的树所去的方向，单击不同的按钮则会出现不同的诗句。由此，不同的方向所蕴藏的不同诗句，共同组成了不同的诗歌内容。在这里，诗歌"阅读不再是单线进行，文本自身有多重选择的节点，由读者自己负责建构次序，去完成作品的阅读"[①]。

从上述例子可以看出，超文本诗歌具有不同于传统诗歌的独特之处：首先，叙事与抒情的非连续性。如果说前述因陌生化专业术语的介入给读者阅读带来的是暂时性中断和障碍，那么超文本诗歌则直接从文本的某一个或几个节点上岔开，中断原叙事或抒情的线索，引领或迫使阅读惯性转向，带领读者进入原文本之外的新文本中去，重新进入新的叙事或抒情轨道。有时这种转向在同一节点有多个选择，有时这种节点频繁出现，这就建构起了诗歌多维化的表达路径与空间，从而带来诗歌审美特征的多元性与复杂性。其次，读者的参与性或者说创作者与接受者的互动性被激发出来。读者在阅读超文本诗歌的时候，需要按照文本所设置的说明和按钮进行点击和链接操作，有时需要挪移文字、诗句或图案。这就大大吸引了读者的注意力，使其在动用视觉感官的同时也至少运用了手的动作进行按键操作。而且，从阅读的流程来看，读者需要手动操作的节点也正是诗歌叙事或抒情的空白之处，在一定程度上是可以作为读者想象以及参与创作的空间的。甚至可以说，超文本诗歌的读者同时也或多或少地承担了作者的创作职责，从而改变了传统诗歌的接受者被动接受和阐释的角色。另外，超文本诗歌还具有互文性的特点。按照朱丽娅·克里斯特娃的说法，"互文性一词指的是一个（或多个）信号系统被移至另一系统中。但是由于此

[①] 苏绍连：《重返超文本诗的歧路花园——玩弄超文本：能变化、能探索、能互动、能游戏的诗》，http://www.doc88.com/p-701223975364.html。

术语常常被通俗地理解为对某一篇文本的'考据',故此我们更倾向于取易位(transposition)之意,因为后者的好处在于它明确指出了一个能指体系(système signifiant)向另一能指体系的过渡,出于切题的考虑,这种过渡要求重新组合文本——也就是对行文和外延的定位"①。超文本诗歌正是通过易位的方式,实现了诗句的重新组合并建构起并不相同的多个文本。而且,无论是同一文本内部还是几种不同的文本之间,因其容纳或连接着相互关联的诸多文本并建构起一个开放的、多元的文本体系,从而获得了自身或相互之间的互文性特征。

显然,超文本诗歌已经开始显露出与传统诗歌不同的表现形式上的优势,但这种优势也有值得创作者警惕的一点,这就是不能忽视超文本的介入或延伸是为了服务于诗情诗意的表达,不能因文害义而适得其反。诚如研究者所担忧的那样:"超级文本文学所具有的所谓文本资源的丰富性、文本多义性和阅读开放性,如果仅仅出于网上随机选择、提取或组合,或者字典辞书式的资料堆积,而不是来自独特的精神创造,那它就极可能是苍白无力的文本拼贴,由此也就不大可能产生出伟大的文学了。"② 换言之,形式再多变,表现形态再丰富的超文本诗歌,仍应固守诗歌自身的特点,而不能舍本逐末,丧失掉诗之为诗的内在本质。

四

从超文本诗歌中可以看到,有些诗歌已经开始突破单纯借助文字这一单一的表现形式,而出现了利用数字技术,把文字之外的其他符号或表现形式整合进诗歌的现象,这类诗歌被称为多媒体(multimedia)或"超媒体"诗歌,是超文本诗歌的特殊类型。有人对"多媒体"作过如下界定:"多媒体就是把多种造型媒介利用起来的集文字、声音、图像、图片、动画、录像、数码摄影、影视剪辑于一体的信息处理技术。它还可以将外部图像、声音实时转换为视频和音频,经过计算机处理后,再以多媒体方式输出。"③

当然,单就诗歌与图像的结合而言,无论在中国还是外国诗歌历史

---

① 克里斯特娃:《文学创作的革命》,瑟伊出版社1974年版,第60页。
② 王一川:《网络时代文学:什么是不能少的?》,《大家》2000年第3期。
③ 欧阳友权:《网络文学概论》,北京大学出版社2008年版,第85页。

第六章　网络诗歌的语言形式

上，二者相互融合由来已久。宋代文学家苏轼在《东坡题跋》中评论唐代诗人王维的作品时说："味摩诘之诗，诗中有画；观摩诘之画，画中有诗。"而在国外，图画与诗歌之间的关系同样是一个古老的问题，亚里士多德论述过诗歌与绘画的平行关系，贺拉斯的名言"诗如画"更是点明了二者之间相互交融的关系。在中国现代诗人中，也不乏把诗画结合在一起进行创作的例子，如李金发、闻一多、艾青等。当然，这种"诗中有画"和"诗如画"的关系，更侧重于透过诗歌的文字层面去感悟和想象其中所包含的色彩、造型、画面等空间形象，而并非直接把图像符号引入诗歌并呈现在读者面前。

与"诗中有画"的表现形式不同的是图像诗。所谓图像诗，"首先是形式上的'拟形'表演，多采用排列、大小字体变化、各种符号赋形，连同跨行、嵌入、空白等形式手段，制造视觉效果。视觉效果是图像诗'达标'的基本杠杠，高一档次的，必须具备'文义的格局'，即在表层符号的背后，隐藏着更丰富复杂的'会意'"①。这类以外在形式上的奇特来冲击读者视觉，而且能够实现文义统一的诗歌创作，在中国古代诗歌史上早有先例。如东晋时期著名才女苏惠的《璇玑图》，雏形于隋代而被白居易、杜光庭、张籍等人发扬光大的宝塔诗，相传创作于汉代的《盘中诗》以及造型各异的梅花诗、酒杯诗、琵琶诗等。即使在现代诗歌史上，诗歌体式由格律走向自由之后，仍有不少诗人在积极地尝试这种形式独特的图像诗，如胡适、郭沫若、徐志摩、朱湘等。特别是闻一多诗歌"三美"主张中的"建筑美"，就是强调诗歌外形的匀齐规整；而田间的"鼓点诗"，除了音节上的遒劲短促之外，外形也别具一格；郭小川、贺敬之等也尝试过"楼梯体"诗歌；当代诗人伊蕾、任洪渊等也进行过诗歌体式上的创新。当然，与中国台湾诗人相比，大陆诗人在图像诗的创作数量和质量方面都稍有逊色。但是，随着电脑的普及和操作技术的不断提高，在中国大陆也出现了较有代表性的图像诗创作现象，即以尹才干、黄文科、杨炼等人所进行的积极实践。而其中最具代表性的则是尹才干在新浪博客上推出的主题为"尹才干——中国图像诗"的空间。例如，他的《童年》是这样写的：

---

① 陈仲义：《魔幻·装置·图像·空格——另类诗文本解密》，《名作欣赏》2010年第27期。

村头小溪旁
那所有的枝丫
尽管衣不蔽体
到处捅马蜂窝
母亲不停地催促
忘了把弹弓取下来
弹弓的两个把柄
已长得很大很粗
胶皮早已化成树叶
树丫般的童年
多像弹弓的把柄呀
不断进行新的嫁接
知识广博的蜜蜂
也说不清这是为什么

栽着我的童年
都做成了弹弓
依然肆无忌惮地
一个雾蒙蒙的早晨
我匆匆离开了故乡
多年以后来到村头

诗歌被排列成了醒目的图像，既像一棵分叉的树，又像孩子们用树的枝丫做成的弹弓。无论是树丫还是弹弓，在诗中是被联系在一起甚至是有意重合的，所以也避免了读者通过诗行排列的图案理解诗意时可能产生的分歧。诗歌巧妙地借助读者所熟悉的童年时期的玩具造型，以点带面地打捞起童年的记忆，激活了充满童真的儿时回想。诗歌的形式与内容之间联系紧密，互为补充，可谓珠联璧合、相得益彰。与之相似的还有《走不出逝去的心境》：

香烟缭绕　香烟缭绕
古刹依旧　磬声依旧
冥想中的那条小径
依旧蜿蜒在清寂的禅意里
钟声落响在光秃秃的石板上
轮回在来去匆匆的季节里
弯弯曲曲的几条小径
足够尼姑们走完一生

第六章 网络诗歌的语言形式

但永远也走不出她们逝去的心境

这首诗描述的是默默地生活在深山古刹中的尼姑们孤寂凄静的日常状态。她们整日与青灯古佛相伴,打坐念经,日复一日,生活情景就像这座沉寂稳重的香炉,以及无声地燃烧着生命的香火。但是,在香炉的上方是香火燃着时缥缈的轻烟,虽然轻飘,但其袅袅上升的姿态与凝重的香炉形成一动一静的鲜明对比,而这正是尼姑们在做功之际的闲暇时光对自己曾经逝去的青春、梦想的回忆与品味。尽管缥缈恍惚,很快随风逝去,但毕竟是单调孤独生活中的一丝慰藉。无论是诗意还是诗歌所组成的图案,均能给读者以思考和回味的余地。可以说,这首诗的图案造型与诗歌所表达的情思同样达到了水乳交融、诗画统一的效果。

但是,网络中的图像诗也存在着不容忽视的问题,即受 Word 编辑等电脑排版技术的限制,有些诗歌的图像造型反而不如用笔在纸上涂抹来得更为随意与自由,这时电脑与网络技术反倒成了影响图像诗歌更加丰富与独创的桎梏;而且,在一些图像诗歌中也存在着单调重复乃至"因图害义"的现象。在尹才干的图像诗中,有《酒是那么醉人》《读李清照》《读李白》《读苏轼》《你何时在梦中将我灌醉》《酒之歌》等和"酒"有关的诗歌。尽管从这些诗歌的描写对象中都能找到"酒"这一共同意象,但它们所关涉的主题内容与情感意境是有着很大区别的,至少李清照、李白与苏轼这三位诗人的个性以及文学风格差异明显而且为读者广为接受。但作者在营构这几首诗歌的造型时,无一例外地采用了高脚的玻璃酒杯的造型。这固然能够突出"酒"的含义,但是在"以意赋形"方面却显得变化不足,从而给人以简单重复和遮蔽个性的印象。同时,与"酒"或者"醉"相关的内容情思是否一定要用酒杯(酒坛、酒葫芦)等具象化的造型来表现,进一步说,诗歌主题与诗意的表达还有没有更为含蓄蕴藉的图像造型,从而有效避免诗意的直接外露?这些问题也从另外一个角度说明,网络诗人的即兴创作(这几首诗多是诗人酒后灵感突至时的"急就章")有时会暴露出草率和粗糙的缺憾;而且网络诗人在如何能够利用现有的电脑、网络技术创作出"图文一致"的佳作方面应该用心经营。

五

　　与单纯依靠诗行的排列组合形成各种形状的图像诗不同,网络诗歌中还有不少借助图片、音乐、动画、录像、影视剪辑等信息来表达思想情感的方式。这正是多媒体诗歌区别于传统诗歌的表现形态之一。相对于以文字作为唯一媒介的诗歌而言,这些迥异于传统意义上的文字符号的出现,在一定程度上改变了诗歌的存在和接受方式。

　　其实,滥觞之际的诗歌并不是以单纯的文字出现的。在口头传播之后,出现了诗、乐、舞相统一的形式。只不过后来随着文字的出现和发展,逐渐出现了以文字作为单一表现形式的诗歌。而且,后人越来越看重文字之于诗歌的重要意义。海德格尔认为语言是人诗意地栖息的居所,叶维廉也强调语言文字的不可或缺:"语言文字仿佛是一种指标,一种符号,指向具体、无言独化的真世界。"[①] 但是,这种对于语言文字的倚重而对诗歌造成的影响也引发了一些人的不满。如黑格尔就指出:诗"在否定感性因素方面走得很远,把和具有重量占空间的物质相对立的声音降低成为一种起暗示作用的符号,而不是像建筑那样用建筑材料造成一种象征性的符号。因此,诗就拆散了精神内容和现实客观存在的统一,以致开始违反艺术的本来原则,走到脱离感性事物的领域,而完全迷失在精神领域的这种危险境地。在建筑和诗这两极端之间,雕刻以及绘画和音乐站在一种不偏不倚的中间地位,因为这几门艺术还能把精神内容充分体现于一种自然因素(感性材料)里,而且既可以用感官去接受,也可以用精神去领会"[②]。显而易见,他对于诗歌独立于雕刻、绘画、音乐等艺术形式之外而只依赖于文字的现象是非常警惕的。鉴于此,黑格尔指出了解决问题的途径:

　　　　诗当然也要找出一个弥补缺陷的办法,这就是使客观世界呈现到眼前,达到连绘画(至少是单幅画)也不能达到的广度和多样化。不过诗所表现的永远只是一种内在于意识的现实,如果诗也要凭艺术的

[①] 叶维廉:《语言与真实世界——中西美感基础的生成》,载《比较诗学》,台北东大图书公司1983年版,第108页。

[②] [德]黑格尔:《美学》第三册下卷,商务印书馆1997年版,第16页。

第六章　网络诗歌的语言形式

体现去产生强烈的感性印象，它就只有两条路可走，一条是借助于音乐和绘画，运用不属于它本行的手段，另一条是坚守真正的诗的地位，只用音乐和绘画这两门姊妹艺术作为助手，把精神的观念，即向内心的想象说话的那种诗的想象，作为诗应特别关心的主要任务，提到突出的地位。①

网络的出现，不仅实现了黑格尔所提出的借助音乐和绘画作为诗歌的助手以增强其感性色彩的愿望，而且诗歌还整合进了超出他想象的其他艺术形式，如动画、录像等，使得诗歌的感性印象甚至在一定程度上超过了其理性印象。于洛生的《水的新生》等便是这样的例子。《水的新生》描述的是水由冰川融化成河流最后汇集到海的过程，但是在文字出现的同时，大幅的 flash 画面以压倒性的优势呈现在读者面前；而且，与之相伴的还有音乐以及海浪声、海鸥声等自然界的音响。这无疑给读者带来视觉、听觉等多种感官的刺激，其对读者的吸引力已经远远超过了以单纯的文字为表现形式的传统诗歌。与之相似的还有毛翰的诗集《天籁如斯》。该诗集根据思想内容及情感形态分为"诗经变奏""多情应笑我""唯美与感伤""黑色幽默""寄怀天物""家园情思"六辑，共收入诗歌42首。每一首诗均配以大幅色彩艳丽的图画，有时还有少许的动画介入，辅之以清幽的音乐，给人以绵绵的诗意。有人得出这样的结论："事实上，网络文本把文字阅读与声音、图片、动画等视听观赏结合起来，其多感觉通道的全方位接纳，远比单纯的文字阅读来得直观和过瘾。"② 但不得不指出的是，这部网络诗歌集尽管充分利用了图画及音乐的表现效果而增加了诗歌本身的表达范围和力度，但不同的诗歌在主题情思上有着不同的内涵和特点，如具有怀乡思归感伤气息的《归字谣》和表现恢宏气势和豪迈气概的《千秋中国》，但同一种音乐贯穿始终而缺乏相应的变化——尽管这可能是由于技术上的原因所导致的，这无论如何都不能不说是一种遗憾。

多媒体诗歌对图片、音乐等表现形式的借鉴和采纳，对诗歌的影响是多方面的。

---

① ［德］黑格尔：《美学》第三册下卷，商务印书馆1997年版，第16页。
② 张邦卫：《媒介诗学：传媒视野下的文学与文学理论》，社会科学文献出版社2006年版，第224页。

网络诗歌散点透视

首先，图片的出现，必然改变诗歌的阅读方式和接受效果。在阅读的难易程度上，相比文字而言，图片的优势显而易见。后者直接作用于读者的视觉系统，内容更容易被读者理解和接受；而文字的阅读理解和接受需要在视觉接触之后，再经过大脑对其音义的理解翻译才会萌生出意义。英国学者理查德·豪厄尔斯认为："约翰·伯格（John Berger）在其著作《观看之道》（Ways of Seeing）中以一个简单的句子开篇：视觉早于文字。他阐释道，孩子在能开口说话之前就已经会看了，视觉构筑了我们在世界上的领地。此外，伯格声称图像（尤其是绘画）使我们对过去有了无上的洞察力，它们给了我们关于世界的'直接的例证'。从某方面讲，画像比文学更为精确与丰富。"[①] 正因为图像具有比文字更为醒目和易于接受的优势，因此在多媒体诗歌中，读者首先被图像吸引，文字则退居到诗意表达和阅读接受的次席。这显然是诗歌由读文向读图时代转变的重要表现。

按照罗兰·巴特的理解，语言文字与图像都被视为可以用来交流、传达意义的符号。但二者之间的区别也显而易见：前者仿佛是一种指标，指向具体、无言独化的真世界。[②] 因此，阅读和接受它，需要穿透其外在的形象与声音，借助它的所指把握其中所包含的意义；而读图则更注重表层呈现带给读者的第一感官印象，而留给读者思索和体悟的空间在一定程度上被这感官的刺激遮蔽了。

不仅图像如此，音乐在表达上的影响力也远非单纯的文字所能媲美。"音乐比其他任何艺术都能更强烈地影响到我们的情绪。少量的和弦就能把我们引入一种情调，而一首长诗得用较长的解说，一幅画也需反复地沉思才能达到这种效果。"[③] 可以说，读者在沉醉于赏心悦目的图画和乐曲的同时，对文字的敏感性乃至透过文字进行默识沉思的过程及效果退居次席。

解构主义大师雅克·德里达曾设想过传统阅读与解构阅读的区别：

---

① [英]理查德·豪厄尔斯：《视觉文化》，葛红兵等译，广西师范大学出版社2011年版，第58—59页。

② 叶维廉：《语言与真实世界——中西美感基础的生成》，载《比较诗学》，台北东大图书公司1983年版，第108页。

③ [奥]爱德华·汉斯立克：《论音乐的美——音乐美学的修改刍议》，杨业治译，人民音乐出版社1980年版，第74页。

第六章 网络诗歌的语言形式

"一种是译解（to decipher），梦想寻找真理或者真理的源头；另外一种不再关心真理问题，也不寻求什么来龙去脉，只肯定阅读本身。也就是说，前一种（传统阅读）致力于对文本进行客观的解释、复述，后一种（解构阅读）则以游戏的态度对待文本，客观性从中消失。"[1] 这种解构阅读，在图像、音乐、视频乃至游戏的多媒体诗歌接受中得到了充分的体现。

其次，在创作方式上，图片不像文字那样可以直接输入，而是要经过作者或拍摄或剪辑或下载的提前准备，有时还要经过修改编辑的过程，然后再插入或者链接到诗歌之中。而这一系列程序被整合进诗歌创作过程之中，对诗歌创作者提出了更高的要求：他们不再是只需要熟稔文字使用的文人，还应该是多种计算机操作程序和软件的使用者；而且，技术操作在诗歌创作中的比重有时会超过文字的构思和写作；甚至，一首诗的完成需要不同的操作者通力合作、共同完成。在这种情况下，诗歌的内蕴表达就有了多种媒介的承担，承担者之间的比重以及相互关系则会影响到表达的效果。对作者而言，文字的推敲与锤炼势必让位于图片素材的选择与技术的操作，这也必然使诗歌表达的精致与凝练程度大打折扣。

因此，多媒体诗歌的出现，既丰富了传统诗歌的创作手法和表现形式，扩大了诗歌语言的范畴和类型，同时也在阅读和接受上带来新的影响和冲击。但是，这种对网络技术语言的运用同时也是一把双刃剑，技术手段及技术语言的使用和介入，在一定程度上也会影响到诗情诗意的表达。第一，技术的操作在多大程度上是以凸显诗歌的内容与情思为核心而不是使技术手段成为表现的目的。这包括创作者的艺术水平、对诗歌的理解和创作能力等诸多因素对多媒体诗歌的制约。第二，技术语言对诗歌个性的遮蔽乃至压抑现象也值得警惕。多媒体诗歌"所具有的所谓文本资源的丰富性、文本多义性和阅读开放性如果仅仅出于网上随机选择、提取或组合，或者字典辞书式的资料堆积，而不是来自独特的精神创造，那它就极可能是苍白无力的文本拼贴，由此也就不大可能产生出伟大的文学了"[2]。第三，图像、音乐、视频乃至游戏等技术语言给读者带来的感官刺激已经远远超过乃至遮蔽了读者对文字阅读的敏感性、对文字背后所包含内

---

[1] Derrida, *Writing and Difference*, Routledge & Kegan-Paul, 1978, p. 292.
[2] 王一川：《网络时代文学：什么是不能少的？》，《大家》2000 年第 3 期。

蕴及情感体悟和探究积极性，那么诗歌表达的深度与哲理性能否从感性层面突围而出，同样是网络诗歌的创作者以及接受者不应该忽略的关键问题。

第三节 语言狂欢化：网络诗歌语言的隐忧

传播方式与媒介对人类社会的影响早已被人关注。1897年美国著名传播学理论家库利在一篇题为"社会变革的进程"的论文中指出："现存的传播系统决定着环境的范围……社会使人与人之间的关系相互发生影响；因为这种影响正是由传播所形成的，所以传播的历史是所有历史的基础。"① 关注20世纪以及当下的社会发展、人际交往、文化状况乃至诗歌创作，都不得不把传播系统纳入考量的范围。人们越来越清楚地意识到当今社会经济、生活状况以及思维方式与计算机及网络之间的密切关系。甚至有人指出："今天上至政坛领袖、财界巨子，下到平民百姓、贩夫走卒都不得不承认20世纪的最伟大发明是计算机，而计算机在本世纪最伟大的应用则是Internet，因为它将改变一个社会的认知结构：人们的思维和生活习惯，人们的情感将伴随着互联网络而起伏跌宕。"② 而对于20世纪后半期以来的中国诗歌而言，计算机及网络的出现可谓重新开辟出一片天地。无论是诗人还是诗作，无论是自由体诗还是旧体诗，在这里都获得了前所未有的解放，获得了自由言说的权利和空间。可以说，在网络空间内的中国诗歌在很大程度上实现了巴赫金所谓的"狂欢化"状态。

一

狂欢化这一概念是由20世纪苏联文学理论家米哈伊尔·巴赫金提出来的。其理论基础可以追溯到古希腊古罗马时期的酒神节和农神节。这两种节日的共同特点就是在必要的祭祀仪式完成之后，人们可以穿着奇装异服、戴着各种面具饮酒高歌、游行表演。在这期间，阶级观念、道德规范、等级差别、富贵贫贱等在平时生活中束缚人们行为的外在律令可以被

---

① [美]丹尼尔·杰·切特罗姆：《传播媒介与美国人的思想——从莫尔斯到麦克卢汉》，曹静生、黄艾禾译，中国广播电视出版社1991年版，第104页。
② 陆群等：《网络中国：网络悄悄改变我们的生活》，兵器工业出版社1997年版，第4页。

第六章　网络诗歌的语言形式

置之不顾,人与人之间是相互平等的、自由的,他们共同追求一种尽情释放、精神狂欢的状态。到了中世纪,基督教对欧洲社会意识形态的控制越来越严密。在基督教传说中,也有一种说法,在耶稣复活之前有47天的"封斋期",是禁止任何娱乐活动、禁止吃肉和婚配的。为了缓解在"封斋期"期间的情绪,人们在斋戒期之前举行狂欢节,释放被压抑的情感和欲望,以期平稳地度过斋戒节。后来狂欢活动作为一种传统被继承下来。

与狂欢节在西方国家有着悠久的历史不同,中国缺乏这种纵情释放、自由挥洒的传统节日。但是,这并不是说狂欢与中国是格格不入乃至完全绝缘的。实际上,计算机与网络的出现,至少给包括诗歌在内的中国文学创作提供了狂欢的契机和空间。换言之,诗歌在网络背景和平台下,呈现出了与巴赫金所论及的狂欢特点相一致的风格;而且,这些风格也只有在网络背景下才得以凸显出来。

一是网络诗歌创作的全民性。诗歌起源于劳动,即鲁迅先生所说的"杭育杭育派"。这类诗歌与劳动息息相关,因此,其创作主体主要是以劳动大众为生力军。《诗经》虽是后来的文人加工整理的,但不少诗歌的创作者很显然是普通的底层百姓。后来,文人诗逐渐成为中国诗坛的主力,在众多百姓无法获得受教育的权利和机会的情况下,诗歌创作的资格和权利也就开始逐渐被少数人所掌握乃至垄断。而且,这一现象到晚清时期已经严重影响到中国诗歌的健康发展。"诗界革命"的巨擘黄遵宪、梁启超以及后来的胡适、郭沫若等早期白话诗人积极鼓吹并身体力行,积极推进俗语俚语以及白话入诗的实践,其中就包含着使诗歌创作重新回归大众、再次从民间汲取丰富资源的美好愿景。当然,随着广大民众接受教育的范围越来越广,文化程度越来越高,对诗歌的接受和创作能力也随之加强,诗歌创作重新回归民间的期盼也就越来越接近实现。所谓"打工者诗歌"便是其中的典型例证。但是,在肯定这种现象发展的积极趋势的同时,也不能否认诗歌创作尤其是普及的局限性。其中最突出的事实之一就是,全民创作诗歌看起来有实现的可能,但发表的空间极为有限。这不仅表现为全国文学报刊中专门性的诗歌杂志或者开辟诗歌发表专栏的杂志的数量与广大诗歌爱好者、创作者的数量差距极大;而且这些极为有限的资源还被报刊的编辑、主编乃至社长所控制,他们为了盈利而以业已成名的诗人诗作作为主要供稿力量似乎无可厚非,但实际上却将更大多数的

网络诗歌散点透视

普通诗人——其中也不乏即将成为著名诗人的作者拒之门外。这一严酷的事实及其制约作用已经被许多有识之士所发现。"既有的传统的文学体制拥有着金字塔式的结构,金字塔的顶端由一批文化精英主持。他们制造文学时尚,鉴定文学趣味,修改了文学传统,控制着大部分重要的刊物版面。对于只有文学冲动而不是训练有素的作者说来,突破文学体制的防线而自由发表作品成了一个遥远的梦想。"[1] 诗歌,更是处于文学体制中金字塔顶尖的文学类型。中国悠久而辉煌的诗歌历史早已在作者及读者接受视野中凝固成神圣而不可亵玩、具有原型意义的"神话",更是把一般民众拒于高尚的楼台之外,使其难以获得发表和把玩的话语权。尽管在20世纪80年代中期以来,部分诗人开始致力于消除涂抹于诗歌身上的神秘色彩,以口语写作试图实现去神圣、去崇高、去精英的目的,以期确立诗歌的大众化身份,但结果却招引了不小的非议之声,以致有人提出"诗歌已经死亡"这一看似危言耸听的断言。

正是在当代诗歌的发展陷入困境之际,网络的兴起为其撑起一片自由的天地,在一定程度上也可以说是网络拯救了诗歌。作为一种新的传播媒介,网络之所以具有如此巨大的功能,首先就在于它为诗歌回归大众、回归民间提供了"狂欢节"式的话语场。不仅出现了众多诗歌网站,当然也包括一些辟有诗歌发表园地的文学网站,更重要的是这些网站对于诗歌作者及发表水准的要求已远非诗歌杂志所能及。不管你是谁,有着怎样的教育背景及创作经历,也不论你的诗歌观念如何,创作手法怎样,只要你注册一个用户名,拥有一个 ID,就可以实现把自己的作品发表在网络上并向难以计数的读者敞开的梦想。"旧时王谢堂前燕,飞入寻常百姓家",原来"高不可攀"的诗歌殿堂如今已经向下里巴人免费开放,远离阳春白雪似的诗歌的"下里巴人"获得了自由出入的权利,能够在网络空间里尽情地书写自己的思想、情怀、感悟乃至不满和牢骚,这对于陷入发展困境的诗歌无疑带来了新的发展契机。正如作家陈村所说的那样:"文学的全部意义并不仅在于它有高峰。许许多多的人在文学中积极参与并有所获得,难道这不是十分伟大的意义吗?"[2] 可见,网络空间的开辟对于诗歌而言,其

---

[1] 南帆:《游荡网络的文学》,《福建论坛》(文史哲版) 2000 年第 4 期。
[2] 陈村:《网络两则》,《作家》2000 年第 5 期。

第六章　网络诗歌的语言形式

积极作用是不可低估的。

网络对于诗歌所起到的作用，其实与巴赫金所归纳的狂欢节的特点有着很大的相通之处。巴赫金认为：

> 狂欢节没有演员和观众之分。它甚至连萌芽状态的舞台也没有。舞台会破坏狂欢节（反之亦然，取消了舞台，便破坏了戏剧演出）。在狂欢节上，人们不是袖手旁观，而是生活在其中，而且是所有的人都生活在其中，因为从其观念上说，它是全民的。在狂欢节进行当中，除了狂欢节的生活以外，谁也没有另一种生活。人们无从躲避它，因为狂欢节没有空间界限。在狂欢节期间，人们只能按照它的规律，即按照狂欢节自由的规律生活。狂欢节具有宇宙的性质，这是整个世界的一种特殊状态，这是人人参与的世界的再生和更新。①

在网络所建构的世界里，传统文学杂志社里的主编、编辑，以及习惯于以精英知识分子和社会代言人身份自居的诗人丧失了在众人面前表演的舞台，而是与普通民众混于一起，人人都成了诗歌的创作者。所有的人共同遵循着网络的规则，自主地写作，自由地发帖，甚至是灌水。这显然形成了一种具有虚拟宇宙性质的特殊状态。在这种状态下，诗歌创作者之间、读者之间以及创作者与读者之间的平等对话也开始出现了。

二是网络在创建了人人能够参与诗歌创作的空间的同时，也使得诗歌作者与读者之间改变了原来或附庸或对立的状态，重新建立起平等交流、良好互动的新型对话关系。在诗歌只依赖于传统的纸质媒介作为发表和传播工具的时期，读者只能被动地阅读，而很少有反馈自己阅读感受的机会；而诗人倾听读者声音的渠道也并不十分畅通，他们甚至不愿意，同时也不屑于接受别人的评头论足与指手画脚。网络诗歌则改变了这种双方沟通上的障碍，使得二者之间的交流更为迅捷和便利。有时作者和读者在同一平台上进行诗歌观念及艺术技巧的交流互动，有时甚至在接受读者的批评和建议的同时，不断地修改自己的作品。例如，诗人666曾经在"诗生

---

① ［苏］巴赫金：《弗朗索瓦·拉伯雷的创作与中世纪和文艺复兴时期的民间文化·导言》，《巴赫金全集》第六卷，李兆林、夏忠宪等译，河北教育出版社2009年版，第8页。

活"网站上发表组诗《欲雨十分》,很快就有了读者留言评论,而且诗人也参与到与读者的互动探讨之中:

No.104 算了:《辨认一个人》和《丢失了一个兄弟》都是好诗。语句间的呼吸掌握得好。感谢你!可不要骄傲啊!!!

666 回复:"语句间的呼吸"这句评语好过我写过的许多句子。谢谢。可是你为什么要谢我呢?我没什么可骄傲的。如果有的话,就是你们这些朋友偶尔来坐坐。

No.97 回复算了:再次感谢,为的是你读了我所谓的长诗。读这种东东需要爱心和耐心。《九寨水国》原有副题叫"114个片段",所以你的感觉是准确的。说到长诗,是有个大致的定义的,以前以叙述事件为主,类于史诗,后来多半是某种主题的纵向深度展开。与此相比,《九寨水国》主要是横向的断面截取,所以称之为长诗实属勉强。

《九寨水国》为初稿,后来一直没有心劲去修改,粗糙之处实不敢再示人。眼下写长诗,实为唐吉诃德之挺矛,不说也罢。

至于短诗,我个人满意的也很少,或者没有。实在写不出则佐以调侃,调侃之作,不说也罢。你说的个人之见,我放在了心里,因为重视,不是介意。呵呵。愿视你为朋友。

No.72 吴季:广场上,人们纷纷把头仰起/想象宝瓶和树枝/那必是一种向上提升的力量/带领人群向上行走/那必是一场渴求已久的雨

第三、四行的两个"向上"是不是重复了,而且重复得不好。我以为第一个"向上"可以舍去,第二个"向上行走"是否改"向上攀登"好一点。

"渴求已久"似乎有点拗口。"渴望""渴慕"都好。

读到"宝瓶和树枝",我已知有"菩萨"这回事,末段你"认出她",而且真的就是"菩萨",就没意思了。

666 回复:经你点拨,确实感到"向上"有重复之嫌,谢谢垂教。[①]

在这里,读者与作者针对诗歌文本进行了互动交流。这种交流因为匿

---

① http:www.poemlife.com:9001/PoemColumn/666/index.asp?vAuthorld=666.

第六章 网络诗歌的语言形式

名或使用网名参与,没有了诸如身份差异等外在因素的影响而更多了坦诚和深入的成分,同时也避免了一般的诗歌评论者和被评论对象之间讨好逢迎的装腔作势,或者自说自话、互不买账的尴尬。这正与巴赫金所说的狂欢节的等级制的取消这一特点是一致的。他指出:决定着普通的即非狂欢生活的规矩和秩序的那些法令、禁令和限制,在狂欢节一段时间里被取消了。首先取消的就是等级制,以及与它有关的各种形态的畏惧、恭敬、仰慕、礼貌等,亦即由于人们不平等的社会地位等(包括年龄差异)所造成的一切现象。人们相互间的任何距离,都不再存在;起作用的倒是狂欢式的一种特殊的范畴,即人们之间随便而又亲昵的接触。① 可以说,这种人人平等地参与诗歌创作、人人参与诗歌评论(尽管这种评论更多地出自读者阅读的直接感悟而缺乏理性的提升,但这种感悟是鲜活的、生动的和真实的)的现象,对于当下诗歌的发展具有积极的推动作用。而这一现象的出现离不开网络空间的建构与保障。

三是狂欢节的颠覆性。在狂欢节中有一项十分古老而且重要的庆典性仪式,就是"笑谑地给国王加冕和随后脱冕"。在仪式中,国王被脱冕,象征着权力和地位的帝王服装和王冠也被脱掉,而且与之相关的其他所有物品都被剥夺。同时,国王还要受到讥笑和殴打。在脱冕之后举行的是加冕仪式,而接受加冕的是与国王有着天壤之别的奴隶或者小丑。我们不难看出其中所包含的深层含义:本来作为一种神圣庄严的加冕、脱冕仪式,却在人们的讥笑、戏谑中完成,这本身就意味着极为强大的瓦解和颠覆。它消解了在现实生活中森严坚固的等级观念,以及高高在上而不可侵犯的皇权,在将国王拉下马的同时,也摧毁了根深蒂固的阶层差别和等级观念。如巴赫金所说:"决定着普通的即非狂欢生活的规矩和秩序的那些法令、禁令和限制,在狂欢节一段时间里被取消了。首先取消的就是等级制,以及与它有关的各种形态的畏惧、恭敬、仰慕、礼貌等,亦即由于人们不平等的社会地位等(包括年龄差异)所造成的一切现象。人们相互间的任何距离,都不再存在;起作用的倒是狂欢式的一种特殊的范畴,即人们之间随便而又亲昵地接触。"② 从外部关系上看,狂欢节消解的是社会地

---

① [苏]巴赫金:《陀思妥耶夫斯基诗学问题》,《巴赫金全集》第五卷,白春仁、顾亚铃译,河北教育出版社2009年版,第158页。

② 同上。

位、等级制度、法律戒令等显而易见的意识形态,即研究者所指出的"狂欢仪式具有讽刺模拟的性质,它们对等级制起着颠覆作用"[①];而在深层次上,狂欢节的颠覆性更体现着一种意识、一种观念,即敢把皇帝拉下马的勇气和消解神圣、颠覆权威的思想。这种思想能够帮助人们摆脱根深蒂固的奴性意识和臣服观念,充分激发起自我独立的意识,确立大写的"人"的主体地位,获得精神的解放和张扬。

狂欢节的颠覆性特点在网络世界中同样有着充分的体现。表现在诗歌创作中,就是对于过去以及当下的所谓权威、神圣话语——也包括人物、作品的"脱冕"仪式。如在署名为"江南杂种陈傻子"的新浪博客中就有不少类似的诗作:

听蒲秀彪说/你又到贵州去参加诗歌节了/这些年/你就忙着去参加诗歌节/诗是一首不写/如果我是你/真不好意思/多大的红包/我也不会去拿[②]

还有一首是:

什么是混子/就是用公款报销他来回机票/用公款请他吃喝住/再用公款给他一个大红包/然后对着一批青年学生/胡说八道一通/这就是混子/×××/就是这样的混子/光我过去任教的江南大学/就这几年/他就来过三次/想想看/他在大陆还去过多少学校/主办方也最喜欢请这样的混子/虽然说出来的全是屁话/但不会说错话/知道见风使舵/彼此/皆大欢喜[③]

这两首诗都是对当代著名诗人进行讽刺和批判的。除去指名道姓地进行批评所可能引发的麻烦之外,至少体现了博主对某些已经在中国当代诗歌史上产生过重要影响并获得一定地位的诗人的大胆颠覆,把他们从神坛

---

① 夏忠宪:《巴赫金狂欢化诗学研究》,北京师范大学出版社 2000 年版,第 67 页。
② http://blog.sina.com.cn/s/blog_4f858b450102e1my.html.
③ http://blog.sina.com.cn/s/blog_4f858b450102e1oz.html. 原诗作中的人名隐去。——引者注。

第六章　网络诗歌的语言形式

上拉下来,而把矛头直指博主所不满甚至不屑的行为和现象。在当代诗人受到批评和指责的同时,曾经在中国历史上产生过重要影响的历史人物、历史事件、权威话语、宗教信仰、高等学校等,这类在广大民众中具有崇高、神圣、光荣色彩,受到人们尊敬和景仰的事物,在"江南杂种陈傻子"的博客中也受到了挑战。在这些诗歌文本中明显地流露出作者将涂抹在其身上的油彩擦拭而去,还原其平凡、平庸甚至是阴暗的本质。这种剥离神圣、去除庄严、展示缺憾的创作立场和努力,在很大程度上是与狂欢节中的脱冕仪式有着内在勾连的,共同体现了狂欢节的颠覆性特点。

四是插科打诨。如果说颠覆性是狂欢节中的加冕和脱冕仪式的本质,那么实现颠覆目的的手段则是插科打诨。巴赫金指出:"在狂欢节中,人与人之间形成了一种新型的相互关系,通过具体感性的形式,半现实、半游戏的形式表现了出来。这种关系同非狂欢式生活中强大的社会等级关系恰恰相反。"[①] 而插科打诨就是狂欢式的世界感受中的一个特殊范畴,它与亲昵接触有着有机的联系,能够"使人的本质的潜在方面,得以通过具体感性的形式揭示并表现出来"[②]。狂欢节作为与日常生活相对立的一种庆典活动,它是通过轻松愉悦、欢歌狂舞的方式,在欢笑中完成对等级制度、规则戒律的反叛的,而不是赤裸裸的、生硬的直接对立与反抗。因此,"狂欢节不妨说是一种功用,而不是一种实体。它不把任何东西看成是绝对的,却主张一切都具有发笑的相对性"[③]。这也是它足以唤起全民参与、激发其主体精神、自由释放情感的原因之一。

插科打诨表现在外在行动上,就是利用日常生活中常规思维与狂欢节言行举止的巨大反差,造成一种令人忍俊不禁的效果。例如在"物品反用"方面,就有"反穿衣服(里朝外),裤子套到头上,器具当头饰,家庭炊具当作武器,如此等等。这是狂欢式反常规反通例的插科打诨范畴一种特殊的表现形式,是脱离了自己常轨的生活"[④]。狂欢节正是通过对日常生活方式的对立,使人们在轻松戏谑中获得情绪的释放,同时也蕴含着对

---

① [苏]巴赫金:《陀思妥耶夫斯基诗学问题》,《巴赫金全集》第五卷,白春仁、顾亚铃译,河北教育出版社 2009 年版,第 159 页。
② 同上。
③ 同上书,第 161 页。
④ 同上书,第 163 页。

日常生活方式的消解和颠覆，从而给人以截然不同的感受和印象，并进而激发人们在对比中形成一定的价值判断和追求目标。插科打诨的表现方式，在内在本质上则体现为一定的游戏性特征。因为狂欢节本身就是与现实生活截然相对的一种活动，在这一活动中，人们可以采取与日常生活相对立的行为方式，嬉戏、嘲讽常规性的生活、规则和话语，从而展示人的潜在本质。这一点，与网络诗歌创作中的游戏性特征有着内在的一致性。在关于文学起源的论断中，除了"劳动说"之外，还有一些人坚持"游戏说"，即主张文学是从游戏发展而来的，文学与游戏之间有着共同的特点：在轻松自由中获得愉悦性快感。

在文学史上，康德最早强调了文学和游戏之间的相通之处。他指出："艺术也和手工艺区别着。前者唤作自由的，后者也能唤作雇佣的艺术。前者人看作好像只是游戏，这就是一种工作，它是对自身愉快的，能够合目的地成功。后者作为劳动，即作为对于自己是困苦而不愉快的，只是由于它的结果（例如工资）吸引着，因而能够是被逼迫负担的。"① 在这里，康德发掘出了艺术活动中所包含的游戏特性，强调的就是其非受迫性的自由以及给人带来的愉快的精神享受。在艺术活动中，人的精神状态是轻松的、自在的。因此，康德强调："现在有一些教育家认为促进自由艺术最好的途径就是把它从一切的强制中解放出来，并且把它从劳动转化为单纯的游戏。"② 与康德相似，席勒进一步论述了游戏对于人的精神世界的提升作用。他认为，从单纯的生命达到美感，也就是从野蛮人达到人性的标志，就是对外观的喜悦，对装饰物的爱好，而审美活动和艺术的本质就是外观和游戏。可见，席勒的观点更贴近了游戏精神的本质。尤其难得的是，他强调了人性标志中具有游戏的爱好，从而把游戏提升到人的精神领域范畴进行考察："在人的各种状态下正是游戏，只有游戏，才能使人达到完美并同时发展人的双重天性。"③ 而动物游戏和审美游戏的区别则在于：只有人才能凭借其想象力创造自由的形式，最终飞跃到审美的游戏。"说到底，只有当人在充分意义上是人的时候，他才游戏；只有当人游戏

---

① ［德］康德：《判断力批判》，宗白华译，商务印书馆1985年版，第149页。
② 同上书，第150页。
③ ［德］席勒：《美育书简》，徐恒醇译，中国文联出版公司1984年版，第89页。

第六章　网络诗歌的语言形式

的时候，他才是完整的人。"① 在席勒看来，游戏在一定程度上具有人的内在规定性。

在网络诗歌中，确实不乏充满游戏精神的作品，甚至还有人把诗歌创作与游戏软件结合起来。如前述米罗·卡索（即中国台湾诗人苏绍连）的地雷版的《泊秦淮》就是典型的例子。著名网络诗人蓝蝴蝶紫丁香在《论中国网络诗歌的游戏精神》中指出："我们生活在 e 时代，我们幸运。我也没有必要回避我自己。我好玩，我也思想；我思想，我好玩。我游戏，我写诗；我写诗，我快乐。自从我来到了网上，重新找到了我的生命，我选择了一个叫蓝蝴蝶紫丁香的网名，就注定了我要在网络上快乐地疯狂，我喜欢在诗歌里找寻一种自由游戏的冲动。"② 以游戏的态度创作诗歌，在诗歌作品中或直接或间接地体现游戏的本身，这的确是网络诗歌借助于网络空间所凸显出来的重要特点之一。而这，也是与狂欢节的游戏性特点相契合的。

二

作为一种庆典活动，狂欢节不仅影响着人们的生活方式，同时也牵动着人们思维方式的变化。语言作为思维活动的表现形态之一，势必也受狂欢活动的影响，而且能够将这种变化呈现出来。巴赫金指出："狂欢节上形成了整整一套表示象征意义的具体感性形式的语言，从大型复杂的群众性戏剧到个别的狂欢节表演。这一语言分别地，可以说是分解地（任何语言都如此）表现了统一的（但复杂的）狂欢节世界观，这一世界观渗透了狂欢节的所有形式。这个语言无法充分地准确地译成文字的语言，更不用说译成抽象概念的语言。不过它可以在一定程度上转化为同它相近的（也具有具体感性的性质）艺术形象的语言，也就是说转为文学的语言。狂欢式转为文学的语言，这就是我们所谓的狂欢化。"③ 可见，狂欢化的语言是一种不同于日常生活语言，而能够表现狂欢节的行为方式和思维特点的感性语言形式。作为有着狂欢节特点的网络世界，同样应该有着能够体现网

---

① ［德］席勒：《美育书简》，徐恒醇译，中国文联出版公司 1984 年版，第 90 页。
② http://www.tianya.cn/publicforum/Content/poem/1/91883.shtml.
③ ［苏］巴赫金：《陀思妥耶夫斯基诗学问题》，《巴赫金全集》第五卷，白春仁、顾亚铃译，河北教育出版社 2009 年版，第 158 页。

网络诗歌散点透视

络空间的操作方式和思维习惯的语言形式。网络诗歌是网络文学中受语言的影响最大,而且也是最能够敏感地反映语言变化的类型之一,它的语言形态必然要受网络及网络诗歌的影响,同时也最鲜明地呈现这种影响。

第一,网络诗歌语言的开放性。这是由网络诗歌的全民参与性所决定的。网络打破了纸媒时代包括主编、编辑及少数诗人一统天下的局面,为人人参与诗歌创作提供了重要的契机和平台,由此也凸显了网络诗歌的大众化、平民化倾向。诗歌语言,必然也会从追求凝练、蕴藉的诗语领地走出来,而向大众以及各种语言形态敞开心扉。这种敞开至少表现在以下几个层面。

其一,从过多的文化负载和精神承担回归平凡。诗歌尤其是中国诗歌的语言历来追求蕴藉含蓄、言近旨远的效果,"吟安一个字,拈断数茎须"和殚精竭虑地"推敲"就是这种寻求效果的典型过程。正是在这种背景下,"得鱼而忘筌""得意而忘言"就成为诗歌语言的最高境界。但是,对这种含蓄凝练的表达效果的追求,势必导致诗歌语言负载了越来越多的思想意蕴和情感内涵,进而发展成为越来越少的精英诗人能够操控的特权。远离大众的书面化诗语也就应运而生。与之相对的是,网络诗歌就有了全民参与的狂欢节特点,至少在语言上,也必然表现出通俗化、大众化的特征。因此,网络诗歌对口语的采纳也就成为水到渠成的结果。如贾冬阳的《事情是怎么复杂的》:

> 一个诗人/在他临死的时候/会写下什么样的诗句(如果他/还能写,还想写)/3月21日上午/在一列奔驰的火车上/我想到这个问题/就把它记了下来/打算以后再想[①]

这首诗是用口语写成的,本来作者要提出一个颇具意味的问题,即思考诗人临死前的想法,但结局却出乎意料,在激起读者的探索兴趣,急需往下阅读的关键时刻,作者却将之搁置起来,归于平淡。这种平淡只有口语才能很好地传达出来。

其二,网络诗歌语言的开放性还表现在对语言及各种符号的应用上。

---

① http：www.xiangpi.net./for/showthread.asp? threadid=857.

第六章 网络诗歌的语言形式

诗歌是语言的艺术，语言主要指的是书面语以及口头语。这一论断已经成为一种共识。但是，网络诗歌却以多种多样的符号作为传情达意的工具，使得许多非文字的符号侵入了"诗歌高尚的楼台"里面。这同样是网络诗歌语言狂欢化的表现特征之一。如《送一束@》》——〉——给你》：

  在一个群星璀璨的夜晚/我轻轻地执你的手/送别天边的霞彩/苍天洒泪，因为有情/大海呼啸，因为有爱/所以，年轻的你啊/别再：—（/别再：=（/倾情—（：—＊/整个世界将不再孤寂/你看那颗流星/是我在为你：—（）/为你：—（）[①]

作者在这首诗中运用了大量的网络符号，这些符号并不属于文字的范畴，而是网友借助计算机和网络，以象形的方式自己创造出来的。这些符号的出现，在增加诗歌表达的形象性和直观性的同时，也消解了汉语文字本身的含蓄性和节奏性。

其三，大量的旧体诗词获得了表现的平台，同时也使文言得到了自由驰骋的空间。自新文学运动初期，胡适等人倡导白话新诗创作，旧体诗词就开始逐渐被边缘化。尽管早期白话文学先驱如胡适、陈独秀、鲁迅、郭沫若、周作人等并没有从旧体诗词创作的领地抽身而出，而是时不时地"敲敲边鼓"，但旧体诗词在文坛特别是新文学史上仍难以占据属于自己的一席之地。新时期以后，随着思想解放和文学创作自由的恢复，旧体诗词的创作在长期的坚守之后又获得了发表的自由。但是，纸媒时代能够为旧体诗词的发表提供空间的仅有《中华诗词》等极少数刊物，而且还被"老干体"占去了一部分空间。旧体诗词的复兴仍旧显得极为有限。不得不承认，这种现象的改变是在网络出现以后才开始的。在不少诗歌网站上，开始出现旧体诗词专栏，如专门的旧体诗网站诗三百，中国诗歌网中的"风雅诗词"栏，北大中文论坛中的"旧体诗词原创，中国文学网"中的"旧体诗词原创"，九派诗歌网站中的"各领风骚"专栏及网刊中的《九派诗词》，等等。另外，在网络电子公告系统（BBS系统）以及博客（blog）中，也都展示了网友创作的旧体诗词。这使得曾经被现代诗歌遮蔽的传统

[①] http://blog.163.com/285558550_zgh/blog/static/509984272008119115310312.

网络诗歌散点透视

文学及语言形式重见天日。而且，作者的年龄以"70后"为主，囊括"60后""80后"；在美学风格上，摆脱了"老干体"的单一与程式化，而呈现出多姿多彩的形态。有人说："在互联网技术的刺激下，出现了新一代诗人群和新的诗风。互联网技术，对于当代诗词创作来说具有断代意义。"① 旧体诗词的出现，至少使网络诗歌语言的丰富性得以补充，曾经被压抑的文言借助最先进的传播方式和手段，加入了语言狂欢化的庆典之中。总之，在网络中，各种各样的语言形态异彩纷呈，共同营构起诗歌语言以及诗歌众声喧哗、全民狂欢的发展态势。

第二，网络诗歌的颠覆性，离不开语言的作用与表现。网络诗歌对口语、文言特别是数字、符号、图片、视频乃至游戏等非文字符号的使用，已经从不同层面呈现出对传统诗歌语言形式的消解和颠覆。在此基础上，网络诗歌语言的颠覆性，还表现在对既有的语言观念及诗学观念的消解上。在"江南杂种陈傻子"的博客中，这类诗歌就很常见。如《诗歌教条》这首诗是这么写的：

我相信/李白在写诗的时候/是没有这个主义/那个主义的/也没有这个派/那个派的/他肯定没有读过《圣经》/也没读过《红楼梦》/看见月亮了/他就写/床前明月光/朋友送他到桃花潭了/他就写/不及汪伦送我情/所以/每当有人说/诗是什么什么/诗要怎么怎么写/我就想到/诗歌教条/真是害死人②

这首诗用平易浅白的口语，通俗易懂地表达了一种和传统诗学观念截然不同的认识：就是诗歌创作只是顺应眼前所见、瞬间所感，注重的是有感而发，而不像有人所教授的诗歌创作的规律和方法。在作者看来，这些规律和方法正是害死人的"诗歌教条"。在内涵上，这首诗表达的是对诗歌创作教条的反叛；在语言上，作者则一反传统诗歌重抒情、重意蕴的所谓诗性语言或者称为"诗家语"，而是采用了无所寄予、无所承载的日常口语，完成了对诗人所坚持的观念的解释；在诗歌类型上，这首诗只能归

---

① 檀作文：《现代生活中的旧体诗词》，http://blog.sina.com.cn/s/blog_499a30c20102dt49.html。

② http://blog.sina.com.cn/s/blog_4f858b450102dz10.html。

第六章　网络诗歌的语言形式

入说理诗的范畴。其实，现代诗歌史上，注重说理的白话诗并不少见，如胡适的《老鸦》、卞之琳的《断章》、舒婷的《致橡树》，等等，但这些诗作还是侧重于通过创设某些诗歌意象或者特定的场景进行表情达意，而且也尽可能地使其中所包含的观念（或者是哲理）婉转地传达出来。但是，陈傻子的这首诗却一反常规，只是在进行简单的说理。当然，读者可以质疑这首诗的艺术价值，但它作为一个客观的存在，至少为我们提供了网络诗歌在表达方式和语言形态上的范例。

网络诗歌语言的颠覆性还表现在对既有诗歌——一般是在读者心目中占据重要位置、为读者所熟知的名篇名作，包括古典诗词、现代新诗及歌曲——的改编上。这主要是在保持原有的声音韵律、外在形式的前提下，通过更换其中的词语或句子，来完成对原诗歌文本的解构，进而传达出新的内涵和情感。其实，这种现象并不是新鲜事物，只不过在此前主要是通过非正式场合的"段子"或者在孩子们的口头上流传的。如对李白的《望庐山瀑布》的改编："日照香炉生紫烟/李白来到烤鸭店/口水留下三千尺/摸摸口袋没有钱。"这种改编在更为自由和自我的网络空间里获得了极大的发展动力，出现了许多以原作为基础框架，替换新词语的作品。如有网友以红色歌曲《游击队之歌》为基础，创作的新诗《我们都是大美女　坚决和你逗到底》：

> 我们都是大美女，每一次点击消灭一颗痴心；我们都是狐狸精，哪管它网恋真不真；在秘密的私聊里，到处都有姐妹的倩影；在热闹的圈子里，有姐妹们胡闹的足迹；在拥挤的快乐天地，有我们逗你玩的网上情。
>
> 没有吃，没有钱，自有那哥哥送上前；没有卡，没有猫，哥哥会给我们造！我们胡闹在这里，每一位哥哥都是我们俘虏兵；如果谁想逃出去，我们就和你逗到底。①

原诗《游击队之歌》表达的是在战争年代游击队员的机智、勇敢和乐观的革命情怀。但这首经过改编之后的《我们都是大美女　坚决和你逗到

---

① http://q.sohu.com/forum/20/topic/555575?pg=1.

底!》，却表达了网络空间中热衷于网恋的美女的生活状态。它除了大致沿用了原诗押韵方式以及仍旧用原来的乐谱演唱之外，在内容和情感上二者之间已经没有了任何联系，甚至在价值取向上是大相径庭、判若云泥的。即使如此，对于熟悉特别是喜欢《游击队之歌》的读者而言，在阅读或者哼唱这首改编版的诗歌时，绝不会只沉浸在这首新作之中，而是通过新作而产生对原作的回忆，并进而产生或愤恨不满或会心一笑的情绪。由此可见，这种通过置换语言改编而来的网络诗歌，对原作及其所包含的意蕴情思具有极强的颠覆作用。

第三，网络诗歌语言的游戏性。不少网络诗人是把网络诗歌创作视为游戏之作的，因此，这一诗学观念和创作特点也自然会通过语言表现出来。网络诗歌语言的游戏性特征，主要有三种类型。

一是诗人在创作诗歌的时候，借助多媒体技术设计了多个类似于游戏的按钮，读者在阅读过程中通过用鼠标点击相应的按钮，才能继续阅读；有的是因为读者所选择的按钮不同，而接受了不同内容的诗歌文本。这在中国台湾诗人苏绍连的诗作中表现得比较集中，如《记者会》这首诗，出现在读者眼前的首先是一个由线条勾勒而成的人像，在人像的下方是一张桌子，桌子上面放置了五个形状不同的黑色麦克风，画面的右上角有写着"米罗·卡索作品"的标牌。画面的右侧标有操作说明：在画面中寻找按钮，操作按钮观赏阅读。这时候当读者将鼠标滑向"米罗·卡索作品"的标牌并点击这个按钮，就会出现几个醒目的字体："五支麦克风的见证"；再点击按钮，文字转换为"三色人讲五色话？"而在麦克风的下方，则标着"由哪一支麦克风说话？（请按）"的提示语；这时候滑动鼠标经过麦克风，其中一支则显示为红色，点击后在人像轮廓中就会出现"黑色的人说白色的话"的文字，文字的颜色同样是黑色；继续滑动鼠标并点击相应的麦克风，出现在人像轮廓中的变成了"黄色的人说绿色的话"的文字，字体也相应地成了黄色；依次操作，文字则先后显示为"蓝色的人说红色的话""灰色的人说紫色的话""红色的人说黑色的话"，文字颜色也分别显示为蓝色、灰色和红色。这时候继续点击移动到麦克风下面的"米罗·卡索作品"的按钮，这时候五支麦克风分散开来；再点击，人像中的文字消失了，而人像开始晃动，同时从发言席上升起一篇竖行的文字：

第六章　网络诗歌的语言形式

　　你是普普通通的一个人/你的面貌，像墙壁一样/空白有时挂上一本残损的日历/有时爬着几只瘦弱的壁虎/这么丑！/这么饥寒！//你真是普普通通的一个人/说的话，如一潭死水/浑浊不流/有时荡漾着散乱的波纹/有时激溅起肮脏的水花/毫无内容！/粗嘎而逆耳！①

　　再次操作，五支麦克风开始上升，随后散落在发言席上。如果这时候再次点击按钮，则演示重新开始。这类诗歌就是充分利用了多媒体中的链接技术，使得读者的阅读和程序操作联系在一起，以游戏的方式完成对诗歌文本的接受。在这里，操作按钮、跟踪文字的过程也转化为诗歌的一种语言类型。这既能够激发读者的参与热情，同时也彰显了诗歌的内在含义。

　　二是诗歌创作接力游戏。简单说来，就是某位作者突发奇想，对既有诗歌或诗句进行了狗尾续貂，而在他的启发下，读者主动地去完成其他的作品的游戏。这类诗歌是借助网络本身的开放性、互动性完成的。例如，有人在微博发了一条"十年生死两茫茫，不思量，forever young"，于是后来就有了网友的接龙：

　　众里寻他千百度，蓦然回首，hey, how do you do.
　　身无彩凤双飞翼，get away from me!
　　天生我材必有用，I can play football.
　　春城无处不飞花，let's go to the cinema.
　　问君能有几多愁，as a boy without a girl.
　　问君能有几多愁，easy come easy go.
　　问君能有几多愁，you'll leave me and I don't know.
　　无可奈何花落去，I miss you missing me.
　　此情可待成追忆，let it be.
　　争渡，争渡，惊起一滩鸥鹭，who and who?
　　林花谢了春红，太匆匆，where is my iphone?
　　感时花溅泪，changes is never too late,

---

①　http://benz.nchu.edu.tw/~word/milo/milo-index.html.

网络诗歌散点透视

满园春色关不住，friday is coming soon.
床前明月光，there's something wrong.
两只黄鹂鸣翠柳，what place shall we go?
空山新雨后，fire in the hole.
两情若是长久时，you jump，I jump!
江山如此多娇，you are so small，惜秦皇汉武，too simple；唐宗宋祖，sometime naïve. 一代天骄，成吉思汗，can't play football。俱往矣，数风流，die all.
但使龙城飞将在，come on baby don't be shy.
昨夜西风凋碧树，独上高楼，watching Chairman Hu.
停车坐爱枫林晚，drive you home for one night.
黄河之水天上来，can you feel the love tonight?
安能摧眉折腰事权贵，I would rather be a gay!
不识庐山真面目，big brother is watching you.
国破山河在，I can only sigh.
天上掉下个林妹妹，whatever I'm gay.
今朝有酒今朝醉，will you be my little three?
人不寐，将军白发征夫泪，jingle all the way.
春蚕到死丝方尽，describe the city better fan.
粉身碎骨浑不怕，welcome to China.
无可奈何花落去，it's too late to apologize.
金麟岂是池中物，what can I do for you?[①]

这是一种非常有趣的接龙游戏，充分地显示出参与者的英语水平和文学修养，其中不乏能够与原诗句相承递的接续，许多智慧的闪光点耀然其间；当然也有不少是风马牛不相及的拼凑，而且也存在着语法、用词上的错误。但无论如何，这类诗歌语言游戏既能够给人带来极大的幽默感，同时也能够激发读者的想象力和创造力。当然，这种文字游戏对于以经典诗词为代表的传统文化传播的消解和破坏作用也是值得警惕的。

---

① http：//wuliaoo. com/forever-young. html. 笔者略有改动。

第六章 网络诗歌的语言形式

三是写诗软件对诗歌创作的冲击。如果说诗歌创作的接力游戏还需要作者的深入思考和细心筛选,那么好事之人对写诗软件的开发和使用,则使得诗歌创作完全沦落为一种无须开动脑筋的手工文字游戏。其中有一款软件是这样的:左上侧竖栏分别排列着"风格、您的姓名、您的头衔"三个栏目,其中风格是使用者对诗作风格的定制,而且这是已经设定好的,有近千种类型;如果选择自己的风格,需要使用专业版。左下侧则是需要填写的字段,这两个字段是根据不同的风格选择而变化的。假如风格栏选择了"爱的风",则一个字段是要求"填入一个形容心的词,后面不加的,例如:诚挚,真诚,纯洁,天真等";另一个则要求"填入一个关于听的动词,例如:谛听,聆听,细听,默听等",提交后即可见到写诗机所提供的诗歌作品。通过尝试可以发现,该软件只不过设定了许多模板,只是在操作者所选择的字段间进行转换。例如,笔者通过该写诗软件的要求选择字段后得到的《偷听爱》是这么写的,"我一直用一颗压抑的心,去偷听你的爱,让爱的风轻抚我的脸颊";另一首《聆听爱》是"我一直用一颗苦闷的心,去聆听你的爱,让爱的风轻抚我的脸颊"。两首诗的不同词语就是源自操作者的选择。可见,写诗软件所提供的诗作并无个性可言,而且作品内部缺乏必然的逻辑联系和情感脉络,只不过是一种文字的拼凑而已。这也难怪有网友直言写诗软件"简直是个傻瓜软件",是对诗歌的极大伤害,并呼吁"不要再恶搞诗歌了"。可以说,写诗软件已经彻底颠覆了诗歌的艺术本质,而成为一种毫无价值的恶作剧。

第四,网络诗歌语言的粗鄙性。与网络诗歌的颠覆性和游戏性相联系的是,一些诗人在对神圣、庄严的事物或话语进行解构的时候,或者是在以诗歌创作作为游戏工具的时候,可能会导致诗歌语言向粗俗卑下的层面滑落。这在巴赫金看来,语言的粗鄙在狂欢节中有着独特的意义:

> 所有诸如骂人话、诅咒、脏话这类现象都是语言的非官方成分。过去和现在它们都被认为是明显地践踏公认的言语交往准则,故意破坏言语规矩,如礼节、礼貌、客套、谦恭、尊卑之别等。因此所有这样的因素,如果它们达到了足够的数量,而且是故意为之的,就会对整个语境、对整个言语产生巨大的影响:它们将言语转移到另一个层次,把整个言语置于各种言语规范的对立面。因此这样的言语便摆脱

了规则与等级的束缚以及一般语言的种种清规戒律,而变成一种仿佛是特殊的语言,一种针对官方语言的黑话。与此相应,这样的言语还造就了一个特殊的群体,一个不拘形迹地进行交往的群体,一个在言语方面坦诚直率、无拘无束的群体。实际上,广场上的人群,尤其是节日、集市、狂欢节上的人群,就是这样的群体。[1]

这也是巴赫金所论述的狂欢节"粗鄙"范畴在语言上的具体体现。与之相似的是,网络诗人为了反叛他所认为的权威、规则和束缚,在自由的网络空间里也大肆启用许多难登大雅之堂,乃至粗俗卑下的语言,从而把网络诗歌进一步推入遭受非议的旋涡之中。这类语言从类型上看,大致可以归为两种:一是容易引起人们恶心、反感等不快情绪反应的不雅词句;二是与人体下半身、生殖或者性相关的语汇,这类诗歌又被称为"下半身诗歌"。前一种类型,其实早在20世纪五六十年代的诗歌中已经出现,而且大多是带有极强攻击性的詈词以及带有侮辱、贬损色彩的低俗词语[2]。这种现象自有其特殊的历史语境和原因。与之相比,在网络诗歌中出现的低俗语句的攻击性、贬损性成分大大减少了,但是粗俗低级的不洁秽语却有所增加。例如在所谓"垃圾派"诗人及"江南杂种陈傻子"的博客中就可以找到这样的例子。例如,陈傻子的《一粒粪渣也能上天堂》是这样写的:

谁说天堂里面/没有粪渣/上帝的屁眼里面/就有粪渣

在下面这首诗中,比"粪渣""屁眼"更能引起读者不快乃至恶心呕吐的不洁词语更为明显:

那时候/大便小便/都要去弄堂里的公用厕所/冬天/寒风呼呼地从蹲坑里吹着屁股/小鸡鸡/缩成一点点/半夜里/还要父亲陪着才敢去/十个厕所/十个没灯/他站外面/我蹲里面/要不然就憋到天亮/夏

---

[1] [苏]巴赫金:《弗朗索瓦·拉伯雷的创作与中世纪和文艺复兴时期的民间文化》,《巴赫金全集》第六卷,李兆林、夏忠宪等译,河北教育出版社2009年版,第210—211页。
[2] 胡峰、张玉芹:《六七十年代诗歌的口语化特点探析——兼及现代诗歌的口语入诗问题》,《东岳论丛》2010年第3期。

第六章　网络诗歌的语言形式

天/像这么热的天/臭气冲天不说/苍蝇乱飞不说/蛆会爬到鞋子上面来/还有屎橛子/东一根/西一根/真是让人恶心/最作孽的是/乡下的农民/完不成生产队的积肥指标/半夜进城偷粪/看厕所的常常跟偷粪的打起来/那时候粪精贵啊/要花大价钱买/为偷粪/每年城里面/都要打死几个人①

为了与某一特定时代的神圣性和至高无上的政治色彩相对抗，作者有意识地择取了当时物质匮乏、生活艰苦的生活场景。出于突出这一生活场景的真实性的考虑，诗歌采用了许多细节描写，使用了具有污秽色彩的词语和事物（不知道它们还能不能称为意象），与这一时代在部分人心目中的崇高地位和美好印象形成鲜明的对比，从而借助后者实现对前者的破坏和颠覆。从阅读效果来看，应该说作者在一定程度上实现了自己的目的，因为至少这首诗及其所选择的词语以及它们所联系的事物、场景，激起的是读者生理及心理上的不快乃至反感。

"下半身诗歌"是在2000年出现的一个具有先锋色彩的独立的诗歌流派。它因沈浩波等人创办的《下半身》民刊而得名，其大本营是2000年年初南人创立的"诗江湖"网络论坛。沈浩波在《下半身写作及反对上半身》一文中阐明了"下半身"写作的含义及立场：所谓下半身写作，指的是一种坚决的形而下状态，一种诗歌写作的贴肉状态，贴近肉体，呈现的将是一种带有原始、野蛮的本质力量的生命状态；它关注肉身，关注感官的最直接的感受，去掉遮蔽，去掉层层枷锁，回到肉体，追求肉体的在场感，使体验返回本质的、原初的、动物性的肉体体验中去。而强调下半身写作的意义，意味着对于诗歌写作中上半身因素的清除，上半身的东西包括知识、文化、传统、诗意、抒情、哲理、思考、承担、使命、大师等。从这段宣言不难看出，"下半身"诗歌创作意在强调诗歌书写的在场感和切身感，反对凌空蹈虚的形而上，尤其是要反叛和颠覆正统观念、话语、形象、诗意等所谓"上半身"的内容。因此，与身体特别是下半身、性相关的语言选择就成了其诗歌创作的最大特点。这仅从诗歌的题目中就可以看出：《我的下半身》《肉包》《干和搞》《打炮》《为什么不能再舒服

---

① http://blog.sina.com.cn/s/blog_4f858b450102dypc.html.

一点》《挑逗》《情人》等，几乎是题不离性。但就诗歌内容而言，"下半身"诗歌文本却出现了不同的分化：一类是借题发挥，即文本的表述层面与肉体或性有关，但其内蕴层面却是向着精神层面攀登和上扬的，有着对社会、对现状、对精神的人文关怀和思考。如管上的《让一部分人先硬起来》：

美国伟哥（10粒）¥1000.00/高蓓泰妮¥280.00/情素（日本）¥192.00/特强苍蝇水¥280.00/口交快感¥450.00/半身女郎¥608.00/VP-RX增大丸¥1380.00/裘丽仙女棒¥168.00/威而强¥388/全方位刺激器¥608.00/千喜虫¥650.00/美国极品催情药¥260.00/我现在终于明白了/改革开放/让一部分人先富起来/的的确确是硬道理

表面看来，这首诗只不过罗列了大量的性药及器具的名称及价格，像是一则性用品店的价目单，但其深层次的含义却包含在最后的几个诗句中：改革开放带给中国人的不仅仅是经济水平的提高，还有性观念的开放及性行为的繁荣。先富裕起来的人更多地选择了满足自己的生理欲望，而放弃了带领大多数人共同富裕的责任和承担。作者流露出的不满和隐忧，也把诗歌的内涵从肉身提升到了精神的高度。这类作品在"下半身"诗歌中并不少见，如李师江的《校园记忆》、凸凹的《普遍真理，或上或下》、丁晓琪的《的士司机和老婆的对话》，等等，都可从"务实"的肉体中看到精神的高蹈。与之相对的是，"下半身"诗歌中还存着另一种类型，诗到肉体为止，无论是表层的语言还是内在的主题，"多半只是表现为一个无意识的潜能和原始冲动"，而缺乏思想上的提升。这类诗歌不仅在题目上，而且在内容方面更是露骨，存在着突破伦理道德底线的严重倾向，"性活动、性生理、性心理、潜意识等被赤裸裸地张贴、展览出来，黄色、类黄色话语成为他们津津乐道的语言手段，性的快感、狂欢似乎成为他们追求的唯一目标"[①]。这类诗歌的泛滥，也成为"下半身"诗歌先锋精神的

---

① 王士强：《虚拟的自由或夸张的表演——回望"下半身"诗歌运动》，《山西师范大学学报》（社会科学版）2007年第3期。

第六章 网络诗歌的语言形式

丧失和对欲望、低俗乃至恶俗的屈从。"下半身"诗歌的领军人物沈浩波、朵渔诗歌创作的转向就包含着对这类诗歌创作的不满和放弃。这既是"下半身"诗歌本身存在的致命缺陷，同时也是网络诗歌及诗歌语言狂欢化的误区所在。

三

在网络所建构起来的广场上，网络诗歌以及表现网络诗歌的语言进入了庆典模式，呈现出了狂欢化的状态。单从语言层面看，诗语的内涵和外延不断地向各种符号、技术敞开，各式各样的语言编码获得了最大限度的自由；通过借助摹写、戏仿、反讽等手法赋予诗歌语言极强的颠覆性，对固有的意识形态、话语权力构成巨大的冲击；通过多种方式把诗歌的语言乃至诗歌的游戏性特征加以放大，使文学的娱乐特性得以凸显和释放；与此同时，本来雅隽、凝练与含蓄的语言开始下行，把表现的对象集中在肉体的范畴，在高尚的诗歌楼台里竖立起欲望和本能的旗帜。而所有上述特征，都是在网络这一狂欢式广场上表现出来的。也正是因为网络的存在，网络诗歌以及诗歌语言也出现了纸媒诗歌所未有过的发展缺憾乃至是生存悖论，这也是网络诗歌自诞生之日起便饱受争议的原因。

首先，网络空间里的狂欢和自由在一定程度上导致了主体性的碎片化。有人认为自由性是中国网络诗歌最有诱惑力的特征。在虚拟的网络空间里，只要有写诗的冲动，只要敲击键盘、点击鼠标就能写诗并且立马发表。"中国的诗人品尝到了从一个虚拟美轮美奂的世界里飘来的香味。他们陶醉了，他们似乎疯狂了，竟可以这样肆无忌惮地书写自己的内心世界。"[1] 于是，他们尽情地享受自由、歌颂自由并表达自由。而且为自由疯狂呐喊："网络是什么？网络就是自由写作呀！就文学创作而言，还有什么比自由更可贵的？自由是文学的土壤，无论它长出多少荒草，自由都是值得的，因为长不出荒草的土地，你怎么指望能长出乔木呢？所有指责荒草的人我认为都是无知的、愚蠢的，不知道自由为何物。"[2] 在这里，自由

---

[1] 李霞：《21世纪：网络涅槃新诗》，http://www.jinshan.org.cn/index.php?uid-6255-action-viewspace-itemid-724。

[2] http://www.sina.com.cn/2002/11/18 17：55，新浪读书。

成了至高无上的代名词，在网络的世界里成长起来的"荒草"也获得了毋庸置疑的尊严；而对自由的无限推崇和维护本身，所谓自由"神圣而不可侵犯"的潜意识是对自由精神的张扬和拥护，还是对自由本身的违背和僭越？

也正是在"荒草"也不容指责的心理背景下，网络诗歌的语言领地里出现了多种多样的符号疯狂生长。"他们发明了一种新的语言，消除一切具有主观性的词汇，我不说'我饿了'，而是说'K-14在燃烧'。当觉得妒火中烧时，我也许只是说：'亲爱的，我的G-3活跃起来。'对此，我的情人也许会这样回答：'亲爱的，这的确驱散了我的G-7。'"① 而这种符号取代语言文字的现象，使网络诗歌在很大程度上流露出后现代主义的倾向。后现代主义"热衷于开发语言的符号和代码功能，醉心于探索新的语言艺术，并试图通过语言自治的方式使作品成为一个独立的'自身指涉'和完全自足的语言体系。他们的意图不是表现世界，也不是抒发内心情感、揭示内心世界的隐秘，而是要用语言来制造一个新的世界，从而极大地淡化，甚至取消了文学作品反映生活、描绘现实的基本功能"②。但实际上，在网络诗人所"开发"的诗歌语言符号中，除了文字部分绝大多数是采用日常生活的口语而无"陌生化"的新创之外，符号代码也更多地源自计算机、网络以及专业术语并流行于网络世界、为广大网友所熟悉的编码。这类诗歌语言并没有因为体现诗人的独创精神和情感体验而给人以太多的新鲜感和创意性。它不仅丧失了反映生活、描绘现实的基本功能，而且使文字本身的魅力和主观意蕴消失殆尽。这种语言缺乏足以体现诗人"超常性"特征的审美方式和语言创造能力；相反，它更需要网络诗人不断地调动适应性去接受和使用。而这种适应性不是与历史前进的要求相一致，而是与某一历史时期的某一具体观念相适应。③ 因此它在很大程度上阻碍了诗人主体性的发挥和表现。而诗歌语言主体性的消失，其实也正是诗人主体性消失的有力证据和直观反映。

---

① ［美］大卫·格里芬：《后现代科学——科学魅力的再现》，马季方译，中央编译出版社1985年版，第185页。

② 刘象愚、杨恒达、曾艳兵：《从现代主义到后现代主义》，高等教育出版社2002年版，第101页。

③ 刘再复：《论文学的主体性》，《文学评论》1985年第6期。

第六章　网络诗歌的语言形式

除了大量计算机、网络等专业术语在网络诗歌中频频亮相之外，图像、音乐、视频以及多媒体、超文本等媒介也成为网络诗歌的常客，乃至化身为诗歌语言，极大地丰富了诗歌语言的外延与内涵。可以说，在网络空间里，参与狂欢的诗歌语言已经从单一的文字范畴大大拓展为各式各样的符码、媒介乃至动作，而且成为网络诗歌语言与纸媒诗歌语言最明显也是最根本的区别之一。这些手段的大量运用，显然是依赖于计算机及网络技术才能完成的。正如中国台湾著名的网络诗人苏绍连（米罗·卡索）所说的那样：创作超文本诗歌，网络诗人"必须透过键盘和鼠标在计算机上创作，甚至得学会排版软件将文书输入，学会影像软件和音乐软件搭配诗作，学会HTML、JAVA、FLASH等程序语言，然后整合文字、影像、声音，让诗作起了动态形貌，成为多媒体式的文本。以上这些都是诗人走向数字接口进行创作的基本功，学会了基本功，就能'飞天遁地'，把诗玩弄于股掌之间"[1]。不仅网络诗歌的创作者需要熟练的技术支持，而且许多诗歌文本也需要读者对计算机及网络技术的熟稔才能完成阅读过程。可见，计算机与网络技术在网络诗歌尤其是多媒体诗歌及超文本诗歌中扮演着至关重要的角色。而这种对于技术手段的依赖，很容易使诗歌创作中的艺术成分及人文主义受到挤压和伤害，有时甚至会导致事与愿违的后果。对此，早就有研究者表达了极高的警惕性：在网络世界里，"人文主义者所构想的理性王国在实践上表现为技术王国。在这个王国里，技术以理性的名义支配着一切，所有的东西都是按照成本和利润的原则、效率原则等运作的，自由、平等、博爱的理想在现实面前显得苍白无力；在技术的权威之下，人的自主性消失殆尽。而这一切，都有悖于人文主义的崇高理想"[2]。而且，"网络工具理性是一种见物不见人、重器不重道、重手段不辨目的、重技治效应不重科学精神的实用主义技术观。它通过主客分离的二元论，导致技术至上，使技术成为一种异己的、破坏性的力量横陈在人类面前，窒息着人的生存价值和意义"[3]。这不仅作用于网络诗歌的创作者，而且也会波及网络诗歌的接受者。因为在阅读实践中，也确实

---

[1] 苏绍连：《重返超文本诗的歧路花园——玩弄超文本：能变化、能探索、能互动、能游戏的诗》，http://www.doc88.com/p-701223975364.html。

[2] 高亮华：《人文主义视野中的技术》，中国社会科学出版社1996年版，第4页。

[3] 姜英：《网络文学的价值》，博士学位论文，四川大学，2003年（未刊稿）。

存在读者因将注意力转移到操作动作上而影响到对诗歌语言中的文字部分进行品味沉思的现象。可见，网络诗歌语言中的技术操作手段所转化成的符码，对于诗歌创作者的主体地位以及诗歌语言的人文性内涵有着极大的威胁作用。难能可贵的是，苏绍连已经清醒地意识到技术给诗人及诗歌可能带来的伤害，因此他重点强调："可是，当一名超文本数字诗的创作者，除了学会操作数字软件及工具外，仍得回归到创作艺术本身的涵养，懂得对诗文学质地的坚持与拓展，再把诗观念应用于超文本形式上，让它成为真正具有诗质的超文本作品，给阅读者有诗的感受。"①

可见，在网络诗歌进入狂欢状态，诗人获得极大自由，各种符号编码、技术手段得到登台表演的机会并转化为广义上的诗歌语言的时候，无论是诗歌创作者还是接受者，都应该立足于诗歌作为艺术的根本特性，保持清醒的头脑，避免过分狂欢所可能滑向的迷狂，在迷失诗人及读者的主体性的同时，丧失诗歌语言的诗性本质。

其次，网络诗歌语言的口语化选择导致了口水化充斥的现象。网络诗歌紧承20世纪90年代以来"第三代诗人"倡导口语诗歌的余脉，追求"诗到语言为止"的目标，把口语作为贴近现实、深入生活、表现自我的切入口。这种诗歌语言的选择，在网络空间里被重新放大，占据了网络诗歌的大部分江山。许多诗人把口语视为表现其精神自由、个性特点的主要语言形式。而且，口语也因其新鲜活泼、原生素朴、易懂易写的特性，为诗歌在网络空间里实现狂欢化提供了极大的便利并成为诗歌狂欢化的重要表征。这主要表现为网络诗歌的全民参与性、游戏性和颠覆性。口语的便捷与普及使之成为人人能够操持的创作工具，为诗歌创作的大众化提供了重要条件；口语的随意与活泼，也使得诗歌的游戏性得以凸显，这从古代的"打油诗"就可以见出；同时，在很多人的观念中，口语还是与中国传统诗歌语言——文言对立存在的，在这种二元对立的思维模式下，口语被用来作为消解以文言诗歌为代表的传统诗歌的意蕴、抒情、含蓄以及所承载的文化内涵、思想深度的"武器"，其颠覆功能是显而易见的。

但是，无论是纸媒诗歌还是网络诗歌，在口语的运用上都存在一个不

---

① 苏绍连：《重返超文本诗的歧路花园——玩弄超文本：能变化、能探索、能互动、能游戏的诗》，http://www.doc88.com/p-701223975364.html。

第六章　网络诗歌的语言形式

容忽视的问题，这就是口语向诗语的转化，或者说口语与诗歌这一文体形式的融合。具体来说，诗歌中的口语运用是否就意味着完全摒弃诗歌自身的声音特点、形式规范、情感表达和主题蕴含；把日常生活语言乃至琐碎直白的絮语不加任何改造地引入诗歌作为诗语来使用？至少从极力倡导口语诗歌的"第三代诗人"的创作中，我们仍然能够看到口语特别是入诗之后的口语被加工、被改造的良苦用心。但是，在网络诗歌中，口语已经离诗语越来越远，并开始下滑到口水的层面，诗之为诗的特征稀少到了难以被发现的地步。例如网络诗歌《傻瓜灯——我坚决不能容忍》，"我坚决不能容忍/那些/在公共场所/的卫生间/大便后/不冲刷/便池/的人"就是这样的例子。本来是怀着解构中国传统诗歌的节奏韵律、凝练语言、浓郁情思和蕴藉丰富内涵的动机和"宏愿"的，不想自己却成了被模仿、被恶搞的对象。由此网络上一时兴起众多的"口水诗"，如其中一首是这样写的："吐一口痰/我码一个字/年纪轻轻//我的坏习惯却很多/是我的口腔有问题还是我习惯成自然了//恶习难改的我/谁还敢嫁给我/'会码两首歪诗，你就以为自己是真正的诗人了吗？'/——无聊的口水诗/是我自娱自乐的宝贝。"这里自命为"口水诗"，却明显地表现出对"口水诗"的不满和批判。固然，古代诗人所追求的"一语天然万古新，豪华落尽见真淳"的目标或许可以视而不见甚至嗤之以鼻，但口语诗歌写作中"看似寻常最奇崛，成似容易却艰辛"的切身体验至今仍有可资借鉴的价值。一直倡导后口语写作的沈浩波的一段话，可以看作对口语诗歌创作体会的有力补充："其实口语写作是难度最大的一种写作方式，因为选用的语言是没有任何遮蔽和装饰的口语，所以只要有一点毛病都如同秃子头上的虱子，无法蒙混过关。"[1] 鉴于此，处于狂欢状态的网络诗歌语言如何在摆脱自身所承载的意识形态、意义、文化等负载，回归语言本身的同时，警惕并远离日常惯用特别是自动获得的惯性思维所勾连着的庸常、平淡与琐屑，从而在平凡中凸显出独特与新奇，是网络诗人所必须思考的现实问题。否则，网络诗歌语言的狂欢化就很难走出沦为口水、一再被人所诟病的泥淖。

最后，网络诗歌语言颠覆的悖论性。狂欢化的网络诗歌语言，为了表达自己的自由性和游戏性特征，特别是自身存在的合法性，以多种方式呈

---

[1] 沈浩波：《后口语写作在当下的可能性》，《诗探索》1999年第4期。

网络诗歌散点透视

现出消解和颠覆的目的和功能,包括语言符码的综合运用,图像、音响、视频、超文本等技术的侵入,以戏仿、反讽等手法作为表达方式,以及对粗鄙语言的启用及张扬,等等。而这种种后现代主义手法的运用,带来的后果也是显而易见的。这至少表现在两个方面:第一,网络诗歌对自身存在根基的消解。后现代主义文化的弊端,诸如"艺术感知模式的支离破碎,艺术感性魅力的丧失,先锋的革命性和艺术家风格的消失,使艺术一步步成为非艺术和反艺术,审美成为'审丑'。艺术不再具有'超越性',艺术已成为适应性和沉沦性的代名词。艺术等同于生活,生活成为后现代人的艺术拼盘"[1]等种种表现,在网络诗歌中开始逐渐地显露出来。这既是网络诗人主体性丧失的表现和后果,也是网络诗歌作为诗歌的立足点的自我瓦解和崩溃。"诗人死了"之后诗歌何在?在旧的诗歌语言被消解,新的诗歌语言规范又处于碎片化的混沌乃至混乱中的时候,网络诗歌语言的发展方向未明,网络诗歌的前途未卜。第二,虚拟空间的自由不仅不是现实自由的反映和延伸,相反,它是对现实世界困境的逃避和反衬。不少网络诗人都津津乐道于自己沉迷于网络世界中获得的自由和快感,但这种乌托邦式的自由和快感不仅无法转化为现实生活中的享受,而且更彰显了现实世界与虚拟世界的分裂性和对立性。有人指出:网络自由其实是后现代符码场景中自由的表现形态。这场景是"虚幻的欣快症和闪亮的、无深度的后现代城市景象的光泽,反射出一个被剥夺了感觉的世界"[2],"符码无处不在,它将告发、压制并最终破坏为处理当前问题所做的任何努力"[3]。以此来反观网络诗歌语言的颠覆性特点可以发现,网络诗人的这种尝试和努力,在一定程度上也压制、破坏当下及未来中国诗歌(包括网络诗歌和纸媒诗歌)试图突围的努力。

总之,网络诗歌及网络诗歌语言的狂欢,一方面给人们带来了许多的欣喜乃至亢奋,为诗歌的发展做出了诸多有益的探索和开拓;但另一方面,它对于中国诗歌的建设意义也不容过分夸大和盲目乐观。有网友对网络自由有着如下一段描述:

---

[1] 王岳川:《后现代主义文化研究》,北京大学出版社1992年版,第244页。
[2] [英]伊丽莎白·威尔逊:《时尚和后现代身体》,罗钢、王中忱编:《消费文化读本》,中国社会科学出版社2003年版,第286页。
[3] [美]乔治·瑞泽尔:《后现代社会理论》,谢立中等译,华夏出版社2003年版,第233页。

第六章　网络诗歌的语言形式

网络自由来自我们的虚空（无味的生活），也存在于虚空（这么个王八蛋叫网络的东西）。……以前我还没有上网，想象着网络的自由，这种想象的美好不亚于童年印象中的共产主义。然而，网络的自由名存实亡，因为其充其量仍然属于自言自语（我认为自由应是集体中个人位置所得到的尊重，而非自我独立的自在；也就是说，我所要的是自由主义，而非"自在主义"），它不能带给我们任何物质的帮助和精神的抚慰；它的最大贡献就是拓展了我们的虚空与空虚，这是一种地地道道的人生虚无主义。……其本质接近于僧侣和旷夫怨女的境界。我们敲击键盘就如同他们手拈佛珠、夜数铜钱。如果我们功利一点去看待自己，那么我们可以自封为"大师""天才"，但此举恰恰表现出了一种面对现实势力强加于我们以"文学爱好者""文学青年"之类帽子时所流露出的虚弱。……我们是一群身在毁灭前的哀悼者，遥望中世纪的刻骨柔情用干燥的眼睛与绝望对视。我们最终看到的无非是"白茫茫的大地真干净"——然后我们又从虚假的"无"中制造虚假的"有"，兴奋，绝望，兴奋……如此反复。①

在一定意义上，网络诗歌及网络诗歌语言的自由、游戏以及狂欢也可以作如是观。

---

① 曹寇：《网络自由和无聊主义》，http://www.rongshuxia.com/book/103821.html。

第七章 网络诗歌的表现形式

网络的诞生与普及，催生了网络诗歌这一新的文学类型。网络诗歌既继承并集中放大了纸媒诗歌所采用的表现形式，如反讽、戏拟与叙事等；同时也采用了传统纸媒诗歌未曾有过的表现手段，如拼贴、复制、粘贴、超链接等电子技术，从而赋予网络诗歌以新颖的语言类型、情感形态、主题内涵与审美结构，形成了新的有意味的形式。

第一节 反讽：网络诗人的主体性反思

在高扬自由旗帜、洋溢狂欢气氛的网络空间中，诗歌表现出极强的狂欢化特征。网络诗歌为了实现游戏性、颠覆性的目标，不仅借助计算机及网络等媒介的特长，而且吸纳了西方文学及中国文学中传统的表现手法，从而凸显其轻松幽默、机智反叛的审美风格。反讽就是早已有之的表现手法之一，但它在网络诗歌中又有了新的表现和功能。

一

作为西方文学理论中最重要的范畴之一的反讽，源自希腊文 eirqnia，在英语中写为 irony。早在希腊时期就已出现，当时是用来指称希腊戏剧中的一种角色类型伊隆（Eiron），这是一个佯装无知的人。这类形象在自以为高手的对手面前说看似愚蠢的傻话，但最后证明这些所谓的傻话都成了真理，从而使高明的对手大出洋相。不久之后，反讽就从这一特指概念中解放出来，被扩大了使用领域。"柏拉图的对话录显示出苏格拉

第七章 网络诗歌的表现形式

底是一位具有生动幽默感和尖刻机智的人,而且令人生畏的就是他的反讽。"① 在这里,反讽是作为一种语言的修辞技巧而被使用的。亚里士多德曾在《亚历山大修辞学》中为反讽下过一个定义:通过谴责而赞扬或通过赞扬而谴责,是指"演说者试图说某件事,却又装出不想说的样子,或使用同事实相反的名称来称述事实"②。后来,昆体良对反讽的界定进行了扩充,将其作为一种修辞格来使用:"说话者的整个意义都存在着一种佯装。"③

反讽在修辞学意义上的内涵持续了很长一段时间,直到18世纪中期之后才开始进一步发展。德国浪漫主义的代表人物弗·施勒格尔认为:"哲学是反讽的真正故乡。人们可以把反讽定义为逻辑的美:因为不论在什么地方,不论在口头的还是书面的交谈中,只要是还没有变成体系,还没有进行哲学思辨的地方,人们都应当进行反讽。"④ 由此,反讽开始与哲学联系起来,从单纯的修辞格层面被提升到了形而上的哲学层面。

20世纪中期,随着语言学理论在文学研究领域的逐渐普及,英美新批评派开始对"反讽"理论进行重新界定。英国诗人艾略特认为玄学诗的特征是"理趣与反讽";瑞恰兹指出"反讽性关照"是诗歌创作的必要条件,也就是"通常互相干扰、冲突、排斥、互相抵消的方面,在诗人手中结合成一个稳定的平衡状态"⑤。对反讽研究最用心的新批评理论家莫过于布鲁克斯,他在论文《反讽与"反讽"诗》中首先指出了反讽在诗歌中存在的普遍性:"反讽,是承受语境的压力,因此它存在于任何时期的诗中,甚至简单的抒情诗里。"他进一步指出,诗歌应被当作一个由对立面构成的、具有张力的、矛盾和反讽的结构来加以分析。因为反讽不仅能表明对异质因素的承认,而且还能表明异质因素的统一,所以反讽是诗歌综合性和有机性的唯一特征。当我们对一首诗的结构进行分析时,首先要做的事就是

---

① [英]伯特兰·罗素:《西方的智慧》(上册),崔权醴译,文化艺术出版社1997年版,第99页。

② [古希腊]亚里士多德:《亚历山大修辞学》,《亚里士多德全集》第九卷,中国人民大学出版社1997年版,第596页。

③ Kathrina Barbe. *Irony in Context*. Amsterdam, Philadelphia: J. Benjamins Pub, 1995, pp. 62—63.

④ [德]弗·施勒格尔:《雅典娜神殿断片集》,李伯杰译,生活·读书·新知三联书店1996年版,第23页。

⑤ 赵毅衡:《新批评——一种独特的形式主义文论》,中国社会科学出版社1986年版,第179页。

寻找反讽。对于反讽,他在另一篇题为"反讽———一种结构原则"的文章中界定为:"语境对于一个陈述语的明显的歪曲",因此"语境的巧妙的安排可以产生反讽的语调"。而且,反讽形式是有着多样性的:悲剧性反讽,自我反讽,戏弄的、极端的、挖苦的、温和的反讽,等等[1]。后来,韦勒克对布鲁克斯的反讽理论进行过总结,说他"以高超的技巧把诗歌作为一个由对立面构成的、张力的、矛盾和嘲弄的结构来加以分析"[2]。除布鲁克斯之外,新批评派的其他成员如艾略特、瑞恰兹、燕卜荪等都对反讽有过具体阐述,他们对德国浪漫主义的反讽观念进行了大力发展。有论者指出:"新批评派把反讽概念变成诗歌语言的基本原则,甚至诗歌中的基本思想方法和哲学态度。他们甚至把自己这一派称为'反讽批评'派。"[3]可见反讽在诗歌研究中所占的重要地位,以及新批评派对反讽理论的阐释所做的巨大贡献。

20世纪语言学的转向带动了文学理论的重大发展。从形而上学到后形而上学,从形式主义、结构主义到后结构主义、解构主义,从本体论哲学到认识论哲学、分析哲学、语言论哲学,从传统历史主义到新历史主义,等等,哲学层面和思想层面都在经历着从现代主义向后现代主义的嬗变与更替。正是在这种众声喧哗的嬗递之中,反讽的地位和作用表现得越来越突出。有现代主义者认为反讽具有现代性特征,并把反讽叙事作为现代文学最为重要的特征进行分析,甚至将反讽归纳为"文学现代性的决定性标志"[4]。不仅现代主义理论家重视反讽,而且后现代主义者同样对其青睐有加。他们在反讽身上发现了后现代性的内容,美国后现代理论家伊哈布·哈桑就是代表人物之一。哈桑把"形而上学/反讽"分别归属为现代性和后现代性的范畴。在他眼里,后现代反讽文化充斥着荒诞性、或然性、偶然性、随机性和不可知性等非理性内涵。反讽的后现代性表达的是对世界的疏离感、陌生感。哈桑认为后现代的反讽是一种由王尔德所界定的"悬念式反讽"[5]。

---

[1] [美] 克林思·布鲁克斯:《反讽———一种结构原则》,赵毅衡编选:《"新批评"文集》,中国社会科学出版社1988年版,第335—336页。

[2] [美] R. 韦勒克:《批评的诸种概念》,丁泓、余徽译,四川文艺出版社1988年版,第310页。

[3] 赵毅衡编选:《"新批评"文集》,中国社会科学出版社1988年版,第333页。

[4] [美] 厄内斯特·伯勒:《反讽与现代性》,华盛顿大学出版社1990年版,第73页。

[5] 转引自陈振华《中国新时期小说反讽叙事论》,博士学位论文,山东师范大学,2006年(未刊稿)。

第七章　网络诗歌的表现形式

相对于反讽概念在西方文论中的历史流变的清晰轨迹，它在中国文论中缺乏较为完整的理论体系和发展过程。但是，这并不能否认反讽在中国文学观念中的客观存在。钱钟书先生多次指出老子的"与物反矣，及至大顺"中"反"的修辞结构，如"大直如屈""大成若缺""上德不德"等，这类"反"就接近于"反讽"。钱钟书称为"冤亲语"（paradox）与"反案语"（oxymoron）。当代诗人郑敏指出："中国俗说'听话听音'，正说明在言语的阳面的显露之外，还有那阴面隐藏的部分，这使得语言的透明度远不如它表面所表现的那么天真。语言的受压抑部分和所表现部分同样都在交流中起着信息传达的作用。"[①] 不难看出，这段文字中已经流露出对反讽的发现和重视。

尽管反讽作为文学作品中的重要存在并有着悠久的历史，特别是在西方文论中经历了几次重要的转变，但是人们对于其概念的理解却众说纷纭、莫衷一是。不同的研究者从不同的角度、运用不同的方法对反讽表达了不同的认识，正是因为其内涵的复杂和丰富，所以导致了对其定义的难以把握，"如果谁觉得自己产生了一份雅兴，要让人思路混乱、语无伦次，那么，最好的办法莫过于请他当场为'反讽'做个界定"[②]。"反讽的基本性质似乎就是逃避定义；没有一个定义足以包容它的性质的各个方面。"[③] 但是，对于研究者而言，这并不是说反讽就成了研究上的难题而无从下手。其实，我们仍旧可以走近反讽，"把已被认可的所有反讽形式的种种基本因素、性质和特征分离出来"[④]，以形成对反讽的本质的把握。

根据反讽内涵的发展历程及其在网络诗歌的不同层面的表现，我们把反讽分为三个层次：修辞反讽、语境反讽和生存反讽。这三个层次在不同方面体现出了网络诗歌的不同内涵和形态。

二

在诸多艺术形式之中，诗歌对语言的依赖程度最深，而且它对语言的

---

① 郑敏：《结构—解构视角：语言·文化·评论》，清华大学出版社1998年版，第100页。
② ［英］D.C. 米克：《论反讽》，周发祥译，昆仑出版社1992年版，第11页。
③ ［英］J. A. Cuddon. *A Dictionary of Literature Terms*. London: Andre Deutsch, 1979, p. 338.
④ ［英］D.C. 米克：《论反讽》，周发祥译，昆仑出版社1992年版，第37页。

网络诗歌散点透视

反应也最为突出。因此，作为语言修辞技巧之一的反讽，也能够在网络诗歌中得到最为集中的体现。简单来说，反讽修辞是用一套言语或代码传递两种信息的方法。它有意在语言符号能指通向所指的路径中埋伏下第二条路径，使读者在传统路径中发现语言的表层的、外在的含义，而在第二条路径中发现隐藏其中的新的意义。而且，这种新发现的意义对表层的含义具有一定的嘲弄和讽刺意味。更重要的是，它所衍发出来的新的意义具有多重性、模糊性的特点。在网络的虚拟空间里，诗人获得了精神上的极大自由，得以尽情狂欢。实现狂欢的方式之一就是通过诗歌语言的反讽手法来表现自己的存在及与众不同。有人就发现了网络诗人——其实也可以算作先锋诗人："很早就知道，在先锋诗人的王国里，山头众多，大师林立，是一个没有猴王的乐园。但作为一个外行，我一直认为诗人只是一些语言的厨子，喜欢烹调语言的盛宴。他们不指点江山但酷爱激扬文字，是语言的探险者冒险家，语不惊人死不休。他们折磨语言，语言也折磨他们。这相互折磨的结果经常会让大吃一惊——哈，原来话还可以这么说，可以说得这么华丽，这么狡黠，这么妖娆，这么典雅，这么酣畅淋漓，这么字字珠玑。"[①] 其实，不仅网络诗人如此，传统的纸媒诗人同样是"语言的探险者冒险家"，追求"语不惊人死不休"的效果，只不过这种追求在20世纪80年代中期以来的中国先锋诗人以及网络诗人那里表现得更为明显。与前辈诗人相比，他们较多地受到西方后现代主义文化的影响，特别是语言学转向后所凸显出来的反讽精神，切身感触到反讽的语言修辞技巧所带来的巨大张力。由此，在语言的能指和所指之间，先锋诗歌和网络诗歌大胆地冲破了两者之间约定俗成的规范和意义，在二者之间埋种下包含着"言外之意"的新的所指。更进一步讲，后现代主义视野中的反讽已经"不只是通过意义转移的方式重新凝聚意义，获得'新'的意义，而是要解除单一意义的禁锢，播撒意义，释放意义的多元复杂性"[②]。这不仅赋予了反讽后现代主义特征和内涵，而且增加了其对先锋诗人的吸引力。同时，无论是先锋诗人还是网络诗人，都有着前人所未曾体验过的狂欢精神，表现为语

---

① 子炎：《绝不能饿死他们——读〈诗江湖：2001网络诗歌年选〉》，http://www.ilf.cn/Theo/101006.html。

② 王光明：《在非诗的时代展开诗歌——论90年代的中国诗歌》，《中国社会科学》2002年第2期。

第七章 网络诗歌的表现形式

言层面的游戏性、颠覆性可以通过反讽的语言修辞得以实现和张扬。由此,具有了新的含义的反讽就成为他们得心应手的语言修辞手段。相比较而言,网络诗歌比先锋诗歌有着更为自由、更为随意和更为突出的特征,而这些特征在很大程度上也和网络诗人对反讽的语言策略的大量使用有着直接的关联。

在网络诗歌中,修辞反讽大致可以分为夸张式反讽、克制式反讽、直接矛盾式反讽、佯谬式反讽、游戏调侃式反讽等几类。所谓夸张式反讽,就是有意地夸大叙述或抒情的对象,造成一种与事实形成巨大反差的效果。它和夸张的修辞手法的不同之处在于,夸张只是把对象加以放大,而不包含潜在的对比和逆反的意义。如徐乡愁的《一个想死的农民》:

> 有一个农民想死/经过多种努力未果//他想触电/活了五十岁的他/已经停了五十年的电/他想喝农药/这年头什么都有假/只有假牙才是真/他又想用刀子捅/看脸膛发青嘴唇发紫/哪有什么鲜血可流/现在他才明白了/一个人的力量毕竟有限/有困难得找政府/有冤情得依靠法律//于是/在有关部门的大力协助下/某森林被毁大楼被炸/大家都一致认为他干的/某仓库被盗银行被抢/大家也说是他干的/甚至公仆们贪污受贿挪用/大家也想尽办法成全他/农民终于被抓起来了/农民的希望眼看也快要实现了/数罪并罚立即枪决/遗憾的是子弹费/必须由死者出//农民知道幸福来之不易/即使卖儿卖女砸锅卖铁/也要买一枚最便宜的子弹/而那子弹被多次倒卖以后/从几元钱炒到几十元/又从几十炒到几百/最后落到农民的头上时/得用几头肥猪去抵押//扛枪的卫兵走过去了/农民只有趴在监狱的窗口/眼巴巴地看着/这个欣欣向荣的国家/和蒸蒸日上的时代/但幸福永远属于他们的/我们连死亡也没有

这首诗叙述的是一个农民寻死的过程。在尝试各种自杀手段未果的情况下,想到了依靠集体的力量来实现自杀的目的。于是"森林被毁""大楼被炸""仓库被盗""银行被抢""公仆们贪污受贿挪用"等罪行被成功地转嫁到他身上,他的"理想"快要实现了,这显然是一种极度的夸张手法。但是,这个"罪大恶极"的人却遇到无法解决的难题:竟买

网络诗歌散点透视

不起一颗能够帮助他实现追求目标的子弹,因为子弹被多次倒卖后已经身价百倍——"得用几头肥猪去抵押"。这个求死不能的人只有陷入求死而不得的尴尬境地。这里正是通过夸张式反讽,通过农民所获得的种种严重罪行和连子弹都买不起的困境的对比,表达了草根生存的艰难、死亡的困苦。更深层次上,也解构了宏大叙事的辉煌与幸福。

与夸张反讽相对的是克制式反讽,简单说来,就是"故意把话说轻,但使听者知其重"[①]。诗人在对日常生活经验的叙述中尽可能地保持主观态度的零度介入和情感的克制,在平凡、冷静、客观的叙述表层下潜藏着另外的深意。这种表层的不动声色和冷漠与深层鲜明的立场和态度形成一种内在逻辑意义的背离,从而导致强烈反差的产生与反讽效果的出现。这种克制式反讽较多地表现于以日常生活及普通人物为描写和叙述对象的诗歌中。如蓝蝴蝶紫丁香的《谁让你生在中国》:

2005年1月7日,河南省渑池县矿难,4死

2005年1月12日,河南省宜阳县矿难,11死9伤

2005年1月14日,内蒙古锡林郭勒盟阿拉坦合力苏木煤矿透水事故,五名矿工被困井下

2005年1月16日,重庆市南川区矿难,12死

2005年1月20日,云南省富源县大河镇祥兴煤矿瓦斯爆炸事故,5人死亡,4人受伤

2005年1月21日,辽宁省调兵山市矿难,9死4伤

2005年1月21日,甘肃窑街煤电公司三矿,水害事故,5人死

2005年1月25日,大同市浑源县黄花滩乡八河涧村西沟煤矿,瓦斯中毒事件,7人死亡

……

这首诗可以称得上2005年全国发生矿难地点及伤亡人数统计表,只不过采用的是文字而不是表格形式。全诗共100余行,罗列了1—12月的矿难情况;但是作者只是对矿难发生时间、地点、死伤人数的机械复现,而

---

① 赵毅衡:《新批评——一种独特的形式文论》,中国社会科学出版社1986年版,第187页。

第七章　网络诗歌的表现形式

没有表达任何的评价和态度。诗歌看起来非常冷静、客观，甚至可以说不能算是严格意义上的诗；但是，正是在这冷漠的记述背后，却给人一种强烈的震撼乃至血淋淋的刺痛感。无情的事实表面与愤恨难捺之间形成了巨大的反讽效果，而留给读者思考的空间也极为开阔。这种表达方式要比抒情主体直接出现在诗歌中更为巧妙，诗意也更浓，效果也更令人触目惊心。

直接矛盾式反讽就是通过对具有对立性、矛盾性意义的词语的列举，使读者品味其中所包含的相互冲突的内在情感及含义，从而造成反讽的效果。例如，徐乡愁的《我的黑眼睛》：

> 黑夜给了我黑色的眼睛/我才懒得去寻找光明/不如把自己的眼睛戳瞎/我愈瞎/世界就愈光明

在这首诗的结尾部分，"不如把自己的眼睛戳瞎/我愈瞎/世界就愈光明"中就包含着直接矛盾式反讽。把眼睛戳瞎的后果是什么也看不见，眼前只剩下了一片黑暗，但正是这种黑暗所笼罩的世界，诗句的字面意思却是"光明"。这里"瞎"（黑暗）和"光明"是一对相互对立的词语，而诗人将二者对置并放，矛盾的词语下面暗含了深刻的含义。

佯谬式反讽简单说来就是对某些事情假装不知情或者装疯卖傻，而内里却潜藏着与之相反的意义。如陈傻子的《给所有的中国诗人写一首诗（一）》："我常常/看着这几个字发呆/中国诗人/谁是中国诗人。"对于中国诗人的追问，字面看来是佯装不知，实际上却是对中国诗人其内涵及外延的追问：诗人的标准是什么？中国有没有真正的诗人？诗人应该做些什么？等等。除此之外，与网络诗歌的游戏性相对应的反讽是游戏调侃式反讽。顾名思义，游戏调侃式反讽就是以游戏、调侃的方式来传达内在意蕴和言外之意。如沈浩波的《甜头》：

> 我的奶奶/是普天下/最聪明的奶奶/在她生命的/最后几年/她毫不犹豫/摔了一生中/最漂亮的一跤/并且成功地/摔断了自己/屁股上的/一根骨头/从此我的奶奶/幸福地躺在床上/我的爸爸/每天送饭送水还要端屎把尿//我的奶奶在93岁那年/终于证明了生儿

网络诗歌散点透视

育女的甜头

  年迈的奶奶的摔伤及爸爸的床前侍奉本来是值得同情的事情，但是作者却反其道而行之，戏谑了这一痛苦以及充满亲情的事件，游戏、调侃的语言多少稀释了事件中的"正能量"，给人一种哭笑不得的复杂感受。正是这种游戏调侃式反讽，在体现网络诗歌语言的游戏性狂欢化特征的同时，成为对正统观念、权威话语、传统情感和意义的消解和颠覆。

三

  如果说修辞反讽更多地集中在网络诗歌的语言层面，或者说是通过言语的加工改造而成的，隶属于符号学范畴，那么情境反讽则属于结构范畴，它是"指某种事态的发展违反常情，与一般预料相反，有人称其为'情境的嘲弄'"[①]。在网络诗歌中，诗人为了表达创作的自由、游戏、戏谑和颠覆等狂欢化的特点，在语言符号层面运用修辞式反讽的同时，还大量运用情景式反讽来表达叙事抒情对象所遭遇的与理想期待、计划安排及实际行动相逆反的结果。可以说，南辕北辙、事与愿违是情境反讽的核心体现。在网络诗歌中，情境反讽大致是通过以下四种类型表现出来的。

  一是现实情境反讽。网络诗人在诗歌中所创设的情境取材于现实生活，旨在揭示现实的无奈、荒谬及其与理想之间的巨大反差。"理想很丰满，现实很骨感"，可以说是对这类反讽所表达内容的概括，但其内里却有着值得读者深深思考的潜在话语。如蓝蝴蝶紫丁香的《钢铁就是这样炼成的》：

  羊城晚报记者赵世龙/湖南日报记者徐亚平/中国妇女报记者邓小波/网易部落/联合报道/湖南省岳阳市华容县/年仅12岁的女童/段英/被人拐卖到/岳阳市区廖家坡后/在3个月内/共有700余名嫖客/强暴过/她/而150多名老板/从中作了/介绍/小/段英/偷偷地把这一切作了记录//令人吃惊的是/总共850多名作恶者/竟在长达3个多月里一人未抓/全部/逍遥法外

[①] 李定坤：《汉英辞格对比与翻译》，华中师范大学出版社1994年版，第107页。

第七章　网络诗歌的表现形式

很显然，这首诗更像一篇通讯，真实记录了几家媒体所共同专注的一个事件：12岁女孩被拐卖并被逼迫卖淫，受害者对于自己所遭受的摧残进行了详细记录。而与这一骇人听闻、令人发指的事件形成巨大反差或者说具有反讽意味的是，所有的作恶者竟无一受到惩罚。这是对现实的一种嘲弄，也是一种讽刺，更是一种批判和控诉。更重要的是，在控诉之后，读者会进一步思考这种严酷的现实存在的症结。这类反讽传递的是诗人的"在场"，并灌注了强烈的现实关注意识和忧患情怀。这达到了单纯表现娱乐与游戏的诗歌所无法比拟的高度与深度。

二是历史情境反讽。与现实情境相对应的是历史情境反讽。诗人把笔触伸向了或远或近的过去，所创设的情境与现实拉开了一段距离，正是这一段距离给读者造成一种印象：好像离自己很远，反讽的对象是过去的时期，但"一切历史都是现代史"，而包含的内容在当下乃至将来仍然具有重要的意义。如陈傻子的《碎指甲》：

那年/我十岁//批斗会的主角/是我们的校长/说她是资本家的子女/走白专道路//有人/拿出来一个瓶子/里面装的是/校长剪的碎指甲//说她把碎指甲存下/卖给药店换钱/是资本家贪婪的本性/不改/是揩社会主义的油//会场上口号震天/有红袖套上去抽她的耳光/然后剪掉她一头长发/变成光头//没过多久/校长就上吊自杀了/几十年来/想到这场运动/我就会想起/这半瓶碎指甲

这首诗是对特殊历史时期一个具体事件的回忆：一个女校长被批斗、被侮辱致死的悲剧。而其被批判的罪名是那么的微不足道甚至极为荒谬——拿碎指甲换钱，揩社会主义的油。虽然事件已经过去了几十年，但荒唐的年代所导致的悲剧至今令人印象深刻：是心有余悸还是痛定之后的反思，或者还有对现实的警惕？不同的读者会从中有着不同的阅读感受。

三是虚拟情境反讽。既不同于现实情境反讽直接反映当下，也不同于历史情境反讽从真实具体的历史人物及事件中发掘反讽性的因素，虚拟情境是突破真实的束缚而由诗人有意创设一种具有反讽意味的情境，更为自由地表达与表层意义不同的深层意蕴。如蓝蝴蝶紫丁香的《偶和李白打架》就是诗人设计的一场横跨古今的"穿越"性情境。这首诗的一开始就

— 231 —

给人一种虚拟性印象,而且显示出一定的反讽性——时间是"马年、猴月、蛇时",人物是"偶和李白",地点是"醉酒轩";接下来是二人边喝酒边聊天,对话中包含着对李白、鲁迅以及传统诗学观念的嘲弄和解构。古代人物与现代人物、当下背景的结合,颇似鲁迅在《故事新编》中所使用的"古今杂糅"的"油滑手法"。滑稽与讽刺、戏谑与嘲弄并存,而表达的手法与范围也更伸缩自如,内在含义也更为深刻与宽广。

四是异常情境反讽。在虚拟情境反讽中有一种特殊情况,就是诗人通过极度的夸张、变形,有意设置的一种不同于常态的异常情境反讽。其明显的特征是神秘、荒诞与离奇,具有某种奇幻色彩。这种异常情境本身就与真实情境形成巨大的反差与对比,而在反差与对比中反讽的意味得以显现出来。如徐乡愁的《人是造粪的机器》:

  牛顿从墓穴里爬出来/他的心脏开始跳动/血液开始循环/他的头发由白而青而黑/事隔多年还是那样郁郁葱葱/这时候,落地的苹果回到了树上/地球的引力已经消失/牛顿和他的灵感/正在自家的草坪上练习退步走/从果园退回到宿舍/从老年回到少年/从少年回到胎儿/从胎儿回到受精卵/牛顿他爸和牛顿他妈/此时正在床上/制造牛顿/真对不起,放映员抱歉地说/我把电影片子放倒了//好,下面我也要用同样的方法/让伐倒的树木再立起来/让病亡的亲人恢复健康/让乱收的经费退还给人民/让判错的冤案发回去重审/我还要让乱扔的垃圾回到手中/让大便和小便/都回到人的肛门/并在反引力的作用下/穿过大肠和小肠再穿过胃/直抵扁桃也锁不住的咽喉/最后从口腔里吐出/香喷喷的米饭和果实//从前,人是一个个造粪的机器/现在制造黄金

诗人创设的是一种与顺序截然相反的逆序情境,所有的叙述都是从后向前倒着发生,给人一种错乱荒谬的印象。最后一句"从前,人是一个个造粪的机器/现在制造黄金"既是对诗歌前文的总结概述,更包含着对历史、情境发展的反讽和寓意:颠倒是非、以丑为美,等等。

四

在前述对反讽概念的流变过程的梳理中,已经包含了反讽从修辞学意

第七章　网络诗歌的表现形式

义向哲学意义转变的脉络。特别是在德国浪漫主义文论家那里，反讽的哲学意义或者说生存反讽开始被发掘出来并且得到了具体阐述。如克尔恺郭尔说："反讽在其明显的意义上不是针对这一个或那一个个别存在，而是针对某一时代和某一情势下的整个特定的现实……它不是这一种或那一种现象，而是它视之为在反讽外观之下（sub specie ironiae）的整个存在。"[①] 米克在《论反讽》中也指出："反讽也许具有'形而上'的性质和概括的性质，反讽者认为，整个人类即是人类存在状况所固有的那种反讽的受嘲弄者。"[②] 尽管米克对反讽的"形而上"的性质不十分肯定，但他指出了反讽者在人类生存的层面上对于反讽的哲学意义的发现。很显然，这已经超越了较为单纯的修辞学意义上的反讽概念而赋予其更为深广的含义与应用范围。因为生存的问题或者说哲学的问题，是比语用学的层面以及具体事件及语境层面更具"形而上"普泛价值的思考。尽管其发端比较早，而且在较长一段时期内没有得到进一步的拓展，但其意义绝不容低估。直到现代文化兴起之后，生存反讽才被延续并拓展开来。有人从现代视境的角度论及反讽的哲学意义："与作为后设赋意工具运用，因而无关表达主体的自我意识的传统反讽修辞不同，现代反讽视境则作为先设的本源性的意义生成场所，它是在包含了表达主体自我反思意识的前提下，扩大了观察、思考、感受整个世界存在的思维方式和生存态度。当表达主体自觉地将自我意识卷入反讽视境的反思性体验之中，现代反讽视境消解了意识的确定性和自信性，从而展现出具有多种可能性的世界图景。"[③] 相比较而言，后现代主义者反对现代主义者的"形而上"思考，认为世界具有荒谬性、人类生存的荒诞与意义的多重性乃至不确定性，因而反叛、拒绝、抵制、解构、颠覆等否定性手段成为其重要表现。而反讽正好被他们作为对世界特别是人类生存的荒谬性、非理性及人类被异化问题的思考和表达。作为典型的后现代主义文学创作类型之一，网络诗歌在很多方面都表现出生存反讽的特征。这至少有以下三个方面的表现。

一是对启蒙等宏大话语的反讽。如前所述，现代主义与后现代主义都重视生存反讽的意义及运用，但后者对归属于前者的启蒙等宏大话语本身

---

① 转引自［英］D. C. 米克《论反讽》，周发祥译，昆仑出版社1992年版，第100页。
② 同上书，第99页。
③ 陈浩：《论现代反讽形式》，《浙江大学学报》（社会科学版）1997年第3期。

就持有颠覆、嘲弄的姿态和立场。而网络诗歌所体现出来的后现代主义特征更为明显和突出，因此，其中所包含的对现代主义的启蒙话语的反讽也成为其重要特征之一。如徐乡愁的《解手》：

> 就是把揣在衣兜里的手/解脱出来。把忙于数钱的手/解脱出来。把写抒情诗的手/解脱出来。把给上级递烟的手/解脱出来。把高举旗帜的手/解脱出来。把热烈鼓掌的手/解脱出来//把举手表决的手解脱出来/把举手选举的手解脱出来/把举手宣誓的手解脱出来/把举手投降的手解脱出来

这首诗题目为"解手"，其字面意义为"上厕所"或者"大小便"，是对人体排泄行为的雅称。但是，诗歌的内容却从数钱、写抒情诗、给上级递烟、高举旗帜、热烈鼓掌、举手表决、选举、宣誓乃至投降等与经济、创作、政治、斗争相关的行为切入，解释为从中把手解脱出来。这些行为绝大部分关联着或神圣或高雅的宏大话语，但把它们与"解手"一词联系起来，无疑是赋予并暗含了潜在的消解与反讽的意味。

二是对"菲勒斯中心主义"话语的反讽。"菲勒斯中心主义"是一个隐喻的男权符号。对于"菲勒斯中心主义"话语的颠覆，不仅在中国这个长期以来被男权控制的社会有着特殊的意义，而且在网络诗歌中，它还是女权主义运动在解构男权社会、颠覆男权话语方面所体现出来的后现代主义特质的重要表现。同样，"菲勒斯中心主义"也关系着女性的生活与生存，以及为生存所做的种种努力。尹丽川的《三八献诗·妇女老于》就是这样的一首诗作：

> 在一个光荣的节、屈辱的日子，/少女小于当上标兵，并失去贞节/贞节不是，那片薄薄的软体组织//是她用她年轻的手指，那么光洁，那么政治/她年轻的爱人从此发配新疆/十年之后，被乱枪打死/妇女小于，十年之后生下三个孩子/她的两任丈夫，故于疾病和运动/在另一个光荣的节、妇女的节日/于姓妇女被拉去游街，看客中有她的孩子/她戴着高帽，努力挤出微笑/多年以后，孩子们结婚生子/老于做了奶奶，上街买菜，精神矍铄/别人骂她是马列老太，也有人夸

第七章　网络诗歌的表现形式

她不易/而她一无所知。妇女老于/回到了少女小于的时代/在一个光荣的节、无聊的日子/在公园中跳得欢畅，抹着厚重油彩/她的青春从现在才开始/忽然间大雨倾盆，油彩涂出一张男人的花脸/在每一个光荣的节、妇女的集会/她从没当过女人，撒过一次娇/而儿孙们此刻围成一圈，站在雨水之外/齐声叫她"奶奶"

诗歌通过对妇女老于从少女到妇女再到"奶奶"的大半生经历的描述，表现了其被政治话语、政治运动、家庭生活剥夺了作为女性的权利和特征，同时自己也无意识地放弃自己女性权利和特征而从未当过女人的悲哀。即使在属于妇女的"光荣的节"和集会里，她都没有把自己作为女人来看待。这里既有对时代、对政治、对社会剥夺女性权利的不满，更包含着对妇女老于甘于放弃女性权利而趋于男性化、符号化的不觉悟的批判。这可谓是"菲勒斯中心主义"话语的有力反讽。

三是对世界及生存荒谬性的反讽。生存的困惑和对生存的思考是文学表达的永恒主题。可以说，"生存还是毁灭"，哈姆雷特所面临的难题至今仍在诗人心头盘旋。在网络诗歌中，也有不少人把笔触直指这一哲学命题，以反讽的方式表达自己的所思所想。如阿坚《致自杀诗人小招》组诗之二《有人问我，你敢自杀么》，直接把自杀作为诗歌的主题：

其实，我早做好了回答的准备/当有人问我，你敢自杀么/猜猜，我怎么回答的，我说，我不知道/那人接着说，你好好想想/我说，可能我得想一辈子/我说谎了，我肯定不会想一辈子，想一辈子还不疯了/或是，我一辈子都不想想这个问题/但一辈子里不抽空想这个问题似乎也不可能/那我什么时刻才能想想这个问题呢/我不知道，我真的不知道么，我——/到时候现想还来得及么/让我现在想想到时候现想还来得及么/敢自杀么，到时候现想是敢呢，想想为何是敢呢/我想想我想得对么，如果不对呢，我想想/敢自杀么，到时现想是不敢呢，想想为何不敢呢/我想想我想的对么，如果对呢，我想想/我想，我想想想，哎呀，我想不想想呢/我不想想敢不敢自杀这问题了/我想不想了，我不想想了/我想不想不想了，我不想不想不了/我——，招儿呀，快给我拿瓶啤酒

网络诗歌散点透视

蓝蝴蝶紫丁香在一篇博文中谈到灵魂诗的问题时认为：灵魂是诗歌的终极表现，玩诗歌的最高境界就是玩灵魂。"灵魂诗，就是我们内心真正想表达出来的那种喷薄欲出的潜在情感。灵魂诗，应该是无比自由的，不受其他任何外在的观念或者技法的约束，终归于心灵，可以是一种无拘无束的放纵或者宁静……"而阿坚的这首诗，就是直逼灵魂的拷问。① 但是，面对"自杀"其实也是"生存或毁灭"的灵魂难题，诗歌在表面上并没有沉潜于形而上的哲学思辨，也没有像鲁迅那种"抉心自食，欲知本味"的紧张与酷烈，而是借助文字游戏对其进行调侃式的反讽。尤其是最后的诗句"招儿呀，快给我拿瓶啤酒"，完成了对"自杀"这一哲学命题的思考，而这种思考通过反讽表现出来，也赋予了诗歌更多的内涵和深意。

实际上，在很多情况下，网络诗歌中反讽的运用和表现并非是单纯的某一种类型，而是多种形式的综合运用，而且在反讽的对象上也更为宽广和宏大。这就超越了前述修辞反讽、情景反讽和生存反讽的范畴而出现新的发展："从语言反讽到情景反讽，作家的修辞策略延伸为一种情境的基本判断。假如适应于这种基本判断的情境继续扩大，直至动摇维系日常现实的价值体系，那么，总体反讽就将出现。"② "总体反讽的基础是那些明显不能解决的根本性矛盾，当人们思考诸如宇宙的起源和意向，死亡的必然性，所有生命之最终归于消亡，未来的不可探知以及理性、情感与本能、自由意志与决定论、客观与主观、社会与个人、绝对与相对、人文与科学之间的冲突等问题时，就会遇到那些矛盾。"③ 总体反讽的出现，对读者的理解和把握也提出了更高的要求，即超越言语表现、具体语境、个人命运与生存的范畴，而对时代、社会、文化、思想的发展演变有着较为清晰的感知和洞察，以纵向梳理和横向比照来把握反讽的内涵。网络诗歌一旦具有了总体反讽的特征，其思想的价值和意义也势必得以提升。

固然，反讽能够把反对和批判的意图通过委婉含蓄的方式表现出来，增强了网络诗歌的含蓄性和内涵的多义性，同时也赋予作品幽默风趣的效果，但是，反讽本身也潜存着某种消极的因素和影响。在克尔恺郭尔看

---

① 蓝蝴蝶紫丁香：《关于灵魂诗的提出》，http://blog.sina.com.cn/s/blog_4885a3d101018vbw.html。
② 南帆：《文学的维度》，上海三联书店1998年版，第130页。
③ [英] D.C.米克：《论反讽》，周发祥译，昆仑出版社1992年版，第100页。

第七章　网络诗歌的表现形式

来,"对意义与价值无终止相对化"的浪漫派来说,反讽是"极度危险的,甚至会导致伦理上无能的极端化的'美学的'态度"[①]。不仅如此,反讽作为一种"语言策略,它把怀疑主义当作解释策略,把讽刺当作一种情节编排模式,把不可知论或犬儒主义当作一种道德姿态"[②]。甚至弗莱认为"绝对的反讽是疯狂的意识,本身就是意识的终结"[③]。作为狂欢化文本的网络诗歌,在语言反讽、情境反讽、生存反讽乃至总体反讽的运用上如何有效地绕过这些危险的"陷阱",避免极端化的美学态度、犬儒主义的道德姿态及终结意识的误区,而展现出更为积极的健康的发展姿态,的确也有着很长的路要走。

第二节　戏仿:文化消费与诗歌主体的创造性的融合

与反讽相似,作为西方文论中重要概念之一的戏仿同样是网络诗歌中常见的表现形式。而与反讽不同的是,它在网络诗歌中更多地以显性的形式出现,而且在网络中有着极为重要的地位,甚至以"恶搞"的名义渗透到网络的每个层面的各个角落。戏仿被创作者重视,也能引起接受者的喜爱和再度戏仿,在网络中成为一种独特的存在。网络诗歌中的戏仿,是其在网络世界中的具体形态之一。

一

戏仿在中西方文学中有着悠久的历史和广泛的应用。这一文学理论术语的内涵与外延也经历了不断发展流变的过程。"戏仿"又称为滑稽模仿、戏拟、讽刺诗文、戏谑仿作等。从词源学的角度考察,它在古希腊词汇中对应于"parodia",在英语中与单词"parody"同义。据考证,戏仿早在古希腊就被使用,亚里士多德在其著作《诗学》中指出:"首创戏拟诗的

[①] Christopher Norris, *Deconstruction and the Interests of Theory*, London: Pinter Publisher, 1988, p. 86.

[②] [美]海登·怀特:《后现代历史叙事学》,陈永国、张万娟译,中国社会科学出版社2003年版,第131页。

[③] Northrop Frye, *Anatomy of Criticism*, Princeton: University of Princeton Press, 1957, p. 213.

塔索斯人赫格蒙"笔下的人物"比一般人差"[①]。这被一些研究者视为戏仿的首次出现。而且也不难看出,这是把"戏仿"作为"滑稽模仿"来使用的。后来,著名的古罗马教育家兼修辞学家昆体良再次使用这一概念,指出戏仿"源于模仿他者的吟诵歌曲,随后在诗歌和散文的模仿中被滥用"[②]。可见,当时的人们对戏仿的理解更偏重于其"模仿"的含义。

无论是亚里士多德还是昆体良,在使用戏仿的"模仿"意义时还流露出一种情感价值的判断,即对"戏仿"一词持一种贬低的态度。这种偏见对后人的影响极大。1561年斯卡利杰在描述戏仿的滑稽特征时使用了荒谬(ridiculous)一词,显然是受前人的影响并进一步否定了戏仿的意义及地位。甚至到了18世纪,在游戏诗文(即parody)颇受欢迎的英国,批评家仍旧使用"庸俗"的字眼来对其定位。但是,戏仿中的"滑稽""游戏"以及"嘲弄"等类的含义已经开始被斯卡利杰等人发掘出来。

戏仿的含义得到拓展而且地位得以提升是到了20世纪现代主义兴起之后。它在现代派小说理论家那里受到了重视并且被进一步具体化,他们区分了戏仿与拙劣模仿、讽刺等手法的不同。其中,俄国形式主义文论家什克洛夫斯基最早恢复了戏仿的应有地位。什克洛夫斯基是把"戏仿"与"陌生化"理论联系在一起的,指出:"戏仿"是通过模仿小说的一般规范和惯例,从而使小说技法本身得以裸露的修辞手法。它是一种革命性的崭新的艺术形式,能够引起"陌生化"的效果。在他看来,斯特恩的《项迪传》是一部典型的自我戏仿式的、具有强烈自我意识的"元小说"。它一再借助"戏仿"来凸显、暴露自己的艺术手法。"当斯特恩创作长篇小说时,他把作品看成长途漫游,进入一个新世界,不仅是新发现的,还是新建造的世界。旧的世界感受,旧的小说结构,在他那里已成为戏拟的对象。他通过戏拟驱逐它们,并借助离奇的结构恢复强烈的艺术感受和品评新的生活的敏锐性。"[③] 什克洛夫斯基之所以对其推崇备至,正是因为他看重《项迪传》中戏仿手法的使用增强了作品"陌生化"效果的缘故。

---

① [古希腊]亚里士多德:《诗学》,罗念生译,人民文学出版社1962年版,第7—8页。
② Margaret A. Rose. Parody: *Ancient, Modern, and Postmodern*. Cambridge University Press, 1993, p.8.
③ [苏]维·什克洛夫斯基:《散文理论》,刘宗次译,百花洲文艺出版社1997年版,第243页。

第七章 网络诗歌的表现形式

什克洛夫斯基对"戏仿"理论的深入探讨，不仅具有为"戏仿"正名的意义，而且他还进一步发掘了戏仿文本与"源文本"（包括所有艺术作品）之间的"互文"关系，为后人对戏仿理论研究的进一步推进奠定了良好的基础。

巴赫金就是从俄国形式主义文论中受到启发，并进一步阐释"戏仿"内涵的代表人物之一。在《陀思妥耶夫斯基诗学问题》中，他提出了"讽拟体"（讽刺性模拟体，即戏仿——笔者注）的概念，认为讽拟体的话语具有双重指向——既针对言语的内容而发（这一点同一般的话语是一致的），又针对他人话语（即他人的言语）而发。在讽拟体中，作者要赋予他人话语一种意向，并且同那人原来的意向完全相反。隐匿在他人话语中的第二个声音，在里面同原来的主人相抵牾，发生了冲突，并且迫使他人话语服务于完全相反的目的。话语成了两种声音争斗的舞台。因此，讽拟体必须特意让人们十分突出、十分鲜明地听出他人的话语。在巴赫金看来，讽拟体的话语有不同的形式：一是模仿他人的风格，二是模仿他人观察、思索和说话的方式格调；另外，讽拟体还有着不同的深度和不同的用法。[①]可见，巴赫金对戏仿的研究已经非常细致和深入。但他并没有止步于此，而是把戏仿和狂欢诗学紧密联系起来。他强调，中世纪大量的讽拟文学与民间节庆诙谐形式有着直接或间接的联系，"对于中世纪的戏仿者来说，一切都是毫无例外的可笑，诙谐，就像严肃性一样，是包罗万象的：它针对世界的整体、针对历史、针对全部社会、针对全部世界观。这是关于世界的第二种真理，它遍及各处，在它的管辖范围内什么也不会被排除"[②]。很显然，与前人相比，巴赫金大大扩展了戏仿的外延及内涵。

巴赫金之后，结构主义理论家对俄国形式主义文论中关于戏仿文本的不连续性、互文性和自我反映性进一步推进，把喜剧性戏仿、复杂的元虚构戏仿和互文性戏仿分离开来。如热奈特就指出，戏拟是对原文进行转换和改变，要么以漫画形式反映原文，要么挪用原文。除此之外，读者接受反应论者也论及戏仿问题。首先是姚斯指出戏仿包含滑稽，是对另一部作

[①] ［苏］巴赫金：《陀思妥耶夫斯基诗学问题》，《巴赫金全集》第五卷，白春仁、顾亚铃译，河北教育出版社2009年版，第241、253页。

[②] ［苏］巴赫金：《巴赫金全集》第六卷，李兆林、夏忠忠译，河北教育出版社2009年版，第96页。

品内容的喜剧性模仿,这使得戏仿的原初含义得以再现;接着有人从作者和读者两类不同主体的角度对戏仿进行了分析。姚斯与伊瑟尔还对戏仿的否定功能进行了论述。

作为后现代主义理论的一部分,解构主义是以消解、颠覆结构主义为前提的。在解构主义理论的影响下,戏仿理论发生了很大的变化。由于后现代主义理论自身的驳杂,也导致不同的论者对戏仿的理解和评价差异很大。简单地说,后现代主义论者对戏仿的态度大致分为两类:一是否定的声音。例如在哈桑那里,戏仿是与精神病和疯狂相联系的;它是反对现代性的经验主义的形式之一,具有公开、非连续性、非决定性、即兴的、偶然结构、同步主义等特征。詹姆逊更看重戏仿的讽刺功能,"戏仿利用了这些风格的独特性,并且夺取了它们的独特和怪异之处,制造一种模拟原作的模仿。我不是说讽刺的倾向在各种形式的戏仿中都是自觉的。但在任何情况下,一个好的或者伟大的戏仿者都须对原作有某种隐秘的感应,正如一个伟大的滑稽演员须有能力将自己代入其所模仿的人物。还有,戏仿的一般效果,无论是善意的还是恶意的,是要就着人们通常说话或者写作的方式向这些风格习性以及它们的过分和怪异之处的私人性质投以嘲笑。所以,在所有戏仿的背后存留着这样一种感觉,即有一种对比于伟大的现代主义者的风格所能模拟的语言规范"[①]。总体上詹姆逊对戏仿是排斥的,它的"模拟性"在很大程度上导致文化产品个性和风格的缺失。二是肯定戏仿的积极意义。琳达·哈琴认为詹姆逊对戏仿的理解过于狭隘,仅把戏仿视为杂糅而遮蔽了其内涵的广泛性,"而20世纪的艺术形式给我们的教训是,讽拟是有着广阔界限的形式和目标的——从隽永的嘲讽,到玩笑式的荒谬语,及严肃的敬辞"[②]。她把戏仿视为最能体现悖谬的表现方式,而悖谬正是哈琴所归纳的后现代诗学的概念之一。戏仿并没有简单地逃避历史、消解历史,或玩弄或拼凑历史碎片,制造文化垃圾,而是以独特的方式对历史、文化、权利和话语进行解码和再编码。"双重赋码"的结构中就潜藏着意识形态相关问题。哈琴还指出:"即使自觉意识最强、戏仿色

---

① [美]詹明信:《晚期资本主义的文化逻辑:詹明信批评理论文选》,张旭东编,陈清侨等译,生活·读书·新知三联书店1997年版,第400页。
② [加拿大]连达·赫哲仁:《后现代主义的政治学》,刘自荃译,骆驼出版社1996年版,第103页。

第七章 网络诗歌的表现形式

彩最浓的当代艺术作品也没有试图摆脱它们过去、现在和未来赖以生存的历史、社会、意识形态语境，反倒是凸显了上述因素。"[1] 正是在这一意义上，戏仿被哈琴视为"后现代主义完美形式"。在这里，戏仿的内涵和意义得到了进一步的丰富和深化。

与戏仿在西方文学理论中有着相对清晰的嬗变轨迹不同，中国古典文论中并没有戏仿这一术语。但在文学创作中却不难发现与戏仿相似或相近的创作手法。如拟古诗、历史演义故事等。有人指出："中国小说史上的《西游记》《儒林外史》《老残游记》及晚期的讽刺暴露小说，当然是以戏拟占主导地位的讽刺小说。但《红楼梦》《三国演义》《金瓶梅》等小说中，戏拟亦是一个极端重要的话语特征。"[2] 现代文学作品中，鲁迅的《故事新编》是运用戏仿手法的典型例子。除此之外，他还有几首诗作也体现出了极为突出的戏仿特征：《我的失恋》是对东汉张衡《四愁诗》的戏仿，《剥崔颢黄鹤楼诗吊大学生》是对崔颢《黄鹤楼》的戏拟。新时期之后，中国学者对于戏仿的研究有了新的收获。在汪民安主编的《文化研究关键词》一书中，他把戏仿解释为"一种对原作的游戏式调侃式的模仿从而构造新文本的符号实践"[3]。著名学者南帆也指出："戏仿不是虔诚地景仰经典，相反，是用种种浮夸的方式破坏经典。从民间幽默、文类退化到小说写作，戏仿始终保持了这样的基本含义：通过滑稽的曲解模仿既定的叙事成规。于是，既定的叙事成规之中的意识形态由于不伦不类而遭受嘲笑，自行瓦解。"[4] 赵宪章则对于戏仿的内在机制进行了详细论述。他指出：戏仿作为"仿拟"的特种形态，从修辞格的意义上说就是戏谑性仿拟，戏仿体作品最显著的文本形式是"复合文本"，即源文本和戏仿文本，二者之间存在着"图—底"关系。在这一关系中，当下的、现实的、直接的戏仿文本对于历史的、幻象的、作为背景的记忆文本始终保持戏谑性张力。这一张力系统的内在机制表现在转述者变调、义理置换、极速矮化和文本格

---

[1] [加拿大] 琳达·哈琴：《后现代主义诗学：历史·理论·小说》，李杨、李锋译，南京大学出版社2009年版，第34页。

[2] 刘康：《对话的喧声——巴赫金的文化转型理论》，中国人民大学出版社1995年版，第170页。

[3] 汪民安：《文化研究关键词》，江苏人民出版社2007年版，第378页。

[4] 南帆：《夜晚的语言：当代先锋小说精品·序言》，暨南大学出版社2002年版，第21页。

式化四个方面。这对国内戏仿研究的深入和细化无疑有着重要的启发意义和参照价值。[①] 与当代文论中对戏仿的关注相对应的是,戏仿在文学创作中所表现出来的特点及其影响也越来越突出。尤其是小说、戏剧、影视作品中的戏仿现象,已经被众多研究者所关注;但是,诗歌文本中的戏仿研究仍显得门庭冷落。其实,在新时期之后特别是网络诗歌中,戏仿也逐渐凸显出重要地位,特别是在网络诗歌的狂欢化中正在扮演着越来越重要的角色。

二

特定的语言产生于特定的语境,二者之间形成一种稳定的逻辑关系和语义关系。一旦语境发生变化,语言形式和内涵也将随之变化。当然,与语境的变化速率相比,语言的生命力更为持久。即是说,语境已经发生了变化,但与之相关的语言也不会很快消亡,而是在很长时间内继续存在,并且还会以另外的形式出现在新的语境中。只不过这时候原来的语言的内涵已经被赋予了新的意义,服务于新的表达。这种在新的语境下重新使用特定语境中的特定语言的现象,是语言戏仿的惯用手法之一。结合巴赫金对小说戏仿类型的分析,网络诗歌中的语言戏仿大致可以分为以下三种类型。

一是对社会典型话语的戏仿。语言与特定的语境相联系,表现之一就是特定的社会文化政治氛围规约与制造与之相适应的语言形态。中国文化博大精深,文化环境与政治形态反复多变,因而也造就了类型繁多、形式各异的语言。其中能够引人注目的就有能够反映特定社会语境、文化与政治氛围的典型时期的典型话语。这类语言在其产生的社会与时代中被广泛使用,人们习以为常,但是一旦将其挪移到新的语境之中,服务于新的表达意向,其戏仿的效果就显露出来了。例如,阿紫的《我在脑袋上别把"X"——为我的新发型而作》:

我在脑袋上别把"X"/告诉你们我有谦逊的美德/凡老年人在场我就闭嘴/躲在"X"里,他们就看不见/不和同志们乱开玩笑/这是革

[①] 赵宪章:《超文性戏仿文体解读》,《湖南师范大学学报》(社会科学版)2004年第3期。

第七章　网络诗歌的表现形式

命不是请客吃饭/不在严肃场合吸烟/那些男人认为思考重要事情/才吸烟所以这是他们的特权//这世界是老人和男人尤其老男人的不是我的/我早该扭头就走/可我活下来了像一条狗

在这首诗中,作者把"革命不是请客吃饭"这一在 20 世纪六七十年代流行的政治色彩浓郁的革命话语直接借用过来,与自己的新发型设计这一私人行为结合在一起,从而使前者出现了新的内涵和意义。其实,戏仿的方式是比较灵活的。"不仅一个完整的话语,可以对之进行戏拟,任何文本中有意义的片段,甚至一个单词,也都可以对之进行戏拟,只要我们在戏拟所生成的新文本空间中能够听出作家所赋予的一种新意向。此外,不同语体之间,不同社会阶层的语言之间,也都可以进行戏拟。比如,让一个古人说英语,让一个乡下人讲述一个充满文学性想象的故事。还有,同一语境中的语言相互之间也可以进行戏拟。比如,让一句相同的话在文本中重复一遍,就会产生新的意向,它们之间就可能构成戏拟的关系。"① 火头的《河蟹社会》就是一首这样的诗作:

忘记自己的漂浮,与云做伴/日暮西沉碧落惊天/这会儿忽悠/真实的是水底/河里有蟹//记取一滴,昆仑之水西来/点点点,我们的生活/有时是一盆火锅/有时是,老榕树下一场松懈的牌局//有张红桃A,操四川口音/它要吊小地主的黑/落叶片片/它怀疑自己是否够红//如果,奥林巴斯工作得够好/还可以看到/躲在电线杆下的交警/他们戴墨镜,拿着罚单/来往车辆/统统的缴款不杀

这首诗歌中语言戏仿的方式比较丰富,既有对社会典型话语的拆解重组,也有文言化的语句在白话语境中的渗透;既有方言(粤语吊黑)的突兀出现,也有对词语的改造加工(缴款不杀);等等。这些不同类型的话语被放置在同一语境中,相互之间的抵牾就会显示出来,讽刺、幽默、诙谐、解构等效果因为戏仿的使用而得以呈现。

---

① 郑家建:《历史向自由的诗意敞开——〈故事新编〉诗学研究》,上海三联书店 2005 年版,第 22 页。

网络诗歌散点透视

二是针对特定人物或类型、风格话语的戏仿。不仅特定的社会语境造就特定的语言，不同的人物——特别是伟人或名人——阶层、群体等也有独特的话语形式，这种独特的话语形式被认同和接纳，就形成了特定风格的话语类型，也被称为社会方言。社会方言的使用和传播也有着特定的语境和范围，而一旦离开其生存的语境和范围，被网络诗人引用、拼贴、模拟进诗歌之中，特别是安置在与其生存语境不同乃至不相交融的新语境之中，也会形成新的意向，创造语言的戏仿形式。例如，南人《中国啊，我的鞭子丢了》是这样写的：

周末到老周的饭馆吃饭/饭前，开车过来的老梁说：中国啊，我的钥匙丢了//吃饭时/几杯酒下肚/大家都有了老梁的感慨//老马说：中国啊，我的鞭子丢了/老鹿说：中国啊，我的鞭子丢了/老牛说：中国啊，我的鞭子丢了/老虎说：中国啊，我的鞭子丢了//饭后去款台结账/我发现/他们的鞭子都被泡在老周的酒里

当代诗人梁小斌创作的《中国，我的钥匙丢了》是一首非常有名的朦胧诗。特别是诗歌借助"钥匙"这一核心意象，传递出了具有宏阔视野期待的信息和语境。通过"钥匙"串联起疯狂—失落—怅惘—焦虑—寻找的情感历程，展示了生命内部的冲突。这样，诗歌展示给读者的是那些经历了特殊年代的青年人渐渐清醒的灵魂的模样，听到了他温热的鼻息和心音，触到了那枚锈斑苍然的苦难的"钥匙"！但是，在南人对这首具有心灵意义和划时代精神的诗歌进行戏仿时，却将其格调降至形而下的层面，放置在被俗化的场景中，从而使表达的内涵也急剧降格，进而形成了对原作固有精神和品格的戏仿和解构。与之相似的还有伊沙的《私拟的碑文》：

三年以来/在人类制造的历次战争中/因为偷情而没有逃离将倾的屋宇/最终葬身火海的好男好女们/永垂不朽//三十年以来/在人类制造的历次战争中/因为偷情而没有逃离将倾的屋宇/最终葬身火海的好男好女们/永垂不朽//由此上溯到一千九百三十七年/从那时起/在人类制造的历次战争中/因为偷情而没有逃离将倾的屋宇/最终葬身火海的好男好女们/永垂不朽//从那时起/继续上溯到史前/在人类制造的

第七章　网络诗歌的表现形式

历次战争中/因为偷情而没有逃离将倾的屋宇/最终葬身火海的好男好女们/永垂不朽

这首诗戏仿了人民英雄纪念碑的碑文，把为解放战争而光荣牺牲的英雄置换为"为偷情而献身"的世俗男女。网友唐师傅评论说："它的心理依据是渎神，它把一个神圣不可侵犯的文本消解了，它采取张冠李戴的方式让这个曾经崇高的文本显出尴尬的面目，喜剧性的效果就这样出来了。"[①] 进一步，它是把神圣、庄严、肃穆而且具有崇高意味的碑文，以模拟的方式进行世俗甚至带有猥亵意味的降格，包含着解构与颠覆的意向，实现了巴赫金所谓的庶民的"狂欢"。

三是在前两种语言戏仿类型的基础上，通过挪移、拼贴、复制、模仿等手段形成语言杂糅的综合戏仿。相比较而言，这类戏仿比上述两类戏仿有着更强的包容性和复杂性，运用起来更为灵活多变。网络诗人在即兴创作过程中，有时也无暇顾及对不同戏仿方式的筛选与锤炼，只需尽兴表达自己的意图即可信手拈来、随心所欲。而对综合戏仿中所采用的不同类型的区分，有时也成为比较棘手乃至出力不讨好的工作。如风雷伊鹏的《诗江湖》就是这样的作品：

我匹马单枪闯进诗江湖/二十年聆听太白，志摩/古今诗仙之仙歌/隐身修炼千万天/临别两位叹叮嘱/江山代有才人出/各领风骚数百年/吾俩已作古//我反问难道历史对您/的评价是假之乎/我初生牛犊不怕虎/况此等鼠辈乎/刚踏进就瞧见"老德"/在卖弄他"诗歌里的女人"/就你一招乾坤大挪移/灭不了此等缺德的/也足以灭了次等缺德的/诗歌里的女人/再想去拜见诗林盟主/却发现个个都想我去拜见/我一招"破剑势"/全他娘的是纸老虎

这里既有对武侠语言的采用，又有对古典诗句的"穿越"；既有对文言的套用，也有对伟人话语的借鉴。种种采纳和挪移，目的在于对诗江湖的戏谑和游戏。在这首诗中，语言的戏仿是通过模拟、转述或改造他人语

---

① http://www.rongshuxia.com/book/385210#0.html.

网络诗歌散点透视

言来改编其意向的方式，从而使诗歌有了新的意向和情感。蓝蝴蝶紫丁香的《张妙在 2011 年清明节写给药家鑫的情书》同样是一首运用综合戏仿手法的网络诗歌：

帅哥/我爱死你啦/我生前/真的不知道/你这么帅的帅哥/就叫药家鑫//帅哥/你还弹/钢琴哦/你的手还真漂亮//帅哥/你捅/你捅/你捅/真舒服啊//帅哥/要是/你捅我的/不是水果刀就好了//帅哥/我爱死你啦/8 下/就把我搞死了//帅哥/我就个农村妇女/被你捅/我是幸福的/帅哥/你不用担心/我没记你的车牌/号号//帅哥/你放心好了/我不怪你/我不怪你车车/撞我/怪我自己/命贱//帅哥/被你撞/我已经够幸福了/紧接着/还被你捅啊/捅啊捅/爽啊/帅哥/对不起啊/都是我不好/害了你/害得你现在憔悴的样子/我心疼了//帅哥/我爱死你啦/今天/是被你捅过之后/第一个/清明节/想了很久/还是给你/写上这封情书/没啥文化/也不知写啥/帅哥/想求你/件事/你得答应/我家里/还有两岁的小孩/你帮忙/传授一下/连环 8 刀绝技//希望/儿子长大了/像你一样/也在你/上学的/西安音乐学院/弹钢琴/顺便/把这活儿/也发扬光大//帅哥/我爱死你啦/我爱你/爱你/天天想着你

发生于 2010 年 10 月 20 日晚的药家鑫事件，随即在社会上掀起了一场轩然大波。围绕着事件本身的讨论乃至争议纷纷扰扰，难以平息。网络诗人蓝蝴蝶紫丁香的这首诗运用了综合戏仿手法，模仿受害人张妙的口吻戏拟了一封写给行凶者药家鑫的情书体诗歌。其中的戏仿手法包括：相同的句子重复出现，改变原句的表达意向的方式，如"帅哥""你捅""我爱死你啦"，等等；诗歌故意模拟与客观语境不相符合的话语方式，有的使用网络词汇如"偶"，有时是幼儿或撒娇话语的出现，如"车牌号号""车车"，从而在二者之间形成强烈的反差和张力，彰显反讽的效果；另外，还有"连环 8 刀绝技""发扬光大"等词语的创造和挪用，同样提升了戏仿的效果。就整首诗而言，作者通过戏仿张妙的口吻写下的这封"不合时宜的情书"，对于整个事件的严肃性、庄重性、社会影响力乃至反思价值和意义也被消解得所剩无几了。

由此可见，网络诗歌在语言戏仿层面上，无论是整体戏仿还是通过个

第七章　网络诗歌的表现形式

别词汇、句子的戏仿，其性质和效果都是一致的，这就是对词语、句子或语言风格、类型乃至其存在的原初语境的扭转，使其改变意向而朝着新的意向发展。

三

有研究者指出："从文体学视角来看，无论是创作者还是读者，创作或阅读时所面对的不是单一的原创文本，而是两个文本——仿文和源文——所建构的共同体。"① 这提醒我们，对于戏仿的研究，不仅要关注新创造出来的文本即仿文，同时还要留意其模仿的对象即源文，正是这二者共同完成了戏仿过程。如果说前述对网络诗歌语言的戏仿类型的分析主要是着眼于仿文文本，那么接下来将要论及的则是源文文本，这主要是对戏仿的结构及文体的角度进行考察的。相对于叙事性突出、包容性更强的小说、戏剧以及影视作品戏仿源文的丰富性和广泛性，网络诗歌戏仿的源文的文体类型则较为集中。大致来说，网络诗歌戏仿的源文文本类型主要集中在以下几种。

首先，古典诗词是最为常见、最为简单的戏仿文类。中国是诗词的国度，尤其是古典诗词，不仅在中国文学史上有着辉煌的业绩，而且在世界文学史上也占有重要的席位。正是因为其巨大的光影和耀眼的光芒，不少诗词名篇成为家喻户晓、妇孺皆知的"常识"。也正是基于此，网络诗歌把戏仿的矛头指向了古典诗词名篇。在很大程度上也是利用古典诗词这一源文的知名度，帮助读者迅速过渡到仿文中去。而且，古典诗词名篇的耳熟能详，也使得读者更容易在阅读仿文之际同时将这些深印在脑海的名篇提取在眼前，进而在二者的相互对照与映衬中发现新的意向。

当然，有些古典诗词的戏仿并不仅仅依赖于网络的传播，或者说网络诗歌并不是对古典诗词戏仿的唯一途径，如对李白《静夜思》的戏仿，"床前明月光，地上鞋两双。举头望明月，低头吻情郎"就完全改变了原诗所寄寓的游子思乡的孤独情思，而重新演绎了一出带有暧昧意味的场景。在网络这一狂欢世界里，戏仿手法得到了更大程度的发挥和更为广泛的传播，其戏仿的效果和手法也更为灵活多变，网络诗人对古典诗词的戏

---

① 赵宪章：《超文性戏仿文体解读》，《湖南师范大学学报》（社会科学版）2004年第3期。

仿也就更为得心应手。大致来说，根据源文本文体的不同，网络诗歌的戏仿可以分为对古诗的戏仿和对古词的戏仿两大类。古诗是中国语言极度凝练和含蓄的代表性文学类型，它能够在最为有限的篇幅内寄寓极为丰富的内涵和情感，而且声韵方面也有着极强的节奏感和统一性。再加上网民对古诗的熟稔和认知，古诗常常成为网络诗人的戏仿文本。如网名为"钟鸣夏梦"在其博客中发表的《戏仿古诗四首》就是这样的例子：

（一）行行重行行
行行重行行，春节忙逢离。/归时心如箭，别后路似涯。/春运奈何苦，辛劳人皆知。/汽车赛雀笼，倦鸟挤满枝。/铁道虽提速，却怨轮毂缓。/飞机言价高，掏钱不悔反。/忘记寒和饥，难分昼与晚。/亿众同此情，一餐团圆饭。

（二）今日良宴会
今日良宴会，欢乐难具陈。/茅台五粮液，杯杯添精神。/鸡鸭鱼肉蛋，鲍翅海鲜真。/美女侧陪侍，缠绵意俱申。/昨午你接风，明晚我洗尘。/吃喝用公款，互请是要津。/奢靡长此往，有谁记苦辛。

（三）西北有高楼
西北有高楼，上与浮云齐。/交疏结绮窗，阿阁三重阶。/别人豪宅喜，我则蜗居悲！/都城裸婚族，无房娶娇妻。/楼市正调控，价格终徘徊。/何时能见底，缺钱有余哀。/但愿广厦里，百姓影不稀。/小康之日到，和谐旌旗飞。

（四）回车驾言迈
回车驾言迈，酒酣方上道。/四顾何茫茫，人命如芥草。/有谁敢挡路，今日你终老。/头脑手足麻，难分迟与早。/油门当刹车，狂奔不思考。/醉驾已入刑，法律成珍宝。

很显然，这四首网络诗分别戏仿了《古诗十九首》中同题的古诗。《行行重行行》原是一首东汉末年动荡岁月中表达相思离乱之苦的诗作，被网友戏仿后用以描述中国特有的春运之苦；《今日良宴会》原写对酒听歌的感慨，表现出"贫士失职而志不平"的愤激心情，包含着对人生、社会问题的深层思考，但戏仿之作成为对吃喝之风、奢靡之气的讽刺和挖

第七章　网络诗歌的表现形式

苦;《西北有高楼》本来是借一位彷徨中的失意者的形象,幻化出"高楼"听曲的凄切场景,但网友的诗作却刻绘出房价之高、蜗居之苦的无奈与悲哀;古诗《回车驾言迈》寄托的是对人生及生命真谛的不同层次的思考和探寻,在自然亲切中包含了浓郁的哲理意味,而新作则把批判的矛头指向了醉驾者。不可否认,无论是在诗歌的思想境界还是情感意蕴上,四首戏仿诗作都无法与源文本相比拟。但是,"眼前有景道不得,早有崔颢题上头"的喟叹与放弃绝不是戏仿者特别是网络诗人的选择,他们另辟蹊径,不求诗歌的思想价值与艺术地位,表达与原诗不同乃至相反的新意向恰恰是其追求的目标。很显然,他们完成了这一任务。

与古诗相似,古词的创作也有固定的格式,而且对声韵有着不逊于格律诗的要求和规范,但同样也有着难以计数的拥趸和模拟者。极高的普及性也使得词成为网络诗人热衷戏仿的源文本。如网友所填的《贺新郎·戏拟网坛》：

此处真奇幻!尺盈间、众生百态,眼花缭乱。密鼓紧锣云集了,各路江湖好汉。文武艺、轮番操练。拱手相逢君子礼,且休言、谁贵谁卑贱。申所欲,忒方便。

有时也会双开战。却原来、书生意气,笔头恩怨。河伯一朝临北海,难免望洋兴叹：掷笑柄、为方家见。网上高师随处是,再无须、立雪程门院。如此想,挺划算。

《贺新郎》又叫"贺新凉",是古代常用的一种词牌,和其他词牌不同的是,该词牌每句都以仄声结尾。一般来说,用入声部韵适于表达激壮的基调,用上、去声部韵则更宜于抒发凄凉悲郁的情绪。这首《戏拟网坛》带有轻松惬意、笑逐颜开的意味,这显然是对原词牌所惯常表达的情绪的一种改变。而且,传统诗词的体式之中容纳进了网络世界的新鲜事物,即所谓的"旧瓶装新酒",同时也在一定程度上解构了固有体式的规范与功用,从而使其成为"含有新意味的形式"。

其次,现当代诗歌名篇或者流行较广的诗歌也常作为源文本在网络诗歌中被戏仿。与古典诗词的简约形式及凝练的文言化语言不同,现当代诗歌主要是采用自由体的形式及白话,这在内容的传达和情绪的宣泄等方面呈现出比古典诗词更为便捷与简易的特点。现当代诗歌中的名篇也具有了相当的知名度和较为固定的内涵及文学史地位，网络诗人也常常以此作为戏仿的对象，来改变原意以传达新的内涵与情思。对现当代诗歌名篇的戏仿有的是针对内涵和意蕴层面，而在形式上并无直接关联，第三代诗人对朦胧诗的戏仿就是代表。还有的是借用源文本的表达形式和框架，通过置换其中部分词语的方式来完成戏仿。如东夷的《祖国啊，祖国》：

我是你的蛋白质/在思考的器官里/我是非理性 非逻辑//祖国啊，祖国/在你的肚子里/我是盲肠，我是胆结石/我是肺结核，肝硬化/我是咽下去的一口痰//我是祖国的下水/祖国的阴茎/我蓬勃向上/我好色，好中国特色/在社会主义的阴道里向资本主义的子宫射精//中国啊，我活着/白天打我的左脸/黑夜打我的右脸//太阳涨红/我们在光芒里受孕/传达马太福音

这是对著名诗人舒婷的代表性朦胧诗之一《祖国啊，我亲爱的祖国》的戏仿和解构。源文本是一首深情的爱国之歌，具有鲜明的时代特征与个性特色——既有当代青年那迷惘的痛苦与欢欣的希望，又有女儿对祖国母亲艾艾的不满与献身的真情，交融着深沉的历史感与强烈的时代感。但是，在戏仿后的文本中充斥的却是身体器官、疾病、生殖器、体液等形而下的语言词汇，可以说完全背离了原诗的主旨与情感。戏仿文本带给读者的是与迷惘、希望、追索、探求等截然对立的感受和体验。

在网络诗歌中，对现当代诗歌的戏仿还有一个不容忽视的事件，这就是"梨花体"诗歌的盛行。该事件起因于诗选刊杂志社编辑部主任、中国作协会员、女性作家赵丽华于2006年在网络上发表的几首口语诗。如《一个人来到田纳西》是这样写的："毫无疑问/我做的馅饼/是全天下/最好吃的"；还有《我坚决不能容忍》："我坚决不能容忍/那些/在公共场所/的卫生间/大便后/不冲刷/便池/的人"；《我发誓从现在开始不搭理你了》："我说到做到/再不反悔"。网友把这种口语诗戏称为"梨花体"（"丽华"的谐音），甚至将赵丽华尊奉为"梨花教教主"，而且对其进行了大量戏仿，如"我要在腾讯写诗/一首/关于嫦娥的诗/我的诗/是/天下/最好的诗"，"我/看了/笑翻了/看完了/才发现/我也可以是诗人/因为/我也会用

第七章 网络诗歌的表现形式

回车键/嘿嘿",等等。之所以会出现这一戏仿(也有人称为"恶搞")事件,除了网络这一空间所具有的自由性之外,也有着网友对新时期以来过分透明、通俗的口语诗的不满,同时也是网友亵渎"权威"、游戏娱乐情绪的表达。

最后,以流行歌曲为源文本的戏仿诗歌。与古典诗词及现当代诗歌在读者中有着极高的人气相似,流行歌曲也一直拥有大量的拥趸;甚至其流传的范围丝毫不逊于诗歌。再加上流行歌曲更多地以白话特别是口语呈现出来,不必像古典诗词似的还要照顾合辙押韵、对仗规整等因素,因而它更容易成为网络诗歌戏仿的源文本。可以说,网络诗歌戏仿流行歌曲的例子非常普遍。如网友对《一分钱》的戏仿:

> 我在马路边捡到10块钱,把它交到网管帅哥手里面,帅哥拿着钱,对我把头点,我高兴地说了声:冲个会员。

还有以电视剧《外来妹》主题曲为源文本的戏仿诗作《禽流感之歌》:

> 我不想说我很清洁,我不想说我很安全,可是我不能拒绝人们的误解,看看紧闭的圈,数数刚下的蛋,等待被扑杀的危险。
> 吃我的肉我没意见,拿我的蛋我也情愿,可是我不能容忍被当作污染,想想命运的苦,擦擦含泪的眼,人的心情我能理解。
> 一样的鸡肉,一样的鸡蛋,一样的我们咋就成了传染源。禽流感,很危险,谁让咱有个鸟类祖先。孩子他爹已经被处决,孩子他哥抓去做实验,这年头做只鸡比做人还艰难,就算熬过今天就算过了明天,后天估计也得玩儿完。
> 一样的鸡肉,一样的鸡蛋,一样的我们却已不值一钱,一样得吃肉,一样得吃饭,人不能没有鸡的世界。
> 一样的鸡肉,一样的鸡蛋,一样的我们却过不了本命年,一样得吃肉,一样得吃饭,人不能没有鸡的世界。

前者戏拟的对象即源文本是著名作曲家潘振声先生创作于1964年的儿童歌曲《一分钱》,它表现的是孩子们拾金不昧以及和警察叔叔之间友好温馨的场景，对孩子具有重要的教育意义而且非常生活化，流传至今。戏仿作品却刻画了一个捡到钱而去上网的网迷形象。对孩子来说，不仅其教育意义消失殆尽而且具有负面的影响，这显然是与原作大相径庭的。它消解乃至颠覆了源文本的内涵和意义，美好、高尚的一面只能化作微微一笑。后者是对电视剧《外来妹》的主题曲《我不想说》的戏仿。歌曲含蓄委婉地表达了电视剧的主人公——年轻的打工女性在奋斗过程中的内在感受。这首歌曾经和电视剧一起流传广远。戏仿之后的《禽流感之歌》（也有的叫《我不想说我是鸡》）表达的却是在禽流感背景下鸡的悲苦命运。

　　与以经典诗歌为源文本的戏仿不同之处还有，流行歌曲不仅歌词即文字部分已经被普遍接受，被人们所熟知的还有其曲调。当戏仿流行歌曲的网络诗歌出现在读者面前时，那熟悉的旋律也会悄然之间在其耳边响起，乃至不自觉地哼唱起戏仿后的新歌词。有的还被制作成视频，或者以动画及Flash形式重新呈现，或者只是在原来视频的基础上变换了歌词，正是在这种旧调新词的戏仿诗歌中，新的意义才能够得到更为充分的展示。可见，在对流行歌曲的戏仿中，歌词成为被戏仿的部分，而曲调则维持着源文本的重要特征（与词作中的词牌相似），并以此为读者保留着追索源文本的基本路径。

　　网络诗歌戏仿的源文本除了上述几种类型之外，还有对其他文体形式如碑文、情书、新闻报道、广告、俗语等非文学类型的戏仿，如伊沙的《私拟的碑文》是对人民英雄纪念碑碑文的戏仿，蓝蝴蝶紫丁香的《张妙在2011年清明节写给药家鑫的情书》是对情书的戏仿，管上的《让一部分人先硬起来》是对性药广告（同时也包含着对国家领导人话语）的戏仿，徐乡愁的《狐狸的尾巴总会露出来》戏仿的源文本是俗语，阿紫的《怎样写检查》则是把检查作为戏仿的源文本，等等。无论成为源文本的是哪一种文本类型，被戏仿后都包含着对该文本的文体类型本身、其所包含的严肃、庄重、神圣、真实、普泛等意义的解构和颠覆。因而，读者在阅读此类戏仿文本时，不仅会对戏仿的内容形成新的认识，同样也会在笑声中对这些文本类型自身的规定性、通用性和稳定性产生前所未有乃至截然相反的印象。

　　可见，网络诗歌中的戏仿不仅创造出具有新意向的语言，而且能够创造出具有新意向的文体类型，以及二者所包含及表达的内在意蕴及情感。

第七章　网络诗歌的表现形式

四

戏仿并非网络诗歌的专利，早在古代就有戏仿作品的出现。中国现代文学史上，鲁迅的《故事新编》更是戏仿的经典文本。新时期以来的作家如王朔、王蒙、余华、苏童、莫言、王小波、刘震云等都是运用戏仿手法的行家里手。但是，在网络世界里，戏仿的身影更是随处可见，不仅已有名气的网络作家如此，即使是名不见经传乃至初次"触网"的菜鸟级网友对戏仿的运用也显得得心应手。那么，网络给戏仿的普及带来了怎样的便利？或者说戏仿存在于网络诗歌的原因有哪些？

首先，网络空间把对包括经典性文学作品在内的历史文化的消费变得更轻松自如。在消费社会中，人们不再满足于把消费的对象局限于物质层面，文化、历史、文学等精神层面也被作为消费的对象，而且人们的消费需求日渐高涨。正如杰姆逊所言："在商品社会里，商品消费欲望是具有传染性的，消费者从来是不会满足的，既然商品并不完全是物质性的，商品消费就和精神状态有关系。"[1] 正是在这种背景下，文学、历史典籍等文化材料就容易引起消费者的注意而被视为消费品。网络的出现，为这种精神的消费带来前所未有的自由和便利。其一，在网络空间中，诗歌的创作者容易滋生出一种自己成为诗人的强烈念头和舍我其谁的自信心理。在这种欲望的驱使之下，网络诗人在无暇或者是无力创作超越前人的文学名篇的焦虑中，就会很容易把前人的作品作为消费、消解与颠覆的对象，对其稍加改造，反其意而用之，以此来达到摆脱前人的影响的目的，更重要的是展示自己的独创之意，借此实现自己从前人之作中实现一定程度的"突围"与"超越"的满足感和成就感。其二，相比于彻头彻尾的独创之作，这种"借水行舟"式的戏仿有着更为独特的优势：一是省却了创作者从生活中搜集素材、提炼主题，乃至布局谋篇的劳神费力，在别人创作的基础上稍加改动便可完成"新作"，这一过程在网络环境所能够提供海量搜索素材的前提下更显得轻而易举，这自然会进一步强化网友通过戏仿别人的作品来实现自己作家梦的内在心理；二是通过对广大网友耳熟能详的古典

---

[1] ［美］杰姆逊：《后现代主义与文化理论——弗·杰姆逊教授讲演录》，唐小兵译，陕西师范大学出版社1987年版，第201页。

与现当代的名篇名作、流行歌曲、特定文体的戏谑性模仿,使戏仿者在改变原作、渗透新作的同时表达出自己的"高明之举"与"超越之处"。这正是戏仿者对自我创造能力的正面肯定与直接表现,其创作的快感也正由此得以满足。有人指出:"消费文化使用的是影像、记号和符号商品,它们所体现的是梦想、欲望与离奇的幻想。它暗示的则是:在自恋式地让自我而非他人感到满足时,表现的无不是那种浪漫的纯真的感情的实现。当代消费文化似乎就是要扩大这样的行为被确定无疑地接受、得体地表现语境与情境之范围。"[①] 其三,通过上述分析可以得知,网络诗歌戏仿的源文本主要集中在古典诗词、现当代文学中的著名篇章、流传甚广的通俗歌曲、人们耳熟能详的文本类型(包括广告、新闻报道、统计表、价目表),等等,它们都有着极为广泛的流传范围和知名度。而网络诗歌的戏仿将此作为模仿改造的源文本,自然也包含着借其知名度而扩大自己流传范围的动机。无论是在现实之中还是在网络世界里,一个默默无闻的作者如果想借着自己的一篇老老实实创作出来的新作获得大众的认可而迅速"成名",其难度是不言而喻的;但即使再难,也难以遏制许许多多梦想"一夜成名"的努力的心。因此,在自由驰骋的网络空间里,借助别人的名篇名作来"炒红"自己就成为一种极为便捷的手段和途径。因为戏仿默默无闻的普通之作,结果仍然是无人问津;而通过踩在名篇名作、流行之作的肩膀上,通过灵机一动的瞬间感悟和"妙笔生花"进行戏谑与嘲弄,就足以成就自己的"一时英名"。这种"妙手偶得"的轻松与消费社会中对历史文化的消费快感在网络诗歌的戏仿过程中轻易就得到了实现,这也就引得众多网友对戏仿之道趋之若鹜并乐此不疲。

需要指出的是,网络诗歌的戏仿对于源文本的影响具有双重性:一方面,戏仿之作是借助对源文本的结构、语言乃至主题情感的模拟、仿作乃至消解和颠覆才得以完成的,被戏仿的源文本在新的戏仿文本中受到有意误读、故意扭曲或者变形,其神圣庄严、严肃正统的特点和地位成为被瓦解的对象。历史及精英文化变成了快餐式的消费品,积极向上的文学名篇被驱逐出高雅的殿堂。其负面影响是显而易见的。但同时,戏仿在消解源

[①] Mike Featherstone. *Consumer Culture and Post-modernism*, Sage Publications, London, 1990: 28.

第七章　网络诗歌的表现形式

文本的同时也体现出其积极的一面,即对源文本及新文本的普及与推广作用。正如琳达·哈琴所言:"你在戏仿某事时,虽然嘲弄了它,但也使其得以流传……它把传统(虽然遭到了嘲讽)与新生事物、外向型的历史和内向型的自我指涉、通俗与正典结合在一起。"① 与此同时,经典性的源文本也需要不断地从新的时代、语境、言说方式中汲取新的营养,随时调整自身的结构和表现形式,才不至于成为过时的经典。"正是因为有了精英文学和通俗文学的竞争,文学的经典才在历史发展中不断吐故纳新,过去的通俗才会变成今日的经典……文学的经典化和大众化其实是一个相互影响和建构的历史发展过程……文学的社会性和文学的审美性实际上是相辅相成的,文学经典的构成和意义也会随着社会变革而变动和发展。"② 美国学者哈罗德·布鲁姆对精英文学和通俗文学之间互动关系的分析,同样适用于网络诗歌中源文本与戏仿之作的相互促进。

第三节　技术手段:网络诗歌"新意味"的营造者

技术手段在诗歌创作中的运用,是一个看似不言自明但又争议不断的命题。中国古典诗歌从相对自由的古体诗发展到形式规整的近体诗,已经证明了技术手段的不可或缺及其强大作用。晚清之际,黄遵宪、梁启超等诗界革命先驱对近体诗的不满,即包含着对过分僵化陈腐生硬的技术化倾向的厌弃。胡适等白话新诗人步其后尘,并倡导"诗体大解放",更有着对中国传统诗歌形式技术手段的否定与摒弃。稍后,新月派诗人则对胡适等早期白话诗人在技术手段上的自由散漫进行了反拨和调整。技术手段的运用与否,至今仍是一个众说纷纭、悬而未决的话题。20世纪末,中国诗坛的"盘峰论剑"的论争中,如何看待诗歌创作中的"知识和技术"仍是争论的焦点之一。肯定者旗帜鲜明地支持诗歌创作对技术手段的运用和倚重,指出"对技巧的重视,从来就不是件可耻的事情。技巧的完整反映出主体内心世界的完整",他们甚至把"技艺(或技

---

① [加拿大]琳达·哈琴:《后现代主义诗学:历史·理论·小说》,中译本序,李杨、李锋译,南京大学出版社2009年版,第2页。
② [美]哈罗德·布鲁姆:《西方正典·译者前言》,江宁康译,译林出版社2005年版,第5页。

巧)"视为"现代诗歌的特征和本质","视为语言约束个性、写作纯洁自身的一种权力机制"。①

与上述诗人仍在为诗歌创作中的技术手段努力争得合法地位不同的是,网络诗歌自其诞生之日起就获得了自主运用技术手段的权利,技术手段甚至成为其区别于纸质诗歌的重要特征。可以说,网络诗歌充分利用网络技术的特点和优长,创造出前所未有的新形式,并通过这些新形式,赋予诗歌新的"意味"。在网络诗歌中,回车分行、复制、粘贴、插入、拼贴、链接等技术手段成为最为常用和普遍的表达方式。

一

在形式上,诗歌与散文等其他文体的重要区别之一就是前者有着明显的分行标志。如下面的例子:

便　条

我吃了放在冰箱里的梅子,它们大概是你留着早餐吃的。请原谅,它们太可口了,那么甜,又那么凉。

这段文字通常被视为日常生活中的留言条,而一般不会被视为诗歌。但是,有人在对其进行技术处理——分行之后,就成了这样:

便　条

我吃了/放在/冰箱里的/梅子/它们/大概是你/留着/早餐吃的/请原谅/它们太可口了/那么甜/又那么凉。

作为应用文的《便条》经分行处理后的确"变成"了诗——美国诗人威廉斯(William. Carlos. Williams)的一首很有名的诗②。很显然,分行在一定程度上具有极强的"诗化"作用。而且,现代诗人对于现代诗歌分

---

① 臧棣:《后朦胧诗:作为一种写作的诗歌》,王家新、孙文波编:《中国诗歌:90年代备忘录》,人民文学出版社2000年版,第212—213页。

② 张隆溪:《二十世纪西方文论述评》,生活·读书·新知三联书店1986年版,第117—118页。

第七章 网络诗歌的表现形式

行技巧也进行了多维的探索和尝试。[①] 与纸质诗歌相比,运用电脑进行写作的网络诗歌在分行的处理上有着巨大的优势和便利,在对其他文本进行简单的复制、粘贴之后,再加上一个回车键便可以轻松完成。正是这种技术上的便利和轻松,使得网络诗人轻而易举地完成了诗歌"创作"——从散文到诗歌的转变。有网友就针对瞿秋白的名篇《多余的话》摘录其中若干词语句子,未加任何改动,"只是去其间标点,分行之,以语录冠名":

瞿秋白语录[2] 一只羸弱的马

一只羸弱的马/拖着/几千斤的辎重车/走上了/险峻的山坡//一步步地/往上爬/要往后退是不可能/要再往前去/是实在不能胜任了

瞿秋白语录[3] 我每次开会

我每次开会/或者做文章的时候/都觉得很麻烦/总在/急于结束/好回到自己那里去/休息//我每每幻想着/我愿意到/随便一个小市镇/去当一个教员/并不是为着/发展什么教育/只不过/求得一口饱饭罢了//在余的时候/读读/自己所爱读的/书/文艺/小说诗词歌曲之类/这不是/很逍遥的吗[②]

这些从原文中复制、粘贴过来的文字,的确未经人为改动,只不过是进行了重新分行处理,其情感及意蕴已经充溢其中了。这种对复制、粘贴过来的文字进行分行处理,使之在技术手段的加工改造后产生诗意诗味的创作方法,在网络诗歌中并不罕见,如余毒的《新中国》:

1949 将革命进行到底/1950 完成胜利,巩固胜利迎接一九五〇年元旦/1951 在伟大爱国主义旗帜下巩固我们的伟大祖国/1952 以高度的信心和坚强的意志迎接一九五二年/1953 迎接一九五三年的伟大任务/1954 一切为了实现国家的总路线/1955 迎接一九五五年的任务/1956 为全面地提早完成和超额完成五年计划而奋斗/1957 新年的展望/1958 乘风破浪/1959 迎接新的更伟大的胜利/1960 展望 60 年代/

---

① 胡峰:《现代诗行的建构:从自发到自觉的积极探索》,《中国石油大学学报》(社会科学版) 2010 年第 5 期。

② http://blog.sina.com.cn/s/blog_4885a3d1010002ac.html。

网络诗歌散点透视

1961 团结一致,依靠群众,争取世界和平和国内社会主义建设的新胜利/1962 新年献词/1963 巩固伟大成绩,争取新的胜利/1964 乘胜前进/1965 争取社会主义事业新胜利的保证/1966 迎接第三个五年计划的第一年——一九六六年/1967 把无产阶级文化大革命进行到底/1968 迎接无产阶级"文化大革命"的全面胜利/1969 用毛泽东思想统帅一切/1970 迎接伟大的 70 年代/1971 沿着毛主席革命路线胜利前进/1972 团结起来,争取更大的胜利/1973 新年献词/1974 元旦献词/1975 新年献词/1976 世上无难事,只要肯登攀/1977 乘胜前进/1978 光明的中国/1979 把主要精力集中到生产建设上来/1980 迎接大有作为的年代/1981 在安定团结的基础上,实现国民经济调整的巨大任务/1982 一年更比一年好,定教今年胜去年/1983 为我们的伟大事业增添新的光彩/1984 勇于开创新局面/1985 同舟共济搞四化/1986 让愚公精神满神州/1987 坚持四项基本原则是搞好改革、开放的根本保证/1988 迎接改革的第十年/1989 同心同德,艰苦奋斗/1990 满怀信心迎接 90 年代/1991 为进一步稳定发展而奋斗/1992 在改革开放中稳步发展/1993 团结奋进/1994 艰苦奋斗,再创辉煌/1995 总览全局,乘势前进/1996 满怀信心夺取新胜利/1997 把握大局,再接再厉,同心同德,开拓前进/1998 在十五大精神指引下胜利前进/1999 团结奋斗,创造新业绩/2000 迎接新世纪的曙光/2001 迈进光辉灿烂的新世纪/2002 迈出中华民族伟大复兴的新步伐/2003 迎接更加光辉灿烂的未来/2004 为全面建成小康社会提供坚强的人才保证/2005 迈出全面建设小康社会的新步伐/2006 伟大的开局之年——元旦献词[①]

这首诗采用了复制、粘贴的手段,集纳了从 1949 年到 2006 年《人民日报》上发表的元旦社论的标题,经过分行处理,变成了带有一定诗意的作品,其中包含了对新中国成立以来宏大主题及其转变过程的含蓄态度。可以说,复制、粘贴以及简单的分行处理等常用的技术手段,在一定程度上能够赋予原文本"新的意味",从而使其具有"有意味的形式",产生了新的内蕴。管上的《让一部分人先硬起来》同样属于这类诗歌。

---

① http://blog.sina.com.cn/s/blog_447206ae0100rz5g.html.

第七章　网络诗歌的表现形式

如果说对《多余的话》和《人民日报》元旦社论的技术加工后产生的网络诗歌，有着较为明显的主观态度和情感立场，还有些网络诗人则选择了某些技术语言作为再加工的对象，将其分行后改造为新的网络诗歌。其情感态度和主题表达则显得更为隐曲，在某种意义上可以用"零度情感"来概括之。如张小云的《打IP》：

欢迎使用中国电信电话业务/plus 2 for English/普通话业务请按1/广东话请按衫/对不起请挂机稍后再拨/欢迎使用中国电信电话业务/plus 2 for english/普通话业务请按1/广东话请按衫/请输入您的卡号并按♯号键结束/电话会议请按1♯会铃通卡请按2♯/请输入密码按♯号结束……①

作者把拨打电话时的提示音进行了原封不动的抄录，呈现给读者的是一段不包含情感判断及主观态度的技术语言；但是在分行处理后，这段以"诗行"的形式展示的文字，则给人带来了阅读接受上的某种导向，把人引入对其内涵发掘的轨道上。再读分行后的文字，一种主体面对技术时的尴尬、无奈甚至愤怒的情绪便会滋生出来。

上述三首网络诗歌正是巧妙使用了电脑操作中最为简单和普遍的复制、粘贴特别是分行技术完成的，使原本不属于诗歌范畴的文字具有了诗的特质。分行之所以有着如此"点石成金"的神奇效果，是因为它的分行类似于电影里面的分镜头技术，这种分镜头的处理形式具有两种强制性的心理暗示作用。其一，它改变了日常话语对事态的走马观花式的讲述方式，让来也匆匆、去也匆匆的生活事态得以慢镜头回放，从而引起受众的格外关注。其二，作为一种节奏化的机制，分行脱出了零度情感话语近似直线的展开形式，而模仿强度情感话语普遍存在的波振形式，并进而借助受众强度情感话语形式长期建立起来的条件反射来激发受众的强度情感。②除此之外，分行在诗歌中还有着中断语言表达流程的作用，使本来畅通无阻的语义流被遏制，表达中断产生的停顿在一定意义上逼迫读者的阅读经

---

① http：//blog.sina.com.cn/s/blog_b28ddcad01014334.html.
② 吕保田：《诗歌分行的技术意义和精神本质——威廉斯短诗〈便条〉之谜探析》，《保定学院学报》2013年第3期。

网络诗歌散点透视

验期待视野暂时受挫，从而形成一种类似"陌生化"的效果，从而给读者带来某种新鲜感。

当然，诗歌离不开分行，但并不是所有的分行都能够产生诗歌，在分行极为便利的电脑媒介和网络空间更是如此。换言之，空格回车键只有运用得当，才能够产生真正的网络诗歌，否则将是口水诗或者垃圾诗的重复与泛滥。

二

除了简单易行的复制、粘贴以及通过回车键造成的分行等手段之外，网络诗歌创作中普遍运用的技术手段还有超链接及多媒体方法。超链接充分调动网络技术的非线性特点，在现有的文字背后隐藏了更为丰富的内容，通过相关的操作而使深藏的内容显露出来。多媒体诗歌充分利用了计算机技术，把文字之外的图片、图像、视频、音乐、数码摄影等符号整合为建构诗歌的语言材料，使网络诗歌不再是单纯的文字构成，而成为多种符号共同支撑的文本世界。这两类技术手段已经成为网络诗歌最为突出的创作方法，而且经常被同时运用到同一首诗中去。这也成为网络诗歌区别于传统纸质诗歌的最本质也是最突出的特点。对于利用超链接及多媒体技术所创作的网络诗歌，在第六章网络诗歌的语言的第二节中已有所分析，兹不赘述。

网络诗歌对计算机及网络技术的运用最为极端的例子是写诗计算机及写诗软件的发明。早在19世纪60年代初期，美国就成功研制了一个名为"爱比"的人工智能化写诗计算机，其诗歌创作程序是由美国加州格伦代尔市精密仪器公司天秤观察仪部的沃西等人设计的。在"掌握"了3500个单词后，它"创作了"这样一首诗：

> Limp hope calls at moon
> Stone calls love while limp stank longing becomes strange
> but icy tree pushes with despair
> Brightness becomes misty
> Stone stands silken as stark silk stands bright from
> silken green sun night

第七章 网络诗歌的表现形式

Through bank becomes bright
but strange brightness stands limp
though love stands misty with limp green crystal
but love calls slowly at earth strange with longing
Fire becomes silken while becomes caresses slowly of misty
misty now

有人把它翻译成汉语,就成为这样子:

柔软期待呼唤,在月亮里/当它所有的渴望变得奇异,石头也呼吸爱/但是冰冷的树带着绝望推却/明亮变得模糊/石头享受柔抚/就如丝绸享受明亮/柔软光滑的绿色太阳夜/尽管堤岸变得明亮/但是奇特的明亮享受柔软/尽管爱因柔软绿色的晶体变得含糊/但爱在地球上奇异地带着渴望被慢慢呼吸/火亦变得柔软/在变得模糊的缓慢爱抚中/薄雾的雪[①]

不管怎样,这已经非常接近或者说足以称得上是一首诗了。

中国的写诗软件出现在 1984 年。当时,我国举行了首届青少年计算机程序设计竞赛,上海育才中学年仅 14 岁的学生梁建章成功编制了"计算机诗词创作"程序。该程序共收入 500 多个词汇,以"山、水、云、松"为主题,平均不到 30 秒钟就能创作一首五言绝句诗,可谓高产"诗人"。下面题为"云松"的诗就是该程序产生的:

鋆仙玉骨寒,松虬雪友繁。大千收眼底,斯调不同凡。

其中的古典诗歌韵味是显而易见的。后来,辽宁省建设银行工程师艾群也有电脑创作的诗作"发表",其中写得比较好的是《北方的思念》和《乡情》两首。

《北方的思念》是这样写的:

[①] Theodore Adomo, Max Horkheimer. *Dialectic of Enlightment*. London: Verso, 1979.

网络诗歌散点透视

雨巷盼望孤独/故乡的依稀揉白了/模糊的坐标/全是橡树的风景/思念你/心的座/甚至去了/美丽的春色/重回/北方的思念

而《乡情》则是：

夜空　长长/日历交融了墙，/久远的威风上/人迷失在充满生机的故乡。

以看到的背影拒绝回声，/唇急给予心中，/自无束的情里/拂过无声的落叶。

如果把这两段文字称为"诗"，应该会有人持赞成态度的。

在这之后，越来越多的网友投身于写诗软件的开发之中。"稻香老农作诗机""猎户星免费诗歌自动制作机"等不仅被研制出来，而且在国内的网络和诗坛上引起了不小的轰动。在后者的网页上，赫然写着这样一段广告语："这是一款点缀你生活的在线'国家级'写诗软件！作为一名'国家级诗人'的你，不到60秒，你就可以写出一首'国家级'的好诗！"该自动写诗软件又分为专业版和简易版。其中专业版具有"提供所有共973首诗歌风格模板"，可以自动生成论坛转帖方式，方便网友灌水，用户可以自定义诗歌模板，可以管理自己的诗歌等多种功能。[①] 足见其功能的齐全与强大。如果从"百度"引擎进一步搜索，则不仅可以找到现代诗的写诗软件，甚至还有不少古典诗词的写诗软件，如李白写诗软件、藏头诗生成器、诗词快车等。面对如此众多的写诗软件，厦门大学周昌乐在其博文《汉语诗歌的机器创作》中对其原理进行了分析：就电脑写诗的方法而言，主要采用的计算方法有词语堆砌法、基于模板的方法、基于模式的方法、基于实例的方法、神经网络的方法以及遗传算法的方法，等等。目前写诗软件最普遍采用的是遗传算法。遗传算法的计算原理是在建立语词之间的语义搭配一致性的基础上，设计一个好的诗歌优劣评判函数，可以发现诗词句子的创作过程本质上就是一个不断优化的过程。后来，人们不断改进，在遗传算法的基础上增加网状关系词库、词对映象结构等数据基及其形

---

① http://www.dopoem.com.

第七章　网络诗歌的表现形式

成的算法并考虑句子之间语义搭配、风格、情感、句法、语义等因素，又研制出一款影响较大的宋词自动创作系统。例如，当输入关键词"菊"和词牌"清平乐"时，系统就能够自动给出这样一首词作：

  相逢缥缈，窗外又拂晓。长忆清弦弄浅笑，只恨人间花少。
  黄菊不待清尊，相思飘落无痕。风雨重阳又过，登高多少黄昏。

如果把关键词改为"饮酒"，词牌改为"西江月"，系统给出的作品则变成了：

  饮酒开怀酣畅，洞箫笑语尊前。欲看尽岁岁年年，悠然轻云一片。
  赏美景开新酿，人生堪笑欢颜。故人何处向天边，醉里时光渐渐。①

这两段文字不仅符合各自词牌的规则，而且在词语的组合、意境的营构、情思的表达上也具有宋词的意味。

通过上述分析可以得知，网络文学中由写诗软件创作出来的诗歌（包括古典诗词），是对技术手段依赖最强的一类。换言之，没有技术的支撑，也就没有写诗软件及其产品，这一点是毋庸置疑的。但是，对于这类诗歌的争议也是基于此而产生的。对写诗软件持肯定态度的人，对于它给网友及诗歌所产生的积极影响不吝赞美之词。如前述"猎户星免费诗歌自动制作机"甚至把其产品及其打造的诗人推崇为"国家级"，这不仅以满足网友成为诗人的欲望为目的，而且还包含着对其诗歌成就的"明星级"打造的潜台词。也有人肯定了写诗软件的创新性特点，英国学者安德鲁即是如此。他在著作《人工智能》中指出："计算机创作的一个优点是不落俗套，而这对一般人来说，是不容易做到的，因为人总想在作品中表达出某种结构和'意义'来，从而只能创作出平凡无奇的作品。在这一方面，机器确实比许多人要优越……机器的不落俗套的作品往往表达了更为深刻的'意义'。如果是这样，不断接触计算机创作的作品会使人更为清醒。"② 在他

---

① http：//blog.sina.com.cn/s/blog_9ee5486101016gmd.html.
② ［英］A.M.安德鲁：《人工智能》，陕西科学出版社1987年版，第188页。

看来，计算机及网络创作中，词语搭配的偶然性、与文学传统的断裂性以及创作体自身的无情感化等特点恰恰成就了其产品的新颖与独特，而这种新颖与独特的表现形式孕育出深刻的思想意蕴。从这个意义上说，计算机及网络创作对人具有重要的启发意义。

而实际上，更多的研究者对于计算机及网络创作特别是写诗软件的出现表现出的则是深深的忧虑和不满。因为在他们看来，写诗软件至少存在这几个方面的不足或者说是致命弱点。

首先，写诗软件在本质上是一个操纵和控制诗歌思想、诗歌语言和艺术表现形式的技术工具，这从其技术设置上就可以看出。在写诗软件进行"创作"之前，诗歌的风格已经被人为地设置好了。程序员把所需的文字词语作为关键词储存到词库中，程序通过录入的条件（段落、行数、韵脚等）、规定程序实现的通用业务逻辑，经过随意组合装载呈现出最后的运行结果。这里的通用业务逻辑一般即尾字的末音及词语的连贯性关系的过滤筛查。按照这种预先的设置而完成的诗歌，缺乏诗歌最为本质的灵性与创造特质。无论是文学创作还是文学接受，都是一种体现人的本质的审美活动。而无论是写诗软件的"创作"，还是对其作品的阅读，都缺失了能够表达和体现人的本质的审美活动这一环节。从这个意义上说，写诗软件是通过技术操控了人的思想、表达和接受。因此可以说，写诗软件颠覆了诗歌创作的本质。

其次，写诗软件是机器和程序对词语、句子的排列组合，无法体现诗人借助诗歌表达情感的基本需求。在白居易看来："诗者，根情，苗言，华声，实义。"即是说情感是诗歌的生命力所在，而这种生命力来自诗人情感的注入，同时也期待着引起读者的关注与共鸣。但是，写诗软件对此无能为力。即使程序员在设计写诗软件之前，根据某些常用词语的情感取向设定了相应的情绪，但这些被固定化的词语与情绪的连接缺乏灵活性和自主性，因此也就无法替代诗歌情感的真挚性，更谈不上独创性。因此，情感及其表达方式的同质化与重复化也就成为写诗软件的另一个与生俱来的致命缺陷。而期待从中品味作者情感的读者，也自然就无法获得相应的情感共鸣，更谈不上什么心灵净化了，有的只能是陈陈相因的乏味感和厌倦情绪。

最后，写诗软件缺乏一种因人而异的独创性。尽管安德鲁看重的就是

第七章　网络诗歌的表现形式

机器创作的创新性，但这种创新性是有一定限度的，甚至可以说，是表面上的创新而内在的因袭。诗人的创作是随时随地的情感抒发，尽管难免与前人抒发的情思相近或相同，但其身份、经历、个性气质的独特性足以保证其诗歌的独特之处。写诗软件恰恰相反，其程序的设计本身就无法避免重蹈前人情感范畴及表达方式的覆辙，因为从别的诗人的诗作中选择相应的语料库及情感资源是其存在的前提。不仅如此，还有一些写诗软件对其产品的风格和样态的设定，本身就是模仿乃至照搬了一些著名诗人的名篇名作。因此，一名以律师身份出现的网友列举了"写诗软件"中的各种模板，称其套用了包括徐志摩、海子、顾城、席慕蓉、汪国真、赵丽华等人在内的诗作，指出其已经构成了侵权，"将面临法律瓶颈"[1]。这对于推崇写诗软件的独创性的人来说，无异于一种极大的讽刺。倒是有写诗软件的研究者对此保持了清醒的认识：其实，机器的"创造力"在于人，我们之所以被机器的"好诗"所倾倒，并不是机器具有如何高明的创作能力，而是我们人类赋予了机器诗歌的魅力。[2] 因此，写诗软件只不过是网友设计的一款诗歌写作游戏软件，它无法更不可能替代真正的诗歌创作。

三

如果说围绕传统的纸质诗歌和技术之间的关系所引发的争论主要是后者在诗歌创作中的有无和多少的问题，那么在网络诗歌中，争论的焦点则是如何评价技术手段给诗歌文本带来的影响问题。因为网络诗歌对技术手段的采纳甚至倚重已经是不争的事实，即使再保守的评论者也承认，技术手段是网络诗歌的内在特质和外在表现形式所在。那么，这种技术手段的大量介入，对于诗歌本身、对于诗歌接受乃至当下及今后的诗歌创作产生怎样的影响，则是研究者所关注的焦点之一。

正因为是网络诗歌运用了大量的计算机和网络技术，这些传统纸质诗歌中前所未有的技术给网络诗歌带来了外在形式与内容上的新质，首先使得诗歌的创作过程发生了重要改变。

传统纸质诗歌的创作，主要是一个潜心构思的过程。在诗思成竹于胸

---

[1] http：//baike.baidu.com/view/11640548.htm？fr=aladdin.
[2] 周昌乐：《汉语诗歌的机器创作》，http：//blog.sina.com.cn/s/blog_9ee5486101016gmd.html.

网络诗歌散点透视

之后，将其外化的过程是非常简单的，只要用笔书之于纸即可完成；而印刷成文或者装订成书的环节交给杂志社或者印刷厂就可以了，一般不需要作者去费神费力。因此，作者的心思和精力主要专注于诗歌的构思与修改。但是，网络诗歌的创作与此相比有了很大的改变。网络诗歌这里又可以分为两种类型：一类是把文字直接上传到电脑或者网络，而不需要多媒体及超链接手段的诗歌。这类诗歌看起来与传统纸媒诗歌的创作有很多的相似之处，但其区别也很明显。纸媒诗歌的构思阶段不需要借助于外在的媒介和手段，因而作者潜心凝思的过程也就减少了被介入和被干扰的可能，"吟安一个字，拈断数茎须"和"推敲"的苦思冥想状态也就轻易能够实现。而网络诗歌更多的是一种临屏写作，有时创作与网络发表是同步进行的。这种临屏写作和网络发表，侵占或者说完全挤压了作者思考的时间和空间，因此，诗歌创作的过程就被简化成为敲击键盘和点击鼠标的动作，精益求精的苦思被瞬间完成所取代，诗歌的质量也就随之改变。另一类多媒体和超链接网络诗歌对于创作者的技术能力要求则更高。诗人在创作诗歌的过程中，不仅要考虑文字，还要抽出大量的时间和精力去考量、择取和编辑图片、声音、影像、动漫、音乐以及路径等需要技术处理的材料，这就势必把诗人用于进行诗歌构思的时间挤压得越来越少，使之被迫让位于技术操作。当然，多媒体诗歌、超文本诗歌因之具有了纸质诗歌所无法媲美的表现形式，甚至被加上了动作指令、路向选择等可操作的命令，使诗歌文本更为丰富，表现形式更为多元化，对读者的调动和吸引也更为充分，但诗歌内涵的表达却被图画、音乐欣赏及娱乐性的操作所取代。在很大程度上可以说，诗人并不是在作诗，而是在"玩"诗。诗歌的精英地位、高蹈精神因技术的介入而成为玩赏娱乐的工具和对象。

其次，与创作过程及表现形式密切相关的是，网络诗歌的接受与纸媒诗歌的接受也出现了很大的不同。对纸媒诗歌的欣赏和阅读，读者只需从纸面上接受文字的材料，或者轻吟默诵，与此同时可以追索和品味文字背后的情感和意蕴，读者很容易沉潜于诗歌所营造的情感与意境之中。读者的这种阅读方式是轻松自由的。但是，网络诗歌却是"临屏阅读"，因为好多的网络诗歌因多媒体和超链接技术的存在，是无法直接转换为纯文字文本的，否则便失去了网络诗歌自身的特性；有时网络诗歌文本并不能直接完全呈现出来，还需要读者的操作动作才能够一步步展示。这种需要读

第七章　网络诗歌的表现形式

者参与的网络诗歌，是对读者与诗歌文本之间互动性的重视和发掘。有人是非常看重这一点的，认为"互动性让身为内容的创作者能够和其他内容建立起关联，把你的东西摆在别人的作品中，加深你的分析和情景与其他人的关联，也让你对发表的分析有联想性的了解。网络真正的力量在于互动性，因为互动性创造了社区并且联合社区内的使用者，互动性让人们对作品、主题、趋势和当中的想法产生兴趣，同时让作品有生命，不断进化，维持使用者的参与程度"①。按照这一思路，不仅作者如此，读者也因互动而参与诗歌文本创作，从而使得网络诗歌的关注度被大大提升。而且，网络诗歌也因对技术手段的大量使用，调动了读者多种感官的积极性。如眼睛不仅关注文字，而且关注画面乃至视频，听觉用来欣赏音乐或者是视频配音；手不仅点击鼠标，而且需要操作键盘，等等。多种感官综合运用，固然使读者的精力投入得更为充分，但同时也存在着一个悖论：这些精力并没有完全集中在对诗歌内蕴情感的表达、表现形式的欣赏和品味上，而是更多地分散在了对多媒体元素及链接方法、操作动作的关注上。读诗变成了操作鼠标和键盘的动作，对诗歌的接受和品赏被遮蔽起来。另外，就多媒体诗歌而言，画面、音乐、视频等手段的介入及直接呈现，也使得诗歌不再含蓄地传达，深含蕴藉被强迫接受所取代，"诗无达诂"变成了标准答案的提供。这样一来，"由传统纸质媒体所塑造出的'作品—读者'的关系链被网络世界中的'信息—用户'这一新的关系链所取代"②。这对于诗歌创作及发展而言，无论如何都不能算是一种积极的影响。这也难怪评论家吴俊表达了对临屏阅读的不满："在网上阅读过程中产生的身体疲劳感及种种不适，就几乎是无法避免和克服的。阅读纸质印刷书籍与面对一成不变的文字屏幕，两者的世界感受和身体要求可以说完全不同，后者的枯燥易倦和单调乏味远非前者可比。"③可见，网络诗歌中技术手段的丰富和多样，并没有必然带来阅读的快感，而纸质诗歌的接受优势，在很多方面如果单靠技术的创新与丰富是无法超越的。

最后，技术手段在网络诗歌中的广泛运用，极大地拓展了诗歌的表现方式，丰富了诗歌的存在形态，在一定程度上也改变了诗歌内在的主题与

---

① http://www.hongyeer.com/hyinfo/1123.html.
② 张德明：《审美日常化：新世纪网络诗歌侧论》，《东岳论丛》2011年第12期。
③ 吴晓明：《网络文学创作述论》，《湛江师范学院学报》（哲学社会科学版）2000年第4期。

情感。这一点已经得到了读者的认可和接受。也正基于此,网络诗歌吸引了不少网友的由衷赞美和热情投入,甚至有人将其乃至写诗软件视为改变诗歌疲态甚至拯救诗歌命运的良方妙药。有人已经意识到这种现象的存在和发展:网络技术所取得的巨大成就导致人对技术五体投地地崇拜,导致掌握技术的人得意忘形,以为可以用网络技术来诊治现代工业文明带来的种种弊病,是自信和自傲促使人嘲弄笑谑一切。在这里,神圣被脱冕,卑污受颂扬,秩序经解构,传统受嘲讽……网络写作似乎重新具有了上帝创世般的能耐,在它漫不经心、轻松随意地戏耍之际,一切都被颠倒重组了。[①] 其中所流露出来的技术至上的意识显而易见。但是,就诗歌而言,艺术创作以及其中的审美内涵却不是技术手段能够完全取代的。作为技术手段,它和前者之间有时并不能水乳般地交融,甚至还存着互相矛盾和冲突的关系,而这却是常常被技术手段的极端推崇者所忽略的。有人强调:"人文主义者所构想的理性王国在实践上表现为技术王国。在这个王国里,技术以理性的名义支配着一切,所有的东西都是按照成本和利润的原则、效率原则等运作的,自由、平等、博爱的理想在现实面前显得苍白无力;在技术的权威之下,人的自主性消失殆尽。而这一切,都有悖于人文主义的崇高理想。"[②] 诗歌恰恰又是人文主义理想的最精练、最含蓄的表达方式。夸大诗歌创作中的技术成分,也就很容易导致理性对人文主义的理想的挤压和遮蔽。如何处理好二者之间的关系,换言之,在网络诗歌中以技术手段为主还是恪守诗歌的精神领地,或者说如何使二者相辅相成、相得益彰,的确是网络诗歌创作者无法回避的问题。

更进一步来看,技术理性对人文主义的压制和排挤,其实也包含着技术对人的主体性的挤压。一方面,在网络诗歌的创作中,诗人在有了灵感并构思之际,他并不能像一般诗人那样很快地将其物化,因为他必须进入计算机和网络的空间内,通过复杂而长久的寻求资源、启动技术、后期加工等过程,才有可能把最初的灵感和情思表达出来。"但觉言语浅,不如人意深""言有尽而意无穷"等创作的困境是传统诗人经常面临的现实;在网络诗歌创作中,特别是把"形诸心"的情思"形诸手"的过程中,资

---

① 马大康:《虚拟网络空间的话语狂欢》,《浙江社会科学》2005年第4期。
② 高亮华:《人文主义视野中的技术》,中国社会科学出版社1996年版,第4页。

第七章　网络诗歌的表现形式

源的匮乏、技术的有限等不足也必然会给最初的灵感和构思带来不便和限制。因此，网络诗歌中的"因文（技）害义"的尴尬和无奈要远远超过传统纸媒诗歌中的"词不达意"。为了能够实现自己的多媒体技术或者超文本创作，网络诗歌不得不一再改变自己的创作初衷，将难以表达却是精华的诗情诗意简单地处理成图片、音乐、视频等可以直接感知的对象。诗歌中所应该体现的创作者的主体性和创造性，变成了对技术的屈从和退让。另一方面，网络诗歌在接受的过程中同样受到技术的干扰。首先，对网络诗歌的阅读不如对纸质诗歌的阅读来得自由。且不说读者需要坐在电脑前登录网络、进行搜索之后才能接触到诗歌文本，即使是在面对文本时，网络诗歌中的图像、音乐、超链接等技术对象及手段也会抢先于读者对文字的吟咏、感悟和思考。有些超文本的诗歌还需要读者时时关注页面上出现的操作提示，读者与诗歌文本、与作者的精神交流被操作设计好的程序所取代。其对诗歌文本的填空、对话与兴味则被技术操作所抑制。可见，读者的主体地位也因此受到了极大的威胁。有人指出："网络工具理性是一种见物不见人、重器不重道、重手段不辨目的、重技治效应不重科学精神的实用主义技术观。它通过主客分离的二元论，导致技术至上，使技术成为一种异己的、破坏性的力量横陈在人类面前，窒息着人的生存价值和意义。"[①] 这一点，网络诗歌也难以幸免。

弗罗姆在《希望的革命：走向人道化的技术》一书中说道：技术社会的人道化应该使计算机一类的技术为人的生命进程服务，使其成为由人的理性和意志决定的目标的工具，而不是蹂躏或毁灭以生命为指向的社会系统，"这就是说，是人，而不是技术，必须成为价值的最终根源；是人的最优发展，而不是生产的最大化，成为所有计划的标准"[②]。对于网络诗歌而言，除了做到以技术服务于人的主体地位、服务于最优化发展的同时，还应该时时注意凸显诗歌本身的艺术特质和审美内涵，而不是技术手段。只有这样，网络诗歌才能够更健康地发展与繁盛。

[①] 姜英：《网络文学的价值》，博士学位论文，四川大学，2003 年（未刊稿）。

[②] Erich Fromm, *The Revolution of Hope: Toward a Humanized Technology*, New York & Row, 1968, p. 96.

第八章 网络诗歌的文本形式

网络诗歌的文本形式的复杂形态是由概念所包含的范围决定的,也就是说,网络诗歌的文本形式因广义和狭义的概念区别而呈现出不同的形态。值得注意的是,网络诗歌呈现出来的区别于纸质诗歌的文本形式确实与载体的不同有关,但不能仅仅因为传播媒介或者是传播方式的不同,就统而化之地将传播介质的不同作为核心评判标准,把性质差异极大的网络诗歌文本都装入同一名目的篮子内,否则,就会闹出不应有的笑话来。如按照有的学者评判网络诗歌的标准:"广义的网络诗歌是从传播媒介角度来说的,一切通过网络传播的诗作都叫作网络诗歌。"[1] 一个显而易见的事实就是,如果将古典诗歌传播到网络上去那就成了网络诗歌?甚至根据古典诗歌的意境配上美轮美奂的画面和富有古典色彩的音乐是否就摇身变为多媒体网络诗歌?稍有常识的人都知道,网络与诗歌的联姻是20世纪下半叶的事情,也不是网络与诗歌的简单拼贴就构成了网络诗歌,发生以上逻辑错误的原因在于忽视了网络的传播媒介只是成为网络诗歌的必要而非充分条件。

鉴于网络诗歌的概念的含混状态所导致的研究网络诗歌的文本形式的混乱局面,就有必要对进入研究对象的诗歌文本作出比较符合逻辑和研究目的的界定,借鉴学者王本朝的观点:"网络诗歌,准确地说就是以网络为载体写作、发表和传播的诗歌。网络既是诗歌的载体形式,也是诗人的生存方式、诗歌的传播方式和读者的阅读方式。"[2] 一个比较合乎逻辑的界

---

[1] 吴思敬:《新媒体与当代诗歌创作》,《河南社会科学》2004年第1期。
[2] 王本朝:《网络诗歌的文学史意义》,《江汉论坛》2004年第5期。

第八章 网络诗歌的文本形式

定就是网络诗歌首先是借助于网络创作并在网络媒介上首发的原创性诗歌，创作主体的比较宽松自由的心态和诗歌爱好者的网上在线形成的即时互动效应，本来就是网络诗歌的内含之意。这样，网络诗歌由于在传播媒介、载体特点、创作语境、主体心态等方面与传统诗歌有巨大的差距，必然会导致承载诗歌审美价值观念和文体特征的文本形式也发生翻天覆地的变化。媒介的变化、比特的传输单位、电光的传播速度、即时互动的传播信息的方式，无疑构成了网络诗歌特有的本体特征和文本内涵。在以纸质诗歌的媒介特征和约定俗成的诗歌规则为参照系的情况之下，根据距离传统诗歌原点的远近，可以把网络诗歌的文本形式划分为三大类：第一类，网络与纸质载体可相互转化的网络原创诗，这类距离纸质诗歌的文体特征最近；第二类，创作主体和欣赏客体共同参与创作的互动诗，这类诗歌有些可以转化为纸质媒介而不发生质的变化，有些则不能，因此属于网上和网下之间过渡的"中间带"诗歌；第三类，利用多媒体技术和 Internet 的交互作用创作的多媒体诗歌、超文本诗歌等新的诗歌文本形式，与传统的诗歌文本有了本质的区别。

第一节　原创诗：网络与纸质载体的相互转化

原创诗指的是可由网络转化为纸质载体，而在诗歌的文本形式、审美特征、美学风格等文本质素方面都没有发生明显变化的网络诗歌。与传统的纸质诗歌相比较，区别主要表现在两个方面：首先，从最为显著的外观标志来说，网络载体、主体（网民、机器）原创、网络首发等创作和传播因素的区别是显而易见的。因为网络诗歌最为本质的特征都是围绕网络载体的特点而展开的，比如无远弗届的村落社区形成的传播互动效应，网民以键盘和鼠标换掉笔墨书写之后带来的灵韵飞动、思维活跃的主体性氛围，审美艺术的赋型速度与胸有成竹的构思过程相颉颃所带来的原创诗歌的成就感，读者在网上阅读的时候实时互动的发帖提出的建议和意见，可以实现诗歌的迅捷便利的修改目的，满足寻求知音切磋诗意的个体欲望，诸如此类的网络特点带来的技术和艺术的互动就顺理成章地成为原创诗最显著的徽章。其次，从含而不露的内隐特征来看，原创诗歌的网络用语、文体结构、审美形式、艺术特征确实从内涵方面实现了由量变到质变的飞

网络诗歌散点透视

跃，GG、MM、^-^、:) 一、7456、88、TMD、菜鸟、大虾等字母、数字、新造词、表意符号等千奇百怪的网络用语，在约定俗成之后都成为网民写诗歌时信手拈来的诗语，文体结构的开放性和未完成性，确实在瞬间就达成了罗兰·巴特所提倡的由可读的文本向可写的文本的转变共识（尤其值得注意的是，这种转变竟然与文本的意蕴关系不大），文字组织的形式美、文本结构的建筑美、表意语符的绘画美等审美形式都体现出与传统诗歌不同的审美意蕴，从负重到轻松的审美价值观念的转变、游戏心态占据核心地位的审美过程、满足原子式的个人"娱乐至死"（尼尔·波兹曼语）的审美欲望都凸显出网络诗歌独特的艺术特征。

从目前网络诗歌的发展趋势和浩如烟海的文本形式来看，网络原创诗非常明显地受到虚拟空间的狂欢心态的影响。其中的缘由不难理解。第一，从网络诗歌发表的平台和传播方式等方面来看，网络诗歌"零门槛"的发表方式和监督机制缺失带来的无边自由，可以让草根一族充分地运用话语权，实现由"沉默的大多数"的被动客体到真实地发出心声的主体的嬗变。这种自由和民主的精神，让诗歌创作的"大虾"和"菜鸟"可以在网络平台上和平共处，心平气和地表达自己的生命感受和对外界发生的万态事相的看法而相安无事。由此在纸质媒介上由诗歌精英把持的壁垒森严的诗坛，在网络提供的自由而狂欢的民间化氛围中，显示出其自身固有的缺陷。也正如有的网民所言："平民话语终于有机会同高贵、陈腐、故作姿态、臃肿、媚雅、世袭、小圈子等话语并行，在网络媒体上至少有希望打个平手，并且感受到：网络就是群众路线，网络文学至少在机会上创造了文学面前人人平等的局面。"[①] 第二，从文体形式的特点和创作心态来看，原创诗是所有网络诗歌文体形式中最简单的一类，只要分行排列就具有原创诗外在的形式特征，很容易为没有经过诗歌创作严格训练，甚至对诗歌的本体特征和审美内涵都不甚了了的"准诗人"所青睐和把握。卸去承载社会责任和义务的人格面具，袒露的是无所顾忌的个性和自我，将这种本真自我进行审美赋型的最简便的方式就是网络原创诗。可以说，创作技术和审美技巧都可以采取极大的包容度的原创诗，正好满足了草根阶

[①] 假道学：《戏说网络文学》，白鹿书院文学网，http://book.quzhou.com/wlwz/0607/duan/003.htm。

第八章　网络诗歌的文本形式

层抒发感情和自我实现的需要。因此，目前各大诗歌网站日更新数十首甚至上百首的诗歌，绝大部分是文体形式最简单的原创诗，它所形成的创作繁荣的局面支撑着目前诗歌网站的点击率和排行榜。

正是网络提供的数字化生存的方式和特点解放了诗歌创作的生产力，使网络原创诗以日进数千首的海量速度维持着网络诗坛的动态格局。正如尼葛洛庞帝所说："我们已经进入了一个艺术表现方式得以更生动和更具参与性的新时代，我们将有机会以截然不同的方式，来传播和体验丰富的感观信号。"[1] 由此，借助网络这个人人都可以尽情地展示自己的才华和个性的平台，轻而易举地实现了当诗人的梦想。不过需要指出的是，话语权的获得造成的几乎全民参与的诗歌狂潮，并不意味着原创诗这种无论在数量上还是在质量上都占据网络诗歌核心地位的文体形式就不要作出应有的审美反思，而是太需要对原创诗歌创作的语境和心态作出应有的反思了。可以说，创作的自由带来的心态浮躁，发表的简单带来的粗制滥造，即时交互的口水诗，自鸣得意的口红诗或垃圾诗等层出不穷的网络诗歌现象触目惊心，正是误用或滥用网络媒介的结果。其实，网络诗歌质量的提升和质疑指责的消除，都依赖于原创诗的文体自觉和审美自律。

也正因为网络原创诗的技术含量比较低，所以在网络与纸质媒介相互转化的过程中，才不会因为载体的不同而出现质的差异。无论是原创诗还是在预先设计好的程序驱动下电脑创作的机器诗，都呈现出与纸质诗歌形式上的类似之处。尽管在创作的心态、审美的观念、选材的方式、择取的意象等方面与传统的纸质诗歌有一定差距（否则就无须作为一个独立的概念和现象进行研究了），但就其本质方面来说，如果将原创诗作为一个独立的对象和系统作自我比较，线上和线下、网络和纸质的存在形式和载体的不同，对诗歌的本体特征并不构成根本的影响，这正是原创诗在网络与纸质载体之间可以相互转化的原因。

一　网民的原创诗："三无"语境下的自由

在网络提供的无性别、无年龄、无身份差距的语境下，无名号、无约束、无底线的网民真的实现了梦寐以求的诗歌创作和发表的自由。在

---

[1] ［美］尼葛洛庞帝：《数字化生存》，胡泳、范海燕译，海南出版社1997年版，第262页。

网络诗歌散点透视

网络的匿名能够比较充分地保障网民隐私的情况下，平时只能在心中腹诽的话语借助于网络诗歌的形式找到了突破口，由此原创诗就成为诗人（有的不是严格意义上的诗人）发泄自己的情感和欲望的最佳载体。平时本没有创作才能也不具有诗人所应有的基本素养的"准诗人"，也可以借助网络平台过一把诗人和诗歌的瘾，真正的诗人也可以通过自己的博客或各大诗歌论坛转载刚写出的诗歌，在即时互动中享受切磋技艺的快乐。这样，诗歌发表的"零门槛"与鼠标一点即可发送的迅捷性、方便性，造成了网络的原创诗歌比公开的纸质期刊发表的诗歌更加鱼龙混杂、众声喧哗的狂欢局面。对这种以个体的自我宣泄为目的的诗歌创作现象所具有的积极价值和意义，网络诗歌研究者谢向红作了比较全面的评价："这样可以把诗歌创作的功利性降到最低限度，使诗歌的载道和代言功能趋向淡化，自我宣泄功能、自我表现功能和游戏娱乐功能得到空前强化，从而彻底打破诗歌创作职业化和功利化的倾向。"[1] 网络诗歌借助于书写载体的质的飞跃，实现了由弗洛姆所说的"逃避自由"到追求无边的自由的嬗变。

首先是为何写——创作心态的自由。这种心态的自由只有在网络提供的虚拟空间拉开了与现实社会的距离之后，才能在一种无功利色彩的审美态度的支配下达到真正自由写作的目的。没有这种虚拟空间的阻隔形成的类似"世外桃源"的异质空间净化诗人功利化的思想观念，是很难在世俗生活的重重缠绕中保持一种自由的心态的。拿网络诗人的创作心态和新时期纸质诗歌的不同发展阶段诗人的心态做一下比较，便可以非常明显地看出其中的差异。新时期初期的诗歌仍然在政治性的轨道上，承担着"经国之大业，不朽之盛事"的重任，为国家和民族的复兴提供启蒙传道的思想资源。即使是后来引领诗坛走向的朦胧诗人，在看到诗歌不能承受政治意识形态之重的虚妄之后，极力呼吁诗歌回归本体并希望在一个"没有英雄的年代里，我只想做一个人"（北岛的《回答》），但其中表现的诗歌主体在僵化的价值观念轰毁之后的悲壮态度，也充分地表明了诗人左右为难的处境。到了第三代诗人"pass北岛、打倒舒婷"的极端反叛的旗号甫一亮相，就可以看出他们把朦胧诗人作为假想敌、成名成家的欲望是多么强

---

[1] 谢向红：《网络诗歌的优势与面临的挑战》，《河南社会科学》2004年第1期。

第八章　网络诗歌的文本形式

烈,但采取二元对立的思维方式将自己限定于小圈子的行为态度,注定不会有一个宽松自由的心态。到了20世纪90年代社会转型带来的价值观念的多元化,可以为民刊的合法存在提供广阔的空间,但这些诗人借助于民刊阵地相互攻讦制造诗坛事件的极端行为,也将他们渴望争权夺利的丑陋心态暴露无遗。可以说,只有在20世纪末网络提供的"大狗小狗都可以汪汪叫"的平等和自由的氛围下,才彻底实现了诗人创作心态的自由。自由的欲望可以将世俗社会中遭遇的一切不快、忧愁、感伤、痛苦等令人不堪忍受的负面情绪都化作分行排列的文字(可能不是纸质的严格意义的诗歌),只为一吐心中的块垒让网民彼此之间相互担当;也可以将自己在生活中的快乐、喜悦、幸福、美好等值得欣赏的情感化作稚拙的诗行,让网民分享生活中的点滴快乐。于是,许多不具有诗人的素质甚至也从未想过自己有一天会成为诗人的网民,在网络提供的"全民总动员"的平台上实现了诗人的梦想,这种"无心插柳柳成荫"的背反现象正是众多网络诗人无功利的自由心态的典型表征。如网络原创诗人丑鸟的一番表白就非常形象地诠释了诗人为何而写的自由心态:"有人说——'诗歌是极端个性化的艺术',所以平素喜欢用这种艺术形式来表达自己的喜怒悲苦。当然,对于学工的我,不过是半路出家。但既然选择了诗歌这条通幽曲径,无论怎样,都一定会用平庸但真切的眼睛打量周围,眺望世界,用真诚的心灵为舵,努力地寻找、打捞自己。而当我不得不停船泊岸的时候,我想,对于这一片游牧的水草,一定会有深切的感怀,与网络所结的缘也一定会是我曾经跋涉的点滴回声。"[①] 丑鸟的诗歌写作经历和创作心态非常能代表绝大多数网民上网写诗时的境况,栖居在网络这片自由而肥沃的土壤中的诗人就逐渐地由外行转变为内行,由对诗歌一窍不通的门外汉转变为对诗歌津津乐道的内行,甚至能达到"一日不见,如隔三秋"的沉迷状态,将自己也没有料到的诗歌写作的潜能充分地挖掘出来,这只能是网络提供的无功利的氛围,让众多网民始终保持自由心态的功劳。重庆女诗人金铃子从焦虑紧张的心态到轻松自由的心态的转变,也同样源自网络提供的宽松氛围,是网络原创诗歌的写作与即时呼应触发并点燃了她心中诗神的明灯。她说:"我闲坐于家,可以说还是有些百无聊赖……诗歌这个词突

---

① 陈村:《网络诗三百——中国网络原创诗歌精选》,大象出版社2002年版,第44页。

然涌上心头，一阵莫名的温暖和沮丧。穿越如此漫长的时光走廊，诗歌再度降临了。"[①] 从她第一次创作的网络诗歌《你要晴朗地走过这一片绿茵》到目前在网上首发的上千首诗歌，一方面离不开网络平台提供的众多诗人或准诗人相互之间的切磋和激励，但更重要的还是她以自由的心态，重新打量大千世界形形色色的事物所包蕴的诗思和诗趣，才以独到的美的发现的眼光和视角敏锐地触摸到生命的质地。可以说，也只有网络才能彻底地打破文理之分、身份之别、文化之差、修养之异等壁垒分明的界限，真正实现创作主体自由心态的审美狂欢。

网络诗人沉浸在自由的虚拟幻境中，尽情地将自己灵动的思绪轻舞飞扬的时候，外在的喧哗和骚动、功名与利禄渐渐地脱离现实焦虑的自我，露出了淡泊宁静的面貌。三无语境下的自由心态就会与艺术的缪斯不期然地相遇，自由的心态就赋型为一行行直抵生命本源状态的动人诗篇。以"70后"网络诗人横行胭脂为例，偏居陕西临潼的她将传统文化的底蕴、口语诗的简洁明快、女性的婉约含蓄的审美因素融为一体，在网络提供的虚拟空间中，任自由的心态穿越时空的阻隔，与古典诗歌的审美意境和淡泊深厚的禅宗文化相遇相知，巧妙地化用古典的意境和审美意象正是无功利的审美意识和心态的典型表征。她的《藏经阁的秋天》《秋意阑珊》《断句残章》《故乡有灵》《雨榭》等诗歌，都是在红袖添香网站的"现代诗歌"栏目发表的原创诗，都是她尝遍了五味杂陈的人生况味之后，内心的那份坚韧、执着、浑厚与豁达的自然流露。特别是网络原创诗代表作《我多么爱这个世界》就是她澄明的心境、自由的心态的生动表现："当我活着的时候/整个世界都跟着我一起活/当我离开，我只愿孤独地隐去/我愿大地上/微风继续吹着草叶/黄昏的纸鸢与鸟雀并肩飞在天空/我寄居过的临潼小城/继续它平静的节气和雨水/我那高温度、高湿度、高雨量的南方故乡/继续让棉花、水稻保持优势作物的地位/一群主妇坐在长安的厨房里/继续她们的忙碌、幸福/诗人们不要辜负造纸术和印刷术/继续用良心写诗……/当我离开，你们继续——/该蓝的蓝，或者更蓝/该相遇的相遇，或者相拥而泣"。可以说，在网络提供的自由空间中，当诗人无所顾忌地放飞自己的梦想的时候，自由的心态就会穿越古今时空的阻隔，在过去、

---

① 温新红：《网络让诗歌重现"初唐时期"》，《中国科学报》2013年5月10日。

第八章 网络诗歌的文本形式

现在和未来之间的世事中，进行富有人道主义精神的对话。诗人在心灵的独语中所包蕴的善良悲悯的情怀在"世事洞明皆学问"中得到了鲜明的体现，却没有"人情练达即文章"的世故和圆滑的冬烘气。"活着"与"离开"的生老病死的自然规律，阻断不了诗人寻求人间大地生态平衡、和平共处、诗意栖居的执着精神。诗歌自由飞翔的高度也就预示了诗人心态自由的程度。此外，从魔头贝贝、叶丽隽、施施然、李成恩等众多诗人的网络原创诗中，都不难发现诗人自由心态支配下灵感飞动的神来之笔，给现实社会中备受欲望折磨的芸芸众生的心灵提供可以栖息的港湾。

其次，写什么——诗歌题材选择的自由。网络诗歌在题材的选择方面完全打破了美与丑、善与恶、是与非、雅与俗之间的界限，实现了写作对象和范围的真正自由。这种选材的自由性从诗歌发展的纵剖面中，寻绎两个世所公认的比较自由的时期作为切片进行比较，就可窥一斑而见全豹。在"王纲解纽、处士横议"的五四时期，尽管比较古典的陈腐价值观念颠覆之后，在寻求诗歌发展的题材选择方面已向比较丑陋的意象抛出了橄榄枝，但"小便"之类比较低俗的形而下意象能否不加选择地进入诗歌还是引起了轩然大波。审美观念的根深蒂固使人们习惯于按照惯性思维的方式，将美的概念的内涵与外延都限制在一个比较狭窄的范围之内。某些带有一点丑陋色彩的意象可以作为诗歌的选材范围，通过所谓的"化丑为美、化美为媚"的审美艺术的点睛方法容纳到美学的殿堂，但现实社会中大量存在的丑的意象被排除在题材选择的范围之外，而没有任何商量的余地。就连深受中西文化的浸染、思想开明而前卫的鲁迅先生也说："譬如画家，他画蛇，画鳄鱼，画龟，画果子壳，画字纸篓，画垃圾堆，但没有谁画毛毛虫，画癞头疮，画鼻涕，画大便，就是一样的道理。"[①] 由此可见，当时诗歌创作的选材方面要受到二元对立的审美标准的严格限制。到了新时期，在改革开放的氛围下，接受了从西方的浪漫主义、批判现实主义到现代主义、后现代主义等文学思潮的狂轰滥炸之后，从"丑就在美的旁边"（雨果）到"带抽屉的维纳斯"（萨尔瓦多·达利），众多诗人的审美观念开始由审美的一极向审丑的一极嬗变。大便、鼻涕、毛毛虫、生殖器等不能登大雅之堂的意象，作为诗歌创作的材料开始向诗歌的圣殿迈

---

① 鲁迅：《且介亭杂文末编》，人民文学出版社1981年版，第598页。

网络诗歌散点透视

进,在诗歌中刻意展示生活中卑鄙丑陋、肮脏邪恶、荒诞虚无、俗不可耐的一面。值得注意的是,现实生活中发表的这些纸质诗歌,由于身份和姓名的公开性,以及受比较严格的出版审查制度的限制,只能对这些比较丑陋的素材的选择采取"犹抱琵琶半遮面"的欲说还休的方式,最多采取半自由的态度对选择的素材进行"化丑为美"的审美化加工。但到了网络诗歌写作阶段,无名的状态就将纸质诗歌选材时必须有所顾忌的面具彻底打碎,在素材的选择没有任何限制的情况下,丑陋的意象由客体点缀的边缘地位上升为本体的中心地位,而这一切再也不需要以审美的标准为核心对丑进行压制和转化了,现实生活中所有的一切事物和现象都可以作为网络诗歌的材料,堂而皇之地进入诗歌的题材领域而没有任何的顾忌和限制。于是,网络诗歌将丑和美的题材放到了同一个平台上而不作任何的高低优劣评判,甚至为了让丑陋的、卑琐的、邪恶的或者是见不得人、羞于开口的题材更加冲击人们的眼球,而刻意地突出其丑不可耐、俗不可耐的震惊效果。追求眼球经济的审美效果注定网络原创诗歌的作者把诗歌选材的范围扩大到无边的境地,才能将别人没有想到或者不敢写的题材融入分行排列的诗句中,获得比较高的点击率和关注度。

最后,怎么写——诗歌创作方法的自由。诗歌创作方法最能体现出诗歌作为一个文体"法无定法"的鲜明特征,每一个诗人都可以根据自己的知识储备、思想情感、艺术涵养、审美感受等主客观因素的特点,选择一种自己认为最得心应手的创作方法来为情感的抒发或事理的明达,寻求一个诗歌的形式和内容的最佳契合体。尽管可以采取生活与艺术同构的方式,将诗歌的创作方法看作诗人对生活的旋律和节拍的逼真描摹,正如大诗人艾青所说:"诗的旋律,就是生活的旋律;诗的音节,就是生活的拍节。"[①] 但生活与艺术的复杂关系是运用现实主义、浪漫主义、现代主义还是后现代主义的创作方法表现出来,其审美的效果是有很大差距的,而且要受到意识形态和编辑审稿的口味等各种因素的限制。因此,传统的诗歌创作无论在道德意识、伦理观念还是在发表渠道、传播媒介等方面都受到诸多因素的制约,创作方法的自由选择只能是一纸空谈,彻底打破诗歌创作方法的魔咒的最简便的渠道就是充分采用网络提供的虚拟空间。在网

[①] 杨匡汉、刘福春编:《中国现代诗论》(上编),花城出版社 1985 年版,第 344 页。

第八章 网络诗歌的文本形式

上，诗歌生产力的大解放、大发展所焕发出的青春活力非常形象地诠释了诗歌创作方法的自由，诗歌作为既简单又复杂的艺术工程，只有借助于网络才让不同层次的诗歌爱好者实现"吾手写吾心"的自由梦想。网络诗歌评论家吴思敬也认为："网络诗歌写作给了诗人充分的自由……与公开出版的诗歌刊物相比，网络诗歌有明显的非功利色彩，意识形态色彩较为淡薄，作者写作主要是出于表现的欲望，甚至是一种纯粹的宣泄与自娱。"①这样，诗歌的纯个人化写作寻求的是一种以个人为中心的自由和娱乐功能，失去了现实社会对诗人的道德伦理和价值观念的制约，抛弃了比较虚假的人格面具，种种外在条件的去除意味着创作方法的标准只能依照个人的性情和具体语境的感受自由选择。无论是有病呻吟还是无病呻吟，无论是阳春白雪还是下里巴人都可以在众生平等的虚拟世界中一吐为快。诗人选择何种创作方法才能最适合自己的情感倾诉方式，可以无须考虑传统的审美价值标准和别人的审美期待视野，这种方法的自由性充分地调动了网民的参与热情，开创了创作方法"百花齐放、百家争鸣"的良好局面。

原创诗可以自由选择不同的创作方法，以及诗歌创作主体自由精神的激发，都离不开网络提供的自由的争鸣平台。网络的"去中心化"和"去权威化"的解构氛围，让民间自由自在的狂欢精神落到了实处。自由话语权的获得和藏污纳垢（中性词）的丰富复杂的审美状态的凸显都离不开网络提供的思维方式的改变，换一种视角和方法思考问题导致的对事物和现象的多层次的审美感受必然形成多样化的创作方法。只有这样，诗人内心的感受和情感的抒发才能找到最佳的契合点。由此可见，网络对诗歌的创作方法的影响是多层次、全方位的，正如诗人蓝蝴蝶紫丁香所说："它（网络）的出现，不仅仅意味着提供了一种新的载体，更重要的是在很大程度上革新了人类的思维方式，唤醒了人类自由生命的本能。在日益全球化的今天，分散权力必然导致人们在生活中拥有更多的自由话语权。对于人类生活一部分的文学活动更是如此，更应该从中汲取丰富的营养。诗歌，这个从来以彰显人类自由精神为豪的文学样式，在网络的空间里又一次走到了时代的最前端。"② 所以，在创作方法上，他以"拒绝入选任何选

---

① 吴思敬：《新媒体与当代诗歌创作》，《河南社会科学》2004 年第 1 期。
② 蓝蝴蝶紫丁香：《论中国网络诗歌的自由指向》，《低诗歌网刊》2007 年第 1 期。

本书刊"的对立宣言,拉开了与传统纸质诗歌创作方法和审美风格的距离。最突出的标志是他觉得在写诗歌的过程中用"偶"字好玩而被称为"偶派大师",自从2002年10月17日在"心影沉璧"的论坛中偶发灵感写了每句的第一个字都是"偶"的诗歌《窝藏》之后,"偶"成了他诗歌创作的典型徽章。这种带有古典意味却又不伦不类的诗歌创作方法,只是满足了自己的创造欲和好奇心,即使遭到众多网友的争议也仍然在诗歌论坛上广为传播并大行其道,这只有网络自由匿名的本性才能做到。他用后现代主义创作方法写的《解构诗歌系列》6首(包括《海子》《游戏》《神话》《甲骨文》《让口水将海子淹没》《让偶在口水中成长》)和《偶和李白打架》等原创诗都打破了时空和地域的界限,在游戏化和碎片化的狂欢氛围中,凸显的是诗人不顾传统的价值观念规约的狂放自由的心态。同时,又自创了"中国灌水派",向诗歌无聊、无意义的空洞能指的极限发起挑战的实验诗歌文本的出笼,引起了众多诗友的关注,这也显示了网络对诗歌创作方法的自由包容的境界是多么宽阔。如他用"口水诗"的流水账方式创作的诗歌《写在6月4日的诗歌》:"今天6月4日/今天/是2005年的6月4日/今天/不是1989的6月4日/今天/是6月4日/今天是2005年的6月4日/今天/什么都不记得了/今天就记得/在网上泡了一整天/今天/是6月4日/今天/是2005年的6月4日/今天在网上泡了一整天"反复诉说的"6月4日"在强烈的灌水稀释下就变成了一个没有意义的时间符号,能指与所指的游离和分裂导致的意义的悬空状态,确实挑战了传统诗歌的简洁精练、文贵含蓄的审美惯例。他还用垃圾派的创作方法写出了生活的粗俗不堪、丑陋卑下的原创诗歌,以致在很多的诗歌论坛因超出版主所能容忍的限度而被删除。由此可见,在蓝蝴蝶紫丁香的身上,众多看似矛盾的创作方法都可以达到自由地为我所用的目的。古典和现代、东方和西方、典雅和粗放、生活和艺术等异质性的审美元素,都在网络诗歌的实验和创造中得到灵活运用,正是网络诗歌如何写和怎样选择创作方法的一个典型个案和缩影。

当然,自由都是相对的,三无语境下的网络诗歌创作的自由也不是绝对的自由。实际上,在传统的审美价值观念和经典的艺术魅力的压制下形成的"影响的焦虑"意识,一直是诗人挥之不去的艺术梦魇。追新逐异的创新意识,在既简单又复杂的诗歌脉络中能够脱颖而出就成为诗人最根本

第八章 网络诗歌的文本形式

的追求。这样,"网络主体最擅长的就是震惊性的出场、戏剧性的表达、语不惊人死不休的气概"①。借助于网络提供的自由语境,网络原创诗实际上在走向创新的极致的同时,自由也作为一柄双刃剑按照物极必反的规律,将原创诗的创新意识引向了死胡同。网络铺天盖地的诗歌实时更新的运作形态,意味着不能吸引读者眼球的诗歌注定很快就会被淹没,眼球经济的焦虑意识促使诗人借助网络的诗歌平台,拼命地展示花样翻新的诗歌形式,艺术上的精致打磨和锤炼对大多数诗人来说是无暇顾及的。他们把创造的新事物作为衡量诗歌是否取得进步的进化论观念是非常值得怀疑的,因为"实际上'新事物'和'好事物','存在的'和'合理的'完全是两种不同的概念,只是我们在过去不善于,也不愿意加以区分罢了"②。张清华的提醒对网络诗歌的追新逐异的狂热化状态来说,无疑是一支回归健康理性状态的清醒剂,但愿深陷诗歌的无边的自由状态之中的网络诗人,在理性的栅栏下能够有所反思和回顾。

二 机器诗:缺失情感线索的碎片化表征

在网络所提供的自由空间中,诗人的离散化、碎片化所导致的"主体"的"无主体性"的生命表征,与后现代主义提出的"诗人之死"暗相吻合。不过,二者之间还是有明显的差距的。后者提出的"诗人之死"隐喻的是诗人的精神死亡,诗意的延异和撒播只是在象征意义上意味着主体性的退隐和消亡,主体的思维和价值观念即使在匿名的状态下也比较清晰地表达出来了。诗歌表现的情感和诗歌的生成主体还是有血有肉的个人,这一点无论在怎样的解构语境中都是无可置疑的。但随着网络技术的智能化、数字化、模拟化的日新月异的发展,终于可以创造出"写诗软件"的时候,其自动生成的机械语言诗歌则实实在在地意味着主体肉身的消亡。此时,没有了诗人的主体性参与并不妨碍诗歌可以在程序软件的指令操纵下,自由而又迅捷地排列组合词汇,形成具有诗歌表征的文本。正是在此意义上,新生代科幻作家刘慈欣即曾断言:"诗人当然不是本世纪的产物,但肯定是要在这个世纪灭绝的,诗意的世纪已永远消失,在新世纪,就算

---

① 蓝爱国、何学威:《网络文学的民间视野》,中国文联出版社 2004 年版,第 45 页。
② 张清华:《"好日子就要来了"么——世纪初的诗歌观察》,《当代作家评论》2002 年第 2 期。

网络诗歌散点透视

有诗人,也一定像恐龙蛋一样稀奇了。"① 诗人的功能和作用是否可以完全被智能化的机器人代替本来就是一个见仁见智的问题,刘慈欣的乐观估计只是按照目前诗歌软件的发展潜力而作出的一己之见,但机器诗作为一种文体的存在却是一个不争的事实,而且机器作诗的效率和速度是任何现实的诗人都无可比拟的。值得注意的是,由智能软件生成的机器诗与传统的纸质诗歌相比,在形式类似之外还有着内在的诗歌神韵的巨大反差,它的诗歌蕴涵和本体特征的优长缺陷、它的发展潜力和前景都是值得研究和思索的诗学问题。

机器诗主要分古典诗词和现代自由体诗,从表面上看,机器诗歌跨越了传统和现代诗歌的界限,将古典的审美情韵和现代的思想情感相互融合,采取诗歌逻辑的线索贯通在一起,取得了一定的成功。特别是对古典诗歌的韵脚、字数、行数等外在律,按照诗歌创作软件的指令要求批量生产的诗歌确实达到了一定的水平,个别古典诗词几乎达到以假乱真的程度。比如输入律诗的声韵要求,上海育才中学的学生梁建章运用"计算机诗词创作"程序写的五言绝句《云松》:"銮仙玉骨寒,松虬雪友繁。大千收眼底,斯调不同凡。"这首诗在意蕴和意境上模仿古典诗歌的艺术形式,可以说达到了惟妙惟肖的程度,这也意味着没有经过诗人思想情感的升华和陶冶,也能创作出可以达到欣赏水平的诗歌。"这种尴尬的处境使我们不能否认创作软件生成的作品的合理性和由于随机性和偶然性而导致的新奇性和不落俗套。但人们更应该清醒地认识到在人机对峙的时代,机器生产的文学作品充其量只能是一种文字和消遣的数字游戏,诗人应该摒除数字和机器制造的虚假神话,在复杂难名的时代深入词语和生存现场。"②

这样,如果深入机器诗歌的诗词结构、篇章意蕴的内在逻辑进行分析阐释,其实,从20世纪80年代梁建章开发的"计算机诗词创作"程序到21世纪林鸿程先生独立开发的"稻香老农作诗机"、张小红工程师开发的"GS文章自动生成系统"的诗歌创作软件,都没有突破诗歌词语之间、句子之间、段落之间的逻辑关联性的难题,更遑论将数不清的词语碎片用情

---

① 韩松:《想像力宣言》,四川人民出版社2000年版,第170页。
② 霍俊明:《塑料骑士·网络图腾·狂欢年代——论新媒质时代的网络诗歌写作》,《河南社会科学》2004年第2期。

第八章 网络诗歌的文本形式

感的脉络有机地贯穿起来的复杂过程。所以，这些诗歌只是在建行、韵律、节奏等方面呈现出和诗人绞尽脑汁创作的诗歌的相似之处。当然，机器诗歌之所以成为网络诗中的一个新品种，还是有其内在的本质特征的。采取文本细读的方式，深入诗歌内在的意象、意蕴、节奏和韵律等方面的审美表征进行分析和阐释，不难发现许多的句子只是披了传统诗歌的袍子而失去了诗歌最本质的神韵。比如，与原创诗歌的审美特征、表现形式、意象选择、诗意内涵等诗歌的基本特征相比较，机器诗歌的情感缺失的机械性特征就会非常醒目地显示出来。众所周知，诗歌是诗人思想、情感、意识、价值等生命的表征，用富有审美蕴含的词汇赋型之后形成的艺术结晶，它是诗人感性思维和抽象思维、灵感的触发和长期的酝酿积淀而成的产物，通过诗歌的内在律和外在律的起伏消长，可以寻绎出诗人的思想情绪和情感意蕴变化的草蛇灰线。而机器诗在词语的搭配、意境的衔接、意义的连贯、情感的抒发线索等更为本质的诗歌特征方面，至少在目前的人工智能所达到的水平而言是没有规律可循的。以辽宁省建设银行工程师艾群的最具代表性、最成功，也最为世人称道的机器诗《乡情》和《北方的思念》为例，便不难窥视其中最致命的缺陷："夜空　长长/日历交融了墙,/久远的威风上/人迷失在充满生机的故乡。以看到的背影拒绝回声,/唇急给予心中,/自无束的情里/拂过无声的落叶。"（《乡情》）"雨巷盼望孤独/故乡的依稀揉白了/模糊的坐标/全是橡树的风景/思念你/心的座/甚至去了/美丽的春色/重回/北方的思念"（《北方的思念》）。从词汇来看，"日历""夜空""故乡""背影""落叶"与远离故土之后，回望故乡的一草一木时产生的乡情有一定的联系，通过这些意象所携带的乡情的生命质素是很容易引起游子的情感共鸣的；"故乡""风景""雨巷""橡树""春色"等带有地域特色的物象和意象也确实能引起北方的思念。也就是说，词语的情感色彩和思想蕴含与题目所要表现的主旨观念是比较吻合的，这一点是机器诗通过对语料库的选择和提取比较轻而易举地做到的事情。但在表现语义关系的稍高层次上，机器软件模糊处理词义之间复杂蕴涵的关系的能力就大可质疑了，更遑论句子造成的上下文之间语义和逻辑关系的内在联系方面，有时候是一个低能的诗人轻易分辨的不是问题的问题，却是机器软件绞尽脑汁也难以理解的难题。

一方面，如果从一个句子内部词义之间的逻辑关系来看，我们不妨拿

网络诗歌散点透视

"诗怪"李金发的象征诗歌的文体特征做一横向比较。他的象征诗歌由于和传统文化的隔膜，以及受法国象征诗派的影响而被认为是最晦涩难懂的。主要理由是，他的词汇和句子都因为语义和寓意的跳跃性太大，超出了读者习以为常的期待视野，这一点与机器诗的风格特征和艺术形式具有类似之处，因此具有可比较性。可就是拿这种非常极端的纸质诗歌与网络上的机器诗歌中被公认的最成功、最通俗易懂的诗章相比较，词义之间逻辑关系的差距之大也同样令人咋舌。比如他的《弃妇》中的两句诗，"弃妇之隐忧堆积在动作上/夕阳之火不能把时间之烦闷/化成灰烬"，尽管在现代白话文中加入了文言词汇"之"字显得有点"隔"，但词语之间的逻辑关系，在语义和情感表现等方面都是吻合的，"弃妇""隐忧""堆积""动作"四个实词之间的逻辑内涵是通过幽怨、悲戚、忧虑等灰色调的情感意蕴贯穿起来的。如果拿这样的标准来衡量机器诗，不难发现机器诗中大量的句子是不可解的，相连的两个词汇之间的语义关系，很多时候是简单地排列组合在一起的，这种机械的组合方式割裂了两个词汇中可以交接的逻辑语义关系。如《乡情》中的"日历交融了墙"一句，三个实词"日历""交融""墙"之间的语义联系是不交集的，而且合成一个句子之后，不仅在意义的逻辑方面让读者如坠五里雾中，而且中性词的客观性也与表现乡情的主观性在主题方面有扞格，这是机器诗在诗歌的词汇选择和排列方面一个非常明显的特征。

另一方面，从句子之间的语义逻辑以及上下文的语境中意义的跳跃性来看，诗歌意蕴的含蓄简练和陌生化的处理方式，都意味着要采取省略部分语义联系的技巧来取得含蓄隽永、余味曲包的艺术效果。可机器诗的语句之间的跳跃性完全超出了内在的情感意蕴的逻辑线索，成为互不相关的句子随意地拼贴构成的大杂烩。比如机器诗《北方的思念》中的头四句"雨巷盼望孤独/故乡的依稀揉白了/模糊的坐标/全是橡树的风景"，描绘的雨巷、故乡、坐标、风景之间没有任何情感的线索，或者语义逻辑的线索将散乱的语句贯穿起来，四个句子之间不是逻辑性跳跃太大的浅表问题，而是根本就没有经过情感的浸润而失去了诗歌之为诗歌的核心问题。在这方面，我们同样和李金发的《弃妇》做个横向比较，《弃妇》是他的象征诗歌中最具有代表性的晦涩难懂的一首，在当时就连学养深厚、深得艺术真谛的学者和诗人都难以把握他的诗歌的独特意蕴。朱自清曾在《中

第八章　网络诗歌的文本形式

国新文学大系·诗集》导言中评价李金发的诗时说道："他的诗没有寻常的章法，一部分一部分可以懂，合起来却没有意思。他要表现的不是意思而是感觉或情感，这就是法国象征诗人的手法，李氏是第一个介绍它到中国诗里的人。"尽管如此，《弃妇》中诗人感情的潮起潮落和句子之间的语义关联，在作者的自由联想的诗情飞扬中还是有规律可循的。从上下句之间的语义和情感意蕴的起伏节奏中，能够让读者体会到远距离取譬形成的陌生化的审美效果，而且即使譬喻超出惯常的界限而对诗歌意蕴的理解造成阻隔，可细细咀嚼还是能够在句子之间的关联域中找到将彼此联系在一起的那条红线。更重要的是所有看似不着边际的联想和带有鲜明情感色彩的意象都辐辏到弃妇的主题中去，这样，"所有这些联想而及的形象都有着共同的感情色彩：无论是夕阳、灰烬，还是游鸦、海啸、舟子之歌，都能够激发起人们一种颓废、感伤、忧郁的情绪。这样，弃妇的微妙得难以名状的'隐忧'就由此而获得了具体的形象的体现"[1]。与此形成比较鲜明的对照的是，没有了人类感觉和情感浸润的机器诗歌，不仅每一句作为单一的意象单元晦涩难懂，而且部分与部分的意蕴内涵也没有一个若隐若现的线索衔接并串联起来。如果说，李金发的象征诗歌还有耀人眼目的花花绿绿的珠子，作为鲜明的意象引起读者的愉悦感和陌生感，那么机器诗歌就将这最小的、最基本的诗意珠子也抛到了九霄云外，这是机器诗最致命的缺陷。

当然，机器诗歌的创作软件日新月异的发展和更新换代的效率，都是围绕着诗歌语义和评判标准的遗传算法而展开的。也就是说，通过神经网络的方法以及遗传算法攻克诗歌语义搭配的一致性问题，将组成句子的词汇按照模拟的逻辑算法寻求最佳的排列组合方式，而不是机械地罗列和堆砌互不相关的词语组成具有诗歌形式的句子，再加上一个评判诗歌优劣的函数标准来对诗歌句子的关联之处不断地优化组合，这样创作的诗歌比起初期的机器诗来确实有比较大的改观。但到目前为止，还没有哪首诗歌能通过图灵测试达到以假乱真的境地，这就足以说明机器诗歌的缺陷至少是目前难以克服的。比如张小红和他的儿子编辑的机器诗歌的集子《心诉无

---

[1] 钱理群、温儒敏、吴福辉：《中国现代文学三十年》（修订本），北京大学出版社1998年版，第138页。

语——计算机诗歌》，不仅孩子肖诗的诗歌《生命释义》《再释生命》与父亲的《告别》《再现》等诗歌在表现人生的价值意义、思考生命的存在方面显示出类似的主题，更致命的缺陷在于艺术风格方面呈现出惊人的雷同。这种状况是诗歌创作的大忌，一个诗人不仅不能重复别人的写作风格，还要以今日之我不断地否定昨日之我，以实现诗歌艺术风格的创新与突破。如果拿这种纸质诗歌的标准来衡量网络的机器诗，这种重复化、模式化、机械化的诗歌风格确实令人触目惊心，任何读者只要看了一本诗集的前几首诗歌，基本上就没有兴趣再把这种分行排列的所谓诗歌读下去。原因当然是当机器软件按照同样的模式化指令搜集储存的词汇的时候，排列组合词汇的方式、句子之间的搭配关系都是按照程式化的模式去写的，雷同化当然就在情理之中了。即使是通过遗传学原理加入语义排列组合的函数公式，实现了句子内部的革命性的变化，但句子之间的逻辑关系和语义关系仍然是无法解决的难题。比如张少红被选入写作教材的《李白诗仙》就是如此，这首诗歌以其想象的奇特、联想的丰富、蒙太奇手法的运用等比较成功的方面而引起广泛的赞誉，可细读文本，深入诗歌内在的肌理之处寻绎句子语义逻辑的前后发展脉络的时候，麒麟的马脚就会自然而然地暴露出来："太白的诗都如此张狂/如此沁园春/如此上九天……//有时候/他的狂想掺了羊毫或狼毫的笔锋/一抖墨/浸透了宣纸/就白发三千丈/黄河入海流/壮壮烈烈醉倒华夏……"

第一个诗歌片段由三句话组成，每句中的核心词"张狂""沁园春""上九天"应该处于语义连接的枢纽地位，联系句子的主语"太白的诗歌"，作为修饰和展示李白诗歌特点的三个核心词在语义上应该表现为并列、递进或者转折关系，应该从不同的层面表露李白的诗歌"横看成岭侧成峰"的摇曳多姿的狂放的风致和神韵。但电脑显然不具有人的正常的情感逻辑，对句子的语义进行合理有致的安排，所以将不同的词义排列组合成诗句的时候，不合逻辑之处历历可见。就这个诗歌片段而言，"沁园春"是词牌名，修饰诗歌是说明李白的诗像以"沁园春"为词牌的词的艺术风格呢，还是就是"沁园春"本身所代表的审美意象，在逻辑上是含混不清的。况且词牌名和形容词"张狂"在语义上不是属于同一层次的逻辑范畴，再看第三句"如此上九天"，化用的是毛主席在1965年5月写的诗词《水调歌头·重上井冈山》中的"可上九天揽月"一句，如果用来表现李

第八章　网络诗歌的文本形式

白诗歌中那种上天入地、瑰奇狂放的酒神精神，以显示出其诗歌张狂性的审美意境，那么第一句与第三句在逻辑上就是补充说明的附属关系，而不属于同一层级上的属性关系；如果不是化用的典故而是单纯的物象"上九天"，表达的诗歌意境就会让读者莫名其妙。因此，三句之间无论在逻辑关系还是在语义关系等方面都有非常明显的扞格之处，第二个诗歌片段同样如此。这是无思想、没有情感的机器通过软件的指令进行诗歌创作的通病，病因就是不可能对大千世界非常丰富复杂的信息，经过情感的过滤和渗透变成富有个性、独特发现的诗意美，不可能采取散射状的非逻辑叙述建构起"味之者无极，闻之者动心"的诗性空间，也不可能能动性地运用文字符号将自己比较独特的个性化经验和审美情感转化为富有诗意的动人篇章，也不可能通过"超事件叙述"有效地激发读者自由的诗性联想的冲动和欲望，而文字符号的奇妙组合产生的诗意美正是诗歌的审美意蕴的最本质所在。因为"诗意，即一种灵动飞扬的生命意蕴，一种能够给人以心灵抚慰与情感愉悦的超现实的自由想象空间。虽然所有的艺术门类都是以诗意为基础的，但文学作品中的诗意创造，是最为自由灵活的，最为丰富多彩的，也是最具无限可能性的"[①]。

目前的诗歌创作软件经过技术的不断升级之后，在古典诗词创作方面取得的成就是有目共睹的，有人甚至以此为契机认为机器诗歌的古典创作，在不远的将来就可以达到真假难辨的程度。事实确实如此吗？诗歌创作软件在不到半分钟的时间里就可以创作出一首古典诗词的速度是任何现实生活中的诗人所无法比拟的，但在速度之外的诗歌句群之间的语义连贯和结构铺排等方面所达到的效果是大可质疑的。尽管解决了句子内部语义搭配的逻辑难题（因为古典诗歌一般句子短，比较容易解决词语搭配问题），但这种古典韵味的获得与古典意境氛围的营造离不开电脑储存的陈腐的审美意象，达到的只能是《笠翁对韵》中的"云对雨，雪对风，晚照对晴空。来鸿对去燕，宿鸟对鸣虫"之类的无须经过情感浸染的陈词滥调的境界，这种作诗的方法在"五四"时期开一代诗风的胡适那里已被痛下针砭，"务去滥调套语"的警告没想到在21世纪的机器诗歌中被奉为创作的圭臬。电脑软件不可能把古典诗人辛勤创造积淀和流传下来的审美意象

---

① 杨守森：《数字化生存与文学前景》，《社会科学辑刊》2007年第6期。

网络诗歌散点透视

进行再创造，由此导致的雕琢的陈腐的古典意象成为没有任何生命的木乃伊是一个不容忽视的问题，另一个更不能小觑的问题是诗句的语意连贯和综合表现诗歌的题旨等宏观的审美要求方面的缺陷。在目前的技术水平下的机器诗歌，在模糊智能的操纵下，创作的一首诗歌中只有一两句能够符合或比较吻合诗歌的情感意蕴，大多数的诗句与表达的思想情感和内容主题方面相去甚远。如山东师范大学杨守森教授用林鸿程开发的"电脑作诗机"软件创作的两首诗：

七律·清明
苔侵枕席诏亲贤，叶去回波夕月圆。
是我茇房闲应甚，当君菊蕊疾未平。
锦城河尹家何在，雪岭使君马不前。
去接临川心地内，池容自古覆苍烟。

七律·山东师大校庆
邻家已是费知音，冷淡豪英已古今。
八月山河闻过雁，三春日月动寒砧。
难教近日开冤气，乍可当时重壮心。
独念前程临岸尽，龙舟日晚见成林。

从这两首诗歌的押韵和韵律的机动选择来看，确实体现出了机器诗歌的优越性，合辙押韵和工整对仗形成的古典诗歌的外在的审美形式是无可挑剔的。但深入诗歌的内部进行分析，不难看出几乎所有的意象都与主题无关。第一首是清明，可是表现清明的富有时令色彩的意象和表现对亡人悼念的悲戚情感色彩的意象都了无踪影；第二首是校庆，同样对表现山东师大风貌的意象和带有欢乐色彩的喜庆意象遍寻不见。两首诗歌表现的内容更是风马牛不相及，机械的拼贴更显示出机器诗歌的"机动于中"而不是"情动于中"的内涵特征。从这方面来看，它甚至连"熟读唐诗三百首，不会作诗也会吟"的无病呻吟的初学者稚嫩的练笔之作都比不上，甚嚣尘上的机器诗歌可以在古典诗词方面达到以假乱真的奇谈怪论真的可以休矣。

第八章 网络诗歌的文本形式

综上所述，机器创作的诗歌无论是古典诗词还是现代的自由体诗，到目前为止都没有达到与人工诗歌相媲美的程度。尽管在西方国家中，人工智能从20世纪50年代开始涉猎文学艺术创作领域到如今已超过半个世纪，中国的诗歌软件的开发从1984年的梁建章算起，也已有三十年。在此期间创作的恒河沙数般的机器诗引起的轰动效应一直不绝如缕，其实只要采取文本细读的方式，将最简易的到最艰难的核心问题一层层剥离开来，就不难发现机器诗歌的致命之处。"人类的文学艺术创作，是通过人脑进行的一种与情感、知觉、记忆与思维相关的复杂的精神活动，而在电脑尚难以具备人脑功能的情况下，所谓人工智能性的文艺创作，当然也还只能是一种奇异的梦想。"[①] 诚哉斯言。

第二节 互动诗："主体间性"的通力协作与演绎

互动诗是只有在互联网提供的开放的虚拟空间和触角延伸、无远弗届的媒介信息功能都完备的情况之下才出现的一种诗歌类型。按照网络诗歌的发展历程来说，它的出现应该在原创诗之后，是诗歌的艺术涵养和多媒体技术的发展达到一定层次之后相互契合的产物。从它呈现的接受美学特征来看，互动诗最突出的特征就是由纸质的"可读的文本"到网络的"可写的文本"的审美嬗变。在纸质的诗歌中，罗兰·巴尔特的符号学理论在意义的建构层次上提出的"可读的文本"和"可写的文本"的文本分殊，意味着"可读的诗歌"总是含义清晰的低层次的诗歌，而"可写的诗歌"在意义层次上因陌生化的艺术变形超出了一般读者的审美期待视野，因意义的朦胧含混、歧义复杂引起了读者提取自己的知识储备和审美经验进行重新创作的欲望，因而属于较高层次的诗歌。也就是说，"前诗歌"作为一个情感和意境的触媒调动了读者的积极性和创造性，通过能动的参与就由被动的审美接受的客体转变为创造的主体，但这个过程的互动的不同步性和"可写的诗歌"的文本稀缺性，与网络上的互动诗就具有质的不同。一方面，诗歌的即时互动效应形成的诗人主客体互相转化的风貌只有网络才能提供；另一方面，诗歌的可写性由文本的意蕴丰富的内容更多地转向

---

① 杨守森：《人工智能与文艺创作》，《河南社会科学》2011年第1期。

了艺术形式方面的互动，因此"可写的诗歌"的审美蕴涵和评价标准的变化使网络诗歌"可写的文本"铺天盖地，过去在纸质诗歌中形成的艺术原创性的光晕效应已难觅芳踪。当然，不是说网络诗歌中凡是"可写的诗歌"形成的网民之间的呼应都是互动诗，一个诗歌概念的内涵和外延不能无限地扩张。本文的互动诗是指网络原创的、通过在线互动共同创作的诗歌。也就是说，网民在同一主题下按照规则和要求创作了一系列的诗歌，改变了文本的内容和形式，但所有的参与互动都是这首诗歌的一个组成部分；或者在原诗歌的提示下按下其中的某个按钮产生某种情感氛围和情绪意境，产生的情感和情绪根据操纵的程度和影像运动的幅度虽然并没有改变诗歌文本的长度，但产生的意境和理解诗歌的语境却构成了这首诗歌的一个组成部分，是读者的共同参与完成并丰富了诗歌的内涵。因此，林林总总的互动诗主要分为多人合作的接龙诗和个人排列的组合诗，但无论采取哪种形式，互动诗的"互动性"都成了此类诗歌的典型标记和徽章。

"互动性"意味着创作主体和欣赏客体打破了传统的主动与被动之间严格的界限，毫不费力地实现了诗歌创作、传播、阅读、改写的目标。从互动诗的作者和读者的关系来说，互动意味着矛盾的双方不再是传统的逻辑哲学中客观明晰的对立关系，而是你中有我、我中有你的互为主体的关系。这样，"主体间性"的通力协作和演绎带来的是互动诗不同于传统纸质媒介的一系列特征：第一，开放性。这种开放性打破了时间、地域、民族、年龄的界限，让任何一个稍有诗歌常识的网民都可以在既有的诗歌文本的基础上进行续写，只要是满足前文本规定要求的后续诗歌都成为整首诗歌的一个组成部分。第二，拼贴性。由于不同的网民在进行诗歌续写的时候，在主观上对诗歌前文本的语义、语境、主题理解的不同和客观上不同的诗歌主体所具有的艺术修养、知识储备、生活环境、价值观念等方面的差异，这样主客观因素的综合作用就导致互动诗歌语义的断裂、主题的含混、审美观念的多样性、艺术价值的歧义性。类似游戏的拼贴方式由于没有一以贯之的艺术线索贯穿起含混复杂的审美蕴含，导致在思想内容和审美艺术上成为一个分裂的文本、矛盾的文本。第三，不确定性。一般来说，纸质的诗歌都是一个完整的文本，尽管可以有不同的版本，但至少在文本的大体框架、艺术形式、思想意蕴等方面不会

第八章 网络诗歌的文本形式

有太大的差别,但互动诗的文本从来就处于一种流动的状态,每一个网民根据自己的嗜好和抒发感情的需要,都可以按照前文本的要求自由地书写个人对生命、生活和艺术的感悟。这样,文本的不确定性就成为互动诗一个引人注目的特征。

一 多人合作的接龙诗

诗人布罗茨基认为"诗歌是唯一一种要求读者同时成为演奏者的艺术"[①],在他提倡这种高雅化的艺术向读者的接受观念倾斜的时候,他大概没有料到如此艰难的艺术转换工程,在互联网普及的今天轻而易举地实现了。多人合作的接龙诗让诗人的单声独奏的个人化行为,第一次不是在隐喻的意义而是具体的现实意义上汇入了众声喧哗的集体演奏,诗歌作为"文学中的文学"所包蕴的只可意会不可言传的审美和想象意境的营造,在接龙诗中都变为可以随意点染的平实粗俗的大白话。没有多少诗意甚至毫无诗意、倒人审美胃口的诗,因不同的诗人的文化修养和审美感悟的差异,竟频频出现在同一首接龙诗之中,这是多人合作所不可避免的宿命。这样,诗歌公认的最个人化、最凝练、最简洁、最神圣的文体样式被网络时代多人合作的接龙诗轻轻打碎了,打碎之后富有诗意或不那么诗意的碎片拼贴,颠覆解构了传统的诗歌写作模式和美学蕴含。

一首接龙诗的产生离不开网络诗歌论坛,一般是由论坛中的版主推出诗歌接龙的活动、内容要求、行数限定、接龙方式等具体的规定,由对此类主题感兴趣的网民根据诗歌的要求和前文本所表现的艺术风格往下填写。对现代诗歌的接龙活动而言,由于没有古典诗词节奏、字数、韵律等外在艺术形式的制约,只好在自由诗的行数和诗歌的开头、结尾略作限定。如 2006 年 12 月 6 日 14:58,中国青年诗歌网论坛中版主風☆&雲☆推出的诗歌接龙活动:"要求内容不限,三行以上,一层跟一层,后诗开头必须是前诗的结尾。"北京诗人论坛的执行编辑朵拉在 2013 年 6 月 30 日 12:58:28 推出诗赛版首期诗歌接龙活动,接龙活动的时间为:2013 年 7 月 1 日至 2013 年 7 月 20 日,活动规则为:"1. 接龙作品的首句必须含有上首诗的末尾的一个句子或者两个连字或者两字以上的词段。2. 须大于 6

---

① 西渡:《灵魂的未来》,河南大学出版社 2009 年版,第 210 页。

网络诗歌散点透视

句（包括6句）的接龙诗作为有效，否则算为灌水作品，出于接龙诗的质量考虑。接龙作品不支持组诗。3. 接龙诗限制体裁，现代诗，作品题目自拟。"由此可见，现代诗歌的接龙活动将诗歌的主旨内蕴、诗歌的内在律和外在律统统颠覆消解掉了，诗歌的无边的自由带来的审美意蕴的缺失和思想主题的枝外生节、节外生枝的迷失，恐怕是接龙诗的写作模式与活动形式本身就带有的无法克服的痼疾。诗歌本来是最具有个人性的一种文体，可网上匿名的公共空间形成的不同身份和阅历的所谓诗人都围绕一首诗歌贡献自己的才智的时候，公共性的审美观念就将诗歌主体最基本的个人性品质淹没在汪洋大海之中，这种无边的自由包蕴的审美张力就如同一柄双刃剑刺向自身。因此闻一多在《诗的格律》一文中对自由散漫的现代诗歌的警告仍未过时："恐怕越有魄力的作家，越是要戴着镣铐跳舞才跳得痛快，跳得好。只有不会跳舞的才怪脚镣碍事，只有不会作诗的才会觉得格律的束缚。对于不会作诗的，格律是表现的障碍物，对于一个作家，格律便成了表现的利器。"[①] 没有镣铐的限制，正如没有规矩不成方圆的辩证法一样，现代诗歌的接龙活动一定要对接龙的具体要求作明确的限制，庶几能尽量避免接龙诗备受诟病的缺陷。

古典诗词的接龙活动，由于有诗歌格律、行数、字数的限制，比自由诗歌的质量稍胜一筹。如行治惠在2010年2月28日的"依依的月亮"贴吧里推出七字接龙诗，在附言中以商榷的口气提出要求："七字接龙一句一句接，显示不出诗意。若四句八句或更多连接就成诗了。这想法对否？请评说。"紧接着楼主河边青垂柳发出了呼应，并对接龙的规则进一步明晰化："楼主建议不错，支持！从您的接龙诗看，属于回字文诗句接龙，也叫首尾接龙（后一句诗的首字接前一句诗句的尾字），这在接龙诗里是较难的一种，愿您老率先参与，网友们积极努力！"也就是说，倡导者有时候并没有对接龙的古典诗歌提出更多的要求，但由于不同的古典诗歌文体发展成熟之后，自身所具有的特征就内在地限定了诗歌接龙的要求，所以这样的接龙活动必须是深受古典诗词浸润的诗人，才能在前诗歌提供的语境中游刃有余地表达自己的情感意蕴和审美诉求。所以，综观古典诗词的接龙活动的要求，一般是比较随意的，甚至在要求的语调、语气和语义

[①] 朱自清等编辑：《闻一多全集3：诗与批评》，开明书店1948年版，第247页。

第八章 网络诗歌的文本形式

上都带有网络用语的自由散漫、游戏戏耍的味道。如遗忘往事随风的诗词接龙活动的规则要求就带有比较典型的网络特点，其用词、标点、网络符号的表情达意的新奇功能都与传统的纸质表达拉开了不小的距离。在文学贴吧里，他在2012年7月9日16：15发起超新版接龙诗词活动，规矩是"诗词接龙　字数不限　格式不限　含义不限　要求接楼上一句（尾句或者中间的随意）或者接楼上词句中的一个字……合辙押韵即可"当然，这种非常松散的规定，也对接龙诗的龙头、龙身、龙尾之间起承转合的结构衔接造成了致命的伤害。可以说，除了艺术修养和情感气质都非常类似的二三诗友之间志同道合的诗词酬唱应和的接龙诗，表现出在思想情感等审美内容和合辙押韵等艺术形式方面比较圆润融通之外，不同性格和修养的众人参与合作的接龙诗就成了文字的拼贴游戏，从本源意义上还原了诗歌游戏的本体特征，但值得深思的是两千多年的诗歌的审美积淀和传承就是为了网络中毫无顾忌的狂欢游戏吗？

通过对现代自由体接龙诗的宏观把握和微观分析不难发现，无论审美意蕴、思想主题、情感表达等内容，还是结构衔接、艺术技巧等形式特征都与接龙诗的规则要求有密切的关系。一方面，固然有网络诗人的审美素养和才智技巧等诸如此类的个性差异，造成接龙诗质量不均衡的现象，但更重要的是与无主题、无感悟、无美感的文字游戏都不加筛选地融入诗歌之中有密切的关系。如果规则条件的限制几乎不能激发诗人的潜能，就会导致参与者更是以随意的游戏心态对待接龙活动。这样，重过程的游戏感悟而轻结果的艺术质素的衡量标准也是接龙诗大多失败的一个重要原因。風☆&雲☆推出的诗歌接龙、朵拉推出的诗赛版首期诗歌接龙、李谷风至开创的现代诗接龙等诗歌活动的结果都太注重形式，没有了诗歌的主旨，结构作为灵魂统率起众多参与者的碎片化的审美活动，注定了这样的接龙诗是没有龙骨和龙马精神的苍白的拼贴诗，甚至在接龙的时间限制下，连最基本的诗歌韵味都被焦灼的心态过滤掉了。尤其是李谷风至开创的接龙诗更是如此。从他抛砖引玉的开题诗歌《一把刀，透明锋利》来看，"一把刀，透明锋利/划破空荡荡的夜晚/男人喝酒看球/而女人越是美丽/越是疼痛/一把刀，透明锋利/划破阴森森的白天/狗在人的怀抱里/而人走在街上/六神无主"，不仅符合自定的规矩"下一楼以上一楼的最后一句为诗题，最好不要超过十五行"，更重要的是诗人通过男人与女人的鲜明对比、

网络诗歌散点透视

人与狗的荒诞处境,为生存的一种世态景观穷形尽相,对六神无主的现代人在麻木的状态中的表现和作为进行了剖析,寻绎到了在阴沉的世俗环境中不断沉沦的现代人进行自我救赎的钥匙,那把透明锋利的刀子就是划破"空荡荡的夜晚"和"阴森森的白天"的介入和行动的有力工具。存在主义式的思维方式和审美意象赋予这首诗歌浓郁的哲理蕴含,具有诗歌以不尽之意见于言外的含蓄品质。下面李景云属的《六神无主》的"什么狗屁人性/什么狗屁异性/都是下半身思考的动物/是谁在振臂高呼/诗歌革命",很具有下半身写作、垃圾诗歌之类的崇低的诗歌味道,采取的二元对立的思维方式,将审美的意蕴作为假想敌进行攻击的行为,在江湖的各大诗歌流派反复跑马之后就丝毫不具有革命的意义,所以与最后一句的点睛之语"诗歌革命"恰恰构成了反讽。浪淫诗人的《诗歌革命》更不具有革命的意义,"闫平坐了三天拖拉机/又坐了三天火车/最后到了岭南/岭南柳忠秧在唱歌/岭南好啊岭南好哇/呵呵/岭南真的不错/闫平在岭南干活/也在那里写诗/他天天写:啊!诗歌/革命"。口水诗的寡味除了满足参与者的跟帖快感之外,不仅没有一点文体形式和诗歌内涵的革命意义,而且灌水的分行方式造成的诗歌内容空洞无味也使"啊!诗歌/革命"的口号失去了轰动效应。"新诗的内容是诗的,形式是散文的"(废名语)意味着诗歌的思想情感和知性蕴含都要经过诗意的浸润,充实的内容和用富有诗意的细节表达意旨和情感的诗歌技巧注定与口号诗、灌水诗无缘。因为这首接龙诗很长,所以只截取了三个诗歌片段进行了分析,即使是切片式的分析也可以达到窥一斑而见全豹的效果。无论是诗歌的艺术风格还是思想内容都是风马牛不相及的碎片拼贴,由《一把刀,透明锋利》到《六神无主》再到《诗歌革命》,主题和寓意内涵的跳跃之大远远超过了一首诗歌的起承转合的结构所能承受的审美张力,只要是网络接龙诗的规则要求采取上首诗最后一句为下首诗第一句,或者是上首的最后一个字词为下首的第一个字词,诗歌主题的相互游离甚至矛盾扦格的现象就不可避免。

  接龙诗歌的缺陷在众多不成功的接龙活动中得到了进一步的放大和凸显,但这并不意味着众人参与的接龙活动就没有比较成功的艺术范型。其实,无论在自由体还是格律体诗歌中,在思想蕴含的表现和艺术形式的探索方面都有接龙活动比较好的个案。对现代接龙诗而言,形式上的自由宽

第八章 网络诗歌的文本形式

泛，只有在主题意蕴和时间上的明确限制下才能取得比较好的审美效果。因此，诗歌论坛在清明、端午、中秋、国庆、新年等传统的民族节日推出的接龙诗，往往异常火爆，人气很高。而且每个人在参与其中的诗歌主题的牵制和别人提供的诗歌意境的拘束下，不会将自己的诗歌主题和审美意境游离出去。看到自己的帖子因为接龙的技高一筹引起众人的跟帖赞扬，这种即时的互动效应会激发接龙者进一步参与的情感和欲望，形成了良好的诗歌接龙氛围。当然，由于不同地域和文化条件的限制，形成的对节日的理解和感悟不同，接龙诗歌的审美结构和主题还是在某些地方出现了不太融洽之处。综观网上的现代接龙诗，不难发现，越是地域文化色彩浓厚的节日，推出的接龙诗就越容易取得成功。因为地域文化的积淀形成的代代相传的带有独特民族风味的节日，是一个民族的共同体开辟的所有成员共同参与的公共空间，体现了一个民族的童心和童趣。正如汪曾祺所说："风俗是一个民族集体创作的抒情诗，它反映了一个地方的人民对生活的挚爱，对活着所感到的欢愉。"① 因此浸润在民俗节日中的人们在网络接龙诗的活动中，就会充分调动自己的聪明才智，把本民族浓郁的文化色彩尽情地显示出来，诗歌的主题在摇曳多姿的枝蔓中，始终围绕着民族节日的红线展开。在这方面最具有代表性的是武林在51群组网站上发起的"星空活动"泼水节诗歌接龙活动，诗歌接龙的规则要求与其他网站没有什么本质的区别："1. 接龙诗歌体裁统一为现代诗歌；2. 接龙诗内容不得带有侮辱、诋毁、色情等语言，不许占位，不许回复与诗歌无关的内容，否则一律删除。3. 参加接龙的诗歌，必须以上一楼诗歌的末句作为本首诗歌的开头，限制在15行内，4行以上方有效。"由于傣族泼水节的全民参与性所带来的刻骨铭心的感受，以及节日的文化意义对每个接龙的网民的影响，因此在七天的节日活动中形成的生活与艺术的互动就化作美丽的诗行：

　　武林　时间：2011-04-17 13：18：57
　　向着小伙泼一盆哟
　　看你还发烫

---

① 汪曾祺：《〈大淖记事〉是怎样写出来的》，《读书》1982年第8期。

朝着姑娘浇一桶哟
瞧你还多情
一盆，一桶
姑娘，小伙
爱在水中倾诉
水在爱中交融
情在水中飞舞
水在情中升华

爱是琉璃　时间：2011-04-17 13：39：19
水在情中升华
升华水的诗话
诗话
一泼向天涯
清净清灵清雅

佛莲心　时间：2011-04-17 13：50：20
清净清灵清雅
观音菩萨无数化身
清水甘露洗红尘
慈悲喜舍洒人间
多情儿女乐其中

云舒子　时间：2011-04-17 13：53：06
多情儿女乐其中
爱在水中迸溅
你一盆，我一桶
圣水，淋淋漓漓的
把个红红火火的好日子
泼洒得犹如春风乍起
吹皱那滇池的柔波

第八章　网络诗歌的文本形式

满山里的曼陀罗
笑弯了纤纤细腰
醉了多情的少男少女

　　从开篇的四首诗歌来看，首先不能不惊叹网络的迅速便捷激发起诗人们的创作活力，每首诗歌接龙的时间集中在十分钟左右，要在如此短的时间内构思酝酿并接续前人的诗句，确实是一场智力与艺术的挑战。更难能可贵的是，在生活与艺术之间既能入乎其内又能出乎其外，特别是云舒子将十行诗句排列成傣族少女怀抱的水罐，图像诗组成的审美意象与所要表现的主题意境的融合相通堪称巧夺天工。因此，就这首接龙诗的整体而言，七天46首接龙诗在思想意蕴、表现的意境、传达的情感等方面体现的温润统一确实令人惊叹，每首诗歌都紧紧围绕泼水节的情感起伏，使情景交融、物我合一的沉醉欢快的节日氛围表现得淋漓尽致。接龙诗虎头蛇尾的弊病在节日的时间限制下也得到了有效的避免，随着泼水节在23日画上了一个休止符，接龙诗在明净千里的手中也圆满结束。这种生活的艺术化与艺术的生活化的互动交流，不仅凸显了网络诗歌无功利的审美功能，而且在游戏和娱乐之余，将接龙诗在不同性别、年龄和身份教养的参与者手中，衔接为一个有机统一的整体，这堪称接龙诗的奇迹。特别是结尾："她就在这里下雨/点点滴滴，潮湿了那片四月的天/看看飞燕，又衔春将去/送一程烟云，/再送一程水歌/渴望再次见到你时/仍在四月泼水节"，与开篇泼水节的欢快热闹的场面遥相呼应。正是男女老少、亲朋好友在互相泼水并致以最真挚的祝福的过程中结成的深厚情谊，才会让他们在节日散去之后，要依依不舍地"送一程烟云，再送一程水歌"，才会相互约定在明年的泼水节再次相会。

　　古典诗词的接龙活动相比现代诗歌来说，成功的概率要大一些。文言借助于网络的平台焕发出了生机和活力，死文字做不出活文学的"五四"文学革命的断言，并没有判处古典诗歌的死刑，相反，在网络时代的接龙活动中最活跃的还是古典诗歌。这种耐人寻味的诗歌现象可能与凝练含蓄的古典意境，在某种程度上契合了诗歌贵在玩味隽永的内涵特征有关，也与千百年来古典文化积淀形成的原型意识有关。总之，古典网络接龙诗歌的数量和质量都远远超过现代自由诗歌也是一个不争的事实。与现代自由

网络诗歌散点透视

体接龙诗相比,由于古典体诗歌成熟的文体形式所带来的精神动力支持和多样的规则选择游戏,古典诗歌的接龙活动也呈现出远比自由体接龙诗复杂的状貌。按照字数的不同,有四字成语接龙诗、五字接龙诗、七字接龙诗;按照句子的多少,可有律诗接龙诗、绝句接龙诗;按照押韵要求的松紧程度,可分打油接龙诗和格律接龙诗;按照形式技巧的要求,有字头咬字尾接龙诗和回文接龙诗,等等。这些接龙诗由于有文体内在特点的限制和束缚,使得众多的接龙诗人只有按照文体形式的内在要求,才能充分地发挥自己的聪明才智,创作出符合上下文语境特点的诗歌。取得成功的接龙诗并不鲜见,尤其是志同道合的诗友因古典文化的修养类似,以及诗歌志趣的相投形成的诗词酬唱式的接龙活动,在比较严格的韵律和诗词意境等方面都达到了相当高的水平。例如,柳荫浓和诗友雅静依然在诗词贴吧里互相唱和所形成的一组接龙诗堪称代表,他们的接龙活动的要求是"和诗要以唱诗的尾句为自己的首句,这样一首一首地接下去",不仅诗歌的格律要求和接龙的规则要求是一以贯之的,而且内容的相互衔接和结构的起承转合也达到了比较圆融统一的境地:

望眼欲穿盼鹤归,水天一色乌云飞。
栈道情深如既往,等你扬帆破浪回。
====柳荫浓====

等你扬帆破浪回,廊桥执手沐霞辉。
柳荫浓处倾杯叙,相共画堂描雪梅。
====雅静依然====

相共画堂描雪梅,雪花飘落梅花随。
圣洁环宇高寒处,数遍群芳竟有谁?
====柳荫浓====

数遍群芳竟有谁?山滇野岭一枝梅。
傲寒凌霜雪为伴,芳华吐尽兆燕回。
====雅静依然====

第八章　网络诗歌的文本形式

芳华吐尽兆燕回，旭日融融映翠微。
绿水溪头舒傲骨，笑观桃李浴春晖。
＝＝＝＝柳荫浓＝＝＝＝

在这里只选取开篇的五首接龙诗，从诗歌所表现的内容和表达的情感来看，可以说以物喻人、睹物思人、借景抒情、情景交融等情感表达的方式和技巧就像一条红线，将栈道、扬帆、柳荫、梅花、野岭、溪头、桃李等物象和意象所包蕴的情感碎片有机地贯穿起来，围绕彼此之间深厚的情谊引起的刻骨铭心的相思之情，采用移情的方式表现得淋漓尽致。这样，无论是主题内容还是艺术技巧都体现出了一首完整的诗歌所具有的价值意义。其实，能达到此种境界的古典接龙诗歌在多人接龙的活动中偶尔也有，特别是吟咏中秋、重阳、清明、端午这些带有浓郁的民俗色彩的接龙诗。因为凡从事古典诗词接龙活动的网友一般都对传统文化一往情深，诗词底蕴的深厚和古典文化修养的高深，借助于网络提供的自由抒发情感的平台，就能达到厚积薄发、境界深远的效果。

不过，如果发起古典诗词的接龙活动的版主（楼主）态度的随意性和活动要求的散漫感染了网友的接龙方式，那么彼此之间出现文不对题，甚至文体舛讹之类的现象也不足为奇。造成这种情况的一个很重要的原因在于，对古典诗词不太熟悉的网友抱着打酱油的心态凑热闹，只为了给平淡的生活增添一点色味的"消遣"意识，注定这样的创作介入只是个人的力比多的转移和释放。正如朱光潜先生所说："人愈到闲散时愈觉单调生活不可耐，愈想在呆板平凡的世界中寻出一点出乎常轨的偶然的波浪，来排忧解闷。所以游戏和艺术的需要在闲散时愈紧迫。就这个意义说，它们确实是一种'消遣'。"[①] 有的甚至不顾接龙活动的要求和前一位楼主的诗词特征乱接一气，如遗忘往事随风为超新版接龙诗词活动抛砖引玉的龙头诗歌是"西风劲　北雁南飞　人未亡／心归处　孤芳自赏　情已断"，很明显是一首带有比较浓郁的古典意境的诗词，到人荷本色接龙时就变成了非常具有现代意味的格律体诗："茅店月色中的那片鸡声／沿平平仄仄的历史小径／从唐诗中逶迤而来／声音依旧高亢又悠长。"句的整齐和句末的押韵在

---

① 朱光潜:《朱光潜全集》第二卷，安徽教育出版社 1987 年版，第 57 页。

形式的相似之中，孕育着古典诗歌和现代诗歌在本质方面的巨大差异，如果将两种异质的文体形式强扭在一起，造成的诗歌形式和内容的断裂就会导致整首接龙诗歌的彻底失败。对这种混乱的衔接形式，连接龙的参与者都提出了抗议，接龙者黑心老人发帖说："不行，感觉太乱了！还是我的提议，重开帖！三言四言五言，第二人接五言六言七言，第三人七言三言四言……依次下去！方可。不然太散了，没有了古代诗词意味了！不信你们读读自己写的！"尽管这是一个比较极端的现象，但由此也可以看出古典诗词的接龙活动，也不能采取太散漫的方式将古典意蕴稀释殆尽，否则四不像的不伦不类就会涨破诗歌本身固有的内涵。

由此可见，接龙诗的多人完成的特点，造成了文本内部异质的美学观念之间不可避免的矛盾张力和冲突，不同的（准）诗人的审美修养和价值观念的差异，导致了理解同一主题或完成同一接龙活动的要求的视角不同，网络提供的自由的平台虽可以使众人在线交互的应答机制得以正常运作，将个人的机智和才华在方寸之中尽情展露，但接龙诗的即时互动意味着诗人要在尽可能短的时间之内跟帖，否则自己写的诗歌再精彩也不能贴上去，这种时间的紧迫感带来的焦虑意识，破坏了诗人以从容余裕的心态精雕细琢诗歌的雅兴，很多的时候是相互比赛着抖机灵换来众人的喝彩声。这样的一种写作心态和创作方式注定了网络接龙诗的精品很少，虎头蛇尾的庸作太多。特别是如果开坛的规定只是非常松散的大致要求，那就形成了版主开题之后，众多网民跟帖参与时不顾已完成的诗歌文本的具体内容和审美要求而信笔涂鸦，甚至前后跟帖者的诗歌片段的衔接都出现不应有的语义断裂、节奏混乱、意象模糊等瑕疵，遑论整首诗歌所要表现的主题及意蕴。因此，这类诗歌的游戏性、随意性、快乐性的追求虽与诗歌的无功利性的审美本体追求相吻合，但没有整体的布局和构思、缺乏有机的整合和铺排、个体参与者的良莠不齐，等等，都违背了诗歌创作的基本规律，就导致了大部分接龙诗歌的失败。况且，有的接龙诗活动长达数年，达到了成千上万首的托拉斯式的庞大规模；有的接龙诗按照逻辑来说永远没有完结的时候，因此从活动到现在仍在继续，到底能接续多少首诗歌始终是一个未知数。这种文本的开放性和未完成性超过了常人能承受的心理限度，往往就在"懒老婆的裹脚"所发出的臭味中，最终成为不知所终的旅行。

第八章 网络诗歌的文本形式

二 个体与文本互动的组合诗

个体与文本的互动形成的组合诗歌显然只能在网络提供的阅读界面上才能实现，之所以把它单独列出来作为一个独立的文体进行研究和考量，是由纸质诗歌和网络多媒体诗歌的比较鉴别中，组合诗所体现出来的一些特质决定的。与前者比较而言，因为"传统的纸质诗歌文本是固定的、静止的，其思想内容、艺术特色内存于固定的词语、句子和语法规范之内，尽管在阅读过程中不同的读者可以从不同的角度来理解作品，但读者在阅读时必须遵循语法规范和阅读规范来进行解读才能了解、把握其基本内涵，读者只能被动地接受作品，无法参与到作品的创作之中，无法成为作品的一部分"[①]。也就是说，传统的纸质诗歌文本的固定性、唯一性（大多数情况）造就了诗歌与读者之间沟通的被动性，诗歌文本因著作权和署名权的保护也不能让读者随意地改变原作。这些创作和阅读过程中出现的难以克服的困难和障碍，在网络组合诗中轻而易举地攻克了。组合诗意味着个人与文本的互动打破了文本的固定、唯一、完整的静止状态，个人参与方式的不同、对意象理解感悟的不同、进入诗歌的途径不同，甚至是阅读互动时的心态不同都会导致诗歌的文本呈现出形态各异的风貌。句子打碎之后的审美碎片只能靠读者参与过程中的审美感悟重新进行排列组合，没有固定的词语和句子也就意味着不可能按照纸质媒介的语法规则进行所谓有意义的顺序阅读，一切只有在网民的主体参与之后，才能完成带有自己主体色彩的文本。与后者的差异在于，无论是多媒体诗歌还是超链接诗歌，网民的参与对文本改变的程度与参与者和文本的密切关系都远远逊色于组合诗。组合诗歌中的个人和文本是有机统一的整体，在某种程度上也可以说，没有个人的参与就没有组合诗歌，个人与文本的有机互动关系远不是融合声光电化的多媒体诗歌和超链接诗歌所能比拟的。所以细读网络诗歌，组合诗作为网络诗歌大家族的一个成员，应当因为其所蕴含的美学特质而占有一席之地。

这样的组合诗根据参与者与情感传播媒介载体的不同，可分为词语组合与图画组合两类。当然从多媒体技术对诗歌文本的介入难易程度而言，

[①] 吕周聚：《超文本诗歌创作的现状与展望》，《北方论丛》2010年第1期。

词语的排列重组的方式相对容易一些,因此,网上最常见的组合诗歌主要还是词语的组合。一般是诗人在网络上提供一系列的词语,但没有一个固定的标准的文本,而是采取诗歌文本的召唤结构的方式,由网民点击不同的词语重新进行排列组合。由于无主题的自由性所带来的词语组合的复杂性和多样性,词语在不同的组合语境中的能指与所指的游离与含混,所以就导致诗人提供同一首诗却出现 N 首诗歌的有趣现象。特别是苏绍连(米罗·卡索)在组合诗歌的探索中别出心裁的创意,更是满足了参与者的创作欲望和审美需求,他认为:"再加入操作,由读者参与,制造效果,作品的赏阅幅度变得更为扩展。这是我制作 Flash 作品的目的。作品不再停留于文字欣赏而已,也不是停留于静态的图像而已,但也不是表现动态就够了,而是,作品由读者操作,作品与读者互动,让读者加入创作,我相信这才是值得开发的方向。"① 因此,他的诗歌更多地站在读者的立场上,采取花样翻新的艺术形式调动读者创造的兴趣,通过读者的参与和互动,完成诗歌由静止状态的固定文本向运动状态的开放文本的飞跃。他的《小海洋(接合诗练习曲)》分为泪液、尿液、汗液、血液四节,每节六行,每一节的左半部分是不动的,右半部分需要读者滑动鼠标选择适合的词语与另一半相搭配。如第一节中左半部分是"海洋,因为( )/缩小( )/湖,因为( )/缩小成( )/从蓝天( )/我默默地( )"(括号为研究的方便所加),右半部分是"海洋、影子、末端、鸟……"等 24 个选择项,读者根据自己对诗歌语义的理解和感悟选择适合的词语组成诗句,这种选择的自由度是非常广阔的,如果将四节组成完整的一首诗歌,按照排列组合的概率可达到 13824 种(24×24×24)。"虽然实际操作远未能达到,但在断裂与破碎中寻找破碎与断裂的意义,充分体现互动诗巨大的诠释空间,这是以往诗体难以望其项背的。"② 这样,读者在无功利色彩的游戏冲动的驱使下,就会被奇妙的词语组合形成的语义的扭曲、断裂、夸张、变形等陌生化的形式所感染,为意想不到的组合形式产生的新奇感和陌生感所迷醉。

此外,他的《人想兽》玩弄的仍然是诗歌的拼盘游戏,不过这里没有

---

① 苏绍连:《我的创作说明》,http:PPblog.sina.com.cnPyzst1。
② 陈仲义:《"声、像、动"全方位组合:台湾新兴的超文本网络诗歌》,《江汉大学学报》(人文科学版)2008 年第 4 期。

第八章 网络诗歌的文本形式

现成的词语，需要读者根据诗歌的语境进行组合，读者的主体性参与的方式在于，根据滑动鼠标出现的词语决定诗句阅读的顺序。当读者上下左右滑动鼠标时，出现的字词的不同组合方式，需要读者决定是直读、横读还是左读、右读。没有标点符号的停顿限制，没有明确的语义形成的比较鲜明的主旨思想的统帅，没有具体的上下文提供的语境线索，将不太相关的词语贯穿起来，也没有创作主体表露的任何明确或隐晦的暗示可供读者参考。在这种自由的状态下，词语碎片的组合方式完全根据读者的兴致和审美感悟能力进行铺排。如滑动鼠标出现的如下图所示的诗歌片段。

想	兽	奔
人	黑	动
是	影	
鸟		
山		

按照横读为"想兽奔/人黑动/是影/鸟/山"，直读为"想人是鸟山/兽黑影/奔动"，左读为"奔兽想/动黑人/影是/鸟/山"，如果按照右读对称排列，就成为"奔动兽黑影/想人是鸟山"，左读对称排列就成为"想人是鸟山/兽黑影奔动"。如果按照上下左右不同的词汇任意地排列，由于词语碎片的句读停顿可以根据读者的兴趣随意安排，这样几个词语组成的诗句量将是一个惊人的数字。尽管有些词语的随意排列带来的语义断裂会让人感到匪夷所思，可以存而不论，但就可以理解的语句组成的不同的诗歌片段来说，数量还是相当庞杂的，遑论由这些片段再组成一首完整的诗歌。不过，这样只凭网民的兴趣自由拼贴诗歌的作者并非只有苏绍连，中国台湾诗人杜斯·戈雨的互动诗歌试验系列比苏绍连有过之而无不及。他的系列《乒乓诗》（共10首）干脆取消网民点击空白处形成的诗句的组合方式，只提供词汇，网民在点击"开始"按钮之后，可以拖动词汇自由拼贴成诗句。如他的《乒乓诗》2由"迷失、一种、最、的、无负担、与、原来、吹醒、无油、拓荒、是、心、让、不管阴晴、风暴、爱欲、初遇、小镇、梦、淘金、的"共21个带字的图片组成，由这些词汇组成什么样的诗句，关键看网民自己的文化修养、诗意的感悟、主题的把握、情感的表达等主客观因素对诗歌的制约作用。这样，一首诗歌在同一个网民的排列组合

下，根据个人的爱好就产生数十首甚至上百首诗歌，不同的网民面对同样的词汇选择组合成诗句的数量将是十分惊人的。

当然，这种太自由的方式对读者的智力和能力的挑战性是有一定限度的，因此，作为一首读者与作者共同参与完成的组合诗，最理想的方式是在词语的排列组合中体现出彼此"主体间性"的能动作用。也就是说，作者在一首诗歌的句子中故意漏掉某个词语，然后让读者根据句子的语义选择给定的词语进行填空。在这方面，苏绍连的《沉思的胴体》可以说是其中的代表作。这首诗先是创设了一个情景："小华在网络地下城的岩壁上发现了一首诗，可是部分诗句掉落了，请你帮小华将诗句填回去。"然后在正文的十三句诗歌当中选取十句，在句子的方框处让读者从给定的十个词语（脖子、框框、声音、别针、倾斜、风景、生命、头颅、言语、小扇）中，选择最适合句子意境和逻辑要求的词汇进行填空。由于有诗句的具体语境和诗意的限制，而且也没有提供更多的词汇进行选择，所以玩这样的词汇游戏只要具备一定的文学修养和语法知识就能轻松自如地应付。相比之下，须文蔚的互动诗《追梦人》不仅给读者提供了选择词汇回答问题的机会，还让网民选择的词汇在作者精心编制的网络软件的控制下，成为一首献给最心爱人的诗歌。作者对十个问题的富有幽默色彩的提示设计和回答的要求构成的互动潜文本，无疑调动了读者的积极性。问题设计的现代意识和前卫色彩〔如第九个问题：你最心爱的人（没有情人，就填心所爱的人）〕让读者心照不宣、会心一笑的同时，也在与文本互动的过程中倍感亲切。更神奇的是，当读者把十个问题填完点击"阅读新作品"的按钮，一首献给心所爱的人的诗歌就完成了。如其中的诗歌片段："寂静席卷我十个无眠的夜／我不要在上等待消逝的梦／也不在岸旁打捞你如玫瑰花花瓣般坠落的身影／决心把海啸后的心浸入海潮／非法闯入你隐身的十个海洋／在你的遗留的踪影里探险"。梦幻般的色彩和唯美的情调与题目《追梦人》所要表现的主旨是比较吻合的，追求无望后的淡淡忧伤和心有不甘的复杂情感，也把有过梦中情人而难成眷属的网民心中的壁垒轻轻地解开了。从这首诗歌的形式来看，设计的问题组成的前文本和读者参与生成的诗歌文本就构成了互文现象。读者对饱含深情和富有意境的诗句在俯仰之间即可完成是充满了好奇心的，而输入不同的问题产生不同的诗歌，在某种意义上也调动了网民的参与热情。因此，这种无功利色彩的文字游戏不

第八章 网络诗歌的文本形式

仅激发了网民的创新思维，而且为网络诗歌的进一步繁荣提供了后备力量。由此可见，真正让读者参与过程中体会到莫大的乐趣和成就感，就必须对选择的词语或设计的问题，预先在特定的意义和氛围中进行严格筛选。"看似平常最奇崛，貌似容易却艰辛"的评价，正是组合诗带着无形的镣铐跳着最艰难的舞蹈的真实写照。

相比词语组合形成的互动诗，图画组合形成的网民与文本的互动，在多媒体技术的要求上要严格和复杂得多。一首成功的图画互动诗首先要处理好图画、诗歌文本、网民参与的方式三者之间的关系，而这三者之间的异质性的审美元素如何进行磨合和相互协调成为一首圆润的互动诗，在异中见同和同中见异的辩证关系中，呈现出作者的匠心和诗歌的独异之处确实是一个难题。尽管这种类型的互动诗还比较少见，但就目前存在的几首来看，在图画和诗歌文本的互动方面，基本上做到了"诗中有画，画中有诗"的相互契合。如苏绍连的《二十岁已相当老了》先把自己二十岁的照片剪辑成二十一块碎片，然后让读者把碎片拼贴为一张完整的照片之后才能看到诗歌文本，这里的照片和诗歌文本之间蕴含着非常丰富的思想意蕴和审美意境。首先它意味着主体分裂为碎片带来的主体性的消失，显然无法捕捉现实生活的价值与意义，这种带有后现代主义和虚无主义色彩的思想意识和价值观念，对文本所表现的面对纷纭复杂的生活所产生的无奈感、疲惫感的苍老主题起到了逻辑阐释和加强的作用。如果没有这种主体的碎片式的拼贴产生的零散性、渺小性的感觉体验，对二十岁的年龄中所包蕴的年轻和苍老的异质性的审美质素形成的矛盾张力就无法理解。更为重要的是，读者拼贴完读到的诗歌文本和作者二十岁成熟的玉照仍然构成了诗画互文的关系。看到那张饱经风霜的深沉年轻的脸庞，读着与疲惫落寞的衰老心态相吻合的诗句："二十岁已相当老了，我竟然不知道/明年将要远行随身携带一口箱子/里面放着十一岁写的情书和十九岁写的遗书"，就不会产生年轻人遇到一点挫折就"为赋新词强说愁"式的矫揉造作的错觉。与这首诗相比，他的《翻书》在图画与诗歌、形式与内容、情感与哲理、意图与感受、主观和客观等方面的有机融合还要略胜一筹。《翻书》按照提示按钮，每翻一页书都有一行字"翻书是这么单调无趣的事"，读者单调而机械地翻书产生的无聊感会因文字的提示而加倍，在双倍的无聊中翻到最后一页出现的诗歌文本是"翻书是这么单调无趣的事/我还是把它翻完了/可是这本书的内容是什么"，非常引人深思。也只有借助于网络提供的生动可感的多媒体形式，才使这样一首看似简单的互动诗，从现代人熟视无睹的生活现象中挖掘出如此丰富的哲理意蕴来。可以说，没有这种生动的画面和网民具体的模拟操作过程产生的逼真感，就不会在明了通俗的诗歌中产生心灵震撼的审美效果。可以说，苏绍连一直在诗画的融合中努力探索互动诗的创新之路，他的《风雨夜行》通过鼠标滑动产生的动态风雨效果，《春夜喜雨》中随着鼠标的上下滑动形成的闪电效果，对诗歌文本的审美意境和主题表现都起到了非常好的烘托作用。在这种活动中，"读者既享受到阅读、参与的快感，又自然地成为作者的同伙，成为创作者的一部分。换言之，这样的动画诗歌文本必须依靠读者的积极参与才能产生出更丰富的思想内涵和更完美的艺术效果"①。

　　读者的热情参与和文本的互动效应形成的整体大于部分的审美效果，才是组合诗发展的核心动力，但互动主客体之间的不对称性也导致互动的兴趣起伏不定。因为作为赛博空间的网民在网络各种精彩的网页的诱惑之下，寻求的是花样翻新的游戏以满足自己寻求刺激和惊奇的欲望。而组合诗在网民参与游戏的过程中所表现出来的机械性和程式化难以持续地刺激网民的好奇心。比如苏绍连的《追梦人》，读者在开始的时候完成十个题目就可以得到一首诗歌的新鲜感，很快就会被只对个别词汇进行替换的程式化的诗歌方式产生的厌倦感所替代。可以说，只要作者在组合诗歌中运用程式化的方式邀请读者参与，就不可避免地面临着形式花样被穷尽的危险。此外，在图画与诗歌的组合过程中何者为主、何者为次的主从关系，应该成为判定诗歌毫不含糊的标准。诗歌中的文本应该占据核心地位，这是研究诗歌所公认的普世的价值标准，可有一部分组合诗的图画成分远远超过文字的表述，如《翻书》不仅在外观上就是一本书，而且点击鼠标翻完八页书之后才看到三行诗歌，这样就会让读者产生疑惑，到底在参与游戏的过程中主要是欣赏图画呢，还是感悟那蕴含哲理的三句诗？而且读者点击几次之后就不会继续玩这样的游戏，所以在新鲜的文字或图画游戏成为熟视无睹的陈迹之后，读者很快就转向了其他目标，这也是制约组合诗歌进一步发展的瓶颈所在。

---

　　① 吕周聚：《超文本诗歌创作的现状与展望》，《北方论丛》2010年第1期。

第八章　网络诗歌的文本形式

由此可见，无论是多人合作的接龙诗还是个体与文本互动的组合诗，都是为了充分调动网民的诗歌创作或阅读欣赏的兴趣而设置的艺术形式。因此，"在这样的赛博空间平台创造的文本，所期待的已不是单纯的文字选择，而是超媒体的接口与对接、遮蔽与敞开、悬置与确证、延时与实时、静止与运动、创生与消亡的选择"[①]。从目前诗歌发展中出现的问题来看，网络平台的自由性和开放性与诗歌文本程序设计的机械性、呆板化之间的矛盾张力，也许成为互动诗与生俱来的难题，纠结着创作者和读者的游戏和审美活动。

第三节　多媒体、超文本诗歌：跨艺术门类的集大成者

多媒体诗歌和超文本诗歌是网络平台提供的科学技术向艺术门类渗透的结果，各种艺术形式和媒介载体的功能结构都在这两种诗歌中得到了鲜明的展示，原来互不相关的艺术门类之间壁垒森严的学科界限，在网络科技的神奇指挥棒下轻而易举地被打破。这种神奇的力量其实就来源于网络技术和诗人的创作才能的合力所产生的威力，它对众多的网民产生的吸引力和感受力，乃至激发网民由诗歌的门外汉到对多媒体诗歌的艺术形式和创作特点灵活把握的艺术潜能，都离不开创造者对网络构造的技术含量和审美感悟的相互作用、相互影响产生的艺术灵感。这就对诗歌作者的知识储备、媒介素养、美学追求、创造才能等各方面的主客观条件提出了更高的要求，"它不仅需要写作者具有诗歌写作技术的基础，还需要具有网络技术的基础，这两个基础达到一定水准和一定的和谐程度才有可能写出比较完整的网络体诗歌作品"[②]。由于网络与纸质媒介之间的质的差异，以及此种诗歌对媒介的依赖和融合之深厚，所以真正将科技与艺术联姻所产生的宁馨儿中，多媒体和超文本诗歌是在网海中唯一不能转化为纸质文本的诗歌文类。其内在的审美意蕴、文本结构、阅读方式、路径选择都在跨艺术门类的综合中显示出多维的、无限延伸的迷宫景观。综合纸质、广播、电视媒介的优长建构的文字、声音、图片、图像、动画互融互动的诗歌模

---

①　欧阳友权：《网络文学本体论》，中国文联出版社2004年版，第152页。
②　范玲玲：《且行且吟——网络诗歌的意义与存在的问题论》，硕士学位论文，河北师范大学，2010年。

式，冲击着传统文化对诗歌概念的界定与判断。其实，随着网络技术的成熟兴起的多媒体诗歌，形成的许多新的诗性特质都不能用传统的诗歌判断标准和审美意识来衡量。如果站在"一个时代有一个时代的文学"的动态立场来描述这场诗歌艺术的巨变，那么，网络时代的多媒体诗歌就是互联网技术发展到一定的层次和水平自然而然出现的产物。是先有技术的发展促进了各门艺术之间异质的审美元素的相互融合，才后有新的诗歌类型的萌芽、尝试、创新与发展。因此，如何看待这类诗歌充分地借助科技的优势，将媒介的功能无限放大的特质，也需要将传统的诗歌观念和美学价值进行现代性的转型。也就是说，要按照麦克卢汉所说的"媒介即讯息"的评价观点，打破媒介载体的工具论的比较陈腐的诗歌观念，把此前只是作为信息载体的媒介作为信息的一个有机组成部分。这样，多媒体和超文本诗歌的音频和视频都成为构成诗歌不可缺少的部件，而不能仅仅由传统的文字作为信息的唯一媒介的思维定式来衡量。其实，如果对诗歌概念的内涵和外延进行祛魅和还原，初始的诗歌在没有文人和庙堂的权力渗透和改编的情况下，诗歌是歌、乐、舞三位一体的。比如《诗·大序》曰："诗者，志之所之也。在心为志，发言为诗，情动于中而形于言。言之不足，故嗟叹之。嗟叹之不足，故咏歌之。咏歌之不足，不知手之舞之足之蹈之也。"

由此可见，民间的自由自在的狂欢精神在没有被正统所教化的情况之下，就可以用歌咏、舞蹈等声音和肢体语言来进一步表达自己内心的真实情感，当三者融为一体的时候是无法将诗歌单纯定义为文字的艺术的。如果采用福柯的知识考古学和谱系学的思维方法，将网络时代和远古时代诗歌的存在方式进行纵横比较，不难发现，正是网络造成的"无远弗届"和"触须延伸"的沟通方式，使一个个原子式的个人都成为"三无"的平等自由的网民，消除了现实社会的等级观念和权力意识无孔不入的钻营和投机，才换来在虚拟的网络空间中众多自由网民的狂欢，这种消除了等级观念的公共空间在某种程度上和远古时期未受权力异化的民间社会非常类似。可以说，正是网络提供的虚拟空间的平等、自由、开放、民主的文化氛围才造就了多媒体诗歌的繁荣昌盛，二者之间的互融共生关系确实引人深思。

第八章 网络诗歌的文本形式

一 多媒体诗歌：多媒体的全息审美形式

多媒体诗歌的审美蕴含和价值是建构在多媒体的基础之上的，它的新的诗歌审美特质都要从多媒体的载体性质上才寻绎出比较完美的答案。从诗歌载体的性质来说，"多媒体就是把多种造型媒介利用起来形成的集文字、声音、图像、图片、动画、录像、数码摄影、影视剪辑等于一体的信息处理技术。它还可以将外部图像、声音实时转换为视频和音频，经过计算机处理后，再以多媒体方式输出。与单纯的文字超文本相比，多媒体文本具有审美感觉的立体化与开放性、文本生成的实时互动性、三维空间的多选择性等优势"[①]。因此，多媒体诗歌就是把文字、音频、视频等艺术门类用网络技术链接起来的网络诗歌，在将二维的、平面的纸质媒介转化为三维的、立体的视频媒介的过程中，发生的不仅仅是媒介的单纯转换，还包括诗人主体的思维观念、创新意识、价值评判的转型。在网络提供的自由而宽阔的试验平台上，网络诗人的全息思维模式必然会将诗歌的不同介质的审美元素进行综合处理。此时，诗人考虑的不仅是诗歌文字内在的起伏消长的旋律节奏，还要寻绎与此相配的音乐和生动的画面来强化诗歌的意境。因此，多媒体诗歌对创作者"百科全书"式的科技和艺术的要求，确实将在单一的学术模式下培养的专门人才阻止于外，要想真正创作出令人耳目一新的多媒体诗歌，诗人不仅是一个富有审美思维和创新思维，感性思维和理性思维俱佳的出类拔萃之人，而且必须是一个名副其实的电脑专家、音乐家、画家、鉴赏家，才能在众多艺术元素的排列组合中显得游刃有余。所以，这种全息的审美形态只有在艺术的王国里获得深厚的积淀之后，又能在网络技术方面深得其味的诗人才能胜任。

由于我国大陆和台湾地区的网络诗人对多媒体诗歌观念的认识和技术设计的侧重点不同，导致在艺术设计方面的文字、声音和图像三者之间在一首诗歌中所占的比重呈现出不同的风貌。尽管以整体性的地域名称指代一个地区的诗歌创作特点可能有挂一漏万、以偏概全的弊端，因为对该地域鲜活的多媒体诗歌的创作者显示出来的与众不同的创新之处，只能采取

[①] 欧阳友权：《网络文学本体论》，中国文联出版社2004年版，第149页。

网络诗歌散点透视

求同存异的化约方式,但由于两个地域不同的诗歌创新氛围和审美价值观念的不同,就整体而言,还是有归纳和概括的合理之处的。综观两地的多媒体诗歌发展的不同趋向和艺术探索的不同路径,不难发现台湾地区的多媒体诗歌侧重于视频和音频造成的艺术效果,表达现代人的生存观念和思想意识,其所包含的现代人的生存困境和难以摆脱的宿命意识等浓厚的哲学观念,使读者共同参与的过程中能在模拟的情境中感同身受,而文字的表述所体现的思想情感的表达在很多时候都处于次要地位。在大陆的多媒体诗歌实验的过程中,可能由于技术上的原因和审美观念的中庸思想根深蒂固,所以比不上台湾地区开拓创新的前卫意识。因此,大陆的诗歌实验更多地在文字的表述上下功夫,一首诗歌占据主要地位的还是诗歌原典意义上的思想观念和评判标准。并且在多媒体的审美元素之间的搭配方面出现游离现象,也就是说在多媒体诗歌的音乐背景和图画设计方面,有时候与文字表现的情感意境不相吻合。另外,台湾地区的多媒体诗歌比较侧重于诗歌与读者之间的互动,让读者点击不同的按钮或者设计不同的图画效果,使读者对富有哲理色彩的诗句更好地理解和把握。而大陆的多媒体诗歌更富于传统文化底蕴的"静"的色彩,设计的点击按钮仅具有工具的功能,这样就无法通过读者的参与产生的审美感悟和移情作用形成更好的理解效果。当然这主要是技术方面的形式问题,可形式与内容的不可分割也意味着在多媒体诗歌的多路向发展过程中,需要海峡两岸的诗人取长补短,共同提高。

对多媒体诗歌全息的审美形式也应当采取全息的审美眼光和视角作出审美判断,重新考虑诗歌中的"诗"与"乐"的关系。可以说,二者之间的密切关系是千百年来积淀的诗歌创作经验所证明的。新诗打破格律去掉音乐的旋律和韵律导致的诗歌审美意蕴和诗质内涵的单薄是有目共睹的,百年新诗并没有产生可以与经典的古诗词相媲美的杰作就是最好的明证。无数的诗歌创作经验证明:"诗与歌分则两伤,合则两利。诗与歌合,是指'诗'应该具有'歌'的基本特征,讲究语言的韵律,而不是把诗当作一种情绪的宣泄。"[①] 其实,这种"诗""歌""乐"三者混融一体的全息形态,并不是到新诗发展的多媒体阶段才出现的新事物,如

[①] 吕周聚:《被遮蔽的新诗与歌之关系探析》,《文学评论》2014年第3期。

第八章　网络诗歌的文本形式

果追根溯源寻绎诗歌发展的脉络谱系，那么，在早期的中华文化典籍《尚书·舜典》中就曾涉及这方面的论述："诗言志，歌咏言，声依永，律和声。"① 只不过那是在文明发展的早期，各种艺术形式还没有得到充分的发展，达到独立成熟的地步。到各门艺术独立为各种学科并发展到过熟过烂失去生机与活力的时候，艺术的发展也会遵循着"分久必合、合久必分"的辩证规律走向新的综合。如果用这种辩证发展的眼光看待多媒体诗歌出现的历史背景，并把它放到诗歌历史的长河中进行考量，不难看出多媒体的审美元素之间的综合是按照螺旋式上升的新的综合。借助于网络提供的生动可感的画面和人机界面的互动效应形成的多媒体诗歌，与初民时期的歌、乐、舞三者一体的诗歌形式相比已经发生了质的飞跃。因此，对多媒体诗歌的美学特征的阐释和分析，既要考虑到它与诗歌发轫期的内在特征的联系，更要采取具体情况具体分析的辩证的原则和态度，看到它插上网络的翅膀之后所发生的审美嬗变。

首先，多种异质的审美元素的相互融合构成了多媒体诗歌最为鲜明的艺术表征。细观多媒体诗歌，早已突破了歌、乐、舞的艺术形式和纸质、广播、摄影、电视、电影等媒介载体的处理技术，对诗歌的审美要素之间的搭配提出了更高的要求。正如台湾著名的网络诗人苏绍连经过不懈的艺术探索和创新之后的经验之谈："网络诗歌要取得艺术上的突破，关键是要设计出整个作品的进行过程，包括图层配置、场景转换、铆链节点、时间控制等互动的搬移重组、多重路径功能。"② 他的《困兽之门》通过两行脚印的动态旋转形成的圆环图画将"困""兽""之""门"四个字团团围住，类似密不透风的铜墙铁壁与现代人的生活困境的有机契合，产生了一种惊悚和反思的审美效果。当鼠标点击其中的任何一个字时，出现的四首诗歌的思想蕴含和构图的主题意境非常吻合。如点击"之"字出现了蓝色的《兽之刺》这首诗，"正面是攻击，反面是防御/真理是这样尖锐的东西/不小心，还会伤了自己"，意味着身陷困境的现代人的生存悖论问题，即使是对被围困的生活的城堡采取积极的突围姿态，也终将在奋斗的付出与收获的双刃剑的作用下不可避免地伤害到自身。积极与消极、主动与被

---

① 冀昀：《尚书》，线装书局2007年版，第13页。
② 苏绍连：《与超文本经验链接》，《台湾诗学季刊》2002年第2期。

动、进攻与防御等二项对立的任何一种选择都殊途同归地指向失败,这样的宿命意识和对真理问题的辩证思考是通过文本和图画的相互作用进一步得到加强的,二者之间构成了一个有机的整体。他的《钟摆》将"请勿让生命停止摆动/时间是向左或向右/回头或向前/终无悔"纵排成钟摆的形状,鼠标点击钟摆时的左右或前后运动甚至所保持的静止状态,和文本表现的对生命的价值意义的思考构成了一种互文效果。这是只有在网络的互动空间中才能得到深切体会的有意味的形式,从而也很难单纯以文字的霸权主义的态度和标准,将构图排斥或贬低为次级衍生物。这样只能采取全息的审美态度,才能对诗歌的意义和价值作出合乎实际的审美判断。尤其是他的《生命余光》,采用了绘画的透视技巧和动画的剪辑策略,将诗歌与图画所要表现的丰富复杂的主题意蕴渲染得淋漓尽致。伴随着"我是消逝的光,从围墙的背后/从教堂的背后,从车站的背后/消逝的铁轨延伸至远方//时间不断地涌来,也不断地消逝/我张开的双手挡不住时间/我被时间覆盖,淹没"的文字在蜡烛的余光中稍纵即逝,一行行文字的消失方式和图片由小及大、由远及近的动态效果显示了生命流失过程的迅捷,喻示着人以微薄之力和生命的造物主进行时间搏斗的艰难和悲壮,所以在所有的文字都化为无形之后,在蜡烛的余光(喻示生命的余光)中跳跃的一行文字"我仅仅以一点点灰烬的余光,挣扎",才将"诗中有画,画中有诗"的审美感悟不是在抽象的玄想而是在本真的实在意义上落到实处。在这里,无法将某一审美要素从诗歌结构中单独提取出来,诗人的巧妙构思在多媒体诗歌提供的舞台上得到了自由表现的契机,所以,也引起了富有才华的诗人在此领域中一显身手的兴趣和欲望,同样取得了不俗的成绩。如我国台湾地区的姚大均(响葫芦)、曹志涟(涩柿子)夫妇,以及李顺兴、须文蔚、苏默默、百灵、赵青春等人,他们创作的多媒体诗歌《停止语止》《多声部五言绝句》《歧路花园》《想象书》《李白问醉月》《创世纪故事》《情缘》《送别》《火中的城市》《水的新生》《花瓣雨》等都成为诗歌界经常解读的经典范本。

  对于这种全息的多媒体诗歌审美方式的形成和节奏的快慢、轻重、缓急造成的诗歌情绪的变化,曹志涟有自己深切的体会。她在《虚拟曼陀罗》一文中认为:"数位化后的耳目,超级灵敏,因此,欲望张狂起来。文字必须快,每分钟一百三十二拍,无论怎么痛饮清水都补不起震动流失

第八章 网络诗歌的文本形式

的泪，不，汗；或者慢，在季节风的阻力中行走，情绪的波形拉长，拉长，剖析到构成每一个细节的颗粒。"① 换言之，多媒体诗歌将人的视觉和听觉充分地调动起来，打破内感觉和外感觉之间互不往来的隔阂，采取移情或通感的审美方式全息性地感受信息的融合汇集带来的膨胀性的审美欲望。她的《大水 2001》采取二元选择的祈使句的方式，在"不要太迷恋汪洋的晃荡／或者／不要太迷恋变成泳池的马路"之类的劝告中出现的"我"，终于从高高的云端跌落到地面。采用电影的慢镜头的形式，将"我"在各种因素形成的阻力作用下缓慢下沉的细节过程放大，也将读者的审美感应机制受到外界的刺激产生的情绪的波形进一步拉长，这种内外感觉并用的审美姿态也就非常形象地诠释了多媒体诗歌全息的特征。这样的诗歌实验在台湾地区的触电新诗网、现代诗岛屿、象天堂、意象工坊、网路诗实验室等多媒体诗歌网站上都有突出表现。特别是在"2002 台北诗歌节首页"的网页上，更是荟萃了独具创新意味的多媒体诗歌，将声光电化的灵活运用创构的多媒体诗歌的全息的审美形式推向极致。排在第一位的百灵的《诗的声光记录》就以声光的刺激力度诠释着多媒体诗歌的审美蕴含，他的这首诗由平面簿和声光簿两部分组成。点击声光簿下面的按钮，首页左侧赫然印着"声光诗"，右侧则是对声光诗内涵的阐释："声者，光也／光者，声也／声光者，诗也。"再加上音乐的旋律不停地刺激着读者的耳膜，确实对作者的创意感到惊奇。他的《女》采用组成"女"字的线条的不断变形显示出女性内心的躁动不安，再配以"莫名的安静，其实莫名的不安"之类的诗句相互印证，也给读者留下了深刻的印象。此外，姚大均的《多声部五言绝句》、大蒙的《黄昏亦芬芳》、杨璐安的《移动》、吴明益的《进站》等都以全息的艺术方式，"精巧的美术构图，优美的音乐旋律，借此营造出一种陌生感、视觉冲击力和听觉陶冶力，超脱读者惯有的思维模式和阅读期待"②。

大陆方面多媒体诗歌的全息形式呈现出与台湾地区的诗歌实验不太相同的风貌，在调动多媒体的各种艺术形式进行实验的时候，也许是深受传统文化中庸思想的影响，很少采取极端的方式打破音、画、字之间的平

---

① 曹志涟：《虚拟曼陀罗》，《中外文学》1998 年第 11 期。
② 李诠林：《虚拟诗歌文本的现实审美和传播意义》，《诗探索》2007 年第 3 期。

网络诗歌散点透视

衡。当然，一方面与多媒体技术有关，在技巧方面的形式探索落后于台湾地区；另一方面，也与大陆在这方面探索创新的经验和氛围的缺失有很密切的关系。在大陆最早进行多媒体诗歌实验的是灌水诗人蓝蝴蝶紫丁香，他的由文字的复制形成的图像诗《让口水将海子淹没》，文本与图像的相互作用共同指向了对海子神圣写作的颠覆与消解，海子被淹没的形象性拉开了多媒体诗歌实验的序幕。可他的抛砖引玉因为各种主客观因素的相互作用并没有产生积极的影响，只有华侨大学的毛翰教授借鉴PPT技术制作的多媒体诗歌取得了比较高的成就。他自己回忆说："我的多媒体诗歌实验，始于2007年，最初是受了一个关于雪景的PPS的启发。我想，这么一叠美丽的电子图片，一支优美的配乐，如果再加上诗句，岂不就是一个电子版的诗集？"[①] 所以，他在多媒体实验的过程中融入的图片、音乐、诗句充分考虑到三者所占的比例，让诗歌在浓郁的传统文化底蕴的基础上焕发出生命和艺术的光彩。他的《尘外花语》《空山鸟语》《情歌三阕》《咏梅》都堪称"诗中有画，画中有诗，画内有音"的经典之作，博大深厚的古典文化的修养经过智慧之火的淬炼之后所发出的熠熠之光，照亮了如何挖掘传统文化的审美精华的路径，达到为现代审美艺术所用的目的。也就是说，毛翰所代表的大陆多媒体诗歌实验走的是现代与传统、前卫与古典、东方与西域等各种异质因素相互融合的中庸之路，也许是各种审美元素在充分参与的过程中呈现出的生机和魅力，帮助他取得了令人刮目相看的成绩。特别是他的多媒体诗集《天籁如斯》中的"诗经变奏"部分最为人激赏，既然是"变奏"，也就意味着要在两种不同的节奏和旋律的映衬下相互之间发出异响。因此，在此栏目下的《关关雎鸠》《桃之夭夭》《伊人》《有女同车》等诗篇中，穿插的古老的诗经名句和现代的白话诗在情感和意境的氛围营造上确实发生了"变奏"，古典的文言诗词并没有因为语言载体的现代转型就被定为"死文字"而不能表达现代人的情感，其实在情感的表达载体方面的变迁，并没有阻隔人之为人的超越千年的共同人性。在这方面，毛翰教授深谙此道。他将优美的诗词（不分文白）、古色古香的图画的现代翻新（既古又新）、古筝和现代乐器的综合声音（亦中亦西）借助于电子书的形式，展示在众网友的面前。打开这本电子书，映

---

① 毛翰：《我的多媒体诗歌创作》，《中外诗歌研究》2010年第1期。

第八章　网络诗歌的文本形式

入眼帘的第一首《关关雎鸠》就立刻以如泣如诉、如怨如慕的音乐和画面打动了读者，在诗词的安排上，"关关雎鸠，在河之洲/窈窕淑女，君子好逑"的诗经原文和现代白话的自由体诗"不要问河边是谁家阿妹/不要问河水为什么流/女儿天生爱戏水/女儿女儿水一样柔"构成了一种互文关系，女儿"是水做的"阴柔之美、如河水般流淌的情愫顺其自然的萌发与诗经所描述的少男少女情窦初开、相互爱慕的美妙意境不正是相得益彰吗？再配上一对戏水的雎鸠的和谐而温馨的画面，更增强了"此时无声胜有声"的审美效果。由此可见，中庸之道的和谐审美观念只要灵活运用到多媒体诗歌的创作过程当中去，不玩弄技术的剑走偏锋同样能取得很高的成就。

其次，这种动态的、虚拟的审美形态和文本互动的方式是以往任何一种诗歌形式所没有的。在多媒体诗歌的内容与形式的互动生成方面确实非常形象地诠释了"有意味的形式"（克莱夫.贝尔语）的文论观念，在这方面与过去的诗歌寻求艺术形式背后所包蕴的静态性的内容形成了比较鲜明的对比。动态的图画和诗歌字幕的相得益彰，呈现的不仅是媒介的变化所带来的审美方式的变化，更重要的是通过网民随意参与的方式表现了他们不同的价值观念和审美风格。可以说"一切都在证实，传播媒介不仅是文化生产与文化传播的工具，同时它还决定了文化的类型、风格以及作用于社会现实的方式和范围"[①]。借助于网络对事物和现象的逼真描摹具有的现场感，网民获得了极大的审美愉悦。在这方面，我国台湾地区的网络诗人苏绍连充分运用FLASH动画技术创作的多媒体诗歌堪称代表。他的《火是动物》无论是从诗歌的题目还是单纯的诗歌文本来说都是比较令人费解的，说"火是动物"就意味着火具有动物的结构、习性、特征等，才能从语义逻辑上不犯常识性的错误。因此，这首诗歌的内容就紧紧围绕着火的眼睛、泪、脸、发、身体和手脚、身体和灵魂来展开描述。不过，如果没有火的形象的动态展示，仅凭诗歌词义之间微弱的逻辑关联，很难在读者的心目中还原为一个鲜活的形象。有了带有诗人主观色彩的"火"的跳跃不定的动态变形画面，"它的眼睛会收集光线/影像是它的泪/一滴一滴流了出来"之类的抽象诗句，才会变成具体可感的审美形象。《行者的歌与

[①] 欧阳友权等：《网络文学论纲》，人民文学出版社2003年版，第282页。

哭》只用脚印的变化代表行者匆匆的人生轨迹，可富有吊诡意味的是，匆忙的脚步并没有留下一点鸿爪雪泥之类的蛛丝马迹，一行转瞬即逝的脚印伴随着一行行诗句的消失："生时不须歌；我的小小的脚掌/是野雁的影子掠过我生存的土地/它没有留下任何脚印"，之所以描绘得如此鲜明生动，显然是动态的审美形象赋予了文本新的意蕴内涵。此外，他的《黑暗之光》《时代》《文字的蝗虫》，须文蔚的《烟花告别》等作品也都是动态的画面与文字相互说明的代表，由此造成的阅读方式和审美感悟由内容到形式的转移也是情理之中的事情。

最后，多媒体诗歌最鲜明的形象直观的表征也是纸质诗歌所无法比拟的，正是这种形象性让一向少有人问津的政治诗和抽象的哲理诗重新焕发出艺术的光彩。一方面，多媒体诗歌插上的形象的翅膀在某种程度上消解了政治诗歌过度僵硬的非人性的内核部分，在严肃神圣的政治面孔下所包蕴的不平等的权力关系对人性的伤害，两种异质事物之间的逻辑关联是通过多媒体的各种审美元素构建的，从而在宏观政治与微观政治之间实现了基本不着痕迹的"软着陆"功能，让读者在图画和诗文的动态博弈中潜移默化地领略其中包蕴的政治含义。这一点在与纸质的政治诗歌相比较的过程中体现得尤为明显，特别是在表现国家的政治意识形态、知识分子的政治观念和民间的草根政治之间的关联时，纸质诗歌中的抽象名词和宏大的观念在多媒体诗歌中得到了形象展示。在这方面最为人称道的是苏绍连的《诗人总统》，从题目上看，作者所要表现的是政治与艺术的关系，但从图像所表现的以人民为基座塑造的庄严雄伟的雕像来看，实际上暗示出拥有政治权力的总统和具有话语权力的精英知识分子的至高无上的地位，都建立在人民的基础之上，只不过不同权力的异质性决定了对人民卑微而崇拜的心理采取不同的态度而已。高高在上的总统一般总是喜欢用冠冕堂皇的宏大名词谋取着个人不足为外人道的私欲，对人民的态度一般是延续儒家"民可使由之，不可使知之"的愚民政策，所以当读者按鼠标左键，花伞落在诗人这边时总统的塑像不见了，取而代之的是"总统不见了人民活得更真实"的诗句；如果按右键，花伞落在总统这边，出现了"诗人消失了人民生活在虚假里"的诗句，意味着作为有机知识分子的正义良知和启蒙责任对人民的生活观念具有重大的影响。诗句的巧妙设置和网民的参与可以使习以为常的政治现象得到凸显，放到了聚焦的前台就呈现出触目惊心

第八章　网络诗歌的文本形式

的审美效果，再加上由"命"字组成的雨点纷纷落下的动态性，也会让读者不由自主地思考三者之间的命运关系，一首抽象的政治诗歌就这样变得生趣盎然。此外，他的《诗人行动》由地下诗人、边陲诗人、前卫诗人齐心合力与当权派诗人做斗争的文字画面组成，按下红色按钮一直不放，前三类边缘诗人就可以把为统治者歌功颂德的当权派诗人推下历史的舞台，一旦稍有松懈，当权派诗人就会借助政治的力量和霸权地位把边缘诗人推出界外，二者的势不两立在图画的动态演绎中变得如此鲜明。其实，如何将政治诗的时效性、新闻性、意识形态性所具有的具体时空背景的关系转化为超越时空的审美价值关系，始终是政治诗歌难以突破的瓶颈。在这方面，多媒体诗歌在把新闻报道般的政治事件转化为更具形而上的审美意识方面显示出自己的优越性。由此可作为一个鲜活例证的是，当20世纪末的最后一个月，我国台湾当局的"中兴票券事件"闹得满城风雨的时候，诗人李顺兴的《玻璃杯跳桌》巧妙地把新闻报道改编为"我""你""他"三个按钮的内容，由"受不了噪音/玻璃杯子蹦蹦跳/纵身一跃"组成的图形玻璃杯在动画演示中摔得粉碎，引发出"谁害得玻璃杯跳桌自杀"的疑问，"我""你""他"相互攻讦产生的噪声正是玻璃杯自杀的原因之一，但抽象的人称代词找不到具体的所指，也就意味着很多政治事件就如同"无意识无主名的杀人团"那样，酿造悲剧却不承担悲剧责任。在大陆方面，针对美国的"9·11"事件和中日的"钓鱼岛"争端，毛翰教授创作的多媒体诗歌《9·11N周年祭》《钓鱼岛》，将敏感的政治事件加入人性的因素、古典的美学因子之后，形成了富有美学质感的动人篇章。如《钓鱼岛》的开篇"以虹为丝，以月为钩，有位仙人在这里垂钓"的诗句与"仙人垂钓图"相映成趣，紧接着出现了一幅钓鱼岛的图画，"御风为歌，鼓浪为屿，这是我中华的一座宝岛"的逻辑性衔接就显得非常巧妙。捍卫国家主权、民族尊严和领土完整的政治主题就在各种审美因素的相互作用下落到了实处。政治诗歌深入人心的人性面孔所具有的形象性和直接性是纸质诗歌无法比拟的，借此出现的许多政治题材的诗歌，能在感官化和欲望化的时代引起读者强烈的情感共鸣，多媒体的媒介作用功不可没。

另一方面，哲理诗的抽象色彩与感官化时代的平面阅读方式构成了难以调和的矛盾，在追求浅阅读、快餐阅读的方式蔚然成风的时代环境中遭受冷遇是必然的事情。幸亏遇上多媒体的感性直观和读图时代的读者的阅读方式相互吻合，理性向感性的转化、抽象向审美的倾斜才让读者从哲理诗枯燥深奥的理性蕴含中获得了感性的审美愉悦。时间、生命、命运等比较抽象的哲理探寻都在具体可感的动态画面中呈现出发展变化的奥妙，给读者带来的惊悚或新奇的感觉是不言而喻的。看完苏绍连的《时光之轮》《时间》组诗（一至四），"逝者如斯，不舍昼夜"的时间哲学在具体可感的文字排成的时针和分针的不停转动中得到了形象的表达，随着时光之轮的转动，人由生到死的生命哲学就与"向死而生"的存在主义哲学在审美形式上得到了沟通，确实能警醒人们在生命的旅途中考虑从此到彼的过程所具有的意义。如《时间之一》中的诗句"时间异常慌乱／一滴又一滴滑落／太多太长的生命如此渗失"，所具有的抽象的哲理意蕴，被图画中"生命不断旋转"的文字组成的指针指向的数字滑落的动态变化所演绎，抽象的时间观念和生命意识的不可逆性就这样非常微妙地组合在一起，对读者的生命意识的觉醒和生命态度的改变所起的作用是其他诗歌所无法代替的。《生命之卦》本来就具有宿命论的哲学观念，但以八卦图画的形式进行形象诠释的时候，仅仅在卦象之变中寻绎出万变不离其宗的卦辞"身体是房屋，住了悲与苦"，就在生命的偶然与必然的动态博弈中一下子抓住了命运状态的关键点，抽象的哲理就变得非常通俗易懂。此外，苏默默的《物质想象》组诗由《金》《木》《水》《火》《土》组成，将中国的五行学说演绎得惟妙惟肖；邱素贞的《寂寞》通过一个少女胸前孤零零的一朵花表现主人公的寂寞情怀，也将看不见摸不着的感觉意识表现得活灵活现。

不可否认的是，多媒体诗歌的图像和音频在为诗歌提供感官的审美效果的同时，作为一柄双刃剑也对诗歌的审美功能造成了一定的伤害。众所周知，诗歌作为文学门类的精品讲究的是意象的朦胧美和含蓄美，含混和歧义现象所包蕴的诗意的丰富复杂正是诗歌隽永意味的精华所在，含不尽之意见于言外的语言张力追求的不是条分缕析的具体形象，而是以澄怀味象的审美情怀感悟诗歌含蓄的审美意境。而多媒体的图像对事物和现象的逼真再现提供的是同一个"哈姆雷特"，不管读者的文学修养、审美意识、思想蕴含、意境追求有多大的差距，都不会出现"一千个读者就有一千个哈姆雷特"的阅读现象。这样，"网络作品对文字书写

第八章　网络诗歌的文本形式

的淡化和图像感觉的强化，抽空了艺术审美体验的心智基础"[1]。文学载体形式的变化造成的与语言本体特征的矛盾冲突将是多媒体诗歌无法回避的宿命问题，也是进行极端实验的诗人在艺术形式的探索方面需要认真思考的问题。

二　超文本诗歌：非线性的多向链接文本

超文本诗歌的多向性、自由性、不连贯性、跳跃性与诗人的发散思维的吻合，提供了将匪夷所思的奇思妙想跨域逻辑链接的艺术舞台。诗人将在某一语境下的思维的分岔、短路、循环形成的审美意识借助于网络链接技术，就可以轻而易举地将纸质媒介所无法办到的想入非非转化为妙趣横生的诗歌而不占用主文本的媒介空间。创作心态的自由性也将激情的火花转化为同主题之下一系列的诗歌文本，将在语境媒介的触发之下文思泉涌的灵感状态都赋型为审美的文本。通过字体颜色的改变、字体的变化、字体下面的标记符号、提供的特殊意义的链接按钮等各种方式，就可以把在纸质情况下不宜说的话语堂而皇之地写入诗歌文本。而且超文本诗歌作为超文本文学的一个文体门类，将不同的诗歌用链接技术结合在一起的时候，就会形成一个硕大无朋的诗歌网络迷宫。正如学者欧阳友权所说："超文本文学，即运用计算机链接程序和万维网技术将作品设计为跨页面辐射、多路径选择、超线性阅读、无限定延伸的'迷宫式'文本。"[2] 由此可见，超文本诗歌的艺术形式所遵循的语义跨越的逻辑规律与传统的纸质诗歌比较起来呈现出名同质异的审美风貌。"跨页面"和"多路径"的迷宫文本遵循的不再是逻辑学意义上的"反逻辑"，而是超逻辑学意义上的"非逻辑"，因此读者的阅读方式和审美期待视野也与传统的审美方式拉开了巨大的差距，文本的开放性、不确定性、互文性都不是传统的阅读方式所能感悟的。

因此，要使超文本诗歌在诗歌艺术与网络技术的双重镣铐下自由地舞蹈，还需要诗人在艺术和技术的储备上达到相当的水准才行。在进行链接时，诗人要充分地考虑到跨行或者跨页面的形式创新所带来的诗歌

---

[1] 欧阳友权等：《网络文学论纲》，人民文学出版社2003年版，第78页。
[2] 欧阳友权：《网络文学本体论》，中国文联出版社2004年版，第138页。

网络诗歌散点透视

整体的语义变化，读者选择读还是不读超链接的阅读方式的不同，会产生什么样的审美效果，都是诗人形式探索方面所要综合考虑的问题。一般来说，诗歌文字形式的变化加隐藏内容的链接方式最接近纸质诗歌脚注或尾注的形式，只不过纸质的注释呈现在整个文本之中，而多媒体的这种艺术形式是将注释隐藏起来而不占文本的空间，而且点击链接看完相关的内容之后，可以非常方便地返回文本主页。如果不想看相关的注释，就可以完全采取纸质诗歌的阅读方式。因此相对来说，这种诗歌的形式创新的力度最小，对于以追奇求异相标榜的诗歌探索者来说，这样的雕虫小技引不起他们创新的兴趣，所以这种类型的诗歌在多媒体诗歌的大家族中只占很小的比重。另一类是提供链接的按钮，需要先后点击相关的按钮才能依次看到诗歌文本的全貌。通过这种链接方式的隐藏和留白的艺术技巧，能够充分地激发网民的好奇心和求知欲，起到传统评书"欲知后事如何，且听下回分解"之类的吊胃口的作用。还有一类提供的都是一个完整的诗歌文本，可点击按钮呈现不同的版本形式，不仅增强彼此的互文效果，而且对缓解读者反复阅读的审美疲劳起到良好的调剂作用。由于第二类超文本能够让作者艺术创新的主体性和能动性得到充分发挥，在形式技巧的无穷变化中体会到创新的乐趣，所以在此诗歌类型中占据了中心地位。

第一类诗歌虽然形式比较简单，但对超文本诗歌共时链状结构对纸质平面文本历时单线结构的超越之功不可抹杀。在早期最具影响力的是我国台湾诗人代橘以 html 语言写成的诗《超情书》，他通过采用红、黄、蓝不同颜色的字体和在字体下面加下划线的方式，形成了最为人称道的多向诗歌链接方式。在正文中的"拖鞋""卫生""在上半身与下半身的交接处""教堂"等处加上了下划线，点击下划线上面的不同的字词就会出现与主文本相链接的另一首诗，如点击"教堂"，在另一个页面上就会出现一首《教堂》的诗："我不喜欢教堂/教堂允许我们生小孩/却不准我们做爱"。这样，这首诗实际上就由一首长诗和九首短诗所构成，读者在阅读的时候就可以打破传统的线性逻辑顺序，满足自己的猎奇心态。从总体的结构和内在的关联来看，形成了类似书信体的主文本与不同的次文本之间相互阐释和补充的亲密关系。"这样的文本虽没有采用多媒体的形式创作，没有音响、画面、动画效果，但它运用超文本技术所构成的超文本链接具有开

第八章　网络诗歌的文本形式

放性和多层次性，是传统的诗歌文本所无法比拟的。"[①]

第二类，提供链接按钮的超文本诗歌占据核心地位，诗人可充分运用网络的链接技术，为自己的创新欲望插上腾飞的翅膀，创新的广阔空间和链接花样的层出不穷都极大地满足了诗人自我实现的心理诉求。链接出现的动态的文字、精美的图画、优美的音乐都可以为读者提供舒适惬意的感官享受，也可以链接奇形怪状的画面、晦涩难懂的文字、嘈杂的噪声来努力追求不和谐的效果，让读者点击不同的按钮产生期待视野受阻的心理状态之后，重新审视艺术的美与丑、优雅和粗俗、安静和喧哗、舒缓和焦虑之间的两极对立关系。这样，由于它具有极大的包容性，任何诗人只要懂一点链接技术就可以信笔涂鸦随意创造了，所以参与创作尝试的人比较多。但要创造出既包含丰富的哲理和文化意蕴，又能在巧妙的衔接中达到内容与形式的完美统一的超文本诗歌却非常艰难。因为在诗歌的相互衔接中要考虑手段和目的的逻辑关系，不是形式技巧的简单拼凑，而是众多艺术的碎片组合为天衣无缝的艺术精品的过程，这就要求高超的审美感悟与理性的网络技术相互融合为一个整体。在这方面苏绍连的《沙漏》堪称代表，沙漏与生命流程的内在同构关系在首页中即发出了哲理性的疑问"仅有一个生命，为什么要有两个躯体"；点击"按下继续"按钮，出现的诗句"我们结合在一起，只是为了反复计算时间么"，继续叩问物理的时间和生命的时间的关系问题；再点击链接，出现了"生命只剩60秒"的按钮，点击六次之后，生命就结束了，在上面的沙漏里代表生命之沙的文字一点一点地落入下面的沙漏中，排列成引人思考的诗句"我从满满的拥有/逐渐变为空无/啊生命应该是你的/当我在上我不能阻止/我的生命之沙一颗粒/一颗粒流入你的体内"，形象的动画演示线性的、一维的、不可逆转的生命流程确实能产生反思的效果，生命的意义重在过程而不在结果的哲理意蕴昭然若揭；再点击"生命结束"的按钮，出现名为"时间的手"的诗歌，面对着看不见摸不着的"时间的手"的无情捉弄，诗人质疑的是："这些沙子反复流入我的体内及你的体内/而为什么，我们不能同时存活在一个时间里？"文学意义上的时间的短路、分叉却不能保证两个彼此有密切关系的有机体生活在同一时空中，诗人借助连体玻璃杯组成的沙漏

[①] 吕周聚：《超文本诗歌创作的现状与展望》，《北方论丛》2010年第1期。

网络诗歌散点透视

模型进行了形而上的追问和终极意义的思索。点击"时间的手"出现"生命轮回"的诗歌,两个相互倒立的玻璃杯上刻写着彼此难以沟通的"你""我",诗人念念不忘的是"为什么,我们不能同时存活在一个时间里",由此可见,这首超文本诗歌的子文本在以沙漏为主题的母文本的统领之下,并没有像其他的超文本诗歌的母子文本之间构成等级上的主次关系和内容结构上的补充阐释关系,而是紧紧围绕一个主题共同平等地参与整个文本的建构,无论在内容的过渡还是在形式链接的技巧方面都体现出作者的匠心。他总是在超文本链接方面不断创新超越自己,而且在用最简洁含蓄的诗句表现最深刻的主题的时候,过程的还原呈现和对现实问题的哲理思考最能打动人心。比如《时代》,时代的抽象性和形象性、变异性和常规性、断裂性和延续性等异质性的因素错综复杂地交缠在一起,都无法用单一的价值标准和简单的评价条件进行化约,于是诗人在文本中以"人影"作为按钮,每点击一次人影就在广场的方格中留下一句诗,纵览这些对时代的复杂特征进行归纳总结的诗句,不难发现诗人通过超链接的方式试图还原出时代的本真状态:"最嘈杂"与"最宁静"并肩,"最阴暗"与"最有光亮"映衬,"最渺小"与"最伟大"互补,"最失望"与"最有希望"难分,面对着如此黑白莫辨波诡云谲的时代风貌,把握不住时代风向标的我只能选择"哀伤地走了"。《心在变》以金色的心作为按钮,点击按钮出现在空白处的六首诗歌,对在都市的诱惑中沉浮的现代人的心态作了形象的描绘。此外,他的《果汁蚂蚁》《月亮牡蛎》《生死恋》《纸鹤》等超文本诗歌的形式也各具特色,体现出诗人既要超越别人更要把自己当作假想敌,以"今日之我"否定"昨日之我"的创新意识。

除了苏绍连之外,其他诗人根据自己对社会生活的观察和理解,也采取了超文本的技术链接方式,表现出浓郁的创新意识。综观这些形形色色的超文本诗歌,在技术的简单或复杂的背后,一般都蕴含着诗人表现哲理蕴含和思想意识的伦理企图,真正地"为形式而形式"的超文本诗歌实验确实是凤毛麟角。如须文蔚的《在子虚山前哭泣》设置三个链接按钮表现水滴的不同流向,来形象地诠释珍惜每一滴水的环保意识;他的《拆字:为现代诗的命运占卜》拆开"诗"的四个组成部分作为链接的按钮,紧紧围绕偏旁的含义和形象的特点展开联想和想象,如点击"土",呈现出一首既紧扣"土"的造字特征又与"为现代诗的命运占卜"的题旨密切相关

第八章 网络诗歌的文本形式

的诗歌，"王字削去了头/没落的贵族流落尘世/不经意间养成/喃喃自语的习惯"，与毛翰的多媒体诗歌《为政治人物拆字》有异曲同工之妙。李顺兴的《文字狱》设置"钥匙"的形状作为按钮，为探寻真相的读者提供一把打开历史尘封的钥匙的意图是不言而喻的。点击上面的"钥匙"，显示出文字狱的罪状："混淆历史事件/扭曲历史人物/致使历史真相残破不全/历史面貌无从修复"；点击下面的"钥匙"，链接到文字犯的长相；再点击"冲洗室"，出现由离子光束照射消毒的有"监视"环绕的文字的动态图片。这样，历史与现实、真相与虚假、图片与文字、动态与静止通过链接就非常奇妙地组合在一起，诗人对宏大的历史遮蔽之下的具体而微妙的事实真相予以重视的创作心态就暴露无遗。这样，通过此种超链接的方式和"监视"变形为动态旋转的塔形的艺术技巧，非常形象地诠释了福柯所谓的"全景敞视主义"对不合正统历史规范的规训与惩罚机制。大蒙的《新具象诗组》在文字与图片的搭配和链接方面也是别具一格的，不仅诗句描绘的风景和图片的内容相吻合，而且点击图片或文字就链接到下一个网页，页和页之间的诗歌顺序按照春夏秋冬的季节变化依次呈现，赏心悦目之感油然而生。由此可见，目前在网络上从事超链接创新的诗人，在思想和艺术上都具有自己的独特风格，借鉴与创新形成的浓郁的诗歌氛围也促使诗人在更高的艺术平台上登台亮相，这也是为什么台湾地区的超文本诗歌实验，无论在思想意蕴还是在艺术技巧上都远远超过大陆的更为深层的原因。

第三类，对一个完整的诗歌文本采取不同的链接和艺术变形的技巧予以呈现。这种超文本链接的方式在艺术创新方面终归限制了诗人的思路，正如"戴着的镣铐"太拙重了，难免会陷入笨手笨脚的"跳舞"的尴尬状态一样，诗歌文本的完整性和固定相也不会激发网络诗人太多的灵感，对艺术形式的创新花样穷形尽相。而且文本是固定的，只是为了玩弄艺术技巧就会面临形式与内容相互游离的悖论困境，毕竟对固定的内容的表现有一个最恰当的艺术形式问题，如果把与此相关的形式链接在一起加以比照，只能在烘托映衬中愈发显示出某种形式的不合时宜。这样，创新思路的逼仄和形式技巧的有限性都是套在诗人身上的重重枷锁，因此进行这方面链接尝试的诗人和作品也不是太多。较有代表性的是苏绍连的《〈泊秦淮〉变奏曲》，分为"水月版""水烟版""地雷版"，点击"水月版"出现的是"月"字倒映在水中,随着水的波纹显示出动态的"月"字,在荡漾的波纹作为底子的背景处有一首充满秦淮河意境的感伤的诗歌:"月亮挂在酒馆的旗帜里/睁着,闭着,朦胧的月色/我已无力,让舟停泊/在秦淮河的肩膀上/从酒馆里,女子的绮丽的歌声/轻浮的,飘在烟雾中/然后,不醒的夜是不醒的梦/隔着江水是隔着台湾海峡"。"水烟版"在天蓝色的背景上配上漫天飞舞的"水""烟""月"的字符,诗歌的内容不变。可能作者觉得这样玩弄技巧也没多大意思,于是在"地雷版"中换为杜牧的七言诗《泊秦淮》,为了名副其实,在点击空格出现这首诗的过程中设置"地雷",如果读者不慎点击到"地雷",那么就无法点击其他的空格从而呈现出一首完整的诗。由此可见,这样的超文本诗歌实验太注重于形式的探索,更多地具有开拓新思路的示范意义。

　　毫无疑问,多媒体和超文本诗歌实验在艺术载体的选择与形式技巧的创新方面还面临着许多的困境和问题。从异质媒介之间不同特征的内在扞格方面来看,图像对语言的间接性特征的超越与文学含蓄隽永的独特魅力之间构成了一定的矛盾冲突,"当网络诗歌试图以音乐、绘画和影视来辅佐语言表达时,无形之中也消解语言的暗示潜能,音乐、绘画和影视对语言的形象图解,在调动读者多种感官的同时,也抹杀了语言的多义性和丰富性"[①]。从不同的媒介在诗歌中所占的比例观之,有时候极端的文本实验脱离了诗歌之为诗歌的本体特征。在诗歌的审美要素中,语言毕竟是排在第一位的,诗歌是语言的艺术应该是没有可质疑之处的,可姚大均的多媒体诗歌《面对古人》只是在三个古人的脸上分别出现三个字,依次消失之后又依次闪现,让人不知所云。当然这只是文本实验中的极端例子,但在不同的艺术媒介之间如何保持动态的平衡的问题始终是网络诗人绕不过去的门槛。

---

① 张德明编:《网络诗歌研究》,中国文史出版社2005年版,第8—9页。

第九章　网络诗歌的狂欢化审美形态

　　诗歌与网络的结缘带来的是诗人换笔之后的文本类型和审美风格的大转型，诗人灵动的手指在键盘上敲击，犹如弹奏琴弦的优美旋律一样，抬头看到视窗屏幕上一行行的诗歌不断闪现，这种审美赋型的速度和转瞬即逝的灵感捕捉借助于网络的方便快捷，几乎达到了同步的程度。媒介的变化也影响到诗人的思维方式由仔细推敲的逻辑思维向狂欢思维的嬗变，而狂欢思维"恰恰主张'翻过来看'，即连同其正面与反面一起来看，……狂欢思维具有强烈的变更意识，它强调'不确定性'和'未完成性'……狂欢思维主张'快乐的相对性'，并以此捣毁绝对理念"①。由此可见，狂欢思维与网络的某些非理性特征，在颠覆僵化的、一维的、逻各斯中心主义的霸权方面具有天然的契合关系。因此，诗人在网络的触媒诱发下，创作的未完成性和不确定性的文本形态正是狂欢化思维的典型表征。此外，在理性的一元论价值观念颠覆消解之后形成的价值观念的复杂形态，也导致网络诗歌的审美观念呈现出狂欢化的趋势。正如垃圾派诗人蓝蝴蝶紫丁香在《为网络诗歌鼓与呼》一文中所提倡的那样："我们行走在网络上，我们的诗歌应该更多地体现着一种游戏精神。"由于网络的交互性和匿名性卸去了诗人在现实社会中所承担的教化功能和责任意识，凸显的无功利的游戏精神实际上就是打破传统的道德价值观念的狂欢精神。这样，文以载道的功利性价值观念消解之后，诗歌在以往的文体范畴中的神圣而又严肃的面孔变得模糊不清；逻各斯中心价值观念被后现代主义的"洋葱头"理论代替之后，形成的是多元共生、众声喧哗的狂欢局面。

---

　　①　夏忠宪：《巴赫金狂欢化诗学研究》，北京师范大学出版社2000年版，第17页。

诗人的心态和审美观念的转型借助于网络平台和带有渎神解构色彩的后现代语境，必然使秉承不同价值观念和理论主张的网络诗人创作出审美形态各异的诗歌文本。不过，主流和支流、现象和本质之类的座次排位被消解掉的网络诗歌，并不意味着审美形态上就是异质的各种审美元素平分秋色，或者是你好我好大家好地轮流坐庄。而实际上，综观网络诗歌形态各异、异质互融的审美形态，占据核心地位的狂欢化审美形态成为网络诗歌区别于纸质诗歌的最明显的表征。借助于网络匿名打破传统的等级社会论资排辈的局限，以及诗歌发表渠道的"零门槛"对泥沙俱下、鱼目混珠的网络诗歌无法实施监督筛选的情况下，在虚拟的广场狂欢、仪式的脱冕加冕、民间的诙谐文化等方面体现出来的狂欢化色彩就在网络诗歌中泛滥开来，黄鹂和鸱鸮、大狗和小狗都可以在自由的虚拟空间中发出自己的叫声，由此形成的狂欢化氛围就轻而易举地打破了传统的壁垒森严的等级界限，异质的时空体提供了网络诗歌在众神退位、价值颠倒的情境下狂欢的机遇和条件。不过，真理再往前跨越一步就会变成谬误，过犹不及的辩证观念也时刻提醒着无边的自由的双刃剑一不小心也会斫伤网络诗歌传递神圣、崇高、高雅、美好等正能量的一极。事实的确如此，纷纭复杂、包罗万象的网络诗歌由于失去了凸显正能量的一方的有力制衡，无边的自由就让欲望化、审丑化、诙谐化等狂欢化的审美形态占据了主流。

第一节 虚拟的广场狂欢：生命的欲望化

尽管现代社会制定的比较严密的规章制度，为人们的日常生活方式和价值观念提供了理性的参照系统，遵循着社会生活的理性逻辑安排纷然杂陈的世态万象，提倡平等的背后隐含的有形或无形的等级观念，将现实生活中的人划分为不同的阶层，但人们内心的非理性的狂欢冲动总是想突破理性的栅栏获得不拘礼节的自由状态。对于感性化冲动占据核心地位的诗人来说，自己颠覆理性的欲望和对生活现象的敏锐感悟如何通过一条安全的通道，打破高与低、雅与俗、美与丑、善与恶之间壁垒森严的等级观念，获得狂欢化的审美形式，确实是一个值得深思的问题。但虚拟的网络空间提供的弹指之间无远弗届的媒介功能，轻易地攻克了纠缠于诗人内心的难题。它打破了传统的地域、民族、性别、年龄的限制，将不同的诗歌

第九章　网络诗歌的狂欢化审美形态

爱好者的身份等级抹平之后，就可以尽情地享受类似中世纪民间狂欢节的喜庆氛围。可以说，网络提供了不同于寻常讲究礼节的狂欢的生活态度，也必然导致不同的人群之间结成不同于理性社会的新型关系。"在狂欢中，人与人之间形成了一种新型的相互关系，通过具体感性的形式，半现实半游戏的形式表现了出来。这种关系同非狂欢节生活中强大的社会等级关系恰恰相反。人的行为、姿态、语言，从在非狂欢节生活里完全左右着人们一切的种种等级地位（阶层、官衔、年龄、财产状况）中解放出来……"[①] 虚拟的生活方式和审美艺术的统一，标志着狂欢化、大众化的诗歌文本有着不同于纸质诗歌的审美形态和价值标准。原创诗歌的光晕效应和美学价值不再由纸质的诗歌比较恒定的审美标准来衡量，传统的衡量诗歌优劣高低的标准颠覆消解之后，大行其道的是欲望化的审美趣味所决定的点击率和排行榜，成为衡量网络诗歌标准的新的宠儿。由于欲望化的审美价值观念的内涵具有变动不居的特性，世俗化、娱乐化、肉身化等题中应有之义也会随着时代语境的变化而变化。因此，网络诗歌的审美标准始终处在多元混生的状态之中，欲望化的审美形态就成为网络诗歌狂欢舞台上最显在的标志。

虚拟的广场狂欢的盛宴离不开网络诗人狂欢式的世界感受："颠覆等级制，主张平等、民主的对话精神，坚持开放性，强调未完成性、变易性，反对孤立自足的封闭性，反对僵化和教条。"[②] 当然这一切离不开诗人身份匿名之后形成的无所顾忌的自由心态，在常规的现实生活中循规蹈矩的诗人不妨把等级价值观念和标准抛到九霄云外，随便而亲昵的审美态度奉行的是欲望化的审美标准。于是，网络诗歌的肉身化、力比多泛滥的狂欢现象就成为欲望化审美形态的突出表征。不过，一切对欲望化马首是瞻的粗鄙化的审美形态也有值得深思的地方，一味地崇低失去了高雅的参照系也会造成网络诗歌审美的缺失，肉身的非理性的生命冲动不仅影响到诗歌意象的选择和聚焦，只对准了不能登大雅之堂的丑陋物象，而且影响到审美的载体——语言的作用和功能的发挥上。语言的能指与所指的分裂造成的能指的自我缠绕或空洞的能指之类的不良现象，特别是为口水而口

[①] ［苏］巴赫金：《陀思妥耶夫斯基诗学问题：复调小说理论》，白春仁、顾亚铃译，生活·读书·新知三联书店1988年版，第176页。

[②] 夏忠宪：《巴赫金狂欢化诗学研究》，北京师范大学出版社2000年版，第68页。

水、以搞笑游戏为鹄的诗语狂欢现象已成为网络诗歌备受诟病的痼疾，需要诗人借助狂欢的积极意义进行富有价值和弹性的诗歌语言的探索实验来弥补缺陷。

一　身份匿名带来的肉身化的狂欢表征

"在互联网上，没有人知道你是一条狗"的格言，非常形象地诠释了网络的匿名性造成的自由主义乌托邦时代的到来。网络诗歌的创作主体"具有群众性、虚拟性和自由性，是'三无'（无身份、无性别、无年龄）网民，他的社会身份退隐、主体身份的责任缺失"[①]。因此，匿名意味着众生平等的无名状态，可以将诗人在现实社会中必须戴的道德、文化和人格面具统统抛掉，在网络诗歌的自由空间中无所顾忌地尽情狂欢。人是理性的动物、历史的动物、政治的动物、文化的动物等各种传统社会中承传下来的文明标签，随着身份的匿名就失去了其应有的价值和意义。这样，身份的匿名也意味着正常的理性社会中诗人应该遵循的"铁肩担道义，妙手著文章""文章合为时而著，歌诗合为事而作"之类的道德价值观念，作为宏观的价值话语，在网络提供的微观的个体意识占据核心地位的时空体中已显得非常不合时宜。在某种意义上，理性支撑的正能量和正价值正是网络提供的狂欢语境颠覆消解的目标和对象。因此，网络诗歌在诗人的身份既敞亮（卸下面具）又遮蔽（匿名）的双重作用下，呈现出狂欢化的审美形态也是情理之中的事情。当然，以理性作为假想敌进行颠覆和解构，反映了网络诗人在非理性的控制之下狂欢化的宣泄心态。匿名作为文明人的遮羞布，可以为在理性的状态下不可言说的事物和现象堂而皇之地进入诗歌造成口实。尤其是无所顾忌的破坏有余、建构不足的审美形态确实与身份匿名有着内在的因果逻辑关系，抛弃了文明人的身份，拾起了野蛮人的旧衣裳并不意味着就是拯救诗歌发展熟烂的良方。借助于网络进行的虚拟革命也有很多值得反思的问题，比如网络诗人无名的状态绝对没有老子所说的"无名天地之始，有名万物之母"之类的微言大义，那么只为了狂欢的自由而具有的无名条件，在审美形态的实验方面还具有哪些革命性的

[①] 欧阳友权主编：《网络文学发展史——汉语网络文学调查纪实》，中国广播电视出版社2008年版，第277页。

第九章 网络诗歌的狂欢化审美形态

意义？肉身化的审美形态成为网络诗歌狂欢的一个典型表征之后，会不会对比较高雅的诗歌形态造成压制和遮蔽？如果肉身化发展成为网络诗歌的中心，中心与边缘的等级划分是否违背了网络众生平等的自由精神？"戴着镣铐跳舞"的有所顾忌在网络无所顾忌的狂欢语境中，是否就失去了存在的理由和价值？诸如此类的问题本身就是网络诗歌的审美形态中存在和固有的，是网络诗歌作为一个独立的文体走向前台的时候，不可避免的异质性因素在背景的位置上提出的警示。因此，为了网络诗歌审美形态的健康发展，需要网络诗人打破非此即彼的二元对立的思维方式，而采取"既……又……"式的亦此亦彼的混融思维进行审美形态的创新实验。

身份匿名的无所顾忌带来的自由狂欢的精神和意识也影响到了网络诗歌的审美形态，换句话说，欲望化的审美形态和网名的随意性是有一定的因果关系的。具体表现在诗人用网名在网络上发表原创诗可以消除纸质诗歌的诸多禁忌，可以将挑战传统伦理观念和道德底线的诗句随意地发表出来，代表不同价值观念的诗歌就可以在网络的匿名平台上自由亮相。当然，身份匿名之后诗人的力比多冲动借助于网络可以无所顾忌地宣泄，欲望化的审美形态也偏重于粗俗低下的语言载体来承担藏污纳垢的审美趣味。再加上"从肉体开始，到肉体结束"的直白宣言，肉体作为消除文化和道义承担的本体特征被赋予了网络化时代的革命性的意义。正如评论家陈仲义所说："肉体的原始感性力量，无疑是原创的初始资源；回归肉体，也就是回归伟大的自然力，它意味着人无限忠诚于自己，不被其他东西所遮蔽，这是文明人在经过多次人性复归后，再次逼近自身的真实。"[1] 因此，肉身的潘多拉魔盒一旦打开就再也不需要文明的遮羞布将其遮掩和压制，性成为男女诗人在网络上喋喋不休的诗歌主题。巫昂可以在早晨如厕的时候，低头弯腰坦然无惧地观察自己的下体而没有女性的害羞之感，"明早，我还将坐在那个马桶上／把心满意足的脑袋／深深地埋到／腿中央"（《艳阳天》）；独自醒来，想做爱的冲动不仅堂而皇之地写进诗歌，表现自己赤裸裸的欲望和情感，还将与一个陌生男人的一夜情也毫无顾忌地转化为分行的文字："这是半夜／我独自在家，醒来醒去／突然想起上一次接吻／

---

[1] 陈仲义：《肉身化诗写刍议》，《南方文坛》2002年第2期。

已经是很久以前的事了/上一次遇到陌生男人/也都过了三个月/我们会面、握手、交流体液/我把指头塞进嘴里/恰似他把手塞在裤缝里"(《国庆情事》)。作为一个女诗人的性别意识的觉醒，所需要的再也不是伊蕾在《独身女人卧室》中"你不来与我同居"的急切呼喊与表白，那是在二元对立时期女性为争取性爱的主动权而采取的比较极端的话语策略。在急切的喋喋不休的话语背后，凸显的是女性作为一个活生生的主体想要从尴尬的失语状态中发出独立的声音的生命冲动。而这一切在网络时代的匿名状态下形成的狂欢化的广场空间中都成为过时的背景，因此用巫昂的网名可以抛弃中国社科院文学研究所现当代文学硕士的文明身份，在回归肉体和感官刺激的过程中尽情地把文明和文化培养的窈窕淑女的身份特征戏弄和颠覆。试想，没有网络的匿名遮掩和欲望化的审美形态的激励，巫昂还会将与一个陌生男人"会面、握手、交流体液"之类的暧昧感受，如此坦然地呈现出来吗？为了展示女性本真的自我就要挑战传统的伦理底线，其中的代价到底值不值，是要画一个问号的。

这一切只有在网络的语境下，才可能借助狂欢的力量对文明进化的主导精神进行贬低和消解。如训练小猪天上飞的原创诗歌《我所说的两个诗人》，先是采取了欲擒故纵的方式将经典的诗人从古代的"李白与杜甫"，到现代的"海子与顾城""汪国真与席慕蓉"一一进行了否定，所有正统文化价值观念尊奉的诗人都成为作者戏弄的对象，目的就是借助"两个诗人"的能指引出网络中具体的所指："一个自钦为下半身领袖的沈浩波，一个外传为垃圾派老大的徐乡愁"。通过"下半身"和"垃圾派"作为修饰语的刻意强调，实际上就表明了作者颠覆传统文化和价值观念的企图，取而代之的是大众化的眼球经济和肉身化的语言表征："你相思的女人/有着一大把好乳，正如沈浩波没有波/他思念的波在他的情人身上/左右两个匀称而丰满/可惜啊沈浩波，你在通往/牛逼的路上横亘着一堵墙/傻扒拉鸡的伊沙墙/墙不高却挡住了你的去路。"可以说，没有网名的反正统性和反逻辑性的掩饰，他能否在诗歌中采取如此狂放的姿态表现自己肉身化的生命欲望，也是值得怀疑的。

由此可见，网名的随意性和反常规性具有王朔所说的"我是流氓我怕谁"的肆无忌惮的功能，在崇低化的审美风格中才显得游刃有余。诗人戴着匿名的面具呈现出肉身化的非常粗俗的审美形态，比如虚云子在原创诗

第九章　网络诗歌的狂欢化审美形态

《大城市的一次危机》中可以直接骂"瓜子这烂货",理由是瓜子"装成没有被吃过的样子/直到现在还自以为/盘子是个聋子"。按照正常的语义逻辑观念,瓜子与盘子的关系只是盛与被盛、装与被装而已,即使是采取拟人化的艺术手法增强诗歌含蓄蕴藉的韵味,也得不出"烂货"的结论。因此,对这种诗歌片段的理解只有放到非逻辑的狂欢语境中才能得到比较对位的阐释,逻辑的颠倒正是狂欢化采取的常用的艺术形式,特别是诗人匿名在广场的狂欢之中,沉浸在脱离常态拘束的角色的时候更是如此。在这方面,垃圾派诗人皮旦的网络诗歌《疯人皮旦之夜》堪称经典:"蓬,蓬,蓬;蓬啦,蓬啦,蓬啦,蓬;蓬蓬蓬/杀死狗日的!杀死你们这些狗日的!/杀死你们这些红狗日的!杀死你们这些黄狗日的!杀死你们这些蓝狗日的/杀死狗日的!杀死狗日的/我已打烂了十只铁皮垃圾桶!今夜我要打烂一百只铁皮垃圾桶!"没有人敢于在大庭广众之下以如此粗俗的语言发泄自己狂暴的性情,而且在特别讲究炼字炼句的诗歌中出现如此不和谐的音符。

一般情况下,诗人内心的躁动不安冲决理性的羁绊之后,最多采取郭沫若的《天狗》激情呐喊的方式,在"我剥我的皮,我食我的肉,我嚼我的血,我啮我的心肝"中得到心灵的净化和升华,可在网络媒介的狂欢氛围中,"杀死你们这些红猪日的!杀死你们这些黄猪日的!杀死你们这些蓝猪日的","杀死你们这些红驴日的!杀死你们这些黄驴日的!杀死你们这些蓝驴日的"之类的诗句,竟也模仿《诗经》重章叠句的方式成为诗歌内在的节奏和旋律。小月亮的《我的新中国是什么样的?》借助匿名的身份就可以挑战民族国家之类的神圣的想象共同体,在建造新中国时用"我们给它大便,它会生长万物"置换"给它一些鲜花,它就会无比美丽","大便"与"鲜花"的并列,实际上意味着作者对戴在新中国头上的崇高光环给予脱冕的狂欢冲动。当这样一种肉身化的审美形态占据网络诗歌的中心位置时,三无状态下的网络匿名身份带来的狂欢起到了推波助澜的作用。

二　感官化审美:娱乐至死的狂欢享受

网络的虚拟化提供的类似中世纪广场狂欢的赛博空间,隔开了与现实社会的等级秩序相关的责任和义务。作为最鲜明地体现诗人情感表达和审

网络诗歌散点透视

美价值观念的原创诗歌,也呈现出网络时代只求肤浅和速效的感官化审美的典型表征。也许是"一切都向前看"的进化论思维和工具理性的评价标准,给现实生活中的诗人敏锐的神经增加了太多的筹码,所以在网络上的诗性表达就遵循着"反者道之动"的辩证关系,走向了娱乐化的感官刺激之途。当网络成为宣泄诗人的情绪感受和缓解生活压力的安全阀门的时候,感官化的审美形态就会随着诗人感官信号的及时传递产生多米诺骨牌效应,成为网络诗歌突出的特点之一。正如尼葛洛庞帝所说:"我们已经进入了一个艺术表现方式得以更生动和更具参与性的新时代,我们将有机会以截然不同的方式,来传播和体验丰富的感官信号。"[1] 可以说,网络具有了抛弃传统社会的理性价值和道德观念的狂欢化色彩之后,顺理成章地成为诗人"传播和体验丰富的感官信号"的集结地。网络诗歌中欲望化、娱乐化甚至色情化的审美形态成为最常见的风景,与诗人的相互参与、相互交流、相互鼓励形成的亚文化的生态环境有密切的关系。在这里,不妨拿现实社会的诗歌生态环境与网络原创诗的虚拟的生态环境作一下横向比较:在现实的诗歌氛围中,尽管公开发表的诗歌可能有比较低级和粗俗的审美形态满足了大众化的审美需求,具有"后审美"时代大众化的某些本质特征,但占据中心地位的仍然是源远流长的精英文化积淀的高雅、优美、纯洁、昂扬等具有普世价值的审美形态。即使是个别诗人采取极端化的反题写作颠覆消解传统诗歌的审美观念,也不可能采取肆无忌惮的个人独战传统的审美方式表现自己内心最隐秘的破坏冲动。但网络如一道密不透风的高墙阻隔了传统文化的审美积淀之后,诗人就可以借助网络的天然屏障来尽情地发泄和表现迥异于传统的感官欲望。由于网络诗歌传播的迅捷性和即时互动性,诗歌的欲望表征也会受破窗原理的暗示效应,一传十、十传百地蔓延开来。本来感官化的审美形态就与生理化、欲望化的粗俗趣味具有内在的契合之处,大众化的低级趣味借助于点击率和转载率,为这种难登大雅之堂的审美形态的发展壮大起到了推波助澜的作用。这样,当传统的布道教化的功利色彩和网络的纵情狂欢的非功利色彩成为不同的诗人奉行的诗歌标准的时候,不同的诗歌生态环境就造成了截然不同的审美形态。具体表现在"与公开出版的诗歌刊物相比,网络诗歌有明显

---

[1] [美]尼葛洛庞帝:《数字化生存》,胡泳、范海燕译,海南出版社1997年版,第262页。

第九章　网络诗歌的狂欢化审美形态

的非功利色彩，意识形态色彩较为淡薄，作者写作主要是出于表现欲望，甚至是一种纯粹的宣泄与自娱"①。

当然，网络诗歌对欲望的感官化审美形态的表现是有区别和选择的，欲望中的权欲本身就是网络诗歌狂欢化审美形态所要解构的对象，打破等级制的众生平等是网络诗歌达到狂欢效果的基本前提和条件；物欲的刺激和需求在网络的虚拟语境中都失去了用武之地，想通过网络诗歌的写作换取物质生活的改善的想法有点类似于天方夜谭。只有情欲冲破道德禁忌的魔咒，成为消费主义大行其道的文化语境下诸神退位、大众狂欢的欲望符码。这样，网络诗歌的感官化、娱乐化、情欲化之间就有着非常紧密的内在联系，本来情欲作为人的基本需求和生命表征，在"天理"的压制之下具有反叛的合理之处，关键是网络借助大众化的娱乐至上的价值观念将生理本能作为独立的本体肆意渲染的时候，原创诗将公众话语采取游戏调侃的方式与情色挂钩，并将娱乐化的审美形态推向极端的做法就失去了革命合理性的意义。正如尼尔·波兹曼在《娱乐至死》中所批评的："这是一个娱乐之城，在这里，一切公众话语都日渐以娱乐的方式出现，并成为一种文化精神。我们的政治、宗教、新闻、体育和商业都心甘情愿地成为娱乐的附庸，毫无怨言，甚至无声无息，其结果是我们成了一个娱乐至死的物种。"②

综观网络诗歌，对情色化的粗俗低下的审美形态，并没有遵循传统的诗歌创作的"化俗为雅、化丑为美"的技巧和艺术规律，而是原生态地展示未受文明和理性约束的感性欲望。更重要的是在反道德和反价值已蔚然成风的网络诗歌氛围中，众多的诗歌文本的审美形态发生了不以人的意志为转移的极端化逆转，色情化的大胆暴露成为诗人争相亮起的出奇制胜的法宝。如果说尹丽川的《为什么不再舒服一点》因为性别的原因还含羞遮掩："哎，再往上一点再往下一点再往左一点再往右一点/这不是做爱，这是钉钉子/噢，再快一点再慢一点再松一点再紧一点/这不是做爱，这是扫黄或系鞋带/喔，再深一点再轻一点再重一点/这不是做爱，这是按摩、写诗、洗头或洗脚/为什么不再舒服一些呢，嗯，再舒服一些嘛/再温柔一点

---

① 吴思敬：《新媒体与当代诗歌创作》，《河南社会科学》2004年第1期。
② [美]尼尔·波兹曼：《娱乐至死》前言，章艳译，广西师范大学出版社2004年版，第5页。

网络诗歌散点透视

再泼辣一点再知识分子一点再民间一点/为什么不再舒服点。"做爱的动作和感受不管是欲擒故纵还是欲盖弥彰,至少是采取了否定的态度,从作者既要借助网络的开放性呈现自己女性主体色彩的性爱感受,又要担心大众化的审美形态迎合了网民意淫的需要而受到道德谴责的矛盾心态来看,诗人已认识到纯粹的感官欲望的表现是不端方的诗歌形态,从而采取了犹抱琵琶半遮面的方式表明了自己犹疑不决的态度。那么,在娱乐消费的狂欢浪潮对性爱观念的强烈冲击之下,诗人欲望的膨胀冲动在某种意义上非常形象地诠释了弗洛伊德所说的力比多的转移和释放。借助网络鱼龙混杂的狂欢氛围,诗人感官化的审美形态无须净化和升华就得到了赤裸的呈现和展示。同为女诗人的凡斯在原创诗《花儿》中对性场面、性过程、性感受的淋漓尽致的描绘,就不再采取尹丽川欲说还休的遮掩方式:"刚进来的时候我整个人还是紧的/慢慢就被弄开了/就一层一层被打开了/前前后后开了多少层/我也说不清楚/是花瓣就都被打开了/里面开始有胀热的感觉/慢慢就有东西往外翻/这就是被打开的感觉/我的身体被你完全打开了/你想看什么就看什么/你把我五脏六腑都翻乱了/只要是我身上的东西/你都想看。"尽管把女性的生殖器官用"花儿"作隐喻,似乎是对形而下的赤裸裸的感性欲望采取形而上的升华的方式予以审美展示,但细读诗歌还是发现题目的含蓄与文本的放荡之间的巨大落差,隐藏着有意迎合大众感官化审美的企图。感官化审美的一次性、即时性、刺激性、窥视性都意味着性爱的狂欢感受是大众神经的最佳兴奋点,特别是通过前卫女性的做爱感受和细腻的场面刻画更是满足了男性"他者"白日宣淫的欲望。其实,在网络诗歌中不分性别的肉身化的美学追求,实际上是一种以美为假想敌的反题写作,迎合的是消费社会泛色情化的生命欲望,只不过是借助于网络的遮羞布更加肆无忌惮而已。正如波德里亚对在资本主义社会现代生活的欲望化的极端发展所总结的那样:"性欲是消费社会的'头等大事',它从多个方面不可思议地决定着大众传播的整个意义领域。一切给人看和给人听的东西,都公然地被谱上了性的颤音。一切给人消费的东西都染上了性暴露癖。"[①] 消费文化通过万维网瞬间就可以传遍地球村的每一个角落,中

[①] [法] 让·波德里亚:《消费社会》,刘成富、全志钢译,南京大学出版社 2000 年版,第159页。

第九章　网络诗歌的狂欢化审美形态

国改革开放之后的经济腾飞也为肉身的狂欢提供了物质保障。因此，网络诗歌失去了提炼诗意的平静心态，粗鄙化的审美形态在原始本能的性欲发泄中得到了非常鲜明的体现。枯叶蝶的《母体》就是本原意义上的女性肉体，将母爱、牺牲、奉献等文化色彩和价值意义的釉彩剥离之后，呈现的是赤裸裸的原始本能和生命意识："男人的JJ插入女人的下面/他们很迫切，一边流泪，一边蠕动身体/苞/花苞/沾了雨露/绽放了隐处最神秘的蕊/让人情不自禁地嗅、舔。"这里没有现代文明意义上的思想和情感的交流，只有做爱的快感支配着动物般的欲望行为。既然如此，这些受感官化欲望支配的现代人就可以堂而皇之地打碎理性和道德的束缚，只是为了本能欲望的宣泄。所以南人的《肉体取款机》直接运用富有肉欲化色彩的"插入"表现男女的性爱行为："你有时一个月只插入一次/有时你一天就会插入多次"；《压死在床上》对地震那天在床上做爱的夫妻的死去也只是采取客观冷漠的态度，目的自然是还原欲望化的本能："直到地震那天/没有人敲门/也没有人打电话/做爱的夫妻们/被压死在床上。"为了生理性的狂欢享受而不顾及生命危险的行为方式，确实带有"娱乐至死"的黑色幽默色彩。但诗人对发生悲惨的历史现场的漠视和"理解之同情"的人道主义态度的缺失，只是为了表现欲望化的生命本能就拿不可预知的死亡灾难戏耍和调侃，确实带有反伦理道德的色彩。

当然，感官化的审美本身就是对传统的严肃刻板的伦理道德观念的反动，沉淀在内心深处的欲望化的本能冲动始终是理性无法抑制的魔鬼。遇到消费社会的欲望化追求和网络自由化的审美语境的激发，感官化审美就失去了伦理底线的限制而带上了肉欲的色调。特别是"诗江湖"的代表诗人沈浩波，在他的网络诗歌中总是抑制不住狂欢般的生命冲动。《中秋节》写的是1999年的中秋节，却没有与家人团圆赏月的节日氛围，诗人的笔触聚焦于中午吃了一斤羊肉后的生理和心理反应："在身体渐渐发热的时候/我躺在床上睡着了/梦见从背后抚摸女朋友的乳房/心里很激动。"当用欲望化的眼光打量周围的一切事物时，有色眼光的过滤和词语的引类取譬式的联想就给普通的事物谱写了性爱的音符："她一上车/我就盯住她了/胸脯高耸/屁股隆起/真是让人垂涎欲滴/我盯住她的胸/死死盯住/那鼓胀的胸啊/我要能把它看穿就好了"（《一把好乳》）；"你骑在眼前这个女人的身上/女人在叫"（《一片汪洋》）；"鸡吧软是偶然/心肠硬是惯性"（《硬和软》);"我的光棍叔叔/把隔壁王有才的老婆/就是那个长着两只肥胖奶子的朱翠花/摁倒在我家门口的泥地上/使劲捏她的大乳房"(《我们那儿的男女关系》)。从他的网络诗歌的主题思想、审美蕴含、意象选择、价值观念来看,他确实深受巴赫金提倡的下半身的狂欢化的影响。这不是个别现象,像这样的在感官化的审美形态方面与纸质诗歌相比,具有非常明显的不同之处的网络诗歌比比皆是。需要反思的是,感官化作为狂欢的审美表征并不具有先天的革命性和合理性的价值意义,巴赫金的肉身化的狂欢是对中世纪禁欲主义的生活方式和道德观念的反动,对神性的"祛魅化"是为了达到人性健康发展的目的。而当感官化和欲望化由边缘进入中心并支配着人们的思想和观念时,"在消费文化语境下出现的恶性膨胀的网络诗歌作品,以其无意义的叙述和反价值反伦理的表达,满足了人们倾诉的欲望和意淫的快感"[①]。在这种情况之下,欲望化的狂欢正是网络诗歌需要警惕的症候之一。

　　面对着鱼龙混杂、形形色色的网络诗歌的狂欢化审美形态,如何在游戏的狂欢中,既满足生命宣泄的欲望,又不采取极端的态度和方式挑战传统的道德底线;既体现了无功利的审美意识,又具有网络诗歌自身特点的表征。在二重甚至多重的功利与非功利、审美与非审美的矛盾纠结中取得一个动态的平衡,找到契合网络诗歌狂欢特征的最佳位置,确实是需要综合网络的优势和诗歌的特点来进行探索和试验。在这方面,东篱的《网络爱情》可谓别开生面。网络爱情的虚拟化为生理本能的出场提供了可以理解和接受的语境,谈情说爱的主人公键盘和鼠标在晨光聊天室里的行为表现完全符合网络聊天的特点,网络的自由性允许彼此的欲望表露而不受或少受道德舆论的谴责。因此,在虚拟的网络爱情中,鼠标对键盘的年龄极端不满意之后,"在键盘的一阵惊异中,鼠标扭动着圆润的小屁股最小化了"可谓神来之笔。当然,这样的诗歌试验的独创性意味着不可能进一步地模仿和复制,但网络诗歌不同路向的探索组成的创新大军,就会在狂欢化的氛围中形成百花齐放的繁荣局面。

[①] 张德明编:《网络诗歌研究》,中国文史出版社 2005 年版,第 9 页。

第九章　网络诗歌的狂欢化审美形态

第二节　仪式的脱冕加冕:审丑化形态

　　网络诗歌审丑化的美学形态在参照标准和审美观念上形成了不同于纸质诗歌的一面。从参照标准来看,纸质诗歌的审丑化是以审美的等级标准为参照系的,丑作为美的陪衬最多起到绿叶的烘托作用,在诗歌王国中处于备受压制的二等公民的位置;网络诗歌的美丑不再是具有高低等级的审美范畴,美并不具有天然的优越性对丑发号施令,丑也没有必要妄自菲薄自惭形秽,二者在网络自由的天空中是平等的关系。从审美观念观之,纸质诗歌对现实生活中"丑就在美的旁边,畸形靠近着优美"(雨果语)的客观存在,一定要采取"化丑为美"的艺术升华形式才有资格进入诗歌神圣的殿堂,在美丑混杂的诗歌意象中,丑的意象不能以本真的面貌和独立的资格取得合法的地位;网络诗歌的狂欢化的目的就是打破美丑不能并立的等级限制,让丑的本体价值和本真面目受到平等对待。为此,网络诗歌采取的是狂欢节对代表不同的价值观念的事物的脱冕加冕仪式,也就是说,让神圣、崇高、优美、高雅的事物和意象由高高的云端委泥于地,其所代表的神圣不可侵犯的正价值通过"祛魅化"的方式展示出内在的破绽之处,目的就在于对雅致化的审美意象附加的文化和道德的釉彩尽量剥离开去,流露出事物本源意义上的真实面目。与此相对,让滑稽、丑陋、粗俗、下流的为人们所不齿的事物和意象加冕升值,通过上下相倾、正反颠倒的眼光和视角或者是赋予贬义以特殊的褒义等各种方式,从不值一提的审美蕴含中寻绎出富有生机和活力的一面,从而以审丑化的美学形态显示出不同于纸质诗歌的风貌。如网络诗歌中出现的"偶像""天才"等正面意象的脱冕化和"白骨精""蠢材"等反面意象的加冕化就是很生动的例子。

　　网络诗歌的脱冕加冕仪式实际上开辟了另一种非常规、反逻辑的思维渠道,对传统诗歌的审美形态的颠覆和消解,打开了观察和思考诗歌美学的求异思路。实际上,诗歌的狂欢化遵循的"狂欢节的逻辑——这是反常态的逻辑、'转变'的逻辑、上与下及前与后倒置等等的逻辑、戏谑化的逻辑、戏耍式的加冕和脱冕的逻辑……他废旧立新,使'圭臬'有所贬抑,使一切降之于地,附着于地,把大地视为吞噬一切,又是一切赖以萌生的基原"①。这也就意味着反逻辑的审丑化并不是传统美学意义上的反题写作,而是让高雅的艺术从地母安泰身上汲取生命的养料,"礼失而求诸野"的雅俗互补之道,同样可以转移到对网络诗歌狂欢带来的审丑化、粗鄙化审美形态的评价上。解构与建构的消长也意味着错综复杂的美丑形态采取多元共生的平等方式,才最符合网络诗歌的审美之道。总体来看,网络诗歌审丑化的形态主要表现在三个方面:一是从诗江湖到垃圾派的先锋极端实验所表现出的崇低化的审美形态,审丑作为实验的底线挑战着传统诗歌的审美容忍界限的同时,具有的生机和活力、优长和缺陷也是有目共睹的;二是网络诗歌打破传统中庸的哲学观念,不惜以极端的审丑方式对诗歌的审美形态矫枉过正,因此造成了审丑一枝独秀的偏至局面;三是设置佯谬的小丑对冠冕堂皇的事物采取梅尼普讽刺的方式,使丑陋低俗和优美高雅的事物和现象发生价值的颠倒。

一 先锋的极端:从"下半身"到垃圾派

先锋的悲剧性就在于时刻处于前文本影响的焦虑之中,对于网络诗歌而言,要打破几千年的传统文化和文明的积淀对诗歌的审美意象和审美形态的影响,不仅要把公认的经典诗歌作为艺术形式和审美观念创新的假想敌,还要把变动不居、正在走向成熟定型的先锋诗歌自身作为挑战的对象。这样,网络诗歌的先锋性本身所包含的未完成性、不确定性、创新性、超前性等审美质素,迫使诗歌在先锋之路上剑走偏锋狂奔而去,在网络提供的狂欢语境中将崇低化的审美形态推向极致和绝境。当然,先锋诗歌的狂欢化是由自身反叛性的特点和性质决定的,"先锋具有尖锐的彻底的文化批判精神,它始终保持着对于主流文化的挑战者姿态,对一切现成的理性逻辑和社会秩序都报以怀疑态度"②。在这一点上,网络诗歌对等级制的颠覆和审美观念的挑战确实得益于传播媒介提供的狂欢平台,网络作为一道天然的屏障隔开了传统的审美形态对诗歌王国的统治,为审丑的先锋探索提供了比较广阔的空间。

"下半身"以肉体为核心的理论主张,目的是借助原始生命的粗俗野

---

① [俄]梅列金斯基:《神话的诗学》,魏庆征译,商务印书馆2009年版,第144页。
② 温儒敏、赵祖谟:《中国现当代文学专题研究》,北京大学出版社2002年版,第338页。

第九章 网络诗歌的狂欢化审美形态

蛮的非理性力量对"上半身"的等级压制发动革命。文明与野蛮的势不两立，无疑意味着诗人将难登大雅之堂的生殖肉身作为核心意象进军诗歌王国的雄心壮志。他们认为传统的文化知识的承载和积淀，已将活生生的肉体异化为软绵绵的文化躯壳，感受不到动物性存在的下半身。"而回到肉体，追求肉体的在场感，意味着让我们的体验返回到本质的、原初的、动物性的肉体体验中去。我们是一具具在场的肉体，肉体在进行，所以诗歌在进行，肉体在场，所以诗歌在场。仅此而已。"[①] 由此可见，这种祛除文化、知识、思想、道德的下半身写作是以上半身为假想敌的反题写作，极端的先锋策略体现的身体伦理观念就具有狂欢色调。"从肉体开始，到肉体结束"的理论宣言和诗歌创作之所以在网络上引起轩然大波，与他们把"舍生取义""杀身成仁""存天理，灭人欲"等价值观念的高低等级颠倒有密切的关系，纯粹的肉体作为丑陋的意象上升到具有拯救诗歌发展的本体意义上来，脱冕和加冕的价值落差所具有的狂欢性清晰可见。对于按照传统的审美标准判定的丑的物质——肉体形象，在巴赫金看来"即与现实生活及非狂欢化作品中崇高的、精神层面的形象相对的一种狂欢化形象，其特点就是追求世俗的享乐和感官的、生理欲望的满足，以及欢快畅达的情感体验"[②]。因此，对JJ、外阴等男女生殖器官不厌其烦的端详，对性场面、性过程和性感受的细致描绘，"干""操""弄""日"等表现性爱的粗俗词汇，"梅毒""淋病""艾滋病"等性病的医学术语都堂而皇之地进入网络诗歌，审丑成为先锋的创新性和反叛性的灵丹妙药。一时间，下半身写作的崇低化审美形态借助网络的迅捷传播，产生了心理学所说的"破窗效应"。

不管"下半身"宣言的先锋策略将"婴儿与洗澡水一起泼掉"的效果如何，但极端的理论主张吸引的"眼球经济"还是非常符合网络特征的，再加上相关的肉体化的诗歌实验，引起的轰动效应自在预料之中。综观下半身的网络诗歌，反抒情、反意象、反审美的丑化形态打着还原肉体本真面貌的旗号而大行其道。如沈浩波的原创诗《事实上的马鹤铃》，对于娶患艾滋病的妻子并与之同房还要戴具有文明象征的避孕套这

---

① 沈浩波：《下半身写作与反对上半身》，《诗歌民刊"下半身"》2000年创刊号。
② 周卫忠：《双重性·对话·存在——巴赫金狂欢诗学的存在论解读》，陕西人民出版社2007年版，第9页。

件事情，诗人刻意运用农民粗俗的行为方式和审丑的美学形态来表现："娶她的男人没听说谁因为操自己婆娘而得病的/事实上对于一个农民来说操婆娘还要戴个橡胶套子/这在事实上比死亡还他妈不可思议"。《姐姐去了南方》借小德小时候看到姐姐被流氓侮辱的创伤性记忆为由头，不厌其烦地谈论女人的屁股："头几年，小德/从来不嫖屁股大的/有人说他/就喜欢尖屁股的女人"。南人的《我的下半身》使用虚拟的语气，更是为了凸显两条腿之间的非文化写作的目的："如果从肚脐眼开始算起/我会把它当作眼睛/像老婆一样/整日里看紧那两条大腿/往哪里走/往哪里靠"。伊沙的《阳痿患者的回忆》聚焦于患者性爱中最不堪回首的一幕："她在交媾中的习惯/造成了我的软"，他的《梅花：一首失败的抒情诗》堪称狂欢化诗学中脱冕和加冕的典型个案："我也操着娘娘腔/写一首抒情诗啊/就写那冬天不要命的梅花吧//想象力不发达/就得学会观察/裹紧大衣到户外/我发现：梅花开在梅树上/丑陋不堪的老树/没法入诗那么/诗人的梅/全开在空中/怀着深深的疑虑/闷头向前走/其实我也是装模作样/此诗已写到该升华的关头/像所有不要脸的诗人那样/我伸出了一只手//梅花梅花/啐我一脸梅毒"。梅花作为四君子之首的神圣、高洁、雅致的文化品质，正是文人骚客诗兴大发、抒发自己情感和志向的最佳载体，以致不是现实生活中的梅花而是凭空想象的梅花成为诗人精神品格的寄托之物，其中的文化意味是不言而喻的。所以在这首诗歌中，作者将文化的釉彩剥离之后，刻意表现的是丑陋不堪的无法入诗的梅花，同时将梅毒加冕表明是梅花啐给我的礼物，不同的事物价值颠倒之后呈现的审丑形态已昭然若揭。

其实，"下半身"诗歌将肉身化的审丑形态作为先锋的制胜法宝是很成问题的，采取二元对立的思维方式将一个完整的人割裂为上半身和下半身，正如将人的理性和感性、意识与潜意识、形而上与形而下等不可分割的品质进行条分缕析地阐释一样，无论在理论上还是在实践中都是不可能的事情。况且诗歌可以表现的感官化的审丑也是语言文化积淀的产物，刻意地反传统、反文化、反理性就会造成反"下半身"诗歌的逻辑悖论问题，就像拔起自己的头发要离开地球一样荒唐可笑。一方面，当诗歌对身体的表现都采取下半身的肉欲化书写方式之后，就会让千差万别的身体成为概念化、模式化书写的工具，审丑意义的先锋性成为众人模仿的对象之

第九章　网络诗歌的狂欢化审美形态

后就失去了革命合理性的意义，正如"下半身"的代表诗人朵渔所反思的那样："这里的身体，都是没差别的身体，它们被扩大、被夸张，成为被'先锋'雇用的陈词滥调的腐尸。""首先确立一种平庸的身体伦理，然后通过对身体的某一部分的怪异的强调与变形，挑衅这种平庸伦理，试图通过一种触犯众怒的伦理暴力，来使自己的写作获得意义。此时，身体成为不折不扣的工具，从对抗一种道德专制中建立起另一种道德专制。"① 另一方面，肉身化的赤裸裸地抒写暗中吻合了消费文化中的身体欲望化的需求，成为大众化审美中不可或缺的一道亮丽的风景。"在消费文化中，人们宣称身体是快乐的载体；它悦人心意而又充满欲望，真真切切的身体越是接近年轻、健康、美丽、结实的理想化形象，它就越具有交换价值。消费文化容许毫无廉耻感地表现身体。"② 这样，先锋的超前性的创新追求竟成为消费文化以"他者"眼光窥视和消费的对象，其中的吊诡之处确实很耐人寻味。

"下半身"诗歌很快就面临难以为继的发展结局，可以说是先锋诗歌极端写作的宿命，网络的大众化和狂欢化带来的审美形态的易变性很快将陌生新鲜的东西变成陈旧的垃圾。到肉身为止的审丑形态在美学的王国中不再时髦之后，垃圾派在此基础上将诗江湖的"下半身"主张进一步推向审丑的极致。从老头子《垃圾派宣言》中确立的垃圾派诗歌遵循的三原则不难看出其先锋的路向和狂欢的色彩："第一原则：崇低、向下，非灵、非肉；第二原则：离合、反常，无体、无用；第三原则：粗糙、放浪，方死、方生。"也就是说，垃圾派诗歌对灵与肉、生与死、离与合，这些理性逻辑认为界限分明的事物和现象，采取了狂欢的非逻辑的模糊判断，在网络这个狂欢化的时空体中，"神圣同粗俗，崇高同卑下，伟大同渺小，明智同愚蠢等等接近起来，团结起来，定下婚约，结成一体"③。崇低、向下的审美形态和价值观念正是垃圾派打破"下半身"的界限，进一步从不为人启齿的丑的形态中挖掘先锋的资源；粗糙、放浪的原生态针对的是生

---

① 朵渔：《意义把我们弄烦了》，人民文学出版社2004年版，第180—181页。
② 汪民安、陈永国：《后身体：文化、权力和生命政治学》，吉林人民出版社2003年版，第331—332页。
③ ［苏］巴赫金：《巴赫金全集》第五卷，白春仁、顾亚铃译，河北教育出版社1998年版，第162页。

命遭受文化的压制和阉割所提出的补救之道，目的都是凸显生命的狂欢所具有的生机和活力。

理论的夸大和实验的渺小之间的悖论蕴含，也是所有网络诗歌流派为占领山头和争夺话语权面临的瓶颈问题，垃圾派也不例外。赛博空间的狂欢为垃圾派诗歌无所顾忌的出场提供了展示自身魅力的舞台，皮旦、管党生、余毒、徐乡愁、小月亮、小招等垃圾派诗人的作品，并不都体现了理论宣言的宗旨和精神，为垃圾而垃圾的审丑形态已失去了先锋诗歌的革命意义。无论在意象的选择还是在喋喋不休的表达方式上，垃圾派诗歌的自我重复在网络即时搜索中得到了触目惊心的展示，一旦画地为牢自我束缚，先锋至死的悲剧结局也就不远了。对于垃圾派来说，"以极其巨大的当量，一上场就来了一个核爆炸式的冲击波的流派"（红尘子语），显然具有自我吹捧和抬高的意味。认为自己的写作才真正从藏污纳垢的地母身上获取艺术的营养，寻求到先锋诗歌创新的广阔空间实在是不符合事实的一厢情愿，但这种比谁更低的审美形态带来的泥沙俱下的狂欢现象却值得深思。

二 美学的偏至：审丑一枝独秀

巴赫金认为："狂欢式所有的形象都是合二而一的，他们身上结合了嬗变和危机两个极端：诞生与死亡（妊娠死亡的形象）、祝福与诅咒（狂欢节上祝福性的诅咒语，其中同时含有对死亡和新生的祝愿）、夸奖与责骂、青年与老年、上与下、当面与背后、愚蠢与聪明。"[1] 因此，对丑陋的意象举行加冕的仪式，实在是因为看到了狂欢的形象本身就是一个矛盾的复合体。在正统理性的标准之下，对于丑的形象具有的正价值和积极意义是备受压制和漠视的，处在边缘的位置也就无法将正面的能量充分地展示出来，而且人们在理性的浸染下形成的先入为主的审美偏见也将丑的形态打入冷宫。于是，他提出狂欢化理论对充满正统意识的等级观念进行颠覆的时候，是抱着不破不立的心态，对处于边缘状态饱受压制的生殖、交媾、屎尿等丑陋的意象采取加冕的仪式，是一种策略而非终极目的，并没

---

[1] ［苏］巴赫金：《陀思妥耶夫斯基诗学问题：复调小说理论》，白春仁、顾亚铃译，生活·读书·新知三联书店1988年版，第180页。

第九章 网络诗歌的狂欢化审美形态

有对审丑的极端发展造成的美学的偏至采取合理的补救措施。可这样一种狂欢化的审美形态遇到消费化、欲望化、虚拟化的网络生态环境，二者观念和特征的契合为众多的网友借助诗歌的形式释放力比多提供了方便，网络的匿名化、虚无化、隐身性使众多的网络诗人脱去了现实人格文质彬彬的面具，而将形而下的赤裸裸的欲望不加掩饰地融入诗歌文本，导致网络诗歌的丑陋意象和审美形态成为占据中心地位的风景。不过仔细辨别网络诗歌审丑化的极端发展产生的不同形态，可以发现两种情况：一种是诗人将网络当作可以安全发泄内心欲望的窗口，将在快速化、工业化、信息化、商业化的现代或者是后现代语境中产生的心理压力反弹到诗歌的审丑形态中去，并不去寻求诗歌文本的微言大义或者在理论形态上进行归纳实验。另一种是有目的、有步骤、有理论、有旗号的网络诗歌团体打出的极端化的反叛实验，他们将传统的纸质的审美形态作为进行诗歌实验的假想敌，采取二元对立的方式对其进行极端的颠覆解构。如"下半身写作""垃圾诗派""口水诗"等诗歌的审丑实验都是如此。

对于审丑的美学形态，并不是从网络诗歌诞生之日起才成为诗歌美学的一个组成部分，在西方诗歌的审美嬗变的历程中，波德莱尔的象征诗集《恶之花》就对资本主义社会文明发展过程中出现的病态现象，从审丑的视角予以关注和表现；在中国第三代诗人崛起的时候，也把生活现象的粗俗无聊、生命状态的欲望表露、人为制造的畸丑景象，以对美亵渎的心态刻意表现丑的事物和现象的丑不可耐、俗不可耐的一面。如"裂变"派胡强的诗歌《在医学院附属医院候诊》："苗条护士没有五官她丰腴的臀部贴在/城市那涔涔粗俗的大腿上/呕吐物从我们的嘴角里流溢出来城市微笑……"野牛的《闭目·迷幻·美》："我顶着那块西瓜皮/盘膝打坐/赤裸裸的身躯沐浴着/正午的太阳/臀下是一片/广袤无垠的垃圾场"。但这些丑的审美形态的艺术探索与网络诗歌相比还是有许多不同之处的，他们是怀着客观冷漠的态度（所谓的冷抒情）和游戏调侃的心态对丑进行刻意的表现，有点为丑而丑的恶俗味道；网络诗歌的丑的表现更多地具有一种正面价值的色彩，对加冕之后的丑的意象的艺术表现拓宽了诗歌的发展道路。

"我们知道，在人类的审美实践中，任何一种审美创造都不只是一部作品的诞生，而且还是一种美学观念的诞生。当艺术家把一件前所未有的作品创作出来时，人们不仅观看这件作品，而且要联想到，如果他把这种东西也称为作品，他的艺术观显然不同于传统。"① 因此，对于网络诗歌审丑形态的大行其道，也是人类的审美实践中出现的一种美学观念的嬗变。对于屎、尿、屁、尸体等丑的意象在网络诗歌中以集束手榴弹的形式产生的爆炸效果，在冲击人们固有的艺术观念的同时，更需要对为何产生和怎样产生的原因进行细致的分析。当然，审丑的集中爆发与网络媒介的自由宽松的氛围和生命的狂欢提供的动力支持有密切的关系，网络的海量信息对没有特色的诗歌迅速埋没产生的焦虑意识，也促使网络诗人将审丑作为吸引眼球的杀手锏。在理论上，传统的庄子哲学"道在屎溺"的观点作为一种文化原型，对诗人潜意识中的逆反和亵渎心态具有的影响力是显而易见的；现代的巴赫金的狂欢诗学对诗歌审丑的大行其道更是提供了理论保障，丑的革命性意义就来源于巴赫金独到的理论发现。在效果上，对丑的高频词的反复使用刺激网民的神经产生的审美效应就会提高诗歌的点击率和知名度，于是审丑一枝独秀的现象在网络诗歌中就成了最为醒目的美学标志。

如果采取文本细读的方式对网络诗歌中丑的高频词进行统计分析，不难发现，屎无论是在题目上还是在表现的内容上都是占据第一位的。随手拈来的有皮旦的《屙屎》《擦屁股的》《吃屎节》，徐乡愁的《人是造粪的机器》《拉》《拉屎是一种享受》《屎的奉献》《拉屎是第一件大事》《春播马上就要开始了》《在荒郊野岭》，管党生的《真正的屎在联合国的餐厅里面》，小月亮的《我要把诗写在屎上》，虚云子的《我喜欢到处拉屎》，等等。在这里，回归原始本能的拉撒是不能用传统的"粗俗的自然主义""生理主义"之类的大而无当的术语来概括的，必须摒弃有限的主流的审美形态对网络诗歌的审美越界现象进行错位的分析。从诗歌表现的价值观念来看，"粪便"是健康的肉体维持正常的生命运转所必不可少的新陈代谢的产物，本身就具有新旧更替的含义，在狂欢化的氛围中粪便是"欢乐的物质形象"②。因此，"粪便形象丝毫也不具有今日人们加诸于它的那种日常生活的、狭义生理学的意义。粪便是作为肉体与土地生命中的重要方

---

① 潘知常：《反美学：在阐释中理解当代审美文化》，学林出版社1995年版，第3页。
② ［苏］巴赫金：《拉伯雷研究》，李兆林等译，河北教育出版社1998年版，第256页。

第九章 网络诗歌的狂欢化审美形态

面、作为生命与死亡斗争中的重要因素被接受的,它参与了人对自身物质性与肉体性的活生生的体验,这种物质性与肉体性是跟土地生命不可分割地联系在一起的"[①]。在这方面,徐乡愁的《拉屎是一种享受》就非常形象地诠释了巴赫金的狂欢理论,对两会是不是成功召开、美国该不该打伊拉克、口袋是否小康、农民是否减负之类的宏大的政治命题统统抛之脑后,理性对肉体的控制暂时解除之后获得的是狂欢般的快乐,所以"我现在最要紧的是/把屎拉完拉好/并从屎与肛门的摩擦中获得快乐",屎成了快乐来源的象征;屎在他的笔下还具有指示鲜活的生命所在和祛除恐惧焦虑的功能,他的《在荒郊野岭》认为,如果你到了"前不挨村后不着店"的荒郊野岭感到害怕恐慌,既"怕强盗打劫"又"怕鬼狐缠身",那么"这时候/你突然在路边发现/一泡热气腾腾的鲜屎/一种安全感便油然而生/有屎就有肛门/有肛门就有人烟/转过山梁就是",屎成了生命的象征。当然,屎在崇低化的审美形态中包含的正面意义和价值功能也是多种多样的,它扎根于大地深处获得的旺盛的生命活力、奉献的鲜美果实和美好形象也是有目共睹的。在地母的怀抱里,香和臭、美和丑、鲜花和粪便等性质相反的东西都奇妙地组合在一起,成为我中有你、你中有我的整体,传统的审美观念再也无法采取二元对立的方式把它们分解开来。因此,对祖国的奉献,网络诗歌表现的是鲜花背后默默供奉养料的粪便,而不是光彩照人的鲜花。如小月亮的《我的新中国是什么样的?》:"我的新中国是什么样的?/我们都在把它建造,/我看见有人说:'给它一些鲜花,/它就会无比美丽。'/可是垃圾派人说:'我们给它大便,它会生长万物。'"这里,屎作为本体形象的审美意义在于,它扮演了戳破皇帝的新装中的天真无邪的儿童角色,对生命相互依赖、相互作用的循环链条实事求是地揭示了出来。对审丑,"巴赫金认为,狂欢化文学不避讳生活中的丑陋和肮脏,要在各种边缘化的情境中表现人生的真实面目、揭示人生的真谛"[②]。可以说,网络诗歌对屎的刻意抒写和强调,确实展示了生命状态中某些被理性遮蔽的本真面目。

网络诗歌除了通过屎尿、肛门、生殖器、呕吐物、腐烂物等不堪入目

---

① [苏]巴赫金:《拉伯雷研究》,李兆林等译,河北教育出版社1998年版,第257页。
② 李小鹿:《〈克拉丽莎〉的狂欢化特点研究》,北京大学出版社2007年版,第108页。

的形象，表现审丑的美学形态之外，还喜欢不厌其烦地描绘人或动物的尸体意象，对生命的意义进行反思和叩问。尸体的丑陋和死亡的恐怖产生的惊悚的美学效果也是狂欢化诗学追求的目标之一，在生命与死亡的价值颠倒中形成的震惊、虚无、荒诞的心理无疑为非理性的狂欢出场准备了条件，"方死方生""向死而生"等哲学观念显然都具有脱冕加冕的狂欢意味，"这就使狂欢化的作品经常关注死亡，因为在生死的边沿上特别适合对人生进行旁观性的审视和反思、讨论人生的本质性问题"[①]。对于网络诗歌中不断出现的死亡形象显然也可以作如是观，因为网络提供的狂欢空间，为"未知生，焉知死"的儒家文化熏染的民众提供了逆向观照生命的价值和意义的平台，尸体作为生命终结的意象在审丑的形态上确实呈现出新的特征。李红旗的《风景》从秋天地里的庄稼对死亡没有一丝恐惧的生命态度，联想到等我们老去，大地也会一视同仁地收下我们的身体谈起，尽管对衰老的尸体的丑陋不堪进行了审丑形态的观照，但死亡之后会在涅槃中再生的乐观精神是不言而喻的，"有一天，我们都老了/大地收下了我们的身体/破旧的眼睛被同样破旧的眼睑/疲倦地盖上，再等待/天空来收拾我们的'灵魂'/只有乌鸦穿过这一切/落在残败的大地上/大胆地——歌唱"。徐乡愁的《拉出生命》对抱有"绝望和希望同为虚妄"的虚无麻木的心态，用丑陋的意象予以表现的同时，也为冷静地注视并反思生命的意义提供了一个切入点："而我早已把时间给杀死了/灵魂就像大便一样/被我很容易地排出体外/只剩下一具活尸/在人间孤注一掷地死着"；他的《你们把我干掉算了》对"我"作为一具"活尸"的各个组成器官都开始腐烂的情景作了逼真的描绘："我的头颅开始腐烂/头发和头屑不停地下掉//我的五官开始腐烂/眼屎鼻屎耳屎大量分泌/我的心脏开始腐烂/面对一个伟大的时代也无动于衷/我的骨头开始腐烂/腐烂深入骨髓腐烂开始长蛆/我的鸡巴也开始腐烂了/我懒得去操这个装逼的世界"。在典型的审丑形态的描绘中却会产生一种震惊的审美效果，粗俗的语言和崇低化的审美形态一下子剥去了现实世界中太多富丽堂皇的伪饰，"我"成为"活尸"的不作为就成为观察世界的探测器，恶心的意象中所包蕴的积极意义是不言而喻的。皮旦的《解剖课》《葬礼》都秉承了垃圾派的精神，对尸体作了审丑化的

[①] 李小鹿：《〈克拉丽莎〉的狂欢化特点研究》，北京大学出版社 2007 年版，第 108 页。

第九章 网络诗歌的狂欢化审美形态

描绘，但他的长诗《尸体》对生命由"他者"旁观性到"自身"体验性的转移，确实体现了人就是生死矛盾统一体的狂欢化观念："这是医院的停尸房／我的大哥死了／接到通知后我就来找我的大哥／他的身体本来就小／死后想必更小／绕过那些一眼就能看出的属于／其他人的尸体／我在认真地寻找／我感到我也是在寻找自己"。由此观之，网络诗歌中的死尸意象确实需要用审丑形态的积极意义来评价，除了故意恶搞造成的为丑而丑的极端形态之外，丑陋的意象应分别对待才符合网络诗歌的审美形态多元混杂的实际情况。

网络诗歌美学的审丑形态在失去了审美的制衡机制之后，打破传统的审美和道德底线的极端发展成为备受诟病的原因之一。审丑形态变成一个硕大的筐子，成为诗歌三句话不离本行的制胜法宝，刻意拉开了与纸质诗歌的审美距离是应该保持警惕的。特别是诗歌借助网络媒介的优势向垃圾的深处挖掘最难以忍受的丑恶意象，又在互联网上以丑为武器相互攻讦的时候，就将诗歌丑的形态的正面内涵稀释净尽。最典型的当属垃圾派诗人徐乡愁的屎诗系列，如果说他的《屎的奉献》和《我的诗歌必将载入屎册》尽管屎屁连篇"屎是米的尸体／尿是水的尸／屁是屎和尿的气体"，"坚持在拉屎之前先放一个屁／坚持用我写过的诗稿擦屁股"比较恶俗，但"庄稼一枝花／全靠粪当家／别人都用鲜花献给祖国／我奉献屎"毕竟带有脱冕和加冕的正价值，那么典裘沽酒针对他的这两首诗写的审丑大比拼之类的游戏调侃的应答诗，只具有狂欢的躯壳而失去了审丑形态的积极价值："想起徐乡愁的诗系列／就感觉这家伙太爱屎了／就想起他的你们贡献粮食／我贡献屎的诗句／我就想用屎糊在他的脸上／糊在他的近视眼镜上／让他真切地感受屎／再写出的屎诗就能进入文学史／虽然他会用四川话骂我／典裘沽酒你这个锤子／我日你先人板板／我就笑着说／乡愁娃娃，要得，要得"。作为一个典型个案，从中不难窥破网络诗歌的审丑形态如何由小到大发展成为气候的。审丑的叛逆意识一旦冲决理性的堤坝肆无忌惮地传播开来，形成的网络狂欢氛围就具有强烈的感染力，网络的即时互动效应就会推波助澜，将更多不堪卒读的诗歌发表出来。

所以，对网络诗歌审丑的美学形态也要采取辩证的态度和一分为二的观点来衡量和评价。从积极的意义方面来看，"它嘲弄、颠覆、消解、悬置一切妨碍生命力、创造力的等级差异。它是与官方文化和精英文化对立的反文化、俗文化、大众文化"①。通过美学形态的价值颠倒,将诗歌的生命之根深扎于大地的沃土之中,对高雅的精英写作造成的诗歌美学的苍白无力的现象确实起到了补偏救弊的作用。但瑕不掩瑜,网络诗歌的审丑由于没有纸质诗歌审查制度的限制和传统的伦理道德底线的约束,为丑而丑的恶俗和生命不能承受之轻的审美感受,就成为挑战读者阅读期待视野的致命伤,其消极的意义是无法掩盖的。如皮旦的《两个流浪汉打了起来》所表现的两人性急之下的屎战就很具有恶俗的意味:"两个流浪汉几乎/同时变成了大便发射架/他们是那样地勇敢/为了各自的梦想,他们决心/屎(不是血)战到底"。对在肮脏的厕所之中发生的肢体冲突作了淋漓尽致的描绘,其目的和价值意义何在?无论是为了展示大便的脏臭和生命的虚无之类的审丑内涵,还是用大便隐喻生命之类的微言大义都不能给人舒服的感觉,难道这就是诗人所追求的审美效果吗?更需要注意的是,抽离了生命关怀和伦理底线的审丑已成为诗歌中最丑恶的风景,丑的悖论逻辑会把自己葬送在万劫不复的深渊。沈浩波的《乞婆》就是一个比较典型的例子,在网络特殊的时空里,诗人对一个无家可归的乞婆极尽丑化之能事,唯独缺少对备受苦难折磨的弱势群体所应抱有的深切关怀和同情的悲天悯人的情怀:"趴在地上/蜷成一团/屁股撅着/脑袋藏到/脖子下面/只有一摊头发/暴露了/她是个母的//真是好玩/这个狗一样的东西/居然也是人"。这样的审丑已失去了狂欢化所具有的对理性和权威颠覆的革命性意义,人们也有理由追问审丑的形态底线到底在哪里。

三 佯谬的小丑:正反价值颠倒

狂欢化审美形态中离不开傻瓜、骗子、小丑之类的形象,他们的逆反思维和脱离常规的生活方式作为一面镜子,照出了理性生活中遵循的刻板规则对人性的戕害和异化的本真面目。在网络诗歌中,虽然很少采取长篇叙事诗的形式塑造出鲜活的傻瓜和骗子的角色,但诗人无所顾忌地宣泄和审丑的心态,也会化身小丑以第一人称"我"的形式出现在诗歌中。小丑崇低化的价值观念显然更多地关注生活现象的反面,怀着不信任的心态质疑美丽的现象背后可能隐藏的丑陋的陷阱和阴谋,这种对事物和现象的正

---

① 刘康:《文化的喧哗与对话》,《读书》1994年第2期。

第九章 网络诗歌的狂欢化审美形态

反两面都要认真观察，尤其要仔细看反面的思维方式就是典型的狂欢思维。因为"狂欢思维恰恰主张'翻过来看'，即连同其正面与反面一起来看，亦即不是线性地、平面地看，而是立体地、多维地看"①。这样，当佯装无知的小丑以边缘化的姿态看待冠冕堂皇的事物和现象的时候，往往从麒麟的马脚处入手，寻绎出习焉不察的细微之处所包含的逻辑悖谬，从而使正反价值颠倒。在西方，小丑的审美形态很类似于流浪的波西米亚人和发达城市中的捡垃圾者，边缘人的位置更多地看到了生活的丑陋和肮脏之处；在中国，快速迅捷的现代社会也将部分受过高等教育的学子甩出生活健康发展的轨道，他们以类似狂欢诗学中的小丑那样的边缘人自居。当他们敏锐地发现了与舆论宣传截然不同的另一种生活方式时，感悟到的生活的价值观、道德观和审美观就会迥异于常态，写成的网络诗歌在表达"言为心声"的情感需求的同时，也形成了与纸质诗歌不同的审美风貌。栖身于网络的自由平台，流浪诗人与小丑打破了时空和地域的阻隔而具有异曲同工之处，二者都处在体制等级的下层，都喜欢以审丑的形态展示事物被遮蔽的另一种真相。这样，相似的处境、命运和价值观让众多的流浪诗人甘愿以小丑自居，借助于网络零门槛的自由发泄自己的心理感受。其实，网络诗歌中小丑的插科打诨比起自以为是的惯例和规则来，是包含着更多人性意义和普世价值成分的。

流浪诗人"生活在别处"的价值观念和处世心态使他们更具有强烈的变革意识，网络诗歌艺术中的审美形态的极端实验就是这种反叛思维的典型表征。流浪的变动不居的生活方式与狂欢思维具有天然的亲近感，他们都强调针对权威的"'不确定性'和'未完成性'，而权威一旦确立，必定求稳，容易僵化、呆板、缺乏创造力，导致认识出现误区和盲点。不仅如此，而且容易变为企图君临一切的'唯我主义'的自大狂。狂欢思维主张'快乐的相对性'，并以此捣毁绝对理念"②，因此，他们以丑为美的审美观念对网络诗歌艺术形态的拓展是有积极意义的，以"我"为主人公的佯谬的小丑，以丑为武器对审美观念的冲击也是有价值的。特别是在网络多元审美形态的文化语境中，各种审美观念和形态的动态博弈，为诗歌如何表

---

① 夏忠宪：《巴赫金狂欢化诗学研究》，北京师范大学出版社2000年版，第17页。
② 同上。

现现实、如何进行艺术探索、如何与生活对话等根本性的诗学问题提供了交流的机遇和条件。如曾德旷的原创诗《写在山地》,诗人自居为"佯谬的小丑"的角色,对时代的反常现象发出的质疑和询问,采用了非常近似梅尼普讽刺意义上的艺术技巧,小丑成为欲望化时代喧嚣浮躁、权力膨胀、人性异化的见证者。"我"只是"一个无足轻重的过客"的定位,长期像耗子一样"躲进无人光顾的角落"的生活方式,这样的边缘心态使我发现"我其实是一个诗人与小丑的混合物"。小丑的旁观视角能看到生活的欺骗、奸诈、丑恶的一面,在美丽和真诚的背后呈现出变戏法式的真假难辨的面貌:"生活依然在欺骗中前进/那自称观人的,其实仍是帮凶/那登上舞台的,依然还是野兽",所以诗人的笔触对习以为常的丑陋意象作艺术观照,并采取相对性的狂欢思维方式使事物的价值呈现出矛盾的状态,而不作凝固的理性的道德价值判断:"但是仍有肮脏的手/从纯洁的摇篮伸向坟墓/耗子在木柜中啃吃粮食/嘎嘎的声音像是诅咒又像赞美/我不知道,对这样一种小动物/是否应该同情。然而今夜/无论如何让我暂时与其结盟"。诗人到处流浪积淀的丰富的生活经验使他以小丑自居的时候,才发现,"所谓桃花源/其实并非处处都是桃花","时间离开之际/生活的旋涡/依然像没有生殖能力的精子","生活是一袭华美的袍,爬满了蚤子"(张爱玲语)的丑陋之处,用崇低化审美形态的"没有生殖能力的精子"作比喻确实恰当。此外,管党生的《不对头》《在中国行走100天》也是采取小丑怀疑的眼光和视角思考所遇到的现象和问题,"小便""性病""装逼"之类的审丑意象往往具有直抵生命深处的力度。撕开聪明人优雅的面具所包藏的斤斤算计、尔虞我诈、蝇营狗苟的卑劣之处,小月亮的《我就是你们说的愚人》宣称:"我不想做聪明人/那样的人太累了,每一天要算账/甚至算账到黑夜,夜里睡不好/总是要失眠……不管做什么事情/单单把自己的利益想,既害怕丢掉了钱财/也害怕丢掉了名誉和地位"。在这里,用聪明人的精明标准来衡量马马虎虎的愚人,当然是不值一提的不求上进的小丑而已。可通过不谙世事的小丑之类的行为表现,作为一种参照却对美丽背后的丑陋、优雅中包藏的粗俗、善良中孕育的恶毒、诚实中暗含的奸诈造成了一种潜在的颠覆力量。正如巴赫金所说:"对付可怕的弥天大谎的,是骗子风趣的小骗局;对付利己主义的是假造和伪善,是傻瓜并无私心的天真和正常的不理解;对付一切陋习和虚伪的是小丑(通过讽

第九章　网络诗歌的狂欢化审美形态

刺模拟）进行揭露的综合形式。"①

小丑的违反常规逻辑的插科打诨，往往带有"将那无价值的东西撕破给人看"（鲁迅语）的喜剧色彩。通过正反颠倒的形式显示的另一种生活样态就具有明显的狂欢色彩。因为狂欢就是反逻辑的，如"物品反用，如反穿衣服（里朝外）、裤子套到头上、器具当头饰、家庭炊具当作武器，如此等等。这是狂欢式反常规反通例的插科打诨范畴的一种特殊的表现形式，是脱离了自己常规的生活"②。网络诗歌在挑战政治权力话语的权威和触及传统道德底线的时候，往往采取小丑的崇低化的审丑形态，摆出"我是小丑，别跟我计较"的卑下姿态，把价值为空的高高在上的事物和现象重新颠倒过来，在"破"与"立"的辩证关系中重新思考事物的价值和意义。在这方面，最为典型的是徐乡愁的诗歌《我倒立》，诗歌先是展示肉身化的倒立行为会产生怎样的效果，借以表现小丑的恶作剧的可笑样态："当我倒立的时候/我就用头走路/用脚思想/用下半身吹口哨/用肚脐眼呼吸"，用类似袁水拍的《马凡陀山歌》的主客体颠倒的方式，博得人们的哈哈一笑。但小丑为搞笑而搞笑的游戏态度显然不是诗人青睐的对象，当他秉承狂欢化的反叛精神，把发生关系的主客体的颠倒变为带有浓郁的意识形态色彩的先后次序和等级身份的颠倒，把《马凡陀山歌》讽刺国民党的黑暗统治造成的物价上涨、民怨沸腾的丑陋现状，转变为对社会主义价值观念的变形扭曲现象的嘲讽，并用丑陋的意象予以表现的时候，诗歌的审美形态确实呈现出另类的味道："我发现人们总是先结婚后恋爱/先罚款后随地吐痰/先受到表扬再去救落水儿童/先壮烈牺牲再被追认为党员/或者获荣五一劳动奖章/先写好回忆录/然后再去参加革命工作/先对干部进行严肃的批评教育/再去大搞贪污腐化/就像先射精后插入一样/先实现共产主义再建设社会主义"。佯谬的小丑对先吐痰违背规章制度后被罚款作为惩戒的因果关系，对先有救落水儿童的见义勇为行为后有对这种风尚的表彰也心知肚明，但是故意装作不理解才引出了对政治权力话语的挑战，当虚妄的权力话语与丑陋的意象并列在一起的时候，小丑的角色所具有的

---

① ［苏］巴赫金：《巴赫金全集》第3卷，白春仁、晓河译，河北教育出版社1998年版，第358页。

② ［苏］巴赫金：《陀思妥耶夫斯基诗学问题：复调小说理论》，白春仁、顾亚铃译，生活·读书·新知三联书店1988年版，第180页。

意义和功能是无法忽视的。因为"在骗子和傻瓜之间,作为两者一种独特的结合体的小丑形象,实际上是戴上了傻瓜面具的骗子,其目的在于用不理解来为对高调的语言进行揭露性的歪曲和颠倒作辩护"[①]。没有小丑崇低的眼光对阴暗和龌龊的事物深入挖掘和打捞,就不可能有丑的审美形态对惯常逻辑的不合理之处进行揭露和批判。

采用多媒体诗歌的形式表现小丑的价值颠倒对生活的启发更富有艺术上的新意,小丑的行为方式在图像和文字的相互衬托下显得更为鲜明和突出。在这方面苏绍连创作的多媒体诗歌《小丑》《催眠术》堪称代表,《小丑》在静止的面具和动态的白色人影的相互映衬下,对小丑在人们生活中的作用和影响,从正面价值方面给予了高度评价。小丑的价值颠倒作为一面镜子,对日常生活中时时上演的悲喜剧进行对比映照,留下回味的空间。因此,"小丑不死/他把笑和泪/留在我们的脸上/小丑不死/他穿过记忆/而在我们的脑中复活",这充分地说明了小丑在人们的日常生活中的重要作用,对充斥在生活空间中的大而无当的高调语言,小丑的颠而倒之、不合逻辑的疯言疯语对备受理性语言之困的现代人来说,确实起到了惬意开心的调剂作用。《催眠术》中的小丑在"睡"与"醒"之间的颠倒也带有狂欢的色彩,在夜深人静,"不能抗拒的一种力量,把空间催眠,把时间催眠。当一切都睡着时……""众人皆睡我独醒"的特立独行的方式,用常态的标准来衡量显然是一个典型的错误。默念睡眠口诀终于睡着之后,也就失去了对立一方的抗衡和制约,没有矛盾的生活状态是否就是保证人类生活幸福的永恒福祉,诗歌借助小丑的意象符码,对人如何才能诗意地栖居于大地进行了反思。

由此可见,网络诗歌作为一种独特的诗歌类型呈现的审美形态,绝不仅仅是媒介的变化就能解释清楚的。审丑的逆向思维固然有深刻洞穿现实生活的力度,但对审美的盲视和偏见绝不是打着"崇低"和"向下"的旗号就可以名正言顺。比如垃圾派的代表诗人徐乡愁写的《崇高真累》:"东方黑,太阳坏。/中国出了个垃圾派/你黑我比你还要黑/你坏我比你还要坏/在这个装逼的世界里/堕落真好,崇高真累/黑也派坏也派/垃圾,派更派/我是彻底的垃圾派/垃圾派就是彻底的我/要想我退出垃圾派/除非我退

---

① 夏忠宪:《巴赫金狂欢化诗学研究》,北京师范大学出版社 2000 年版,第 123 页。

出我"。戏仿经典的革命歌曲《东方红》的目的，就是对神圣崇高的事物脱冕，本来是具有狂欢化的积极意义的，但把"黑""坏""堕落"推向极端，并作为引导审美价值的旗号肆意宣扬的时候，就把审丑形态所具有的积极内涵给无限地稀释掉了。此时，诗歌更需要警惕的不是谁比谁更丑的向度和力度，而是网络诗歌能否在多元的审美形态中健康发展的问题。

第三节 民间的诙谐文化：雅努斯神的狂欢表征

如果从一种整体性的认知角度来看待网络和民间相互纠结的异质同构关系，不难发现网络实际上提供了比现实社会受逻辑规则限制的民间更为开放和自由的虚拟空间，不妨称为网络的民间。与现实在权力的边缘位置形成的生动活泼、藏污纳垢的民间文化相比，网络权力约束进一步淡化造成的泥沙俱下、多元混杂的局面更为明显。相比较而言，现实的民间文化在官方文化和知识分子文化的等级压迫下，只能采取诙谐的文化态度和审美形式作为弱者变形抗争的武器；网络的诙谐可以充分地接纳互联网上提供的中西方的文化要素，以达到为我所用的目的，没有中心和权威的压制带来的自由更多地具有狂欢的意味。正如有的学者所指出的那样："如果说传统的民间诙谐是一种'被压抑的反抗'，那么，网络时代的诙谐则是一种具有西方狂欢节气氛的'节日歌墟'。网络作为一个特殊的时空体，极具开放性，又极具包容性，所有的人都可在这里随意来往歇息，交流谈论，这里没有中心，没有制高点，它是众多中心与边缘的交汇，它也许将被规范化但绝不会体制化。"[①] 这样，网络提供的自由开放的媒介空间为民间诙谐文化的登台亮相提供了很好的机遇，"礼失而求诸野"的儒家文化传统在网络诗歌的诉求之声中得到了有力的体现。传统的礼节风俗、伦理道德、审美观念在现代文明冲击下造成的崩坏和坍塌，改革过程中手段和目的的错位对人性的戕害和异化，物质利益的分配不公和制度保障设施的不完善造成的草根阶层的心态不满现象，都在网民充分运用民间诙谐文化所作的讽刺性模拟的诗歌中得以展示。可以说在网络中，诗歌恢复了"饥者歌其食，劳者歌其事"的贴近生活的优良传统，在现实世界中，备受压

[①] 蓝爱国、何学威：《网络文学的民间视野》，中国文联出版社2004年版，第11页。

抑的情感和欲望都可以借助民间的诙谐文化得到宣泄和缓释,诙谐的审美形态作为一个释放力比多和颠覆等级制的安全阀门,成为网络诗人调节意识与无意识平衡的缓冲器。

其实,将民间看作一个民主性的精华和封建性的糟粕相互交杂的藏污纳垢性形态本身就具有一种狂欢的色彩,也就是说,作为一个整体,它不能采取条分缕析的理性思维和等级制的价值观念作出简单的二元判断。在民间的原生态中,新鲜和陈旧、鲜活和僵化、现代和传统、建构和拆解共生共存的现象,必须放到整体性的视野中来理解,这就带有双面雅努斯神的狂欢表征。特别是在网络与民间结盟之后,进一步打破了民俗性的地理标志,凸显出的"诙谐性则是民间的精神存在方式。笨狸将网络文学的特点归纳为自由灵动和生动幽默,这两个特点正是民间精神存在方式诙谐性的典型表现。诙谐是什么?诙谐就是幽默。滑稽、丑角化、戏谑、夸张的身体姿势和玩笑,俏皮话、猥亵语和嘲讽讥刺"①。网络诗人在多元化的价值观念相互渗透和影响的语境下,对光怪陆离的现代生活的反映可以抛开理性规则和意识形态观念的制约,充分运用虚拟的狂欢化空间提供的平等话语权力,采取讽刺性模拟、黑色幽默、笑谑等民间常用的机智话语的形式,为诗歌的艺术表达方式提供新鲜的血液,将民间的诙谐文化的艺术性和思想性充分地展示出来,自由自在不受拘束的民间诗语,在根性上解除了现实等级观念的拘囿之后,充分呈现出原生态的色彩斑斓的一面,由此也使充分沐浴民间狂欢恩泽的网络诗歌具有不同于纸质诗歌的审美形态。

一　形同质异的讽刺性模拟

讽刺性模拟是狂欢化诗学中比较重要的审美形态,对事物和现象的模拟造成的形同质异的审美特征正是以狂欢作为底蕴的。可以说,"狂欢是其本质,而狂欢式的所有形象和范畴都是合二为一的,都具有双重性,在它们身上结合了对立的、两极的、互相排斥的两种范畴和性质,如诞生与死亡、祝福与诅咒、夸奖与责骂、青年与老年、上与下,等等"②。讽刺性

---

① 蓝爱国、何学威:《网络文学的民间视野》,中国文联出版社2004年版,第9页。
② 程军:《双面雅努斯神——戏仿的双重性特征分析》,《兰州学刊》2013年第4期。

第九章　网络诗歌的狂欢化审美形态

模拟的子本也不例外，在和母本相似的形态内部却孕育着否定性的色彩，肯定与否定、形与神、表与里、内与外相互对立的要素就这样比较奇妙地融合在一起。尽管在神态和本质上二者之间有巨大差异，但子本对母本的解构之后的建构色彩还是非常明显的。就是说，讽刺性模拟的本质并不想在打倒的废墟和垃圾的基座上，再建造一座注定遭受唾弃的垃圾城，而是"使制度化的母本不可动摇的美学原则和价值核心沦为空虚，并瓦解制度化母本的权威结构所赖以建立的话语基础"[①]，之后，再对母本的正反两面性重新予以关照。网络的迅捷性、普泛性、交互性为诗歌的戏仿提供了丰富的素材和养料，让重视诗歌介入功能的诗人，对社会不尽如人意的现象进行揭露与批判的模拟诗歌都不缺少母本，也让有感而发的诗人在母本灵感的触发下迅疾地敷衍成篇，并在其他网民跟帖参与的互动过程中，体会草根阶层的狂欢所带来的审美愉悦。

这种模拟在诗歌中主要表现在两个方面：一是通过对歌词的戏仿表达对社会反常现象的不满和讽刺。作为一种"仿拟"和"互文性"的审美形态，模仿歌词确实"包含了不甚恭维，不太严肃的成分，有开玩笑、戏谑、逗哏、调侃的性质"[②]。值得注意的是，网络诗歌讽刺性模拟歌词的形式和格调的时候，一般抱着一种亵渎的心态在对高雅、神圣的情感脱冕的同时，对丑的事物和现象的戏拟持有调侃和认真的双重态度。如小虫模仿任贤齐唱的《心太软》写的诗歌《腿太软》，母本表现了现代社会中单相思的痴情对一个人内心的伤害，"相爱总是简单，相处太难"的辩证关系，包含的难以排解的孤独和忧伤是显而易见的，因此歌词所表现的情感的优美细腻感染了无数失恋的都市浪子。但子本的模仿在颠覆原文本的情感和思想的时候，就使单一的价值观念和审美形态呈现出狂欢般的复合色彩："你总是腿太软　腿太软/空自一堆人和球到前/你无怨无悔地爱着那个杯/我知道你根本没那么坚强//你总是腿太软　腿太软/把所有体力都耗在上半场/领先当然简单　想赢太难/不是你的就别再勉强"。摹本中对中国足球队爱恨交织的感情、希望与失望交替的心态、鼓励与嘲讽交错的态度，都超越了二元对立的价值判断而成为矛盾的混合体。特别是"我知道你根

---

① 张闳：《内部的风景》，广州出版社 2000 年版，第 67 页。
② 刘康：《对话的喧声——巴赫金的文化转型理论》，中国人民大学出版社 1995 年版，第 166 页。

网络诗歌散点透视

本没那么坚强""不是你的就别再勉强"两句,表面的否定失望和内在的肯定期望形成的双面审美形态,确实体现了狂欢的精神。这样的模拟歌词的做法借助网络形成的人脉效应刺激了众多诗人的灵感,讽刺性模拟的网络诗歌遂成为不可忽视的诗歌现象。如模拟歌词《东北人都是活雷锋》的有中国足球版和南宫逸云的 CS 版,《最近比较烦》产生了对政治调侃意味的《克林顿比较烦》,《吉祥三宝》有日本篇、食堂版、搞笑小偷版、馒头无极版,此外还有《冰雨》小偷版,《双截棍》CS 搞笑版,《大长今》搞笑版,新编《十五的月亮》,模仿《老鼠爱大米》的《老鼠恨猫咪》,等等。母本和子本在诗歌节奏、韵律方面于相似之中却包蕴着价值观念和评判标准的巨大差别,而且能在网络上形成不同的版本广泛流传,这显然只有在网络时代才能做得到。

二是对具有自身独特艺术风格的成名诗人的诗歌戏仿,也就是说,名人效应形成的艺术光环如果和自己发表的网络诗歌构成了名不副实的关系,名人的光环就会作为众多网民为达到狂欢目的而故意恶搞和戏仿的目标。可以说,讽刺性模拟在网络诗歌中大行其道,与网络载体众声喧哗的氛围形成的类似嘉年华会上的喧嚣有密切的关系。这种狂欢的生命感受借名人的诗歌为由头,可以产生解构与建构、否定与肯定之类的双重性的审美效果。正如巴赫金所说:"讽刺模拟是同狂欢式的世界感受紧密联系着的。讽刺性的模拟,意味着塑造一个脱冕的同貌人,意味着那个'翻了个的世界'。因此讽刺性模拟具有两重性。"① 简而言之,对母本的讽刺性模拟意味着在艺术形式的相似之外,必须有在内涵上的本质差异,只有在形和神的巨大反差形成的审美张力中,才能借助于"脱冕的同貌人"的形式,将诗歌母本的悖谬、含混或矛盾之处进一步凸显出来。网上沸沸扬扬的"梨花体"和"羊羔体"诗歌泛滥成灾,以致酿成影响深远的诗歌事件,一方面与网络本身具有的狂欢化特点有密切的关系,但更重要的是子本对母本的讽刺性模拟,将母本的缺陷和不足进一步凸显,其所产生的"光晕"效应,与对草根阶层的心理刺激有关。

本来,赵丽华的《一个人来到田纳西》《我发誓从现在开始不搭理你了》《我终于在一棵树下发现》《傻瓜灯——我坚决不能容忍》《我爱你的

---

① [苏] 巴赫金:《诗学与访谈》,白春仁等译,河北教育出版社 1998 年版,第 167 页。

第九章 网络诗歌的狂欢化审美形态

寂寞如同你爱我的孤独》等浅白直露的诗歌只是个人博客中的游戏之作，并没有在公开的诗坛上发表的念想。但博客毕竟不是一个人私密的抽屉，可以在无人所知的田地里无所顾忌地放纵自己。当网友浏览她的博客，发现这些只是把一个长句子切断形成的分行诗歌，只要学会按回车键就可以了，诗歌含蓄隽永的韵味、起伏消长的内在律和外在律、抑扬顿挫的节奏等最基本的特征，都被散文的散漫无序和明白如话的审美特点代替了。而且这种简单的小儿科的艺术探索，与其"著名女诗人，国家一级作家，《诗选刊》主任编辑"的身份形成的巨大反差，这就成为网友借助民间的诙谐文化亵渎贬低的狂欢对象。以《一个人来到田纳西》为例，不难看出讽刺性模拟的调侃和解构的否定美学特征。这首简短的诗歌是对美国诗人华莱士·史蒂文森《田纳西的坛子》的戏仿，"毫无疑问/我做的馅饼/是全天下/最好吃的"，对自身厨艺的自信展示抛弃了诗艺约定俗成的审美惯例，自然引起网友怀着恶作剧的心态对这首诗的戏仿，《一个人来到厕所》写道，"毫无疑问/我拉的屎/是全天下/最臭的"，《一个人来到茅房》也一样恶搞，"毫无疑问/我的大便/是全天下/最新鲜的"。臭不可闻的大便对美味可口的馅饼的解构是显而易见的，在诗句的格式和节奏几乎完全一致的形式下，对母本诗歌的艺术缺陷进一步放大的目的昭然若揭。这样，就在调侃的态度中竖立起此路不通的警示牌，审丑的意象反其道而行之的目的，不仅在于解构母本的美学标准和价值观念，而且包含的反思回顾之后建构新的美学形态的思想意识，也就具有了讽刺性模拟的双重特性。此外，树袋熊的世界的《妈妈的一天》对赵丽华的《我爱你的寂寞如同你爱我的孤独》的戏拟也可作如是观，刻意表现平庸的日常生活的大白话，也是对"形式是诗的，内容是散文"的诗歌观念极端发展的警醒。

对于"羊羔体"诗歌的戏仿，显然与作者车延高武汉市纪委书记的官员身份、"中国十佳诗人"称号、第五届鲁迅文学奖诗歌奖的桂冠有密切的关系。他用零度抒情力求客观自然地描绘万千世态的白话诗歌，进一步发展了"梨花体"的口水诗歌的缺陷，受到网友的戏仿也是情有可原的。其实，引起争议的诗歌《徐帆》只是他的博客中的个人实验品，在获奖的诗集《向往温暖》中也没有收录，但网络的强大搜索能力和功能让个人的小秘密迅速进入公众视野，在诗歌的狂欢语境中制造一个个热点事件。如果说《徐帆》还是采取严肃认真的态度对日常生活的流水账细致地描摹与刻画:"徐帆的漂亮是纯女人的漂亮/我一直想见她,至今未了心愿/其实小时候我和她住得特近/一墙之隔/她家住在西商跑马场那边,我家/住在西商跑马场这边/后来她红了,夫唱妇随/拍了很多叫好又叫座的片子",那么,网民戏拟的诗歌显然要在形式的相似中保持一种油滑和戏谑的审美心态:"李一帆的帅气是纯爷们的帅气/我一直想见他,/至今未了心愿……/后来他撞人了,/红了/还喊了句'我爸爸是李刚'。"最后一句网络用语实际上就是对官员身份的质疑,诗歌与政治之间的微妙关系,通过戏仿的审美形态得到了隐晦曲折的表达,其肯定语气中暗含的否定色彩正是讽刺性模拟典型的审美表征。

二 语境错位的黑色幽默

荒诞性的黑色幽默背后蕴含的悲剧实质与表面的狂欢化的喜剧色彩构成的语境错位,造就网络诗歌对不尽如人意的现实进行干预,却找不到恰当的切入点介入,只好在苦难的深渊中采取"泛乐观主义"的形态的审美表征。网络诗歌在狂欢化的审美形态中对黑色幽默情有独钟,这与它本身具有的正反两极的异质因素非常巧妙地融合在一起,形成既相互排斥又相互吸引的矛盾关系有关。说到底,"黑色幽默是一种把痛苦与欢笑、荒谬的事实与平静得不相称的反应、残忍与柔情并列在一起的喜剧"[1]。悲剧与喜剧、荒谬与理性、激动与平静、愤怒与柔情都是黑色幽默必不可少的构成因子,任何一方都不能占据核心地位,形成一元论的逻各斯中心主义对另一方发号施令,这样就以狂欢的审美态度和价值判断对传统的非此即彼的思维方式构成了挑战。另外,从现实生活的游戏姿态中也不难发现黑色幽默和狂欢之间的内在联系:"黑色幽默不一定要设定'正确的一边'与'错误的一边',黑色幽默是人类超越窘境的一种无奈的态度,黑色幽默叙述者或人物有时不但是平静的,而且能够在苦难中寻找、发现乐趣,黑色幽默不仅仅是一种修辞手段,也传达着叙述者的价值取向和人生观念。"[2]由此可见,黑色幽默作为一种对待生活不幸和苦难的生存态度,实际上是采取反逻辑的思维方式,从反常的现象中看出正常,从无法逗人一笑的地

---

[1] 袁可嘉等选编:《外国现代派作品选》第三册(下),上海文艺出版社 1984 年版,第 621 页。
[2] 余岱宗:《论余华小说的黑色幽默》,《福建论坛》(文史哲版) 1998 年第 3 期。

第九章　网络诗歌的狂欢化审美形态

方自我解嘲,从苦难的深渊中发现诗意,这与狂欢节中半现实半游戏的感性审美形态有异曲同工之处。狂欢节上弱者的笑声往往在喜剧的形式中饱含着浓浓的悲剧氛围,在一种冷幽默或者黑色幽默的色调中表达着对生存现实的荒诞、虚无的感受。当然,有些意识形态和价值观念与主流的思想蕴含有比较大的差距,因此借助网络诗歌的形式,可以把纸质诗歌在严格审查制度下无法发表的东西在虚拟的网络空间中传播开来,由此,与纸质诗歌相比,网络诗歌对现实生活的干预形成了另一种景观。

在网络诗歌中,弱者的带有讽刺意味的笑声并不是犬儒主义意味的屈从和俯就,与纸质诗歌在维护现存制度的前提下,对改革中出现的不如意的现象所作的嘲讽相比,具有黑色幽默色彩的网络诗歌更直白地表现出不妥协的反抗精神,更多地秉承了民间诙谐文化正义气质的精神底蕴:"这在民间常常表现为对统治者、权势者、财主的讽刺挖苦和作弄,包含较强的阶级正义和伦理正义色彩。"[①] 狂欢的网络空间确实也为表现与主流意识形态相比异质的思想文化和价值观念提供了广阔的舞台,对等级制的颠覆和消解凸显的是理性遮掩下的逻辑悖谬,在喜剧的外表下,语境错位的感受和以其人之道还治其人之身的逻辑策略就具有了黑色幽默的形态。在这一目标的实现方式中,视角及其置换不仅仅是观察事物的一种方式,而且还是一种典型的价值批判态度,比如徐乡愁的诗歌《我倒立》,实际上就是运用民间诙谐文化中的颠倒视角来观察常态的事物和现象。当诗人运用倒立的视角观察官方宣传的真理和意识形态的价值观念之时,黑色幽默的味道就油然而生:"我还看见主人给保姆倒茶/富人向穷人乞讨/上级给下级递烟/雷锋同志向我们学习/看见局长给司机开车/当官儿的给老百姓送礼/且对前来视察工作的群众/夹道欢迎/从此以后人民可以当家做主/并打着国家的旗号/骑在公仆的头上作威作福"。这首诗,通过逆反的思维、反常的逻辑、机智的趣味、虚拟的情景等诙谐的本体形式的巧妙组合,对现实生活中不可跨越的等级观念,重新颠倒之后的荒谬可笑之处作了淋漓尽致的描绘,暴露出的平等意识的匮乏确实引人深思。

巴赫金曾指出:"其实在上千年里人民一直在利用节日诙谐形象的权利和自由,去表达自己深刻的批判态度,自己对官方真理的不信任和自己

[①] 蓝爱国、何学威:《网络文学的民间视野》,中国文联出版社2004年版,第10页。

更好的愿望跟意向。"① 对宏观政治渗透并压制民间生动活泼的生活形态的现象，网络诗歌通过富有民间智慧和诙谐的文化色彩的黑色幽默展现了出来。轩辕轼轲的《白居易》显然是采用拆字的艺术技巧与熟知传统文化的网友的审美期待视野开了个玩笑，但嬉笑调侃中的悲剧色彩却呼之欲出："白居比安居工程划算，但不易/只好像吉普赛人那样迁徙/跳起土风舞，披着大围巾/从子宫跑到产房，从故乡跑到异乡"。安居工程的变形走样无法解决弱势群体的生活条件的现象得到了鲜明的展示，为了生存四处漂泊的无奈却用"白居比安居工程划算"的黑色幽默来安慰，体现了王夫之《姜斋诗话》所说的"以乐景写哀，以哀景写乐，一倍增其哀、乐"的审美效果。同样，黑色幽默中的对立两极相互纠结的矛盾冲突，预示了西西弗斯的悲剧命运在每一个蜗居人的身上重演："下西洋，找不到钻进地洞的侄子/下地狱，遇不到熬成婆的但丁/小媳妇自有小媳妇的命/昨夜是花烛，今夜可能是花圈/那一刻是洞房，这一刻可能是牢房/就算广阔的刑场又能怎样/蜗居在自己身体里太久太久了/需要脑袋搬家，把血喷到找不到方向"。在这里，狂欢思维通过不确定的语言形式，对君临一切的绝对理念的颠覆，征用的是民间诙谐文化二者并存的智慧，花烛与花圈、洞房与牢房看似风马牛不相及的事物却在咫尺之间，"以狂欢的思维结构颠覆了常规的思维结构，瓦解了逻各斯中心主义和形而上学的一元权威，而语言的意义却在破坏中获得了新生"②。这种语境错位导致语言的意义在反常规中获得新生的现象，也是狂欢化的思维所关注的目标。在诗歌模拟的对话交流的过程中出现的悖论意义，在轩辕轼轲的诗歌中也有明显的体现，他的《是××总会××的》将不同语境中出现的性质互异的话语蕴含，放到共时态的平台上，从而就呈现出了黑色幽默的色彩："是金子总会发光的/是玫瑰总会开花的/是骏马总会奔驰的/是天才总会成材的/是龙种总会登基的"，这种"是××总会××的"的话语表述方式是一种典型的逻各斯中心主义的话语模式，作为教育者总是采用事物的光彩的先进的一面作为激励的典型，用对象本身的正能量感化和教育下一代，它以真理在握的不容置疑的语气，显示出权力话语的威严和强势。而现实恰恰以不以人的意

---

① [苏]巴赫金:《巴赫金全集》第六卷，李兆林、夏忠宪等译，河北教育出版社1998年版，第312页。

② 夏忠宪:《巴赫金狂欢化诗学理论》,《北京师范大学学报》（社会科学版）1994年第5期。

第九章　网络诗歌的狂欢化审美形态

志为转移的规律，将老师的箴言化为泡影："金子已经变成了废铜/玫瑰已经变成了枯草/骏马已经变成了病驴/天才已经变成了蠢材/龙种险些沦为了乞丐"，二者之间的巨大反差形成的狂欢语境显然具有浓郁的悲剧色彩，"是活人，总会死掉的"就是这种黑色幽默的狂欢思维所展示的思想智慧。

　　网络诗歌对宏观政治的讽刺和批判所表现的思维方式和价值观念确实呈现出异质的色彩，语境错位形成的信息发出者与接收者之间的理解差异，确实造成了狂欢化的氛围。这种审美形态的形成，显然与民间的传统积淀和渊源走势有密切的关系。因为"民间的传统意味着人类原始的生命力紧紧拥抱生活本身的过程，由此迸发出对生活的爱和憎，对人生欲望的追求，这是任何道德说教都无法规范，任何政治条律都无法约束，甚至连文明、进步、美这样一些抽象概念也无法涵盖的自由自在"[①]。也就是说，几千年来的风云变幻、权势话语的沦落与挤压、政治形态的更替变迁并没有对民间的原始生命力造成太大的影响，民间以自己独有的方式保持着自由自在的本性和生动活泼的艺术品格，这是狂欢化的审美形态在网络诗歌中大行其道的动力基础，也是黑色幽默对宏观政治和微观政治巧妙抗争的前提条件。从微观政治对人们生活方式和思想观念的影响来看，权力无孔不入的微观存在形态显然更具有持久的影响力，网络诗歌将对它的表现引入吃喝拉撒的凡俗生活领域，将日常生活中产生的矛盾纠葛和在权力干预下出现的非人道现象，用黑色幽默的艺术形态充分地展示了出来。赵思运的诗歌《花妮》是对菏泽火车站发生的真实事件的非实验性虚构，在关注弱势群体的所谓底层写作中，选取旁观视角和客观冷静的心态，对现实生活逼真描摹，其目的就是凸显民间原生态的诙谐文化的面貌。在对生存艰难的调侃中，包蕴的屋漏偏逢连夜雨的命运打击震撼人心："花妮的丈夫是个瘫子/花妮今年春天下岗了/花妮买了个三轮车/今天第一天/跑了一天没有拉着一个客/到了晚上 12 点/南华火车站/花妮一车拉了四个/拉着拉着/四个人把花妮拉进了荒地/天亮到家/瘫子问挣钱了吗/花妮说/一下子挣了四个人的钱/日他妈的/累死了"。简单的情景模拟和对话场面的描绘造成的语境错位的现象十分明显，丈夫关心的挣钱与妻子被轮奸后所说的"一下子挣了四个人的钱"显然是不在同一个层面上的错位对话，信息的

[①] 陈思和：《中国当代文学史教程》，复旦大学出版社 1999 年版，第 12 页。

网络诗歌散点透视

编码和解码的歧义性，是诗歌形成黑色幽默的审美效果所必不可少的构成要素。轻与重、闲与累、喜与悲、爱与恨的矛盾纠结，都在喜剧的外衣下遮掩了起来，这体现了深受民间诙谐文化浸染的"泛乐观主义"的喜剧化人生态度。因为"从民间的角度看，喜剧化人生却正是生活的真谛，用幽默的眼光看人生，人生才能充满生生不息的梦想，用笑处理生命，生命才能那样辉煌地展现生命的可贵"[①]。也许是生活的荒诞对生命的肆意践踏与珍爱生命的坚强人生构成的巨大反差，使生活中处处充满了悲喜剧交错的现象，以至于只要诗人秉承以客观反映现实生活的镜像观念去逼真地描摹，黑色幽默的审美色彩和感悟效果就油然而生。

中国民间的"乐感文化"是在生活的苦难和悲剧的基础上发展起来的一种关照生命的态度，只要诗人对生活进行细致入微的体察，黑色幽默的现象就成为日常生活中最常见的风景。借助网络的自由氛围和对意识形态的屏蔽作用，网络诗歌对反常现象的排列组合造成的荒诞不经的逻辑演绎，在呈现出类似存在主义标举的人与生存环境的对立一面的同时，异质事物的逆反对比也造成了诗歌狂欢化的审美形态。如轩辕轼轲的《孙子兵法》对生活中的二难选择和异质事物的并列安排，就呈现出民间诙谐文化的狂欢色彩："一张纸不能/既擦嘴，又擦腚/把它撕开就行了/一个女人不能/既当老婆，又当情妇/离婚后再去泡她就行了/一间房子不能/既当卧室，又当太平间/睡着睡着死去就行了"。嘴和腚、老婆和情妇、卧室和太平间等异质事物，在用途上的巨大反差背后的相通之处一经诗人的点化，确实呈现出黑色幽默的形态。可以说，黑色幽默是网络诗歌表现民间对待生活的艰难和困境的一种超越的人生态度，在物质匮乏造成的困窘的生存状态下，在不可知的命运玩弄造化的把戏对人的生活肆意捉弄下，在无处不在的政治权力对生命和尊严的伤害下，黑色幽默就是从反诗意的处境中寻求出诗意和温情作为坚强地生活下去的润滑剂。格式的《捡垃圾的人》描绘的以捡垃圾为生的我的兄弟，用卖废品的钱"换回一个乡下女人""供儿子念完了小学""打发年迈的父亲入土"，他用民间的乐观主义的态度将伤痛和泪水掩埋，苦中作乐的生活态度和处世方式本身就带有诙谐狂欢的味道。令人震惊的是，当"他在垃圾里出没。月色荒凉。/他埋头拯

---

① 蓝爱国、何学威：《网络文学的民间视野》，中国文联出版社2004年版，第10页。

第九章　网络诗歌的狂欢化审美形态

救那些错位的东西。/一个穿蓝制服的人悄悄向他逼近,/夺走了他的秤。他的手在抖,/身体也失去了平衡。他似乎再也抓不住/人们放弃的任何东西"。对错位的东西的拯救,意味着他用以德报怨的态度面对生活的打击和命运的不公,可"一个穿蓝制服的人"对他的行为的粗暴干预将生活的悲剧色彩暴露无遗,纠正错位的事物的行为本身被纠正的荒唐逻辑就是典型的黑色幽默,喜剧和悲剧的反差之大产生的"含泪的笑"的审美效果,非常形象地诠释了狂欢化中的各种审美因素相互纠结的现象。

有时,网络诗歌也采用人和动物对比的方式,表现民间诙谐文化向下看和自我安慰的阿Q精神。在这方面最为人称道的是管上的《小丑》,展示的小丑和猴子的对话,显然与"人是猴子变的"之类的进化论学说无关,也不涉及"人是从动物进化而来的"所蕴含的人性双重性的哲学内涵,而是民间困苦生活的黑色幽默展示:"在马戏团/一个小丑/泪流满面/猴子上前/安慰他说/我们活得像人都没哭/你一个搞笑的动物/为何如此/多愁善感"。猴子的像人与小丑的像物不仅触目惊心地呈现出人性的异化,而且人对难以忍受的痛苦的"泪流满面"与猴子对人的安慰"为何如此/多愁善感"的质疑也加强了对比的效果。二者语境的错位是十分明显的,人具有的丰富感情是人区别于动物的一个显在标志,但感情的丰富使敏感的神经加倍地感受到生活痛苦的折磨,二者的恶性循环形成的悖论怪圈就使人陷入了西西弗斯的困境。这时,佯装无知的猴子代替小丑的位置成了狂欢化的重要角色,体现了民间诙谐文化的生存智慧。可以说,网络诗歌对现实生活的介入和表现,以及更少顾忌和更大胆张扬的言说方式,与民间诙谐文化的品性有内在的相通性,二者自由言说和表达对事物和现象的看法的特点,打破了规则和禁忌的界限,形成了对世界新的感受和认识。正如巴赫金所说:"这些大无畏的话语是关于世界、关于权利的无懈可击的、毫无保留的话语,在几千年里形成的语言。很清楚,这种无畏的、自由的形象语言给予了新世界观以最为丰富的积极内容。"[①] 当用这种"少做作,勿卖弄"的直率语言表现民间诙谐文化的审美特征时,政治文化和民间文化、精英思想和民间意识的代沟造成的语境错位,就会使诗歌的黑色

[①] [苏]巴赫金:《巴赫金全集》第六卷,李兆林、夏忠宪译,河北教育出版社1998年版,第312页。

幽默色彩越发明显。当然，对灾难的乐观态度形成的悲喜剧交互混杂的生活现象，也是网络诗歌用草根视角关照生活、思考命运时运用黑色幽默最为娴熟的一个重要原因。

三 暗寓解构的嘲讽笑谑

网络诗歌深受后现代主义和解构主义思潮的影响，颠覆拆解逻各斯中心主义之后的众神狂欢的现象成为诗歌审美形态的一道亮丽风景。当然对不同的逻各斯权威，由于各自拥有的权力对民间生活的影响和制约的不同，诗歌对权威的颠覆解构也不是无所顾忌的，而是通过对权威话语或者方针政策、规章制度的模拟，采取嘲讽笑谑的审美形态区别对待。对于僵化的、过时的政治意识形态散落民间之后的权威性，其"架子不倒，内里却空着"的外强中干的实质正是网络诗歌解构的目标和对象。

综观网络诗歌笑谑的对象，毛泽东时代的领袖语录、伟人话语、箴言警句等与新时代的错位造成的笑谑色彩，满足了解构政治权威还原其平凡面目的需要。如赵思运的非虚构实验文本《毛主席语录》（共十二首）采取装置艺术的形式，对毛泽东在大型会议上的讲话、和个别同志的谈话、下面汇报情况时的插话、关于哲学问题的讲话一字不动地搬进了诗歌，主体介入意识隐蔽的目的是让领袖的话语以本真的面貌呈现出来，正如赵思运所说："我之所以一字不动，是为了最大限度地还原，还原得越到位，他自身解构的力量就越彻底。我们的精神姿态就越高。"[①] 于是诗人把伟人语录中最具有笑谑色彩的话语精心挑选出来组成装置诗歌，既达到了对伟人话语的脱冕目的，又对现实不如意的生活现状具有可资借鉴的建构意义。如《上学太累》："要允许学生上课看小说，/要允许学生上课打瞌睡，/要爱护学生身体。/教员要少讲，/要让学生多看。/我看你讲的这个学生，/将来可能有所作为。/他就敢星期六不参加会，/也敢星期日不按时返校。/回去以后，你就告诉这学生，/八、九点钟回校还太早，可以十一点、十二点再回去。"毛泽东有关对待学生上课甚至包括逃课的宽容心态的语录，自然具有明显的笑谑味道，本身就是对僵化刻板的教学模式和规章制度的解构；诗歌选取伟人语录的最具有民间色彩的句子，尽管脱

[①] 赵思运：《边与缘——新时期诗歌侧论》，时代文艺出版社2005年版，第240页。

第九章 网络诗歌的狂欢化审美形态

离了伟人谈话的语境之后,造成了歪曲原意的现象,但本身的诙谐色彩也构成了对严肃的权威话语的解构;跨语境造成的互文现象也对今天的应试教育的理念形成了解构。同时,在解构的过程中包蕴的建构色彩也是比较明显的,那就是对学生的教育不能采取整齐划一的刻板要求,对性格和素养各异的学生不能统一衡量。正是怀着这样的目的,作者对有关教育的诗歌还写了《要考试就这样考》和《没办法就交白卷》,其中的诗句"考试可以交头接耳,/甚至冒名顶替","有的考试我就交白卷,/考几何我就画一个鸡蛋,/这不是几何吗?/因为是一笔,/交卷最快"。嘲讽戏谑的意味是很明显的,原始语境与现代语境构成的错位,正是作者为达到彻底解构的目的而采取的技巧和策略。

此外,《鲁迅语录》和蓝蝴蝶紫丁香的《瞿秋白语录》都采取了和《毛主席语录》相类似的戏谑形式,通过对伟人关注形而下生活的低俗形态和对政治意识形态的自嘲来解构伟人话语的权威性,这是这类诗歌共同的艺术策略。当然,在这些具有实验性质的原创诗歌中,诗人退隐到背景的位置并不意味着就采取了物本主义的客观中性立场,其实,选择伟人的哪些语录进入诗歌本身就是一个主观性很强的问题。伟人语录先入为主的前理解和诗歌中精心挑选的语句之间的反差,就具有了解构和戏谑的意味。因为在人们的心目中,伟人语录的真理性、神圣性、权威性总是与宏观政治的大是大非问题紧密结合在一起的,是根本性的,具有纲领性质的特征和功能;而网络诗歌选取伟人对日常生活中的琐事所发的感慨,或者是一般的场合中随意的插话,或者是看透造化的把戏之后对自己的质疑和拷问,这样的话语蕴含就使伟人语录成为一个被解构的名词。而且由于语境的差异,"当我们在自己的讲话里重复我们交谈者的一些话时,仅仅由于换了说话的人,不可避免地要引起语调的变化:'他人'的话经我们的嘴说出来,听起来总像是异体物,时常带着讥刺、夸张、挖苦的语调"[①]……诗人重复伟人的原话产生的戏谑效果是不言而喻的。

拿实验体长诗《瞿秋白语录》来说,作为革命家、政治家、书生等多重身份于一身的瞿秋白,他说的具有箴言意味的话语可谓多矣,而诗人偏

[①] [苏] 巴赫金:《陀思妥耶夫斯基诗学问题:复调小说理论》,白春仁、顾亚铃译,生活·读书·新知三联书店1988年版,第267页。

偏看中瞿秋白就义之前写的《多余的话》。瞿秋白的这篇文章作为母本的原意，本身包含了众多相互纠结和含混的异质因素，其对自我的剖析，有无奈，有对人生遭遇的"历史误会"的惋惜，又有对所持信念的坚定及历史责任的担当，在真实的人文气息中弥漫着一种悲伤。而网络诗人专门摘录符合其解构目的的句子："一只羸弱的马／拖着／几千斤的辎重车／走上了／险峻的山坡／一步步地／往上爬／要往后退是不可能／要再往前去／是实在不能胜任了"（《一只羸弱的马》）；"我每次开会／或者作文章的时候／都觉得很麻烦／总在／急急于结束／好回到自己那里去／休息"（《我每次开会》）；"我很小的时候／就不知怎样／有一个／古怪的想头／为什么／每一个读书人／都要去／治国平天下呢"（《而且》）；"的确／所谓文人／正是／无用的人物"（《的确》）；"从那时候起／我没有自己的思想／我以中央的思想／为思想"（《从那时候起》）；"中国的豆腐／也是／很好吃的东西／世界第一"（《永别了》）。这里，诗歌借用瞿秋白对政治生涯的厌倦，以及对个体琐碎的生活趣味的向往，再现了宏大政治对个人的责任要求和个人的爱好趣味之间的矛盾冲突，突出瞿秋白的政治身份和文人身份的纠结关系，从而凸显其解构的目的。特别是用中国的豆腐的评价作为长诗的结尾，生命与死亡、决绝与眷恋、厌倦与热情之间的相互对比产生的感叹欷歔，就具有了既自嘲又嘲人的双重色彩。由此可见，在主客体的相互嘲弄中呈现出的"笑谑"，具有特定语境下的丰富的审美蕴含。而作为网络诗歌版的子本展现出的"笑谑"，更多地具有后现代主义的色彩和意味。在与母本的差距中，再现了"笑谑"对母本旧价值的剥落与新价值的重造。

巴赫金说："一切事物都有可被模拟的地方，亦即自己可笑的方面，因为一切事物无不通过死亡获得新生，得以更新。"[1] 对伟人语录的模拟形成的笑谑的审美形态也可作如是观，对僵化的旧观念的解构正是为了富有生机活力的新观念的建构。由此可见，民间的思想意识形态深受官方文化的禁锢和影响，但作为弱者也并不是面对强者的威严和控制就完全失去了主体性，特别是官方借助正统观念的权威对民间的叛逆意识进行压制的时候，网络的宽容语境提供的自由言说方式，为诗人创作的以笑谑和解构权

---

[1] ［苏］巴赫金：《巴赫金全集》第六卷，李兆林、夏忠宪等译，河北教育出版社1998年版，第203页。

第九章 网络诗歌的狂欢化审美形态

威的等级观念为目的的诗歌皴染了狂欢的釉彩。"笑是民间诙谐的生命所在；笑本身意味着亲昵化，它能消严肃、除僵化、刻板，拉近距离，取消等级，促成人们平等的交往；笑是一种非官方的生活"①，因此，网络诗歌采用笑谑的形式，剥离领袖讲话的具体语境以造成信息编码和解码之间的错位，其中蕴含的嘲讽味道就具有鲜明的民间色彩，体现出诙谐文化的正反两面性。一方面，领袖话语具有的神圣不可侵犯的威严，被诗人"断章取义"式的排列组合的诗句产生的调侃意味所消解；另一方面，伟人的平凡话语包含的哲理意蕴又通过微观政治深入渗透到日常生活的芯子里面，产生了跨越时空的深远影响，这也是诗人对政治权威的挑战总是喜欢拿伟人话语开涮的一个重要原因。

不过，笑谑又总是与民间诙谐文化中的崇低化的黄段子、荤笑话等具有情色意味的话语片段有密切的关系，通过神圣与低俗的联姻方式，就可以把崇高的事物身上被人为附加的虚假成分剥离开来，真实的世俗的事物作为一面参照的镜子，对神圣的东西构成了颠覆和消解，如网络诗歌对革命话题的调侃和解构。革命中包含的红色政治文化与网络年代灰色价值观念的错位，造成了诗人借助于网络，展示民间意义上的革命的另一重语义的机会和条件；同时两重革命意义的异质成分的相互对照，形成的笑谑和解构的意味也不容忽视。当然，不同的网络诗人对革命的解构也采取了不同的策略，也就呈现出不同的笑谑风貌。如伊沙的《北风吹》就把电影白毛女的唱段与观看电影时的生理反应嫁接到一起，"喜儿遭地主强暴"的镜头竟成为我的性启蒙，"证明我已长大/可以接革命的班"。"接革命的班"的内涵的歧义性和含混性就巧妙地构成了对革命的解构，到底是政治意义还是性的意义上的革命，诗歌没有明说。这种异质性的因素有机地融合在一起的现象，确实体现了笑谑解构技巧的艺术魅力。

从主流的价值观念来衡量那些边缘的，异端的，灰色、黄色甚至黑色的网络诗歌，其呈现出来的笑谑所具有的解构力度确实比纸质诗歌大很多，具有的正反价值也需要辩证地去看待。其中，对宏大的政治名词包含的某些压抑人性的或者是虚假的成分进行戏谑，并凸显其背后的缺陷和弱点，这种解构是有意义的。如伊沙的《原则》写道："我身上携带着精神、

---

① 王建刚：《狂欢诗学——巴赫金文学思想研究》，学林出版社 2001 年版，第 327 页。

信仰、灵魂/思想、欲望、怪癖、邪念、狐臭/它们寄生于我身体的家/我必须平等对待我的每一位客人",把"欲望、怪癖、邪念、狐臭"这些人性的缺点也上升到"精神、信仰、灵魂"的高度,认为它们是人性中不可缺少的组成部分,并用平等的原则来对待,显然具有笑谑的味道。但它具有的积极意义是很明显的,对传统的约定俗成的原则具有的公共、光明、神圣、伟大一面的解构,目的是让原则的个人、私密、丑陋、卑下、阴暗的一面呈现出来,一体两面的原则内涵正是民间狂欢化精神的体现。

其实,民间自由活泼的诙谐文化都具有正反两面性,笑谑作为诙谐文化的双重性的典型代表,对僵化的、过时的权威的否定和对新鲜的、活泼的事物的肯定紧密地结合在一起。在这里,网络为拆解过时的宏大的话语名词开辟了第二言论空间,通过笑谑,笼罩在权威周围的神秘光环和散发出来的神圣崇高的威力都被脱冕化了,在日常生活的语境中成为陪伴大众茶余饭后闲谈的亲昵对象。因此,"笑谑具有把对象拉近的非凡力量,它把对象拉进粗鲁交往的领域中……笑谑能消除对事物、对世界的恐惧和尊崇,变事物为亲昵交往的对象"[①]。从中可见,网络诗歌的笑谑不是只具有单一的价值批判色彩的嘲笑,而是带有狂欢化味道的暗寓解构和建构的双重性。

四 自由的滥用:民间化的审美反思与评判

自由是一柄双刃剑,网络诗歌对自由的误用和滥用使其随时面临着严重的自伤问题——对诗歌之为诗歌的本体特征和审美意蕴的颠覆消解,造成的淡乎寡味、变态发泄式的诗体解放绝不是网络诗歌的福音,更与促使诗歌在深厚的传统基础上进行的改良扯不上边。诗歌作为一个发展比较成熟的文体有自己的本质内核,那就是诗歌在内在律和外在律的起伏消长的过程中呈现出来的诗情、诗美、诗韵、诗式。尽管每一次承载意蕴的媒介的发展嬗变,都对诗歌的美学风貌造成了一定的冲击,但媒介的艺术功能只是对诗歌的整体意蕴和审美风貌起一种辅助作用,它不能也永远达不到

[①] [苏] 巴赫金:《巴赫金全集》第 3 卷,白春仁、晓河译,河北教育出版社 1998 年版,第 526 页。

第九章　网络诗歌的狂欢化审美形态

喧宾夺主的程度，左右和掌控诗歌的本质特征。当下网络诗歌在错误的诗歌理念指引下形成的鱼龙混杂、良莠不齐的现象，远远超过了一个健康的诗歌环境所能承受的底线，亟须借助历时态和共时态形成的比较公认的诗歌准则对其进行审美反思和评判，在去伪存真、去粗取精的辩证反思中审视其在审美中的变异，为促进诗歌的健康发展提供有意义的启发和帮助。

　　第一，关于网络诗歌的艺术表达形式问题。网络诗歌首先值得反思的是其在形式表达方面对诗歌规则和审美韵味的抛却：它以随意分行的形式割裂诗韵的意味，作为凸显诗歌表征的最重要的因素。本来在所有的文体中，诗歌的形式意味是最为突出的。但诗歌的形式是典型的有意味的形式，这就对诗歌的审美形式提出了更高的要求。古典诗歌讲究"含不见之意见于言外"、涵咏"韵外之致，味外之旨"、玩味"境生于象外"等审美要求，同样具有诗歌形式意义的普世价值和评判意义；况且内容和形式密不可分的文艺理念早就成为众所周知的共识。但是，在网络诗歌走向自由的极端发展之途的时候，诗歌门槛的过低也使众多网上冲浪的"准诗人们"早将常识性的诗歌原则抛到了九霄云外。在此不妨拿"梨花教主"赵丽华的那首流传很广的网络诗歌《当你老了》和纸质版的叶芝的同名诗歌做一下比较，二者的相互对比就越发呈现出诗意抽空之后干瘪的"非诗"景观。赵丽华的诗歌由四句组成，"当你老了，亲爱的/那时候我也老了/我还能给你什么呢？/如果到现在都没能够给你的话"，非常吻合网络诗歌散文化的极端发展带来的平淡无味的感觉表征，简洁的大白话式的艺术形式加上分行排列的简单组合，却并不能体现诗歌那阅尽人世的沧桑之后精神意蕴的审美要求，况且最后一句采用"如果"式的让步假设本身就含有语义逻辑的错误，诗意的情感表达在现在和未来的时空错位中，并没有呈现出陌生化的处理方式带给诗歌欣赏的审美愉悦，反之，有点虚情假意、为赋新词强说愁的造作之感。对照叶芝的诗歌《当你老了》（袁可嘉译）中的审美意象"柔和的眼神""浓重的阴影""欢畅的时辰""朝圣者的灵魂""痛苦的皱纹"表达的丰富蕴藉的情感，那种与恋人刻骨铭心的相思之情和忠贞不渝的爱情表征与人的心灵产生的情感契合，那种情感的强烈共鸣产生的震撼灵魂的审美愉悦，是无法用语言文字进行描述的。二者相比，诗歌审美意境的高低、审美情感的浓淡、话语蕴藉的深浅不是立竿见影吗？而车延高的"羊羔体"之所以在网络上引起热议，最根本的原因还是其对诗歌底线的挑战超出了人们的阅读期待,作者亦不能用所谓的"白话手法""零度抒情"来为自己回车键式的写作寻求理由。以他的引起争议的诗歌《刘亦菲》所表现的风貌就可窥一斑而见全豹,这首诗就是典型的散文的分行排列:"我和刘亦菲见面很早,那时她还小/读小学三年级/一次她和我女儿一同登台/我手里的摄像机就拍到一个印度小姑娘/天生丽质……"这种披着诗歌形式的外衣表现的全是没有诗味的白话散文,彻底解构了诗歌的文体特征。至于那等而下之的戏仿之作更比比皆是,网络诗歌打着诗体大解放的名义而走向了它的反面。因此在网络搭建的自由的平台上,诗人自以为信笔涂鸦、发泄变态情欲的分行形式就具备了诗歌的特征,实在是大错而特错的事情。

如果对这类失去了诗歌韵味的自由体的原创和戏仿的创作行为进行追根溯源,"五四"时期胡适的矫枉过正的诗歌主张"有什么题目,做什么诗;诗该怎样做,就怎样做"①,显然已将传统的作诗规则(包括格律、韵脚、平仄、字数、行数等),作为陈腐不堪没有任何借鉴价值的"遗形物"毫不吝惜地抛弃掉了,经过"腰间挂着诗篇的豪猪"的第三代诗人对朦胧诗歌的叛逆和践踏,到了网络诗歌这块无人监管的"飞地"的时候,极端发展的自由理念早就在戏仿的狂欢中,将诗歌的评判标准和本体的审美特征抛之脑后。其实,对立的诗歌观念在网络诗歌摘掉诗歌规则束缚的劲头的时候,就在自身内部埋下了物极必反的颠覆自己的种子。网络诗歌的此类热点以及不断引起的质疑和争议的呼声,不仅显示了民间诗歌藏污纳垢的本体特征和鱼龙混杂的多元化审美形态,而且使人对网络滥用自由而对诗歌的诗质和意蕴造成的伤害深表疑虑,对于那些只是为了呈现口腔快感的诗歌,一旦失去了能指与所指的相互缠绕形成的意蕴无穷的诗语内涵,仅仅是打破了诗歌文体的规范之后的分行标志能否还算是诗歌?由此可见,无论是"梨花体"还是"羊羔体"引起的热议背后凸显的都是回归诗歌本体的常识性命题:"在诗歌创作中,自由也是相对而言的,不存在绝对自由的诗。"②

第二,关于网络诗歌话语主题的价值生命力思考。从内涵上讲,网络

---

① 胡适:《胡适学术文集·新文学运动》,中华书局1993年版,第389页。
② 吕周聚:《被遮蔽的新诗与歌之关系探析》,《文学评论》2014年第3期。

第九章　网络诗歌的狂欢化审美形态

诗歌在历史虚无主义和价值虚无主义的影响下，其与后现代主义价值多元的合谋产生的诗歌恶谑化倾向，尤其是黄段子化中的审美错位与价值扭曲、伦理无底线乃至历史失真的极端发展造成的不良后果，最值得当下警惕与批判。综观网络诗歌民间化的审美表征，以笑谑提供的民间话语解构不合理的宏大话语的积极一面存在被迅速膨胀的恶谑化所代替的危险。诚然，"笑谑仿佛记录这交替的事实，记录旧物死亡与新物诞生的事实"[①]。但民间的笑谑是一个正经与假正经、理性与非理性相互缠绕、相互融合的矛盾异面体，它所具有的狂欢化的双重价值，使得网络诗歌颠覆政治意识形态的时候显得游刃有余，正反两方面的动态平衡保持了对事物解构和建构的特质；但这并不意味着诗人都是在笑谑的平衡范围内积极地建构诗歌的审美形态，有时候恰恰相反，网络提供的太自由的环境，为网络诗歌的笑谑变为只为无厘头搞笑的噱头提供了条件，为搞笑而故意恶俗化的审美形态显然已走向了民间笑谑的反面，它只具有笑谑的表面形态而失去了双面性的积极意义。

从诗歌戏仿的价值意义来说，网络诗歌的讽刺性模拟并不都是以否定的表面形态表达肯定的价值意义，或者是肯定的表象背后暗藏否定的实质。也就是说，网络诗歌在异质的组成成分相生相克的过程中，并不总能保持动态的平衡，成为一个整体的矛盾纠合体。特别是浮躁喧嚣的网络环境有时表现的只是狂欢的外形，而失去了狂欢积极的、建构的、富有生机和活力的精神实质。比如对"梨花体"的戏仿的"佟湘玉版"："饿滴神呀/你/确定/一定/以及肯定/不知道/我在/说/什么吗//你/真的确定/一定/以及肯定/不知道/我在/说/什么吗//其实/我也/确定/一定/以及肯定/不知道/我在/说/什么"。其实，这样的绕口令只具有讽刺性模拟的颠覆意义，颠覆之后的建构却没有呈现出来，这样就陷入了和单一价值的母本同样的地位和水平而不能自拔的埃舍尔怪圈，为游戏而游戏的狂欢化就会如同一柄锋利的双刃剑，在消解他者事物的不合理之处时也会伤及自身，这也是网络诗歌在发展的过程中需要注意的艺术问题。

不唯如此，网络诗歌的低俗化甚至色情化问题更值得关注。网络诗歌

[①] ［苏］巴赫金：《文本、对话与人文》，白春仁、晓河等译，河北教育出版社1998年版，第24页。

充分运用民间笑谑的幽默智慧，对高高在上的神圣之物的嘲讽呈现出浓郁的解构色彩，但这种解构一旦失去真善美的底线则面临着被解构的境遇。如东夷的《祖国啊，祖国》对自我的贬低化的自嘲和色情化意味的比喻，显然有对神圣的祖国的笑谑意味："祖国啊，祖国/在你的肚子里/我是盲肠，我是胆结石/我是肺结核，肝硬化/我是咽下去的一口痰//我是祖国的下水/……我好色，好中国特色"。诗人故意不把自己当人的目的是更好地采取低下的视角，观察神圣之物中被涂抹的崇高的油彩，以"我是流氓我怕谁"的崇低姿态进行解构亵渎才显得理直气壮，"我好色，好中国特色"的网络语言的奇葩新解体现了民间笑谑的本质特征。与舒婷的诗歌《祖国啊，我亲爱的祖国》相比，对庄严的国族意识进行解构和反叛的精神是显而易见的。也许是用性话语解构具有阴性色彩的祖国妈妈太得心应手，这种故意用笑谑的形式描绘祖国形象的诗歌，除了满足亵渎和解构宏大政治和意识形态的快感，并没有任何实质性的意义。

换句话说，如果网络诗歌只是为了解构政治意识形态的权威或者对神圣事物的刻意亵渎，而没有伦理道德底线的时候，就失去了其解构或"革命"的合理性意义。比较典型的有阿斐的《中国》，对中华民族遭受外国列强凌辱的历史缺乏应有的同情心和悲剧感，只为了刻意地进行力比多狂欢而置基本的道德意识和历史感于不顾，通过对中国受虐狂形象的塑造，显示出作者为解构而解构的恶谑倾向："中国很久没达到过高潮了/强忍着性欲一脸懊丧/外国佬以为瘫在地球东方的这块疤/是位被操烂的老妇/于是充满好奇地跑过来……"不仅每句诗歌都离不开力比多的点缀，无性不成诗的粗俗戏谑只是发展了垃圾派诗歌的弱点并推向了极致，却对中国作为一个神圣名词的解构起不了作用。也就是说，亵渎和解构都是有伦理底线的，一味地解构和丑化祖国也会遵循物极必反的规律对自身予以解构。对这种情况，伊沙的《风光无限》将性政治与阶级学说联姻进行的恶俗化解构也存在同样的问题，"老婆不在/大胡子卡尔/扔掉鹅毛笔/脱去燕尾服/溜进了厨房/把那正削/土豆的女仆/压在地板上/直喘粗气/这算不算/一个阶级/在压迫/另一个阶级"。对于把伟人神圣化的行为不是不可以解构，而是如何解构与还原为一个鲜活的有血有肉的人物的问题。马克思生前曾十分愤恨资产阶级的作家把他描绘为"脚穿厚底靴，头戴灵光圈"的神人，戏剧家沙叶新也曾在《马克思秘史》中对他进行还原，目的是呈现

第九章　网络诗歌的狂欢化审美形态

马克思作为一个好爸爸、好丈夫、好朋友的平易近人、和蔼可亲的本真面目。而这首诗歌借助网络的保护，对马克思的行为和学说进行亵渎的目的只是丑化他，无论是妖魔化还是神圣化都是割裂他作为一个人的完整本性的极端形式，都失去了民间诙谐文化应有的艺术光彩。因此，对网络诗歌由笑谑向恶谑转化的倾向，更是值得反思的。

　　网络的自由性的负面影响在诗人自以为是、无所顾忌的狂欢化的行为中得到了进一步凸显，这是需要引以为戒和引起警惕的。当然，网络诗歌的恶谑化倾向的极端发展不是空穴来风，最根本的原因在于诗人滥用了网络诗歌的自由空间，再加上后现代主义对传统的神圣、典雅、高贵等正价值的颠覆消解，以及对待千百年来传承和积淀的文明成果的虚无主义的态度，由此最终异化为对形而下的肉体、生殖、粪便等物质的、审丑的一面津津乐道。最先在网络上引起轰动的是由沈浩波、朵渔、尹丽川、巫昂等人发起的下半身诗歌运动，理论宣言是沈浩波起笔的《下半身写作及反对上半身》，以肉体在场的物质性存在建构诗歌的肉体乌托邦，这种将一个完整的、有血有肉的个体有意采取二元对立的思维方式，强行分为上半身和下半身、形而上和形而下、精神和物质、高雅和粗俗，目的是解放对立的后一项中被压抑的生命力，于是野蛮性感的肉体在场感不仅驱逐了形而上的精神探求，还要去埋葬经典与大师："哪里还有什么大师，哪里还有什么经典？这两个词都土成什么样子了。不光是我们自己不要幻想成为什么狗屁大师，不要幻想我们的作品成为什么经典，甚至我们根本就别去搭理那些已经变成僵尸的所谓大师、经典。"[①] 这样，割裂了与经典和大师的审美文化的传承，必然会导致没有根基的漂浮之感，颠覆了代代相传的精神文化和审美意蕴的诗歌，还能指望以什么材料建构诗歌的美学大厦？两极中遮蔽审美和崇高而刻意凸显的低俗、审丑的一极，无疑偏离了网络诗歌健康发展的航道，由此引起崇尚"知识分子写作"的诗人的不满也是情理之中的事情。可惜的是，诗歌并没有在形而上一极的有力制衡中走上平衡之路，而是在 2003 年，由皮旦、管党生、管上、小月亮等人发起的垃圾派诗歌运动中继续向审丑的一极狂奔。由他的理论宣言可以看出垃圾派的创作风格和美学风貌，"垃圾派的三原则是，第一原则：崇低、向下，非

[①] 陶东风：《当代中国文艺思潮与文化热点》，北京大学出版社 2008 年版，第 374—375 页。

灵、非肉；第二原则：离合、反常，无体、无用；第三原则：粗糙、放浪、方死、方生"。可见，网络诗歌滥用低俗化的词语对神圣崇高事物的肆意解构是没有伦理底线的，缺少了底线的制衡作用导致的恶谑化倾向确实触目惊心，看一下他们的诗歌文本对祖国和革命导师的恶俗描摹，任何一个稍有良知和基本常识的中国人都难以容忍。

  近二十年的网络诗歌的发展，在网络赛博空间的匿名性、自由性和低门槛的生态环境中出现一系列的问题是正常的，关键是如何对网络诗歌出现的新情况、新问题予以解决，努力寻求促使网络诗歌健康或可持续发展的可能途径。对于网络诗歌割裂中外、鄙视古今的极端化写作方式带来的弊端，百年前鲁迅在《文化偏至论》中提出的思想观点仍不失为补偏救弊的良药："外之既不后于世界之思潮，内之仍弗失固有之血脉，取今复古，别立新宗。"[1] 也就是说，要保证网络诗歌作为诗歌大家族中一种新兴的文体的蓬勃发展，就不能采取故步自封或夜郎自大的心态，用虚无主义的态度鄙视承传下来的一切优秀的诗歌文化遗产，尤其是对诗歌经典中包蕴的丰富的文化意蕴和审美技巧，要采取拿来主义的开阔胸襟达到为我所用的目的。从系统论的角度来说，网络诗歌作为诗歌母系统中的一个富有活力的子系统就必然具有整体系统的共性特质，因此，媒介的转换没有必要使网络诗歌采取画地为牢的方式刻意凸显自己的不同风貌，相反，只有采取洋为中用、古为今用、推陈出新的书写策略，变两极对立为多极和而不同的思维模式，吸纳一些优秀的文化遗产才能使网络诗歌蓬勃发展的春天早日来临。

---

[1] 鲁迅：《鲁迅全集》第 1 卷，人民文学出版社 2005 年版，第 57 页。

参考文献

马季:《网络文学透视与备忘》,中国社会科学出版社 2010 年版。

叶永烈、凌启渝:《电脑趣话》,文汇出版社 1995 年版。

于洋、汤爱丽、李俊:《文学网景:网络文学的自由境界》,中央编译出版社 2004 年版。

刘吉、金吾伦:《千年警醒:信息化与知识经济》,社会科学文献出版社 2002 年版。

曾国屏:《赛博空间的哲学探索》,清华大学出版社 2002 年版。

欧阳友权:《网络文学本体论》,中国文联出版社 2004 年版。

欧阳友权:《网络文学概论》,北京大学出版社 2008 年版。

欧阳友权等:《网络文学论纲》,人民文学出版社 2003 年版。

欧阳友权:《网络文学发展史——汉语网络文学调查纪实》,中国广播电视出版社 2008 年版。

张德明:《网络诗歌研究》,中国文史出版社 2005 年版。

张闳:《内部的风景》,广州出版社 2000 年版。

赵思运:《边与缘——新时期诗歌侧论》,时代文艺出版社 2005 年版。

南帆:《双重视域——当代电子文化分析》,江苏人民出版社 2001 年版。

蓝爱国、何学威:《网络文学的民间视野》,中国文联出版社 2004 年版。

龙泉明:《在历史与现实的交合点上:中国现代作家文化心理分析》,陕西人民出版社 1992 年版。

王岳川:《二十世纪西方哲性诗学》,北京大学出版社 1999 年版。

朱光磊:《大分化新组合——当代中国社会各阶层分析》,天津人民出版社 1994 年版。

吕周聚：《中国当代先锋诗歌研究》，中国广播电视出版社 2001 年版。

李怡：《中国现代新诗与古典诗歌传统》（增订版），北京大学出版社 2008 年版。

张邦卫：《媒介诗学：传媒视野下的文学与文学理论》，社会科学文献出版社 2006 年版。

陆群等：《网络中国：网络悄悄改变我们的生活》，兵器工业出版社 1997 年版。

夏忠宪：《巴赫金狂欢化诗学研究》，北京师范大学出版社 2000 年版。

周卫忠：《双重性·对话·存在——巴赫金狂欢诗学的存在论解读》，陕西人民出版社 2007 年版。

王建刚：《狂欢诗学——巴赫金文学思想研究》，学林出版社 2001 年版。

陶东风：《当代中国文艺思潮与文化热点》，北京大学出版社 2008 年版。

朵渔：《意义把我们弄烦了》，人民文学出版社 2004 年版。

潘知常：《反美学：在阐释中理解当代审美文化》，学林出版社 1995 年版。

刘象愚、杨恒达、曾艳兵：《从现代主义到后现代主义》，高等教育出版社 2002 年版。

高亮华：《人文主义视野中的技术》，中国社会科学出版社 1996 年版。

王岳川：《后现代主义文化研究》，北京大学出版社 1992 年版。

赵毅衡：《新批评——一种独特的形式主义文论》，中国社会科学出版社 1986 年版。

赵毅衡：《"新批评"文集》，中国社会科学出版社 1988 年版。

郑敏：《结构—解构视角：语言·文化·评论》，清华大学出版社 1998 年版。

南帆：《文学的维度》，上海三联书店 1998 年版。

刘康：《对话的喧声——巴赫金的文化转型理论》，中国人民大学出版社 1995 年版。

汪民安：《文化研究关键词》，江苏人民出版社 2007 年版。

汪民安、陈永国：《后身体：文化、权力和生命政治学》，吉林人民出版社 2003 年版。

郑家建：《历史向自由的诗意敞开——〈故事新编〉诗学研究》，上海三联书店 2005 年版。

张隆溪：《二十世纪西方文论述评》，生活·读书·新知三联书店 1986 年版。

参考文献

杨匡汉、刘福春编：《中国现代诗论》（上编），花城出版社1985年版。

韩松：《想像力宣言》，四川人民出版社2000年版。

西渡：《灵魂的未来》，河南大学出版社2009年版。

李小鹿：《〈克拉丽莎〉的狂欢化特点研究》，北京大学出版社2007年版。

［德］施尔玛赫：《网络至死》，邱袁炜译，龙门书局2011年版。

［德］瓦尔特·本雅明：《机械复制时代的艺术作品》，王才勇译，中国城市出版社2002年版。

［美］尼尔·波兹曼：《娱乐至死》，章艳译，广西师范大学出版社2011年版。

［美］马克·波斯特：《信息方式：后结构主义与社会语境》，范静哗译，商务印书馆2000年版。

［美］尼葛洛庞蒂：《数字化生存》，胡泳、范海燕译，海南出版社1997年版。

［美］保罗·莱文森：《数字麦克卢汉——信息化新纪元指南》，河道宽译，社会科学文献出版社2001年版。

［美］约书亚·梅罗维茨：《消失的地域：电子媒介对社会行为的影响》，肖志军译，清华大学出版社2002年版。

［美］鲁道夫·阿恩海姆：《视觉思维——审美直觉心理学》，滕守尧译，光明日报出版社1987年版。

［奥］弗洛伊德：《自我与本我》，杨韶刚译，长春出版社2004年版。

［美］马斯洛：《动机与人格》，许金生等译，华夏出版社1987年版。

［奥］爱德华·汉斯立克：《论音乐的美——音乐美学的修改刍议》，杨业治译，人民音乐出版社1980年版。

［美］丹尼尔·杰·切特罗姆：《传播媒介与美国人的思想——从莫尔斯到麦克卢汉》，曹静生、黄艾禾译，中国广播电视出版社1991年版。

［德］康德：《判断力批判》，宗白华译，商务印书馆1985年版。

［德］席勒：《美育书简》，徐恒醇译，中国文联出版公司1984年版。

［美］大卫·格里芬：《后现代科学——科学魅力的再现》，马季方译，中央编译出版社1985年版。

［美］乔治·瑞泽尔：《后现代社会理论》，谢立中等译，华夏出版社2003年版。

［英］伯特兰·罗素：《西方的智慧》，崔权醴译，文化艺术出版社 1997 年版。

［美］R. 韦勒克：《批评的诸种概念》，丁泓、余徽译，四川文艺出版社 1988 年版。

［英］D. C. 米克：《论反讽》，周发祥译，昆仑出版社 1992 年版。

［美］海登·怀特：《后现代历史叙事学》，陈永国、张万娟译，中国社会科学出版社 2003 年版。

［苏］维·什克洛夫斯基：《散文理论》，刘宗次译，百花洲文艺出版社 1997 年版。

［苏］巴赫金：《陀思妥耶夫斯基诗学问题：复调小说理论》，白春仁、顾亚铃译，生活·读书·新知三联书店 1988 年版。

［苏］巴赫金：《拉伯雷研究》，李兆林等译，河北教育出版社 1998 年版。

［苏］巴赫金：《文本、对话与人文》，白春仁、晓河等译，河北教育出版社 1998 年版。

［俄］梅列金斯基：《神话的诗学》，魏庆征译，商务印书馆 2009 年版。

［法］让·波德里亚：《消费社会》，刘成富、全志钢译，南京大学出版社 2000 年版。

［美］詹明信：《晚期资本主义的文化逻辑：詹明信批评理论文选》，张旭东编，陈清侨等译，生活·读书·新知三联书店 1997 年版。

［加拿大］莲达·赫哲仁：《后现代主义的政治学》，刘自荃译，骆驼出版社 1996 年版。

［加拿大］琳达·哈琴：《后现代主义诗学：历史·理论·小说》，李杨、李锋译，南京大学出版社 2009 年版。

［美］杰姆逊：《后现代主义与文化理论——弗·杰姆逊教授讲演录》，唐小兵译，陕西师范大学出版社 1987 年版。

后　记

　　自20世纪90年代以来，中国的网络诗歌得到了迅猛的发展，诗歌一改之前不景气的现象，呈现出一派繁荣的景象，不仅成为中国当代文坛的一道亮丽的风景，而且成为世界当代文坛上的一大奇迹。中国的诗人们在网络上找到了自己的幸福家园，他们在虚拟的网络空间成立数以千计的诗歌网站，摇旗呐喊，以诗会友，尽情狂欢。然而，相对于如此繁荣的网络诗歌创作，学界对网络诗歌的关注研究则比较滞后。出于对诗歌的爱好，我选择了网络诗歌作为研究的课题，力图对网络诗歌进行系统的考察与研究，探寻网络诗歌创作的特性。

　　待真正地进入研究状态之后，我才渐渐明白学界为何较少关注网络诗歌。网络诗歌网站数以千计，每个网站上聚焦着数十乃至上百的诗人，且大多数诗人创作非常勤奋，每天都会有新的作品上传，如此算下来，中国网络诗歌的数量难以计数，这对研究者而言是一个巨大的挑战，许多人在这不断膨胀的庞然大物面前常常会选择不战而退；更重要的是，虚拟空间中的网络诗歌网站是一个个鱼龙混杂之处，网络空间中固然不乏对诗歌充满热情、敬畏之人，同时也充斥着大量借诗歌之名来浑水摸鱼的南郭先生；网络诗歌中虽然不乏优秀之作，但也存在着大量的滥竽充数之作。如此一来，阅读网络诗歌就成了一项艰巨的任务。有时在浏览了大半天诗歌网页之后，看到的大多是索然无味的注水文字，感觉不到阅读的愉快与美感，发现不了诗意与诗美，要想在大量的网络诗歌中寻找到一首好的诗歌，如同沙里淘金，也许这正是网络诗歌的魅力之所在吧。因为大部分诗人并不精通网络技术，他们难以创作出狭义上的网络诗歌，对他们而言，网络只是一种新的诗歌载体而已。所有这些，都是网络诗歌的客观存在，也是网络诗歌研究所必须面对的挑战。

全书由我来策划,课题组成员具体分工如下:我承担第一章网络诗歌的观念变革;马春光承担第二章网络诗歌的存在形态、第三章网络诗歌的写作与阅读;徐红妍承担第四章网络诗歌的创作主体、第五章网络诗歌的主题模式;胡峰承担第六章网络诗歌的语言形式、第七章网络诗歌的表现形式;曹金合承担第八章网络诗歌的文本形式、第九章网络诗歌的狂欢化审美形态。由于网络诗歌是一种复杂的存在,我们对网络诗歌的文本选择难免挂一漏万,对具体作品的评判也未必与已有的评论相同。从这一角度来说,我们对网络诗歌的研究只是抛砖引玉,希望藉此引起学界与评论界的关注。

当下的网络诗歌尽管存在诸多的问题,但它是未来中国诗歌的希望。

吕周聚
2015 年 10 月 7 日